ANNE PERRY
In den Fängen der Macht

Buch

London, 1861: Der amerikanische Bürgerkrieg hat gerade begonnen, und der reiche englische Waffenhändler Daniel Alberton wird von beiden Kriegsparteien heftig umworben. Die Dinnerparty, die Alberton und seine bezaubernde Frau eines Abends geben, scheint jedoch weit von den Ereignissen in Amerika entfernt zu sein. Dennoch spüren Privatdetektiv William Monk und seine Frau Hester, die zu den Anwesenden zählen, wie plötzlich Spannungen aufkommen. Der Grund: Unter den Gästen befinden sich auch zwei Amerikaner, die beide bei Alberton Waffen kaufen möchten. Philo Trace, der Südstaatler, ist charmant und intelligent, aber ein Verfechter der Sklaverei. Der Nordstaatler Lyman Breeland hingegen ist ein politischer Eiferer und Fanatiker. Ihm hat Albertons 16-jährige Tochter Merrit, die sich leidenschaftlich gegen die Sklaverei wendet, ihr Herz geschenkt.
Zum Streit kommt es, als Alberton, der die Waffen bereits Trace versprochen hatte, sich auch auf das eindringliche Bitten Breelands nicht umstimmen lässt. Dann wird Alberton brutal ermordet – und Merrit flieht mit Breeland nach Amerika. Monk und Hester zögern nicht lange und reisen den beiden hinterher. Monk verhaftet Breeland und bringt ihn nach England zurück. Aber kurz bevor Breeland wegen Mordes an Daniel Alberton vor Gericht gestellt wird, bekommt Monk Zweifel an der Schuld des Nordstaatlers. Der Hintergrund der Tat ist wohl doch nicht jenseits des Atlantiks zu suchen ...

Autorin

Anne Perry, 1938 in Blackheath, London, geboren, verbrachte einen Teil ihrer Jugend in Neuseeland und auf den Bahamas. Schon früh begann sie zu schreiben. Mittlerweile begeistert sie mit ihren Helden, dem Privatdetektiv William Monk sowie dem Detektivgespann Thomas und Charlotte Pitt, ein Millionenpublikum. »In den Fängen der Macht« ist ihr elfter William-Monk-Roman.

Von Anne Perry sind bei Goldmann außerdem folgende Romane erschienen:
Das Gesicht des Fremden (42425) · Die russische Gräfin (41637) · Dunkler Grund (43774) · Eine Spur von Verrat (43428) · Gefährliche Trauer (41393) · Im Schatten der Gerechtigkeit (43597) · In feinen Kreisen (41649) · Sein Bruder Kain (44372) · Stilles Echo (41651) · Tödliche Täuschung (41648)

Anne Perry
In den Fängen der Macht

Roman

Deutsch von Ulrike Röska

GOLDMANN

Die Originalausgabe erschien 2000 unter dem Titel
»Slaves of Obsession«
bei Ballantine Books, New York.

Umwelthinweis:
Alle bedruckten Materialien dieses Taschenbuches
sind chlorfrei und umweltschonend.

Deutsche Erstausgabe 01/2002
Copyright © der Originalausgabe 2000 by Anne Perry
Copyright © der deutschsprachigen Ausgabe 2002
by Wilhelm Goldmann Verlag, München,
in der Verlagsgruppe Random House GmbH
Dieses Werk wurde vermittelt durch die Literarische
Agentur Thomas Schlück GmbH, 30827 Garbsen.
Umschlaggestaltung: Design Team München
Umschlagmotiv: William Merrit Chase
Satz: deutsch-türkischer fotosatz, Berlin
Druck und Bindung: GGP Media, Pößneck
Titelnummer: 41660
Redaktion: Ilse Wagner
BH · Herstellung: Heidrun Nawrot
Made in Germany
ISBN 3-442-41660-4
www.goldmann-verlag.de

1 3 5 7 9 10 8 6 4 2

*Für Moreen, James und Nesta,
geborene MacDonald, für
ihre Freundschaft.*

I

»Wir sind bei Mr. und Mrs. Alberton zum Dinner eingeladen«, sagte Hester als Antwort auf Monks fragenden Blick über den Frühstückstisch hinweg. »Sie sind Freunde von Callandra. Eigentlich war sie ebenfalls eingeladen, aber sie wurde überraschend nach Schottland gerufen.«

»Ich nehme an, du möchtest die Einladung trotzdem annehmen«, folgerte Monk, wobei er ihr Gesicht beobachtete.

Für gewöhnlich erfasste er ihre Gefühle rasch, manches Mal mit erschreckender Akkuratesse, wohingegen er andere gründlich missverstand. Bei dieser Gelegenheit lag er jedoch richtig.

»Ja, das möchte ich. Callandra sagte, sie seien bezaubernde und interessante Menschen und hätten ein wunderschönes Haus. Mrs. Alberton ist Halbitalienerin, und offenbar sah auch Mr. Alberton viel von der Welt.«

»Nun, ich nehme an, dann sollten wir die Einladung annehmen. Obwohl sie sehr kurzfristig ausgesprochen wurde, nicht wahr?«, sagte er ungnädig.

Es war tatsächlich eine kurzfristige Einladung, Hester wollte jedoch nicht an etwas herumnörgeln, was interessant zu werden versprach und möglicherweise sogar den Beginn einer neuen Freundschaft bedeutete. Sie hatte nicht viele Freunde. Es lag in der Natur ihrer Arbeit als Krankenschwester, dass ihre Freundschaften oft von flüchtigem Charakter waren. Sie war seit geraumer Weile an keinem fesselnden Diskurs mehr beteiligt gewesen. Sogar Monks Fälle, finanziell zwar lukrativ, waren während der letzten vier Frühlings- und Frühsommermonate höchst uninteressant gewesen, und er hatte nur selten ihren Ratschlag erbeten. Dies machte ihr nichts aus. Diebstahl war langweilig und meist durch Gier motiviert, und sie kannte die Betroffenen nicht.

»Gut«, sagte sie lächelnd und faltete den Brief. »Ich werde augenblicklich antworten und sagen, dass wir entzückt sind.«
Seine Antwort war ein schiefer, nur leicht sarkastischer Blick.

Kurz vor halb sieben erreichten sie das Haus der Albertons am Tavistock Square. Wie Callandra es beschrieben hatte, war es ein stattliches Haus, obwohl Hester es einer Bemerkung nicht für wert gehalten hätte. Doch sie änderte ihre Meinung, sobald sie in der Eingangshalle standen, die von einer geschwungenen Treppe dominiert wurde, hinter deren halber Höhe sich ein mächtiges bleiverglastes Fenster befand, durch das die Abendsonne schien. Es war wahrhaft wunderschön, und Hester ertappte sich dabei, es anzustarren, während sie doch eigentlich ihre Aufmerksamkeit dem Butler hätte zuwenden müssen, der sie eingelassen hatte.

Auch der Salon war ungewöhnlich. Mit weniger Mobiliar ausgestattet, als es üblich war, und in blasseren und wärmeren Farben gehalten, erzeugte er eine Illusion von Licht, obwohl die hohen Fenster, die auf den Garten hinausgingen, den Blick auf den östlichen Himmel freigaben. Die Schatten wurden bereits länger, obgleich es zu dieser Zeit, so kurz nach der Sommersonnenwende, erst nach zehn Uhr dunkel werden würde.

Hesters erster Eindruck von Judith Alberton war, dass sie eine außergewöhnlich schöne Frau war. Sie war überdurchschnittlich groß, hatte einen schlanken Hals und Schultern, die die üppigen Rundungen ihrer Figur betonten und dieser eine Zierlichkeit verliehen, die sie ansonsten nicht besessen hätte. Betrachtete man ihr Gesicht näher, so entsprach es keineswegs der konventionellen Auffassung von Schönheit. Ihre Nase war kerzengerade, aber ziemlich markant, ihre Wangenknochen hoch, ihr Mund zu groß und ihr Kinn definitiv zu kurz. Ihre schräg stehenden Augen hatten einen goldenen herbstlichen Ton. Die ganze Erscheinung war edel und verriet die der Frau innewohnende Leidenschaft. Je länger man sie betrachtete, desto bezaubernder wirkte sie. Hester mochte sie vom ersten Augenblick an.

»Guten Abend«, sagte Judith herzlich. »Ich freue mich ja so, dass Sie gekommen sind. Es ist sehr liebenswürdig von Ihnen, nachdem die Einladung doch sehr kurzfristig war. Aber Lady Callandra sprach mit solcher Zuneigung von Ihnen, dass ich nicht länger warten wollte.« Sie lächelte Monk an. In ihren Augen funkelte aufflammendes Interesse, als sie sein dunkles Gesicht mit den prägnanten Wangenknochen und der kräftigen Nase betrachtete, dennoch war es Hester, der sie ihre Aufmerksamkeit widmete. »Darf ich Ihnen meinen Gatten vorstellen?«

Der Mann, der auf sie zutrat, war eher als kultiviert denn als gut aussehend zu bezeichnen. Er wirkte weit gewöhnlicher als seine Gattin, doch seine Gesichtszüge waren ebenmäßig und drückten sowohl Stärke als auch Charme aus.

»Ich freue mich, Sie kennen zu lernen, Mrs. Monk«, sagte er lächelnd, aber als der Höflichkeit Genüge getan war, wandte er sich augenblicklich an Monk, der hinter ihr stand. Gelassen betrachtete er einen Moment lang dessen Gesichtsausdruck, bevor er seine Hand zum Willkommensgruß ausstreckte und dann einen Schritt zur Seite trat, um den Rest der Gesellschaft vorzustellen.

Es waren noch drei weitere Gäste anwesend. Der eine war ein Mann Mitte vierzig, dessen dunkles Haar sich bereits ein wenig lichtete. Als Erstes fiel Hester sein offenes Lächeln und der spontane Händedruck auf. Er strahlte ein natürliches Selbstvertrauen aus, als ob er seiner selbst und seiner Anschauungen so sicher wäre, dass er kein Bedürfnis verspürte, sie jedermann aufzudrängen. Er begnügte sich damit, anderen zuzuhören. Dies war eine Eigenschaft, die sie sogleich schätzte. Sein Name war Robert Casbolt, und er wurde nicht nur als Albertons Geschäftspartner und Jugendfreund, sondern zudem als Judiths Cousin vorgestellt.

Der andere anwesende Herr war Amerikaner. Es war kaum zu vermeiden, zur Kenntnis zu nehmen, dass sein Land in den letzten Monaten tragischerweise an den Rand eines Bürgerkriegs geschlittert war. Bis jetzt war es zwar zu nichts Ernsterem als ein paar hässlichen Scharmützeln gekommen, aber mit jedem aktuellen Bulletin, das über den Atlantik kam, schien offene Gewalt und Krieg immer wahrscheinlicher zu werden.

»Mr. Breeland kommt aus den Unionsstaaten«, sagte Alberton höflich, doch in seiner Stimme klang keine Herzlichkeit.

Hester sah Breeland an, der die Vorstellung mit einem Nicken quittierte. Er schien Anfang dreißig zu sein, war groß und hielt sich sehr kerzengerade, er hatte breite Schultern und die stramme Haltung eines Soldaten. Seine Gesichtszüge waren ebenmäßig, sein Ausdruck höflich, aber streng kontrolliert, als ob er ständig vor einem Missgeschick oder dem Nachlassen seiner Aufmerksamkeit auf der Hut wäre.

Die letzte anwesende Person war die Tochter der Albertons, Merrit. Sie war ungefähr sechzehn Jahre alt und verfügte über all den Charme, die Leidenschaft und die Verletzlichkeit ihrer Jahre. Sie war hellhäutiger als ihre Mutter und besaß nicht deren Schönheit, aber in ihrem Gesicht stand eine ähnliche Willensstärke und ein geringeres Vermögen, ihre Emotionen zu verbergen. Die Vorstellung ließ sie durchaus artig über sich ergehen, aber sie machte keinerlei Versuch, mehr als höflich zu sein.

Die einleitende Unterhaltung handelte von so simplen Themen wie dem Wetter, dem zunehmenden Verkehr auf Londons Straßen und den zahlreichen Menschen, die eine Ausstellung in der Nähe besuchten.

Hester fragte sich, warum Callandra angenommen hatte, sie und Monk würden diese Menschen sympathisch finden, aber vielleicht hatte sie sie einfach nur ins Herz geschlossen und war der Meinung, auch Hester und Monk würden ihre Liebenswürdigkeit schätzen.

Breeland und Merrit traten ein wenig zur Seite und führten eine ernste Unterhaltung. Monk, Casbolt und Judith Alberton diskutierten über das neueste Theaterstück, und Hester begann eine Unterhaltung mit Daniel Alberton.

»Lady Callandra erzählte mir, Sie hätten nahezu zwei Jahre auf der Krim verbracht«, sagte er interessiert. Dabei lächelte er entschuldigend. »Ich werde Ihnen nicht die üblichen Fragen über Florence Nightingale stellen. Mittlerweile müssen Sie dies gewiss als ermüdend betrachten.«

»Sie war eine äußerst bemerkenswerte Person«, erwiderte Hester. »Ich würde niemanden kritisieren, der mehr über sie erfahren möchte.«

Sein Lächeln wurde breiter. »Das müssen Sie schon sehr oft gesagt haben. Sie waren darauf vorbereitet!«

Sie spürte, wie sie sich entspannte. Es war überraschend angenehm, mit ihm zu plaudern. Offenheit war stets so viel einfacher als fortgesetzte Höflichkeiten. »Ja, ich gebe es zu, ich war vorbereitet. Es ist …«

»Wenig originell«, vollendete er ihren Satz.

»Ja.«

»Vielleicht war das, was ich sagen wollte, auch wenig originell, aber ich werde es dennoch sagen, weil ich es tatsächlich wissen möchte.« Er runzelte leicht seine Stirn und zog die Brauen zusammen. Seine Augen waren von einem klarem Blau. »Sie müssen dort draußen eine beträchtliche Beherztheit aufgebracht haben, sowohl physisch als auch moralisch, vor allem, wenn Sie sich tatsächlich nahe dem Schlachtfeld befunden haben. Sie müssen Entscheidungen getroffen haben, die anderer Leute Leben beeinflussten, sie möglicherweise retteten oder verloren gaben.«

Das war nur zu wahr. Erschüttert erinnerte sie sich, wie hoffnungslos es gewesen war, wie weit entfernt von diesem ruhigen Sommerabend in einem eleganten Londoner Salon, in dem der Farbton einer Abendrobe, der Schnitt eines Ärmels von Bedeutung war. Krieg, Krankheit, zerfetzte Körper, die Hitze, die Fliegen oder die schreckliche Kälte, das alles hätte ebenso gut auf einem anderen Planeten gewesen sein können, ohne jegliche Verbindung zu dieser Welt, abgesehen von einer gemeinsamen Sprache; und doch, Worte allein hätten niemals die eine Welt des anderen erklären können.

Sie nickte.

»Finden Sie es nicht außerordentlich schwierig, sich nach jenem Leben wieder in diesem zurechtzufinden?«, fragte er. Seine Stimme war sanft, aber aus ihr klang eine überraschende Eindringlichkeit.

Wie viel hatte Callandra Judith Alberton oder ihrem Gatten erzählt? Würde Hester sie künftig bei den Albertons in Verlegenheit bringen, wenn sie aufrichtig sein würde? Vermutlich nicht. Callandra war nie eine Frau gewesen, die vor der Wahrheit floh.

»Nun, ich kehrte mit der brennenden Entschlossenheit zurück, zu Hause all unsere Hospitäler zu reformieren«, sagte sie wehmütig. »Wie Sie sehen können, scheiterte ich aus mehreren Gründen. Der wichtigste Grund war, dass niemand glauben wollte, ich hätte auch nur die leiseste Ahnung, wovon ich eigentlich sprach. Immer noch herrscht die Auffassung, Frauen verstünden von Medizin rein gar nichts, insbesondere Krankenschwestern wären lediglich zum Aufrollen von Bandagen geeignet, zum Wischen und Polieren von Fußböden, zum Kohle- und Schmutzwasserschleppen, und sie sollten im Allgemeinen nur tun, was ihnen aufgetragen wird.« Sie ließ es zu, dass ihre Bitterkeit zu hören war. »Ich brauchte nicht lange, um entlassen zu werden, und musste anschließend mein Geld mit der Pflege von Privatpatienten verdienen.«

In seinen Augen lagen sowohl Bewunderung als auch ein Lachen. »War das sehr schwer für Sie?«, fragte er.

»Sehr«, nickte sie. »Doch bald nachdem ich nach Hause zurückkehrte, lernte ich meinen Mann kennen. Wir waren … fast hätte ich ›Freunde‹ gesagt, aber das entspräche wohl kaum der Wahrheit. Gegner, allgemein gesprochen, würde es weit besser beschreiben. Erzählte Ihnen Lady Callandra, dass er als Privatermittler tätig ist?«

In seinem Gesicht zeichnete sich keinerlei Überraschung ab und ganz sicher nichts, was Erschrecken nahe gekommen wäre. In der Oberschicht besaßen Gentlemen Ländereien, oder sie waren in der Armee oder der Politik tätig. Doch sie arbeiteten nicht im Sinne von Dienstleistenden. Handel war ebenso wenig akzeptabel. Welchem familiären Hintergrund Judith Alberton auch entstammen mochte, ihr Ehemann zeigte jedenfalls keinerlei Bestürzung darüber, dass sein Gast nur wenig besser war als ein Polizist, ein Beruf, der nur für die verabscheuenswertesten Elemente in Frage kam.

»Ja«, gestand er bereitwillig zu. »Sie erzählte mir, einige seiner Abenteuer recht faszinierend gefunden zu haben, aber sie enthielt sich der Details. Ich nahm an, sie seien vertraulich.«

»Das sind sie auch«, stimmte Hester zu. »Auch ich möchte nicht darüber sprechen, ich sage nur so viel, dass sie mich davor bewahrt haben, Aufregungen oder das Gefühl, Entscheidungen treffen zu müssen, zu vermissen. Überdies forderte mein Anteil an den Fällen nur selten die physischen Entbehrungen und persönlichen Gefahren, denen man als Krankenschwester in Kriegszeiten ausgesetzt ist.«

»Und das Grauen und das Mitleid?«, fragte er leise.

»Davor haben sie mich nicht bewahrt«, gestand sie. »Das ist nur eine Frage des Quantums. Aber ich bin nicht sicher, ob man für eine Person weniger Empfindungen aufbringt, wenn er oder sie in einer verzweifelten Notlage ist, als man es für mehrere tut.«

»Vermutlich.« Es war Robert Casbolt, der sprach. Er trat direkt hinter Alberton und legte seine Hand freundschaftlich auf die Schulter seines Freundes, wobei er Hester interessiert betrachtete. »So viel die Seele eben ertragen kann, und man gibt alles, was man hat, stelle ich mir vor? Aus dem, was ich soeben mitgehört habe, schließe ich, dass Sie eine bemerkenswerte Frau sind, Mrs. Monk. Ich bin entzückt, dass Daniel die Idee hatte, Sie und Ihren Gatten zum Dinner einzuladen. Sie werden unsere gewohnte Konversation immens beleben, und ich freue mich darauf.« Verschwörerisch senkte er die Stimme. »Zweifellos werden wir während des Dinners mehr darüber hören – dieser Tage ist es vollkommen unumgänglich –, aber ich habe mehr als genug vom Krieg in Amerika und all seinen Streitfragen.«

Albertons Gesicht strahlte. »Dasselbe gilt für mich, aber ich wette mit dir um einen guten Zweispänner, dass Breeland uns mit den Vorzügen der Union ergötzen wird, bevor der dritte Gang serviert sein wird.«

»Der zweite!«, widersprach Casbolt und grinste Hester offen an. »Er ist ein sehr ernsthafter junger Mann, Mrs. Monk, und fanatisch von der moralischen Richtigkeit seiner Sache überzeugt. Für ihn ist die Union der Vereinigten Staaten eine göttliche Einheit und das Streben der Konföderierten nach Sezession das Werk des Teufels.«

Jeglicher weitere Kommentar wurde durch die Notwendigkeit abgeschnitten, sich in den Speisesalon zu begeben, denn dort war man bereit, das Dinner zu servieren.

Monk fand das Haus angenehm, obgleich er nicht sicher war, warum. Es hatte wohl etwas mit der Wärme der Farben und der Einfachheit der Proportionen zu tun. Den ersten Teil des Abends hatte er damit verbracht, sich mit Casbolt und Judith Alberton zu unterhalten, wobei Lyman Breeland lediglich einen gelegentlichen Kommentar abgab, da er eine lockere Unterhaltung als ermüdend zu empfinden schien. Breeland hatte zu gute Manieren, um dies unverhohlen zu zeigen, aber Monk erkannte dennoch, dass er sich langweilte. Er fragte sich, warum Breeland überhaupt erschienen war. Dieser Umstand erweckte Monks Neugier. Er blickte durch den Raum, und es schien eine sonderbar unvereinbare Gruppe von Menschen zu sein, er und Hester eingeschlossen. Breeland war Anfang dreißig, vielleicht ein oder zwei Jahre jünger als Hester. Die anderen mussten, abgesehen von Merrit Alberton, Mitte bis Ende vierzig sein. Warum hatte sie sich entschlossen, dem Dinner beizuwohnen, wenn sie sicherlich in Gesellschaft anderer junger Mädchen hätte sein können, oder gar bei einer Festlichkeit?

Dennoch entdeckte er an ihr kein Anzeichen der Langeweile oder Ungeduld. War sie bemerkenswert wohlerzogen, oder gab es etwas, was sie dazu bewog, vorzugsweise hier sein zu wollen?

Die Antwort erfolgte nach der Suppe, als der Fisch serviert wurde.

»Wo leben Sie in Amerika, Mr. Breeland?«, fragte Hester unschuldig.

»Unsere Heimat ist in Connecticut, Ma'am«, antwortete er, wobei er sein Essen ignorierte und sie direkt ansah. »Doch im Augenblick wohnen wir natürlich in Washington. Die Menschen strömen aus sämtlichen nördlichen Teilen der Union herbei, um sich der Sache wegen zu vereinigen, wie Ihnen zweifellos bekannt sein dürfte.« Ganz leicht hob er seine Augenbrauen.

Casbolt und Alberton warfen sich einen kurzen Blick zu.

»Wir kämpfen für das Ideal von Freiheit und Recht für alle Menschen«, fuhr Breeland leidenschaftlich fort. »Aus jedem Ort, jeder Stadt und sogar von Farmen, die weit im Landesinneren oder im Westen gelegen sind, strömen Freiwillige herbei.«

Plötzlich erstrahlte Merrits Gesicht. Einen Moment lang sah

sie Breeland mit glänzenden Augen an, dann flog ihr Blick zurück zu Hester. »Wenn sie gewinnen, dann wird es keine Sklaverei mehr geben«, verkündete sie. »Alle Menschen werden kommen und gehen können, wie es ihnen beliebt, und müssen niemanden mehr ›Master‹ nennen. Es wird einer der größten und edelsten Schritte sein, die die Menschheit je getan hat, und die Unionisten werden ihn tun, auch unter Einsatz ihrer Leben, ihrer Heime, oder was auch immer es sie kosten möge.«

»Krieg kostet immer einiges, Miss Alberton«, erwiderte Hester sanft. »Welchen Grund er auch immer haben mag.«

»Aber dieser Krieg ist etwas anderes.« Merrits Stimme hob sich hartnäckig. Sie beugte sich leicht über das erlesene Porzellan und das Silberbesteck, und das Licht der Kronleuchter schimmerte auf ihren blassen Schultern. »Hier haben wir es mit wahrem Edelmut und dem Opfer für ein großes Ideal zu tun. Es ist ein Kampf, um jene Freiheiten zu bewahren, um deretwillen Amerika gegründet worden war. Wenn Sie das alles wirklich verstanden hätten, Mrs. Monk, würden Sie für die Verteidigung dieser Sache ebenso viel Leidenschaft aufbringen wie diejenigen, die die Union unterstützen … außer natürlich, Sie befürworten die Sklaverei?« Aus ihr klang kein Ärger, lediglich Bestürzung darüber, dass jemand zu derlei fähig sein könnte.

»Nein, Sklaverei befürworte ich keineswegs!«, entgegnete Hester scharf, wobei sie weder nach rechts noch nach links blickte, um zu sehen, welcher Art anderer Leute Meinung sein mochte. »Allein die Idee finde ich verabscheuungswürdig!«

Merrit entspannte sich, und über ihr Gesicht huschte ein bezauberndes Lächeln. Eine plötzliche Wärme strahlte von ihr aus. »Dann werden Sie ja vollkommen verstehen. Sind Sie nicht auch der Meinung, wir sollten alles tun, was in unserer Macht steht, um solch eine Sache zu unterstützen, wenn andere Menschen dazu bereit sind, dafür ihr Leben zu geben?« Wieder flogen ihre Augen einen Augenblick lang zu Breeland, der sie anlächelte, wobei ein schwacher Glanz der Freude auf seinem Gesicht lag. Sogleich wandte er den Blick wieder ab, befangen vielleicht, als ob er seine Gefühle im Zaum halten wollte.

Hester war wachsamer. »Ich stimme natürlich damit überein, dass wir gegen die Sklaverei kämpfen sollten, aber ich bin nicht sicher, ob dies der richtige Weg ist. Ich gestehe, ich weiß nicht genügend über die Angelegenheit, um mir ein Urteil erlauben zu können.«

»Das ist doch reichlich simpel«, antwortete Merrit, »wenn man die politischen Querelen und die Streitfragen bezüglich Landbesitz und Geld außer Acht lässt, steht man nur noch vor der Frage der Moral.« Dabei wischte sie mit der Hand durch die Luft, ohne zu bemerken, dass sie den Lakaien behinderte, der versuchte, das Entree zu servieren. »Es ist eine reine Frage der Aufrichtigkeit.« Wieder verwandelte ein reizendes Lächeln ihr Gesicht. »Würden Sie Mr. Breeland fragen, würde er Ihnen die Sache erklären, und dann könnten Sie sie mit solcher Klarheit sehen, dass Sie darauf brennen würden, mit Ihrem ganzen Herzen für die Sache zu kämpfen.«

Monk warf einen Blick über den Tisch, um zu eruieren, was Daniel Alberton über die leidenschaftliche Loyalität seiner Tochter zu einem fünftausend Meilen entfernten Krieg dachte. Im Gesicht seines Gastgebers zeichnete sich ein Überdruss ab, der von zahlreichen solcher Diskussionen zeugte, die stets ohne Lösung geblieben waren.

In den Londoner Zeitungen waren zahllose Artikel über Mr. Lincoln, den neuen Präsidenten, und über Jefferson Davis zu lesen, der zum Präsidenten der provisorischen Regierung der Konföderierten Staaten von Amerika gewählt worden war, jener Staaten, die während der letzten paar Monate von der Union abgesplittert waren. Lange Zeit hatten viele gehofft, einen regelrechten Krieg vermeiden zu können, während ihn andere tatkräftig förderten. Aber nach dem Bombardement von Fort Sumter durch die Konföderierten und dessen darauf folgender Kapitulation am 14. April hatte Präsident Lincoln fünfundsiebzigtausend Freiwillige aufgerufen, um für die Dauer von drei Monaten zu dienen, und hatte eine Blockade sämtlicher Häfen der Konföderierten vorgeschlagen.

Zeitungen zufolge hatte der Süden einhundertfünfzigtausend

Freiwillige aufgerufen. Nun befand Amerika sich im Kriegszustand.

Was weit weniger offensichtlich war, war die Natur der Fragen, die auf dem Spiel standen. Für manche, wie Merrit, ging es einfach nur um Sklaverei. In Wahrheit schien es für Monk mindestens ebenso viel mit Grundbesitz zu tun zu haben, mit Wirtschaft und dem Recht des Südens, sich von einer Union zu trennen, deren Teil er in Zukunft nicht mehr sein wollte.

Tatsächlich galt ein Großteil der Sympathien in England dem Süden, obwohl die Motive dafür auch gemischt und vielleicht suspekt waren.

Albertons geduldige Worte klangen mühevoll, was sich einen Moment lang unverhüllt in seinem Gesicht abzeichnete.

»Es gibt viele Streitfragen, meine Liebe, und einige davon stehen miteinander in Konflikt. Aber ich weiß von keinem Zweck, der unehrenhafte Mittel rechtfertigen würde. Man muss in Betracht ziehen –«

»Es gibt nichts, was Sklaverei rechtfertigen würde!«, rief sie hitzig und schnitt ihm damit das Wort ab, ohne einen Gedanken an den Respekt zu verschwenden, den sie ihm schuldig war, vor allem in Gesellschaft. »Zu viele Menschen schützen Sophisterei vor, um sich dafür zu verteidigen, im Kampf nicht ihr Leben und ihren Besitz zu riskieren.«

Judiths Hand umklammerte die Silbergabel, und sie warf ihrem Mann einen Blick zu. Breeland lächelte. Über Casbolts Gesicht huschte aufflammender Ärger.

»Und zu viele Menschen ergreifen hastig für eine Sache Partei«, entgegnete Alberton, »ohne sich Zeit zu nehmen, abzuwägen, was ihr Parteigängertum einer anderen Sache kosten mag, die ebenso gerecht ist, ebenso ihrer Hilfe bedarf und möglicherweise ihre Loyalität im gleichen Maße verdient.«

Es war offensichtlich, dass es sich um kein philosophisches Argument handelte. Etwas Dringliches und von großer persönlicher Bedeutung stand hier auf dem Spiel. Man musste lediglich einen Blick auf Lyman Breelands angespannte Schultern und sein ernstes Gesicht, auf die Röte auf Merrits Wangen und Daniel Albertons spürbare Ungeduld werfen, um sich dieser Tatsache bewusst zu werden.

Dieses Mal erwiderte Merrit nichts, aber ihr Zorn loderte nur zu offensichtlich. In vielerlei Beziehung war sie nichts weiter als ein Kind, aber ihre Gefühle waren so heftig, dass Monk die Situation als zunehmend peinlich empfand.

Die Teller des Entrees wurden abgetragen, und es wurde Kirschkuchen mit Schlagsahne serviert. Alle aßen schweigend.

Judith Alberton machte eine fröhliche Bemerkung über einen Liederabend, den sie kürzlich besucht hatte. Hester verlieh einem Interesse Ausdruck, von dem Monk wusste, dass es vorgetäuscht war. Sie machte sich nichts aus sentimentalen Balladen, und Judiths bemerkenswertes Gesicht betrachtend, fragte er sich, ob seine Gastgeberin dafür wirklich Interesse hatte. Dies schien ihm eine Geschmacksrichtung zu sein, die sich mit ihrer Ausstrahlung nicht vereinbaren ließ.

Casbolt fing Monks Blick auf, und er lächelte, als ob er sich insgeheim amüsieren würde.

Allmählich kam die Unterhaltung wieder in Gang, zaghaft und gesittet, mit einem gelegentlichen Witz. Dem Kuchen folgten frische Trauben, Aprikosen und Birnen mit Käse. Licht glänzte auf Silber, Kristall und weißem Leinen. Hier und da ertönte ein Lachen.

Monk ertappte sich bei der Überlegung, warum Breeland eingeladen worden war. Diskret studierte er den Mann, seinen Gesichtsausdruck, die Spannungen in seinem Körper und die Art, wie er der Unterhaltung lauschte, als ob er entschlossen sei, etwaige tiefere Bedeutungen zu interpretieren, und nur auf seine Chance wartete, sich für eigene Belange einsetzen zu können. Doch diese Gelegenheit ergab sich nicht. Ein halbes Dutzend Mal bemerkte Monk, wie er Atem holte und es dann doch unterließ, das Wort zu ergreifen. Wenn Merrit sprach, sah er sie an, wobei sekundenlang Weichheit in seine Augen trat. Doch er vermied es gewissenhaft, sich zu ihr zu beugen oder eine andere Geste zu machen, die vertraut wirken könnte, ob er damit nun ihre Gefühle oder seine eigenen schützen wollte.

Er war höflich zu Judith Alberton, aber nicht herzlich, als ob er ihr gegenüber befangen wäre. Zog man ihre bemerkenswerte Schönheit in Betracht, fiel es Monk nicht schwer, dies zu verstehen. Männer ließen sich leicht durch solche Frauen einschüchtern, wurden gehemmt und zogen es vor, zu schweigen, und riskierten solchermaßen, weniger klug und amüsant zu erscheinen, als sie dies erhofft hatten. Er war etwa zehn Jahre jünger als seine Gastgeberin, und Monk glaubte, dass er ohne deren Wissen in ihre Tochter verliebt war.

Casbolt zeigte keinen solchen Mangel an Entspanntheit. Seine Zuneigung zu Judith war offensichtlich, aber als Cousine und Cousin kannten sie sich vermutlich bereits ihr ganzes Leben lang. Tatsächlich machte er, oft im Spaß, einige Andeutungen auf Ereignisse in der Vergangenheit, die sie gemeinsam erlebt hatten. Manche davon mochten damals Unheil gewesen sein, waren aber nun in der Erinnerung verblasst und schmerzten nicht mehr. Geteiltes Leid und geteiltes Lachen hatten ein einzigartiges Band zwischen ihnen geschaffen.

Sie sprachen von Sommeraufenthalten in Italien, als sie drei – Judith, Casbolt und ihr Bruder Cesare – über die goldenen Hügel der Toskana gewandert waren, als sie charakteristische Stücke von antiken Skulpturen gefunden hatten, die auf die Zeit des Aufstiegs Roms zurückzudatieren waren, und über die Menschen spekuliert hatten, die diese erschaffen haben mochten. Judith lachte vor Vergnügen, aber Monk meinte, auch den Schatten des Schmerzes erkennen zu können. Mit einem Blick auf Hester stellte er fest, dass auch sie ihn wahrgenommen hatte.

Auch in Casbolts Stimme lag es: Das Wissen um etwas, was zu tief saß, um je vergessen zu werden, und doch gemeinsam getragen werden konnte, da man es gemeinsam erlebt hatte. Er, sie und Daniel Alberton.

Während des gesamten Essens war nichts Unverhohlenes und gewiss nichts angesprochen worden, was Ärgernis erregte. Aber Monk kam zu der Überzeugung, dass Casbolt Breeland nicht sonderlich mochte. Vielleicht war es nichts weiter als eine Verschiedenheit der Temperamente. Casbolt war ein weltkluger

Mann mit Erfahrung und Charme. Er fühlte sich in Gesellschaft wohl und führte entspannte Unterhaltungen.

Breeland dagegen war ein Idealist, der seine Überzeugungen nicht vergessen konnte und sich selbst nicht einmal für die Dauer eines Dinners gestattete, Frohsinn zu verspüren, da er wusste, dass andere litten. Es mochte durchaus eine merkwürdige Situation sein, sich in einer Zeit solcher Prüfung so weit von seiner Heimat entfernt und mitten unter Fremden zu befinden. Zudem fühlte er sich offensichtlich außerstande, sich Merrits Jugend und Charme zu entziehen.

Monk hatte ein wenig Mitgefühl mit ihm. Einst war er ebenso leidenschaftlich für bedeutende Zeitfragen eingetreten, hatte gestrotzt vor Eifer, wenn es um Ungerechtigkeiten ging, die Tausende, vielleicht gar Millionen Menschen betrafen. Jetzt konnte er solche Hingabe nur noch für Individuen aufbringen. Zu oft hatte er versucht, den Lauf der Gerechtigkeit oder der Natur zu beeinflussen, und erfahren müssen, was es bedeutete, zu scheitern, während er die Stärke der Gegner kennen lernte. Er gab sich noch immer alle Mühe und litt bitterlich. Die Wut krampfte sich in seinem Innern zusammen. Dennoch konnte er sie für eine Weile vergessen und sein Herz und seinen Geist mit Genuss und Schönheit füllen. Er hatte gelernt, das Tempo seiner Schlachten zu bestimmen – wenigstens bisweilen – und die Momente der Erholung zu genießen.

Der letzte Gang war fast beendet, als der Butler kam und zu Daniel Alberton sprach.

»Entschuldigen Sie, Sir«, sagte er kaum lauter als im Flüsterton. »Mr. Philo Trace ist eingetroffen. Soll ich ihm sagen, Sie seien beschäftigt, oder wünschen Sie ihn zu sehen?«

Breeland wirbelte herum, sein Körper war steif und sein Gesichtsausdruck so streng kontrolliert, dass es aussah, als wäre er zu Eis erstarrt.

Merrit war weit weniger vorsichtig, ihre Gefühle zu verbergen. Heiß schoss die Röte in ihre Wangen, und sie funkelte ihren Vater an, als ob dieser kurz davor stünde, etwas Ungeheuerliches zu tun.

Casbolt sah die Anwesenden entschuldigend an, aber in seinem Gesicht zeichnete sich lebhaftes Interesse ab. Monk hatte den flüchtigen Eindruck, dass es Casbolt tatsächlich wichtig war, was er dachte, aber dann verwarf er den Gedanken als lächerlich. Warum sollte er?

Albertons Gesichtsausdruck zeigte deutlich, dass er den Besucher nicht erwartet hatte. Einen Moment lang wirkte er verblüfft. Fragend sah er Judith an.

»Unbedingt«, erwiderte sie mit einem schwachen Lächeln.

»Ich nehme an, es ist besser, Sie bitten ihn herein«, wies Alberton den Butler an. »Erklären Sie ihm, dass wir beim Dinner sitzen. Wenn er sich uns gerne bei Obst und Käse anschließen möchte, ist er sehr willkommen.«

Während der Butler ging, herrschte betretenes Schweigen. Als er zurückkehrte, geleitete er einen schlanken, dunkelhaarigen Herrn – mit sensiblem, lebendigem Gesichtsausdruck – herein, einem Gesicht, das Gefühle widerspiegelte und dennoch vielleicht die wahren Emotionen verbarg. Er war gut aussehend, wirkte, als ob er seinen Charme freizügig verteilen würde, und trotzdem hatte er etwas schwer Fassbares und Verhaltenes an sich. Monk schätzte ihn etwa zehn Jahre älter als Breeland, und in dem Moment, als er das Wort ergriff, war es offenbar, dass er aus jenen Südstaaten stammte, die sich kürzlich von der Union getrennt hatten und mit denen die Union nun im Kriegszustand lag.

»Guten Abend«, sagte Monk, als sie einander vorgestellt wurden und der Butler einen weiteren Stuhl gebracht und diskret ein weiteres Gedeck aufgelegt hatte.

»Es tut mir wirklich sehr Leid«, sagte der Besucher leicht verlegen. »Ich scheine den falschen Abend gewählt zu haben. Ich hatte ganz bestimmt nicht die Absicht zu stören.«

Einen Augenblick lang sah er Breeland an, und es war eindeutig, dass die beiden sich bereits kannten. Die Feindseligkeit zwischen ihnen knisterte förmlich in der Luft.

»Aber das tun Sie doch nicht, Mr. Trace«, sagte Judith lächelnd. »Möchten Sie gerne etwas Obst? Oder etwas Gebäck?«

Seine Augen weilten mit Vergnügen und einem gewissen Ernst auf ihr.

»Danke, Ma'am. Das ist sehr großzügig von Ihnen.«

»Mr. und Mrs. Monk sind Freunde von Lady Callandra Daviot. Ich kann mich nicht erinnern, ob Sie sie kennen gelernt haben oder nicht. Sie ist eine höchst interessante Dame.« Er ließ sich auf dem Stuhl nieder, der für ihn gebracht worden war. Mit liebenswürdiger Neugierde betrachtete er Hester. »Stehen Sie ebenfalls mit der Armee in Verbindung, Ma'am?«

»Ja, das tut sie tatsächlich!«, rief Casbolt begeistert. »Sie hatte eine bemerkenswerte Karriere … zusammen mit Florence Nightingale. Ich bin sicher, dass Sie von ihr gehört haben.«

»Aber natürlich habe ich das.« Trace lächelte Hester an. »Ich fürchte, in Amerika sind wir dieser Tage verpflichtet, uns mit allen Aspekten des Krieges zu befassen. Ich wage zu behaupten, Sie wissen das. Aber ich bin sicher, das ist kein Thema, das Sie während des Dinners zu diskutieren wünschen.«

»Sind Sie nicht gerade deswegen gekommen, Mr. Trace?«, fragte Merrit mit kalter Stimme. »Sie sind doch nicht der Gesellschaft wegen gekommen. Sie gaben ja zu, dass Sie sich bei Ihrem Besuch im Datum geirrt hatten.«

Trace errötete. »Ich weiß nicht, wie mir das passieren konnte. Aber ich habe mich dafür entschuldigt, Miss Alberton.«

»Das weiß ich auch nicht!«, sagte Merrit. »Ich kann mir nur vorstellen, Sie machten sich Sorgen, Mr. Breeland könnte meinen Vater schließlich doch noch von der Gerechtigkeit seiner Sache überzeugen und Sie wären dann ohne den Geschäftsabschluss, den Sie zu tätigen erwarteten.« Dies war eine eindeutige Herausforderung, und Merrit machte keinerlei Konzessionen an die Höflichkeit. Ihre leidenschaftliche Überzeugung klang so aufrichtig, dass sie sie fast aller Grobheit beraubte.

Casbolt schüttelte den Kopf. Er sah Merrit geduldig an. »Du weißt es doch wirklich besser, meine Liebe. Wie tief deine Überzeugung auch sein mag, du kennst deinen Vater besser, als dass du glauben könntest, er würde wegen eines anderen sein Wort brechen. Ich hoffe, Mr. Trace weiß das auch. Und wenn nicht, dann wird er es bald erfahren.« Er sah Monk über den Tisch hinweg an. »Sir, wir müssen uns bei Ihnen entschuldigen, bei Ihnen ebenso«, sagte er mit einem kurzen Blick auf Hester. »Dies muss Ihnen alles unerklärlich hitzig erscheinen. Ich wage zu behaupten, dass niemand es Ihnen erklärt hat. Daniel und ich sind Händler und Spediteure, unter anderem. Jetzt, da sich die Vereinigten Staaten im Krieg befinden, was bedauerlicherweise so ist, sind Schusswaffen guter Qualität äußerst gefragt. Männer sowohl aus der Union als auch aus den Südstaaten durchkämmen Europa und kaufen alles an Waffen auf, was sie bekommen können. Die meisten der verfügbaren Waffen sind sehr wahrscheinlich minderwertig und explodieren aller Voraussicht nach eher ihren Benutzern mitten ins Gesicht, als dass sie dem Feind Schaden zufügen würden. Einige davon haben eine derart schlechte Zielausrichtung, dass man sich schon glücklich schätzen könnte, aus zwanzig Schritt Entfernung die Breitseite einer Scheune zu treffen. Verstehen Sie etwas von Schusswaffen, Sir?«

»Rein gar nichts«, erwiderte Monk aufrichtig. Wenn er je über ein derartiges Wissen verfügt hatte, dann war es mit dem Kutschenunfall vor fünf Jahren verschwunden, der ihn sämtlicher Erinnerungen aus früheren Zeiten beraubt hatte. Er konnte sich nicht erinnern, je einen Schuss abgegeben zu haben. Dennoch hatten Casbolts Erklärungen die Stimmungsturbulenzen, die Monk im Raum wahrgenommen hatte, klar gemacht, ebenso wie die Anwesenheit von Breeland und Trace und die bittern Gefühle zwischen den beiden. Es hatte also nichts mit Merrit Alberton oder einem anderen Mitglied der Familie zu tun.

Casbolts Gesicht glühte vor Begeisterung. »Das beste moderne Gewehr – nehmen wir zum Beispiel einmal das P1853, das Vorjahresmodell – besteht aus insgesamt sechzig Teilen, inklusive Schrauben und derlei Dingen. Es wiegt lediglich acht Pfund und vierzehneinhalb Unzen, ohne Bajonett, und der Gewehrlauf ist einen Meter lang. Es ist auf eine Entfernung von über achthundert Metern zielsicher, das entspricht über einer halben Meile.«

Judith sah ihn mit einem leicht missbilligenden Blick an.

»Aber natürlich!« Er entschuldigte sich, warf Hester und

Monk einen Blick zu. »Es tut mir Leid. Bitte erzählen Sie uns doch etwas von Ihrem Beruf, wenn es nicht allzu vertraulich ist.« Sein Gesicht drückte ein derartig brennendes Interesse aus, dass es schwer vorzustellen war, er habe es aus purer Höflichkeit vorgetäuscht.

Noch nie zuvor war Monk diese Frage bei einer Dinnergesellschaft gestellt worden. Normalerweise war es das Letzte, worüber die Herrschaften zu sprechen wünschten, denn oft war er nur deshalb anwesend, weil er in einer Sache ermittelte, die ihnen kürzlich Schwierigkeiten bereitet hatte und es aller Wahrscheinlichkeit nach immer noch tat. Verbrechen brachte nicht nur Angst, schmerzlichen Verlust und unweigerlich auch Misstrauen mit sich, sondern es riss auch meist die ehrbare Maske von dem ruhigen Leben, die jedermann über alle Arten kleinerer Sünden und Schwächen zu legen pflegte.

»Robert!«, rief Judith eindringlich. »Ich finde, du bittest Mr. Monk, uns von anderer Menschen Tragödien zu erzählen.«

Mit großen Augen und nicht im Mindesten verstimmt, sah Casbolt über den Tisch. »Oh, wirklich? Wie peinlich! Wie kann ich das verhindern? Ich würde wahrhaftig gerne etwas über Mr. Monks faszinierende Betätigung erfahren.« Er lächelte immer noch, aber in seiner Stimme lag Entschlossenheit. Er rückte ein wenig vom Tisch ab und griff nach einer kleinen Traube mit etwa einem Dutzend Beeren. »Erzählen Sie, verwenden Sie viel Zeit mit der Aufklärung von Diebstählen, verschwundenen Juwelen und dergleichen?«

Dies war ein weit sichereres Thema als Gewehre oder Sklaverei. Monk bemerkte aufflackerndes Interesse in Judiths Gesicht, trotz ihres Bewusstseins, dass das Thema möglicherweise nicht eines war, das man in einer auf Diskretion bedachten Gesellschaft erörtert hätte.

Auch Daniel Alberton schien erleichtert. Seine Finger hörten auf, das Obstmesser, das sie hielten, hin und her zu drehen.

»Mrs. Monk sagt, dass ihr Engagement in Ihren Fällen die Erregung, das Grauen und die Verantwortung ersetzte, die sie auf dem Schlachtfeld verspürte«, fuhr Casbolt unverzüglich fort. »Es kann sich also nicht lediglich um Angelegenheiten handeln wie das verlorene Salzfässchen oder die verschwundene Großnichte von Lady Soundso wieder zu finden.«

Alle warteten darauf, Monk würde ihnen etwas Dramatisches und Unterhaltsames erzählen, was rein gar nichts mit ihrem eigenen Leben oder den Spannungen, die zwischen ihnen herrschten, zu tun hatte. Sogar Hester blickte ihn lächelnd an.

»Nein«, nickte er und griff nach einem Pfirsich, »solche Fälle gibt es natürlich manches Mal, aber sehr oft fällt mir ein Mordfall zu, anstatt der Polizei –«

»Gütiger Himmel!«, rief Judith unwillkürlich. »Warum?«

»Für gewöhnlich, weil die Polizei den falschen Täter verdächtigt«, erwiderte Monk.

»Ihrer eigenen Meinung nach?«, warf Casbolt schnell ein.

Monk suchte seinen Blick. In Casbolts Stimme lag Herausforderung, aber sein Blick war aufrichtig, direkt und hochintelligent. Monk war sicher, seine Bemerkung war nicht im Geringsten gedankenlos gemeint, sondern er wollte die vorherige Peinlichkeit zwischen Breeland und Trace übertünchen.

»Ja, meiner Meinung nach«, antwortete Monk mit dem Ernst, den er für angemessen hielt. »Zuweilen erlag ich gravierenden Täuschungen, aber stets nur für kurze Zeit. Einmal war ich von der Unschuld eines berühmten Mannes überzeugt und arbeitete sehr hart daran, dies zu beweisen, nur um am Ende entdecken zu müssen, dass er eine grässliche Schuld auf sich geladen hatte.«

Merrit wollte kein Interesse zeigen, doch schließlich konnte sie nicht anders. »Konnten Sie Ihren Irrtum wieder gutmachen? Was passierte mit dem Mann?«, fragte sie und vergaß die Trauben auf ihrem Teller.

»Er wurde gehängt«, entgegnete Monk freudlos.

Sie starrte ihn an, und über ihre Augen legte sich ein Schatten. Irgendetwas an seinem Verhalten verstand sie nicht; es waren nicht seine Worte, sondern seine Gefühle. »Waren Sie denn nicht froh darüber?«

Wie sollte er ihr seinen Zorn über den Tod der Frau erklären, die ermordet worden war, und dass die Rache, denn mehr war die

Strangulation nicht, nichts besser machte? Gerechtigkeit, wie sie das Gesetz interpretierte, war nötig, aber sie brachte keine Freude mit sich. Er betrachtete die weichen Linien ihres Gesichtes: Sie war kaum der Pausbäckigkeit der Kindheit entwachsen und sich so sicher, die richtige Meinung über den amerikanischen Krieg zu haben, und ihre Züge brannten vor Empörung, Liebe und verzehrendem Idealismus.

»Nein«, sagte er in dem Bedürfnis, ehrlich zu sich selbst zu sein, ob sie es nun verstand oder nicht. »Ich bin zufrieden, dass die Wahrheit ans Licht kam. Ich bin zufrieden, dass er für sein Verbrechen zur Rechenschaft gezogen wurde, aber ich bedauerte seine Vernichtung. Er war ein kluger Mann, äußerst talentiert, aber seine Arroganz war ungeheuerlich. Am Ende dachte er, jedermann müsste seinen Talenten dienen. Dies zerstörte sein Mitgefühl und sein Urteilsvermögen, ja sogar seine Ehre.«

»Wie tragisch«, hauchte Judith leise. »Ich freue mich, dass Robert Sie gefragt hat. Ihre Antwort war aufschlussreicher, als ich erwartet hatte.« Sie warf ihrem Mann einen Blick zu, dessen Gesichtsausdruck ihre Meinung bestärkte.

»Danke, meine Liebe.« Casbolt schenkte ihr ein strahlendes Lächeln, dann wandte er sich erneut Monk zu. »Erzählen Sie uns doch, wie stellten Sie ihn? Wenn er klug war, müssen Sie doch noch klüger gewesen sein!«

Monk antwortete ein wenig blasiert. »Er machte Fehler – längst vergangene Machenschaften, alte Feinde. Ich entdeckte sie. Es war eine Frage, Loyalitäten und Betrügereien zu verstehen, alles genau zu beobachten und niemals aufzugeben.«

»Sie haben ihn also förmlich gejagt?«, fragte Breeland mit Abscheu in der Stimme.

»Nein!«, erwiderte Monk scharf. »Ich habe die Wahrheit gesucht, ob sie mir nun gefiel oder nicht. Auch wenn sich das herausstellt, was man am allermeisten fürchtet, was dem, woran man glauben will, den tiefsten Schnitt verpasst, man darf nie lügen, nichts verdrehen, nicht davonlaufen und niemals aufgeben.« Er war über die Vehemenz erstaunt, mit der er das meinte, was er sagte. Er vernahm sie in seiner Stimme, und es erschreckte ihn.

Er sah die Zustimmung auf Hesters Gesicht und spürte, dass er errötete. Er war sich nicht bewusst gewesen, wie wichtig ihm ihr Respekt war. Niemals hatte er die Absicht gehabt, so verletzlich zu werden.

Merrit starrte ihn mit plötzlichem Interesse an, als ob er sich binnen Momenten in einen Mann verwandelt hätte, den sie mögen könnte, und nun wusste sie nicht, wie sie mit dem Wandel umgehen sollte.

»Da haben wir's!«, rief Casbolt mit offensichtlichem Vergnügen. »Ich wusste, du hattest einen höchst interessanten Mann eingeladen, meine Liebe«, sagte er zu Judith. »Geben Sie sich nie geschlagen, Mr. Monk? Ziehen Sie sich jemals aus dem Kampf zurück und räumen Ihre Niederlage gegenüber dem Bösewicht ein?«

Monk lächelte mit einer Spur Hintertriebenheit. Jetzt war die Leidenschaft verpufft, und sie heischten danach, unterhalten zu werden.

»Bis jetzt noch nicht. Ein paar Mal war ich nahe daran. Ich fürchtete, mein eigener Kunde könnte der Schuldige sein, oder die Person, zu deren Schutz ich angeworben worden war, könnte es sein, dann hätte ich am liebsten aufgegeben, wäre gerne gegangen und hätte vorgegeben, die Wahrheit nicht aufdecken zu können.«

»Und, taten Sie es?«, fragte Alberton und beugte sich ein wenig über den Tisch, wobei er seinen Teller übersah und Monk eindringlich anstarrte.

»Nein, aber manches Mal mochte ich den Bösewicht lieber als das Opfer«, gestand Monk aufrichtig.

Judith war überrascht. »Tatsächlich? Als Sie das Verbrechen verstanden, hatten Sie also mehr Sympathien für den Mörder als für die Person, die er tötete?«

»Ein oder zwei Mal, ja. Da war einmal eine Frau, deren Kind systematisch missbraucht wurde. Sie mochte ich viel lieber als den Mann, den sie deswegen tötete.«

»Oh!« Sie sog scharf die Luft ein, und ihr Gesicht erblasste vor Schmerz. »Die arme Kreatur!«

Trace sah sie mit großen Augen an, dann wanderten seine Augen zu Merrit. «War er schuldig?«

»O ja. Aber er war selbst ein Opfer.«

»Aber ...«, begann Judith, dann verstand sie, und in ihre Augen trat Mitleid. »Oh ... ich verstehe.«

Breeland schob seinen Stuhl vom Tisch zurück und erhob sich langsam.

»Ich bin sicher, Mr. Monks Abenteuer sind faszinierend, und ich bedaure, mich so zeitig zurückziehen zu müssen, aber da Mr. Trace offenbar aus geschäftlichen Gründen erschienen ist, habe ich das Gefühl, entweder bleiben und meine Überzeugung gegen die seine verteidigen oder mich zurückziehen zu müssen und mir damit Ihr Wohlwollen zu erhalten, indem ich es nicht gestatte, diesen höchst angenehmen Abend in Bitterkeit enden zu lassen.« Er hob sein Kinn ein wenig höher. Er war zornig und unsicher, hätte seine Überzeugungen jedoch niemandem zuliebe aufgegeben. »Und da Sie ohnehin bereits jeden Grund kennen, warum die Union darum kämpft, eine Nation zu erhalten, die wir in Freiheit gegründet haben, und damit gegen eine Konföderation antritt, die uns mit Sklaverei umzingeln würde, und ich bereits jedes vernünftige Argument und jede Gemütsbewegung, deren ich fähig bin, vorgebracht habe, danke ich Ihnen für Ihre Gastfreundschaft und wünsche Ihnen eine gute Nacht.« Steif neigte er den Kopf, doch nicht so weit, dass man die Bewegung als Verbeugung hätte deuten können. »Mrs. Alberton. Mr. Alberton.« Kalt sah er Alberton an. »Sir. Meine Damen und Herren«, sagte er mit einem Blick in die Runde. Dann drehte er sich auf dem Absatz um und ging.

»Es tut mit aufrichtig Leid«, wiederholte Trace. »Das war das Letzte, was ich beabsichtigt hätte.« Er wandte sich von Judith an Alberton. »Bitte glauben Sie mir, Sir, ich habe Ihr Wort keinen Moment angezweifelt. Ich wusste nicht, dass Breeland hier war.«

»Natürlich wussten Sie das nicht«, nickte Alberton und erhob sich ebenfalls. »Wenn Sie uns vielleicht entschuldigen würden, wir können unser Geschäft recht schnell zum Abschluss bringen. Da Mr. Trace nun schon einmal hier ist, scheint es mir bedauerlich und unnötig zu sein, ihn zu bitten, morgen noch einmal zu kommen.« Er sah Hester und Monk entschuldigend an.

»Ich wage zu behaupten, das war mein Fehler«, gestand Casbolt mit einem Blick auf Trace, wobei er leicht mit den Achseln zuckte. »Ich habe als Letzter mit Ihnen darüber gesprochen. Ich habe Ihnen vielleicht das falsche Datum genannt. Wenn es so ist, dann tut es mir aufrichtig Leid. Es war höchst unachtsam von mir.« Er wandte sich an Judith, dann an Hester und Monk.

»Das macht nichts«, beeilte Monk sich zu sagen und meinte es auch so. Die Reiberei zwischen Trace und Breeland war bei weitem interessanter, als dies eine zwanglose Gesellschaft hätte sein können, aber natürlich konnte er dies nicht kundtun.

»Ich danke Ihnen«, erwiderte Casbolt voller Herzlichkeit. »Sollen wir beide hier bleiben, indes sich die Damen in den Salon zurückziehen und Daniel und Mr. Trace ihren Geschäften nachgehen?«

»Sehr gerne«, antwortete Monk.

Casbolt warf einen Blick auf die Portweinflasche, die in ihrem Flaschenkorb lag, und auf die glitzernden Gläser, die ihrer harrten, und grinste breit.

Judith führte Hester und Merrit zurück in den Salon. Die Vorhänge waren noch offen, und das letzte Abendlicht tauchte die Wipfel der Bäume immer noch in einen apricotfarbenen Glanz. Eine Espe schimmerte, als die abendliche Brise ihre Blätter bewegte, einmal glitzernd, das andere Mal matt glänzend.

»Es tut mir so Leid, dass sich dieser unglückselige Krieg in Amerika uns derartig aufdrängt«, sagte sie wehmütig. »Es hat den Anschein, wir könnten uns ihm im Moment nicht entziehen.«

Merrit stand sehr aufrecht und mit gestrafften Schultern vor den hohen Fenstern und starrte auf die Rosen draußen im Garten.

»Ich halte es moralisch für falsch, würden wir das versuchen. Entschuldige, wenn du es für schlechtes Benehmen hältst, dies zu sagen, aber ich bin aufrichtig der Meinung, dass Mrs. Monk keine Frau ist, die sich als Entschuldigung auf Manieren beruft, um vor der Wahrheit zu fliehen.« Sie drehte den Kopf und sah Hester an. »Sie ging auf die Krim und kümmerte sich um unsere Soldaten, die krank und verwundet waren, obgleich sie zu Hause hätte bleiben können, wo sie es weit behaglicher gehabt hätte, und behaupten hätte können, das alles ginge sie nichts an. Hätten Sie zu der Zeit schon gelebt, hätten Sie nicht mit Wilberforce darum gekämpft, dem Sklavenhandel in England und in Übersee ein Ende zu setzen?« Ihre Worte waren eine Herausforderung an Hester, und ihre Stimme klang schrill, dennoch leuchteten ihre Augen, als ob sie die Antwort schon wüsste.

»Gütiger Himmel, das hoffe ich doch!«, rief Hester ungestüm. »Allein daran teilzuhaben, war eine der dunkelsten Seiten unserer Geschichte. Menschliches Leben zu kaufen und zu verkaufen ist durch nichts zu entschuldigen.«

Merrit schenkte ihr ein bezauberndes Lächeln und wandte sich an ihre Mutter. »Ich wusste es! Warum nur kann Papa dies nicht verstehen? Wie kann er sich in sein Arbeitszimmer stellen und tatsächlich in Erwägung ziehen, den Konföderierten Waffen zu verkaufen? Den Sklavenstaaten?«

»Weil er Mr. Trace sein Wort gab, bevor Mr. Breeland hier auftauchte«, erwiderte Judith. »Nimm jetzt bitte Platz und stelle Mrs. Monk nicht in den Mittelpunkt unseres Ungemachs. Das ist reichlich unfair.« Sie verließ sich auf Merrits Gehorsam und wandte sich an Hester. »Manches Mal wünsche ich wirklich, mein Gatte wäre in einem anderen Metier tätig. Ich bin zwar nicht sicher, ob es überhaupt ein Geschäft gibt, das vollkommen ohne Kontroversen abgeht. Selbst wenn man Zinkbadewannen oder Rüben verkauft, wage ich zu behaupten, dass jemand auf deiner Schwelle auftaucht und erklärt, dass dein Begehren dem Auskommen eines anderen gegenüber ungerecht und nachteilig sein könnte. Aber Waffen fachen die Gemüter heftiger an, als es andere Dinge tun, und scheinen zahlreiche Veränderungen menschlicher Schicksale zur Folge zu haben, die man nicht vorhersehen kann.«

»Meinen Sie wirklich?«, fragte Hester. »Ich hätte gedacht, wenigstens Regierungen sollten die Wahrscheinlichkeit von Kriegen vorhersehen, lange bevor sie unvermeidbar werden.«

»Oh, für gewöhnlich ja, aber es gibt Zeiten, in denen ein Krieg aus dem Nichts entsteht«, erwiderte Judith. »Natürlich verfolgt mein Mann, ebenso wie Mr. Casbolt, den Lauf des Weltgeschehens sehr genau. Dennoch gibt es Ereignisse, die jedermann überraschen. Der dritte chinesische Krieg gerade letztes Jahr war ein perfektes Beispiel dafür.«

Hester verfügte über keinerlei Kenntnisse darüber, und dies musste klar in ihrem Gesicht zu lesen gewesen sein.

Judith lachte. »Er war Teil der Opiumkriege, die wir immer wieder mit den Chinesen führen, aber dieser kam für jedermann überraschend. Am absurdesten war es jedoch, als der zweite chinesische Krieg begann. Ganz offenbar gab es einen Schoner namens *Arrow*, der von den Chinesen erbaut worden war und sich in deren Besitz befand, obwohl er einst in British Hong Kong registriert gewesen war. Sei es wie es sei, die chinesischen Behörden enterten die *Arrow* und verhafteten einen Teil der Mannschaft, die auch aus Chinesen bestand. England beschloss, dies als Affront zu werten –«

»Was?«, sagte Hester erstaunt. »Ich meine ... entschuldigen Sie bitte?«

»Sie haben Recht«, fuhr Judith verbittert fort. »Wir nahmen Anstoß und dies zum Anlass, einen kleinen Krieg anzuzetteln. Die Franzosen entdeckten, dass ein paar Monate vorher ein französischer Missionar von den Chinesen exekutiert worden war, und schlossen sich uns an. Als der Krieg zu Ende war, wurden einige Verträge unterzeichnet, und wir hielten es für sicher, unsere Geschäfte mit China wieder aufzunehmen, als wäre nichts geschehen.« Sie zog eine Grimasse. »Dann brach recht unerwartet der dritte chinesische Krieg aus.«

»Hat er Auswirkungen auf den Waffenhandel?«, fragte Hester. »Sicherlich doch nur zum Vorteil, wenigstens für die Engländer?«

Judith schüttelte leicht den Kopf. »Hängt davon ab, an wen man verkauft. In diesem Fall nicht, wenn man an die Chinesen verkaufte, mit denen wir soeben eine Phase guter Beziehungen durchleben.«

»Ah, ich verstehe.«

»Dann sollten wir doch überhaupt etwas vorsichtiger sein, an wen wir Waffen verkaufen?«, warf Merrit hitzig ein. »Statt sie immer nur dem höchsten Bieter zu geben!«

Einen Moment lang sah es so aus, als wollte Judith sich auf eine Diskussion einlassen, dann entschied sie sich dagegen. Hester kam zu der Auffassung, dass ihre Gastgeberin diesen Diskurs schon in verschiedensten Variationen geführt haben musste, ohne dass es ihr je gelungen wäre, bei Merrit eine Meinungsänderung herbeizuführen. Es war keinesfalls Hesters Sache, und sie hätte es besser auf sich beruhen lassen, doch der Impuls, den Monk so oft als eigenmächtig und starrsinnig bezeichnete, zwang die Worte auf ihre Lippen.

»Wem sollten wir denn Waffen verkaufen?«, fragte sie mit vordergründiger Offenheit. »Außer natürlich den Anhängern der Union in Amerika?«

Merrit war unempfänglich für Sarkasmus. Sie war zu idealistisch, um Mäßigung in einem Diskurs zu akzeptieren.

»Wo keine Unterdrückung im Spiel ist«, gab sie ohne zu zögern zurück. »Wo Menschen um ihre Freiheit kämpfen.«

»Wem hätten Sie sie dann in den Indianeraufständen verkauft?«

Merrit starrte sie an.

»Den Indianern«, antwortete Hester an ihrer Stelle. »Aber wenn Sie gesehen hätten, was sie den Siedlern angetan hatten, wie sie Frauen und Kinder massakriert hatten, dann wären Sie vermutlich unsicher geworden. Ich bin es jedenfalls.«

Plötzlich wirkte Merrit sehr jung. Das Gaslicht auf ihren Wangen betonte die sanfte, fast kindliche Rundung und das blonde Haar, das sich im Nacken lockte.

Hester spürte, wie sie eine Welle der Zärtlichkeit für das Mädchen überflutete, und erinnerte sich, wie hitzig sie selbst in dem Alter gewesen war, wie sie darauf gebrannt hatte, die Welt zu verbessern, in der Überzeugung, zu wissen wie, ohne auch nur die leiseste Ahnung gehabt zu haben von den mannigfaltigen Stadien der Leidenschaft und des Schmerzes, die miteinander verstrickt waren, so wie von den widersprüchlichen Überzeugungen, die für sich allein genommen so vernünftig waren. Wenn Unschuld nicht mit jeder Generation neu geboren würde, welche Hoffnung gäbe es dann, dass Unrecht je bekämpft würde?

»Ich bin mit der Moral dessen ebenso wenig glücklich«, sagte sie zerknirscht. »Lieber wäre mir etwas relativ Unkompliziertes wie Medizin. Hier hat man das Leben der Menschen immer noch in seinen Händen, man kann noch Fehler machen, schreckliche Fehler, aber man ist nicht im Zweifel, was man versucht zu erreichen, auch wenn man noch nicht weiß, wie.«

Merrit lächelte zaghaft. Sie erkannte den Ölzweig und ergriff ihn. »Haben Sie nicht manches Mal Angst?«, fragte sie leise.

»Oft. Und vor allen möglichen Dingen.«

Merrit stand immer noch im schwindenden Tageslicht. Nur die Spitze der Espe vor den Fenstern fing die Sonne ein. Sie tastete nach einer schweren Uhr, die sie in ihrem Dekolleté verborgen hatte, und nahm sie heraus. Sie fing Hesters Blick auf, der darauf lag, und die Farbe ihrer Wangen wurde dunkler.

»Lyman schenkte sie mir … Mr. Breeland«, erklärte sie und mied den Blick ihrer Mutter. »Ich weiß, sie passt nicht direkt zu diesem Kleid, aber ich habe vor, sie immer bei mir zu tragen, zum Teufel mit der Mode.« Sie schob ihr Kinn ein wenig vor, bereit, sich jeglicher Kritik zu widersetzen.

Judith öffnete den Mund, doch sie überlegte es sich anders.

»Vielleicht könnten Sie sie ja am Rock tragen?«, schlug Hester vor. »Dann sieht sie sowohl wie eine zum Gebrauch bestimmte Uhr aus als auch wie ein Schmuckstück.«

Merrits Gesicht strahlte. »Das ist eine gute Idee. Ich hätte selbst daran denken können.«

»Ich neige eher dazu, nützliche Uhren zu tragen als hübsche. Eine, die ich nicht sehen kann, verfehlt ihren Zweck.«

Merrit ging auf den Stuhl zu, der Hester gegenüberstand, und setzte sich. »Ich hege die größte Bewunderung für Menschen, die ihr Leben der Pflege anderer widmen«, sagte sie voller Ernst. »Wäre es sehr aufdringlich und unangenehm, wenn ich Sie bäte, uns ein wenig von Ihren Erfahrungen zu erzählen?«

In der Tat war es etwas, was Hester nur zu gerne vermied, wenn es damit nichts zu erreichen gab und niemand zu überzeugen war. Es wäre jedoch unhöflich gewesen, die Bitte abzulehnen, also verbrachte sie die nächste Stunde damit, Merrits eifrige Fragen zu beantworten und darauf zu warten, dass Judith die Unterhaltung in andere Bahnen lenkte. Diese jedoch schien ebenso interessiert zu sein, und ihr Schweigen zeugte von großer Aufmerksamkeit.

Als Trace sein Geschäft mit Alberton abgeschlossen hatte, verabschiedete er sich, und Alberton kehrte in den Speisesalon zurück. Er sah Casbolt an, bemerkte ein leichtes Nicken, woraufhin er ihn und Monk aufforderte, sich gemütlichere Plätze zu suchen, dies jedoch nicht bei den Damen im Salon, sondern in der Bibliothek.

»Ich schulde Ihnen eine Entschuldigung, Mr. Monk«, sagte Alberton, noch bevor sie es sich gemütlich gemacht hatten. »Ich habe natürlich heute Abend Ihre Gesellschaft genossen, ebenso die Ihrer Gattin, die eine höchst bemerkenswerte Person ist. Aber ich habe Sie zu uns eingeladen, weil ich Ihre Hilfe benötige. Nun, prinzipiell benötige ich sie, aber Casbolt ist ebenso betroffen. Es tut mir Leid, Sie derart irregeführt zu haben, aber die Angelegenheit ist äußerst delikat, und trotz Lady Callandras hoher Meinung von Ihnen – die sie mir übrigens als Freundin und nicht geschäftlich vermittelt hat – zog ich es vor, mir ein eigenes Urteil zu bilden.«

Einen Augenblick lang verspürte Monk Unmut, hauptsächlich wegen Hester, dann erkannte er, dass er selbst wahrscheinlich ebenso gehandelt hätte, wäre er in Albertons Lage gewesen. Er hoffte, die Sache würde nichts mit Waffen oder der Wahl zwischen Philo Trace und Lyman Breeland zu tun haben. Trace hielt er für den angenehmeren Mann, aber an Breelands Anliegen glaubte er mehr. Seine Gefühle waren nicht so leidenschaftlich wie die Hesters, aber die Vorstellung von Sklaverei stieß ihn dennoch ab.

»Ich nehme Ihre Entschuldigung an«, erwiderte er mit sardonischem Lächeln. »Nun, wenn Sie mir die Angelegenheit schildern wollen, die Sie beunruhigt, dann kann ich mir mein Urteil bilden, ob ich Ihnen dabei behilflich sein kann – und ob ich dies wünsche, sei dahingestellt.«

»Gut pariert, Mr. Monk«, lobte Alberton trübselig. Er versuchte, leichtfertig zu klingen, aber Monk erkannte die Spannung, die in seinen Worten mitschwang. Sein Körper war steif, an seinem Kinn zuckte ein winziger Muskel, und seine Stimme klang nicht ausgeglichen.

Monk spürte den Stich der Schuld wegen seiner Leichtfertigkeit. Der Mann war weder arrogant noch gleichgültig. Die Selbstkontrolle, die er den ganzen Abend gezeigt hatte, war ein Akt der Tapferkeit.

»Sehen Sie sich einer Art von Drohung ausgesetzt?«, fragte er gelassen. »Sagen Sie mir, worum es sich handelt, und wenn ich Ihnen helfen kann, werde ich es tun.«

Ein kurzes Lächeln leuchtete auf Albertons Gesicht.

»Das Problem ist sehr einfach zu erklären, Mr. Monk. Wie Sie wissen, sind Casbolt und ich Partner im Speditionsgeschäft, manches Mal geht es um Holz, meistens aber um Maschinen und Waffen. Ich nehme an, nach der Unterhaltung unserer anderen Dinnergäste ist das offensichtlich.«

Er sah Casbolt nicht an, während er sprach, sondern hielt seinen Blick standhaft auf Monk gerichtet. »Was Sie nicht wissen können, ist, dass ich vor etwa zehn Jahren einem jungen Mann namens Alexander Gilmer vorgestellt worden bin. Er war charmant, wunderschön anzusehen und einen Tick exzentrisch in seiner Lebensweise. Außerdem war er krank und verdiente seinen Lebensunterhalt als Modell für Künstler. Wie schon erwähnt, er war von verblüffender Schönheit. Sein Arbeitgeber entließ ihn, sagte Gilmer, weil er ihm sexuelle Dienste verweigerte. Zu jener Zeit war er verzweifelt. Aus Mitgefühl bezahlte ich seine Schulden.« Er holte tief Luft, aber seine Augen blieben starr auf Monk gerichtet.

Casbolt versuchte nicht, sich einzumischen. Er schien es zufrieden, dass Alberton die Geschichte erzählte.

»Nichtsdestoweniger«, fuhr Alberton noch leiser fort, »der arme Mann starb … unter sehr tragischen Umständen …« Er atmete ein und stieß die Luft mit einem Seufzen aus. »Er hatte versucht, weiter als Modell zu arbeiten, aber die Künstler wurden immer unrespektabler. Er war … nun, irgendwie naiv, denke ich. Er erwartete einen Standard von Moral, der in den Kreisen, in denen er sich bewegte, nicht existierte. Er wurde missverstanden. Die Männer dachten, er würde sexuelle Dienste anbieten, und wenn er ablehnte, wurden sie zornig und setzten ihn auf die Straße. Ich nehme an, Zurückweisung erzeugt oft derartige Emotionen.« Er hielt inne, und in seinem Gesicht zeichnete sich Mitleid ab.

Dieses Mal nahm Casbolt den Faden auf. Er sprach mit ernster Stimme.

»Sie müssen wissen, Mr. Monk, der arme Gilmer, den auch ich bei einer Gelegenheit finanziell unterstützte, wurde vor ein paar Monaten tot in einem Haus aufgefunden, in dem männliche Prostituierte arbeiten. Ob sie ihm nur aus Mitleid Unterkunft boten oder er dort arbeitete, ist nicht bekannt. Aber dieser Umstand machte alles Geld, das ihm gegeben wurde, ob nun als Geschenk oder Bezahlung, verdächtig.«

»Ja, das verstehe ich.« Monk konnte sich die Sache lebhaft vorstellen. Er war sich nicht ganz sicher, wie viel er glaubte, aber das war vielleicht irrelevant. »Jemand entdeckte einen Beweis für Ihre freundliche Unterstützung und wünscht nun, dass Sie damit fortfahren … an ihn natürlich?«

Ein Zucken ging durch Albertons Gesicht. »Ganz so einfach ist es nicht, aber das ist der Kern der Sache. Es ist nicht Geld, was sie fordern. Wenn es das wäre, könnte ich es versuchen, um meine Familie zu schützen, obwohl ich mir bewusst bin, dass es zu keinem Ende führen würde, wenn ich erst einmal bezahlen würde.«

»Es scheint mir auch ein Eingeständnis zu sein, dass man etwas zu verbergen hat«, fügte Monk hinzu und hörte selbst die leichte Verachtung in seiner Stimme. Erpressung war ein Verbrechen, das er mehr hasste, als andere Arten von Diebstahl. Es war nicht nur das Erpressen von Geld. Es war eine Art von Folter, ausgedehnt und vorsätzlich. Er hatte erlebt, dass sie Menschen in den Tod trieb. »Ich werde alles tun, um Ihnen zu helfen«, beeilte Monk sich zu sagen.

Alberton sah ihn an. »Die Bezahlung, die sie fordern, kann ich nicht leisten.«

Casbolt nickte fast unmerklich, aber in seinem Gesicht standen Wut und Schmerz. Er beobachtete Monk aufmerksam.

Monk wartete.

»Sie wollen, dass ich sie durch Waffenverkäufe bezahle«, erklärte Alberton, »an Baskin and Company, eine Firma, von der ich weiß, dass sie lediglich als Fassade für eine andere dient, die direkt an die Piraten verkauft, die im Mittelmeer operieren.« Seine Hände hatten sich zu Fäusten geballt, bis seine Fingerknöchel sich weiß abzeichneten. »Was sie nicht wissen dürften, Mr. Monk, ist, dass meine Frau Halbitalienerin ist.« Er warf einen kurzen Blick auf Casbolt. »Ich denke, es wurde beim Dinner erwähnt. Ihr Bruder, dessen Frau und Kinder wurden vor der Küste Siziliens auf See ermordet … von Piraten. Sie werden verstehen, warum es mir unmöglich ist, ihnen unter diesen Umständen Waffen zu liefern.«

»Ja … ja, natürlich verstehe ich das«, antwortete Monk mitfühlend. »Es ist nie gut, einen Erpresser zu bezahlen, aber unter diesen Umständen ist es doppelt unmöglich. Wenn Sie mir alle Informationen geben, über die Sie verfügen, werde ich alles tun, um herauszufinden, wer Sie bedroht, und werde die Sache regeln. Vielleicht kann ich einen Beweis finden, dass Ihr Geldgeschenk nichts weiter als Erbarmen war, dann haben sie keine Waffe mehr gegen Sie in der Hand. Andererseits können wir dieselbe Waffe vielleicht gegen sie benutzen. Ich nehme an, Sie wären einverstanden, wenn ich das täte?«

Alberton sog den Atem ein.

»Ja«, erwiderte Casbolt, ohne zu zögern. »Natürlich. Verzeihen Sie, aber wir mussten uns erst ein Urteil über Ihre Bereitschaft bilden, einen schwierigen und vielleicht sogar gefährlichen Fall zu einem Abschluss zu bringen und für die Gerechtigkeit zu kämpfen, wenn sich alles gegen einen verschworen zu haben scheint. Daher habe ich Sie an diesem Abend so viel über Sie selbst gefragt, bevor Sie den Grund dafür erkennen konnten. Auch wünschte ich zu erfahren, ob Sie den Weitblick hätten, einen Fall in größeren Zusammenhängen zu sehen, als nur dem Buchstaben des Gesetzes Genüge zu tun.«

Monk lächelte ein wenig verzerrt. Auch er glaubte wenigen Menschen aufs Wort. »Wenn Sie mir nun erzählen wollten, wie man mit Ihnen Kontakt aufnahm und was Sie alles über Alexander Gilmer wissen, über sein Leben und über seinen Tod«, erwiderte er, »dann könnte ich morgen früh beginnen. Wenn sie wieder mit Ihnen Kontakt aufnehmen, halten Sie sie hin. Sagen Sie ihnen, Sie müssten zunächst gewisse Arrangements treffen und würden sich bereits darum kümmern.«

»Ich danke Ihnen.« Zum ersten Mal, seit Alberton auf das Thema zu sprechen gekommen war, entspannte er sich nun ein wenig. »Ich bin Ihnen zutiefst verpflichtet. Nun müssen wir uns noch über die finanziellen Vereinbarungen unterhalten.«

Casbolt streckte seine Hand aus. »Ich danke Ihnen, Monk. Ich glaube, jetzt haben wir Grund zur Hoffnung.«

2

Auf dem Heimweg von Albertons Haus hatte Monk Hester den Fall beschrieben. Sie war völlig eins mit ihm, dass er ihn übernommen hatte. Erpressung fand sie ebenso abscheulich wie er, und außerdem hatte sie Judith ins Herz geschlossen und war traurig, wenn sie daran dachte, welche Peinlichkeiten und welcher Schmerz der Familie verursacht werden könnten, wenn die Umstände von Albertons Hilfe für Alexander Gilmer einen Skandal verursachen würden.

Schon zeitig brach Monk zur Little Sutton Street in Clerkenwell auf, wo Gilmer laut Albertons Worten gestorben war. Es war erst acht Uhr, als er eilends in Richtung Tottenham Road ging, um dort einen Hansom zu nehmen. Aber die Straßen waren voll von allerlei Verkehr: Droschken, Karren, Last- und Händlerwagen, den Straßenkarren von Gemüsehändlern und von Bettlern, die alles feilboten, von Zündhölzern und Schnürsenkeln bis zu Schinkenbroten und Limonade. Ein Straßensänger stand, von einer kleinen Menschenmenge umgeben, an der Ecke und sang ungehobelte Knittelverse über den neuesten politischen Skandal, mit denen er übermütige Lachsalven erntete. Jemand warf ihm eine Münze zu, die kurz in der Sonne blinkte, bevor er sie auffing.

Der melodische Ruf eines Lumpensammlers übertönte den Lärm der Hufe und das Rumpeln der Wagenräder auf dem holprigen Pflaster. Das Klimpern von Pferdegeschirr ertönte, als ein Brauereiwagen, beladen mit riesigen Fässern, vorbeifuhr. Die Luft war schwer von den Gerüchen von Staub, Pferdeschweiß und Dung.

Monk warf einen Blick auf die Schlagzeilen eines Zeitungsjungen, aber er entdeckte nichts über Amerika. Das Letzte, was er gehört hatte, war das Gerücht, dass die echte Invasion der Konföderierten Staaten erst im Herbst dieses Jahres stattfinden sollte. Mitte April hatte Präsident Lincoln die Schiffsblockade der Küste der Konföderierten von Süd-Carolina bis Texas proklamiert, später weitete er sie gar auf Virginia und Nord-Carolina aus. In der Zwischenzeit hatte man zum Schutze Washingtons Befestigungsanlagen errichtet.

Heute war Dienstag, der fünfundzwanzigste Juni. Wenn seither irgendetwas Gravierendes passiert sein sollte außer den gelegentlichen Gemetzeln, dann hatten die Nachrichten darüber England noch nicht erreicht. Dies dauerte stets zwischen zwölf Tagen und drei Wochen, je nach Wetterlage und Art der Strecken, die die Neuigkeiten zuerst auf dem Landweg hinter sich bringen mussten.

Er sah einen leeren Hansom und winkte, sein Rufen übertönte den allgemeinen Lärm. Als der Kutscher das Pferd anhielt, nannte ihm Monk die Adresse der Polizeiwache in Clerkenwell. Er hatte sich bereits überlegt, wie er die Sache anpacken wollte. Er nahm nicht an, Alberton oder Casbolt hätten ihn angelogen, obwohl es natürlich in der Vergangenheit Kunden gegeben hatte, die dies getan hatten, und zweifellos würde es solche wieder geben. Doch sogar die Menschen mit den reinsten Absichten machen oft Fehler, vergessen wichtige Fakten oder machen sich schlichtweg ein unvollständiges Bild und interpretieren es vor dem Hintergrund eigener Hoffnungen und Ängste.

Die Droschke hielt vor der Polizeiwache. Monk stieg aus, bezahlte die Fahrt und ging hinein. Selbst jetzt, fünf Jahre nach dem Unfall und mit einem vollkommen neu aufgebauten Leben, überkam ihn immer noch eine Welle der Angst, dass das Unbekannte zurückkehren und ihn an all die Dinge erinnern könnte, die er über sich selbst entdeckt hatte. Von Anfang an hatte er immer wieder Momente der Vertrautheit, Augenblicke der Erinnerung erlebt, die verflogen, ehe er sie einordnen hatte können. Ein Großteil seines Wissens stammte aus Beweisstücken und Schlussfolgerungen. Er hatte seine Heimat Northumberland verlassen, war nach London gegangen und hatte dort eine Karriere als Handelsbankier begonnen. Er hatte für einen Mann gearbeitet, der bis zu seinem Ruin durch ein Verbrechen, dessen er nicht schuldig war, sein Freund und Mentor gewesen war. Doch Monk hatte ihm nicht helfen können, seine Unschuld zu beweisen. Dieser Vorfall war die treibende Kraft gewesen, dass er sich aus der Welt der Finanzen zurückzog und in den Polizeidienst eintrat.

Mehr als genügend Entdeckungen hatten offenbart, dass er ein brillanter Polizist gewesen war, aber mit einer skrupellosen, manches Mal gar grausamen Ader. Untergebene hatten seine spitze Zunge gefürchtet, die den Schwächeren und den mit weniger Selbstvertrauen Gesegneten gegenüber allzu eilfertig mit Kritik und Spott gewesen war. Dies war etwas, was er verabscheute und wofür er sich schämte, wenngleich er das nur sich selbst eingestand. Ein spontanes Naturell war eine Sache, hohe Ansprüche an Courage und Ehrenhaftigkeit zu stellen ist gut, aber von einem Mann mehr zu verlangen, als dieser zu leisten in der Lage ist, ist nicht nur zwecklos, sondern grausam und schlussendlich gar destruktiv.

Jedes Mal, wenn er eine ihm nicht bekannte Polizeiwache betrat, war er sich der Möglichkeit bewusst, mit einer neuerlichen Erinnerung an sich selbst konfrontiert zu werden, die er verabscheute. Er fürchtete sich vor dem Wiedererkennen. Doch er weigerte sich, sich davon in Fesseln legen zu lassen. Er ging durch die Tür und trat an den Schreibtisch.

Der Sergeant war ein großer Mann mittleren Alters mit dünnem Haar. Sein Gesicht drückte nichts weiter aus als höfliches Interesse.

Monk stieß einen Seufzer der Erleichterung aus.

»Morgen, Sir«, sagte der Sergeant freundlich. »Wie kann ich Ihnen behilflich sein?«

»Guten Morgen«, erwiderte Monk. »Ich brauche Informationen über einen Vorfall, der sich vor einigen Monaten in Ihrer Gegend zutrug. Einem Freund von mir droht die Verwicklung in einen Skandal. Bevor ich etwas unternehme, um ihn zu schützen, möchte ich mir bezüglich der Fakten Sicherheit verschaffen. Ich möchte alles erfahren, was aufgezeichnet wurde.« Er lächelte. »Aber nur von untadeligen Quellen.«

Die höfliche Skepsis des Sergeanten wurde von einem gewissen Verständnis abgelöst.

»Verstehe, Sir. Und um welchen speziellen Vorfall handelt es sich?« In seinen Augen blitzte ein Ausdruck auf, als ob er bereits eine leise Ahnung hätte, wenigstens bezüglich seiner Natur, wenngleich nicht, um welches Ereignis es sich genau handelte.

Monk lächelte entschuldigend. »Um den Tod von Alexander Gilmer in der Little Sutton Street. Ich bin sicher, Sie haben darüber Berichte und es gibt jemanden, der die Wahrheit kennt.« Bei Gelegenheiten wie dieser vermisste er die einst gewohnte Autorität, als er die Papiere einfach nur anfordern musste.

»Nun, Sir, die Berichte sind hier, natürlich, aber sie sind der Öffentlichkeit nicht zugänglich. Ich bin sicher, Sie haben dafür Verständnis, Mr. …?«

»Oh, das tut mir Leid, Monk, William Monk.«

»Monk?« In den Augen des Sergeanten flackerte Interesse auf. »Sind Sie etwa der Mr. Monk, der den Carlyon-Fall bearbeitete?«

Monk erschrak. »Ja. Aber das ist einige Jährchen her.«

»Schreckliche Sache«, fuhr der Sergeant ernst fort. »Na, da Sie mal einer von uns waren, denke ich, können wir Ihnen alles sagen, was wir wissen. Ich suche Sergeant Walters, der den Fall bearbeitete.« Mit diesen Worten verschwand er für ein paar Minuten und überließ es Monk, der erleichtert war, dass der Sergeant ihn erst aus der Zeit nach seinem Unfall kannte, sich die verschiedenen Fahndungsplakate an den Wänden zu betrachten.

Sergeant Walters war ein magerer, dunkelhaariger Mann mit diensteifrigem Gehabe. Er führte Monk in einen kleinen, chaotischen Raum voller Bücher und Papiere, die überall aufgestapelt waren. Er machte einen Stuhl frei, indem er alles, was darauf lag, hochhob und auf dem Fußboden deponierte. Dann lud er Monk ein, sich zu setzen, und schwang sich selbst auf das Fensterbrett, den einzig verfügbaren anderen freien Platz.

»Also!«, begann er lächelnd. »Was wollen Sie über Gilmer, den armen Teufel, wissen?«

»Alles, was Sie wissen«, erwiderte Monk. »Oder so viel, wie Sie geneigt sind, mir zu erzählen und wie viel Ihnen Ihre Zeit erlaubt.«

»Ah! Na gut!« Walters setzte sich bequemer hin. Es schien, als würde er oft auf dem Fensterbrett sitzen. Dies war offensichtlich der normale Zustand dieses Raumes, und dass er hier etwas finden konnte, war ein Wunder.

Monk lehnte sich hoffnungsvoll zurück.

Walters starrte an die Decke. »War etwa neunundzwanzig, als er starb. Tuberkulös. Mager. Gehetzten Ausdruck im Gesicht, aber feine Gesichtszüge. Wenig überraschend, dass Künstler ihn gerne malten. Das war es nämlich, was er machte, wissen Sie? Na, ich denke, das wissen Sie.« Er schien auf eine Bestätigung zu warten.

Monk nickte. »Ja, das hat man mir erzählt.«

»Sah ihn erst, als er schon tot war«, fuhr Walters fort. Er sprach wie beiläufig, aber er ließ Monk nicht aus den Augen. Monk gewann den sicheren Eindruck, dass er taxiert wurde und dass nichts, was mit seiner Person zusammenhing, als gegeben angesehen wurde. Er konnte sich gut vorstellen, dass Walters sich über ihn Notizen machen würde, sobald er gegangen war, und sie der Gilmer-Akte beifügen würde. Außerdem wusste Walters genau, wo sich in diesem Chaos die Akte befand.

Monk wusste den Namen des Künstlers bereits von Casbolt, aber das behielt er für sich.

»Knabe namens FitzAlan«, fuhr Walters fort, als Monk schwieg. »Ziemlich berühmt. Stöberte Gilmer in Edinburgh oder da oben irgendwo auf. Brachte ihn hierher mit und nahm ihn bei sich auf. Zahlte ihm eine Menge. Dann wurde er, aus welchen Gründen auch immer, seiner überdrüssig und warf ihn hinaus.« Er wartete Monks Reaktion auf diese Information ab.

Monk entgegnete nichts und behielt einen gleichgültigen Gesichtsausdruck bei.

Walters verstand und lächelte. Dies war ein gegenseitiges Abschätzen der geistigen Fähigkeiten und der Professionalität, was sie nun beide akzeptierten.

»Danach wanderte er von einem Künstler zum anderen«, sagte Walters und schüttelte leicht den Kopf. »Ging ständig bergab. Eine Weile lief es immer gut, dann schien er Streit anzufangen und wurde wieder vor die Tür gesetzt. Könnte natürlich auch sein, dass er freiwillig gegangen ist, aber da er keinen Platz hatte, wohin er hätte gehen können, und es um seine Gesundheit immer schlechter bestellt war, kommt es mir unwahrscheinlich vor.«

Monk versuchte sich den jungen Mann vorzustellen, allein, weit fort von zu Hause und immer kränker werdend. Warum sollte er derlei Zwistigkeiten fortwährend provoziert haben? Er konnte es sich nicht leisten, und das musste er doch gewusst haben. War er ein Mann von solch ungezügeltem Temperament gewesen? War er als Modell unbrauchbar geworden, hatten die verheerenden Auswirkungen seiner Krankheit sein Aussehen ruiniert? Oder handelte es sich bei den Beziehungen um Liebesbeziehungen, oder zu der Zeit wohl einfach um Benutzer und Benutzten, und wenn der Benutzer des Benutzten überdrüssig geworden war, rangierte er ihn zugunsten eines anderen aus? Dies ergab ein trauriges und hässliches Bild, welche dieser Antworten auch immer der Wahrheit entsprach.

»Wie starb er?«, fragte Monk.

Walters beobachtete ihn sehr ruhig, seine Augen zwinkerten kaum. »Der Arzt sagte, es sei Schwindsucht gewesen«, erwiderte er. »Aber er ist außerdem ziemlich herumgestoßen worden. War nicht direkt Mord, nicht im technischen Sinn, aber moralisch halte ich es für Mord. Ich würde mir einen Weg überlegen, wie ich einen Mann so fürchterlich verdreschen könnte, der einen Hund so behandelt hat, wie dieser Mann behandelt worden ist. Es ist mir egal, was er tat, um über die Runden zu kommen, oder welchen Charakter er hatte.« Hinter seinem gelassenen Auftreten loderte ein derart heißer Zorn, dass er es nicht wagte, ihm freien Lauf zu lassen, aber Monk erkannte ihn in seinem Blick, in der starren Haltung seiner Schultern und in den Fingern, die das Fensterbrett so heftig umklammerten, dass die Knöchel weiß hervortraten.

Er hatte Walters vom ersten Augenblick an als angenehmen Menschen empfunden. Jetzt mochte er ihn nur umso mehr.

»Haben Sie jemals jemanden deswegen verhaftet?«, fragte er, obwohl er die Antwort bereits kannte.

»Nein. Aber ich habe die Suche noch nicht aufgegeben«, erwiderte Walters. »Wenn Sie bei … Ihrer Hilfe für Ihren Freund … auf jemanden stoßen, ich wäre Ihnen sehr zu Dank verpflichtet.« Nun sah er Monk neugierig an und versuchte festzustellen, wo seine Loyalitäten lagen und welche Art von »Freund« er wohl genau hatte.

Monk war sich selbst nicht sicher. Der Erpresserbrief, den Alberton ihm gezeigt hatte, war vergleichsweise harmlos. Er war ungeschickt formuliert, aus Zeitungsschnipseln zusammengesetzt und auf ein gewöhnliches Blatt Papier geklebt, das man bei jedem Schreibwarenhändler erwerben konnte. Darin wurde behauptet, dass die Zahlungen als Entgelt für Dienste jedweder Natur interpretiert werden konnten, und in Anbetracht der Umstände, unter denen Gilmer starb, würde Albertons Stellung in der Gesellschaft ruiniert sein, wenn die Öffentlichkeit davon Kenntnis bekäme. Es wurde nicht behauptet, dass Alberton oder Casbolt für Gilmers Tod verantwortlich waren. Möglicherweise fürchtete der Erpresser, sie könnten beweisen, sich zu der Zeit anderswo aufgehalten zu haben. Wahrscheinlicher war jedoch, dass eine derartige Drohung unnötig war. Der Erpresser dachte wohl, er könnte erreichen, was er wollte, ohne so weit gehen zu müssen.

»Wenn ich es herausfinde«, versprach Monk, »dann werde ich mich glücklich schätzen, Sie dabei zu unterstützen, Gerechtigkeit walten zu lassen. Soweit ich es verstanden habe, war es ein Männerbordell, in dem man ihn auffand?«

»Das ist richtig«, stimmte Walters zu. »Und bevor Sie mich fragen, was er dort tat, sage ich Ihnen gleich, dass ich es nicht weiß. Der Besitzer gab an, Mitleid mit ihm gehabt und ihn in einem Akt der Barmherzigkeit von der Straße geholt zu haben.« In seinen Augen war keine Spur von Ironie zu entdecken, wodurch sich Monk dazu ermuntert sah, anderer Meinung zu sein. »Könnte wahr sein. Gilmer, der arme Teufel, war kaum in einem Zustand, in dem seine Arbeit von Nutzen gewesen wäre, und er verfügte weder über die Kraft noch über das Geld, um sich als

Kunde dort aufzuhalten, vorausgesetzt, er hätte derlei Neigungen gehabt, was niemand zu wissen scheint. Wir haben es offiziell einfach als Tod mit natürlicher Ursache in die Akten aufgenommen. Aber wir wissen alle verdammt genau, dass ihn auch jemand ziemlich brutal geschlagen hatte. Man hätte sie wegen tätlichen Angriffs drankriegen können, wenn der arme Kerl nicht ohnehin gestorben wäre.«

»Irgendeine Ahnung, wer ihn verprügelte?«, fragte Monk und hörte selbst den schrillen Unterton in seiner Stimme. »Ganz privat, wenn Sie es auch nicht beweisen können?«

»Ahnungen«, sagte Walters düster. »Aber nicht viel mehr. An Örtlichkeiten wie diesem hinterlassen die Kunden selten ihre Namen auf Listen. Einige von ihnen haben ganz schön schmutzige Vorlieben, die sie weder zu Hause ausüben noch bekannt machen möchten.«

»Denken Sie, es war ein Kunde?«

»Bestimmt. Warum? Ist Ihr Freund einer davon?« Der Hohn in Walters Stimme war zu bitter, um verborgen zu bleiben.

»Er behauptet, es nicht zu sein. Wenn Sie mir genau sagen, wann Gilmer starb, dann kann ich vielleicht feststellen, wo mein Freund sich zu dem Zeitpunkt aufhielt.«

Walters nahm sein Notizbuch heraus und blätterte es durch.

»Zwischen acht Uhr und Mitternacht am achtundzwanzigsten September letzten Jahres. Wird Ihr Freund wegen Gilmers Tod erpresst?«

»Nein, wegen der Tatsache, dass er ihm Geld gab, was Anlass zu Missinterpretationen gibt.«

»Niemand gab ihm viel Geld, dem armen Teufel.« Walters zuckte die Achseln. »Steckte ziemlich tief in Schulden. Dachte, es hätte einer seiner Gläubiger sein können, der ihn verprügelte, um ihn zu lehren, dass er in Zukunft prompter zurückbezahlt. Wir gingen jedenfalls hin und verhörten den Mann, den wir in Verdacht hatten.« Er lächelte und bleckte dabei seine Zähne. Es war eigentlich mehr ein Fletschen, trotzdem lag ganz deutlich Vergnügen darin. »Packten ihn ein bisschen hart an«, fügte er hinzu.

»Aber er sagte, Gilmer hätte alles zurückbezahlt, was er ihm schuldete. Hab ihm natürlich keinen Augenblick lang geglaubt, aber der Bastard konnte unbestreitbar beweisen, wo er die betreffende Nacht verbracht hatte. Verbrachte sie nämlich im Gefängnis! War das einzige Mal, dass es mir Leid tat, ihn dort zu wissen!«

»Wissen Sie, wie viel Gilmer ihm schuldete?«, fragte Monk. Er wusste genau, wie viel Alberton Gilmer angeblich gegeben hatte.

»Nein. Warum?«, fragte Walters schnell. »Wissen Sie etwas darüber?«

Monk lächelte ihn an. »Vielleicht. Wie viel war es?«

»Sagte ich doch, ich weiß es nicht. Aber es müssen über fünfzig Pfund gewesen sein.«

Alberton hatte fünfundsechzig bezahlt. Monk freute sich unvernünftigerweise darüber. Erst jetzt erkannte er, wie sehr er sich gewünscht hatte, Alberton würde aufrichtig sein.

»Stellt Sie das zufrieden?« Walters starrte ihn an.

»Nein«, erwiderte Monk. »Es bestätigt nur, was ich dachte. Mein Freund behauptete, diese Summe bezahlt zu haben, und nun sieht es so aus, als stimmte es.«

»Warum tat er das überhaupt?«

»Aus Mitgefühl«, entgegnete Monk prompt. »Denken Sie, er hätte es für geleistete Dienste bezahlt? Den Jungen möchte ich kennen, der so viel verlangt!«

Walters grinste. Seine Augen wurden groß. »Sieht aus, als ob sich hier ein anständiger Mann in eine böse Situation manövriert hätte.«

»Ja, so sieht es aus, nicht wahr?«, nickte Monk. »Ich danke Ihnen für Ihre Hilfe.«

Walters erhob sich. »Hoffe, dass es sich als richtig erweist«, sagte er freundlich. »Es würde mich freuen, wenn ihm jemand geholfen hätte … wer auch immer es war.«

»Kannten Sie ihn, als er noch lebte?« Langsam erhob sich Monk ebenfalls.

»Nein. Ich habe die Einzelheiten erst erfahren, als wir die Umstände seines Todes untersuchten. Habe viel zu viel damit zu tun, in Sachen Prostitution zu ermitteln, damit die Weiber kein öffentliches Ärgernis erregen.« Er zuckte die Achseln. »Na ja, meistens wäre es den Vorgesetzten ohnehin lieber, wir würden der Prostitution nicht so viel Aufmerksamkeit zukommen lassen, aber auf keinen Fall sollten wir Namen und Adressen aufnehmen.«

Er brauchte nicht weiter zu erklären, was er meinte. »Aber lassen Sie es mich wissen, wenn Sie herausfinden, wer ihm das angetan hat, würden Sie das tun?«

»Das werde ich«, versprach Monk und bahnte sich zwischen den Stapeln von Papieren hindurch seinen Weg zur Tür. »Weil ich will, dass Sie ihn zu fassen kriegen, und weil ich es Ihnen schuldig bin.«

Es war früher Nachmittag und viel zu heiß, um noch als angenehm empfunden zu werden, als Monk vor dem großen Haus in Kensington ankam, das Lawrence FitzAlans Atelier war. Die mittsommerliche Hitze prallte auf die Bürgersteige und vibrierte in Schwaden, die die Bilder tanzen ließen. Die Rinnsteine waren trocken, und der Geruch des nicht aufgekehrten Pferdedungs lag in der Luft.

Das Hausmädchen, das die Tür öffnete, war bemerkenswert hübsch, und Monk fragte sich sogleich, ob FitzAlan auch sie auf Leinwand bannte. Er hatte sich bereits entschieden, wie er an den Künstler herantreten wollte, und empfand wegen seiner Lügen keinerlei Gewissensbisse. Es war zwar ungerecht, aber vielleicht hatte er, basierend auf Walters Zorn, eine Abneigung gegen FitzAlan gefasst.

»Schönen Nachmittag«, sagte er so charmant er konnte, wohl wissend, wie wirksam dies sein konnte, schließlich hatte er es oft genug angewandt. »Ich hege den innigen Wunsch, ein Portrait meiner Frau malen zu lassen, daher kam ich natürlich zu dem besten Künstler, den ich kenne. Darf ich hoffen, Mr. FitzAlan so schnell wie möglich zu sprechen, denn unglücklicherweise halte ich mich nur kurz in London auf, bevor ich für einen oder zwei Monate nach Rom zurückkehre.«

Neugierig sah sie ihn an. Mit seinem dunklen Haar und dem schmalen Gesicht entsprach er ihrem Ideal eines geheimnisvollen Italieners. Sie führte ihn in eine reich verzierte Halle, in der einige wertvolle Statuen standen, dann ging sie, um ihren Herrn von dem Besucher zu unterrichten.

FitzAlan war ein extravaganter Mann mit einer hohen Meinung von seinem eigenen Talent, über das er, wie Monk mit einem Blick auf die Leinwände in seinem Studio feststellte, auch verfügte. Fünf Leinwände waren an verschiedenen Stellen aufgestellt, aufgehängt oder aneinander gereiht, sodass sie bestens zur Schau angeboten wurden, obwohl sie dem oberflächlichen Betrachter so erscheinen mussten, als seien sie ohne große Umsicht arrangiert worden. Die Linienführung war exzellent, das Licht- und Schattenspiel dramatisch und die Gesichter atemberaubend. Ohne dies zu wollen, ertappte Monk sich dabei, dass sein Blick auf den Bildern ruhte anstatt auf FitzAlan. »Sie sind Kunstliebhaber!«, rief FitzAlan voller Befriedigung.

Monk konnte sich gut vorstellen, dass er diese Szene bei jedem Besucher spielte, stets die leichte Überraschung in der Stimme, als ob die Welt von Philistern bevölkert sei.

Monk zwang sich, FitzAlans Blick zu erwidern. Der Künstler war kein großer, aber ein stattlicher Mann, breitschultrig, in den Fünfzigern und allmählich zu einem Wanst neigend. Sein ingwerfarbenes Haar war farbloser geworden, aber noch füllig, und er trug es in einer Länge, die geziert wirkte. Er hatte ein stolzes Gesicht mit markanten Zügen, die Zügellosigkeit verrieten.

Es wurmte Monk, dem Mann zu schmeicheln, aber es war notwendig, wenn er sich lange genug hier aufhalten wollte, um das herauszufinden, was er wissen wollte.

»Ja. Ich entschuldige mich für meine Unhöflichkeit, aber meine Augen konnten nicht von Ihren Gemälden lassen, wenngleich ich beabsichtigte, taktvoll zu sein. Vergeben Sie mir.«

FitzAlan war geschmeichelt. »Es ist Ihnen vergeben, mein lieber Herr«, sagte er überschwänglich. »Sie wünschen ein Portrait Ihrer Gattin?«

»Eigentlich sogar noch mehr als das. Einer meiner Freunde bekam ein bemerkenswertes Portrait eines jungen Mannes zu sehen, das von Ihrer Hand stammt«, erwiderte Monk und zwang sich zu einem entwaffnenden Lächeln. »Aber er konnte es nicht erwerben, weil der Besitzer, was nur zu verständlich ist, es nicht veräußern wollte. Ich fragte mich also, ob Sie noch weitere Bilder dieses Modells besitzen, von denen ich ihm berichten könnte. Er ist äußerst erpicht darauf, eines davon zu seinem Besitz zählen zu dürfen. Tatsächlich ist es fast schon wie eine Obsession bei ihm.«

FitzAlan schien angemessen geschmeichelt. Er versuchte, es zu verbergen, aber Monk nahm an, sein Hunger nach Lob sei weit davon entfernt, gestillt zu sein, obgleich er bereits hohes Ansehen genoss.

»Ah!«, rief er und verharrte bewegungslos, als ob er intensiv nachdenken würde. Nur das Leuchten seiner Augen und ein kaum merkliches Lächeln verrieten ihn. »Lassen Sie mich nachdenken. Ich bin nicht sicher, welcher junge Mann das sein könnte. Ich male jeden, dessen Gesicht mich fasziniert, egal, um wen es sich handelt.« Er beobachtete Monks Reaktion. »Ich kann mir nicht vorwerfen, schöne Bilder zu malen, um berühmte Männer besser aussehen zu lassen, als sie dies in Wirklichkeit tun«, sagte er mit Stolz in der Stimme. »Die Kunst ist mein Meister ... nicht Ruhm oder Geld oder die Zuneigung anderer. Die Nachwelt wird es nicht kümmern, wer das Modell war, sie wird es lediglich interessieren, wie es auf der Leinwand wirkt, welcher Dialog sich zwischen seiner Seele und dem Menschen noch Jahrzehnte später – Jahrhunderte, vielleicht – entspinnt.«

Monk pflichtete ihm bei. Die Empfindung war aufrichtig, dennoch ärgerte sie ihn.

»Selbstverständlich. Das ist es, was den Künstler vom Handwerksgesellen unterscheidet.«

»Können Sie das Modell beschreiben?«, fragte FitzAlan und aalte sich in der Anerkennung.

»Es war blondhaarig, schmalgesichtig und hatte einen vergeistigten Gesichtsausdruck, fast gequält«, antwortete Monk und versuchte sich vorzustellen, wie Gilmer in seiner frühesten Zeit als Modell ausgesehen haben mochte, bevor sich seine Gesundheit zu verschlechtern begann.

»Ah!«, rief FitzAlan eilig. »Ich denke, ich weiß, wen Sie meinen. Ich habe ein paar Bilder von ihm oben. Habe sie für Zeiten aufgehoben, in denen sie als das gewürdigt werden, was sie wirklich sind.«

Monk konnte seinen Unmut kaum mehr im Zaum halten. Er hustete und hob die Hand vors Gesicht, um den Abscheu zu verbergen, den er vor dem Mann verspürte, der so leichtfertig über einen Jungen sprechen konnte, den er gekannt und benutzt hatte und von dem er wissen musste, dass er mittlerweile tot war.

»Verzeihen Sie«, bat er und fuhr fort. »Ich würde sie wirklich zu gerne sehen.«

FitzAlan strebte bereits auf die Tür zu und führte ihn durch den hinteren Teil der Eingangshalle, vorbei an einem nackten Adonis aus Marmor und die Treppe hinauf in einen größeren Raum, der offenbar als Lager genutzt wurde. Ohne zu zögern ging er auf zwei Leinwände zu, die von anderen, neueren Werken verborgen waren, und drehte sie herum, damit Monk sie sehen und bewundern konnte.

Und so sehr es ihn auch erbitterte, er bewunderte sie wirklich. Sie waren brillant. Das Gesicht, das ihn in farbigen Ölfarben anstarrte, war voller Leidenschaft, sensibel und bereits von einer Vision überschattet, die jenseits der prosaischen Bedürfnisse des Lebens lag. Vielleicht wusste er sogar zu der Zeit schon, dass er schwindsüchtig war und ihm nicht viel Zeit bleiben würde, um die Freuden auszukosten oder den Gram zu erleben, den er damals bereits kannte. Waren die Freuden vielleicht aus dem Grund umso süßer, umso quälender gewesen? FitzAlan hatte all das Wertvolle, das Flüchtige in den Augen, den Lippen und der fast durchscheinenden Haut eingefangen. Es war ein aufwühlendes Gemälde. Durch Monks Gehirn blitzte der Gedanke, das Bildnis von Alberton als Preis für seine Bemühungen zu erbitten. Es schmerzte ihn, zu wissen, dass er es nach diesen wenigen Augenblicken nie mehr zu Gesicht bekommen würde. Es war eine Erinnerung an die Süße des Lebens, eine Mahnung, nicht einen Moment, den es einem schenkte, zu missachten und zu verschwenden.

»Es gefällt Ihnen«, sagte FitzAlan überflüssigerweise. Monk hätte es nicht leugnen können. Welche Sünden auch auf der Seele seines Malers lasteten, das Gemälde war umwerfend. Er erinnerte sich an den Zweck seines Besuches. »Wer ist er?« Die Frage war nicht schwer zu stellen. Es schien die natürlichste Sache zu sein, danach zu fragen.

»Nur ein Vagabund«, erwiderte FitzAlan. »Ein junger Mann, den ich in den Straßen entdeckte und eine Weile bei mir aufnahm. Wundervolles Gesicht, nicht wahr?«

Monk wandte sich von dem Maler ab, um seine eigenen Gefühle zu verbergen. Er konnte es sich nicht leisten, seine Abneigung zu zeigen.

»Wahrhaftig. Was wurde aus ihm?«

»Keine Ahnung«, sagte FitzAlan leicht verwundert. »Niemand anderes wird ihn so malen, das versichere ich Ihnen. Er war schwindsüchtig. Dieses Aussehen wird er nun nicht mehr haben. Das ist es, was so wertvoll ist, der Augenblick! Das Wissen um die Sterblichkeit. Sie ist universal, die Wahrnehmung vom Leben und vom Tod. Es kostet einhundertfünfzig Guineen. Sagen Sie das Ihrem Freund.«

Das war die Hälfte des Preises, den man für ein gutes Haus bezahlte! FitzAlan unterschätzte den Wert seiner Arbeit gewiss nicht. Dennoch ertappte sich Monk bei der blitzartigen Überlegung, wie er dieses Gemälde erwerben könnte. Niemals würde er so viel Geld besitzen, um es für derlei Dinge ausgeben zu können. Vermutlich würde er überhaupt niemals im Besitz einer solchen Menge Geldes sein. Vielleicht könnte er den Preis ja herunterhandeln, aber bestimmt nicht so weit, dass er seinen finanziellen Möglichkeiten entsprach. Gab es eine Chance, mit ihm ein Geschäft zu machen? Er hätte FitzAlan zu gerne gezwungen und Druck auf ihn ausgeübt, bis diesen etwas so stark gequält hätte, um sich glücklich zu schätzen, das Bild im Austausch für Linderung zu verschenken.

»Ich werde es ihm berichten«, sagte er zwischen zusammengebissen Zähnen. »Ich danke Ihnen.«

Den Rest des Tages so wie die beiden folgenden verbrachte Monk damit, Gilmers raschem Abstieg von einem Künstler zum anderen nachzuspüren, von denen einer über weniger Talent verfügte als der vorhergehende, bis Gilmer schließlich mittellos war und auf der Straße endete. In jedem Fall schien er Streit gehabt zu haben und voller Zorn gegangen zu sein. Niemand hatte ihm einen guten Wunsch mit auf den Weg gegeben oder ihm Hilfe angeboten. Am Ende, etwa Mitte des letzten Sommers, war er von dem Besitzer des Männerbordells aufgenommen worden.

»Tja, der arme Teufel«, sagte dieser zu Monk. »Der war wirklich am Ende. Dünn wie ein Rechen und weiß wie der Tod. Ich wusste, dass er sterben würde.« Sein narbiges Gesicht war von Mitleid verzerrt, während er in einem üppig gepolsterten Sessel in seinem überfüllten Empfangssalon saß. Er war ein außergewöhnlich hässlicher Mann mit einem buckligen, missgebildeten Körper, aber mit wunderschönen Händen. Wer oder was er unter anderen Umständen geworden wäre, würde Monk niemals erfahren, aber der Gedanke beschäftigte ihn kurz. War er in dieses Metier hineingezogen worden, oder hatte er es aus Gier selbst gewählt? Monk beschloss, sich für die erste Möglichkeit zu entscheiden.

»Hat er Ihnen irgendetwas über sich selbst erzählt?«, forschte Monk nach.

Der Mann sah ihn mit zusammengekniffenen Augen an. Monk hatte ihn nicht nach seinem Namen gefragt. »Ein wenig«, antwortete er. »Von welchem Interesse ist das für Sie?«

»Hat er für Sie gearbeitet?«

»Wenn es ihm einigermaßen gut ging ... was nicht oft der Fall war.«

Monk verstand, war aber dennoch enttäuscht.

»Er kümmerte sich um die Wäsche«, fuhr der Mann bitter fort. »Was haben Sie gedacht?«

Zu seiner Verwunderung errötete Monk.

Der Mann lachte. »Von dem Schlag war er nicht«, sagte er mit fester Stimme. »Man kann zwar Jungen ändern, aber in dem Alter, in dem Gilmer war, ist es schon schwieriger und außerdem, so wie er aussah – wie der Tod und immer Blut hustend –, hätte ihn ohnehin kein Kunde gewählt. Ob Sie's glauben oder nicht, ich habe ihn aufgenommen, weil er mir Leid tat. Ich konnte ja sehen, dass es nicht von langer Dauer sein würde. Er hatte sowieso schon viel zu viel zu erleiden gehabt.«

»Irgendeine Ahnung, wer ihn so verprügelt hatte?« Monk versuchte, den Zorn in seiner Stimme zu unterdrücken, aber es misslang ihm.

Leicht argwöhnisch betrachtete ihn der Mann. »Warum? Was würden Sie dann unternehmen?«

Es hatte keinen Sinn, nicht vollkommen aufrichtig zu sein. Der Mann hatte seine Gefühle ohnehin bereits durchschaut. »Hängt davon ab, wer es ist«, erwiderte er. »Es gibt mehrere Leute, die sich glücklich schätzen würden, ihm das Leben schwer zu machen, wer immer es auch war.«

»Angefangen mit Ihnen, hm?«

»Nein, ich bin nicht der Erste, aber ich stehe irgendwo in der Reihe. Er hatte mit vielen der Künstler Streit, für die er arbeitete. War es einer von ihnen?«

»Das nehme ich an«, nickte der Mann bedächtig. »Doch er stritt sich nicht richtiggehend mit ihnen. Der Erste wurde seiner überdrüssig und warf ihn hinaus. Für eine Weile fand er es profitabler, Frauen zu malen. Der Zweite konnte es sich nicht leisten, ihn zu behalten. Der Dritte und der Vierte verlangten Dienste von ihm, wie ich sie anbiete – zu einem hohen Preis. Er war nicht gewillt, also warfen sie ihn auf die Straße. Und zu der Zeit schwand sein gutes Aussehen bereits, und er wurde krank und kränker.«

»War es einer von denen?«

Der Mann studierte Monk aufmerksam, sein Gesicht düster, die Wangenknochen hervortretend, die Nase breit und die Augen vollkommen ausdruckslos.

»Warum? Wollen Sie ihn umbringen?«

»Nicht so schnell«, entgegnete Monk. »Es gibt da einen Polizeisergeant, der sich eine langsame Rache wünscht … getreu dem Gesetz.«

»Und Sie würden es ihm sagen, damit er sie ausüben könnte?«

»Ja, das würde ich. Wenn ich sicher wäre, den Richtigen gefunden zu haben.«

»Ein Kunde von mir hatte eine Vorliebe für ihn gefasst und wollte ein Nein als Antwort nicht akzeptieren. Ich hätte ihn ja selbst grün und blau geschlagen, aber das kann ich mir nicht leisten. Wenn das bekannt wird, bin ich raus aus dem Geschäft und meine Jungs mit mir.«

»Name?«

»Garson Dalgetty. Vornehmer Fatzke, aber im Grunde ein anständiger Kerl. Warnte mich, er würde mich ruinieren, wenn ich Hand an ihn legte. Und dazu wäre er wahrhaftig fähig!«

»Ich danke Ihnen. Ich werde nicht verlauten lassen, woher ich diese Information habe. Aber dafür erwarte ich einen Gefallen von Ihnen.«

»Ach? Warum überrascht mich das nicht?«

»Weil Sie kein Narr sind.«

»Welchen Gefallen?«

Monk grinste. »Nichts, was mit Ihrem Gewerbe zu tun hätte! Ich möchte wissen, ob Gilmer Ihnen von jemandem erzählte, der ihm Geld gab, um seine Schulden zu bezahlen, und ich meine als Geschenk und nicht als Bezahlung.«

Der Mann wirkte überrascht. »Also wissen Sie davon?«

»Ja, der Mann, der es ihm gab, erzählte es mir. Ich frage mich, ob es der Wahrheit entspricht.«

»Oh, ja. Er war großzügig, wirklich.« Er rutschte ein wenig in seinem roten Sessel herum. »Ich habe nie gefragt, warum. Aber er zahlte noch, als Gilmer schon bei mir war, hörte erst auf, als er gestorben war.«

Abrupt wurde Monk bewusst, was der Mann gesagt hatte.

»Fuhr er denn fort, Schulden zu machen?«

»Medikamente, Sie verstehen – der arme Kerl. Das konnte ich mir nicht leisten.«

»Wer war der Mann?«

»Sie sagten doch, Sie wüssten es.«

»Ich weiß es. Aber wissen Sie es?«

Das hässliche Gesicht des Mannes leuchtete plötzlich mit bitterem Vergnügen. »Erpressung, stimmt's? Nein, ich weiß es nicht. Gilmer erzählte es mir nicht, und ich fragte nicht danach.«

»Wer wusste davon?«

»Ach, Gott und Teufel. Woher soll ich das wissen? Nehme nicht an, dass es schwierig wäre, das herauszufinden, wenn Sie sich bemühen. Ich hatte nie das Bedürfnis.«

Monk blieb noch eine Weile, dann dankte er dem Mann und verabschiedete sich, wobei er es auf dem Weg nach draußen vermied, einen Blick nach links oder rechts zu werfen. Er hatte bei dem Mann Mitgefühl entdeckt, und er wollte von seinem Gewerbe nichts wissen.

Der Mann hatte vollkommen Recht gehabt mit der Behauptung, dass es nicht schwer sein dürfte, die Zahlungen zurückzuverfolgen, jetzt, da Monk wusste, dass sie regelmäßig geleistet wurden. Er brauchte den Rest des Tages dazu und benötigte keinerlei Fähigkeiten, außer landläufigem Bankwissen und gesundem Menschenverstand.

Jeder andere Mensch hätte dasselbe erreichen können.

Überdies schrieb er Sergeant Walters eine kurze Depesche, dass der Name des Mannes, den er suchte, Garson Dalgetty sei.

Als er Clerkenwell verließ, fragte er sich, warum Alberton nicht hatte verlauten lassen, dass er Gilmer monatlich eine Vergütung von fünf Guineen gewährt hatte. Dies war ein enormer Betrag. Er hatte ihm besseres Essen, genügend Sherry und Laudanum erlaubt, um das schlimmste Elend zu erleichtern, mehr aber auch nicht. Es war ein Akt der Barmherzigkeit, nichts, weswegen man sich hätte schämen müssen, eher im Gegenteil. Aber war es auch so, wie es schien?

Er hielt sich nicht damit auf, etwaige Geldgeschenke Casbolts zurückzuverfolgen. Albertons Zuwendungen genügten seinen Zwecken. Wenn es ihm gelang, in der Richtung einen Erpresser ausfindig zu machen, konnte er sich immer noch mit Casbolt beschäftigen.

Als Nächstes nahm er sich vor, die Spur der Waffenhändler aufzunehmen, durch die Alberton die Zahlungen leisten sollte. Doch zunächst wollte er Alberton Bericht erstatten, wie er es versprochen hatte.

Der Abend verlief bei weitem nicht so, wie Monk es geplant hatte. Er kam an dem Haus am Tavistock Square an und wurde umgehend empfangen. Alberton wirkte besorgt und müde, als ob seine eigenen Verhandlungen nicht einfach gewesen wären.

»Ich danke Ihnen für Ihr Kommen, Mr. Monk«, sagte er mit einem kurzen Lächeln und bat ihn in die Bibliothek. »Nehmen Sie Platz. Möchten Sie ein Glas Whisky oder lieber etwas anderes?« Er deutete auf den aus Silber und Kristall bestehenden Flaschenhalter auf dem Beistelltisch.

Monk wurde selten als gesellschaftlich Gleichwertiger behandelt, nicht einmal in höchst delikaten Fällen. Er hatte entdeckt, je peinlicher berührt die Menschen durch ihre Notlage waren, desto weniger waren sie geneigt, vor denen, deren Hilfe sie in Anspruch nahmen, die Förmlichkeit abzulegen. Alberton war eine angenehme Ausnahme. Trotzdem lehnte Monk ab, da er nicht nur einen klaren Kopf behalten, sondern auch so eingeschätzt werden wollte.

Auch Alberton nahm keine Erfrischung. Es schien, als ob das Angebot aus purer Gastfreundschaft gemacht worden sei, nicht als Vorwand, das eigene Bedürfnis zu entschuldigen.

Monk begann, ihm kurz zu berichten, was er über Gilmers Leben und Tod in Erfahrung gebracht hatte. Er beschrieb soeben seinen Besuch bei FitzAlan, als der Butler an die Tür klopfte.

»Verzeihen Sie die Störung, Sir«, entschuldigte er sich, »aber Mr. Breeland ist erneut eingetroffen, und er besteht nachdrücklich darauf, empfangen zu werden. Soll ich ihn bitten zu warten, Sir, oder ... oder soll ich einen der Lakaien bitten, ihn vor die Tür zu weisen? Ich fürchte jedoch, es könnte höchst unerfreulich werden, und eingedenk der Tatsache, dass er Gast dieses Hauses war ...?«

Alberton sah Monk an. »Es tut mir Leid«, sagte er ausdruckslos. »Dies ist eine sehr unangenehme Situation. Sie lernten Breeland ja neulich Abend kennen. Sicherlich haben Sie bemerkt, dass er bezüglich seiner Sache äußerst fanatisch ist und keinen anderen Standpunkt wahrnehmen will. Ich fürchte, er wird warten, bis ich mit ihm spreche, und um Ihnen die Wahrheit zu gestehen, ich würde es vorziehen, wenn meine Tochter ihm nicht noch einmal begegnen würde, was nur möglich ist, wenn ich augenblicklich mit ihm spreche.« In seinem Gesicht zeichnete sich sowohl Zärtlichkeit als auch Verzweiflung ab. »Sie ist noch sehr jung und voller Ideale. Sie gleicht ihm sehr. Sie kann lediglich die Gerechtigkeit einer Sache erkennen, nicht jedoch die Anliegen anderer.«

»Aber ich bitte Sie, empfangen Sie ihn«, stimmte Monk zu und erhob sich. »Ich warte gerne. Ich habe Ihnen ohnehin nicht viel zu berichten. Ich kam nur, weil Sie mich darum baten, ungeachtet der Tatsache, dass ich kaum Neues erfahren konnte.«

Alberton lächelte kurz. »Tatsächlich glaube ich, dass es Robert war, der Sie darum bat, nicht so sehr ich, aber ich verstehe die Beweggründe. Man kann sich hoffnungslos, bar jeglicher Kontrolle fühlen, wenn man nicht weiß, was vor sich geht. Dennoch, ich wäre Ihnen sehr verbunden, wenn Sie bleiben würden, während ich mit Breeland spreche. Wenn Sie das tun könnten? Die Gegenwart eines anderen könnte sein Übermaß an Enthusiasmus ein wenig eindämmen. Ich hatte wirklich gedacht, ich hätte mich ihm gegenüber bereits verständlich ausgedrückt.« Er wandte sich an den Butler, der immer noch geduldig wartete. »Ja, Hallows, bitten Sie Mr. Breeland herein.«

»Ja, Sir.« Hallows zog sich gehorsam zurück, aber einen Augenblick lang zeichnete sich seine Meinung über Breelands Aufdringlichkeit klar in seinem Gesicht ab, dann setzte er wieder eine undurchdringliche Maske auf. Monk konnte sich gut vorstellen, dass Hallows sich in Rufweite aufhalten würde.

Einen Moment später erschien Lyman Breeland, als ob er dem Butler auf den Fersen gefolgt sei. Er war sehr formell in einen dunklen, hochgeknöpften Anzug und in gut geschnittene, auf Hochglanz polierte Stiefel gekleidet.

Ganz offensichtlich brachte ihn Monks Gegenwart aus dem Konzept.

Alberton entging dies nicht. »Mr. Monk ist mein Gast«, erklärte er kühl. »Er hat keinerlei Interesse an Waffen und ist bezüglich der Dinge, die Sie von mir wünschen, kein Rivale. Aber wie ich Ihnen schon sagte, Mr. Breeland, die Waffen, die Sie interessieren, sind bereits verkauft –«

»Nein, das sind sie nicht!«, unterbrach Breeland ihn. »Sie stehen in Verhandlungen. Sie wurden noch nicht bezahlt, und glauben Sie mir, Sir, ich weiß das. Die Union hat Wege, an Informationen zu kommen. Man hinterlegte bei Ihnen eine Vorauszahlung, aber die Rebellen sind schlecht bei Kasse, und Sie können sich glücklich schätzen, wenn Sie die zweite Hälfte des Betrages je zu sehen bekommen.«

»Möglich«, gab Alberton unmissverständlich kühl zurück. »Aber ich habe keinen Grund zu der Annahme, dass diejenigen, mit denen ich verhandle, keine Ehrenmänner sind, und ob dies der Wahrheit entspricht oder nicht, ist nicht Ihre Angelegenheit.«

»Ich verfüge über den kompletten Betrag«, fuhr Breeland fort. »Verlangen Sie von Philo Trace, dasselbe zu beweisen! Sehen Sie doch, ob er das kann!«

»Ich habe mein Wort gegeben, Sir, und ich werde es nicht zurücknehmen«, erwiderte Alberton. Sein Gesicht wies harte Linien auf und sein Zorn war unübersehbar.

»Sie leisten der Sklaverei Vorschub!« Breelands Stimme hob sich. Sein Körper war steif geworden, und er hatte die Schultern hochgezogen. »Wie kann ein zivilisierter Mann das nur tun? Oder haben Sie die Zivilisation hinter sich gelassen und sich der Dekadenz verschrieben? Kümmert es Sie nicht mehr, wer für Ihr sorgenfreies Dasein sorgt und wer dafür bezahlt?«

Alberton war weiß bis auf die Lippen. »Ich schwinge mich nicht zum Richter über Menschen und Nationen auf«, sagte er ruhig. »Vielleicht sollte ich? Vielleicht sollte ich von jedem künftigen Interessenten eine Rechtfertigung und Rechenschaft über jeden Schuss verlangen, den er mit einer Waffe tut, die ich ihm verkaufe. Und da dies völlig lächerlich ist, sollte ich vielleicht überhaupt keine Waffen mehr verkaufen?«

»Sie führen diesen Diskurs ad absurdum!«, wetterte Breeland, und auf seinen Wangen glühten rosafarbene Flecken. »Der moralische Unterschied zwischen Angreifer und Verteidiger ist jedem Menschen mehr als klar. Ebenso der Unterschied zwischen

Sklavenhalter und denjenigen, die den Sklaven zur Freiheit verhelfen möchten. Nur ein Sophist der heuchlerischsten Sorte würde anders argumentieren!«

»Ich könnte auch behaupten, dass der Konföderierte, der seiner Überzeugung gemäß eine eigene Regierung bilden möchte, eine größere Berechtigung dazu hat, als der Unionist, der ihn verpflichten möchte, länger als er dies wünscht, in der Union zu verbleiben«, entgegnete Alberton. »Aber darum geht es hier nicht, wie Sie sehr wohl wissen. Trace kam vor Ihnen zu mir, und ich willigte ein, ihm Waffen zu verkaufen. Ich breche mein Wort nicht. Darum geht es, Mr. Breeland, um nichts weiter. Trace führte mich in keinster Weise in die Irre oder täuschte mich, sodass ich mich veranlasst fühlen könnte, mein Wort ihm gegenüber zu brechen. Ich habe keine Waffen, die ich Ihnen verkaufen könnte, das ist die Quintessenz des Ganzen.«

»Geben Sie Trace seine Vorauszahlung zurück«, forderte Breeland. »Machen Sie ihm klar, dass Sie kein Anhänger der Sklaverei sind. Oder sind Sie das etwa?«

»Unverschämtheiten beleidigen mich«, sagte Alberton grimmig. »Aber sie vermögen es nicht, meine Meinung zu ändern. Ich habe eingewilligt, Sie zu empfangen, weil ich fürchtete, Sie würden mein Haus nicht eher verlassen. Wir haben nichts mehr miteinander zu besprechen. Guten Abend, Sir.«

Breeland bewegte sich nicht. Sein Gesicht war blass, seine Hände waren an den Seiten seines Körpers zusammengeballt. Aber bevor er Worte der Vergeltung finden konnte, öffnete sich hinter ihm die Tür, und Merrit Alberton trat ein.

Ihr Kleid war von einem kräftigen Rosa, ihr Haar kunstvoll gelockt, nun aber ein wenig in Auflösung begriffen. Ihre Wangen waren von Röte überzogen, und ihre Augen funkelten. Sie ignorierte Monk, warf einen kurzen Blick auf Breeland, stellte sich aber bewusst nahe neben ihn. Dann sprach sie ihren Vater an.

»Was du tust, ist unmoralisch! Du hast einen Fehler gemacht, als du den Konföderierten die Waffen angeboten hast. Nie hättest du in Erwägung gezogen, etwas Derartiges zu tun, wenn sich die Rebellen gegen England gewendet hätten!« In ihrer Empörung wurde ihre Stimme immer lauter und schärfer. »Wenn wir hier noch Sklaverei hätten, würdest du dann den Sklavenhaltern Waffen verkaufen, damit sie auf unsere Armee und Marine, ja, auf unsere Frauen und Kinder in den eigenen Häusern schießen könnten, nur weil wir wollten, dass alle Menschen frei wären?«

»Das ist kaum ein guter Vergleich, Merrit –«

»Das ist es wohl! Die Rebellen halten Sklaven!« Sie zitterte vor Entrüstung. »Sie kaufen Männer, Frauen und Kinder und nutzen sie wie Tiere! Wie konntest du solchen Menschen Gewehre verkaufen? Hast du denn gar keine Moral? Geht es dir etwa nur um Geld? Ist es das?« Fast unbewusst näherte sie sich Breeland immer mehr, der mit unbewegtem Gesicht zusah.

»Merrit –«, begann Alberton.

Aber sie schnitt ihm das Wort ab. »Es gibt kein Argument, das deine Handlungsweise rechtfertigen könnte. Ich schäme mich so sehr für dich, ich kann es kaum ertragen!«

Er machte eine Geste der Hilflosigkeit. »Merrit, es ist nicht so einfach, wie –«

Wieder weigerte sie sich zuzuhören. Immer noch schien sie sich der Gegenwart Monks nicht bewusst zu sein. Von der eigenen Courage getrieben, wurde ihre Stimme schriller. »Du verkaufst Waffen an Menschen, die sich Sklaven halten. Sie befinden sich im Kriegszustand mit ihren Landsleuten, die dies unterbinden und die Sklaven befreien wollen.« Wütend schleuderte sie den Arm in die Luft. »Geld! Alles dreht sich immer nur um Geld, das reinste Übel! Ich verstehe nicht, wie du, mein eigener Vater, auch nur versuchen kannst, dich zu rechtfertigen, ganz abgesehen davon, auch noch daran teilzuhaben. Du verkaufst Menschen den Tod, die ihn in der schlimmsten Sache der Welt benutzen werden.«

Breeland machte eine Bewegung, als wollte er den Arm um ihre Schultern legen.

Schließlich war Albertons Zorn nicht mehr zu bändigen. »Merrit, sei still! Du weißt nicht, wovon du sprichst! Lass uns allein …«

»Das werde ich nicht! Ich kann nicht!«, protestierte sie. »Ich weiß sehr wohl, wovon ich spreche. Lyman hat es mir erklärt. So wie du übrigens auch, das ist das Schlimmste daran! Du bist dir der Tatsachen durchaus bewusst, und trotzdem bist du gewillt, dein Vorhaben auszuführen!« Sie machte einen Schritt auf ihn zu, Monk und Breeland ignorierte sie, ihr Gesicht war von Zornesfalten zerfurcht, und sie hatte die Brauen zusammengezogen. »Bitte, Papa! Bitte, den versklavten Menschen zuliebe, der Gerechtigkeit und der Freiheit zuliebe, vor allem aber dir zuliebe, verkaufe die Waffen an die Union, nicht an die Rebellen! Behaupte doch einfach, du könntest die Sklaverei nicht unterstützen. Du würdest nicht einmal Geld dabei verlieren … Lyman kann dir den gesamten Betrag bezahlen.«

»Es geht nicht um Geld!« Auch Albertons Stimme war jetzt lauter und scharf vor Pein. »Um Gottes willen, Merrit, du kennst mich doch eigentlich besser, als dass du das annehmen könntest!« Er behandelte Breeland, als sei er nicht anwesend. »Ich gab Trace mein Wort, und ich werde es nicht brechen. Ich bin mit Sklaverei ebenso wenig einverstanden wie du, aber ich bin nicht mit der Union einer Meinung, die den Süden dazu zwingen will, ein Teil von ihr zu bleiben und unter derselben Regierung auszuharren, wenn er dies nicht will! Es gibt viele verschiedene Arten von Freiheit. Es gibt das Privileg, nicht hungern oder die Knechtschaft der Armut erleiden zu müssen, oder eben die Art von Sklaverei, die du ansprichst. Es gibt –«

»Sophisterei!«, rief sie mit hochrotem Gesicht. »Du bist doch höchst zufrieden, hier zu sitzen und tun und lassen zu können, was dir beliebt! Du lässt dich nicht für das Parlament aufstellen, um zu versuchen, unser Leben zu ändern, den Hunger und die Unterdrückung zu bekämpfen. Du bist ein Heuchler!« Es war das schlimmste Wort, das ihr in den Sinn kam, und seine Bitterkeit drückte sich sowohl in ihren Augen als auch in ihrer Stimme aus.

Kühl fixierte Breeland Alberton. Er schien schließlich zu verstehen, dass er Albertons Entschluss nicht ändern konnte. Wenn alles, was Merrit ihm an den Kopf geworfen hatte, ihn nicht umzustimmen vermochte, dann gab es nichts mehr, was er hinzufügen hätte können.

»Es tut mir Leid, dass Sie es für angebracht halten, gegen uns zu handeln«, sagte er steif. »Dennoch werden wir die Oberhand behalten. Wir werden bekommen, was wir brauchen, um zu gewinnen, welches Opfer es auch von uns verlangen mag und zu welchem Preis.« Mit einem kurzen Seitenblick auf Merrit, als wüsste er, dass sie ihn verstehen würde, drehte er sich auf dem Absatz um und marschierte hinaus. Sie hörten seine abgehackten Schritte auf dem Holzboden in der Halle.

Merrit starrte ihren Vater an, ihre Augen waren voller Tränen, und sie wirkte elend. »Ich hasse alles, wofür du stehst!«, rief sie hitzig. »Ich verachte es so sehr, dass ich mich schäme, unter deinem Dach zu leben und dass du für das Essen in meinem Mund und die Kleidung auf meinem Leib bezahlst!« Dann rannte auch sie hinaus, leicht und schnell, ihre Absätze klapperten auf dem Fußboden und dann auf den Treppenstufen.

Alberton sah Monk an.

»Es tut mir außerordentlich Leid, Monk«, sagte er deprimiert. »Ich hatte ja keine Ahnung, dass Sie einer solch unangenehmen Szene ausgesetzt sein würden. Ich kann Sie nur um Vergebung bitten.«

Bevor er noch etwas hinzufügen konnte, erschien Judith Alberton in der Tür. Sie sah ein wenig blass aus und hatte ganz offensichtlich zumindest den letzten Teil des Streites mit angehört. Verlegen sah sie Monk an, dann ihren Mann.

»Ich fürchte, sie hat sich in Mr. Breeland verliebt«, sagte sie peinlich berührt. »Oder sie denkt, sie wäre verliebt.« Nervös beobachtete sie Alberton. »Es mag eine Weile dauern, Daniel, aber sie wird sich eines Besseren besinnen. Es wird ihr Leid tun, dass sie mit dir so ...« Sie zögerte, unsicher, welches Wort sie wählen sollte.

Monk ergriff die Gelegenheit und entschuldigte sich. Er hatte alles über seine Ermittlung gesagt, was er beabsichtigt hatte. Er wollte den Albertons nun die Privatsphäre gönnen, die sie brauchten, um ihre Schwierigkeiten zu meistern.

»Ich werde Sie über alles, was ich höre, auf dem Laufenden halten«, versprach er.

»Ich danke Ihnen«, erwiderte Alberton herzlich und streckte ihm die Hand entgegen. »Diese unangenehme Situation tut mir wahrhaftig sehr Leid. Ich fürchte, die Emotionen schaukeln sich bezüglich der amerikanischen Situation immer mehr auf. Ich denke, wir haben noch nicht einmal den Beginn davon hinter uns.«

Monk fürchtete, dass er Recht hatte, aber er sagte nichts mehr, sondern wünschte ihnen eine gute Nacht und ließ sich vom Butler nach draußen begleiten.

Er wachte verwirrt auf, fragte sich einen Moment lang, wo er sich befand, und kämpfte darum, den beständigen Lärm von den letzten Traumfetzen zu trennen. Hastig setzte er sich auf. Tageslicht strömte durch die Fenster, aber es war noch schwach und voller Schatten. Der Lärm hörte nicht auf.

Hester war aufgewacht. »Wer kann das sein?«, fragte sie beunruhigt und setzte sich aufrecht ins Bett, wobei ihr Haar auf ihre Schultern fiel. »Es ist Viertel vor vier!«

Monk kletterte aus dem Bett und griff nach seinem Morgenmantel. Hastig schlüpfte er hinein und eilte zur Vordertür, wo das Klopfen noch lauter und eindringlicher klang. Er hatte sich nicht damit aufgehalten, Stiefel oder Hose anzuziehen. Wer immer das auch sein mochte, schien so verzweifelt zu sein, dass er entschlossen war, jemanden aufzuwecken, auch wenn dies eine Störung für die gesamte Nachbarschaft bedeutete.

Einen Moment lang fummelte Monk mit dem Schloss herum, dann öffnete er die Tür.

Robert Casbolt stand auf der Stufe im Dämmerlicht, sein Gesicht unrasiert, das Haar zerwühlt.

»Treten Sie ein.« Monk trat zur Seite und hielt die Tür weit auf.

Casbolt trat, ohne zu zögern, ein und begann bereits vor dem Überschreiten der Schwelle zu sprechen.

»Verzeihen Sie, dass ich Sie in meiner Verzweiflung störe, aber ich habe schreckliche Angst, dass etwas nicht wieder Gutzumachendes passiert ist.« Seine Worte sprudelten hervor, als ob er seine Zunge kaum unter Kontrolle hätte. »Judith – Mrs. Alberton schickte mir eine Depesche. Sie ist außer sich vor Sorge. Daniel verließ kurz nach Ihnen das Haus und ist nicht wieder zurückgekehrt. Sie sagte, Breeland sei gestern Abend bei ihnen gewesen, äußerst zornig … ja, er hätte fast bedrohlich gewirkt. Sie ist panisch vor Angst, dass … es tut mir Leid.« Er fuhr sich mit der Hand über das Gesicht, als ob er seinen Blick klären und sich beruhigen wollte. »Und was noch schlimmer ist, auch Merrit ist verschwunden.« Aus vor Schreck geweiteten Augen sah er Monk an. »Nach dem Streit mit ihrem Vater schien sie geradewegs hinauf in ihr Zimmer gegangen zu sein. Judith nahm an, sie würde dort bleiben und sich bis zum Morgen nicht mehr unten zeigen.«

Monk unterbrach ihn nicht.

»Aber als sie aus Sorge um Daniel nicht schlafen konnte«, fuhr Casbolt fort, »ging sie in Merrits Zimmer – und entdeckte, dass sie fort war. Sie war im ganzen Haus nicht zu finden, woraufhin ihr Kammermädchen nachsah und entdeckte, dass eine Tasche und einige ihrer Kleidungsstücke fehlten … ein Kostüm und mindestens zwei Blusen. Ebenso ihre Haarbürste und Kämme. Um Himmels willen, Monk, helfen Sie mir, sie zu suchen, bitte!«

Monk versuchte, seine Gedanken zu sammeln und einen klaren Plan zu fassen, was als Erstes zu tun war. Casbolt schien am Rande der Hysterie zu sein. Seine Stimme war unstet und sein Körper so angespannt, dass sich seine Hände abwechselnd zur Faust ballten und lösten, als sei Bewegungslosigkeit unerträglich.

»Hat Mrs. Alberton die Polizei alarmiert?«, fragte Monk.

Casbolt schüttelte den Kopf.

»Nein. Das war das Erste, was ich vorschlug, aber sie fürchtete, Merrit könnte zu Breeland gegangen sein und das Einschalten der Polizei würde einen Skandal auslösen, der das Kind ruinieren würde. Sie …« Er holte tief Luft. »Ehrlich gesagt, Monk, sie befürchtet, Breeland könnte Daniel etwas angetan haben. Offenbar war er schrecklich in Rage, als er das Haus verließ, und sagte, dass er auf die eine oder andere Weise doch noch gewinnen würde.«

»Das ist wahr«, bestätigte Monk. »Ich war dabei, als er dies äußerte.« Mit Schaudern erinnerte er sich an die Leidenschaft in Breelands Stimme. Es war das Feuer des Künstlers, das aus dem

Nichts eine großartige Vision für die Welt kreiert, des Forschungsreisenden, der sich in die Ungewissheit wagt und den Weg für geringere Menschen ebnet, des Erfinders, des Denkers, des Märtyrers, der lieber stirbt, als das Licht verleugnet, das ihm erschienen war ... und des Fanatikers, der jegliche Tat durch die Sache, der er sich verschrieben hat, gerechtfertigt sieht.

Casbolt hatte durchaus Grund, vor Breeland Angst zu haben. Ebenso Judith Alberton.

»Ja, natürlich komme ich mit Ihnen«, antwortete Monk. »Ich werde mich rasch ankleiden und meine Frau informieren. Ich brauche nur fünf Minuten, vielleicht sogar weniger.«

»Ich danke Ihnen! Ich danke Ihnen von Herzen!«

Monk nickte und eilte zurück in das Schlafzimmer.

Hester saß mit einem Schal um die Schulter aufrecht im Bett.

»Wer ist es?«, fragte sie, noch bevor er die Tür geschlossen hatte.

»Casbolt«, antwortete er, schlüpfte aus dem Morgenmantel und zog ein Hemd an. »Alberton ging kurz nachdem ich ihn verlassen hatte, aus dem Haus und kehrte nicht zurück, und Merrit ist ebenfalls verschwunden. Es sieht so aus, als wäre sie Breeland gefolgt. Törichtes Kind!«

»Kann ich helfen?«

»Aber nein! Danke dir!« Mit ungeschickten, hastigen Bewegungen knöpfte er sein Hemd zu, dann griff er nach seiner Hose.

»Sei vorsichtig, was du zu ihr sagst«, warnte Hester.

Es wäre ihm ein Vergnügen gewesen, Merrit über das Knie zu legen und zu verhauen, bis sie dankbar gewesen wäre, eine Woche lang nur von der Kamineinfassung zu speisen. Sein Wunsch musste sich auf seinem Gesicht gezeigt haben, denn Hester stand auf und kam auf ihn zu.

»William, sie ist jung und voller Ideale. Je härter du sie anpackst, desto sturer wird sie sich verhalten. Wenn du mit ihr streitest, wird sie das Letzte tun, wonach ihr eigentlich der Sinn steht, nur um nicht dabei ertappt zu werden, nachgiebig zu sein. Erbitte ihre Hilfe, ihr Verständnis, erwirb ihr Erbarmen, dann wird sie auch vernünftig sein.«

»Woher weißt du das?«

»Weil ich auch einmal sechzehn Jahre alt war«, sagte sie mit einer Spur Koketterie.

Er grinste. »Und verliebt?«

»Das liegt in der Natur der Sache.«

»War er auch Waffenkäufer einer ausländischen Armee?« Er schlüpfte in seinen Mantel. Zum Rasieren war keine Zeit.

»Nein, tatsächlich war er Vikar«, erwiderte sie.

»Ein Vikar? Du warst in einen Vikar verliebt?«

»Ich war sechzehn!« Auf ihren Wangen breitete sich ein warmer Farbton aus.

Er lächelte und küsste sie schnell, spürte, wie sie fast augenblicklich den Kuss erwiderte.

»Sei vorsichtig«, flüsterte sie. »Breeland könnte ...«

»Ich weiß.« Bevor sie noch etwas hinzufügen konnte, trat er durch die Tür und ging zu Casbolt, der ungeduldig an der Haustür stand.

Casbolts Equipage wartete draußen auf der Straße. Casbolt sprang noch vor Monk hinein und schrie den Fahrer an, der zusammengesunken auf dem Kutschkasten saß. Die sommerliche Morgendämmerung war nicht kalt, aber zu kühl zum Warten, und der Mann war schließlich mitten in der Nacht aus dem Schlaf gerissen worden.

Die Kutsche fuhr mit einem Ruck an und erreichte nach wenigen Augenblicken eine gute Geschwindigkeit. Es war erst vierzehn Minuten her, dass Casbolt Monks Träume unterbrochen hatte.

»Wo fahren wir hin?«, fragte Monk, während sie über das Kopfsteinpflaster holperten und gegeneinander geworfen wurden, als sie um eine Straßenecke preschten.

»Zu Breelands Unterkunft«, gab Casbolt atemlos zur Antwort. »Ich wäre fast schon ohne Sie hingefahren, aber mit dem Umweg durch eine oder zwei Straßen konnte ich Sie abholen und mitnehmen. Ich ahne nicht, was wir dort vorfinden werden. Möglich, dass mehr als einer von uns beiden vonnöten sein wird, und so kam ich zu der Auffassung, dass es vielleicht gut sein würde, Sie bei einem Kampf an meiner Seite zu haben, wenn es denn dazu kommen sollte. Gott allein weiß, was in Merrits Kopf vorgeht. Sie muss völlig den Verstand verloren haben! Sie kennt den Mann doch kaum! Er …«

Er schnappte nach Luft, als sie erneut aneinander prallten, während die Kutsche in die andere Richtung schlitterte und er dieses Mal fast auf Monk gefallen wäre.

»Er könnte alles Mögliche sein!«, fuhr er fort. »Der Mann ist ein Fanatiker, bereit, für sein verdammtes Anliegen alles und jeden zu opfern! Er ist verrückter als irgendeiner unserer eigenen Soldaten, und Gott weiß, die sind toll genug!« Seine Stimme hob sich und nahm einen hysterischen Unterton an. »Sehen Sie sich doch ihr Theater auf der Krim an! Sie zahlten jeden Preis, um ein Held zu sein, um die Siegerehre zu erringen – Blut und Leichen, wohin man sah, und wofür? Für Ruhm, ein Ideal … für Medaillen und eine Fußnote in der Geschichtsschreibung.«

Sie holperten über einen von Bäumen gesäumten Platz, die sie kurz in Dunkelheit tauchten.

»Verdammt sei Breeland mitsamt seinen idiotischen Idealen!«, rief Casbolt mit neuerlich aufflammendem Zorn. »Es steht ihm nicht zu, einem sechzehnjährigen Mädchen zu predigen, das der Meinung ist, alle Menschen seien so edelmütig und von solcher Geradlinigkeit wie sie selbst.« In seiner Stimme lag eine erschreckende Gehässigkeit, eine solch tiefe Leidenschaft, die sich seiner Kontrolle entzog und schier greifbar in der Luft lag, während sie im heller werdenden Licht durch die dämmrigen Straßen ratterten.

Monk wünschte, er hätte ihm irgendwie helfen können, aber er wusste, dass Casbolt Recht hatte. Da er törichte Worte missbilligte, schwieg er.

Plötzlich bremste der Kutscher. Casbolt warf einen Blick nach draußen, um zu sehen, ob sie sich an einer Kreuzung befanden, doch offensichtlich erkannte er, wo sie sich befanden, und sprang hinaus.

Monk folgte ihm über das Straßenpflaster zu einer Tür, die Casbolt mit einem Ruck aufstieß und eintrat. Die Tür war lediglich der Eingang eines Gebäudes, in dem sich mehrere Wohnungen befanden. Der Nachtportier saß behaglich dösend auf einem Stuhl im Korridor.

»Führen Sie uns zu Breelands Räumlichkeiten!«, rief Casbolt laut, als der Mann aus dem Halbschlaf hochfuhr.

»Ja, Sir.« Er rappelte sich auf die Füße, schnappte sich seine Kappe und setzte sie sich schief auf den Kopf. »Aber Mr. Breeland ist nicht da. Er ist fort, Sir.«

»Fort?«, ächzte Casbolt verblüfft. »Aber letzte Nacht war er doch noch hier. Was meinen Sie mit fort? Wohin ging er? Wann kommt er zurück?«

»Der kommt nicht zurück«, sagte der Portier kopfschüttelnd. »Er ist ausgezogen. Er hat bezahlt und seine Taschen mitgenommen. Hat eigentlich nur eine gehabt.«

»Wann?«, fuhr Casbolt ihn an. »Um welche Zeit verließ er das Haus? War er allein?«

Der Portier kniff die Augen zusammen. »Weiß ich nicht, Sir. Ungefähr um halb zwölf, oder so. War aber gewiss vor Mitternacht.«

»War er allein?«, insistierte Casbolt. Sein ganzer Körper bebte, und sein Gesicht war weiß, auf den Brauen sammelten sich kleine Schweißperlen.

»Nein, Sir.« Es war deutlich, dass der Portier es jetzt mit der Angst zu tun bekam. »'ne junge Dame war bei ihm. Sehr hübsch. Blondes Haar, soviel ich gesehen hab. Auch sie hat eine Tasche bei sich gehabt.« Er schluckte. »Sind sie etwa ausgerissen?« Er verschluckte sich an seinem Atem und hustete krampfhaft.

»Möglicherweise«, erwiderte Casbolt, in dessen Stimme die nackte Pein lag.

Der Portier bekam den Hustenanfall unter Kontrolle. »Sind Sie etwa ihr Vater? Ich hab's nicht gewusst, ich schwör's vor Gott!«

»Ihr Pate«, entgegnete Casbolt. »Aber vielleicht war ihr Vater auch hier, um sie zu suchen. War noch jemand da?«

Der Portier verzog das Gesicht. »Da ist 'ne Depesche für Mr. Breeland gekommen, aber die hat 'n ganz normaler Botenjunge gebracht. Hat sie Mr. Breeland hinaufgetragen, persönlich, dann ist er wieder gegangen. Und danach kam noch mal wer, aber von dem hab ich nur 'n Rücken gesehen, wie er rauf ist.«

»Um welche Uhrzeit kam die Depesche?«, fragte Casbolt mit wachsender Verzweiflung.

»Kurz bevor er fort ist.« Nun war der Portier vollends erschrocken. »Ich hab bei Mr. Breeland geklopft, und er hat die Tür aufgemacht. Der Bote hat ihm die Nachricht übergeben. Hat mir nicht getraut, dass ich es wirklich tun würde. Ist mir vorgekommen, als ob er dafür bezahlt worden ist, dass er sie auch wirklich persönlich übergibt. Ich wollt's ihm ja abnehmen, aber das hat er nicht zugelassen.«

»Etwa um halb zwölf?«, unterbrach Monk.

»Hm, vielleicht ein bisschen später. Auf jeden Fall ist Mr. Breeland ein paar Minuten später mit seinen Sachen in der Tasche herausgekommen, die junge Lady hinter ihm. Er hat bezahlt, was er schuldig war, damit ich es dem Hauswirt gebe, und weg war er. Und sie mit ihm.«

»Können wir seine Räume sehen?«, fragte Casbolt. »Vielleicht werden wir dadurch schlauer, auch wenn ich wenig Hoffnung habe.«

»Natürlich, wenn Sie wollen.« Der Portier war mehr als willfährig und ging ihnen voraus.

»Haben Sie eine Ahnung, was in der Nachricht stand?«, fragte Monk, mit ihm Schritt haltend. »Irgendeine Ahnung? Wie sah er aus, als er sie las? Erfreut, überrascht, ärgerlich, besorgt?«

»Erfreut!«, gab der Mann spontan zurück. »Oh, er war richtig froh! Sein Gesicht hat plötzlich richtig gestrahlt, und er hat dem Boten gedankt und ihm einen Sixpence geschenkt!« Es war offensichtlich, dass diese übertriebene Großzügigkeit für den Portier Bände sprach über Breelands Zufriedenheit. »Und er war schrecklich in Eile, fortzukommen.«

»Gab er Ihnen irgendeinen Hinweis darauf, welches Ziel er hatte?«, drang Casbolt in ihn, derartig nervös, dass er von einem Bein auf das andere trat, unfähig, still zu stehen.

»Nein. Hat nur gesagt, dass es ihm pressiert, dass er in Eile ist, und das hat man gesehen. Dauerte keine zehn Minuten, dann war er fort.« Er war an Breelands Tür angekommen, öffnete sie und trat zurück, um ihnen Einlass zu gewähren.

Casbolt schritt an ihm vorbei, drehte sich langsam im Kreis und sah sich um. Monk folgte ihm. Der Raum schien aller persönlicher Habseligkeiten beraubt zu sein. Er entdeckte ein wenig Geschirr, eine Schüssel für Waschwasser, einen Wasserkrug und einen Stapel Handtücher. Auf dem Toilettentisch lagen einige Blätter Papier und eine Bibel. Ansonsten gab es nichts, was darauf hingedeutet hätte, wer dieses Zimmer noch vor wenigen Stunden bewohnt hatte. Casbolt ging geradewegs auf den Toilettentisch zu, blätterte das Papier durch und zog sämtliche Schubladen auf. Dann riss er das Bettzeug von der Matratze, wobei seine Bewegungen immer fahriger wurden, da er außer den wenigen Einrichtungsgegenständen nichts fand.

»Hier ist nichts«, sagte Monk.

Casbolt fluchte voll Wut und Verzweiflung.

»Es hat keinen Sinn, sich noch weiter hier aufzuhalten«, schnitt Monk ihm das Wort ab. »Wo können wir noch suchen? Wenn Breeland fort ist und Merrit bei ihm ist, vielleicht ist Alberton ihnen ja gefolgt? Wohin könnten sie gegangen sein?«

Mit beiden Händen bedeckte Casbolt sein Gesicht. Dann versteifte sich sein Körper plötzlich, und er sah Monk mit weit aufgerissenen Augen an. »Die Depesche! Da Merrit bei ihm war, könnte sie ja von ihr gekommen sein. Er freute sich darüber – freute sich sogar sehr. Das Einzige, was ihm wirklich wichtig ist, sind die Waffen! Es muss damit zu tun haben.« Er eilte bereits auf die Tür zu.

»Wohin?« Monk lief ihm auf den Korridor hinaus nach.

»Wenn er Merrit als Geisel hält, dann könnte er zum Lagerhaus gefahren sein. Dort befinden sich die Waffen«, rief Casbolt, während er auf die Haustür zustürmte und dann auf die Straße rannte. »Es ist in der Tooley Street!«, rief er dem Kutscher zu, riss den Schlag auf und sprang einen Schritt vor Monk hinein. Die Kutsche tat einen Satz nach vorn, nahm Geschwindigkeit auf, sodass Monk hart auf seinen Sitz prallte. Es dauerte einen Moment, bis Monk sich in eine aufrechte Stellung gekämpft und sein Gleichgewicht wiedergefunden hatte.

Schweigend fuhren sie dahin, jeder verzehrt von der Furcht, was sie vorfinden würden. Mittlerweile war es hell geworden, und die ersten Arbeiter waren auf dem Weg zu ihren Arbeitsstätten. Sie fuhren an Händlerwagen vorbei, die auf dem Weg zum Gemüsemarkt am Covent Garden waren. Es waren vertraute Eindrücke und Geräusche.

Sie überquerten den Fluss über die London Bridge, auf dem Wasser herrschte bereits lebhafter Lastkahnverkehr, und die Flut brachte feuchten Salzgeruch mit sich. Das Licht war hart, grelle Reflexionen blitzten auf der bewegten Wasseroberfläche.

Die Kutsche bog nach rechts ab, dann standen sie vor einem hohen, doppelflügeligen Holztor. Casbolt sprang hinaus und rannte darauf zu. Er warf sich mit seinem ganzen Körpergewicht dagegen, woraufhin es sich öffnete, offenbar von keinem Schloss oder Riegel gesichert.

Monk folgte ihm und lief auf den Hof vor dem Lagerhaus. Einen Moment lang meinte er im kalten Morgenlicht, er sei leer. Die Tore des Lagerhauses waren geschlossen, die Fenster blind. Die rundlichen Pflastersteine waren schmutzverschmiert, und in mehrere Richtungen führten eindeutige Radspuren, als ob man versucht hätte, etwas Schweres zu wenden.

Frischer Pferdedung lag auf der Erde.

Dann sah er sie: dunkle, merkwürdige Hügel.

Casbolt hielt wie gelähmt inne.

Monk eilte an ihm vorbei, in seinem Magen breitete sich Kälte aus, seine Beine zitterten. Zwei Körper lagen nahe beieinander, ein weiterer zwei, drei Schritte davon entfernt. Sie lagen alle mit seltsam verrenkten Gliedern, als ob sie auf dem Boden gelegen hätten und ihnen jemand mit einem Besenstiel unter Knie und Arme gefahren wäre. Um Hände und Fußgelenke waren sie gefesselt, was ihnen jegliche Bewegung unmöglich gemacht hatte, und sie waren geknebelt. Die ersten beiden waren Fremde.

Monk trat vor den Dritten, Übelkeit breitete sich in seinem Magen aus. Es war Daniel Alberton. Wie die anderen beiden hatte man auch ihn mit einem Kopfschuss getötet.

3

Voller Grauen starrte Monk auf Alberton hinab, bis ihn Casbolts Stöhnen schlagartig zu der Erkenntnis brachte, dass sie etwas unternehmen mussten. Er wandte sich um und sah, dass Casbolt verstört und ganz offensichtlich unfähig war, sich zu bewegen. Er sah aus, als würde er gleich das Bewusstsein verlieren.

Monk trat neben ihn. Er packte Casbolts Schultern und drehte ihn herum. Der Körper in Monks Händen war steif und doch sonderbar aus dem Gleichgewicht geraten, als ob ihn der leiseste Windstoß umwerfen könnte.

»Wir … wir sollten etwas unternehmen«, stieß Casbolt heiser hervor und stolperte, worauf er sich schwer an Monk lehnte. »Jemanden holen … Oh, Gott! Das ist …« Er konnte den Satz nicht beenden.

»Setzen Sie sich«, ordnete Monk an und half ihm zu Boden zu gleiten. »Ich sehe mich einmal um, vielleicht entdecke ich etwas. Wenn Sie sich besser fühlen, holen Sie die Polizei.«

»M-Merrit?«, stammelte Casbolt.

»Ich glaube nicht, dass sonst noch jemand hier ist«, antwortete Monk. »Ich werde alles absuchen. Bleiben Sie, wo Sie sind.«

Casbolt erwiderte nichts. Er schien zu niedergeschmettert zu sein, um sich ohne Hilfe bewegen zu können. Monk wandte sich um und ging über den gepflasterten Hof zu den beiden Männern, die nahe nebeneinander lagen. Der erste war stämmig gebaut, beleibt, und obwohl es bei seiner gekrümmten Haltung schwer festzustellen war, vermutete Monk, dass er kleiner war als der Durchschnitt. Sein Kopf und das, was von seinem Gesicht noch übrig war, war von Blut bedeckt. Das wenige Haar, das noch zu sehen war, war hellbraun und noch nicht von grauen Strähnen durchzogen. Er könnte in den Dreißigern gewesen sein.

Monk schluckte schwer und trat vor die nächste Leiche. Dieser zweite Mann schien älter gewesen zu sein; sein Haar war grau meliert, sein Körper magerer und seine Hände voller Schwielen. Am Rücken war ihm die Kleidung von den Schultern gezerrt worden, und seitlich und senkrecht auf dem Schultergürtel waren fast blutlose Schnitte zu sehen. Sie mussten nach dem Tod angebracht worden sein.

Monk trat noch einmal vor den ersten Mann und betrachtete ihn genauer. Auf seinen Schultern fand er dasselbe Zeichen, bei ihm war es jedoch halb versteckt durch die Art, wie er gefallen war. Obwohl der Schnitt noch leicht geblutet hatte, musste auch er dem Mann beigebracht worden sein, nachdem sein Herz zu schlagen aufgehört hatte. Es war abartig, grausam, einem Toten dies anzutun. Steckte hier etwa großer Hass dahinter? Oder eine böse Absicht? Es lag kein Sinn darin, aber warum sollte jemand Zeit damit verschwenden? Sicherlich versuchte man doch nach solchen Morden, so schnell wie möglich die Flucht zu ergreifen?

Zunächst war Monk zu erschrocken gewesen, um den Körper zu berühren und zu prüfen, ob er noch warm war. Nun musste er es dennoch tun. Er warf einen Blick auf Casbolt, der auf dem Pflaster saß und ihn anstarrte. Monk bückte sich und berührte die Hand eines Toten. Sie wurde bereits kalt. Dann berührte er die Schulter unter Mantel und Hemd. Hier spürte er noch eine Spur der Körperwärme. Sie mussten vor zwei oder drei Stunden getötet worden sein, ungefähr um zwei Uhr nachts. Alberton konnte nicht lange nach Mitternacht angekommen sein. Die anderen beiden Männer waren vermutlich die angestellten Nachtwächter.

Bald würden ihre Kollegen von der Morgenschicht eintreffen. Hinter den Toren konnte er den Lärm der Karren in den Straßen und hier und da Stimmen hören. Die Welt erwachte und begann ihr Tageswerk. Monk erhob sich und ging zu Alberton hinüber, der in derselben grotesken Position am Boden lag. Hier war der Schuss gezielter gesetzt worden, von seinem Gesicht war noch mehr zu erkennen. Auf seiner Schulter war dasselbe V-förmige Zeichen zu sehen.

Monk war überrascht über seinen Zorn und seine Trauer. Erst jetzt erkannte er, wie sehr er den Mann gemocht hatte. Dieses Verlustgefühl hatte er nicht erwartet. Er verstand, warum Casbolt so erschüttert war und sich kaum bewegen und nicht sprechen konnte. Sie waren zeit ihres Lebens Freunde gewesen.

Trotzdem musste er Casbolt jetzt dazu veranlassen, sich zusammenzunehmen, um sich auf die Suche nach dem nächsten Dienst habenden Constable zu machen, damit dieser einen Vorgesetzten und den Leichenwagen für die Toten herbeirief. Er drehte sich um und begann zurückzugehen. Er war fast bei Casbolt angekommen, als sein Fuß im Schmutz auf den Pflastersteinen gegen etwas Hartes stieß. Zuerst dachte er, es wäre ein Stein gewesen, und warf kaum einen Blick darauf. Aber dann stach ihm ein helles Glimmen ins Auge, und er bückte sich, um es sich genauer anzusehen. Es war Metall, gelb und glänzend. Er hob es auf und rieb den angetrockneten Dreck ab. Es war eine Herrenuhr, rund und schlicht, mit einer Gravur auf der Rückseite.

»Was ist das?«, fragte Casbolt und sah zu ihm auf.

Monk zögerte. Der Name auf der Uhr lautete »Lyman Breeland«, das eingravierte Datum war »1. Juni 1848«. Monk legte sie genau dorthin zurück, wo er sie gefunden hatte.

»Was ist das?«, wiederholte Casbolt mit lauter werdender Stimme. »Was haben Sie gefunden?«

»Breelands Golduhr«, antwortete Monk ruhig. Er wünschte, mehr Mitgefühl anbieten zu können, aber nichts, was er sagen könnte, hätte das Grauen des Geschehens mildern können, und sie mussten nun dringend handeln. »Sie sollten nun all Ihre Kräfte zusammennehmen und die Polizei holen.« Er betrachtete Casbolts weißes Gesicht genauer, um festzustellen, ob er dazu in der Lage sein würde. »In der Nähe ist gewiss ein Constable auf Streife. Fragen Sie. Dort draußen sind Menschen unterwegs. Irgendwer wird es schon wissen.«

»Die Waffen!«, schrie Casbolt, stolperte auf die Füße, torkelte einen Moment, dann schleppte er sich mit schlurfenden Schritten auf die großen doppelten Holztore des Warenlagers zu.

Monk folgte ihm und hatte ihn fast eingeholt, als Casbolt am

Türgriff riss und das Tor aufschwang. In dem Teil des Lagers, den man überblicken konnte, war rein gar nichts, keine Kisten, keine Weidenkörbe, nichts.

»Sie sind weg«, stieß Casbolt aus. »Er hat sie gestohlen ... alle. Und die gesamte Munition. Sechstausend Musketen mit gezogenem Lauf und über eine halbe Million dazugehörende Kartuschen. Alles, was Breeland haben wollte, und zusätzliche fünfhundert Stück!«

»Gehen Sie und holen Sie die Polizei«, trug Monk ihm mit ruhiger Stimme auf. »Wir können hier nichts tun. Hier handelt es sich nicht nur um Diebstahl, sondern um dreifachen Mord.«

Casbolts Kinn klappte herunter. »Gütiger Gott! Denken Sie etwa, ich würde mich einen feuchten Kehricht um die Waffen kümmern? Ich wollte nur wissen, ob er es war, der das hier verbrochen hat! Man wird ihn hängen!« Dann drehte er sich um und ging steifbeinig, mit linkischen Bewegungen davon.

Als er den Hof verlassen und das Tor sich hinter ihm geschlossen hatte, begann Monk erneut, alles abzusuchen, dieses Mal mit größerer Aufmerksamkeit. Er ging nicht zu den Leichen zurück. Ihr Anblick, jenseits jeglicher menschlichen Hilfe, verursachte ihm Übelkeit. Überdies hatte er nicht das Gefühl, aus dem Geschehen etwas lernen zu können. Stattdessen heftete er seinen Blick auf den Boden. Er begann am Eingangstor, der Stelle, die jedes Fahrzeug passiert haben musste. Der Hof war gepflastert, darauf war eine sichtbare Schicht von Morast, Staub und Rußablagerungen eines nahen Fabrikschlotes sowie die getrockneten Überreste von Pferdeäpfeln. Mit einiger Hingabe war es möglich, die jüngsten Radspuren von wenigstens zwei Lastkarren festzustellen, die hereingefahren waren. Vermutlich hatten sie rangiert und kehrtgemacht, damit die Pferde sich wieder dem Ausgang zuwandten und die Wagen mit der Rückseite an den Lagerhaustoren standen.

Mit Schritten maß er grob aus, wo die Pferde etwa zwei Stunden gestanden haben mussten, eine Zeitspanne, die man vermutlich brauchte, um sechstausend Gewehre, je zwanzig in einer Kiste, sowie die ganze Munition zu verladen. Selbst wenn sie den

Kran des Lagerhauses benutzt hatten, musste es eine enorme Anstrengung gewesen sein. Das würde erklären, was die Männer in den zwei Stunden zwischen Mitternacht und ihrem Tod gemacht hatten – sie waren gezwungen worden, die Gewehre und die Munition zu verladen.

Er fand frischen Pferdemist, der von mindestens zwei Rädern flach gequetscht worden war.

Hatten sie auch draußen vor dem Tor weitere Lastkarren stehen lassen?

Nein, die hätten Aufmerksamkeit erregt. Jemand hätte sich daran erinnert. Sie hatten sie sicherlich alle gemeinsam in den Hof gefahren und sie dort warten lassen. Er war groß genug dafür.

Offensichtlich hatte Breeland Komplizen gehabt, abrufbereit und nur auf das Einsatzkommando wartend. Aber von wem stammte die Depesche? Was war ihr Inhalt? Dass sie bereit waren, Lastkarren organisiert hatten, ja sogar ein Schiff, das mit der Morgenflut auslaufen würde? Das alles würde die Polizei ermitteln. Monk hatte keine Ahnung, wann die Flussgezeiten wechselten. Sie änderten sich ohnehin jeden Tag ein wenig.

Er ging durch den ganzen Hof, dann noch einmal durch das Innere des Lagerhauses, aber er entdeckte nichts, was ihm noch etwas verraten hätte, über das hinaus, was offensichtlich war. Irgendjemand hatte wenigstens zwei Lastwagen, wahrscheinlich waren es sogar vier, irgendwann nach Einbruch der Dunkelheit hereingefahren, vermutlich passierte es gegen Mitternacht, hatte die Nachtwächter und Alberton umgebracht und die Waffen gestohlen. Einer von ihnen war Lyman Breeland gewesen, der während der physischen Anstrengung, die mit dem Verladen der Gewehrkisten einherging, seine Uhr verloren hatte. Auch war denkbar, dass er sie während einer anderen Anstrengung, einem Kampf mit seinen eigenen Männern, mit den Wächtern oder gar mit Alberton verloren hatte. Doch die unterschiedlichen Möglichkeiten änderten nichts an den Fakten, die zählten. Daniel Alberton war tot, die Waffen ebenso verschwunden wie Breeland, und es sah so aus, als wäre Merrit mit ihm gegangen, ob sie nun eine Ahnung von seinen Plänen gehabt hatte oder nicht. Ob sie freiwillig oder als Geisel bei ihm war, konnte man nicht feststellen.

Monk hörte Wagenräder draußen auf der Straße, woraufhin sich die Tore öffneten. Ein sehr großer magerer Polizist kam herein, seine Gliedmaßen schienen an seinem Körper zu baumeln, sein Gesichtsausdruck war neugierig und traurig zugleich. Sein Gesicht war schmal und sah aus, als ob es von Natur aus eher zum Komödiantischen als zu diesen totenstarr daliegenden Leichen vor seinen Augen neigte. Ihm folgte ein älterer, korpulenter Constable, hinter dem ein aschfahler Casbolt schlich, der vor Kälte schlotterte, obwohl es nun bereits heller Tag und die Luft mild war.

»Mein Name ist Lanyon«, stellte sich der Polizist vor. Interessiert musterte er Monk von oben bis unten. »Sie fanden die Leichen, Sir? Zusammen mit Mr. Casbolt …?«

»Ja. Wir hatten Grund zu der Annahme, dass etwas im Argen lag«, erklärte Monk. »Mrs. Alberton schickte nach Mr. Casbolt, weil ihr Gatte sowie ihre Tochter nicht nach Hause zurückgekehrt waren.« Monk war mit der Prozedur vertraut, was die Polizei wissen musste und weshalb. Er war selbst oft genug in ähnlichen Situationen gewesen, in denen er versucht hatte, schockierten Hinterbliebenen wichtige Fakten zu entlocken und Wahrheit und Emotionen, voreilige Schlüsse, fadenscheinige Beobachtungen, Verwirrung und Angst auseinander zu sortieren. Und er kannte die Schwierigkeiten von Zeugen, die zu viel sagten, den Schock, der das Bedürfnis weckt, sich mitzuteilen, zu versuchen, alles, was man gesehen oder gehört hatte, zu vermitteln, einen Sinn darin zu sehen, lange bevor dieser erwiesen ist, und Worte als Brücke zu nutzen, einfach um nicht im Grauen zu ertrinken.

»Verstehe.« Lanyon musterte Monk immer noch mit aufmerksamen Augen. »Mr. Casbolt sagte, Sie wären auch einmal bei der Polizei gewesen, Sir. Ist das richtig?«

Also hatte Lanyon noch nie von ihm gehört. Monk war nicht sicher, ob er sich darüber freuen sollte oder nicht. Es bedeutete, dass sie nun ohne Vorurteil beginnen konnten. Doch was würde später sein, wenn er Monks Ruf in Erfahrung gebracht hatte?

»Ja. Aber es ist fünf Jahre her«, sagte er laut.

Zum ersten Mal ließ Lanyon nun seinen Blick über die Umgebung schweifen, wobei seine Augen zwangsläufig auf den zwanzig Schritte entfernt zusammengebrochenen Leichen haften blieben.

»Ich seh sie mir besser mal an«, murmelte er. »Der Arzt ist auf dem Weg. Wissen Sie, wann Mr. Alberton zum letzten Mal lebend gesehen wurde?«

»Gestern spät am Abend. Seine Frau sagte, er hätte zu jener Zeit das Haus verlassen. Wird sich leicht von den Angestellten bestätigen lassen.«

Sie gingen auf die Körper der beiden Nachtwächter zu, blieben vor ihnen stehen, und Lanyon beugte sich zu ihnen hinab. Monk konnte nicht umhin, sie noch einmal zu betrachten. In ihren grotesken Körperhaltungen lag eine eigentümliche Obszönität. Die Sonne stand nun hoch genug, um den Hof mit Wärme zu erfüllen. Eine oder zwei kleine Fliegen surrten durch die Luft. Eine davon setzte sich in das Blut.

Monk spürte plötzlich, wie ihm vor Zorn übel wurde.

Aus Lanyons Kehle drang ein leiser Knurrlaut. Er berührte nichts.

»Sehr sonderbar«, murmelte er leise. »Wirkt eher wie eine Art Exekution, nicht wie ein normaler Mord, finden Sie nicht? Kein Mensch nimmt freiwillig eine derartige Position ein.« Er streckte die Hand aus und berührte die Haut am Hals des nächstgelegenen Mannes, fast schon unter dessen Kragen. Monk wusste, dass er die Körpertemperatur festzustellen versuchte und sicherlich zu demselben Schluss kommen würde, wie er selbst eine Weile vorher. Auch wusste er, dass er den V-förmigen Einschnitt finden würde.

»Tja …«, meinte Lanyon, als er den Einschnitt entdeckte und dabei den Atem einsog. »Ganz definitiv eine Art Exekution.« Er sah zu Monk auf. »Und die Waffen sind alle gestohlen worden, wie Mr. Casbolt berichtete?«

»Das ist richtig. Das Lagerhaus ist vollkommen ausgeräumt.«
Lanyon erhob sich, rieb sich die Hände an den Seiten seiner Hose ab und stampfte ein wenig mit den Füßen, als ob er einen Krampf hätte oder sie kalt geworden wären.

»Und es handelte sich um qualitativ beste Gewehre – Enfield P1853, Musketen mit gezogenem Lauf – sowie einen ordentlichen Munitionsvorrat dafür. Ist das richtig?«

»Das hat man mir gesagt«, erwiderte Monk. »Ich selbst habe nichts davon gesehen.«

»Wir werden es überprüfen. Es gibt gewiss Aufzeichnungen. Und Arbeiter, die tagsüber hier beschäftigt sind. Der Constable wird sie vorerst draußen vor dem Tor aufhalten, ebenso den Wächter, wenn es denn einen geben sollte. Die Nachtschicht kann uns ja nichts mehr erzählen, die armen Teufel.« Dann ging er hinüber zu Alberton. Wieder bückte er sich und besah ihn sich genauer.

Monk schwieg. Er war sich des Constables und Casbolts bewusst, die sich in einiger Entfernung aufhielten und nun das Lager selbst inspizierten, seine Tore, die Radspuren auf dem dünnen Schmutzfilm, die sich kreuz und quer überschnitten, wo die Lastkarren zurückgestoßen waren und gewendet hatten und wo sie die Kisten mit den Gewehren beladen haben mussten.

Lanyon unterbrach seine Gedanken.

»Wofür steht das *V*?«, fragte er und biss sich auf die Lippen. »*V* für Verbrecher? *V* für Verräter, vielleicht?« Er erhob sich mit gerunzelter Stirn, sein Gesicht war von Wut und Traurigkeit gezeichnet. Er war ein einfacher Mann, aber er hatte etwas Liebenswertes an sich, das den Eindruck, den er hinterließ, bestimmte. »Dieser Mr. Breeland, der die Gewehre kaufen wollte, ist Amerikaner, nicht wahr?«

»Ja. Er kommt aus der Union.«

Lanyon kratzte sich am Kinn. »Uns kam zu Ohren, dass die Armee der Union ihre Soldaten auf etwa solche Art exekutiert, wenn es denn sein muss. Äußerst unschön. Ich für meine Person kann die Notwendigkeit dessen nicht nachvollziehen. Ein ganz normales Exekutionskommando scheint mir ausreichend zu sein.

Ich nehme an, sie haben ihre Gründe. Warum verkaufte Mr. Alberton ihm die Waffen nicht? Wissen Sie, ob er ein Südstaaten-Sympathisant war?«

»Das nehme ich nicht an«, entgegnete Monk. »Er hatte sich lediglich entschlossen, an den Käufer der Südstaaten zu verkaufen, und wollte sein Wort nicht zurücknehmen. Ich denke nicht, dass es für ihn eine Frage der ideologischen Unterschiede zwischen den beiden Seiten war, sondern lediglich eine Frage der Ehre, die verlangt, ein Versprechen zu halten.« Es fiel ihm sonderbar schwer, dies zu sagen. Im Geiste sah er Alberton lebendig vor sich, dann blickte er auf den verrenkten Körper am Boden, dessen Gesicht kaum mehr zu erkennen war.

»Nun, das kam ihn teuer zu stehen«, sagte Lanyon gelassen.

»Sir!«, rief der Constable. »Ich hab was gefunden, hier!«

Lanyon wandte sich um.

Der Constable hielt die Uhr hoch.

Lanyon ging zu ihm hinüber, Monk folgte ihm auf dem Fuß. Der Polizist nahm dem Constable die Uhr aus der Hand und betrachtete sie eingehend. Der eingravierte Name war klar zu lesen.

»Sieht so aus, als ob die schon vor uns jemand gefunden hätte«, sagte Lanyon und warf Monk einen Seitenblick zu.

»Ja, das war ich. Ich säuberte die Inschrift und legte sie zurück.«

»Und ich nehme an, Sie hätten uns noch davon erzählt?«, bemerkte Lanyon mit einem scharfen Blick. Er hatte sehr klare blaue Augen. Sein Haar war gerade und stand vom Kopf ab.

»Ja, wenn Sie sie nicht selbst gefunden hätten. Aber das setzte ich voraus.«

Lanyon erwiderte nichts. Er nahm ein Stück Kreide aus der Tasche und markierte die Pflastersteine, dann gab er die Uhr dem Constable und trug ihm auf, darauf aufzupassen.

»Nicht, dass es viel zu sagen hätte, wo sie lag«, bemerkte er.

»Abgesehen davon, dass sie nicht lange dort gelegen haben konnte«, erklärte Monk. »Wäre sie irgendwo in einer Ecke gelegen, hätte sie seit Tagen dort liegen können.«

Lanyon beobachtete ihn aufmerksam. »Bezweifeln Sie, dass es Breeland war?«

»Nein«, gab Monk ehrlich zu. »Casbolt und ich fuhren zu seiner Unterkunft. Er packte alles ein, etwa eine Stunde, vielleicht etwas weniger, bevor sie hierher gekommen sein mussten, wenn ich dies nach der Zeit beurteile, die es gedauert haben musste, die Kisten zu verladen und die die Männer schon tot sein müssen.«

»Ja. Mr. Monk. Das hat Casbolt mir bereits erzählt. Deshalb kamen Sie ja auch hierher. Und wie es aussieht, ist auch Miss Alberton von zu Hause verschwunden.« Er fügte keine Schlussfolgerung hinzu.

»Ja.«

Casbolt kam auf sie zu.

»Sergeant, Mrs. Alberton weiß noch nichts, abgesehen davon, dass ihre Tochter vermisst ist. Sie weiß noch nicht …« Er deutete auf die Leichen, warf aber keinen Blick darauf. »Dürfen wir … Dürfen Monk und ich zu ihr fahren, um sie in Kenntnis zu setzen, statt dass … ich meine …« Er schluckte krampfhaft. »Könnten Sie sie wenigstens bis morgen verschonen? Sie wird am Boden zerstört sein. Sie waren einander zärtlich zugetan … beide, ihr Mann und ihre Tochter … und das von einem Mann, der Gast in ihrem Hause war.«

Lanyon zögerte nur einen kleinen Moment. »Ja, Sir. Ich wüsste keinen Grund, warum nicht. Arme Lady. Es sieht ziemlich offensichtlich so aus, dass dies ein Raub war, der in besonders brutaler Manier ausgeführt worden ist.« Er schüttelte den Kopf. »Aber warum sie ihnen das angetan haben, das weiß ich nicht. Sieht so aus, als hätte Breeland sich betrogen gefühlt, obwohl, wie Sie sagen, der Konföderierte zuerst da war. Vielleicht beinhaltete der Handel etwas, wovon wir nichts wissen. Wir werden es herausfinden, aber in Bezug auf die Morde macht es keinen Unterschied. Im Geschäftsleben werden jeden Tag Menschen betrogen. Ja, Mr. Casbolt, Sie und Mr. Monk machen sich wohl am besten auf den Weg und überbringen Mrs. Alberton die Nachricht. Bleiben Sie bei ihr und kümmern Sie sich um sie. Aber später am Tag werde ich noch einmal mit Ihnen sprechen müssen.«

»Ich danke Ihnen«, sagte Casbolt aus tiefstem Herzen.

Draußen auf der Straße wandte Monk sich an ihn. »Ich weiß nicht, warum Sie wünschen, dass ich Sie begleite, Sie sollten es Mrs. Alberton allein beibringen. Sie sind ihr Cousin. Ich bin fast ein Fremder. Und außerdem könnte ich mich hier nützlicher machen als anderswo.« Er war bereits stehen geblieben, als er sprach. Casbolts Equipage wartete noch, ihr Fahrer sah unruhig die Straße auf und ab, die nun von Arbeitern, Hafenarbeitern und Handwerkern bevölkert war, die ihrer Arbeit entgegenstrebten.

Ein mit Ziegeln beladener Karren fuhr in eine Richtung, ein schwerer, Kohlen transportierender Lastwagen in die andere.

Casbolt schüttelte ungeduldig den Kopf. »Wir können Daniel jetzt nicht mehr helfen.«

Seine Stimme klang heiser. Seine Augen sahen aus, als ob er die Hölle erblickt und sich ihr Bild für immer eingebrannt hätte. »Wir müssen jetzt an Judith und Merrit denken. Die Polizei mag glauben, sie wäre freiwillig mit Breeland gegangen, oder sie denken, sie wäre seine Geisel.« Er schüttelte leicht den Kopf. »Aber wenn sie England bereits verlassen haben, dann kann auch die Polizei nichts mehr unternehmen. Amerika ist mit seinem Bürgerkrieg vollauf beschäftigt. Es hat wenig oder gar keinen Sinn, würde jemand von hier aus versuchen, den Sachverhalt in Washington zu schildern und Breeland deportieren zu lassen, damit er sich hier der Anklage des dreifachen Mordes stellt. Er wird der Held der Stunde sein. Er brachte der Union soeben genügend Gewehre, um fast fünf Regimenter zu bewaffnen. Sie werden sich schlichtweg weigern, zu glauben, dass er sie sich durch Mord verschaffte.« Er leckte über seine trockenen Lippen. »Und außerdem ist da noch die Sache mit der Erpressung. Bitte … begleiten Sie mich. Lassen Sie uns gemeinsam sehen, was Judith nun nötig hat. Ist das nicht das Mindeste, was wir nun tun können?«

»Ja«, stimmte Monk leise zu, innerlich bewegter, als er eigentlich sein wollte. Er fürchtete sich davor, Judith Alberton zu sagen, dass ihr Gatte tot war. Er war voller Erleichterung gewesen, dass es dieses Mal nicht seine Aufgabe sein würde. Er verstand nur zu gut, warum Lanyon gewillt war, Casbolt zu erlauben, dies zu übernehmen. Und jetzt war es unumgänglich. Er konnte nichts an dem ändern, was passiert war, aber Casbolt hatte Recht, er könnte auf eine Art von Nutzen sein, Merrit zu finden, die der Polizei nicht möglich war, und es war für ihn undenkbar, abzulehnen. Es kam ihm auch nicht einmal ernsthaft in den Sinn, es zu versuchen.

In Schweigen versunken, fuhren sie vom Lagerhaus durch die morgendlichen Straßen, fort aus den von Fabriken übersäten Stadtteilen mit ihrem Straßenverkehr und dem Rauch, den schmutzstarrenden Hemden und Halstüchern der in Grau und Braun gekleideten Männer, die in andere Lagerhöfe, Fabriken und Büros strömten. Immer noch schweigend, näherten sie sich den feineren Straßen der Stadt, in denen Herren in dunklen Anzügen, Händler, Angestellte und Zeitungsjungen unterwegs waren, die die Morgenschlagzeilen hinausposaunten.

Zu schnell erreichten sie den Tavistock Square. Monk war noch nicht bereit, Judith gegenüberzutreten, aber er wusste, eine Verzögerung wäre keine Hilfe. Er kletterte hinter Casbolt aus der Kutsche und folgte ihm die Treppen hinauf. Die Haustür öffnete sich, bevor Casbolt die Glocke betätigt hatte.

Der bleichgesichtige Butler gewährte ihnen Eintritt.

»Mrs. Alberton ist im Salon, Sir«, informierte er Casbolt, wobei er Monks Gegenwart fast nicht zur Kenntnis nahm. Er musste an Casbolts Gesicht die Art der Nachrichten, die er bringen würde, abgelesen haben. »Soll ich ihr Kammermädchen holen lassen, Sir?«

»Ja, bitte.« Casbolts Stimme war kaum lauter als ein Flüstern. »Ich fürchte, die Nachricht ist ... schrecklich. Sie sollten vielleicht auch nach Dr. Gray schicken«

»Ja, Sir. Kann ich sonst noch etwas für Sie tun?«

»Ich könnte einen Brandy vertragen, und ich wage zu behaupten, dasselbe gilt für Mr. Monk. Dies war der schrecklichste Morgen meines Lebens.«

»Haben Sie Mr. Alberton gefunden, Sir?«

»Ja. Ich muss Ihnen leider sagen, dass er tot ist.«

Der Butler sog den Atem ein und schwankte einen Augenblick, dann gewann er die Selbstkontrolle zurück. »War es der amerikanische Gentleman wegen der Waffen?«

»Es sieht so aus, aber sagen Sie noch niemandem etwas. Nun muss ich gehen, um …«

Weiter kam er nicht. Judith öffnete die Tür des Salons und starrte sie an. In Casbolts gequältem Gesicht las sie, was sie bereits befürchtet haben musste.

Casbolt trat auf sie zu, als ob er sie auffangen wollte, für den Fall, dass sie stürzen würde, aber mit einer Anstrengung, die sich heftig in ihrem Gesicht abzeichnete, fasste sie sich und blieb aufrecht stehen.

»Ist er … tot?«

Casbolt schien keines Wortes fähig zu sein. Er nickte lediglich. Sehr langsam stieß sie den Atem aus, ihr Gesicht war aschfahl.

»Und Merrit?« Ihre Stimme brach.

»Kein Zeichen von ihr.« Er ergriff ihren Arm, sehr zärtlich, aber fast schien er sie zu stützen. »Es gibt keinen Grund, anzunehmen, dass ihr etwas zugestoßen ist«, sagte er mit fester Stimme. »Deshalb brachte ich auch Mr. Monk mit. Er ist vielleicht in der Lage, uns zu helfen. Komm herein und setz dich. Hallows wird nach Dr. Gray schicken und uns Brandy bringen. Bitte … komm …« Er drehte sie herum, während er sprach, und fast zog er sie in den Salon, und Monk folgte ihnen und schloss hinter sich die Tür. Angesichts der heftigen intimen Trauer kam er sich wie ein Eindringling vor. Casbolt gehörte zur Familie, war vielleicht alles, was ihr noch geblieben war. Sie kannten sich seit ihrer Kindheit. Monk war ein Außenstehender.

Judith stand mitten im Raum, erst als Casbolt sie zu einem Sessel führte, sank sie hinein. Sie sah vernichtet aus, hohläugig, ihre Haut wirkte blutleer, aber sie weinte nicht.

»Was ist passiert?«, fragte sie, wobei sie Casbolt ansah, als ob ihn aus den Augen zu lassen bedeutete, jegliche Hilfe oder Hoffnung zu verlieren.

»Wir wissen es nicht«, antwortete er. »Daniel und die zwei Wächter des Lagerhauses wurden erschossen. Es ging vermutlich sehr schnell. Sie litten keine Schmerzen.« Er erwähnte die sonderbaren Stellungen nicht, in denen man die Leichen vorgefunden hatte, und auch nicht die V-förmigen Einschnitte in ihrem Rücken. Monk war froh darüber. Er hätte es ihr ebenso verschwiegen. Wenn sie es nie erfahren müsste, umso besser. Wenn es je bekannt werden würde, dann später, wenn sie wieder zu mehr Kraft gekommen sein würde.

»Und die Waffen und die gesamte Munition sind verschwunden«, fügte Casbolt hinzu.

»Breeland?«, flüsterte sie und suchte in seinem Gesicht nach Bestätigung. Er saß eng neben ihr und griff instinktiv nach ihr.

»Es sieht so aus«, erwiderte er. »Wir begaben uns zunächst zu seinen Räumen, um ihn zu suchen«, fuhr er fort. »Eigentlich um Merrits willen, aber er war verschwunden, mitsamt seinen Habseligkeiten, mit allem. Laut dem Portier hatte er eine Nachricht bekommen und binnen Minuten gepackt, woraufhin er eiligst verschwand.«

»Und Merrit?« In ihrer Stimme und ihren Augen lag Panik, ihre schlanken Hände verkrampften sich in ihrem Schoß.

Casbolt streckte den Arm aus und legte seine Finger auf die ihren. »Wir wissen es nicht. Sie war in seinen Räumen und verließ sie gemeinsam mit ihm.«

Judith begann, hin und her zu schaukeln, und schüttelte verneinend den Kopf. »Das hätte sie niemals getan! Sie konnte nichts gewusst haben! Sie würde nie ...«

»Natürlich nicht«, sagte er leise und umschloss ihre Hand fester. »Sie hatte sicher nicht die leiseste Ahnung von seinen Absichten, und vielleicht gesteht er es ihr auch niemals. Denke bitte nicht das Schlimmste, dazu besteht keinerlei Grund. Merrit ist jung, voller leidenschaftlicher Ideale, und ganz gewiss brachte Breeland sie um den Verstand, aber im Herzen ist sie immer noch das Mädchen, das du kennst, und sie liebte ihren Vater, trotz dieses dummen Streits.«

»Was wird er ihr antun?« In ihren Augen lag Todesangst. »Sie wird ihn fragen, wie er an die Waffen kam. Sie weiß, ihr Vater weigerte sich, sie ihm zu verkaufen.«

»Er wird lügen«, sagte Casbolt leichthin. »Er wird behaupten,

Daniel habe schließlich seine Meinung doch noch geändert, vielleicht gibt er sogar zu, sie gestohlen zu haben ... das würde sie nicht stören, da sie die Sache der Sklaverei für über normale Moralmaßstäbe erhaben hält. Aber niemals würde sie Gewalt gutheißen.« Seine Stimme drückte tiefste Überzeugung aus, und einen Augenblick lang glomm ein Hoffnungsschimmer in Judiths Gesicht. Zum ersten Mal wandte sie sich an Monk.

»Er hatte ganz offensichtlich Komplizen«, erklärte Monk. »Irgendjemand kam mit einer Nachricht zu seiner Wohnung. Allein hätte er die Waffen niemals verladen können. Es müssen mindestens zwei Helfer gewesen sein, wahrscheinlicher ist es jedoch, dass es sogar drei waren.« Er erwähnte nicht, dass er glaubte, die Hilfe sei mit vorgehaltener Waffe erzwungen worden. »Vielleicht kümmerte sich während der Zeit jemand anderes um Merrit.«

»Könnte ...« Sie schluckte und brauchte einen Augenblick, um ihre Fassung wiederzugewinnen. »Könnte es nicht sein, dass sie einfach nur mit Breeland geflohen ist und keiner von beiden irgendetwas mit dem ... den Waffen zu tun hatte?« Sie konnte sich nicht überwinden, das Wort »Mord« auszusprechen. »Könnte es nicht der Erpresser gewesen sein?«

Casbolt erschrak. Fragend sah er Monk an, dann wieder Judith.

»Monk erzählte mir nichts davon«, sagte sie schnell. »Es war Daniel selbst. Ich wusste, dass etwas nicht stimmte, und fragte ihn. Ich glaube nicht, dass er je Geheimnisse vor mir hatte.« Tränen schossen in ihre Augen.

Casbolt sah verzweifelt und hilflos aus. Der Schock und die Erschöpfung hatten ihn gezeichnet. Mit einem Mal spürte Monk ein überwältigendes Mitleid mit dem Mann. Er hatte seinen engsten Freund verloren und mit dem Diebstahl der Waffen auch einen erheblichen Geldbetrag. Er hatte die Leichen in ihrem grotesken, grauenhaften Zustand mit eigenen Augen gesehen, und nun musste er versuchen, die Witwe zu trösten, die nicht nur ihren Mann, sondern auch ihr Kind verloren hatte. Es würden Tage vergehen, bis sie einen Gedanken an ihren Anteil an dem finanziellen Verlust verschwenden würde, wenn sie es überhaupt je tun würde.

»Es tut mit Leid, dass du es erfahren musstest«, sagte Casbolt, als er seine Stimme wiederfand. »Das alles war sehr dumm. Daniel nahm sich des jungen Mannes an, weil die arme Kreatur krank und einsam war. Er bezahlte seine Rechnungen, nichts weiter.«

»Ich weiß ...«, erwiderte sie hastig.

»Es ist lediglich eine Frage des Rufes«, fuhr er fort. »Er wollte dich vor Kummer bewahren, aber er hätte den Erpressern niemals die Waffen verkauft, wohl wissend, zu welchem Zweck sie eingesetzt werden sollten.« Seine Augen waren sanft und voller Verständnis für ihren Schmerz. Schließlich war ihr Bruder auch sein Cousin und Freund gewesen. »Und ich glaube auch nicht, dass er etwas bezahlt hätte«, fügte er verbittert hinzu. »Sobald man einen Erpresser bezahlt, gibt man stillschweigend zu, etwas zu verbergen zu haben. Dann hört es nie auf. Daher habe ich auch Mr. Monk jetzt mitgebracht. Vielleicht können wir seine Hilfe immer noch gebrauchen ...« Er vollendete den Satz nicht, sondern wartete darauf, dass sie die Antwort selbst fand.

»Ja«, sagte sie zitternd. »Ja, ich denke, wir müssen diesen Erpresser dennoch ausfindig machen. Ich fürchte ... ich habe nicht mehr daran gedacht.« Sie wandte sich an Monk.

»Ich werde tun, was Sie wünschen, Mrs. Alberton«, versprach er. »Doch nun würde ich mich gerne der Polizei anschließen und sehen, wie weit sie mit ihren Ermittlungen fortgeschritten sind. Das ist im Moment das Wichtigste.«

»Ja.« Wieder glomm Hoffnung in ihren Augen auf. »Vielleicht ... Merrit ...« Sie wagte nicht, ihre Hoffnung in Worte zu fassen.

In Casbolts Gesicht war deutlich zu sehen, dass er keine derartigen Illusionen hegte, aber er konnte sich nicht überwinden, ihr dies mitzuteilen.

»Ja«, sagte er und nickte Monk zu. »Ich werde hier bleiben. Sie sollten in Erfahrung bringen, was Lanyon herausgefunden hat. Gehen Sie zu ihm. Bitte betrachten Sie sich als immer noch von uns beauftragt, das zu tun. Helfen Sie uns auf jegliche nur mögliche Weise. Treffen Sie Ihre eigenen Entscheidungen ... Tun Sie, was Sie für nötig erachten. Aber, bitte, halten Sie uns auf dem Laufenden, ja?«

»Sicherlich.« Monk erhob sich und entschuldigte sich. Er war zutiefst erleichtert, dem Haus der Tragödie entfliehen zu können. Es war schmerzlich, Judiths Gram so nahe zu sein, obwohl er die Erinnerung daran in sich tragen würde, wo er auch war. Dennoch empfand er es als eine Art Erleichterung, sich körperlich zu betätigen, als er auf die Gower Street zuging, wo er einen Hansom finden konnte, der ihn zu dem Lagerhaus zurückbringen würde.

Er begann mit dem Constable in der Tooley Street, der vor den Toren des Lagerhauses postiert worden war und nur zu willig Auskunft darüber gab, dass Lanyon intensive Befragungen durchgeführt hatte, woraufhin er sich auf den Weg zum Hayes Dock gemacht hatte, das der nächstgelegene Punkt am Fluss war, an dem es einen Kran gab, mit dem sie die Gewehre auf Flusskähne hätten verladen können.

Natürlich war es auch möglich, dass sie zum Verladebahnhof gefahren waren oder über die London Bridge zurück zur Nordseite des Flusses. Aber die nahe liegende Wahl müsste auf den Transport auf dem Wasserweg gefallen sein. Monk folgte also der Wegbeschreibung des Constable zum Dock, obwohl er nicht erwartete, Lanyon noch dort vorzufinden.

Auf dem Dock herrschte geschäftiges Treiben, es wimmelte von Karren und Lastwagen, die mit allen möglichen Arten von Waren beladen waren. Die Läden waren geöffnet und bereit, Geschäfte zu machen, und Frauen und Männer schleppten Bündel hinein und heraus. Sie schienen alle möglichen Dinge zu enthalten: Lebensmittel, Schiffsvorräte, Seile, Kerzen oder Bekleidung für jegliches Wetter, ob zu Lande oder zu Wasser.

Eilig ging er am Ufer in Richtung Süden und flussabwärts. Möwen kreisten in der Luft. Ihr schrilles Kreischen übertönte das Rauschen der beginnenden Flut, die sich an den Steinen brach, den Wellenschlag der vorbeifahrenden Kähne, der Prahme oder eines gelegentlichen schwereren Schiffes, sowie die Rufe der

Menschen, die sie während der Arbeit des Be- oder Entladens austauschten. Der Geruch von Salz, Fisch und Teer drang ihm schwer in die Nase, und plötzlich übermannte ihn eine Erinnerung an die ferne Vergangenheit, an seine Kindheit am Hafen in Northumberland. Dort hatte er am Meer gelebt, nicht an einem Fluss, und hatte von einem kleinen Steinpier auf einen schier endlosen Horizont hinausgesehen und den melodiösen Stimmen der Landbevölkerung gelauscht.

Dann verwischte sich die Erinnerung. Er stand auf dem Hayes Dock und entdeckte die nicht zu verwechselnde, große magere Gestalt von Lanyon, sein glattes helles Haar, das im Wind wie eine Bürste abstand. Er sprach mit einem korpulenten Mann mit einem dunklen, dreckverschmierten Gesicht und fast schwarzen Händen. Monk wusste, ohne erst fragen zu müssen, dass er Kohlenträger war und die Säcke über die sechs Meter hohen Leitern aus den Frachträumen der Schiffe und über oft ein halbes Dutzend Kähne an das Ufer schleppte, je nach Gezeitenhöhe und Frachtmenge der Schiffe weitere Leitern hinauf oder hinunter. Es war eine mörderische Arbeit. Für gewöhnlich war ein Mann, hatte er einmal die Vierzig erreicht, nicht mehr fähig, sie noch zu leisten. Oft hatten lange vor diesem Zeitpunkt schon Verletzungen ihren Tribut gefordert. Monk konnte sich nicht erinnern, woher er dies wusste. Dies war wieder einmal eine von so vielen Erinnerungen, die in der Vergangenheit verloren waren.

Aber das war im Moment nicht relevant.

Lanyon entdeckte Monk und winkte ihn zu sich heran, bevor er die Befragung des Kohlenträgers fortsetzte.

»Sie waren gestern Abend um neun mit der Arbeit fertig und schliefen auf dem Kahn dort drüben unter der Plane?« Dabei lächelte er, als ob er seine Worte wiederholte, um sie klarer zu formulieren.

»Stimmt«, nickte der Mann. »War besoffen, dann macht mir meine Alte immer die Hölle heiß. Die kann einfach nicht mehr aufhören mit dem Gezeter! Kann nicht sagen, Schwamm drüber. Dann fangen auch noch die Kinder zu schreien und zu jammern an. Na, und deswegen bin ich einfach hier umgekippt. Aber ich war nicht so müde, dass ich sie nicht hätte kommen hören, als sie diese Kisten, oder was das alles war, verladen haben. Mussten ja Dutzende gewesen sein! Ging eine Stunde oder noch länger so dahin. Kiste auf Kiste. Und keiner hat auch nur ein Sterbenswörtchen verlauten lassen. Benahmen sich nicht wie normale Kerle, die miteinander reden. Rannten nur hin und her mit diesen verdammten großen Kisten. Muss wohl Blei in ihnen gewesen sein, so wie die damit herumgestolpert sind.« Verdrossen schüttelte er den Kopf.

»Haben Sie eine Ahnung, wie spät es war?«

»Nee … Aber es war stockschwarze Nacht, also denk ich, dass es zwischen Mitternacht und vier Uhr morgens gewesen sein muss, wenn man bedenkt, welche Jahreszeit wir gerade haben.«

Lanyon warf Monk einen kurzen Blick zu, um sich zu vergewissern, dass er zuhörte.

»Warum?«, fragte der Kohlenträger und wischte sich mit der schmutzigen Hand über die Wange, wobei er die Nase hochzog. »War das Zeug gestohlen?«

»Wahrscheinlich«, räumte Lanyon ein.

»Tja, die sind längst über alle Berge«, meinte der Mann lakonisch. »Sind längst auf der anderen Seite des Flusses, hinter der Isle of Dogs. Da haben Sie keine Chance mehr, die zu erwischen. Was war's denn? Muss verdammt schwer gewesen sein, was immer auch drin war.«

»Fuhr der Kahn flussabwärts oder -aufwärts?«, fragte Lanyon.

Der Mann sah ihn an, als ob er nicht ganz gescheit wäre. »Abwärts, natürlich! In Richtung Pool, höchstwahrscheinlich, oder sogar weiter. Vielleicht auch bis Southend, was weiß ich?«

Ständig fuhren Schleppkähne an ihnen vorüber. Männer schrien sich gegenseitig etwas zu. Das Kreischen der Möwen mischte sich mit dem Klirren von Ketten und dem Quietschen von Seilwinden.

»Wie viele Männer sahen Sie?«, drang Lanyon erneut in ihn.

»Keine Ahnung. Zwei, glaub ich. Schauen Sie, ich hab versucht, ein ruhiges Fleckchen zu finden … ein bisschen Frieden.

Ich hab sie nicht beobachtet. Wenn die Leute mitten in der Nacht Zeug herumschleppen wollen, dann geht mich das nichts an –«

»Haben Sie nicht gehört, ob sie irgendetwas gesagt haben?«, unterbrach Monk ihn.

»Was, zum Beispiel?« Der Kohlenträger sah ihn überrascht an. »Hab doch gesagt, dass die nicht geredet haben. Rein gar nichts.«

»Überhaupt nichts?«, insistierte Monk.

Das Gesicht des Mannes verhärtete sich, und Monk wusste, dass er nun zu seiner Geschichte stehen würde, ob sie der Wahrheit entsprach oder nicht.

»Haben Sie vielleicht gesehen, wie groß die Männer waren?«, fragte er weiter.

Einen Augenblick lang dachte der Mann nach und ließ Monk und Lanyon warten.

»Hm … einer von ihnen war eher klein, der andere war größer und sehr dünn. Er stand sehr aufrecht, als ob er einen Spazierstock verschluckt hätte, aber er hat schwer geschuftet … nach dem bisschen, was ich gesehen hab, zu schließen«, fügte er hinzu. »Hat 'ne Menge Radau gemacht dabei.«

Lanyon dankte ihm und wandte sich ab, um die Straße zur Flussbiegung zurückzugehen. Monk hielt mit ihm Schritt.

»Sind Sie sicher, dass es sich um den Lastkarren aus dem Lagerhaus handelte?«, fragte er.

»Ja«, erwiderte Lanyon, ohne zu zögern. »Mitten in der Nacht sind nicht viele Leute unterwegs, nur ein paar wenige. Ich habe auch Männer in andere Richtungen ausgeschickt. Sie haben in anderen Höfen gesucht, nur für den Fall, dass sie die Kisten nur eine kurze Strecke transportiert hätten. Nicht sehr wahrscheinlich, aber man will ja nichts übersehen.« Er trat vom Randstein herunter, um einem Stapel von Seilen aus dem Weg zu gehen. Sie passierten die Horsleydown New Stairs, und vor ihnen lagen vier weitere Kais, bevor sie fast eine Viertel Meile landeinwärts um das St.-Saviour's-Dock herumgehen mussten, dann zurück zum Flussufer und zur Bermondsey Wall und weiteren Kais und Lagerhäusern.

Am gegenüberliegenden Ufer, ein wenig hinter ihnen, war der

Tower von London weißgrau und klar erkennbar. Die Sonne zeichnete helle Flecken auf das Wasser, und hier und da sah man einen dünnen Dunstfilm und Rauchwolken. Vor ihnen lag der Pool von London, von einem Wald aus Masten übersät. Schleppkähne bewegten sich mit der Flut, so schwer beladen, dass das Wasser über ihre Schandeckel zu lecken schien. Hinter ihnen lagen die dunklen, von Krankheitserregern verseuchten und zerfallenden Gebäude auf Jacob's Island, ein fälschlich so benannter Slum, in dem im letzten Jahrzehnt zwei Mal Choleraepidemien zu verzeichnen gewesen waren, denen Tausende von Menschen zum Opfer gefallen waren. Der Geruch von Abwasser und verrottendem Holz erfüllte die Luft.

»Was wissen Sie von Breeland?«, fragte Lanyon und legte einen zügigeren Schritt vor, als ob er der bedrückenden Umgebung entfliehen wollte, obwohl sie gerade der Flussbiegung in Richtung Rotherhithe folgten. Und was sie dort erwartete, war nicht einen Deut besser.

»Sehr wenig«, entgegnete Monk. »Ich traf ihn zwei Mal, beide Male in Albertons Haus. Er schien von der Sache der Union regelrecht besessen zu sein, aber ich hatte ihn nicht als einen Mann eingeschätzt, der sich zu dieser Art von Gewalt hinreißen lassen würde.«

»Erwähnte er jemals Freunde oder Verbündete?«

»Nein, niemanden.« Monk hatte selbst schon versucht, sich daran zu erinnern. »Ich nahm an, er würde sich allein in England aufhalten, um den Kauf zu arrangieren – wie das auch der Mann der Konföderierten tut, Philo Trace.«

»Aber Alberton hatte die Waffen bereits Trace versprochen?«

»Ja. Und Trace hatte bereits eine Hälfte des Betrages als Anzahlung geleistet. Das war auch der Grund, warum Alberton von der Abmachung nicht mehr zurücktreten konnte.«

»Aber Breeland versuchte es dennoch weiter?«

»Ja. Er schien den Gedanken nicht akzeptieren zu können, dass es für Alberton auch eine Frage der Ehre war. Er war auf eine Art fanatisch.«

Hätte er vorhersehen sollen, dass Breeland der Gewaltbereitschaft so nahe war, dass eine endgültige Absage die zerbrechlichen Verbindungsglieder zu Anstand, vielleicht sogar zu geistiger Zurechnungsfähigkeit zerbrechen würde? Wäre es seine moralische Pflicht gewesen, dies zu verhindern, obwohl es doch nicht das war, wofür man ihn engagiert hatte?

Lanyon schien tief in Gedanken versunken zu sein, in seinem schmalen Gesicht stand gespannte Konzentration. Sie gingen schnell. Es war eine halbe Meile um das Dock herum, und sie mussten Ballen und Kisten ausweichen, Seilstapeln, Ketten, rostigen Tonnen und Männern, die Ladungen aus dem hoch aufragenden Lagerhaus der Werft dorthin schleppten, wo die Schleppkähne ankerten und im klatschenden Wasser schaukelten und aneinander stießen, wenn sie das Kielwasser eines vorübergleitenden Schiffes erreichte. Die Dockarbeiter waren Männer aller Altersklassen und verschiedenster Herkunft. Es war eine Arbeit, die jeder verrichten konnte, vorausgesetzt, seine Kraft erlaubte es. Es überraschte Monk, dass er dies wusste. Irgendwann in der Vergangenheit war er an Orten wie diesem gewesen. Er kannte die verschiedenen Arten von Männern, wenn er sie ansah: die bankrotten Metzger- oder Bäckermeister, Lebensmittelhändler oder Wirte; Anwälte oder Regierungsangestellte, die suspendiert oder entlassen worden waren; Diener ohne Referenzen, Rentner, Almosenempfänger, alte Soldaten oder Matrosen; Gentlemen, die eine harte Zeit durchmachten; Flüchtlinge aus Polen und anderen mitteleuropäischen Ländern und die gewöhnliche Anzahl von Dieben.

»Es muss sehr sorgfältig geplant gewesen sein«, sagte Lanyon und unterbrach Monks Gedanken. »Alles lief nach einem genauen Zeitplan ab. Die Frage ist, inszenierte er den Streit, um sich über Albertons Schritte auf dem Laufenden zu halten und um in Erfahrung zu bringen, ob die Waffen nicht bereits übergeben worden waren? Ging er davon aus, dass Alberton seine Entscheidung nicht mehr rückgängig machen würde?«

Der Gedanke war Monk noch gar nicht gekommen. Er hatte angenommen, die Dispute wären so spontan entstanden, wie es den Anschein gehabt hatte. Breelands Empörung hatte vollkommen echt gewirkt. Konnte ein Mann so hervorragend schauspielern? Breeland war ihm nicht als Mann erschienen, der über genügend Vorstellungskraft verfügte, um etwas vorzutäuschen.

Lanyon wartete auf eine Antwort und sah Monk von der Seite her neugierig an.

»Es war sicherlich geplant«, stimmte Monk widerstrebend zu. »Er musste Männer gehabt haben, die zur Hilfe bereit waren und über einen Karren verfügten. Sie mussten den Fluss gekannt und gewusst haben, wo man einen Lastkahn mieten konnte. Vielleicht war dies auch der Inhalt der Nachricht, die er erhielt, bevor er seine Räumlichkeiten verließ und in der Nacht verschwand. Ich frage mich, wie Merrit Alberton in dieses Bild passte, wenn ihre Flucht von Zuhause der Auslöser war, der das Geschehen in Gang setzte.«

Lanyon gab einen brummenden Laut von sich. »Ihre Rolle in dem Ganzen würde mich auch interessieren. Wie viel Ahnung hatte sie, welche Art von Mann Breeland wirklich war? Und was ist sie im Augenblick – Geliebte oder Geisel?«

»Sie ist sechzehn«, erwiderte Monk und vermochte nicht zu sagen, was er damit eigentlich meinte.

Lanyon antwortete nicht. Sie waren wieder am Ufer angekommen. Auf beiden Flussseiten spien hohe Schornsteine schwarzen Rauch aus, der sich nach oben zog und den Himmel verdunkelte. Aus den Dächern massiver Schuppen schwangen sich Räder, die wie die Schaufelräder unvorstellbar großer Dampfschiffe wirkten. Eine Erinnerung aus irgendeiner Vergangenheit sagte Monk, dass die Londoner Hafenanlagen ungefähr hundert Schiffe aufnehmen konnten. Allein die Lagerhäuser für Tabak bedeckten fünf Morgen. Er konnte den Tabak nun sogar riechen, daneben den Teer, Schwefel, das Salz der Flut, den Gestank der Tierhäute und den Duft von Kaffee.

Um ihn herum erklangen der Lärm von Arbeit und Handel, Schreie, das Klingen von Metall auf Metall, von Holz, das über Stein schrappte, von sich brechenden Wellen und dem Jammern des Windes.

Ein Mann ging an ihnen vorüber, sein Gesicht war von dem

Indigo, den er entlud, blau gefärbt. Hinter ihm ging ein Schwarzer mit einem reich verzierten Wams, wie es vielleicht ein Schiffskapitän tragen würde. Ein fetter Mann mit grauem Haar, das sich um seinen Kragen lockte, trug einen Zollstock mit Messingspitze, von der Alkohol tropfte. Ein Dutzend Schritte entfernt standen Stapel von Fässern. Der Mann hatte sie untersucht, um ihren Inhalt zu prüfen, er war Eichmeister.

Einen Moment lang umgab sie die süßlich scharfe Duftwolke eines Gewürzes, dann mussten Monk und Lanyon sich ihren Weg um ein Sack Korkrinde herum bahnen, dann um gelbliche Behälter voller Schwefel und bleifarbene voller Kupfererz.

Zwanzig Schritte von ihnen entfernt versüßten sich ein paar Matrosen die Arbeit, indem sie gemeinsam sangen.

Lanyon hielt einen Zollbeamten an und erklärte ihm, wer er sei, ohne dabei näher auf Monk einzugehen.

»Ja, Sir«, sagte der Zollbeamte hilfsbereit. »Worum geht es denn?«

»Um dreifachen Mord und Diebstahl aus einem Lagerhaus an der Tooley Street, letzte Nacht«, erwiderte Lanyon knapp. »Wir glauben, die Waren wurden auf einen Lastkahn verladen und flussabwärts gebracht. Vermutlich kam der Kahn gegen ein oder zwei Uhr morgens hier vorbei.«

Der Zöllner biss sich zweifelnd auf die Lippe. »Ich selbst weiß nichts, aber vielleicht haben Sie eine bessere Chance, wenn Sie es beim Fährmann versuchen, oder gar bei den Wracktauchern. Die arbeiten oft auch während der Nacht, suchen nach Leichen und so was. Man kann nie sagen, was der Fluss alles mit sich führt. Sie suchen nicht nach Leichen, oder?«

»Nein«, erwiderte Lanyon grimmig. »Wir haben alle Leichen, die wir brauchen. Ich wollte ohnehin den Fährmann und die Wracktaucher befragen. Aber ich dachte, Sie wüssten vielleicht von Schiffen, die aus dem Hafen in Richtung Amerika auslaufen wollten, vor allem solche, die heute Morgen auslaufen sollten.« Auf dem bekümmerten Gesicht machte sich ein sarkastischer Zug breit, als ob der Mann sich der Ironie bewusst wäre.

Er zuckte die Achseln. »Nun, wenn das der Fall gewesen wäre, nehme ich an, hätte sich Ihr Mörder und Dieb damit längst aus dem Staub gemacht.«

»Ich weiß«, stimmte Monk ihm zu. »Es wird mir nicht recht weiterhelfen. Aber ich muss mich vergewissern. Es kann sein, dass er hier Komplizen hat. Es war mehr als ein Mann vonnöten, um das auszuführen, was letzte Nacht geschah. Wenn ihm ein Engländer dabei half, dann will ich das Schwein kriegen und es hängen sehen. Der Amerikaner mag irgendeine Rechtfertigung für sich finden, wenn auch nicht vor meinen Augen, aber unsere Landsleute werden keine finden. Sie hätten die Tat nur wegen des Geldes begangen.«

»Na, dann kommen Sie mit in mein Büro, ich werde mal nachsehen«, bot der Zollbeamte an. »Ich glaube, die *Princess Maude* könnte mit der ersten Flut ausgelaufen sein, ihr Ziel war auch Amerika, aber ich muss mich vergewissern.«

Lanyon und Monk folgten ihm gehorsam und erfuhren, dass an diesem Morgen zwei Schiffe mit dem Ziel New York ausgelaufen waren. Sie brauchten bis in den frühen Nachmittag hinein, um die Hafenarbeiter, die Sackmacher und die Lastenträger zu befragen, bevor sie sicher sein konnten, dass Albertons Waffen auf keinem der beiden Schiffe außer Landes transportiert worden waren.

Mit dem Gefühl tiefster Enttäuschung kehrten sie zu einem verspäteten Mittagessen im *Ship Aground* ein.

»Was, in Teufels Namen, hat er dann damit angestellt?«, fauchte Lanyon zornig. »Er muss doch beabsichtigen, sie in sein Land zu transportieren. Ansonsten hätte er doch keine Verwendung dafür.«

»Er muss sie weiter flussabwärts gebracht haben«, sagte Monk und biss in eine dicke Scheibe seiner Rindfleischpastete mit Zwiebeln. »Nicht mit einem Frachtkahn, sondern mit etwas Schnellem und Leichtem, bestens geeignet für diesen Zweck.«

»Aber wohin? Zwischen Limehouse und der Isle of Dogs gibt es keinen vernünftigen Anlegeplatz, jedenfalls nicht für etwas, das mit einer Ladung Gewehre über den Atlantik segeln könnte. Blackwall, Gravesend, irgendwo die Flussmündung entlang womöglich?«

Monk runzelte die Stirn. »Würde er sich mit einem Flusskahn so weit wagen? Ich weiß, es ist später Juni, trotzdem kann das Wetter noch sehr rau werden. Ich meine, er hätte die Waffen in ein vernünftiges Schiff geladen und so schnell wie möglich den Anker gelichtet. Sie etwa nicht?«

»Doch«, bestätigte Lanyon und trank einen kräftigen Schluck von seinem Ale. Der Raum um sie herum war voll mit Hafen- und Schiffsarbeitern, alle aßen, tranken und schwatzten miteinander. Die Hitze war bedrückend, und die Gerüche blieben in der Nase hängen. »Ich nehme an, uns bleibt nichts anderes übrig, als unser Glück bei den Fährmännern und den Wracktauchern zu versuchen. Zuerst die Fährmänner. Jeder, der letzte Nacht gearbeitet hat, könnte etwas gesehen haben. Irgendjemand muss unterwegs gewesen sein, es ist schließlich immer jemand unterwegs. Es ist nur die Frage, wann man denjenigen findet. Es ist, als würde man in einem Heuhaufen nach einer Stecknadel suchen. Der Zöllner hatte Recht. Warum sich aufregen?«

»Weil Breeland es nicht allein getan haben konnte«, erwiderte Monk und steckte sich das letzte Stück der Pastete in den Mund. »Und ganz sicher brachte er keinen Lastkahn aus Washington hier herüber!«

Lanyon warf ihm einen schiefen Blick zu, seine Augen funkelten humorvoll. Auch er beendete seine Mahlzeit, woraufhin sie sich erhoben und die Wirtsstube verließen.

Sie brauchten den Rest des Nachmittags und bis in den Abend hinein, um sich bis Deptford am südlichen Verlauf des Flusses und bis zur Isle of Dogs im Norden vorzuarbeiten. Sie fuhren mit den kleinen Booten hin und zurück, wie sie die Fährmänner benutzten, und führten ihre Befragungen durch.

Am folgenden Morgen begannen sie von neuem und setzten schließlich vom West India Basin in Blackhurst, direkt hinter der Isle of Dogs, über den Blackwall Reach zu Bugsby's Marshes an der Flussbiegung hinter Greenwich über.

»Hier gibt's nichts zu finden, meine Herren«, sagte der Fährmann trübselig und schüttelte den Kopf, während er sich in die Riemen legte. »Da sind Sie einem Trugschluss aufgesessen. Hier gibt's nur Sumpfland, Morast und so was.« Dabei begutachtete er Monk mit einem kritischen traurigen Blick. Sein gut geschnittenes Jackett, die sauberen Hände und die Stiefel, die ihm wie angegossen passten, hatte er bereits genau in Augenschein genommen. »Sie stammen nicht aus der Gegend. Wer hat Ihnen denn gesagt, dass es hier etwas gibt, was es wert wäre, nach Bugsby zu kommen?«

»Ich stamme aus dieser Gegend«, sagte Lanyon scharf. »Geboren und aufgewachsen in Lewisham.«

»Dann sollten Sie mehr Verstand haben«, erwiderte der Fährmann unumwunden. »Ich warte auf Sie und bringe Sie wieder zurück. Außer, Sie überlegen es sich jetzt anders, dann gilt der halbe Fahrpreis.«

Lanyon lächelte. »Waren Sie in der Nacht auf gestern auf dem Fluss?«

»Wieso? Manchmal arbeite ich nachts, manchmal tagsüber. Warum?« Er stützte sich einen Augenblick lang auf die Ruder, wartete, bis ein Flusskahn vorüber war, in dessen Kielwasser sie sanft schaukelten.

Lanyon lächelte halb freundlich, halb jämmerlich, als ob er ein Amateur wäre, der sich in dem Beruf versuchte und auf ein wenig Hilfe hoffte. »In der Tooley Street, hinter Rotherhithe, wurden drei Männer ermordet. Eine Schiffsladung von Waffen wurde gestohlen und mit einem Kahn flussabwärts gebracht. Aber wir wissen nicht, wie weit. Weiter als bis hierher, das wissen wir jedenfalls. Wir glauben, dass die Waffen irgendwo in dieser Gegend an Bord eines schnellen leichten Schiffes geladen wurden, um nach Amerika transportiert zu werden. Wenn es so war, müssten Sie sie gesehen haben.«

Die Augen des Fährmannes wurden groß, als er wieder zu rudern begann. »Ein Schiff nach Amerika! Ich hab nie ein Schiff vor Anker liegen sehen hier in der Gegend. Könnte aber hinter der Flussbiegung gegenüber den Victoria Docks gewesen sein. Und ich glaube fast, dass ich die Masten gesehen habe.« Monk spürte, wie sich bittere Enttäuschung seiner bemächtigte. Wie weit konnten sie flussabwärts fahren? In der Flussmündung gab es keine Fährmänner mehr. Unwahrscheinlich, dass sich dort vor der Morgendämmerung überhaupt jemand aufhielt. Wenn Breeland jedoch so weit gefahren sein und mitten in der Nacht einen schwer beladenen Kahn durch den Hafen von London manövriert haben sollte, vorbei am Limehouse Reach, um die Isle of Dogs herum und über Greenwich hinaus, dann müsste es schon früher Morgen gewesen sein und volles Tageslicht geherrscht haben, als er das offene Wasser erreichte.

»Haben Sie nun etwas gesehen?«, hakte er nach und war sich bewusst, dass die Eindringlichkeit der Frage seiner Stimme einen brüsken Unterton verlieh.

»Hab einen Kahn gesehen hier unten, war ein großes, schwarzes Ding, lag tief im Wasser«, erwiderte der Mann. »Zu tief, wenn Sie mich fragen. Der hat um Schwierigkeiten gebettelt. Weiß nicht, warum die Kerle so was riskieren. Ist doch besser, noch einen Kahn zu mieten, als die ganze Ladung zu verlieren. Habsucht, das ist es. Hab schon einige Wracks gesehen, die das beweisen. Fragen Sie ein paar der Wracktaucher. Sind schon mehr Männer wegen Gier ertrunken als aus anderen Gründen.«

Lanyon hatte sich aufgerichtet. »Ein schwer beladener Kahn, sagen Sie?«

»Genau. Fuhr den Fluss hinunter, aber ich hab kein Schiff gesehen.«

»Wie nahe waren Sie dran?«, drang Lanyon in ihn und beugte sich eifrig nach vorn. Möwen kreisten über ihnen, der schwere Geruch schlammigen Wassers lag in der Luft, und das seichte Sumpfgebiet befand sich vor ihnen.

»Zwanzig Meter«, antwortete der Mann. »Nehme an, die hatten Ihre Gewehre?«

»Ist Ihnen irgendetwas aufgefallen? Erzählen Sie mir alles. Ich bin hinter den Männern her. Sie haben drei Engländer umgebracht, um das zu kriegen, was sie mit sich führten. Wenigstens einer der Toten war ein braver Mann mit Frau und Tochter, die anderen beiden waren ebenfalls rechtschaffene Männer, arbeiteten schwer und ehrlich. Los, beschreiben Sie mir den Kahn!«

»Wollen Sie jetzt in das Sumpfgebiet oder nicht?«

»Nein. Erzählen Sie mir erst von dem Lastkahn!«

Der Fährmann seufzte und stützte sich auf seine Ruder. Er ließ das Boot sanft dahingleiten. Die Gezeiten wechselten gerade, und er konnte es sich erlauben, sich von der Strömung treiben zu lassen. Er konzentrierte sich und versuchte, sich den Prahm vorzustellen.

»Nun, er lag sehr flach im Wasser, die Fracht war hoch aufgetürmt«, begann er. »Konnte nicht sehen, woraus sie bestand, weil sie abgedeckt war. Es war noch nicht hell, aber am Himmel waren die ersten hellen Streifen, deshalb konnte ich auch die Umrisse gut erkennen. Und natürlich hatte er auch Ankerlampen.« Er beobachtete Lanyon. »Hab zwei Männer gesehen. Können auch mehr gewesen sein, aber ich hab nur zwei gleichzeitig gesehen … glaub ich. Einer war groß und dünn. Ich hab gehört, wie er dem anderen etwas zurief, er konnte nicht aus dieser Gegend sein. Sie müssen wissen, ich tu mich ziemlich schwer, unterschiedliche Dialekte auseinander zu halten. Kann einen Kerl aus Northumberland nicht von einem aus Cornwall unterscheiden.«

Weder Lanyon noch Monk unterbrachen ihn, aber sie warfen sich einen kurzen Blick zu, dann sahen sie wieder den Fährmann an, der über seine Ruder gesackt war und die Augen halb geschlossen hatte. Das Boot trieb immer noch in der trägen Strömung.

»Ich erinnere mich nicht, dass der andere Mann viel gesagt hätte. Der Große schien das Kommando zu führen, erteilte die Befehle.«

Lanyon konnte sich nicht mehr zurückhalten. »Haben Sie sein Gesicht gesehen?«

Der Mann wirkte überrascht. Seine Augen waren plötzlich groß geworden, und er starrte an Lanyon vorbei auf das Wasser. »Nein – sein Gesicht hab ich nie klar gesehen. Es war noch vor der Dämmerung. Sie müssen ziemlich gute Fahrt den Fluss abwärts gemacht haben, wenn sie nördlich von Rotherhithe abgelegt haben. Aber er hatte eine Pistole im Gürtel, das hab ich so deutlich gesehen, als ob er vor mir stehen würde. Und er hatte Blut an den Händen, verschmiert wie …«

»Blut?«, rief Lanyon scharf. »Sind Sie sicher?«

»'türlich bin ich sicher«, erwiderte der Fährmann mit stetem Blick und grimmigem Gesicht. »Ich hab doch die rote Farbe gesehen, als er unter der Ankerlampe hindurchging, und auf seiner Hose und seinem Hemd waren dunkle Flecken. Aber ich hab mir zu dem Zeitpunkt keine Gedanken darüber gemacht.« Er rieb sich mit der Hand über das Gesicht. »Sie vermuten also, dass er es war, der Ihre drei Männer in der Tooley Street umgebracht hat, hm?«

»Ja«, sagte Lanyon leise. »Das glaube ich. Ich danke Ihnen, Sie waren äußerst hilfreich. Nun muss ich herausfinden, wohin der Prahm zurückgefahren ist, wem er gehört und was mit dem anderen Mann geschah. Irgendjemand muss ihn doch wieder flussaufwärts gesteuert haben.«

»Hab ihn nicht zurückkommen sehen. Aber vielleicht war ich da ja auch schon zu Hause.«

Lanyon lächelte. »Wir werden jetzt auch zurückfahren, wenn es Ihnen recht ist. Ich habe nicht den Wunsch, in Bugsy's Marshes auszusteigen. Es sieht abstoßend aus.«

Der Fährmann grinste, obwohl sein Gesicht immer noch blass war und seine Hände die Ruder umklammerten. »Hab ich doch gesagt.«

»Nur noch eine Frage«, sagte Monk, als sich der Mann in die Ruder stemmte, um das Boot zu wenden. Die Tide begann in die andere Richtung zu fließen, und plötzlich musste er seine ganze Körperkraft einsetzen. Monk konnte das Ziehen in den Muskeln fast spüren, als er ihn beobachtete.

»Und die wäre?«

»Sahen Sie irgendein Anzeichen von einer Frau … einem jungen Mädchen? Sie könnte sich möglicherweise sogar als Junge verkleidet haben?«

Der Fährmann war erschrocken. »Eine Frau? Nein, eine Frau hab ich auf einem der Flusskähne noch nie gesehen! Was sollte eine Frau auch hier draußen zu schaffen haben?«

»Sie könnte als Geisel mitgeführt worden sein. Oder sie kam aus freien Stücken mit, um weiter unten auf dem Fluss ein seegängiges Schiff zu besteigen.«

»Nein, ich hab keine gesehen. Aber, ich meine, diese Kähne haben so 'ne Art Kabine. Sie hätte ja dort unten sein können … Gott beschütze sie. Wünschte, ich hätte es gewusst. Dann hätte ich irgendwas unternommen!« Er schüttelte den Kopf. »Es gibt schließlich auch noch die Flusspolizei!« Sein Gesichtsausdruck verriet jedoch, dass diese Institution sein letzter Ausweg gewesen wäre, nur in Zeiten der höchsten Not würde er seine eigenen Prinzipien über Bord geworfen und bei ihr Hilfe gesucht haben.

Lanyon zuckte sorgenvoll die Achseln.

Monk sagte nichts, sondern lehnte sich während der Rückfahrt nach Blackwall und in die City in seinem Sitz zurück. In der Stadt würde er Mrs. Alberton berichten müssen, dass Breeland entkommen war und dass niemand, weder er und Lanyon noch irgendjemand anderes etwas dagegen unternehmen konnte.

Am frühen Abend erreichte Monk den Tavistock Square. Er war nicht überrascht, Casbolt dort anzutreffen. In Wahrheit war er sogar erleichtert, denn es war einfacher, ihm die nackten Tatsachen, wie er sie zu berichten hatte, zu unterbreiten, da seine Gefühle unmöglich so intensiv und sein Gram nicht so schrecklich sein konnten wie der Judiths.

Monk wurde sogleich in den Salon geführt. Casbolt stand vor dem leeren Kamin, der im Moment mit einer zarten Tapisserie abgedeckt war. Er sah blass aus, und es schien ihn große Mühe zu kosten, Haltung zu bewahren. Judith Alberton stand am Fenster, als ob ihr Blick auf den Rosen hinter dem Glas geruht hätte, aber sie wandte sich augenblicklich um, als Monk eintrat. Die Hoffnung in ihren Augen erregte sein Mitleid, aber auch Schuldgefühle, da er nichts tun konnte, um zu helfen. Er brachte keine Nachrichten, die Trost versprochen hätten.

Die Atmosphäre schien elektrisch aufgeladen zu sein, als ob selbst die Luft im Zimmer auf den Donner wartete.

Sie starrte ihm entgegen, als ob sie aus seinem Gesicht ablesen wollte, was er sagen würde, und sich gegen den Schmerz wappnen wollte, und doch konnte sie noch nicht alle Hoffnung aufgeben.

Er räusperte sich. »Sie luden die Gewehre auf einen Lastkahn und brachten sie damit bis Greenwich. Dort muss ein Schiff auf sie gewartet haben, auf das die Waffen dann verladen wurden.« Er sah bei seinen Worten Judith an, nicht Casbolt, und doch war er sich bewusst, dass der Mann ihn beobachtete und förmlich jedes Wort aufsaugte. »Wir konnten keinen Hinweis auf Merrit entdecken«, fügte er hinzu, wobei seine Stimme noch leiser wurde. »Der letzte Zeuge, mit dem wir sprachen, ein Fährmann aus der Gegend von Greenwich, sah zwei Männer, einen großen, der sich sehr aufrecht hielt und dessen Akzent er nicht lokalisieren konnte, und einen kleineren, dickeren Mann, aber keine Frau. Sergeant Lanyon, der mit dem Fall betraut ist, gibt nicht auf, aber das Beste, was wir noch hoffen können, ist, dass er den Besitzer des Lastkahns ausfindig machen und seine Mittäterschaft beweisen kann. Er könnte ihn als Komplizen vor Gericht bringen.«

Er erwog, hinzuzufügen, dass es keinen Beweis dafür gab, dass Merrit etwas passiert sei, aber er erkannte, dass dies unsinnig gewesen wäre. Nichts hätte leichter sein können, als Merrit mitzunehmen und ihren Leichnam ins Wasser zu werfen, sobald sie die Flussmündung hinter sich gebracht hatten. Judith hatte diese Möglichkeit gewiss bereits in Erwägung gezogen, und wenn sie es noch nicht getan hatte, dann würde sie es sehr bald tun, während der langen Tage, die vor ihr lagen.

»Ich verstehe …«, flüsterte sie. »Ich danke Ihnen, dass Sie gekommen sind, um mir das zu berichten. Es kann nicht einfach gewesen sein.«

Casbolt trat zu ihr. »Judith …« Sein Gesicht war grau und von Mitleid verzerrt.

Sehr sanft hob sie die Hand, als wollte sie ihn davon abhalten, näher zu treten. Monk fragte sich, ob sie die Kontrolle über sich verlieren würde, wenn er sie berührte. Mitgefühl war vielleicht mehr, als sie im Moment vertragen konnte. Vielleicht war jegliches Gefühl zu viel.

Sehr langsam kam sie auf Monk zu. Selbst in diesem Zustand des Kummers war sie bemerkenswert schön und unterschied sich von jeder anderen Frau, die er jemals gesehen hatte. Mit diesen vollen Lippen hätte sie eigentlich gewöhnlich wirken müssen, doch sie wirkten sinnlich, waren noch in jüngster Vergangenheit schnell zu einem Lächeln bereit gewesen. Jetzt, da sie kurz davor stand, in Tränen auszubrechen, waren ihre Lippen jedoch streng geschlossen, was ihre Verletzlichkeit verriet. Auf ihren hohen Wangenknochen schimmerte das Licht.

»Mr. Monk, wohin, glauben Sie, ist Mr. Breeland gefahren?«

»Nach Amerika, mitsamt seinen Gewehren«, antwortete er augenblicklich. Daran bestand für ihn kein Zweifel.

»Und meine Tochter?«

»Ist bei ihm.« In dieser Beziehung war er sich nicht ganz so sicher, aber dies war die einzig mögliche Antwort, die er ihr geben konnte.

Sie bewahrte Haltung. »Freiwillig, glauben Sie?«

Er hatte keine Ahnung. Es gab diverse Möglichkeiten, die meisten davon waren hässlich. »Ich weiß es nicht, aber von den Leuten, mit denen wir sprachen, hatte niemand etwas von einem Kampf bemerkt.«

Sie schluckte angestrengt. »Es könnte auch sein, dass sie als Geisel mitgeführt wird, nicht wahr? Ich kann einfach nicht glauben, dass sie willentlich am Tod ihres Vaters Mitschuld trägt, auch wenn sie gegen den Diebstahl der Gewehre nichts einzuwenden hatte. Sie ist leidenschaftlich und noch sehr jung.« Ihre Stimme wurde brüchig und hätte fast versagt. »Sie denkt die Dinge nicht bis zum Ende durch, aber es steckt keine Bösartigkeit in ihr. Niemals würde sie … Mord gutheißen.« Sie zwang sich, das Wort auszusprechen, aber der Schmerz, den es ihr verursachte, klang schrill in ihrer Stimme. »An niemandem.«

»Judith!« Casbolt protestierte erneut, und die Seelenqual, die er um ihretwillen litt, stand ihm ins Gesicht geschrieben. »Bitte! Quäle dich nicht! Es gibt einfach keine Möglichkeit, festzustellen, was passiert ist. Selbstverständlich würde Merrit nicht freiwillig an … an einer Gewalttat mitwirken. Mit größter Wahrscheinlichkeit weiß sie von all dem nichts. Und ganz offensichtlich ist sie in Breeland verliebt.«

Er stand nun sehr nahe bei ihr, aber er unterließ jeglichen Versuch, sie zu berühren. »Menschen unternehmen außergewöhnliche Dinge, wenn sie verliebt sind. Männer wie Frauen opfern alles für den Menschen, den sie ins Herz geschlossen haben.« Seine Stimme klang rau, als ob er beständig in schrecklicher Angst spräche und ihm diese Stimmlage zur zweiten Natur geworden wäre. »Wenn Breeland sie liebt, wird er ihr niemals ein Leid zufügen, egal, wozu er sonst noch fähig sein mag. Das musst du einfach glauben. Selbst der bösartigste Mann kann der Liebe fähig sein. Breeland ist besessen davon, diesen Krieg zu gewinnen. Er hat jeden Maßstab von Moral verloren, den du und ich in einem zivilisierten Leben als Notwendigkeit erachten, aber deshalb kann er die Frau, die er liebt, immer noch mit Zärtlichkeit und Umsicht behandeln und sogar sein Leben geben, um sie zu beschützen.«

Schließlich berührte er sie, zärtlich und mit zitternden Fingern. »Bitte fürchte nicht, dass er ihr Leid zufügt. Sie hat sich entschlossen, mit ihm zu gehen. Mit an Sicherheit grenzender Wahrscheinlichkeit weiß sie gar nicht, was er getan hat. Er wird es um ihrer selbst willen vor ihr geheim halten. Sie wird es nie erfahren. Wenn sie Amerika erreicht hat, wird sie dir vielleicht sogar schreiben, dass es ihr gut geht und sie in Sicherheit ist. Bitte … verzweifle nicht.«

Nun wandte sie sich zu ihm um, den schwachen Anflug eines Lächelns auf den Lippen.

»Mein lieber Robert, du warst mir schon immer eine Stütze, und du bist es auch jetzt, dafür liebe ich dich. Ich vertraue dir, wie ich sonst niemandem vertraue. Aber ich muss tun, was ich für richtig erachte. Bitte versuche nicht, mich davon abzuhalten. Ich bin fest entschlossen. Ich würde dich noch mehr schätzen, wenn das überhaupt möglich wäre, wenn du mich darin unterstützen könntest, aber ungeachtet dessen muss ich es tun. Du hast bereits so viel für uns getan, und wäre die Situation nicht so verzweifelt, würde ich dich nicht um mehr bitten, aber mein Kind befindet sich in einer Gefahr, in der ich es nicht beschützen kann. Im besten Fall floh sie mit dem Mann, der ihren Vater umbrachte, und er kann durchaus die Absicht hegen, ihr ein Leid zuzufügen. Aber er ist ein schlechter Mensch, und selbst wenn er glaubt, sie zu lieben, kann er nicht der Mann sein, den sie sich wünscht.«

»Judith …«, begann Casbolt aufzubegehren.

Sie ignorierte ihn. Vielleicht hörte sie ihn nicht einmal. »Im schlimmsten Fall liegt ihm nichts an ihr, und er machte sich ihre Liebe zu ihm nur zu Nutze, um sie als Geisel mitnehmen zu können. Und wenn er fürchtet, die englische Polizei könnte ihn verfolgen, wird er sie dazu benutzen, seine Flucht zu bewerkstelligen. Wenn sie ihm nicht weiter von Nutzen ist, dann … bringt er sie womöglich auch um.«

Casbolt sog keuchend den Atem ein.

Monk widersprach nicht. Sie hatte Recht, und es wäre grausam gewesen, ihre Zweifel zu zerstreuen.

»Mr. Monk, würden Sie nach Amerika reisen und alles unternehmen, was in Ihrer Macht steht, um Merrit wieder nach Hause zurückzubringen … mit Gewalt, wenn Argumente sie nicht dazu bewegen können?«

»Judith, das ist äußerst …«, versuchte Casbolt einzuwenden.

»Schwierig«, schloss sie für ihn, ohne den Blick von Monk zu nehmen. »Ich weiß. Aber ich muss Sie bitten, alles zu tun, was getan werden kann. Ich werde alles Geld bezahlen, was ich habe, und das ist eine nicht unbeträchtliche Summe, um sie von Breeland befreit und wieder zu Hause zu wissen.«

Casbolts Finger umklammerten ihren Arm. »Judith, selbst wenn Mr. Monk Erfolg haben würde und sie nach Hause zurückbrächte, freiwillig oder unfreiwillig, er ist ein Mann, und mit ihm zu reisen würde sie in einem Maße kompromittieren, dass sie in England gesellschaftlich ruiniert wäre. Wenn du –«

»Daran habe ich gedacht.« Sie legte ihre Hand auf die seine und krümmte ihre Finger, um den Druck ein wenig zu verstärken. »Mr. Monk hat eine tapfere und höchst ungewöhnliche Frau. Wir haben sie bereits kennen gelernt und von ihren Erfahrungen auf den Schlachtfeldern der Krim gehört. Es mangelt ihr sicherlich nicht an Mut, Charakterstärke und praktischen Fähigkeiten, um mit ihm nach Amerika zu reisen und Merrit dazu zu überreden, nach Hause zurückzukehren. Sobald Merrit einmal weiß, was Breeland wirklich ist, wird sie alle Hilfe nötig haben, die wir ihr geben können.«

Casbolt schloss die Augen, die Muskeln um seine Kinnpartie zuckten, und an seiner Schläfe pochte ein Nerv. Als er sprach, war seine Stimme kaum hörbar.

»Und was ist, wenn sie es bereits weiß, Judith? Hast du daran schon gedacht? Was ist, wenn sie Breeland so sehr liebt, dass sie ihm vergibt? Schließlich ist es möglich, so sehr zu lieben, um alles verzeihen zu können.«

Mit großen Augen starrte sie ihn an.

»Willst du dann immer noch, dass sie nach Hause gebracht wird?«, fragte er. »Glaube mir, wenn ich einen Weg wüsste, dies nicht zu dir sagen zu müssen, dann würde ich ihn wählen. Aber Merrit ist vielleicht nicht mehr so frei wie du denkst, um nach England zurückkehren zu können.«

Einen Augenblick lang bebten ihre Lippen, aber sie wandte den Blick nicht von ihm ab. »Wenn sie am Tod ihres Vaters aus freien Stücken mitwirkte, wie indirekt auch immer, dann muss sie hierher zurückkommen, um sich der Verantwortung zu stellen. Breeland zu lieben oder an die Sache der Union zu glauben, ist keine Entschuldigung.« Erneut wandte sie sich an Monk, ohne allerdings von Casbolts Seite zu weichen oder sich von seinem Arm zu befreien. »Ich werde für Sie und Ihre Gattin die Passage nach Amerika bezahlen, werde für sämtliche Ausgaben aufkommen, die Sie haben, solange Sie dort sind, und ich werde alles bezahlen, was Sie für Ihre Mühe und Ihr Können berechnen, wenn Sie alles in Ihrer Macht Stehende tun, meine Tochter zurückzubringen. Wenn Sie überdies Breeland verhaften lassen können und ihn für den Mord an meinem Mann und den beiden anderen Männern vor Gericht bringen, dann umso besser. Das fordert die Gerechtigkeit, obwohl ich keine Rache suche. Ich will meine Tochter in Sicherheit und von Breeland befreit wissen.«

»Und wenn sie nicht kommen möchte?«, fragte Monk.

Ihre Stimme klang weich und sanft. »Bringen Sie sie trotzdem.

Ich glaube nicht, dass sie bei ihm zu bleiben wünscht, wenn sie einmal die volle Wahrheit begriffen hat. Ich kenne sie manchmal besser, als sie sich selbst. Ich habe sie in meinem Leib getragen und sie geboren. Ich beobachte und liebe sie seit ihrem ersten Atemzug. Sie ist voller Leidenschaften und Träume, undiszipliniert, zu schnell mit ihren Urteilen und manches Mal sehr närrisch. Aber sie ist nicht unehrenhaft. Sie sucht einen Traum, dem sie nachjagen kann, dem sie sich widmen kann ... aber es ist nicht dieser. Bitte, Mr. Monk, bringen Sie sie zurück.«

»Und wenn sie sich vor Gericht verantworten muss, Mrs. Alberton?«, fragte er. Er musste es wissen.

»Ich glaube nicht, dass sie sich irgendeiner Untat schuldig gemacht hat, höchstens der Dummheit und momentanen Selbstsucht«, antwortete sie. »Sollte sie dennoch Schuld auf sich geladen haben, dann muss sie sich verantworten. Im Weglaufen liegt kein Lebensglück.«

»Judith, du weißt nicht, was du sagst!«, protestierte Casbolt. »Monk soll Breeland verfolgen, um jeden Preis. Der Mann soll am Ende eines Strangs baumeln! Aber nicht Merrit! Wenn sie erst einmal hier ist, kannst du sie nicht vor dem schützen, was das Gesetz vorsieht. Bitte ... überlege noch einmal, was das für sie bedeuten könnte!«

»Du redest, als hieltest du sie für schuldig«, entgegnete sie. Nun war sie verletzt und wütend auf ihn.

»Nein!« Er schüttelte den Kopf, um dies in Abrede zu stellen. »Nein, natürlich nicht. Aber das Gesetz ist nicht immer gerecht und richtig. Denke doch daran, wie sie leiden könnte, bevor du so etwas in die Wege leitest!«

Sie sah Monk an, ihre Augen waren groß und flehend.

»Ich werde meine Frau fragen«, erwiderte Monk. »Wenn sie dazu bereit ist, werden wir fahren und versuchen, Merrit zu finden. Wenn es uns gelingt, werden wir erfahren, was passierte und wie viel sie wusste. Werden Sie mir vertrauen, wenn ich meine eigene Entscheidung treffen muss, bezüglich der Frage, ob es besser für sie ist, wenn sie zurückkehrt oder wenn sie in Amerika bleibt, ob nun mit Breeland oder allein?«

»Sie kann weder das eine noch das andere tun!«, rief sie verzweifelt, und nun begann ihre Stimme brüchig zu werden. »Sie ist erst sechzehn! Was kann sie allein tun? Sie wird auf der Straße enden! Schließlich ging sie mit Breeland – unverheiratet!« Ihre Hand umklammerte Casbolt, der sie immer noch hielt. »Welcher anständige Mann würde sich denn noch ihrer annehmen? Breeland ist im besten Fall ein Mörder ... im schlimmsten ... zudem ein Entführer! Bringen Sie sie zurück, Mr. Monk. Oder ... oder, sollte sie schuldig sein, bringen Sie sie nach Irland ... irgendwohin, wo sie niemand kennt. Dann werde ich von hier fortgehen und mich ihr anschließen. Ich werde mich ihrer annehmen ...«

Casbolts Finger drückten ihre Hand so fest, dass sie aufschrie, aber er erwiderte nichts. Er starrte Monk an, bat ihn flehentlich um eine abschlägige Antwort.

Aber es kam keine.

»Ich werde mit meiner Frau sprechen«, versprach Monk erneut. »Ich werde morgen mit meiner Antwort wiederkommen. »Ich ... ich wünschte, ich hätte Ihnen bessere Nachrichten bringen können.« Es war überflüssig, dies zu sagen, und er wusste es, aber er meinte es so inbrünstig, dass die Worte gesprochen waren, bevor er ihre Leere abgewogen hatte.

Sie nickte, und endlich quollen die Tränen über ihre Wangen.

Er sagte nichts mehr, drehte sich um und verließ das Haus. Als er in die Sommernacht hinaustrat, war sein Kopf bereits voller Pläne.

4

Hester hatte Monk während der letzten zwei Tage kaum zu Gesicht bekommen. Er war spät und völlig erschöpft nach Hause gekommen, zu müde, um noch etwas zu essen, hatte sich ausgezogen und war fast umgehend zu Bett gegangen. Er war früh aufgestanden, hatte ein einsames Frühstück, bestehend aus Tee und Toast, zu sich genommen und war vor acht Uhr aus dem Haus gegangen. Er hatte ihr nichts weiter erzählt, als dass er keine Hoffnung hege, Breeland noch erwischen zu können, der mittlerweile weit draußen auf dem Atlantik sein musste.

Sie konnte ihm wenig Hilfe anbieten, außer keine Fragen zu stellen, die er nicht beantworten wollte, und stets den Wasserkessel auf dem Herd stehen zu lassen.

Als er am zweiten Abend kurz nach neun Uhr abends von Judith Alberton nach Hause kam, wusste sie augenblicklich, dass sich eine wichtige Änderung ergeben hatte. Er war immer noch blass im Gesicht vor Sorge und so bedrückt, dass er sich nur langsam bewegte, als ob ihn sein ganzer Körper schmerzte. Sein Mund war trocken, und sein erster Blick, nachdem er sie begrüßt hatte, galt dem Kessel. Er setzte sich, lockerte die Schnürsenkel seiner Stiefel und wartete offenbar darauf, dass sie ein Gespräch anfinge. Ungeduldig folgten ihr seine Blicke, während sie den Tee zubereitete, und drängten sie, sich zu beeilen. Und doch begann er nicht zu sprechen, bevor sie nicht auf einem Tablett Kanne, Tasse und Milch gebracht hatte. Was immer er zu sagen haben würde, war nicht als einfach oder schlichtweg gut oder schlecht zu bezeichnen. Sie merkte, dass sie sich sowohl um ihrer selbst willen als auch um seinetwillen beeilte.

Er begann mit dem Bericht über das Verfolgen der Spur von Beweisen, die ihn den Fluss hinunter bis Greenwich geführt hatte, bis zu dem unvermeidlichen Schluss, dass der Schuldige entkommen war. Der Zweck des Waffendiebstahls war, die Gewehre nach Amerika zu bringen. Warum sollte Breeland auch nur eine Stunde verschwenden?

Aber an seiner Miene und aus der Eindringlichkeit seiner Stimme, die seine Worte Lügen strafte, schloss sie, dass es noch etwas gab, was er ihr noch nicht gesagt hatte.

Ungeduldig wartete sie.

Er sah sie an, als ob er im Geiste versuchte, ihre Reaktion abzuwägen.

»Was ist denn?«, fragte sie. »Was gibt es denn noch?«

»Mrs. Alberton möchte, dass wir nach Amerika reisen und alles tun, um Merrit nach Hause zurückzubringen – ungeachtet der Umstände oder ihrer eigenen Wünsche.«

»Wir? Wer ist wir?«, hakte sie augenblicklich nach.

Sein Lächeln war müde und bekümmert. »Du und ich.«

»Du ... und ich?« Sie klang ungläubig. »Nach Amerika?« Schon während sie sprach, konnte sie einen Funken von Sinn in dem Vorhaben erkennen, winzig, einen Lichtschimmer in der Dunkelheit.

»Wenn ich sie finde«, fuhr er fort, »wenn ich sie dazu überreden kann, zurückzukommen, oder wenn ich sie mit Gewalt dazu zwingen muss, jedenfalls brauche ich Hilfe. Ich brauche jemanden, der sie als Anstandsdame begleitet. Ich kann nicht ganz allein in England mit ihr ankommen.« Er beobachtete sie, als ob er nicht nur ihre Worte, sondern auch ihre Gedanken und die Gefühle, die tiefer lagen, lesen konnte, vielleicht sogar das, was sie sich weigerte zu denken.

Der Gedanke war überwältigend, trotz der Argumente, die so ausnehmend vernünftig klangen. Amerika! Über den Atlantik zu fahren, in ein Land, das gegen sich selbst einen bewaffneten Konflikt austrug. Bis jetzt hatte England noch keine Nachrichten von hitzigen Kämpfen erhalten, aber wenn kein Wunder geschah, würde es nur eine Frage der Zeit sein, bis es zum Krieg kam.

Und doch erkannte sie an seinen Augen, dass er seine Entscheidung bereits getroffen hatte, wenn auch nicht vernunftmäßig. Er hatte Pläne geschmiedet, Möglichkeiten ersonnen, um sie zu überzeugen. Hatte er sich wegen des Abenteuers entschlossen, wegen der Herausforderung, Sinn für Gerechtigkeit, Wut wegen Daniel Alberton oder der Arroganz Breelands? Oder aus einem Schuldgefühl heraus, das hier aber fehl am Platz war, weil Daniel Alberton ihn um Hilfe gebeten und er versagt hatte? Dabei tat es kaum etwas zur Sache, dass es Breeland gewesen war, der Albertons Ruin bedeutet hatte, und nicht der Erpresser.

Oder war es Mitgefühl für Judith Alberton, die binnen einer schrecklichen Nacht alles verlor, was ihr lieb und teuer war?

Hesters Antwort jedenfalls bezog Judith mit ein.

»Also gut. Aber bist du dir sicher, dass Merrit nichts damit zu tun hatte, nicht einmal unwissentlich? Ich glaube, sie war leidenschaftlich in Breeland verliebt. Sie sah ihn als eine Art Heiligen der Soldaten an.« Sie runzelte die Stirn. »Ich nehme an, du bist überzeugt davon, dass es Breeland war? Es kann doch nicht der Erpresser gewesen sein, oder, was meinst du? Schließlich verlangte er die Gewehre als Preis für sein Schweigen.«

»Nein.« Er senkte den Blick, als ob er einen innerlichen Schmerz zu verbergen suchte. »Ich fand Breelands Uhr auf dem Hof des Lagerhauses. Sie konnte noch nicht lange dort gelegen haben. Sie war nur leicht mit Erde verschmutzt und lag in der Nähe der Spuren der Lastkarren. Bei Tageslicht hätte sie jeder sofort gesehen und aufgehoben. Und da Alberton sich weigerte, ihm die Waffen zu verkaufen, hatte er ja keinen legitimen Grund, sich auf dem Hof aufzuhalten.«

Sie spürte, wie eine Schwindel erregende Aufregung sie erfasste.

»Breelands Uhr?«, wiederholte sie. »Wie sieht sie aus?«

»Wie sie aussieht?« Er war verwirrt. »Eine Uhr eben. Eine runde Golduhr, die man an einer Kette trägt.«

»Woher weißt du, dass es seine war?«, fuhr sie beharrlich fort. Obwohl sie wusste, dass der Versuch nichtig sein würde, fühlte sie sich dazu gezwungen.

»Weil sein Name eingraviert war und ein Datum.«

»Welches Datum?«

Ein Anflug von Ungeduld machte sich auf seinem Gesicht breit. Er war zu müde und zu verletzt für Haarspaltereien. »Was tut das zur Sache?«

»Welches Datum?«, insistierte sie.

Er starrte sie an. Vor Erschöpfung und Enttäuschung ließ er seine Schultern sinken. »1. Juni 1848. Warum? Warum machst du daraus eine derartige Sache, Hester?«

Sie musste es ihm sagen. Es war nichts, was sie vor ihm verheimlichen durfte. Ohne dieses Wissen durfte sie ihm nicht erlauben, nach Amerika zu fahren.

»Es war nicht Breeland, der die Uhr verlor«, sagte sie sehr gefasst. »Er schenkte sie Merrit als Erinnerung. Sie zeigte mir die Uhr an dem Abend, als wir zum Dinner eingeladen waren. Sie sagte, sie würde die Uhr niemals mehr ablegen.«

Er sah sie an, als ob er kaum begreifen konnte, was sie sagte.

»Es tut mir Leid«, fügte sie hinzu. »Aber sie muss dort gewesen sein, ob nun freiwillig oder nicht.« Ein anderer Gedanke schoss ihr durch den Kopf. »Außer, er nahm ihr die Uhr wieder ab und ließ sie selbst fallen, vorsätzlich…«

»Warum, um Gottes willen, sollte er das tun?«

Sie sah in seinen Augen, dass er die Antwort wusste, bevor sie sie formulierte.

»Um sie zu belasten … damit wir ihn nicht verfolgen … eine Art Warnung, dass er sie bei sich hat … als Geisel.«

Schweigend saß er da und dachte über diesen neuen Aspekt nach.

Sie wartete. Es hatte keinen Sinn, die Möglichkeiten im Detail zu zerpflücken. Er konnte sie sich ebenso gut ausmalen wie sie, vermutlich besser. Sie schenkte sich und ihm noch Tee ein, der dieses Mal gut durchgezogen, aber nicht mehr ganz so heiß war.

»Mrs. Alberton weiß, dass er sie möglicherweise als Geisel hält«, sagte er schließlich. »Dennoch möchte sie, dass wir es versuchen.«

»Und wenn sie aus freien Stücken ging?«, fragte sie. Man musste den Fakten ins Auge sehen.

»Sie weiß, dass Merrit hitzköpfig und idealistisch ist und handelt, bevor sie nachdenkt, aber sie glaubt nicht, dass sie, unter welchen Umständen auch immer, einen Mord verzeihen könnte.« Jetzt beobachtete er sie, versuchte in ihren Augen abzulesen, ob sie dem zustimmte.

»Ich hoffe, sie hat Recht«, antwortete sie.

»Glaubst du das etwa nicht?«, fragte er hastig.

»Ich weiß es nicht. Aber was könnte eine Frau schon von ihrem Kind anderes sagen?«

»Willst du, dass ich den Auftrag ablehne?«

»Nein.« Die Antwort schlüpfte ihr über die Lippen, bevor sie sie abwägen konnte, und sie überraschte sie mehr als ihn. »Nein«, wiederholte sie. »Wenn ich in der Situation wäre, denke ich, möchte ich lieber die Wahrheit wissen, als mein ganzes Leben lang mit der Hoffnung auf das Beste leben und doch das Schlimmste befürchten zu müssen. Wenn ich jemanden liebte, würde ich hoffen, dass ich das Vertrauen hätte, ihn zu prüfen. Aber es geht nicht darum, was ich glaube, oder du. Es geht darum, was Mrs. Alberton wünscht.«

»Sie möchte, dass wir nach Amerika reisen und Merrit zurückbringen, freiwillig oder unter Ausübung von Zwang. Und wenn möglich auch Breeland.«

Sie erschrak. »Breeland auch?«

»Ja. Er ist des dreifachen Mordes schuldig. Er soll sich dem Gericht stellen und sich verantworten.«

»Ach, das ist alles?« Gegen ihren Willen hatte sich ein verzweifelter Sarkasmus in ihre Stimme gemischt. »Sonst nichts?«

Er lächelte. Seine Augen blickten sie ruhig an. »Sonst nichts. Wollen wir?«

Sie atmete tief durch. »Ja ... wir wollen.«

Am folgenden Tag, es war Sonntag, der 29. Juni, packte Hester die wenigen Dinge, die sie unbedingt mitnehmen mussten, fast ausschließlich Kleidungsstücke und Toilettenartikel. Monk fuhr zum Tavistock Square zurück, um Mrs. Alberton ihre Antwort mitzuteilen. Er war erleichtert, dass es wenigstens die Antwort war, die sie erhofft hatte.

Monk fand sie allein im Arbeitszimmer sitzend vor, aber sie verbarg die Tatsache nicht, dass sie auf ihn gewartet hatte. Sie trug Schwarz, das von keinem Schmuckstück aufgelockert wurde und das die Blässe ihrer Haut unterstrich. Doch ihr Haar hatte immer noch denselben warmen Ton, und die Sonne, die durch das Fenster in den Raum flutete, spielte mit seinem Glanz.

Mit den gewohnten formellen Redensarten wünschte sie ihm einen guten Morgen, aber ihr Blick ließ seine Augen keinen Moment los, in ihm lag ihre Frage und er verriet ihre Gefühle.

»Ich habe mit meiner Frau gesprochen«, sagte er, sobald sie ihren Platz wieder eingenommen hatte und er sich ihr gegenüber an den Schreibtisch gesetzt hatte. »Sie ist gewillt, zu fahren und alles zu tun, was in unserer Macht steht, um Merrit zurückzubringen.« Er sah, dass sie sich entspannte und fast lächelte. »Aber sie war in Sorge, Merrit könnte an dem Verbrechen beteiligt gewesen sein«, fuhr er fort, »selbst wenn sie nur Mittäterin war. Schließlich würde das nicht das Ergebnis bedeuten, das Sie sich erhoffen. Das läge dann außerhalb unserer Kontrolle.«

»Das weiß ich, Mr. Monk«, sagte sie mit fester Stimme. »Ich glaube an Merrits Unschuld und bin bereit, das Risiko einzugehen. Und ich bin mir der Tatsache nur zu bewusst, dass ich dieses Risiko sowohl für sie als auch für mich auf mich nehme.« Sie biss sich auf die Lippe. Ihre Hände, die auf dem Schreibtisch lagen, waren schmal, und die Knöchel zeichneten sich weiß ab. Außer ihrem Ehering trug sie keinerlei Juwelen. »Wenn sie älter wäre, würde ich sie vielleicht nicht suchen lassen, aber sie ist noch ein Kind, obwohl sie selbst vom Gegenteil überzeugt ist. Und ich bin auf den Umstand vorbereitet, dass sie mich dafür vielleicht hassen wird. Ich habe die ganze Nacht darüber nachgedacht, und ich bin der festen Überzeugung, dass – trotz der Risiken einer Rückkehr nach England – die Gefahren, bliebe sie mit Breeland in Amerika, größer wären, denn dort ist niemand, der sich für sie einsetzen würde.«

Sie senkte die Lider. »Abgesehen davon muss sie erfahren, was Breeland getan hat, und wenn sie daran teilhatte, mag ihr Beitrag auch klein oder unbeabsichtigt gewesen sein, dann muss sie sich dafür verantworten. Man kann sein Glück nicht auf Lügen aufbauen ... die so schrecklich sind wie diese Sache.«

Dem konnte Monk nichts hinzufügen. Er konnte keine Einwände erheben, und selbst eine Zustimmung wäre ungehörig gewesen und hätte so gewirkt, als fühle er sich berechtigt, an ihrem Schmerz teilzuhaben. Und eine Zustimmung hätte ihren Schmerz verharmlost.

»Dann werden wir reisen, sobald die Vorbereitungen getroffen sind«, erwiderte er. »Meine Frau packt bereits die Koffer.«

»Ich bin Ihnen sehr dankbar, Mr. Monk.« Sie lächelte schwach. »Ich habe das Geld und den Namen der Dampfschifffahrtsgesellschaft hier. Ich fürchte, Sie müssen von Liverpool abreisen. Von dort fahren am häufigsten Schiffe nach New York ab ... jeden Mittwoch, um genau zu sein. Es wird Eile geboten sein, um das nächste Schiff zu erreichen, da heute bereits Sonntag ist. Aber Sie können es schaffen, und ich bitte Sie inständig, keine Zeit zu verlieren. In der Hoffnung, dass Sie annehmen würden, telegrafierte ich gestern der Schifffahrtsgesellschaft und reservierte eine Kabine für Sie.« Sie biss sich auf die Lippe. »Aber ich kann sie natürlich stornieren.«

»Wir werden morgen früh reisen«, versprach er.

»Ich danke Ihnen. Ich habe auch Geld für Ihren Unterhalt in Amerika bereitgestellt. Ich weiß nicht, wie lange Sie brauchen, um Ihre Aufgabe auszuführen, aber der Betrag sollte für einen Monat ausreichen. Mehr kann ich in so kurzer Zeit nicht aufbringen. Die Angelegenheiten meines Mannes sind natürlich noch nicht geregelt. Ich habe einige meiner Schmuckstücke verkauft.«

»Ein Monat sollte mehr als genug sein«, sagte er eilig. »Ich hoffe, wir finden sie früher. Entweder wird sie erpicht sein darauf, nach Hause zurückzukehren, wenn sie sich der Dinge nicht bewusst war, die Breeland auf dem Gewissen hat, oder wenn er sie gegen ihren Willen festhält. Ist das nicht der Fall, müssen wir sie so schnell wie möglich zur Rückkehr bewegen, für den Fall, dass Breeland einen Weg findet, es uns zu erschweren. Aber wie die Umstände auch sein mögen, dieser Betrag scheint mir angemessen zu sein.«

»Gut.« Sie reichte ein dickes Bündel Banknoten über den Schreibtisch. Sie war nicht im Geringsten zögerlich, als ob es ihr niemals in den Sinn gekommen wäre, dass er etwas anderes als ehrenhaft sein könnte.

»Ich sollte Ihnen dafür eine Quittung ausstellen, Mrs. Alberton«, sagte er unverzüglich.

»Oh! Oh, ja, natürlich.« Sie nahm ein Blatt Papier und einen Federhalter zur Hand, tauchte ihn in ein Tintenfass und schrieb, sodann reichte sie ihm das Blatt zur Unterschrift.

Er unterschrieb und gab es ihr zurück.

Sie schob das Papier in die oberste Schreibtischschublade, ohne einen Blick darauf zu werfen. Er hätte irgendetwas darauf schreiben können.

Es klopfte an der Tür, und einen Augenblick später öffnete sie sich.

»Ja, bitte?«, rief sie und runzelte die Stirn.

»Mr. Trace ist hier«, verkündete der Butler mit besorgter Miene. »Er will unbedingt mit Mr. Monk sprechen.«

Ihre Stirn glättete sich. Die Erwähnung von Mr. Trace' Namen schien ihr nicht unangenehm zu sein. »Bitten Sie ihn herein«, forderte sie ihn auf und wandte sich an Monk. »Ich nehme an, Sie haben nichts dagegen einzuwenden?«

»Natürlich nicht.« Es erweckte seine Neugier, dass Trace immer noch mit dem Hause Alberton in Kontakt stand, da doch die Waffen verschwunden waren und er sich dieser Tatsache bewusst sein musste.

Einen Moment später trat Trace ein und nickte Monk flüchtig zu. Seine ganze Aufmerksamkeit galt Judith. Die Sorge auf seinem Gesicht war zu offenbar, um geheuchelt zu sein. Er fragte sie nicht nach ihrem Befinden, brachte auch sein Mitgefühl nicht zum Ausdruck, aber es war offen in seinem Gesicht geschrieben, einem Gesicht mit dunklen Augen und einer sonderbaren Asymmetrie. Monk erschrak. Als Trace sprach, waren es normale Worte, nichts weiter als die üblichen Formalitäten, die jedermann geäußert hätte.

»Guten Morgen, Mrs. Alberton. Es tut mir sehr Leid, dass ich bei Ihnen eindringe, gerade jetzt. Aber es ist äußerst wichtig für mich, Mr. Monk nicht zu verpassen. Mr. Casbolt erzählte mir von Ihrer Absicht, ihn zu verpflichten, Breeland zu verfolgen, und ich trage mich mit derselben Absicht.« Dieses Mal warf er einen kurzen Blick auf Monk, als ob er sich versichern wollte, dass dieser die Aufgabe übernommen hatte. Offensichtlich stellte ihn das, was er in Monks Gesicht las, zufrieden.

Judith war überrascht. »Wirklich? Ich möchte, dass Mr. Monk reist, aber nicht so sehr, um die Verfolgung Breelands aufzunehmen, sondern eher, um meine Tochter zurückzubringen. Aber natürlich wäre es höchst erstrebenswert, wenn er auch Breelands habhaft werden könnte.«

»Ich werde ihm in jeder Weise behilflich sein«, sagte Trace entschlossen, und in seiner Stimme lag tiefstes Mitgefühl. »Breeland verdient den Strang, aber selbstverständlich ist das weit weniger wichtig, als Miss Alberton vor ihm und vor weiterem Kummer zu retten.« Er stand dort, schlank und aufrecht, knetete verlegen seine Hände, als ob er nicht wüsste, was er mit ihnen tun sollte. Er suchte ihre Gesellschaft, und doch fühlte er sich nicht wohl dabei.

Es war genau in diesem Augenblick, als Monk, der die innere Anspannung bemerkte, die Ernsthaftigkeit in seinem Gesicht und den aufgeregten Ton in seiner Stimme vernahm, erkannte, dass Trace in Judith verliebt war. Möglicherweise hatte sein Angebot rein gar nichts mit den Gewehren zu tun.

Monk war nicht sicher, ob es ihm recht war, von Trace begleitet zu werden. Lieber hätte er völlig selbstständig gehandelt. Er war daran gewöhnt, allein zu arbeiten, oder höchstens mit einem Mitarbeiter, den er gut kannte.

Andererseits war Trace Amerikaner und hatte vielleicht Freunde in Washington. Sicherlich kannte er das Land und war mit den Reisemöglichkeiten per Zug oder Schiff vertraut. Was aber noch wichtiger war, er kannte die Sitten und Gebräuche der Menschen und würde manches Problem lösen können, das für Monk unüberwindlich sein könnte.

Er studierte den Mann, der in dem sonnendurchfluteten Raum

stand, sein Gesicht Judith zugewandt hatte und auf ihre Entscheidung, nicht auf die Monks, wartete. Er wirkte nicht wie ein Soldat, sondern eher wie ein Poet, und unter seinem Charme war die Selbstdisziplin zu erkennen, und die Grazie seines schlanken Körpers ließ beträchtliche Kraft vermuten.

»Ich danke Ihnen«, nickte Judith. »Ich für meinen Teil wäre sehr dankbar, aber Sie müssen sich mit Mr. Monk einigen, ob Sie ihn begleiten oder nicht. Ich habe ihm die Freiheit gewährt, nach eigenem Gutdünken zu verfahren, und ich bin auch der Meinung, dass dies die einzige Möglichkeit ist, die es ihm erlaubt, eine derartige Aufgabe zu lösen.«

Trace blickte Monk an, die Frage stand in seinen Augen. »Ich habe die feste Absicht zu reisen«, erklärte er feierlich. »Ob ich nun mit Ihnen reise oder geradewegs hinter Ihnen, ist eine Frage, die Sie beantworten müssen. Aber Sie werden mich brauchen, das schwöre ich Ihnen. Sie glauben, wir sprechen dieselbe Sprache, und Sie meinen, sich verständlich machen zu können. Doch das stimmt nur bedingt.« Ein Anflug von Amüsement huschte über sein Gesicht, voller Schwermut und Selbstironie. »Ich musste dies dort drüben am eigenen Leib erfahren. Wir benutzen zwar dieselben Wörter, aber wir meinen nicht immer dieselben Dinge damit. Sie kennen Amerika nicht, ebenso wenig den Zustand, in dem wir uns momentan befinden. Sie können die Probleme nicht verstehen ...«

Ein unkontrollierbarer Schmerz verzerrte plötzlich seine Lippen. »Niemand kann das, am wenigsten wir selbst. Wir sehen, wie unsere Art zu leben zerstört werden soll. Wir verstehen es nicht. Wandel jagt uns Angst ein, und da wir Angst haben, werden wir zornig und treffen falsche Entscheidungen. Ein Bürgerkrieg ist eine schreckliche Angelegenheit.«

Während er in diesem ruhigen, sonnigen Salon saß, der von den Gewinnen aus dem Handel mit Kriegsmaterial so freundlich gestaltet war, wurde Monk plötzlich bewusst, dass er noch nie mit Krieg konfrontiert gewesen war. Wenigstens nicht, soweit er sich erinnern konnte. Er kannte Armut, Gewalt, hatte ab und zu Krankheit erlebt und wusste eine Menge von Verbrechen, aber

Krieg als eine Verrücktheit, die ganze Völker vernichtete und nichts unberührt ließ, war ihm unbekannt.

Spontan traf er seine Entscheidung. »Ich danke Ihnen, Mr. Trace. Unter der Voraussetzung, dass ich meine eigenen Entscheidungen treffe und es mir freisteht, Ihren Rat anzunehmen oder abzulehnen, heiße ich Ihre Begleitung sowie den Beistand, den Sie mir zu geben bereit sind, willkommen.«

Trace entspannte sich, der kummervolle Ausdruck in seinem Gesicht wich ein wenig. »Gut«, sagte er kurz. »Dann werden wir morgen früh abreisen. Sollte ich Sie am Bahnhof oder im Zug nicht treffen, werden wir uns im Büro der Dampfschifffahrtsgesellschaft in der Water Street in Liverpool treffen. Das nächste Schiff segelt mit der ersten Flut am Mittwochmorgen. Ich verspreche, ich werde Sie nicht enttäuschen, Mr. Monk.«

Am Morgen fuhren Hester und Monk zum Bahnhof Euston Square. Es war ein sonderbares Gefühl, da für Hester Erinnerungen an die Abreise zur Krim vor sieben Jahren wachgerufen wurden und sie damals ebenso wenig wusste, was sie erwartete, wie das Land sein würde, das Klima und wie die Luft riechen und sich anfühlen würde. Auch damals war sie von einer Mission erfüllt gewesen. Sie war in so vielerlei Hinsicht so viel jünger gewesen, nicht nur ihr Gesicht und ihr Körper, sondern insbesondere was ihre Erfahrung und ihr Verständnis für Menschen betraf und wie Ereignisse und Umstände sie verändern konnten. Damals war sie sich weit mehr Dingen sicher gewesen und überzeugt davon, sich selbst zu kennen.

Nun wusste sie genug, um zu erahnen, was sie alles nicht wusste und wie leicht es war, Fehler zu begehen, vor allem in Situationen, in denen man sich sicher war, die richtige Entscheidung zu treffen.

Sie hatte keine Ahnung, was sie in Washington erwartete. Sie wusste nicht, ob sie überhaupt eine Chance hatten, Merrit Alberton nach England zurückzubringen. Das Einzige, dessen sie sich sicher war, war die Tatsache, dass sie es nicht ablehnen konnte, es wenigstens zu versuchen, und was am wichtigsten war:

Dieses Mal hatte sie Monk an ihrer Seite und war nicht allein. Sie war nicht mehr jung genug, um sich allzu sicher zu sein. Erfahrung hatte ihr die eigene Fehlbarkeit gezeigt. Aber als sie nun im Zug saß, der Dampfwolken ausstieß und unter dem riesigen gewölbten Baldachin des Bahnhofs hervorkroch, empfand sie ein Gefühl der Kameradschaft, das sie bei keiner ihrer früheren Reisen verspürt hatte. Sie und Monk mochten über alle möglichen Dinge streiten, über wichtige und belanglose, was sie auch häufig taten. Ihre Vorlieben und Betrachtungsweisen unterschieden sich häufig, aber so sicher wie nur irgendetwas wusste sie, dass er sie niemals willentlich verletzen würde und seine Loyalität ihr gegenüber unumstößlich war. Als der Dampf der Lokomotive am Fenster vorbeizog und der Zug ins Tageslicht hinausfuhr, bemerkte sie, dass sie lächelte.

»Was hast du?«, fragte er und sah sie an. Sie fuhren an grauen Dächern vorbei, an schmalen Straßen und schmutzigen, engen Gassen, die dicht nebeneinander lagen.

Sie wollte nicht sentimental wirken. Es wäre sicherlich nicht gut für ihn, wenn sie ihm die Wahrheit sagte. Sie musste etwas Vernünftiges und Überzeugendes sagen. Er kannte sie viel zu gut, um hastige Ausflüchte zu akzeptieren.

»Ich finde, es ist eine gute Sache, dass Mr. Trace uns begleitet. Ich bin sicher, er ist hier, auch wenn wir ihn noch nicht zu Gesicht bekommen haben. Findest du, wir sollten ihm von der Uhr erzählen?«

»Nein«, erwiderte er umgehend. »Ich möchte erst abwarten und hören, welchen Bericht Merrit von jener Nacht zu geben hat.«

Sie zog die Stirn in Falten. »Glaubst du etwa, Breeland könnte ihr die Uhr abgenommen und sie absichtlich fallen gelassen haben? Das wäre eine äußerst kaltherzige und grausame Tat!«

»Aber effektiv«, antwortete er, und der Abscheu stand ihm ins Gesicht geschrieben. »Es wäre eine hervorragende Warnung, dass er vor nichts zurückschrecken würde, sollten wir ihn verfolgen.«

»Aber er konnte doch nicht wissen, dass wir uns der Tatsache bewusst sind, dass er sie ihr geschenkt hatte«, gab sie zu bedenken. »Die Polizei würde doch nur seinen Namen darauf lesen. Judith würde es ihr auch nicht sagen, vor allem, wenn sie wüsste, dass man die Uhr gefunden hat.«

»Nein, aber sie würde wissen, was das zu bedeuten hätte«, antwortete er, und seine Lippen wurden schmal. »Das ist doch alles, was er braucht. Er rechnete nicht mit Judith Albertons Mut, ihm einen privaten Ermittler hinterherzuschicken, oder mit ihrer Entschlossenheit, der Wahrheit ins Gesicht zu blicken, wie diese auch immer aussehen mag.«

Sie waren in den Außenbezirken der Stadt angelangt, weite, offene Felder erstreckten sich im Morgenlicht. Bäume bauschten sich wie grüne Wolken über den Grasflächen. Es würde ein langer Tag werden und zwei Nächte in einem fremden Bett bedeuten, bevor sie für die Atlantiküberquerung an Bord gehen konnten, um an einer fremden Küste wieder an Land zu gehen. Flüchtig wunderte sie sich, woher sie den Mut oder den Wahnsinn gehabt hatte, derartige Reisen schon früher unternommen zu haben, und noch dazu allein.

Sie kamen spät in Liverpool an und erst, als sie dem Gepäckträger über den Bahnsteig in Richtung Ausgang folgten, entdeckten sie Philo Trace. Er schritt auf sie zu und strahlte vor Erleichterung. Er begrüßte sie herzlich, und gemeinsam gingen sie los, um einen Hansom aufzutreiben, der sie zu einem bescheidenen Hotel nicht weit vom Ufer brachte, in dem sie die Zeit bis zur Abfahrt des Schiffes verbringen konnten.

Wie Judith Alberton gesagt hatte, hatte sie der Reederei telegrafiert und für sie eine Kabine reserviert. Es war ein Schiff, das hauptsächlich von Emigranten benutzt wurde, die hofften, sich in Amerika ein besseres Leben aufbauen zu können. Viele beabsichtigten, den Krieg hinter sich zu lassen und in den Westen zu ziehen, in die weiten Ebenen oder gar bis zu den gewaltigen Rocky Mountains. Dort würden sie ihre religiösen Überzeugungen leben können und weites Land vorfinden, auf dem sie der Wildnis Farmen abringen konnten, auf die sie in England niemals hoffen konnten.

Das Schiff sollte in Queenstown in Irland weitere Passagiere aufnehmen, halb verhungerte Männer und Frauen, die der Armut entfliehen wollten, die der Kartoffelpest gefolgt war, und gewillt waren, überall hinzugehen und jegliche Arbeit zu leisten, um für ihre Familien den Lebensunterhalt zu verdienen.

Es war ein eigenartiges Gefühl, wieder auf See zu sein. Der Geruch der eingeschlossenen Luft in der Kabine brachte Hester die Erinnerung an die Truppenschiffe zur Krim schärfer zu Bewusstsein als das Schwanken des Schiffs, die Geräusche des Meeres, der launenhaften Wellen und des Windes. Sie hörte die Schreie der Matrosen, die sich gegenseitig etwas zuriefen, und das Knarren der Planken. Das Gackern der Hühner und das Quietschen der Schweine bereitete ihr Unbehagen, denn sie wusste, dass die Tiere nur mitgeführt wurden, um später gegessen zu werden, wenn sie sich weit und weiter vom Land entfernten und die Lebensmittelvorräte allmählich verdarben und knapp wurden. Vor der Küste Irlands stand der Wind ungünstig. Es würde eine lange Überfahrt werden.

Sie waren in einer Kabine der ersten Klasse untergebracht, die winzige Kojen hatte, eine einzige kleine Waschschüssel, einen Nachttopf, der aus dem Bullauge geleert werden musste, sowie einen kleinen Schreibtisch und einen Stuhl. Die Kleidung konnte man an einen Haken hinter der Tür hängen. Monk sagte nichts, aber als sie sein Gesicht betrachtete und seine angespannte Stimme vernahm, wusste sie, dass er die Kabine als unerträglich bedrückend empfand. Es überraschte sie nicht, dass er sooft er konnte an Deck ging, selbst wenn das Wetter rau war und die Meeresgischt hart und kalt in die Gesichter spritzte, obwohl es schon früher Juli war.

Glücklicherweise waren sie nicht gezwungen, im Zwischendeck zu reisen, wo Männer, Frauen und Kinder kaum Platz hatten, sich zu bewegen, und sich bei jedem Schritt gegenseitig anrempelten. Wurde jemand krank oder fühlte sich unwohl, hatte er keine Möglichkeit, sich zurückzuziehen. Hier waren Kameradschaft, ein freundliches Wesen und Rücksichtnahme Notwendigkeiten, um zu überleben.

Die Überfahrt dauerte zwei Wochen, und am Montag, dem 15. Juli, warf das Schiff in New York Anker.

Hester war fasziniert. New York glich keiner der Städte, die sie je zuvor gesehen hatte. Diese Stadt war hart, es wimmelte von Menschen, man hörte vielerlei Sprachen, Lachen und Schreien, und die Hand des Krieges warf ihren Schatten bereits darüber, eine sonderbare Brüchigkeit schien in der Luft zu liegen. An den Hauswänden hingen Rekrutierungsplakate, und in den Straßen tummelten sich Soldaten in einem wilden Aufgebot an Uniformen.

Es schien Kopien von jeglicher Art militärischer Aufmachungen zu geben, von europäischen bis nahöstlichen, die französischen Soldaten sahen gar wie Türken aus mit ihren sackartigen Hosen, den bunten Feldbinden um die Hüften, den Turbanen oder scharlachroten Fezen mit den riesigen Quasten, die bis auf die Schultern hinabbaumelten.

Von jedem Hotel und jeder Kirche, an der sie vorüberkamen, flatterte das Sternenbanner und wurde *en miniature* an den Pferdegeschirren der Omnibusse und als Rosette an den Privatkutschen wiederholt.

Die Geschäfte schienen schlecht zu laufen, und die Gesprächsfetzen, die sie aufschnappte, handelten von Preiskämpfen, Lebensmittelpreisen, von den neuesten Gerüchten, die in der Stadt kursierten, und von Skandalen, von Politik und Sezession. Sie war überrascht über Andeutungen, dass sich sogar New York und New Jersey von der Union abspalten würden.

Hester, Monk und Philo Trace nahmen den ersten möglichen Zug gen Süden nach Washington. Diese Stadt war übersät von Soldaten in blauen und grauen Uniformen, aber auch hier herrschten chaotische militärische Trachten vor. Wie die Soldaten auf dem Schlachtfeld Freund und Feind auseinander halten sollten, war Hester ein Rätsel, und der Gedanke bereitete ihr Sorge, aber sie sprach ihn nicht aus.

Erinnerungen bestürmten sie, als sie die jungen Gesichter der Männer sah, angespannt und voller Angst, dennoch versuchten sie verzweifelt, dies zu verbergen. Einige sprachen zu viel, mit lauten und verkrampften Stimmen, lachten über Nichtigkeiten – alles ein hauchdünnes Furnier prahlerischer Tapferkeit. Andere saßen still da, in Gedanken an zu Hause, an die unbekannte Schlacht, die vor ihnen lag, an den möglichen Tod. Hester war entsetzt, als sie sah, wie viele von ihnen keine Feldflaschen besaßen und Waffen trugen, die so alt oder in so schlechtem Zustand waren, dass sie für den Mann, der sie abfeuerte, eine größere Gefahr darstellten als für den Feind. Sie waren von solcher Mannigfaltigkeit, dass von keinem Quartiermeister erwartet werden konnte, für sie Munition bereitzuhalten. Es waren durchweg Vorderlader, aber mit glattem, nicht gezogenem Lauf. Einige waren alte Steinschlossmusketen, die viel öfter versagten und weit weniger zielgenau waren als die neuen Präzisionswaffen, die Breeland gestohlen hatte.

Hester machte die Vorstellung des blinden Abschlachtens krank, das folgen würde, sobald aus dem Krieg eine offene Feldschlacht werden würde. Nach dem, was sie den Fetzen der jugendlichen Prahlerei, die sie hörte, entnahm, oder aus der Leidenschaft, die Union zu erhalten, schloss, konnte der Krieg nicht mehr weit entfernt sein.

Sie hörte Bruchstücke von Unterhaltungen, wenn sie aufstand, um den Rücken zu strecken oder sich die Beine zu vertreten.

Ein magerer, rothaariger Junge, der den Kilt der schottischen Hochlandbewohner trug, lehnte an einer Trennwand und unterhielt sich mit einem jungen Mann, der mit Kniehosen und Jackett bekleidet war.

»Wir werden diese Rebellen im Nu vertreiben«, rief der Junge im Kilt hitzig. »Um nichts in der Welt werden wir es zulassen, dass sich Amerika spaltet, das sag ich dir! Eine Nation auf Gottes Erden, ja, das sind wir!«

»Zur Ernte sind wir wieder zu Hause«, meinte der andere mit einem trägen und scheuen Lächeln. Dann erblickte er Hester und nahm eine straffe Haltung ein. »Pardon, Ma'am.« Er machte Platz, damit sie vorbeigehen konnte, und sie dankte ihm, während ihr Herz einen Sprung machte und sie sich vorstellte, in welches Vorhaben er sich in all seiner Unschuld stürzte. Sein magerer Körper, die von der Arbeit schwieligen Hände und seine schäbige Kleidung machten klar, dass er Armut sowie harte Arbeit kannte, doch vom Gemetzel einer Schlacht konnte er sich keinen Begriff machen. Das war etwas, wovon sich ein geistig gesunder Mensch keine Vorstellung machen konnte.

Sie lächelte ihn an, sah einen Moment lang in seine blauen Augen und ging dann weiter.

»Geht es Ihnen nicht gut, Ma'am?« Vielleicht hatte er den Schatten ihres Wissens gesehen und den Schmerz gespürt, den ihr dies verursachte.

Sie zwang sich, fröhlich zu klingen. »Oh, nein. Ich bin nur ein wenig steif.«

Auf dem Rückweg ging sie an einem älteren Mann vorbei, der am Mundstück seiner kalten Tonpfeife kaute.

»Ich musste einfach gehen«, sagte er zu seinem bärtigen Gegenüber. »Wie ich die Sache sehe, bleibt einem keine Wahl. Wenn man an Amerika glaubt, muss man daran glauben, dass es ein Land für alle ist, nicht nur für Weiße. Es ist nicht richtig, menschliche Wesen zu kaufen und zu verkaufen. Einzig und allein darum geht es.«

Zweifelnd schüttelte der andere Mann den Kopf. »Hab Cousins im Süden. Sind keine schlechten Leute. Wenn plötzlich alle Neger frei sind, wo sollen sie dann hin? Wer passt auf sie auf? Hat daran vielleicht mal jemand gedacht?«

»Was tun Sie dann hier?«, fragte der erste Mann und nahm seine Pfeife aus dem Mund.

»Es ist Krieg«, meinte der andere lapidar. »Wenn sie gegen uns kämpfen, werden wir gegen sie antreten. Außerdem glaube ich an die Union. Was ist Amerika anderes als eine Union?«

Bedrückt von dem Gefühl der Verwirrung und der Sorgen, das in der Luft lag, kehrte Hester an ihren Platz zurück.

Der Zug hielt in Baltimore, wo weitere Passagiere einstiegen. Als der Zug weiterfuhr, saß Hester am Fenster; sie hatte für eine Weile mit Monk Platz getauscht. Sie sahen beide auf die vorbeifliegende Landschaft hinaus. Ihnen gegenüber saß Philo Trace, der immer angespannter zu werden schien. Die Linien in seinem

Gesicht wurden immer tiefer, und seine Hände verkrampften sich ineinander, und für Sekunden sah es so aus, als wollten sie etwas tun, dann schlangen sie sich erneut ineinander.

Während sie aus dem Fenster sah, bemerkte Hester zum ersten Mal Wachposten, die die Eisenbahngleise bewachten. Zuerst nur vereinzelt, doch dann immer häufiger. Hinter ihnen sah sie die Armeelager, die sich farblos ausbreiteten und an Größe zunahmen, während sich der Zug in Richtung Süden bewegte.

In New York war es schon heiß gewesen. Während sie sich aber Washington näherten, wurde die Hitze unerträglich. Die Kleider klebten an der Haut. Die Luft schien dick und feucht zu sein, zu schwer, um sie einzuatmen.

Kurz bevor sie nach Washington selbst einfuhren, war das Brachland in den Außenbezirken von Zelten und marschierenden und exerzierenden Gruppen von Männern übersät, von weiß überdachten Planwagen und allen möglichen Arten von Karren und Gewehrkisten.

Das Kriegsfieber war nun deutlich zu spüren.

Als sie in den Bahnhof einfuhren, ging es endlich an das Aussteigen und Ausladen von Gepäckstücken, und sie begannen, für die Zeit, die sie in der Stadt verbringen würden, nach einer geeigneten Unterkunft zu suchen.

»Breeland hält sich mit Sicherheit hier auf«, sagte Trace voller Überzeugung. »Die Konföderiertenarmee befindet sich nur ungefähr zwei Tagesmärsche südlich von hier. Wir sollten im Willard Quartier beziehen, wenn wir können, oder wenigstens dort speisen. Es ist der beste Ort, um Neuigkeiten zu erfahren und all den Klatsch zu hören.« Schmerzlich amüsiert lächelte er. »Ich vermute zwar, Sie werden den Radau, der dort herrscht, verabscheuen. Die meisten Engländer tun das. Aber wir haben keine Zeit, unseren Abneigungen freien Lauf zu lassen. Senatoren, Diplomaten, Händler und Abenteurer, alle treffen dort zusammen – mitsamt ihren Gattinnen. Für gewöhnlich ist das Hotel voller Frauen und sogar Kinder. Ein Abend dort, und ich werde wissen, wo Breeland sich aufhält, das verspreche ich.«

Hester war von der Stadt fasziniert. Weniger noch als New

York glich Washington einer Stadt, wie sie sie je zuvor gesehen hatte. Offensichtlich war sie mit der großartigen Vision entworfen worden, eines Tages das ganze Land zwischen Bladensburg River und dem Potomac zu bedecken, im Augenblick jedoch lagen noch weite Flächen Brachlandes zwischen den außerhalb liegenden Barackendörfern, bevor man die breiten, ungepflasterten Hauptstraßen erreichte.

»Das ist die Pennsylvania Avenue«, erklärte Trace, der neben Hester in einem zweirädrigen Einspänner saß und ihr ins Gesicht sah. Monk saß mit dem Rücken zu ihnen. Sein Gesichtsausdruck war eine sonderbare Mischung aus Nachdenklichkeit und gespannter Aufmerksamkeit, als ob er ihre Mission hier zu planen versuchte, seine Aufmerksamkeit aber fortwährend durch das, was er um sich herum sah, abgelenkt würde. Und tatsächlich war das Treiben höchst unterhaltsam. Auf der einen Straßenseite befanden sich Gebäude, die wahrlich prachtvoll waren, große Marmorbauten, die für jede Hauptstadt der Welt eine Zierde gewesen wären. Auf der anderen Seite kauerten sich Herbergen, billige Märkte oder Werkstätten zusammen, dazwischen hier und da freie Flächen, die noch gänzlich unbebaut waren. Gänse und Schweine liefen unter völliger Missachtung des Verkehrs umher. Oft wälzte sich ein Schwein in den tiefen Furchen, die die Kutschenräder nach Regenfällen in die Straße gegraben hatten. Im Moment regnete es nicht, und es gab auch keinen Schlamm auf den Straßen, und so verursachten die Schweine dicke Staubwolken, die die Lungen verstopften und sich über alles senkten.

Weit vor ihnen sah das Kapitol auf den ersten Blick wie eine prächtige Ruine Griechenlands oder Roms aus, umgeben von den Trümmern der Vergangenheit. Aus der Nähe betrachtet war das Gegenteil der Fall, denn es war noch im Bau begriffen. Die Kuppel musste erst noch gebaut werden, und zwischen Bruchsteinen, Bauholz, den Hütten der Arbeiter und nicht fertig gestellten Treppenfluchten standen Säulen, Steinblöcke und Statuen.

Hester hätte gerne etwas Angemessenes geäußert, aber sie war keiner Worte fähig. Überall schienen Fliegen zu sein. Weder in

England noch auf dem Schiff war ihr in den Sinn gekommen, dass in Amerika tropische Verhältnisse herrschen könnten, mit feuchtschwüler Luft, die sich wie eine heiße, nasse Flanelldecke um einen legte.

Sie erreichten das Willard, und nachdem Trace ein gutes Stück Überredungskunst aufgebracht hatte, wurden sie zu zwei Zimmern geführt. Hester war erschöpft und über die Maßen erleichtert, wenigstens ein paar Augenblicke lang eine Privatsphäre genießen zu können, fort von dem Lärm, dem Staub und den fremdartigen Stimmen. Selbst hier konnte man der Hitze nicht entfliehen, aber wenigstens war sie dem prallen Sonnenschein entflohen.

Dann sah sie Monk an und las den Zweifel in seinem Gesicht. Bewegungslos stand er in der Mitte des kleinen Zimmers, sein Frack war verknittert, und das Haar klebte auf seiner Stirn.

Plötzlich wurde sie sich der Lächerlichkeit ihrer Situation bewusst. Es war ein Moment, in dem sie sowohl weinen als auch lachen hätte können. Sie lächelte ihn an.

Er zögerte, sah in ihre Augen, dann lächelte er allmählich zurück und setzte sich auf die andere Seite des Bettes. Schließlich begann er zu lachen, streckte die Arme aus und zog sie an sich, dann sanken sie zurück, und er begann sie zu küssen. Sie waren müde und schmutzig, völlig derangiert und weit fort von zu Hause, und sie durften es nicht zulassen, dass etwas Schlimmes passierte. Wenn sie ihr Vorhaben auch nur ein Mal ernsthaft überdenken würden, würde sie der Gedanke lähmen, es tatsächlich anpacken zu müssen.

Beim Frühstück am folgenden Morgen trafen sie Philo Trace wieder. Es war eine ausgedehnte Mahlzeit und stellte sogar ein englisches Frühstück auf dem Land in den Schatten. Hier gab es neben dem üblichen Speck, den Eiern, Würstchen und Kartoffeln auch noch gebackene Austern, Steak mit Zwiebeln und hinterher Pudding. Dies war offenbar die erste von fünf Mahlzeiten, die während des Tages angeboten wurden, jede davon von vergleichbarer Opulenz. Hester nahm zwei leicht pochierte Eier, einige wunderbare Erdbeeren, Toast mit verschiedenen Marmeladen, die sie als viel zu süß empfand, und Kaffee, der der beste war, den sie je getrunken hatte.

Philo Trace wirkte müde. In seinem Gesicht waren tiefe Falten der Müdigkeit und Sorge. Unter seinen dunklen Augen lagen schwere Schatten, und seine Nasenflügel sahen wie zusammengequetscht aus. Doch er war makellos rasiert und gekleidet und hatte offensichtlich nicht die Absicht, die Gefühle zur Schau zu stellen, die ihn quälten, wenn er sah, dass sich sein Land vom bloßen Gerede über Krieg auf dessen Realität zu bewegte.

Der Speisesaal des Hotels war voll. Es waren meist Männer, darunter einige Armeeoffiziere, aber es war auch eine beträchtliche Anzahl von Frauen darunter, mehr, als es in einem vergleichbaren Etablissement in England gewesen wären. Überrascht bemerkte Hester, dass einige der Männer langes wallendes Haar hatten, das sie lose trugen, sodass es über ihre Krägen fiel. Nur sehr wenige waren ordentlich rasiert.

Trace lehnte sich ein wenig nach vorn und sprach leise.

»Ich habe bereits einige Erkundigungen eingezogen. Die Armee rückte vor zwei Tagen, am 16. Juli, in Richtung Süden nach Manassas ab.« Seine Stimme klang ein wenig brüchig, er konnte seinen Schmerz nicht unterdrücken. »General Beauregard schlug ganz in der Nähe das Camp der konföderierten Armee auf, und MacDowell wird sich dort mit ihm treffen.« Ein Schatten legte sich auf seine Augen. »Ich nehme an, sie haben Breelands Waffen bei sich. Vermutlich sollte ich wohl eher sagen, Mr. Albertons Waffen.« Er schenkte der Mahlzeit auf seinem Teller keinerlei Beachtung. Er gab nicht zu, dass er gehofft hatte, verhindern zu können, dass die Gewehre die Truppen der Union erreichten. Hester hätte ihn der Realität gegenüber für blind gehalten, hätte er sich dieser Hoffnung hingegeben, aber manches Mal kann man es schlichtweg nicht ertragen, einer Tatsache ins Auge zu sehen, und Blindheit wird zur Notwendigkeit – für eine Weile jedenfalls.

Um sie herum dröhnte der Speisesaal von den Unterhaltungen, ab und zu hob sich irgendwo in der Erregung die Lautstärke der Gespräche. Die Luft war von Rauch geschwängert, und selbst jetzt, um halb neun Uhr morgens, war es bereits feucht und heiß.

»Das können wir nicht verhindern«, erwiderte Monk gelassen und mit seinem üblichen Sinn für das Praktische. »Wir sind hier, um Merrit Alberton zu finden und nach Hause zu bringen.« In seiner Stimme lag ein überraschendes Mitgefühl. »Aber wenn Sie uns verlassen möchten, um sich Ihren Leuten anzuschließen, wird Sie niemand bitten zu bleiben. Es könnte gefährlich für Sie werden.«

Trace zuckte fast unmerklich die Achseln. »Es sind immer noch genügend Südstaatler in der Stadt. Vermutlich stammt jeder Mann mit langen Haaren, den Sie hier sehen, aus dem Süden, den ›Sklavenstaaten‹, wie sie hier genannt werden.« Nun sprach Bitterkeit aus ihm. »Das ist ein Brauch, den man im Norden nicht pflegt.«

Hester mochte ihn, aber sie hatte sich während der Reise des Öfteren gefragt, wie er sich einer Sache verschreiben konnte, die nur als Gräueltat und nach sämtlichen Moralbegriffen als Verletzung der von Gott gegebenen Rechte der Menschen betrachtet werden konnte. Sie wollte seine Antwort nicht wissen, für den Fall, dass sie ihn dafür hätte verachten müssen, daher hatte sie nie gefragt. Aber als er dessen ungeachtet nun eine Antwort gab, hörte sie den unterdrückten Zorn in seiner Stimme.

»Die meisten von ihnen haben nie zuvor eine Plantage gesehen, geschweige denn darüber nachgedacht, wie sie funktioniert. Ich habe selbst nicht viele gesehen.« Er lachte barsch, als ob er sich verschluckt hätte. »Die meisten von uns Südstaatlern sind kleine Farmer, und wir bearbeiten unser eigenes Land. Sie können viele Dutzende von Meilen gehen und werden nichts anderes sehen. Aber wir leben von der Baumwolle und von Tabak. Das ist es, was wir in den Norden verkaufen, wo es in den Fabriken verarbeitet und ins Ausland verschifft wird.«

Plötzlich verstummte er, senkte den Kopf und fuhr sich mit der Hand so heftig durchs Haar, dass es wehtun musste. »Ich weiß eigentlich gar nicht so genau, worum es sich bei diesem Krieg handelt und warum wir uns gegenseitig an den Hals gehen. Warum können sie uns nicht einfach in Ruhe lassen? Natürlich gibt es üble Sklavenhalter, Männer, die ihre Feld- und Haussklaven verprügeln und denen nichts geschieht, auch wenn sie sie zu Tode prügeln. Aber auch im Norden gibt es Armut, und niemand setzt sich dagegen ein! Einige der industrialisierten Städte sind voller verhungernder, vor Kälte zitternder Männer, Frauen und sogar Kinder, die niemand aufnimmt oder ihnen zu essen gibt. Kein Mensch schert sich darum! Ein Plantagenbesitzer kümmert sich wenigstens um seine Sklaven, vielleicht aus wirtschaftlichen Gründen, vielleicht aber auch aus purer Anständigkeit.«

Weder Monk noch Hester unterbrachen ihn. Sie warfen einander einen Blick zu, aber es war klar, dass Trace sowohl mit sich selbst als auch mit ihnen sprach. Er war ein Mann, der von Umständen überwältigt war, die er weder verstehen noch kontrollieren konnte. Er war sich nicht einmal mehr sicher, woran er glaubte, nur dass er im Begriff war, das, was er liebte, zu verlieren und dass es schnell zu spät sein würde, um an dem bevorstehenden Grauen noch etwas zu ändern.

Hester verspürte größtes Mitleid für ihn. In den zwei Wochen, die sie ihn nun kannte, hatte sie ihn auf dem Schiff als auch im Zug sowohl in Momenten beobachtet, in denen er sich allein wähnte und sich die Einsamkeit wie eine Decke um ihn zu legen schien, als auch zu Zeiten, in denen er ein spontanes Einfühlungsvermögen für andere Passagiere bewies, die ebensolche Ungewissheit vor Augen hatten und den Mut aufzubringen versuchten, ihre Familien nicht noch weiter zu ängstigen und zu belasten, indem sie ihre Furcht schürten.

An Bord des Schiffes war eine Irin mit ausgezehrtem Gesicht gewesen. Sie hatte vier Kinder und kämpfte darum, sie zu trösten und sich zu verhalten, als ob sie genau wüsste, was sie tun würden, wenn sie in einem fremden Land ankämen, ohne Freunde und ohne einen Ort, an dem sie leben konnten. In ihrer Einsamkeit starrte sie über die endlose Weite des Wassers, und in ihrem Gesicht stand die blanke Angst. Trace war zu ihr gegangen, hatte sich still neben sie gestellt, den Arm um ihre mageren

Schultern gelegt und den Augenblick mit ihr geteilt und sein Verständnis angeboten.

Doch Hester konnte sich im Moment nicht vorstellen, was sie ihm hätte sagen können, einem Mann, der den Ruin seines Landes vor Augen hatte und ihn für zwei Engländer in Worte zu fassen versuchte, die wegen einer einzigen und möglicherweise vergeblichen Mission gekommen waren, die aber hinterher in den Frieden und in Sicherheit zurückkehren konnten, auch wenn sie Judith Alberton womöglich ihr Scheitern erklären mussten.

»Wir ahnen noch nicht einmal, was wir im Begriff sind, zu tun!«, sagte Trace bedächtig und sah nun zu Monk auf. »Es muss doch einen besseren Weg geben! Die Gesetzgebung mag zwar Jahre dauern, aber das Vermächtnis des Krieges wird nie mehr weichen.«

»Sie können nichts daran ändern«, erwiderte Monk schlicht, aber in seinem Gesicht stand die ganze Vielfalt seiner Gefühle geschrieben. Trace sah es und lächelte leicht.

»Ich weiß. Ich würde besser daran tun, mich der Aufgabe zu widmen, derentwegen wir gekommen sind«, bekannte er. »Ich sage es, bevor Sie es tun. Wir müssen Breelands Familie finden. Sie hält sich gewiss noch hier auf, und Merrit Alberton wird vermutlich bei ihnen sein.« Er fügte nicht hinzu: »wenn sie noch am Leben ist«, aber der Gedanke äußerte sich in dem schnellen Herabziehen seiner Mundwinkel. Hester hegte denselben Gedanken und wusste, dass dies auch bei Monk der Fall war.

»Wo wollen wir beginnen?«, fragte Monk. Er warf einen Blick durch den Speisesaal, in dem sämtliche Tische besetzt waren. Während der ganzen Zeit, die sie hier gewesen waren, waren viele Menschen gekommen und gegangen. »Wir müssen diskret vorgehen. Wenn sie hören, dass sich ein paar Engländer nach ihnen erkundigen, könnten sie abreisen oder – im schlimmsten Fall – versuchen, sich Merrits zu entledigen.«

Trace' Gesichtsausdruck wurde strenger. »Ich weiß«, sagte er leise. »Daher schlage ich vor, dass ich die Erkundigungen einziehe. Deswegen kam ich ja mit Ihnen. Sie werden auch Hilfe benötigen, wenn Sie mit ihr von hier abreisen wollen. Vielleicht gelingt es uns noch, wieder in den Norden zu kommen, vielleicht aber auch nicht. In dem Fall könnte ich Sie durch Richmond und Charleston nach Süden begleiten. Es wird davon abhängen, was während der nächsten Tage passiert.«

Monk hasste es, von jemandem abhängig zu sein, was Hester in seinem Gesicht ablesen konnte. Aber es gab keine Alternative, und abzulehnen wäre kindisch und riskant gewesen und hätte ihre Chancen auf Erfolg geschmälert.

Vielleicht war sich auch Trace dieser Tatsache bewusst. Wieder hellte ein flüchtiges Lächeln seine Gesichtszüge auf. »Bringen Sie so viel wie möglich über die Armee in Erfahrung«, schlug er vor. »Truppenbewegungen, Ausrüstung, Anzahl der Soldaten, ihren Gemütszustand. Je mehr wir wissen, desto besser können wir beurteilen, welchen Weg wir einschlagen müssen, wenn wir Merrit ... und wenn möglich Breeland haben. Gewiss halten sich genügend Kriegskorrespondenten von englischen Zeitungen hier auf. Niemand wird Ihre Fragen sonderbar finden.« Er zuckte leicht die Achseln, und ein Anflug von Schalk zeigte sich in seinen Augen. »In diesem Krieg gelten Sie als neutral, wenigstens theoretisch.«

»In der Tat«, fügte Monk hinzu. »Ich mag ja den Wunsch hegen, Breeland vom nächsten Baum baumeln zu sehen, aber ich schere nicht die gesamte Union über denselben Kamm.«

»Und wie steht es mit den Sklavenhaltern?«, fragte Trace mit großen Augen.

»Für die gilt dasselbe.« Monk lächelte ihm zu, erhob sich und ließ den Rest des Frühstücks unberührt. »Komm mit«, forderte er Hester auf. »Wir werden jetzt einen brillanten und scharfzüngigen Artikel für die *Illustrated London News* verfassen.«

Den Rest des Tages verbrachten sie damit, durch die Straßen und über die Plätze der Stadt zu wandern, den Leuten zuzuhören, sie sowohl in den Straßen als auch im Foyer des Hotels zu beobachten. Sie bemerkten ihre Besorgnis und spürten die Unruhe, die in der Luft lag. Einige Leute hatten ganz offensichtlich Angst, als ob sie erwarteten, die Konföderierten würden geradewegs in

Washington einmarschieren, aber die große Mehrheit schien sehr siegesgewiss zu sein und hatte kaum eine Vorstellung davon, welchen Preis es kosten würde, selbst wenn sie jede einzelne Schlacht gewinnen würden.

Monk hörte die Klagen über die überwältigende Präsenz der Armee allerorten, den Aufruhr in der Stadt und vor allem über den ekeligen Gestank der Entwässerungsgräben, die mit dem plötzlichen Anwachsen der Bevölkerung nicht fertig wurden. Aber das alles beherrschende Thema waren die politischen Streitfragen darüber, dass sich die Debatte über die Sklaverei in eine Debatte gewandelt hatte, die nun die Erhaltung der Union selbst betraf.

Hester sah die Männer und Frauen in den Straßen, insbesondere die Frauen, die ihre Söhne, Gatten und Brüder an die Front geschickt hatten und sich Ruhm für sie erträumten, wobei sie kaum ahnen konnten, welche Verletzungen sie erleiden könnten und an welchen Gräueltaten sie teilhaben würden, die sie für immer verändern würden. Die amputierten Gliedmaßen, die narbigen Gesichter und Körper würden lediglich die äußeren Wunden sein. Für die inneren würden sie keine Worte finden, um sie jemandem mitzuteilen, und sie würden zu bestürzt und beschämt sein, um es überhaupt zu versuchen. Sie hatte dies auf der Krim schon einmal erlebt, und es war eine der universellen Wahrheiten des Krieges, dass dieser Freund und Feind vereinte und sie gemeinsam von jenen abgrenzte, die ihn nicht erlebt hatten, wie tief die Treue zueinander auch immer sein mochte, die sie einst verband.

Zwei Mal sprach sie im Hotel mit Frauen, um ihnen zu sagen, wie viel Leinen sie für Bandagen brauchen würden und welch banale Dinge nötig waren, um Verletzte sauber zu halten, wie zum Beispiel Seifenlauge, Essig und einfacher Wein. Doch sie verstanden das Ausmaß des kommenden Geschehens nicht, konnten sich die Anzahl der Männer nicht annähernd vorstellen, die verwundet werden würden, und nicht erahnen, wie schnell jemand mit einem zerschmetterten Körperteil verbluten konnte.

Einmal versuchte sie etwas über Krankheiten zu erklären und

wie sich Typhus, Cholera und Ruhr schnell wie ein Feuer in einem trockenen Wald bei den Männern in einem Feldlager ausbreiten konnten. Aber sie stieß nur auf Unverständnis, und in einem Fall begegnete man ihr gar mit Aggression. Es waren gute, aufrichtige und mitfühlende Menschen, aber vollkommen blind. In England war es dasselbe gewesen. Die quälende Enttäuschung und die Wut auf die eigene Hilflosigkeit waren nichts Neues für Hester. Sie wusste nicht, warum es sie nun beim zweiten Mal mehr schmerzte, Tausende von Meilen von zu Hause entfernt und inmitten eines Volkes, das auf vielerlei Weise so anders war als ihr eigenes und dessen Schmerzen sie nicht miterleben würde, weil sie nicht lange genug hier sein würde. Vielleicht kam es daher, dass sie beim ersten Mal selbst noch so unwissend gewesen war, nicht vorausgeschaut hatte und sich nicht einmal hatte vorstellen können, was kommen würde. Dieses Mal wusste sie es. Die Wirklichkeit hatte ihr schon einmal Verwundungen zugefügt, die immer noch empfindlich waren.

Bis zum Abend war es Trace bereits gelungen, Breelands Eltern ausfindig zu machen, und er hatte zudem bewerkstelligt, dass er, Hester und Monk im selben Restaurant wie sie dinieren würden. Natürlich war es eine forciert herbeigeführte Situation, aber um zehn Uhr abends standen sie alle in einer Gruppe beisammen und unterhielten sich, und um fünf Minuten nach zehn wurden sie einander vorgestellt.
»Ich freue mich, Sie kennen zu lernen«, sagte Hester zunächst an Hedley Breeland gewandt, einen imposanten Mann mit starrem weißem Haar und einem so durchdringenden Blick, dass er einen fast in Verlegenheit brachte. Dann begrüßte sie Mrs. Breeland, eine Frau mit wärmerer Ausstrahlung, die aber ganz nahe bei ihrem Mann stand und ihn mit offensichtlichem Stolz betrachtete.
»Nett, Sie kennen zu lernen, Ma'am«, sagte Hedley Breeland höflich. »Sie kamen zu einer ungünstigen Zeit. Man ist allgemein der Auffassung, das hochsommerliche Wetter in Washington sei stets bedrückend, und gerade jetzt haben wir Probleme, von de-

nen ich zu behaupten wage, dass Sie sogar in England bereits davon gehört haben dürften.«

Hester war nicht überzeugt, ob ein Teil seiner Worte nicht als Kritik an ihrer Wahl der Reisezeit gemeint gewesen war. Sein Gesicht verriet jedenfalls nichts, was die Schroffheit seiner Worte gemildert hätte.

Mrs. Breeland mischte sich ein. »Wir wünschten nur, wir könnten Ihnen einen angenehmeren Empfang bereiten, aber all unsere Aufmerksamkeit gilt momentan dem Kampf. Gott weiß, wir taten alles, was in unserer Macht stand, um ihn zu vermeiden, aber es gibt keine Möglichkeit, sich mit der Sklaverei zu arrangieren. Sie ist schlichtweg falsch.« Sie lächelte Hester entschuldigend an.

»Es geht nicht nur um Sklaverei«, korrigierte ihr Mann sie. »Es geht hier um die Union. Doch man kann von Ausländern nicht verlangen, dafür Verständnis aufzubringen, aber wir müssen schon bei der Wahrheit bleiben.«

Ein Anflug von Ärger deutete sich auf Mrs. Breelands Gesicht an, verschwand aber sogleich wieder. Hester konnte nicht umhin, sich zu fragen, was sie wirklich fühlte, welche Gefühle ihr Leben bestimmten, von denen ihr Gatte möglicherweise keine Ahnung hatte.

»Unser Sohn hat sich soeben verlobt, er will ein englisches Mädchen heiraten«, fuhr Mrs. Breeland fort. »Sie ist bezaubernd! Sie benötigte wirklich allen Mut der Welt, einfach zu packen und mit ihm hierher zu reisen, ganz allein, weil ihr Vater nämlich dagegen war.«

Hester spürte eine Welle der Erleichterung, dass Merrit hier war und offenbar freiwillig gekommen war. Das Mädchen konnte unmöglich die Wahrheit wissen.

Hester spürte, wie Monk sich versteifte, und sie legte warnend ihre Hand auf seinen Arm.

»Sie hat gleich erkannt, welch großartiger Mann er ist, schon als sie ihn zum ersten Mal sah«, erklärte Hedley Breeland mit erhobenem Kinn. »Sie hätte in keinem Land auf Gottes grüner Erde einen Besseren finden können, und sie hatte den Verstand, das zu wissen! Prima Mädchen!«

»Ist Ihr Sohn auch hier?«, fragte Hester arglistig. »Ich wäre entzückt, das Mädchen kennen zu lernen. Ich bewundere Tapferkeit sehr! Ohne sie können wir alles verlieren, was wir im Leben so sehr schätzen.«

Breeland starrte sie an, als ob er sich ihrer Existenz gerade eben zum ersten Mal bewusst würde und sich nicht sicher war, ob ihm dies zusagte oder nicht.

Sie erkannte, dass sie etwas gesagt hatte, was er vage als unschicklich betrachtete. Vielleicht war Breeland der Auffassung, Frauen sollten über ein derartiges Thema ihre Meinung nicht äußern. Sie musste sich dazu zwingen, an Judith Alberton zu denken und sich auf die Zunge zu beißen, um ihm nicht zu erklären, was sie über den stillschweigenden Mut von Frauen auf der ganzen Welt dachte, die Schmerz, Unterdrückung und Unglück ohne Klagen ertrugen. Doch ganz konnte sie sich nicht zurückhalten.

»Nicht jede Art von Mut ist offensichtlich, Mr. Breeland«, sagte sie mit leiser, gepresster Stimme. »Sehr oft besteht Mut darin, eine Wunde zu verbergen, statt sie unverhohlen zu zeigen.«

»Ich kann nicht behaupten, dass ich Sie verstehe, Ma'am«, sagte er abweisend. »Ich fürchte, mein Sohn befindet sich an der Front, wo in einer Zeit wie dieser jeder gute Soldat sein sollte.«

»Wie tapfer«, warf Monk mit undeutbarer Stimme ein. Nur Hester wusste, dass sie eine abweisende Ironie zum Ausdruck brachte und er an die grotesken Stellungen der Leichen auf dem Hof des Lagerhauses in der Tooley Street dachte.

Um sie herum ertönten Musik, Gelächter und das Klingen von Gläsern. Damen mit nackten Schultern glitten vorbei, an ihren Kleidern steckten Magnolienblüten, die süßen Duft verströmten. Es schien Mode zu sein, echte Blumen zu tragen.

»Und seine Verlobte ist tatsächlich hier bei Ihnen?«, fragte Hester hastig, in der Hoffnung, Breeland würde sich noch über Monks Bemerkung wundern.

»Natürlich«, erwiderte Breeland und wandte sich zu ihr um. »Aber auch sie ist begierig darauf, ihre Pflicht zu tun. Sie sollten stolz auf sie sein, Ma'am. Sie hat eine klare Vorstellung von Recht und Unrecht und hungert regelrecht danach, für die Freiheit aller Menschen zu kämpfen. Das bewundere ich über alle Maßen. Alle Menschen sind Brüder und sollten einander auch so behandeln.« Es klang wie eine Verteidigung, und er blickte Monk an, als ob er Widerspruch erwartete.

Eine Welle der Panik durchflutete Hester und brannte auf ihren Wangen, als sie an all die Antworten dachte, die Monk geben könnte, die meisten davon gesalzen mit rasiermesserscharfem Sarkasmus.

Stattdessen lächelte Monk, allerdings etwas hinterhältig. »Natürlich sollten sie das«, sagte er sanftmütig. »Und wie ich es sehe, tun Sie alles in Ihrer Macht Stehende, um sicherzustellen, dass sie es auch tun.«

»Das stimmt, Sir!«, nickte Breeland. »Ah! Da kommt Merrit! Miss Alberton, die Verlobte meines Sohnes.« Er drehte sich um, und sie alle beobachteten, wie Merrit auf sie zukam. Sie war in weite, in der Taille geraffte Röcke und ein in dekorative Falten gelegtes Mieder gekleidet, das mit Gardenien geschmückt war. Sie war vor Erregung errötet und sah bezaubernd aus.

»Brüder?«, sagte Hester sehr leise zu Monk. »Heuchler!«

»Kain und Abel«, hauchte er ihr zu.

Hester schluckte den Lachanfall und verwandelte ihn in ein Hüsteln, gerade in dem Augenblick, als Merrit sie erblickte und abrupt stehen blieb. Einen Moment lang drückte ihr Gesicht nur Schock aus. Dann schien sie sich einen Augenblick lang das Gehirn zu zermartern, um sich daran zu erinnern, woher sie diese Menschen kannte. Dann fiel es ihr ein, und sie kam mit unsicherem Lächeln, aber hoch erhobenem Kopf auf sie zu.

Hester hatte angenommen, sie wüsste, was sie empfinden würde, wenn sie Merrit wieder begegnen würde. Doch nun war all das verschwunden, und sie kämpfte lediglich darum, in dem Gesicht des Mädchens lesen zu können, ob es unverschämte Herausforderung war, die ihr Gesicht zum Leuchten brachte, oder ob sie keine Ahnung von dem hatte, was im Hof des Lagerhauses geschehen war. Gewiss lag jedoch keine Angst oder der Wille zu Rechtfertigung in ihrer Miene.

Breeland stellte sie einander vor, und es entstand ein kurzer Augenblick, in dem sie alle unsicher waren, ob sie zugeben sollten, dass sie einander bereits kannten.

Merrit sog den Atem ein, schwieg dann aber.

Hester warf Monk einen Blick zu.

»Guten Abend, Miss Alberton«, sagte er leicht lächelnd, um höflich zu wirken. »Mr. Breeland spricht ja in den höchsten Tönen von Ihnen.«

Dies war zweideutig, verpflichtete ihn jedoch zu nichts.

Sie errötete. Offensichtlich freute sie die Bemerkung. Sie wirkte sehr jung. Trotz der weiblichen Rundungen ihres Körpers und ihres romantischen Kleides konnte Hester immer noch das Kind in ihr sehen. Es bedurfte keiner großen Vorstellungsgabe, sie sich mit über den Rücken fallendem Haar, einem Schürzenkleid und Tintenklecksen an den Fingern in der Schule vorzustellen.

In einem Aufruhr der Gefühle sehnte sich Hester nach einer Möglichkeit, der Wahrheit entfliehen zu können, sehnte sich danach, alles ungeschehen machen zu können, die Leichen auf dem Lagerhaushof und Breeland in der Armee der Union und mit Daniel Albertons Gewehren auf dem Weg nach Manassas. Die anderen unterhielten sich, doch sie hatte nichts gehört.

Monk antwortete für sie.

Irgendwie stolperte sie durch den Rest der Unterhaltung, bis man sich entschuldigte und weiterschlenderte, um mit anderen Menschen zu sprechen.

Später in der Nacht kam Trace in Monks und Hesters Zimmer. Sein Gesicht war ernst, seine dunklen Augen wirkten müde, und die tiefen Linien zwischen Nase und Mund betonten seine Erschöpfung.

»Haben Sie Ihr Urteil gefällt?«, fragte er und sah sie nacheinander an.

Hester wusste, was er meinte. Sie wandte sich zu Monk um, der in der Nähe des Fensters stand, von dem aus man über die Dächer blicken konnte. Es war fast Mitternacht, aber immer noch erdrückend heiß. Die Geräusche der Stadt schwebten hoch in die Luft, begleitet von dem Duft der Blumen, dem Geruch des Staubs und der Tabakwolken sowie der übervollen Abflussrinnen, über die sich alle beklagten.

Monk antwortete mit leiser Stimme, da er sich der anderen geöffneten Fenster sehr wohl bewusst war.

»Wir glauben nicht, dass sie vom Tod ihres Vaters Kenntnis hat«, sagte er. »Wir haben vor, es ihr zu sagen, und was wir danach tun, hängt von ihrer Reaktion ab.«

»Vielleicht glaubt sie Ihnen nicht«, warnte Trace mit einem Blick auf Hester, dann wieder auf Monk. »Mit Sicherheit glaubt sie nicht, dass Breeland es war.«

Hester dachte an die Uhr. Sie erinnerte sich, wie stolz Merrit darauf gewesen war und wie zärtlich ihre Finger über die glänzende Oberfläche geglitten waren.

»Ich denke, wir können sie überzeugen«, sagte Hester grimmig. »Doch ich weiß nicht, wie sie reagieren wird, wenn sie die Wahrheit erkennt.«

»Wir müssen sie um jeden Preis voneinander fern halten.« Monk betrachtete Trace. »Breeland könnte sie als Geisel festhalten. Kampflos wird er nicht nach England zurückkehren.« Seine Stimme klang fast wie eine Frage. Monk wollte erfahren, inwieweit Trace der Sinn nach einer Konfrontation und der damit eventuell verbundenen Gewalt stand. Trace lächelte, und zum ersten Mal sah Hester in ihm weder den sanftmütigen Herrn, der Mitleid mit der Irin auf dem Schiff gehabt hatte oder der bei Judith Albertons Dinner großen Charme bewiesen hatte, noch den Menschen, der unter dem Konflikt, der sein Volk bedrohte, so sehr litt. Stattdessen sah sie den Marineoffizier, der nach England reiste, um für den Krieg Waffen zu kaufen, und der in den Kaufverhandlungen Lyman Breeland ausgestochen hatte.

»Ich würde mir sehnlichst wünschen, ihn zurückzubringen, damit er vor Gericht gestellt wird und sich für Daniel Albertons Tod verantworten muss.«

Als er sprach, war es kaum mehr als ein Flüstern, dennoch klangen seine Worte scharf und hart wie Stahl. »Daniel Alberton war ein anständiger Mann, ein ehrenhafter Mann, und Breeland hätte sich die Waffen nehmen können, ohne ihn zu töten. Das war eine Barbarei, die auch ein Krieg nicht entschuldigen kann. Er tötete aus Hass, weil Alberton sich weigerte, sein Wort mir gegenüber zu brechen. Ich bin dafür, ihn zu verfolgen, außer wenn dies bedeutete, Merrit dafür zu verlieren.«

»Wir werden es ihr morgen sagen«, versprach Monk.

»Wie?«, fragte Trace.

»Darüber haben wir bereits nachgedacht.« Monk entspannte sich ein wenig und entfernte sich vom Fenster. »Die Schlacht wird bald beginnen, vielleicht sogar schon morgen. Die Frauen treffen Vorbereitungen für eine Art von Sanitätsdienst für die Verwundeten. Hester hat mehr Erfahrung in Feldchirurgie, als es aller Wahrscheinlichkeit nach sonst jemand hier hat. Sie wird ihre Hilfe anbieten.«

Er bemerkte den skeptischen Ausdruck in Trace' Gesicht und lächelte gepresst. »Ich könnte sie nicht davon abhalten, selbst wenn ich es für keine gute Idee hielte. Und glauben Sie mir, Sie könnten es auch nicht!«

Trace wurde unsicher.

»Doch ich finde, es ist eine gute Idee«, fuhr Monk fort. »Auf diese Weise wird es einfach sein, ihre Bekanntschaft mit Merrit wieder aufleben zu lassen, die ebenso den Willen hegen wird, zu helfen. Sie sind beide Engländerinnen, die von denselben Umständen eingeholt wurden, weit fort von zu Hause und mit denselben Auffassungen über Sklaverei wie über die Pflege der Verwundeten.«

Trace war immer noch im Zweifel. »Sind Sie sicher?«, fragte er Hester.

»Ganz sicher«, antwortete sie spontan. »Haben Sie je eine Schlacht miterlebt?«

»Nein.« Plötzlich wirkte er verletzlich, als ob sie ihn unbeabsichtigt verpflichtet hätte, endlich die Realität des bevorstehenden Krieges zur Kenntnis zu nehmen.

»Ich werde am Morgen anfangen«, sagte sie einfach.

Trace straffte sich. »Gott sei mit Ihnen. Gute Nacht, Ma'am.«

Für Hester war es genauso leicht, wie Monk es prophezeit hatte, sich den Bemühungen der unzähligen Frauen anzuschließen, die versuchten, dem einzigen Lazarettarzt, der jedem einzelnen Regiment zugeteilt wurde, Hilfe zu leisten und Nachschub näher an das Schlachtfeld zu transportieren, das fast dreißig Meilen entfernt war. Sie fragte sich durch, half, wo es nötig war, wofür diese optimistischen, herzensguten und unschuldigen Frauen stets dankbar waren, und schließlich befand sie sich mit Merrit Alberton im selben Hof. Sie reichten zusammengerollte Leinenbandagen auf einen zweirädrigen Lastkarren hinauf, der dazu dienen würde, die Verletzten an den nächsten Ort zu bringen, an dem es ihnen gelingen würde, ein Lazarett aufzubauen. Rundherum war es schmutzig, und es war erbärmlich heiß. Die Luft schien zu dick zum Atmen zu sein und schien die Lungen zu verstopfen, als wäre sie warmes Wasser.

Es dauerte einen Augenblick, bis Merrit Hester erkannte. Zunächst war sie nur ein weiteres Paar Arme, eine weitere Frau mit zurückgebundenem Haar, aufgerollten Ärmeln und auf dem Boden schleifenden, vom Staub der Straßen verschmutzten Röcken.

»Mrs. Monk, Sie bleiben hier, um uns zu helfen!« Ihr Gesichtsausdruck wurde weicher. »Ich bin ja so froh!«

Sie schob sich das Haar aus dem Gesicht. »Wie ich hörte, verfügen Sie über Erfahrungen, die für uns von unschätzbarem Wert sind. Wir sind Ihnen sehr dankbar!« Sie übernahm einen Stapel von Vorräten – Bandagen, Schienen und ein paar Flaschen Alkoholika – aus Hesters Händen.

»Wir werden noch viel mehr als das brauchen«, sagte Hester und vermied im Augenblick die Wahrheit, die sie Merrit beibringen musste, obwohl sie über eine Situation sprach, die weit quälender war. Sie waren hoffnungslos schlecht vorbereitet. Sie hatten den Krieg nie erlebt, dachten über wichtige Streitfragen nach, über Angelegenheiten, für die es zu kämpfen lohnte, ohne jedoch die leiseste Ahnung zu haben, was der Preis dafür sein würde. »Wir werden weit mehr Essig und Wein, Flachs, Brandy und viel mehr Leinen brauchen, viel mehr Stofftupfer, um Blutungen zu stoppen.«

»Wein?«, fragte Merrit voller Zweifel.
»Als Stärkungsmittel.«
»Da haben wir doch genügend.«
»Für etwa einhundert Männer. Wir werden vielleicht tausend schwer Verwundete bekommen ... möglicherweise gar mehr.«

Merrit sog den Atem ein, als ob sie zu diskutieren beginnen wollte, doch dann erinnerte sie sich anscheinend an einen Teil der Unterhaltung am Dinnertisch zu Hause in London. Ihr Gesicht verzerrte sich bei der Erkenntnis, dass Hester die Ungeheuerlichkeit dessen, was ihnen bevorstand, kannte. Es hatte keinen Sinn, vorzubringen, dass dieser Krieg hier etwas anderes war als der auf der Krim. Denn gewisse Dinge waren immer gleich.

Hester konnte ihren Auftrag nicht länger aufschieben. Eine Weile waren sie allein, da sich die anderen Frauen entfernten, um sich anderen Aufgaben zu widmen.

»Es gibt noch einen Grund, warum ich mit dir sprechen wollte«, sagte Hester. Sie hasste den Schmerz, den sie verursachen würde, und das Urteil, das sie fällen musste.

Merrits Gesicht war von Schweißperlen bedeckt, und auf ihrer Wange war ein Schmutzfleck, aber es lag nicht der Hauch einer Ahnung darin.

Die Zeit war begrenzt. Der Krieg überschattete den Mord und würde ihn bald in den Hintergrund drängen, doch für einen trauernden Menschen ist der eigene Verlust immer einzigartig.

»Dein Vater wurde in der Nacht, in der du fortgingst, ermordet«, sagte Hester ruhig. Es gab keine Möglichkeit, die Tatsache in freundlichere Worte zu kleiden oder ihr die Schärfe zu nehmen, und sie konnte es sich auch nicht leisten. Sie, Monk und Trace würden ihre künftigen Entscheidungen davon abhängig machen, wie Hester Merrits Komplizenschaft bei dem Verbrechen einschätzen würde.

Merrit stand bewegungslos vor ihr, als ob sie die Worte nicht verstanden hätte. Ihr Gesicht war ausdruckslos.

»Es tut mir Leid«, fuhr Hester bedächtig fort. »Er wurde auf dem Hof vor dem Lagerhaus in der Tooley Street ermordet.«

»Ermordet?« Merrit kämpfte darum, einen Sinn in etwas zu

erkennen, das unbegreiflich erschien. »Was wollen Sie damit sagen?«

Hester beobachtete sie, registrierte jede flüchtige Regung in ihrem Gesicht, jede Spur des Schmerzes, der Verwirrung und Trauer. Sie empfand es selbst als derbe Zudringlichkeit, aber wenn sie ihr Versprechen Judith Alberton gegenüber halten wollten, blieb ihr keine Wahl.

»Er wurde gefesselt und erschossen«, sagte sie mit klarer Stimme. »Dasselbe geschah mit den zwei Nachtwächtern. Dann wurde die gesamte Ladung von Waffen und Munition genommen – gestohlen.«

Merrit war verdutzt, als ob ein Freund sie so hart geschlagen hätte, dass sie nach Luft schnappen musste, um ihre Lungen zu füllen. Ihre Knie wurden weich, und sie setzte sich ungelenk auf das Rad des Lastkarrens, der hinter ihr stand, wobei sie Hester immer noch mit weit aufgerissenen Augen anstarrte, in denen das Grauen stand.

Hester konnte es sich nicht leisten, Mitleid zu bekunden, noch nicht.

»Wer ... wer hat das getan?«, fragte Merrit heiser. »Philo Trace? Weil Papa die Waffen doch an Lyman verkaufte?« Sie stieß ein lang gezogenes Stöhnen voller Kummer und Trauer aus, und ihre Hände krampften sich ineinander.

Nur mit Mühe konnte sich Hester davon zurückhalten, sich zu ihr hinunterzubeugen. Sie hätte jedem geschworen, Monk oder auch Judith, dass Merrit glaubte, was sie sagte. Doch sie musste das Mädchen weiter prüfen. Diese Chance würde sich nicht noch einmal ergeben.

»Lyman Breelands Uhr wurde auf dem Hof gefunden«, fuhr sie fort. »Diejenige, die er dir schenkte. Und du sagtest, du würdest sie nie mehr aus den Augen lassen.«

Merrits Hand löste sich und flog zu ihrer Brusttasche. Es war eine instinktive, keine beabsichtigte Bewegung, denn einen Moment später erinnerte sie sich. »Ich habe mein Kleid gewechselt«, flüsterte sie. »Ich habe sie abgelegt ...«

»Die Uhr wurde im Schlamm auf dem Hof gefunden«, wiederholte Hester. »Und für die Waffen wurde kein Geld bezahlt. Sie wurden gestohlen.«

»Nein! Das ist unmöglich!« Merrit sprang auf, taumelte ein wenig. »Philo Trace muss das getan haben … aber was mit dem Geld geschehen ist, das weiß ich nicht. Aber Lyman kaufte die Gewehre! Ich war doch dabei! Er würde niemals … niemals stehlen! Und der Gedanke, er hätte … Mord … das ist ungeheuerlich … das kann nicht wahr sein! Ist es auch nicht!« Ihre Überzeugung entsprang nicht einem Wunsch, sie war absolut und stand ihr ins Gesicht geschrieben. Sie war zornig und traurig, fühlte sich aber nicht schuldig.

Hester war es nicht möglich, ihr keinen Glauben zu schenken. Hier war kein Urteil zu fällen, kein Aufwägen von Beweisen möglich. Breeland musste die Uhr genommen und im Hof fallen gelassen haben, unabsichtlich oder absichtlich. Aber warum?

Plötzlich ertönte das Klappern von Hufen, und einen Moment später waren Stimmen zu hören. »Beeilt euch! Macht die Wagen fertig! Die Schlacht findet morgen bei Manassas statt, das ist gewiss! Wir müssen bis zum Morgengrauen dort sein!«

Hester reagierte, ohne auch nur einen Augenblick an weitere Gedanken zu verschwenden. Jetzt galt es nur, eine Sache zu tun. Breeland, Merrit und die Fragen bezüglich des Mordes oder einer möglichen Geiselnahme mussten warten. Es gab Männer, die schon am nächsten Morgen verwundet sein würden. Grauen erfüllte sie, vertraut wie ein altbekannter Albtraum, und sie antwortete, wie sie es immer getan hatte. »Wir kommen!«

5

Hester und Merrit verließen Washington gemeinsam und fuhren in Richtung Bull Run. Die Unmittelbarkeit des Krieges überlagerte selbst die persönliche Tragödie, und vielleicht war es für Merrit wenigstens für ein paar Stunden leichter, an die Arbeit zu denken, die ihr bei den verwundeten Männern bevorstand, als ihre Gedanken mit dem, was in dem Lagerhaushof in London geschehen war, zu belasten.

So schnell es ging, fuhren sie durch die Straßen und dann über die weiten Flächen, über die sich eines Tages die Stadt erstrecken würde, dann überquerten sie über die Long Bridge den Fluss und kamen zu den mittlerweile fast verlassenen Lagern in Alexandria. Die Männer, die sich noch hier aufhielten, waren in früheren Kämpfen im Süden oder Westen verwundet worden oder gehörten zu der großen Gruppe von Soldaten, die an Fieber, Typhus oder der Ruhr litten, Krankheiten, die solche Gruppen von Menschen immer plagten, wenn es keinerlei hygienische Vorkehrungen gab. Hier war es noch schlimmer, als es in kühleren Klimazonen oder bei Männern mit militärischer Ausbildung gewesen wäre. Dies waren unerfahrene Rekruten ohne das geringste Wissen, wie man Vorkehrungen gegen Krankheit, Läuse oder Vergiftung durch verdorbene oder verseuchte Lebensmittel treffen konnte. Jeder Mann war selbst für die Zubereitung seiner Verpflegung verantwortlich, die ihm zugeteilt wurde. Die meisten von ihnen hatten keine Ahnung, wie sie zu rationieren war, damit sie ausreichte, und sie hatten wenig Vorstellung davon, wie man sie zubereitete.

Hester versuchte, möglichst wenig zur Kenntnis zu nehmen. So viel unnötiges Leiden, dessen Gestank sie zu erdrücken drohte, während sie in der stechenden Hitze über den Weg holperten und fast an dem Staub erstickten, den die Wagen vor ihnen aufwirbelten. Sie hörte das Stöhnen ringsum, und in ihr erwachte der Zorn über die Qualen, die sie sich so lebhaft ausmalen konnte, als ob Skutari und das dortige Sterben erst gestern gewesen wäre. Innerlich war sie völlig verkrampft, ihre Muskeln waren angespannt, sodass ihr ganzer Körper schmerzte, während ihr Geist versuchte, sich das Leiden nicht vorzustellen, und doch versagte.

Schweigend saß Merrit neben ihr. Welcher Art ihre Gedanken auch sein mochten, sie sprach sie nicht aus. Ihr Gesicht war weiß, und sie starrte auf den Weg, obwohl Hester den Wagen lenkte. Vielleicht dachte sie an das Schlachtfeld, das vor ihnen lag, fragte sich ängstlich, was ihnen bevorstand, ob sie der Aufgabe auch nur im Entferntesten gewachsen sein würden, ob ihre eigene Tapferkeit groß genug wäre, ihre Nerven ruhig bleiben würden und ihr Wissen angemessen sein mochte. Oder erinnerte sie sich an die wütende Trennung von ihrem Vater, an die Dinge, die sie zu ihm gesagt hatte und die nun nicht mehr zurückgenommen werden konnten? Es war zu spät, um zu sagen, dass es ihr Leid tat, dass sie es nicht so gemeint hatte, oder gar, dass sie ihn trotz ihrer Differenzen liebte, dass ihre Liebe weit größer, lebenslang und Teil ihrer selbst war? Oder dachte sie vielleicht an ihre Mutter und den Kummer, der sie verzehren musste?

Vielleicht fragte sie sich auch, was in jenem Lagerhaus geschehen war und was Lyman Breelands Anteil daran war. Hester konnte nicht glauben, dass sie etwas wusste.

Die Mittagshitze war fast unerträglich. Selbst im Schatten herrschten etwa fünfunddreißig Grad. Wie hoch die Temperatur in der grellen Sonne auf der staubigen Straße sein mochte, konnte Hester nicht einmal schätzen.

Sie fuhren den ganzen Tag, hielten nur an, wenn es notwendig war, das Pferd im Schatten unter den Bäumen neben dem Weg ruhen zu lassen und es zu tränken. Sie mussten sorgfältig darüber wachen, dass weder das Pferd noch sie selbst zu viel Wasser zu sich nahmen. Sie sprachen wenig, höchstens über den Verkehr, der sich mit demselben Ziel, das sie hatten, die Straße entlangmühte, oder wie lange die Fahrt noch dauern würde und wo sie sich schließlich niederlassen würden.

Einmal sah Merrit so aus, als wollte sie das Thema Breeland ansprechen. Sie stand auf einem verdorrten Grasfleck und verjagte die winzigen, schwarzen Fliegen, die sie umschwirrten. Aber in letzter Minute änderte sie ihr Vorhaben und sprach stattdessen vom Ausgang der Schlacht.

»Ich nehme an, dass die Union gewinnen wird ...« Es klang nicht direkt wie eine Frage. »Was geschieht mit den Verwundeten der Seite, die verliert?«

Es hatte keinen Sinn, sich in Beschönigungen zu ergehen. Binnen Stunden würde die Wahrheit ans Licht kommen. Darauf vorbereitet zu sein, würde wenigstens den lähmenden Schock mildern, wenngleich nicht das Grauen.

»Das hängt davon ab, wie schnell sich das Kampfgeschehen fortbewegt«, erwiderte Hester. »Ist die Kavallerie im Einsatz, dann verlagert sich der Kampf schnell, und die Verletzten werden zurückgelassen. Sie helfen sich gegenseitig, so gut es eben geht. Ist es die Infanterie, dann bewegt sich der Kampf nur so schnell, wie ein Mensch laufen kann. Jeder tut sein Möglichstes, um sich zu retten, andere zu tragen, Wagen, Karren oder sonst etwas zu finden, um diejenigen, die nicht laufen können, zu transportieren.«

Merrit schluckte. Weitere Wagen fuhren an ihnen vorbei und wirbelten hinter sich Staub auf. »Und die Toten?«, fragte sie.

Einen Moment lang flutete die Erinnerung mit solcher Macht über Hester hinweg, dass sich ihr Blick verschleierte und eine Welle des Kummers und der Übelkeit über ihr zusammenschlug. Sie war wieder auf der Krim, stolperte über den Talboden, der nach dem Kampf der leichten Brigade mit den Körpern der Toten und Sterbenden übersät war, die Erde zertrampelt und blutgetränkt, der Geruch von Blut in der Luft, die Geräusche der Todesqualen, die sie umgaben. Sie spürte, wie die Tränen über ihre Wangen liefen, spürte die aufwallende Hysterie und Verzweiflung.

»Mrs. Monk!« Merrits Stimme holte sie zurück in die Gegenwart nach Virginia und in den Kampf, der ihnen bevorstand.

»Ja ... es tut mir Leid.«

»Was geschieht mit den Toten?« Merrits Stimme bebte, als ob sie im Herzen die Antwort bereits wusste.

»Bisweilen werden sie begraben«, sagte Hester heiser. »Wenn möglich, macht man das. Aber die Lebenden gehen immer vor.«

Merrit wandte sich ab und ging, um das Pferd zu holen. Es gab keine weiteren Fragen mehr, auf die sie eine Antwort gewünscht hätte, abgesehen von den einfachen, praktischen Fragen, zum Beispiel, wie man ein Pferd anschirrte.

In der Abenddämmerung erreichten sie die kleine Stadt Centreville. Sie bestand lediglich aus einer kleinen, aus Steinen gebauten Kirche, einem Hotel und einigen wenigen Häusern und war etwa sechs oder sieben Meilen vom Bull Run Creek und dem dahinter liegenden Henry Hill entfernt.

Hester war völlig ausgelaugt und sich nur zu deutlich bewusst, wie schmutzig sie war. Sie wusste, Merrit ging es ebenso, nur dass diese weit weniger daran gewöhnt war. Doch das Mädchen wurde von ihrem Enthusiasmus für die Sache der Union angespornt, und wenn sie auch nur einen Augenblick an Lyman Breeland dachte, ließ sie es sich nicht anmerken. Sie begrüßte die anderen Frauen, die gekommen waren, um ihren Anteil an der Arbeit zu leisten und ebenfalls ihre Hilfe anzubieten, oder die wenigen Männer, die von der Armee abkommandiert worden waren, um ärztliche Pflichten zu übernehmen.

Sie hatten bereits die Kirche und einige andere Gebäude in Lazarette verwandelt und die ersten Opfer von früheren, kurzen Gefechten behandelt. Soeben wurden die letzten transportfähigen Männer auf Ambulanzkarren geladen, die sie zur etwa sieben Meilen entfernten Fairfox Station bringen sollten, von wo sie dann nach Alexandria transportiert wurden.

Eine hoch gewachsene schlanke Frau mit dunklem Haar schien das Kommando übernommen zu haben. Es entstand eine angespannte Situation, in der sie und Hester sich gegenüberstanden, als sie unterschiedliche Anordnungen bezüglich der Lagerung der Vorräte gegeben hatten.

»Und wer sind Sie, wenn ich fragen darf?«, fragte die Frau brüsk.

»Ich bin Hester Monk. Ich war mit Florence Nightingale als Krankenschwester auf der Krim. Ich dachte, ich könnte mich hier nützlich …«

Der Ärger im Gesicht der Frau schmolz dahin. »Ich danke Ihnen«, sagte sie schlicht. »General MacDowells Männer haben den ganzen Tag das Schlachtfeld ausgekundschaftet. Ich glaube, sie werden im Morgengrauen angreifen. Sie können noch nicht alle hier sein, aber bis zum Morgen werden sie es wohl sein, oder wenigstens bald danach.«

»Sie meinen, wenn sie beim ersten Tageslicht angreifen wollen«, sagte Hester ruhig. »Wir sollten uns ein wenig Ruhe gönnen, damit wir dann Kraft haben, zu tun, was nötig sein wird.«

»Glauben Sie …?« Die Frau hielt inne. Einen Augenblick lang machte sich in ihren Zügen die blanke Angst breit, als sie begriff, dass der Krieg nur noch Stunden entfernt war. Dann gewann ihr Mut wieder die Oberhand, und die Entschlossenheit kehrte zurück. Als sie fortfuhr, bebte ihre Stimme kaum noch. »Wir können nicht ruhen, bis wir sicher sind, alles getan zu haben, was in unserer Macht steht. Unsere Männer werden die ganze Nacht durchmarschieren. Wie können sie Vertrauen in uns haben, wenn sie uns schlafend vorfinden?«

»Postieren Sie eine Wache«, erwiderte Hester einfach. »Idealismus und Moral haben ihren Platz, aber der gesunde Menschenverstand wird uns weiterhelfen. Morgen werden wir unsere ganze Kraft brauchen, glauben Sie mir. Wir werden noch arbeiten, wenn die Schlacht längst verloren oder gewonnen ist. Für uns ist das erst der Anfang. Verglichen mit den Nachwirkungen ist selbst die längste Schlacht kurz.«

Die Frau zögerte.

Merrit betrat den Raum, ihr Gesicht war blass, und ihr Haar hing in Strähnen um ihren Kopf. Sie hatte es sich mit einem in Streifen gerissenen Taschentuch zurückgebunden. Vor Erschöpfung sah sie ganz benommen aus.

»Wir brauchen Ruhe«, sagte Hester. »Müde Menschen machen Fehler, und unsere Fehlentscheidungen könnten Soldaten ihr Leben kosten. Wie heißen Sie?«

»Emma.«

»Im Moment können wir weiter nichts tun. Wir haben Flachs, Heftpflaster, Bandagen, Brandy, Wasserbehälter und Instrumente zur Hand. Jetzt brauchen wir Ruhe, um alles richtig anwenden zu können, und eine ruhige Hand.«

Emma fügte sich. In müder Dankbarkeit aßen sie ein wenig, tranken Wasser aus den Behältern und versuchten, in der Zeit, die von der kurzen Nacht noch übrig war, zu schlafen. Hester lag neben Merrit, und sie wusste, dass das Mädchen nicht schlief. Nach einer Weile hörte sie, dass Merrit leise weinte. Sie berührte sie nicht. Merrit brauchte es, weinen zu können, und dazu war Alleinsein nötig. Hester hoffte, dass diejenigen, die auch noch wach lagen, das Weinen als Angst interpretieren und sie in Ruhe lassen würden.

Monk und Trace war das Gerücht, dass die Schlacht am Sonntag, dem einundzwanzigsten Juli, beginnen sollte, ebenfalls zu Ohren gekommen. Auch hatten sie gehört, dass die letzten Freiwilligen mit Nachschub nach Centreville und in die anderen kleinen Siedlungen in der Nähe von Manassas Junction gezogen waren, bereit, alles zu tun, um zu helfen.

Sie standen auf der Straße direkt vor dem Willard Hotel. Menschen schrien durcheinander. Ein Mann rannte aus dem Foyer und schwenkte seinen Hut durch die Luft. Zwei Frauen klammerten sich weinend aneinander.

»Verdammt!«, rief Trace ungestüm. »Jetzt haben wir keine Chance mehr, Breeland vor dem Kampf zu erwischen! Nun ist es des Teufels Aufgabe, ihn zu finden. Er könnte verwundet werden und in eines der Feldlazarette oder gar hierher zurückgebracht werden.«

»Wir hatten nie eine Chance, ihn vor der Schlacht zu finden«, wandte Monk sachlich ein. »Das Chaos ist unser Verbündeter, nicht unser Widersacher. Und sollte er verwundet werden, müssen wir ihn eben hier lassen. Wird er getötet, dann tut es kaum was zur Sache. Abgesehen davon, dass es schwerer sein wird, den Namen eines Mannes anzuschwärzen, der im Kampf für seine

Überzeugungen gefallen ist, welche das auch immer gewesen sein mochten.«

Trace starrte ihn an. »Sie sind ein pragmatischer Hundesohn, was? Unsere Nation ist dabei, sich selbst in Stücke zu reißen, und Sie können so kalt wie einer eurer englischen Sommer bleiben.«

Monk lächelte ihn mit einem schiefen Grinsen an, das seine Zähne entblößte.

»Immerhin besser, als hier den Erstickungstod zu erleiden!«, gab er zurück. »Von einer Erkältung erhole ich mich schneller als von der Malaria.«

Trace seufzte und lächelte zurück, aber seine Lippen bebten, und er war dem Weinen nahe.

Ein Mann stob auf einem Pferd vorbei, schrie etwas Unverständliches und wirbelte eine Staubwolke auf.

Monks Schultern strafften sich. »Unsere beste Chance, Breeland in die Finger zu bekommen, wäre, ihn direkt auf dem Schlachtfeld ausfindig zu machen und dann so zu tun, als wären wir Konföderierte, die einen Offizier der Union gefangen nähmen. Bei dem bunten Kostümfest der Uniformen, das ihr hier veranstaltet, wird ohnehin niemand wissen, wer zu wem gehört! Soweit ich gesehen habe, könnten sich euch vermutlich auch die alten Römer und Griechen anschließen, ohne Aufsehen zu erregen. Ihr habt bereits Schotten mit Kilts und französische Zuaven in jeder Farbe des Regenbogens! Von den Feldbinden um die Hüften, und all dem, was sie auf den Köpfen tragen, angefangen vom Turban bis zum Fez, gar nicht zu reden!«

»Sie sollten eigentlich alle Grau tragen«, sagte Trace kopfschüttelnd. »Und die Union Blau. Gott! Welch ein Durcheinander! Wir werden Freund und Feind gleichermaßen erschießen!«

Monk wünschte sich, ihm irgendeinen Trost anbieten zu können. Wenn hier Engländer gegen eigene Landsleute gekämpft hätten, würde er nicht gewusst haben, wie er es ertragen sollte. Es gab nichts Gutes oder Hoffnungsvolles zu sagen, nichts, was die schreckliche Wahrheit gemildert hätte. Es doch zu versuchen, hätte bedeutet, dass er nichts verstand – oder noch schlimmer: dass es ihn nicht kümmerte.

Sie mieteten sich Pferde – Kutschen oder Wagen waren nicht mehr verfügbar – und ritten durch die Nacht nach Manassas, wobei sie nur einmal kurz abstiegen, um zu rasten. Das Wissen darüber, was vor ihnen lag, ließ nur einen unruhigen Schlaf zu.

Am frühen Sonntagmorgen, kurz vor der Dämmerung, passierten sie Marschkolonnen. Monk erschrak zutiefst, als er die schwitzenden stolpernden Körper sah, einige mit ausgemergeltem Gesicht und jetzt schon um Atem ringend, da die Luft bereits heiß und voller winziger Fliegen war.

Manche Männer warfen sogar ihre Decken und Rucksäcke fort, sodass der Straßenrand von weggeworfenen Ausrüstungsgegenständen übersät war. Später, als der Himmel im Osten blasser wurde und sie sich dem kleinen Fluss näherten, der Bull Run genannt wurde, stolperten oder sanken erschöpfte Männer zu Boden, manche legten sich einfach hin, um wieder ein wenig Kraft zu schöpfen, bevor sie zusammengerufen werden würden, um sich ihre Waffen umzuhängen und dem Feind entgegenzutreten. Viele von ihnen hatten Stiefel und Socken ausgezogen, und ihre Füße waren wund gerieben und bluteten. Monk hatte mindestens einen Offizier gehört, der versucht hatte, das Tempo der Männer zu drosseln, doch sie wurden fortwährend von den hinter ihnen marschierenden Männern bedrängt und hatten keine andere Wahl, als in Bewegung zu bleiben. Er konnte das Verhängnis, das sich über ihnen ebenso unvermeidlich wie die Hitze des folgenden Tages zusammenbraute, bereits erahnen.

Monk fuhr zusammen, als er den scharfen Widerhall einer Kanone hörte, die drei Salven abfeuerte. Er vermutete, dass die Kanone auf der Flussseite stand, auf der er sich befand, und auf die andere Seite hinüberzielte, in die Nähe einer wunderschönen Steinbrücke mit zwei Bögen, die wichtigste Straße über den Bull Run. Es war das Zeichen für den Beginn der Schlacht.

Er sah Trace an, der neben ihm zusammengesunken im Sattel hing; seine Beine waren von Staub bedeckt, und über die Flanken seines Pferdes rann der Schweiß. Dies würde die erste Feldschlacht zwischen der Union und den Konföderierten sein. Nun herrschte unwiderruflich Krieg.

Monk forschte in Trace' Gesichtszügen, aber er entdeckte keine Wut, keinen Hass, keine Erregung, lediglich eine emotionale Erschöpfung und ein Gefühl, dass es ihm irgendwie nicht gelungen war, den entscheidenden Umstand zu begreifen, der all dies hätte verhindern können. Doch nun war es zu spät.

Wieder versuchte Monk sich vorzustellen, wie er sich fühlen würde, wenn das hier England wäre, wenn diese sanften Hügel und Täler, die von dickichtartigen Wäldern bewachsen und von kleineren Ansiedlungen gesprenkelt waren, die älteren und grüneren Hügelketten wären, mit denen er vertraut war. Im Geiste sah er Northumberland vor sich, die weiten Flächen der kargen Hochmoore, die im späten Sommer von Heidekraut bedeckt waren, die Wolken, die der Wind vor sich herjagte, die Bauernhäuser, die sich in die Auen schmiegten, die Steinwälle, die die Felder voneinander trennten, Steinbrücken wie jene, die sich über den Fluss unter ihnen spannte, die lange Küstenlinie und das helle Meer.

Wäre es sein eigenes Land, das mit sich selbst im Krieg läge, es würde ihn so sehr schmerzen, dass die Wunde nie mehr heilen würde.

Hinter ihnen marschierten weitere Männer heran und nahmen Aufstellung, fertig zum Angriff. Planwagen und Karren standen herum, die zu Ambulanzen umgestaltet worden waren. Sie waren an Zelten mit spitzen Dächern vorübergekommen, die als Feldlazarette dienen würden, an Männern und Frauen mit bleichen Gesichtern, die versuchten, alles zu bedenken, was noch getan werden konnte, um den Verwundeten zu helfen. Für Monk wirkte das alles wie eine Farce. Sollten diese Zehntausende von Männern tatsächlich darauf warten, sich gegenseitig abzuschlachten, Männer, die vom selben Blut abstammten, dieselbe Sprache sprachen, die der Wildnis das Land abgerungen hatten, das denselben Idealen verpflichtet war?

Die Spannung wurde immer größer. Männer liefen planlos umher, wie sie es getan hatten, seit um zwei Uhr nachts der Weckruf ertönt war. Doch in der Dunkelheit war es nur wenigen gelungen, sich zusammenzuscharen, Waffen und Ausrüstung zu holen und sich ordentlich aufzustellen.

In quälender Ungewissheit wartete Hester, seit sie aus der Ferne das Kanonenfeuer vernommen hatte. Merrit sah fortwährend auf die Tür der Kirche, in der sie die ersten Verwundeten erwarteten. Neun Uhr war vorüber. Einige wenige Männer wurden gebracht, einige mussten getragen, andere lediglich gestützt werden. Einem Soldaten schnitt der Feldarzt eine Kugel aus der Schulter, einem anderen holte er sie aus dem Bein. Ab und zu erfuhren sie Neuigkeiten vom Fortgang der Schlacht.

»Wir können die Stone Bridge einfach nicht einnehmen!«, keuchte einer der Verwundeten, der mit einer Hand seinen anderen Arm umklammerte, sodass das Blut durch seine Finger quoll. »Die Rebellen sind verteufelt stark!« Hester schätzte ihn auf ungefähr zwanzig Jahre, sein Gesicht war grau vor Erschöpfung, seine Augen groß und starr. Der Arzt war soeben mit einem anderen Soldaten beschäftigt.

»Kommen Sie, wir werden Sie verbinden«, sagte Hester sanft, ergriff seinen gesunden Arm und führte ihn zu einem Stuhl. »Bring mir etwas Wasser«, rief sie Merrit über die Schulter zu. »Auch etwas zu trinken für ihn.«

»Es müssen Tausende sein!«, fuhr der Mann fort und starrte Hester an. »Unsere Jungs sterben … sie liegen überall auf dem Boden verstreut. Man kann ihr Blut in der Luft riechen. Ich stand auf … auf jemandes …« Er konnte nicht weitersprechen.

Hester wusste, was er sagen wollte. Sie war über Schlachtfelder gelaufen, auf denen zerstückelte Leichen lagen, erstarrt im letzten Grauen, zerrissene, zerfetzte menschliche Wesen. Sie hatte gehofft, dies nie wieder sehen zu müssen und ihren Geist davor schützen zu können. Sie wandte den Blick von seinem Gesicht ab und bemerkte, dass ihre Hände zitterten, als sie den Ärmel abschnitt, um die Wunde freizulegen. Um sie herum war der Arm zerfetzt und blutete stark, aber soweit sie es beurteilen konnte, war der Knochen nicht betroffen, und es handelte sich um keine arterielle Blutung, ansonsten wäre er nicht mehr am Leben gewesen und hätte nicht auf eigenen Beinen in die Kirche wanken können. Das Wichtigste war jetzt, die Wunde sauber zu halten und das Geschoss zu entfernen. Zu oft hatte sie Wundbrand gesehen, und den Geruch würde sie nie mehr wieder vergessen. Er war schlimmer als der Tod, eine lebende Nekrose.

»Das heilt wieder.« Sie wollte überzeugend und beruhigend klingen, seine Furcht dadurch mildern, aber ihre Stimme war zittrig, als ob sie selbst Angst hätte. Ihre Hände arbeiteten automatisch. Sie hatte schon so oft dasselbe getan: vorsichtig mit Pinzetten in das Fleisch gebohrt, immer in dem Versuch, keine Schmerzen zu verursachen, aber auch immer in dem Wissen, dass es die reinste Folter war, in der Wunde nach dem kleinen Stück Metall zu suchen, das die Ursache für die Verletzung war. Und immer hatte sie versucht, sicherzugehen, dass sie alles erwischt hatte. Einige Geschosse zersplitterten und hinterließen gefährliche Metallteile. Sie musste schnell arbeiten, denn Schmerz oder Schock konnten tödlich sein, und sie wollte einen hohen Blutverlust vermeiden.

Während sie arbeitete, verfingen sich ihre Gedanken in einem Netz albtraumhafter Erinnerungen, bis sie die Füße der Ratten hörte, als ob sie erneut von ihnen umgeben wäre, als ob sie über den Boden huschten, ihre fetten Körper die Wände herunterrutschten und sie sich pfeifend untereinander verständigten. Sie konnte die menschlichen Abfälle riechen, ihre Konsistenz auf den Fußbodenbrettern unter ihren Schuhen fühlen. Hinterlassen von Männern, die zu schwach waren, um sich zu bewegen, und deren Körper von Hunger, Ruhr oder Cholera ausgezehrt waren. Sie konnte ihre Gesichter vor sich sehen, die hohlen Augen, in denen das Wissen um den bevorstehenden Tod geschrieben stand. Sie hörte die Stimmen, hörte, wie sie von dem sprachen, was sie liebten, wie sie sich gegenseitig versicherten, dass die Sache es wert gewesen sei, wie sie über ein Morgen scherzten, von dem sie wussten, dass es nie kommen würde, und den Zorn unterdrückten, auf den sie größtes Recht hatten, da sie wegen der Ignoranz und der Dummheit anderer betrogen worden waren.

An einige von ihnen konnte sie sich besonders gut erinnern: An einen blonden Leutnant, der ein Bein verloren hatte und an Wundbrand gestorben war, oder an einen walisischen Jungen, der seine Heimat und seinen Hund geliebt hatte und so lange von beidem sprach, bis man ihn damit neckte und ihm sagte, er solle endlich schweigen. Er war an Cholera gestorben. Es gab noch andere, unzählige Männer, die aus diesem oder jenem Grund den Tod gefunden hatten. Die meisten davon waren tapfer gewesen und hatten ihr Grauen und ihre Panik mit sich selbst abgemacht. Einige hatten aus Scham geschwiegen, für andere war Schweigen die Normalität. Mit jedem Einzelnen hatte sie mitgefühlt.

Sie hatte gedacht, dass die Gegenwart, ihre Liebe zu Monk, all das, wofür sie nun kämpfte, die Menschen, die ihr Leben bereicherten, die Vergangenheit durch Vergessen geheilt hätte.

Aber der Staub, das Blut, der Geruch von Zeltplanen, Wein und Essig, das Wissen um den Schmerz hatte alles mit einer Lebendigkeit zurückgebracht, die sie erschauern ließ und sie verwirrte. Sie war vom Entsetzen mehr erfüllt als diejenigen, für die alles neu war, wie Merrit, die kaum erahnen konnte, was auf sie zukommen würde. Hester rann der Schweiß über den Körper und erkaltete auf ihrer Haut trotz der drückend heißen und stickigen Luft.

Sie hatte panische Angst. Sie konnte es nicht ertragen, nicht noch ein Mal. Sie hatte ihren Anteil erlebt, hatte schon zu viel mit ansehen müssen!

Sie fand das Geschoss und zog es heraus; ihm folgte ein Schwall von Blut. Einen Moment lang erstarrte sie. Sie konnte es nicht ertragen, noch jemanden sterben zu sehen! Das hier war nicht ihr Krieg. Dies war alles kolossal dumm, ein grauenhafter Wahnsinn, der Dunkelheit der Hölle entsprungen. Ihm musste Einhalt geboten werden. Sie sollte hinausrennen, jetzt sofort, und die Männer anschreien, bis sie ihre Waffen niederlegten und in ihren Gesichtern die Gleichheit erkannten, nicht die Unterschiede, und bis sie in den Augen des Feindes das eigene Spiegelbild sahen und sich selbst im anderen entdeckten.

Doch während ihre Gedanken rasten, nähten ihre Finger die Wunde zu, griffen nach Bandagen, Tupfern, verbanden die Wunde und prüften, ob der Verband auch nicht zu eng saß. Dann rief sie nach ein wenig mit Wasser vermischtem Wein. Sie hörte, wie sie den Mann tröstete, ihm erklärte, was er tun und auf welche Weise er seine Wunde versorgen sollte, dass er sich einen neuen Verband anlegen lassen sollte, wenn er Alexandria oder wohin er auch immer transportiert werden würde, erreichte.

Sie vernahm seine Antwort, und seine Stimme war jetzt ruhiger und fester als zuvor. Sie beobachtete, wie er sich auf die Füße mühte, wie er von einer Ordonnanz gestützt davonstakste und sich noch einmal lächelnd umdrehte, bevor er das Zelt verließ.

Weitere Verwundete wurden hereingebracht. Hester half, Bandagen zu holen, sie aufzurollen, Instrumente und Flaschen zu halten, schleppte Gegenstände, stützte Männer und sprach mit ihnen, um ihre Furcht oder ihren Schmerz zu lindern.

Dann trafen Neuigkeiten von der Schlacht ein. Vieles davon sagte Hester und Merrit nichts, da sie die Gegend nicht kannten, ob es aber gute oder schlechte Nachrichten waren, war leicht an den Gesichtern derjenigen abzulesen, die sie überbrachten.

Kurz nach elf Uhr kam der Arzt herein, sein Gesicht war grau und sein Uniformhemd blutverschmiert. Als er Hester sah, blieb er abrupt stehen.

»Was, zum Teufel, treiben Sie da?«, fuhr er sie an.

Sie trat von dem Mann zurück, dessen Wunde sie eben erst fertig verbunden hatte. Dann wandte sie sich an den Arzt und bemerkte die Angst in seinen Augen. Er war nicht älter als dreißig Jahre, und sie wusste, dass nichts in seinem Leben ihn auf das hier vorbereitet hatte.

»Ich bin Krankenschwester«, entgegnete sie gelassen. »Ich habe schon einmal einen Krieg miterlebt.«

»Schusswunden ... Verletzungen?«, fragte er.

»Ja.«

»Auf dem Matthews Hill sind weitere Rebellentruppen eingetroffen«, sagte er, wobei er sie nicht aus den Augen ließ. »Es werden noch viele Verwundete nachkommen. Wir müssen zusehen, dass wir diejenigen, die bereits versorgt sind, hier herausbekommen.«

Sie nickte.

Er wusste nichts weiter zu sagen. Er scheiterte an Umständen, die jenseits seiner Vorstellungskraft und seiner Fähigkeiten lagen. Er war für jede Hilfe dankbar, sogar für die einer Frau.

Eine Stunde später berichtete ihnen ein Mann mit einem zerschmetterten Arm, der trotz seiner Qualen noch lächelte, dass Sherman den Bull Run überquert hatte und die Rebellen sich auf den Henry Hill zurückzogen. Daraufhin stießen die anderen verletzten Männer durch zusammengebissene Zähne ein Jubelgeschrei aus.

Hester warf einen kurzen Blick auf Merrit; ihr Kleid war verknittert und blutverschmiert, aber sie lächelte. Einen Moment lang glänzten die Augen des Mädchens, dann wandte sie sich wieder um und reichte dem Arzt weitere Bandagen, der sich kaum die Zeit nahm, aufzusehen, als er die Nachricht hörte.

Während der nächsten Stunde wurden weniger Verletzte gebracht. Der Arzt entspannte sich ein wenig, setzte sich ein Weilchen und trank einen Schluck Wasser. Er lächelte Merrit kläglich an, die eng mit ihm zusammengearbeitet hatte.

»Sieht aus, als ob wir uns nicht schlecht schlagen würden«, meinte er mit einem Anflug von Optimismus. »Wir werden sie zurückdrängen! Dann wissen sie, was Krieg bedeutet! Das nächste Mal werden sie es sich gut überlegen, was?«

Merrit wischte sich das Haar aus der Stirn und steckte es mit ein paar Haarklammern fest.

»Aber es ist ein hoher Preis, den wir bezahlen, finden Sie nicht?«

Hester konnte in der Ferne immer noch das Geschützfeuer, die Kanonen- und die Gewehrschüsse hören. Sie spürte, wie sich Übelkeit in ihr ausbreitete. Sie wollte fliehen, einen Weg finden, um nicht mehr denken und fühlen zu müssen, und zu wissen, dass sie davon betroffen war. Sie konnte gut verstehen, warum Menschen verrückt wurden. Bisweilen, wenn jeglicher andere Fluchtweg abgeschnitten ist, ist es die einzige Möglichkeit, das Unerträgliche zu überleben. Wenn man sich körperlich nicht entziehen und die Gefühle nicht abgetötet werden konnten, dann widersetzte sich der Geist der Realität.

Sie ging ein paar Schritte, bevor sie zu sprechen begann. Wenn sie allerdings zu lange wartete, würde sie es vielleicht überhaupt nicht tun.

»Was sagen Sie?« Der Arzt fuhr zu ihr herum. Er klang ungläubig.

Sie hörte ihre eigene Antwort; sie klang hohl und gespenstisch, als ob jemand anderes gesprochen hätte. »Sie kämpfen immer noch. Hören Sie das Geschützfeuer nicht?«

»Doch … hört sich an, als wäre es jetzt weiter entfernt … glaube ich«, erwiderte er. »Unsere Jungs schlagen sich tapfer … kaum Verwundete und wenn, dann nur leicht Verletzte.«

»Nein, es bedeutet, dass die Verwundeten nicht gebracht werden«, korrigierte sie ihn. »Oder dass es zu viele Tote gibt. Der Kampf ist zu heftig, um jemandem die Möglichkeit zu geben, sich zu entfernen und sich um Verletzte zu kümmern.« Sie sah die Ungläubigkeit in seinem Gesicht. »Wir müssen gehen und tun, was in unseren Kräften steht.«

Es war Angst, was sie in seinen Augen sah, vielleicht nicht davor, selbst verletzt oder gar getötet zu werden, aber vor dem Schmerz anderer Menschen und der eigenen Unfähigkeit, Hilfe zu leisten. Sie wusste genau, wie sich die Angst anfühlte. Sie hatte sich in ihren eigenen Magen gegraben, und sie fühlte sich krank und schwach. Das Einzige, was noch schlimmer sein konnte, war die Hölle, in der man leben würde, wenn man versagte. Das hatte sie bei Männern erlebt, die sich selbst für Feiglinge hielten, ob nun zu Recht oder Unrecht.

Sie ging zur Tür. »Wir müssen Wasser, Bandagen, Instrumente mitnehmen, alles, was wir tragen können.« Sie versuchte nicht, ihn zu überzeugen. Dies war nicht die Zeit, um viele Worte zu machen. Sie würde gehen. Ob er ihr nun folgte oder nicht.

Draußen traf sie einen Soldaten, der auf einen blutverschmierten Ambulanzkarren stieg.

»Wo fahren Sie hin?«

»Nach Sudley Church«, erwiderte er. »Es liegt ungefähr acht Meilen von hier … näher an der Stelle, an der die Schlacht jetzt tobt.«

»Warten Sie!«, forderte sie ihn auf. »Wir kommen mit!« Schon rannte sie zurück, um Merrit zu holen. Der Arzt war noch mit dem Versuch beschäftigt, die letzten Verwundeten abtransportieren zu lassen.

Merrit kam mit ihr, sie trug so viele Feldflaschen, wie sie nur schleppen konnte. Dann kletterten sie auf den Wagen und machten sich auf den Weg nach Sudley.

Es herrschte eine Hitze wie in einem Backofen. Der pralle Sonnenschein schmerzte in den Augen.

Staub- und Pulverwolken markierten deutlich die Stelle, an der die Schacht am heftigsten tobte. Es war auf einer Anhöhe jenseits des Flusses, dessen Verlauf von den Bäumen, die seine Ufer säumten, gut gekennzeichnet war.

Sie brauchten über eine Stunde. Hester kletterte mindestens eine Meile vor dem Lazarett vom Wagen, nahm ein halbes Dutzend Feldflaschen mit und machte sich auf den Weg zu den Männern, die immer noch dort lagen, wo sie gefallen waren.

Sie kam an zerbrochenen Karren und Wagen vorbei, an einigen verletzten Pferden, aber es gab wenig Kavallerie. Im Gras fand sie zertrümmerte Waffen. Eine sah sie, die aussah, als wäre sie explodiert. Einige Schritte weiter lag ihr toter Besitzer, sein Gesicht war schwarz, die Erde um ihn herum dunkel von Blut. Neben ihm lagen weitere Verwundete.

Verständnislos verfluchte sie die Ignoranz und die Inkompetenz, die junge Männer mit Waffen in den Kampf sandte, die alt und schlecht gemacht waren und beim Gebrauch explodierten. Diese Ironie trieb ihr Tränen der Hilflosigkeit in die Augen. War sie sich wirklich sicher, dass es besser wäre, sie würden einwandfrei funktionieren und diejenigen töten, die ihnen vor den Lauf kamen? Gewehre wurden zum Töten, Verstümmeln, Verkrüppeln, Entstellen und zum Verursachen von Schmerz und Furcht gebaut. Das war ihr Zweck.

Das Feuergefecht vor ihr war heftig. Geschosse und Kartätschen, die aus Kanonen abgefeuert wurden, donnerten durch die Luft. Vor dem Hintergrund der verdorrten Grasflächen konnte sie deutlich die blaugrauen Linien der Soldaten sehen, die halb von Staub und Pulverschwaden verdeckt wurden. Schlachtstandarten ragten hoch über sie hinaus und hingen schlaff in der heißen Luft. Es musste bereits nach drei Uhr sein. Sudley war nur ein paar Hundert Meter entfernt.

Sie kam an weiteren zerschmetterten Karren und Wagen vorbei und an weiteren Toten. Die Erde war rot vom Blut. Ein Mann lag halb gegen eine Munitionskiste gelehnt, sein Unterleib war aufgerissen, und seine Eingeweide quollen über seine blutenden Oberschenkel. Unglaublich, aber seine Augen waren offen, und er lebte.

Dies war ihr am meisten verhasst; schlimmer als die Toten waren diejenigen, die das Grauen und die Qualen noch erlebten, die ihr eigenes Blut sahen und wussten, dass sie sterben würden, und machtlos waren, etwas dagegen zu unternehmen.

Sie beugte sich zu ihm hinunter.

»Sie können nichts für mich tun, Ma'am«, hauchte er durch seine trockenen Lippen. »Weiter vorn liegen genügend, denen …«

»Zuerst sind Sie an der Reihe«, sagte sie sanft. Dann senkte sie den Blick auf seine schreckliche Wunde und die Hände, die sich darüber verkrampft hatten.

Vielleicht konnte sie doch noch etwas tun? Nur das äußere Fleisch schien aufgerissen zu sein, die Organe selbst schienen nicht verletzt zu sein. Vor lauter Blut und Schmutz konnte sie kaum etwas sehen.

Sie legte die Feldflaschen zur Seite und griff nach der ersten Bandagenrolle. Dann träufelte sie Wasser und ein wenig Wein auf einen Stoffknäuel, löste seine verkrampften Hände und begann den Schmutz vom bleichen Gewebe seiner Eingeweide zu waschen. Im Geiste versuchte sie, die Verletzung von dem Mann zu trennen, der ihr Tun beobachtete. Sie versuchte, sich auf kleine Details zu konzentrieren, auf die kleinen Erdkrümel, die Sandkörner und die Blutstropfen, darauf, alles sauber zu bekommen und zu versuchen, die Eingeweide wieder in seine Körperhöhle zu schieben.

Eine Weile war sie sich nicht einmal der Hitze bewusst, die auf ihrem Körper brannte, des Schweißes, der über ihr Gesicht rann.

Sie arbeitete so schnell wie möglich. Zeit war knapp. Er musste von hier bis Sudley Church und von dort nach Fairfax oder Alexandria transportiert werden. Sie weigerte sich, daran zu denken, dass sie scheitern könnte, dass er hier in der Hitze und unter dem Donner der Gewehrsalven sterben könnte, bevor sie fertig war. Sie weigerte sich, an die anderen Männer zu denken, die nur einen Steinwurf von hier entfernt lagen und ebenso Schmerzen litten, vielleicht sogar starben, während sie hier kniete, einfach deshalb, weil niemand hier war, der ihnen half. Sie konnte nur eine Sache tun, wenn sie sie gut genug erledigen wollte, um erfolgreich zu sein.

Sie war fast fertig. Noch einen Augenblick.

Das Geschützfeuer in der Ferne wurde heftiger. Sie bemerkte, dass Leute an ihr vorbeiliefen, hörte Stimmen und Schreie und das Rumpeln eines Wagens, der über die trockenen Erdfurchen holperte.

Sie sah zu dem Gesicht des Mannes auf, krank vor Angst, dass er bereits tot sein könnte und sie blindlings weitergearbeitet hatte, weil sie sich weigerte, die Wahrheit anzuerkennen. Einen Moment lang war der Schweiß auf ihrer Haut kalt, dann wieder heiß. Er starrte sie an. Seine Augen waren im Schock in ihre Höhlen zurückgewichen, und der Schweiß auf seinen Wangen war getrocknet, aber er war eindeutig am Leben.

Sie lächelte ihn an und legte ein sauberes Tuch über die schreckliche Wunde. Sie hatte nichts bei sich, womit sie sie nähen hätte können. Sie griff nach der Feldflasche, befeuchtete ein frisches Tuch und hielt es ihm an die Lippen. Dann wusch sie ihm behutsam das Gesicht. Dies diente keinem bestimmtem Zweck, außer ihm Erleichterung zu verschaffen und vielleicht ein wenig Würde zu verleihen, einen Hoffnungsschimmer zu geben und ihm zu versichern, dass er noch nicht aufgegeben worden war und seine Gefühle wichtig und etwas Besonderes waren.

»Jetzt müssen wir jemanden finden, der Sie befördert«, sagte sie. »Sie werden wieder gesund. Ein Chirurg wird die Wunde nähen und sie bandagieren. Es wird eine Weile dauern, bis sie verheilt. Halten Sie sie aber sauber … achten Sie stets darauf.«

»Ja, Ma'am.« Seine Stimme war schwach und sein Mund ausgetrocknet. »Ich danke Ihnen …« Er verstummte, aber der Dank stand in seinen Augen. Nicht, dass Hester ihn gebraucht hätte, ihre Belohnung war ihr Tun und ihre Hoffnung. Sie hatte den Schmerz ein wenig gemildert und – wenn sie Glück hatte – ein Leben gerettet.

Ungelenk erhob sie sich. Dann sah sie sich suchend nach jemandem um, der ihnen helfen konnte. Sie entdeckte einen Soldaten mit gebrochenem Arm, einen anderen mit blutüberströmter Brust, der aber immer noch laufen konnte. Dann erblickte sie Merrit, die auf dem Rückweg von Sudley's Church war. Schmutzig und blutverschmiert stolperte sie unter dem Gewicht der Feldflaschen dahin. Ab und zu bückte sie sich, um Verwundeten zu helfen oder jemanden anzusehen, um zu erkunden, ob er bereits tot war.

Hester wies den Mann an, sich nicht zu bewegen, unter keinen Umständen, dann raffte sie ihre Röcke zusammen und rannte und stolperte Merrit über die buckligen Grassoden entgegen. Noch im Laufen rief sie ihr zu.

Merrit drehte sich um, ihr Gesicht war von Angst und Erschöpfung verzerrt, dann erkannte sie Hester und lief auf sie zu, indem sie springend die struppigen Grasbüschel überwand.

Hester setzte sie hastig über den Mann mit der Bauchverletzung ins Bild, klärte sie über die Notwendigkeit auf, irgendeine Transportmöglichkeit zu finden, um ihn und so viele andere Verwundete wie nur möglich zur Kirche zu befördern.

»Ja«, erwiderte Merrit und schluckte schwer. »Ja … ich werde …« Sie verstummte. Die Panik in ihren Augen war kaum zu verbergen. All die tapferen Worte waren in einer Situation wie dieser absurd, Belanglosigkeiten aus einem anderen Leben. Auf diese Realität hätte sie nichts vorbereiten können. Merrit wollte, dass Hester erfuhr, was sie fühlte, und begriff, wie sehr sie sich verändert hatte.

Hester lächelte sie an, es war ein kläglicher Versuch. Sie hatten keine Zeit, um zu erklären, was sie empfanden. Die Verwundeten kamen zuerst, weitere Prioritäten gab es erst einmal nicht.

»Geh und hole Hilfe«, wiederholte Hester.

Merrit ließ die meisten Feldflaschen zu Boden fallen, straffte ihre Schultern und drehte sich um, um den Auftrag zu erfüllen. Sie stolperte über den unebenen Boden, rappelte sich wieder auf und eilte weiter.

Hester sammelte die Flaschen auf und machte sich auf den Weg, näher an die Schlacht heran. Sie versorgte weitere Verwundete und stieß auf immer mehr Tote. Jenseits des Bull Run wurde ununterbrochen geschossen, und die Luft war erfüllt von Staub und Pulverqualm. Die sengende Hitze trocknete den Mund aus und brannte auf der Haut.

Schließlich ging Hester zur Kirche zurück. Es war ein kleines Gebäude, von Bauernhäusern umgeben und etwa eine halbe Meile vom Bull Run entfernt, und es war zum Hauptsammelpunkt der Verwundeten der Union geworden.

Die Stühle waren aus der Kirche entfernt und davor abgestellt worden. Viele Männer lehnten an den Mauern, lagen unter Bäumen oder unter provisorischen Sonnenschutzdächern. Andere wiederum lagen in der prallen Sonne. Einige hatten keine Verletzungen, litten aber unter der Hitze und dem Flüssigkeitsverlust.

Überall stöhnten Männer und riefen um Hilfe. Einige nur leicht Verwundete versuchten den zwei oder drei Ordonnanzen zu helfen, Ordnung in das Chaos zu bringen.

Als Hester sich der Tür näherte, kam der Chirurg mit blutverschmiertem Kittel heraus und ließ einen amputierten Arm auf den Haufen anderer Gliedmaßen an der Wand fallen. Ohne sie zu bemerken, drehte er sich um und ging wieder hinein.

Ein Ambulanzwagen holperte über den zerklüfteten Boden und brachte weitere Verwundete.

Hester stieß die hölzerne Tür auf. Im Inneren der Kirche hatte man den Boden mit den Decken belegt, die erübrigt werden konnten. Von einem nahe gelegenen Feld hatte man Heu geholt und auf dem Boden verteilt, damit die Männer darauf liegen konnten. Mehrere Eimer Wasser standen umher, einige mit frischem Wasser, andere rot vor Blut.

In der Mitte des Raumes stand der Operationstisch, daneben

lagen auf einem Brett, das man auf zwei Stühle gelegt hatte, die Instrumente. Blutpfützen machten den Fußboden glitschig, und getrocknetes Blut zeichnete sich dunkel vom Boden ab. In der Hitze wurde der Geruch unerträglich. Hester ignorierte die aufsteigende Übelkeit und machte sich an die Arbeit.

Der Kampf am Henry Hill zog sich den ganzen drückend heißen Nachmittag dahin. Zuerst hatten Monk und Trace den Eindruck, die Union würde ihn gewinnen. Das wäre ein vernichtender Schlag für die Konföderierten gewesen. Vielleicht hätte es sogar genügt, um den Konflikt zu beenden. Dann hätte man mit den diplomatischen Verhandlungen beginnen können und wäre möglicherweise gar zu der Übereinkunft gelangt, dass solches Blutvergießen ein zu hoher Preis war, um einem Volk eine Union aufzuzwingen, das bereit war, eher zu sterben, als diese zu akzeptieren.

Doch am späten Nachmittag bekamen die Konföderierten Verstärkung, und am Henry Hill versammelten sich die Soldaten gegen das, was MacDowell aufzubieten hatte. Henry House selbst schien unerreichbar. Monk, der sich am Matthews Hill seitlich in ein Stück Unterholz gekauert hatte und über den Fluss schaute, der sich, wie ihm gesagt worden war, Young's Branch nannte, sah, dass die konföderierten Truppen die Spitze des Hügels hielten. Unionisten hatten wieder und wieder versucht, ihn mit hoch gehaltenen Standarten zu erstürmen, waren aber jedes Mal zurückgeschlagen worden.

Nur zwanzig Schritte von Monk entfernt waren Soldaten. Das Donnern der Kanonen war ohrenbetäubend. Fortwährend krachten Musketen, und ab und zu pfiff eine Kugel an ihm vorbei und Erde spritzte auf, wenn sie in den Boden schlug. Eine hatte Monks Arm gestreift, sodass nun scharlachrotes Blut hervorquoll. Der Schmerz schockierte ihn, obwohl er gering war, verglichen mit den Todesqualen, die andere erleiden mussten.

»Ich werde diesen Bastard finden!«, schrie Trace über das Getöse hinweg. »Der Ausgang dieser Schlacht interessiert mich einen feuchten Kehricht, aber er entwischt mir nicht ...« Bitter zuckte er die Achseln. »Außer, er ist bereits tot. Dann ist mir der Teufel zuvorgekommen. Aber wenn Gott auf meiner Seite ist, dann werde ich ihn als Erster zu fassen kriegen.« Er legte die Hand über die Augen und starrte von der Stelle, an der er kniete, über den Young's Branch und hinüber zum Henry Hill. Die Linien der Union erstreckten sich zur Rechten bis zur Chinn Ridge und zur Linken bis zum Henry Hill.

Der Wind drehte sich leicht und wehte Qualmwolken über das Kampfgeschehen. Eine Kanonenkugel pfiff an ihnen vorbei, mähte durch einige Bäume und riss dabei mehrere Äste ab.

Monk fragte sich, warum Trace sich nicht selbst dem Kampf anschloss. Warum war er so versessen darauf, Breeland zu verfolgen und gab dieser Aufgabe den Vorrang? Sie schien ihm das Gleichgewicht geraubt zu haben, er wirkte regelrecht besessen davon. Monk kämpfte nicht. Dies war nicht sein Krieg. Er gab keiner der beiden Seiten den Vorzug. Der Frage der Sklaverei widmete er keine Sekunde lang auch nur einen Gedanken. Er war unwiderruflich dagegen, aber er konnte die Konföderierten verstehen, dass die ökonomische Unterdrückung durch den Norden tatsächlich keinerlei Erleichterung für die Armen brachte. Tief verwurzelte Institutionen konnten nur allmählich verändert werden, und Gewalt schuf hier keine Abhilfe.

Am allerwenigsten verstand er allerdings den leidenschaftlichen Einsatz für die Union des Landes, was er für eine rein intellektuelle Theorie hielt. Ihm gingen die verstümmelten, verkrüppelten, blutenden Männer hier auf diesen staubigen Hügeln nahe. Dabei machte er keinen Unterschied zwischen Unionisten und Konföderierten. Sie alle waren gleichermaßen aus Fleisch und Blut, hatten Leidenschaften, Träume und Ängste. Zum ersten Mal verstand er, was Hester empfinden musste, wenn sie, ohne Unterschiede zu machen, Freund und Feind gleichermaßen betreute und dabei nur an den Menschen dachte.

Er wagte es kaum, an Hester zu denken. Er sah die Verwundeten und Sterbenden um ihn herum und hatte keine Ahnung, wie er ihnen helfen könnte. Der Anblick verursachte ihm Übelkeit. Seine Hände zitterten und seine Beine trugen ihn kaum mehr.

Schwindelig vor Ekel ertrank er fast in dem Abscheu vor dem Geschehen. Wie konnte sie nur einen klaren Kopf behalten und den Schmerz und die grauenhaften Verstümmelungen ertragen? Sie verfügte über eine Stärke, die jenseits seiner Vorstellungskraft lag.

Philo Trace ließ den Blick über den Hügel vor ihnen schweifen, versuchte anscheinend eine Uniform oder wenigstens die Farben der Schlachtstandarten zu erkennen, um daraus zu schließen, wo Breeland sich aufhalten könnte.

»Würden Sie sich da hineinwagen, um ihn zu suchen?«, schrie Monk ihm zu.

»Ja«, rief Trace, ohne sich zu ihm umzudrehen. »Jeder Südstaatler kann für die Konföderation und unser Recht, über unser eigenes Schicksal zu entscheiden, kämpfen. Aber ich bin der Einzige, der Breeland nach England zurückbringen und jedermann vor Augen führen kann, wer er ist … wessen ein Waffenkäufer der Union fähig ist, um an Gewehre zu kommen.«

Monk erwiderte nichts. Er verstand ihn, und das jagte ihm einen Schrecken ein. Er hatte schon vorher Verbrechen und Armut erlebt, persönlichen Hass und Ungerechtigkeit. Aber dies hier hatte ein Ausmaß an Ungeheuerlichkeit angenommen, ein nationaler Wahnsinn, vor dem es kein Entrinnen gab.

Drüben auf dem Henry Hill töteten und starben Männer, und keine der beiden Seiten schien Boden zu gewinnen.

Trace machte sich auf den Weg den Abhang hinunter auf Chinn Ridge zu. Monk zog sich zurück.

Auf dem Boden lagen verwundete Männer, von Blut und Schmutz bedeckt, mit verdrehten Gliedmaßen, Seite an Seite mit den Toten. Karren waren umgestürzt, das Holz zersplittert, Gewehrläufe waren verbogen und zielten in den Himmel, Räder waren von den Achsen gebrochen.

Monk tat, was in seiner Macht stand, um zu helfen, doch er verfügte weder über Wissen noch über Fertigkeiten, auf die er sich hätte berufen können.

Er wusste nicht, wie man einen Knochen einrichtete, wie man eine Blutung stillte, wen man bewegen durfte und wem man

Schaden zufügte, wenn man ihn bewegte. Die Hitze verbrannte seine Haut und schnürte ihm die Kehle zu, Schweiß blendete seine Augen, und nasser Stoff rieb die Haut über dem Streifschuss an seinem Arm wund. Erbarmungslos brannte die Sonne herunter, alles war voller Fliegen.

Wieder und wieder kletterte er die Böschung zum Fluss hinunter und füllte Feldflaschen auf und trug sie durch den Kugelhagel zurück, um sie den Verwundeten an die Lippen zu halten.

Er trug Männer in die Feldlazarette, wo man mitten auf dem Gras der Hügel tat, was möglich war, um ihre Blutungen zu stillen, Wunden zu bandagieren, Knochen zu schienen.

Um halb fünf Uhr entdeckte er Merrit, die ebenfalls Wasser holte und bei Verwundeten stehen blieb, die fähig waren zu trinken.

Ihre Röcke waren zerrissen, und sie sah erschöpft aus, fast wirkte sie wie eine Schlafwandlerin. Ihr Gesicht war aschfahl und ihre Augen vom unsäglichen Grauen erfüllt. Er war nicht sicher, ob sie ihn überhaupt erkannte.

Gemeinsam halfen sie einem Mann mit einem schlimmen Beinbruch auf einen Karren, ebenso einem anderen mit einer zertrümmerten Hand, zwei weiteren mit schwer blutenden Brustwunden. Dann zog Monk den Wagen über den unebenen Boden, zerrte sich dabei die Schulter und spürte, wie seine Muskeln schmerzten. Der Streifschuss an seinem Arm schien nicht mehr zu bluten.

Frei laufende und unverletzte Pferde waren weit und breit nicht zu sehen. Er hasste es fast mehr, ein verletztes Tier als einen verletzten Menschen zu sehen. Tiere hatten den Kampf nicht gewählt. Sie waren Lebewesen, die keinen Anteil an Kriegen hatten. Aber er wusste, dass er dies nicht laut aussprechen durfte. Vielleicht hatte auch die Mehrzahl der Männer nicht aus freien Stücken an diesem Krieg teilgenommen.

Er zerrte den Wagen bis zu einer Stelle nur wenige Schritte vor dem Feldlazarett in Sudley Church. Weiter schaffte er es nicht mehr. Er und Merrit halfen den Männern vom Wagen, woraufhin sie sich gegenseitig stützend die letzten Meter weiterschleppten.

Das Gewehrfeuer hinter ihnen schien näher gekommen zu sein, als ob die Rebellen den Henry Hill gehalten hätten und nun in ihre Richtung herunterstürmten.

Im Inneren der Kirche entdeckte er Hester. Augenblicklich erkannte er sie an ihrer aufrechten Haltung, während sie sich flink und gewandt bewegte. Ihr Haar war am Hinterkopf zusammengefasst, und eine dünne Strähne fiel über ihren Rücken. Ihre Röcke waren dreckig, und sogar auf dem Rücken hatte sie einige Blutspritzer und Flecken.

Sein Herz machte einen Sprung. Seine Augen brannten von den Tränen des Stolzes, und in ihm stieg eine derartig heftige Bewunderung auf, dass er sekundenlang nur Augen für sie hatte. Der Rest des Raumes war lediglich eine dunkle Wolke am Rande seines Gesichtsfeldes, andere Menschen existierten plötzlich nicht mehr, nicht die Verwundeten, nicht ein ruhig dastehender Mann in blauer oder grauer Uniform, nicht die fremde Frau, die auf dem Boden kniete.

Hester hatte eine Säge in den Händen und sägte durch den Unterarmknochen eines Mannes. Sie bewegte sich schnell, ohne das geringste Zögern. Es war keine Zeit, um sich ein Urteil zu bilden und die Sache genauer abzuschätzen. Sie musste dies alles schon einmal getan haben. Überall war helles, frisches Blut, auf Beinschienen und Bandagen auf dem Fußboden, es bildete Pfützen, färbte ihre Hände rot und bildete einen dunklen Fleck auf der Uniform über den Oberschenkeln des Mannes. Sein Gesicht war grau, als sei er bereits tot.

Sie fuhr mit der Arbeit fort. Der abgesägte Arm fiel zu Boden, und sie begann, die Blutung der Wunde zu stillen, indem sie einen losen Fleischlappen darüber legte, eine Kompresse so fest darauf presste, dass sie die Blutgefäße zusammendrückte. Während der ganzen Zeit sagte sie kein Wort. Monk beobachtete ihr angespanntes Gesicht, ihre zusammengekniffenen Lippen, den Schweiß, der über ihre Brauen perlte und über ihren Lippen stand. Einmal wischte sie sich das Haar mit dem Handgelenk aus den Augen.

Als sie fertig war und die Blutung gestoppt war, griff sie nach einem Stück Stoff, tauchte es in Wein und hielt es dem Mann sanft an die Lippen.

Seine Augenlider flatterten.

Sie gab ihm noch ein paar weitere Tropfen.

Er öffnete die Augen, wandte den Kopf, um den Blick auf sie zu richten, dann sank er erneut in Bewusstlosigkeit.

Monk hatte keine Ahnung, ober der Mann leben oder sterben würde. Er wusste auch nicht, ob Hester dies einschätzen konnte. Er sah ihr ins Gesicht, konnte es aber nicht ablesen. Sie befand sich in einem Zustand jenseits der Erschöpfung, sowohl körperlich als auch geistig. Sie war sich der Gegenwart anderer kaum bewusst, geschweige denn, dass er hier war, und doch war er von dem Wissen überwältigt, nie zuvor eine dermaßen schöne Frau gesehen zu haben. Sie war ihm völlig vertraut. Er kannte jeden Teil von ihr, hatte sie in den Armen gehalten, sie berührt, doch ihre Seele war etwas Eigenständiges, voller Wunder und unerforscht, etwas, was ihn mit Ehrfurcht erfüllte. Gleichzeitig erschrak er, weil er die dunklen Gefilde in sich selbst kannte und das Gefühl hatte, sich ihrer und dem, was er in ihr zu sehen glaubte, niemals würdig erweisen zu können. Auch wusste er, dass er niemals die endgültigen Ausmaße seines Hungers ermessen könnte, den er danach verspürte, dass sie ihn ebenso lieben möge und er sich ihrer Liebe uneingeschränkt und vollkommen würdig erweisen könnte.

Hester drehte sich um und entdeckte ihn. Der Augenblick der Versunkenheit war zu Ende. Ihre Blicke trafen sich lange genug, um zu verstehen und Erleichterung zu verspüren. Sie sagte seinen Namen, lächelte und machte sich erneut an die Arbeit.

Er tat, was er konnte, um zu helfen, wobei er sich zunehmend bewusst wurde, dass er über keinerlei entsprechende Fertigkeiten verfügte. Er kannte nicht einmal den Namen der Instrumente oder die Art von Bandagen, die sie brauchte, und all das Blut und der Schmerz flößten ihm Grauen ein. Wie konnte jemand Tag für Tag, wochenlang, jahrelang, damit fertig werden ... und trotzdem bei Verstand bleiben?

Er ging wieder nach draußen und entdeckte zu seinem Schrecken, dass sich die Schlacht genähert hatte. Es war nach fünf Uhr nachmittags, und die Streitkräfte der Union hatten den Henry Hill noch nicht einnehmen können – sie waren sogar noch weit davon entfernt. Die Rebellen stürmten den Hügel herunter, und der erbitterte Kampf kam immer näher. Staubwolken verschleierten die Details.

Er lief zurück in die Kirche.

»Der Kampf rückt näher heran!«, rief er schrill. »Wir müssen diese Männer evakuieren!«

Jetzt sah er auch den Chirurgen, bleich, der sich wie im Traum bewegte.

»Geraten Sie nur nicht in Panik«, schnappte er missmutig. »Es scheint näher zu sein, als es ist.«

»Kommen Sie doch und sehen Sie selbst, Mann!«, entgegnete Monk scharf, wobei er hörte, wie seine Stimme sich überschlug und fast außer Kontrolle geriet. »Die Rebellen kommen auf uns zu! Die Truppen der Union haben den Rückzug angetreten!«

»Machen Sie sich nicht lächerlich!«, schrie der Arzt. »Wenn Sie Ihre Hysterie nicht bezähmen können, sehen Sie zu, dass Sie hier rauskommen! Das ist ein Befehl, Mister! Gehen Sie mir aus dem Weg!«

Zitternd vor Angst und Scham ging Monk nach draußen. War er tatsächlich vor Hester in Panik geraten, die in diesem Inferno des Grauens so gelassen blieb?

Er musste sich beruhigen. Seine Beine bebten. Der Schweiß rann seinen Körper entlang. Welch eine Hitze! Es war wie in einem Backofen.

Nein, es war keine Panik. Nicht bei ihm! Aber die Truppen der Union waren in kompletter Auflösung begriffen, rannten auf ihn zu, warfen Waffen und Patronengürtel und alles von sich, was ihre Flucht behinderte.

Blindes Entsetzen trieb sie an.

Monk wirbelte auf dem Absatz herum und stürmte zurück in die Kirche.

»Sie sind auf dem Rückzug!«, schrie er. »Sie stürmen alle auf die Straße Richtung Washington zu! Packt die Verwundeten und macht, dass ihr hier herauskommt. Jeder, der laufen kann, tue das!«

Hester fuhr herum und starrte ihn an. Ihre Augen waren ruhig und sahen ihn fragend an. Es dauerte nur einen Augenblick, bis sie ihm Glauben schenkte.

»Raus!«, befahl sie. »Merrit, du bleibst bei mir!« Ihre Augen fixierten immer noch Monk. Sie hatte den Grund ihres Kommens nicht vergessen.

Draußen ertönte aus nächster Nähe ein Kugelhagel.

Als ob es der Beweis gewesen wäre, den er gebraucht hatte, setzte sich der Chirurg endlich in Bewegung. Er drängte sich an ihr vorbei und rannte zur Tür, die anderen folgten ihm auf den Fersen.

Draußen blieben sie abrupt stehen. Eine kleine Abordnung der Kavallerie der Rebellen war nur noch einen Steinwurf entfernt und näherte sich schnell. Eine Kugel pfiff an Hester vorbei und bohrte sich in die Kirchenwand. Holzsplitter schwirrten um sie herum. Einer streifte ihre Hand, und unwillkürlich japste sie nach Luft. Die Rebellen blieben stehen, und der Arzt trat vor, um mit dem Offizier zu sprechen.

»Dies ist ein Feldlazarett«, sagte er mit zitternder Stimme. »Werden Sie uns freies Geleit gewähren, um unsere Verwundeten zu evakuieren?«

Der Offizier schüttelte den Kopf. »Tun Sie, was Sie können, aber ich kann Ihnen nichts versprechen.« Er musterte ihn von oben bis unten. »Aber Sie selbst kommen mit uns ... nach Manassas Junction.«

Der Arzt bettelte, aber die Rebellen ließen kein Argument gelten. Zehn Minuten später waren sie verschwunden und der Arzt mit ihnen. Monk, Hester, Merrit und die beiden Ordonnanzen blieben allein zurück, um den Verwundeten zu helfen.

Sie trugen Männer zu Karren und waren gerade zum Aufbruch in Richtung Centreville und Washington bereit, als ein Kavallerieoffizier der Union herangeritten kam. Sein Arm hing in einer Schlinge vor seiner Brust, und sein Waffenrock war dunkel vor Blut.

»Ihr müsst Euch westlich halten!«, rief er. »Ihr könnt nicht über den direkten Weg. Die Brücke über den Cub Run River ist blockiert. Auf ihr ist ein Karren umgestürzt, und überall lungern Zivilisten herum, Schaulustige aus Washington, die die Schlacht beobachten wollten, mitsamt Picknickkörben und allem. Jetzt werden sie überrannt, und nichts und niemand kommt mehr durch … nicht einmal mehr die Ambulanzen.« Er winkte mit seinem gesunden Arm. »Ihr müsst in diese Richtung.«

Er riss sein Pferd herum und preschte davon. Schnell verschwand er in den Staub- und Rauchwolken.

»Hat die Union nun wahrhaftig verloren?«, fragte Hester mit kläglicher Stimme.

Monk stand neben ihr. In der momentanen Stille konnte er seine Antwort leise genug geben, um kaum von Merrit verstanden zu werden.

»Diese Schlacht, ja, wie es aussieht. Ich weiß allerdings nicht, was weiter geschehen wird.« Er konnte kaum glauben, was der Kavallerist gesagt hatte. »Wer, auf Gottes Erden, würde sich freiwillig dies alles ansehen?«

Doch der Schock, den er auf Hesters Gesicht zu sehen erwartete, zeigte sich nicht. Verwirrt starrte er sie an. Warum war sie nicht entsetzt?

Sie las seine Gedanken.

»Dasselbe passierte auch damals auf der Krim«, sagte sie traurig. »Ich weiß nicht, was das ist … ein Mangel an Vorstellungskraft vielleicht. Manche Menschen können sich nicht in den Schmerz anderer hineindenken. Wenn sie ihn nicht selbst spüren, dann ist er nicht real.« Dann setzte sie sich erneut in Bewegung, sammelte die wenigen Habseligkeiten zusammen, die am allerwichtigsten waren, und reichte jedem, der noch etwas tragen konnte, einige Feldflaschen.

Das Gewehrfeuer kam ständig näher, aber es war jetzt nur noch sporadisch zu hören.

Merrit stand starr vor Schrecken da. In der Ferne konnten sie den eigenartig hohen Schrei der Rebellen hören.

»Wo ist Trace?«, fragte Hester nervös.

Monk traf seine Entscheidung in dem Augenblick, in dem er zu sprechen begann. »Er hat sich in das Kampfgeschehen gemischt. Er ist verteufelt wild darauf, Breeland zu finden, was auch immer passieren mag. Wir werden uns nach Süden wenden müssen, wenn wir hier weg wollen. Nimm Merrit mit. Es wird schwer sein, aber ich denke, den Weg aus diesem Chaos hier zu finden und Breeland in den Reihen seiner eigenen Leute zu erwischen, ist nahezu unmöglich.«

Ihre Stimme versagte einen Augenblick lang. »In diese Richtung?« Sie warf einen Blick in Richtung des Gewehrfeuers. Aber schon während sie noch protestierte, konnte er in ihrem Gesicht lesen, dass sie die Wahrheit in seinen Worten begriff. »Wird es uns gelingen, Trace zu finden?«

Einen Moment lang erwog er, zu lügen. War es seine Verantwortung, sie zu trösten, sowie Stärke und Hoffnung zu zeigen, ungeachtet der Wahrheit? Sie hatten sich gegenseitig noch nie mit bequemen Ausreden verwöhnt. Tatsächlich hatten sie die ersten ein oder zwei Jahre ihrer Bekanntschaft damit verbracht, so schroff und brutal aufrichtig wie nur möglich zu sein. Jetzt weniger als das zu tun, wäre eine Absage an all das gewesen, was es zwischen ihnen an Wertvollem gab, eine schreckliche Herablassung, als wenn sie durch die Heirat mit ihm seine Freundschaft verwirkt hätte.

»Ich habe keine Ahnung«, antwortete er mit einem Lächeln, das ein wenig irr und gaunerhaft wirkte.

Ein Funken von Humor – gleichzeitig ein Anflug von Furcht – in ihren Augen war ihre Antwort.

Er wandte sich mit dem sicheren Wissen um, dass sie ihm folgen und Merrit mitbringen würde. Wenn es sein müsste, würde sie sie mitzerren. Doch würde das Mädchen nicht freiwillig mitkommen, Breeland entgegen?

Die Schlacht war zur Flucht geworden, Männer rannten und stolperten in alle Richtungen, die sie vom Kampf weg und auf die Straße zurück nach Washington führen würde.

»Komm!« Hesters Stimme unterbrach seine Gedanken, er spürte ihren Arm auf seinem Ärmel und zuckte zusammen.

Sie warf einen Blick auf seinen Arm.

»Es ist nichts«, beeilte er sich zu sagen. »Nur ein Kratzer.«

Einen Moment lang kniff sie die Augen zusammen. »William ... wie konnten sie es nur so weit kommen lassen? Ich dachte, wir wären die Einzigen, die so ... so arrogant stupide sind!«

»Offenbar nicht ... arme Teufel«, antwortete er. Sie zog nicht weiter an seinem Arm. Jetzt war er es, der sich zum Gehen wandte, dabei nach ihrer Hand griff und sie hinter sich her zerrte, bis sie aufhörte, sich umzusehen.

Gemeinsam liefen die drei gegen den Strom der Flüchtenden, geradewegs auf die Truppen der Konföderierten zu. Dabei hielten sie ständig Ausschau nach Philo Trace, der sich mit seinem hellen Jackett und der hellen Hose von all dem Blau und Grau abheben musste.

Zweimal rief Monk flüchtenden Unionstruppen den Namen von Breelands Regiment zu. Das erste Mal schenkte ihm niemand Aufmerksamkeit; das zweite Mal deutete jemand wie wild mit dem Arm in eine unbestimmte Richtung. So gut sie es zu beurteilen vermochten, wandten sie sich in die angegebene Richtung.

Der Boden war von Körpern übersät. Den meisten Männern konnte nicht mehr geholfen werden. Einmal hörten sie jemanden schreien, woraufhin Hester so abrupt stehen blieb, dass sie Monk fast aus dem Gleichgewicht gebracht hätte.

Ein Mann lag mit zwei zerschmetterten Beinen auf der Erde, unfähig, sich zu bewegen, um sich Hilfe zu suchen.

Hester starrte ihn an. Monk wusste, dass sie entsetzt war und gleichzeitig versuchte zu beurteilen, was sie tun konnte, um ihm zu helfen – oder ob er ohnehin sterben würde.

Monk drängte es danach, seinen Weg fortzusetzen und nicht einen Blick auf das Leiden werfen zu müssen, das Blut und die Verzweiflung im Gesicht des Mannes. Aber obwohl ihn der Anblick abschreckte, wusste er doch, dass er unwiderruflich etwas Wunderbares verloren hätte, wenn Hester ihren Weg fortgesetzt hätte. Er hätte sie nicht weniger geliebt, aber die brennende Bewunderung, die er für sie hegte, hätte sich abgekühlt.

Tränen strömten über Merrits erschöpftes Gesicht. Sie war in das Reich der Albträume eingetreten, in dem eine Bewegung kaum mehr als Wirklichkeit wahrgenommen wurde.

Hester beugte sich zu dem Mann hinunter und begann mit ihm zu sprechen, ruhig und mit einer sachlichen Stimme. Sie versuchte, den zerrissenen, zerfetzten Stoff aus den Wunden zu ziehen, damit sie erkennen konnte, wie schwer der Knochen verletzt war.

Monk machte sich auf die Suche nach Gewehren, die flüchtende Männer zurückgelassen hatten. Er nahm zwei davon mit, brach die zersplitterten Schäfte ab und kehrte mit den langen, metallenen Läufen zurück und reichte sie Hester.

»Nun, schließlich sind sie doch noch zu etwas nutze«, sagte sie verbittert, während sie von ihren Röcken Stoffbahnen riss, mit denen sie die Wunden bandagierte und die Läufe als Schienen straff um die Beine band.

Monk hielt den Mann in seinen Armen und drückte ihm die einzige Wasserflasche, die sie noch hatten, sanft an die Lippen.

»Ich danke Ihnen«, flüsterte der Mann heiser. »Vielen Dank.«

»Wir können Sie nicht bewegen«, sagte Hester entschuldigend.

»Ich weiß, Ma'am ...«

Es war zu spät, um über eine Lösung nachzudenken. Die konföderierten Soldaten hatten sie erreicht. Lange Musketen richteten sich auf sie, die erst gesenkt wurden, als die Soldaten sahen, dass sie allesamt unbewaffnet waren.

Der Verwundete wurde aufgehoben, ohne dass sich jemand darum gekümmert hätte, was mit ihm geschehen war. Er war ein Kriegsgefangener, aber wenigstens war er am Leben.

»Und wer sind Sie?«, fragte ein Offizier der Konföderierten.

Monk sagte ihm die volle Wahrheit, wobei er Merrit ignorierte. »Wir kamen, um einen Offizier der Union gefangen zu nehmen und ihn nach England zu bringen, wo er sich als Mörder vor Gericht zu verantworten haben wird.«

Merrit widersprach, aber ihre Stimme erstickte in Tränen, und es gab keinen Ort, an den sie sich hätte flüchten können. Durch das Wirrwarr der flüchtenden Unionstruppen konnte sie nicht zurück, und sie hatte keine Ahnung, was sie in Washington erwartete. Niemand wusste das. Ihre ganze Loyalität galt Breeland, und der befand sich irgendwo vor ihr. Und Monk tat alles, um ihn zu finden.

Der konföderierte Offizier dachte einen Augenblick lang nach, dann drehte er sich zu einem Mann um, der ein Stück hinter ihm stand. Anschließend blickte er Monk an.

»Gewiss ist es Ihnen ein großes Bedürfnis, seiner habhaft zu werden, wenn Sie zu einer Zeit wie dieser hierher kommen … oder wussten Sie etwa nichts von dem Krieg?«

»Wir wussten es«, entgegnete Monk grimmig. »Er war Waffenkäufer für den Norden und verhandelte wegen sechstausend erstklassigen Gewehren und einer halben Million Stück Munition. Der Waffenhändler und zwei seiner Männer wurden ermordet und die gesamte Ladung für den Norden gestohlen, obwohl sie den Südstaaten zugedacht war. Ich könnte mir vorstellen, dass Sie Ihrerseits wenig begeistert von ihm wären.«

Der Offizier starrte ihn an, und in seinem müden, von Pulverrauch und Blut verschmierten Gesicht stand das blanke Entsetzen. »Gütiger Herr Jesus!«, sagte er atemlos, während sich sein Blick in der Ferne verlor und auf das Gemetzel auf dem Feld richtete. »Ich hoffe, Sie finden ihn, und wenn Sie es tun, dann hängen Sie ihn hoch. Versuchen Sie es in dieser Richtung.« Erst jetzt, als der Mann mit seinem Arm in eine Richtung deutete, entdeckte Monk die Bandagen und die heftige Blutung.

Sie dankten ihm und gingen in der angezeigten Richtung weiter. Monk ging voran, Hester einen Schritt hinter ihm. Mit einer Hand hielt sie Merrit fest und zog sie hinter sich her, für den Fall, dass sie in ihrem Entsetzen plötzlich stehen bleiben würde und verloren wäre.

Zuerst fanden sie Trace. Er war wegen seines weißen Hemds und der hellen Hose leichter zu erkennen, eine Kleidung, die keiner der anderen Uniformen glich. Er trug eine Pistole, und auch Monk hatte sich bei einem der Toten eine genommen.

Hier, auf dem anderen Ufer des Bull Run, war es ruhiger. Überall auf dem Boden lagen Tote. Es war immer noch heiß, und es wehte kein Lüftchen. Monk konnte das Surren der Fliegen hören, und er roch den Staub, das Kordit und das Blut.

Eine halbe Stunde später fanden sie Breeland. Er war benommen und sein Arm verkrümmt, als ob er sich die Schulter ausgerenkt hätte. Er war immer noch nicht willens, vielleicht auch unfähig, zu glauben, dass die Schlacht vorüber war und seine Männer geflohen waren. Er versuchte, den Verwundeten zu helfen, war jedoch zu verwirrt, um etwas Vernünftiges zu tun. Er war von konföderierten Truppen umzingelt, schien dies aber nicht zu bemerken. Die meisten Soldaten passierten ihn einfach. Möglicherweise hielten sie ihn für einen Feldarzt. Er trug keine Waffe und stellte keine Bedrohung für sie dar.

Trace stellte sich breitbeinig vor ihn, und die Pistole in seinen Händen zielte auf Breelands Brust.

»Lyman!« Merrit stürzte auf ihn zu. Hester hatte sie immer noch an der Hand gehalten, und die Kraft von Merrits Bewegung riss sie um ein Haar beide zu Boden. Letztlich fiel aber nur Merrit auf die Knie.

»Stehen Sie auf!«, sagte Trace voller Bitterkeit. »Ihm wird nichts geschehen.« Er zeigte auf den Mann, der auf der Erde lag, dann machte er eine Handbewegung in Hesters Richtung. »Sie wird die Blutung stillen, dann kommen Sie mit uns.«

»Trace?« Breeland schien verblüfft zu sein, ihn zu sehen. Er hatte noch keinen Blick auf Merrit geworfen.

Trace' Stimme klang scharf, er war kurz davor, die Kontrolle zu verlieren. Sein Gesicht war von Staub und Blut verschmiert, und Schweiß rann über seine Wangen.

»Dachten Sie etwa, wir würden Sie einfach laufen lassen?«, herrschte er ihn an. »Nach all dem ... dachten Sie etwa, einer von uns würde Sie so davonkommen lassen?« Die Pistole in seiner Hand bebte. Einen schrecklichen Moment lang befürchtete Monk, Trace würde Breeland hier und jetzt erschießen.

Breeland war völlig verdutzt. Erst starrte er die Waffe in Trace' Händen an, dann sah er in dessen Gesicht.

»Wovon sprechen Sie eigentlich?«, fragte er.

Merrit wirbelte zu Hester herum, aus jeder Faser ihres Körpers sprachen Trotz und das Bedürfnis nach Rechtfertigung.

Monk hielt seine Waffe auf Breeland gerichtet. »Stehen Sie

auf«, befahl er. »Überlassen Sie es Hester, sich um den Soldaten zu kümmern. Sofort!«

Langsam gehorchte Breeland und stützte vorsichtig seinen verletzten Arm. Er griff nicht nach einer Waffe. Immer noch schien er völlig konsterniert zu sein. Monk war nicht sicher, ob es ihre Fragen gewesen waren, oder, was wahrscheinlicher war, ob für ihn das Unfassbare eingetreten war: Dass nämlich die Union die Schlacht verloren hatte und, was schlimmer war, weit schlimmer sogar, dass ihre Soldaten in Panik geraten waren und die Flucht ergriffen hatten. Dies lag nicht im Bereich dessen, was er sich je hätte vorstellen können. Männer, die für die große Sache eintraten, konnten etwas Derartiges nicht tun.

»Wir fanden Daniel Albertons Leiche und die seiner Wächter«, stieß Monk zwischen zusammengebissenen Zähnen hervor, während er sich an den Anblick der Toten erinnerte, der jedoch jetzt, inmitten des Gemetzels um ihn herum, fast trivial wirkte. Dennoch gab es einen moralischen Unterschied zwischen Mord und Krieg, auch wenn es keine physischen Unterschiede gab.

Breeland sah sie stirnrunzelnd an und blickte nun zum ersten Mal auch Merrit an. Zu seiner Verwirrung schien noch ein Anflug von Scham zu kommen.

»Papa wurde ermordet«, stieß sie hervor und musste die Worte regelrecht aus dem Mund zwingen. Doch ihre Emotionen waren aufgezehrt, weinen konnte sie nicht mehr. »Sie sind der Meinung, dass du es warst, weil sie deine Uhr im Hof des Lagerhauses fanden. Ich sagte ihnen, du seiest es nicht gewesen, doch sie glauben mir nicht.«

Breeland war fassungslos. Er sah sie der Reihe nach an, als erwartete er, dass wenigstens einer Merrits Worte abstreiten würde. Niemand sprach, nicht ein Auge zuckte.

»Und deswegen kamen Sie hierher?« Seine Stimme war brüchig. »Sie sind den ganzen langen Weg über den Atlantik …?« Er hob seinen gesunden Arm. »Hierher! Weil Sie denken, ich hätte Alberton ermordet?«

»Was haben Sie erwartet, dass wir tun würden?«, fragte Trace bitter. »Dass wir es als Kriegsopfer abtun und vergessen?« Er rieb sich mit dem Handrücken über das Gesicht und wischte den Schweiß aus seinen Augen. »Drei Männer sind tot, von den sechstausend gestohlenen Waffen will ich gar nicht sprechen. Ihre ach so wertvolle Union mag für Sie Rechtfertigung genug sein für diese Tat ... für uns ist sie das nicht.«

Breeland schüttelte den Kopf. »Ich habe Alberton nicht umgebracht! Ich kaufte die Waffen rechtmäßig und bezahlte dafür.«

Unerklärlicherweise war es nicht diese Lüge, die Monk zur Weißglut trieb; es war die Tatsache, dass Breeland Merrit noch nicht ein Mal berührt hatte oder ihr gegenüber auf irgendeine andere Art und Weise sein Mitgefühl zum Ausdruck gebracht hatte. Ihr Vater war tot, und er war lediglich davon betroffen, dass man ihn dafür verantwortlich hielt.

»Wir kehren nach England zurück«, konstatierte Monk. »Sie kommen mit uns und stellen sich der Anklage.«

»Das kann ich nicht! Ich werde hier gebraucht!«, erwiderte Breeland zornig.

»Sie können mit uns nach England zurückkehren, um sich dort vor Gericht zu verantworten, oder ich kann Sie hier und jetzt exekutieren«, sagte Trace mit fast tonloser Stimme. »Dann werden wir eben Merrit mitnehmen, die sich dann allein dem Gericht stellen muss. Sie kann dann ganz England mitteilen, welche noblen Herren die Soldaten der Union sind ... sie schießen unbewaffnete Engländer in den Hinterkopf und überlassen es anschließend ihren Töchtern, die Schande auf sich zu nehmen.«

»Das ist eine Lüge!« Jetzt machte Breeland einen hastigen Sprung nach vorn, sein Gesicht war rot vor Zorn.

Trace zielte immer noch mit der Waffe auf ihn. »Dann kommen Sie mit und beweisen Sie es. Mir macht es nichts aus, wenn Sie bezweifeln, dass ich Sie erschießen würde.« Den Rest musste er nicht mehr hinzufügen, es stand ihm ins Gesicht geschrieben, und selbst Breeland, trotz seiner Wut und Bestürzung, hätte ihn nicht missverstehen können. Er trat einen Schritt zurück, drehte sich um und warf einen Blick auf den Bach und die Straße nach Washington. »Sie werden keinen Erfolg haben«, sagte er mit einem schwachen Lächeln, das fast sofort wieder verschwunden war.

»Niemand wird es in dieser Richtung versuchen«, sagte Trace, dessen Verachtung scharf wie ein Peitschenhieb klang. »Ihre braven Bürger der Union haben sich massenweise zu einem Sonntagnachmittagsausflug zusammengerottet, um die Schlacht zu beobachten, und blockieren nun die Straße. Wir werden uns nach Süden durch die Linien der Konföderierten bis Richmond schlagen, dann weiter nach Charleston. Dort wird Ihnen niemand zu Hilfe eilen. Tatsache ist, wenn dort jemand hört, was Sie getan haben, werden Sie sich glücklich schätzen können, wenn Sie es bis zur Küste schaffen. Wenn Sie jedoch der Auffassung sind, einem britischen Gericht Ihre Unschuld beweisen zu können, täten Sie gut daran, anstandslos mitzukommen und niemandem etwas zu sagen. Nordstaatler erfreuen sich in der Konföderation im Moment keiner großen Beliebtheit.«

Breeland warf einen letzten, schmerzlichen Blick auf seine Männer, deren Fluchtweg von Staubwolken markiert wurde, dann brach sein Widerstand in sich zusammen. Er holte tief Luft und folgte Monk. Hester und Merrit gingen nebeneinander her, ein paar Schritte von ihm entfernt, als ob sie sich gegenseitig stützen wollten. Trace folgte am Schluss und hielt immer noch die Waffe in der Hand.

6

Sie brauchten den Abend und den ganzen folgenden Tag, um Richmond zu erreichen. Sie reisten mit der Eisenbahn und baten manchmal darum, inmitten von Verwundeten, die von der Schlacht nach Hause zurückkehrten, auf Wagen mitfahren zu dürfen. Anders als die Truppen der Union waren die Südstaatler nach dem Sieg in Hochstimmung, und meist wurde der Sieg als das Ende des Krieges betrachtet. Vielleicht würden die Nordstaatler sie nun in Frieden lassen und ihnen zugestehen, als eigenständiger Staat zu leben. Hester bemerkte die Verwirrung darüber, warum es überhaupt zu Kampfeshandlungen hatte kommen müssen. Manche Männer machten sich darüber lustig, was Hester als eine Art Erleichterung wertete, dass sie zu dieser endgültigen Maßnahme gezwungen worden waren und man ihnen keine Feigheit vorwerfen konnte.

Breelands geprellte und ausgerenkte Schulter war eingerichtet worden, und der Arm lag nun in einer Schlinge. Es musste schmerzhaft gewesen sein, aber es war keine Verletzung, die weitere Behandlung erforderlich gemacht hätte. Seine anderen Verletzungen waren geringfügig. Der größte Teil des Blutes an seiner Kleidung stammte von anderen Menschen, als er versucht hatte, Verletzten zu helfen. Monk hatte ihm ein frisches Jackett organisiert, nicht wegen der Reinheit, sondern um seine Loyalität der Union gegenüber nicht zu verraten. Wie sie alle, war auch er erschöpft, aber vielleicht war er verzweifelter als die anderen.

Mehrmals warf Hester ihm von der Seite her Blicke zu, während sie in Richtung Süden reisten. Die Sonne hob die feinen Linien in seiner Haut hervor, in die sich der Schmutz eingegraben hatte und die von der Müdigkeit noch tiefer geworden waren. Seine Hände umklammerten seine Beine, überraschend große und starke Hände. Sie sah seinen Zorn, aber keine Furcht. Seine Gedanken waren weit fort. Innerlich kämpfte er mit etwas, woran er den Rest der kleinen Reisegesellschaft nicht teilhaben ließ.

Hester beobachtete Merrit, die sich kaum der reizvollen Landschaft bewusst war, durch die sie fuhren, der großen Bäume, die schwere Schatten warfen, und der kleinen ländlichen Gemeinden. Sie sahen nur wenige Männer, die auf den Feldern arbeiteten, aber diejenigen, die sie sahen, waren Weiße. Merrit konnte nur an Breeland denken. Sie unterbrach dessen Gedanken nicht, aber sie beobachtete ihn mit angespannter Sorge, wobei ihr Gesicht kalkweiß war. Hester wusste, dass das Mädchen trotz seines eigenen Grauens und seiner Erschöpfung versuchte, sich in Breelands inneren Aufruhr und sein Gefühl der Scham hineinzuversetzen, das er wegen dem Ausgang der Schlacht haben musste. Seine geliebte Union hatte nicht nur verloren, sondern dies auch noch unehrenhaft. Seine Überzeugungen waren bedroht. Was konnte man einem Mann sagen, der unter solchen Schmerzen litt? Sie war klug genug, nichts zu sagen.

Hester beobachtete auch Philo Trace. Sie hielt ihn für fast zehn Jahre älter als Breeland, und in dem harten Sonnenlicht, müde und von Staub und Pulverrauch verschmutzt, waren die Linien in seinem Gesicht tiefer als die in Breelands, überdies hatte er bereits weit mehr davon, die sich von der Nase zum Mund zogen und seine Augen umgaben. Doch sein Gesicht war beweglicher als das des jüngeren Mannes, es war gezeichnet von seinem Charakter, von Lachen und Schmerz. Es hatte nicht die Glätte, war weniger kontrolliert. Es war ein von einer Persönlichkeit geprägtes Gesicht, und es drückte keine Schüchternheit aus.

In Breelands Zügen lag jedoch etwas, was ihr Angst machte. Es war nicht etwas, was direkt zum Ausdruck kam, sondern eher etwas, woran es ihm mangelte, etwas Menschliches, Verletzliches, das sie nicht sehen oder erahnen konnte. War es das, was Merrit bewunderte? Oder war es einfach nicht vorhanden, weil er noch so jung war? Würden Zeit und Erfahrung es in sein Gesicht zeichnen?

Oder bildete Hester sich das alles nur ein, weil sie wusste, dass er Daniel Alberton wegen der Gewehre so kaltblütig getötet hatte, als … sie hätte fast gedacht, als ob er ein Tier wäre. Sie selbst hätte nicht einmal ein Tier töten können.

Schweigend fuhren sie dahin, wechselten nur gelegentlich ein paar Worte, um sich über das weitere Vorgehen oder die Route zu verständigen. Ansonsten gab es nichts zu sagen. Niemand schien den Wunsch zu haben, die Kluft zwischen ihnen zu überbrücken. Mit Monk musste Hester sich nicht verständigen. Sie wusste, sie hatten ähnliche Gefühle, und der Mangel an Unterhaltung zwischen ihnen war ein Zeichen ihrer tiefen Freundschaft.

Als sie sich Richmond näherten, passierten sie große Plantagen, und hier sahen sie auch schwarze Männer, die mit gebeugten Rücken auf den Feldern arbeiteten, geduldig wie die Tiere. Weiße Männer führten die Aufsicht, schlenderten auf und ab und beobachteten die Arbeiter. Einmal sah sie einen Aufseher, der mit einem scharfen Knall eine lange Peitsche auf die Schultern eines Schwarzen niedersausen ließ. Der Mann geriet ins Taumeln, gab aber keinen Schmerzenslaut von sich.

Hester spürte Übelkeit in sich aufsteigen. Es war nur eine Bagatelle – es mochte hier oder da täglich Dutzende von Malen geschehen –, doch es war ein Zeichen für etwas, was allem, was sie akzeptierte, zutiefst fremd war. Plötzlich war dies ein anderes Land. Sie befand sich inmitten eines Volkes, das eine Lebensart praktizierte, die sie nicht tolerieren konnte, und mit einem Mal entdeckte sie, dass sie Philo Trace mit ganz neuen Augen betrachtete. Sie hatte ihn gemocht. Er war sanftmütig, besaß Humor und bewies Freundlichkeit, Vorstellungsvermögen, Liebe für Schönheit und einen generösen Geist. Wie konnte er sich nur so heftig dafür einsetzen, eine Kultur aufrechtzuerhalten, die etwas Derartiges guthieß?

Sie sah die Röte auf seinen Wangen, als er ihren Blick spürte.

»Es gibt vier Millionen Sklaven im Süden«, sagte er ruhig. »Wenn sie einen Aufstand anzetteln, wird der Süden zu einem Schlachthaus.«

Breeland wandte sich um und starrte ihn mit unendlicher Verachtung an. Er machte sich nicht die Mühe, dies in Worte zu fassen. Merrits Gesichtsausdruck spiegelte den seinen wider. Die Farbe auf Trace' Wangen wurde dunkler.

»Amerika ist ein reiches Land«, fuhr er gelassen fort und weigerte sich, das Schweigen zu akzeptieren. »Überall entstehen neue Städte, vor allem im Norden. Es gibt Industrie und Wohlstand –«

»Aber nicht, wenn man Farbiger ist!«, schnappte Merrit.

Trace sah sie nicht an.

Ein kurzes, geringschätziges Lächeln kräuselte sich um ihre Lippen.

»Wir exportieren alle möglichen Arten von Gütern«, fuhr Trace fort. »Erzeugnisse aus dem Norden, wo die Industriellen reich werden –«

»Aber nicht durch die Arbeit von Sklaven!«, stieß Breeland schließlich hervor. »Wir profitieren von unserer eigenen Hände Arbeit!«

»Mit unserer Baumwolle«, fuhr Trace mit leiser Stimme fort. »Mehr als die Hälfte unseres Exports besteht aus Baumwolle. Wussten Sie das? Baumwolle, die im Süden gewachsen ist … von Zucker, Reis und Tabak gar nicht zu reden. Wer, glauben Sie, pflanzt, pflegt und erntet den Tabak für Ihre Zigarren, Breeland?«

Breeland sog scharf den Atem ein, als ob er zu sprechen beabsichtigte, doch dann stieß er ihn wieder aus.

Trace wandte sich ab und ließ den Blick über die liebliche und sanfte Landschaft gleiten. Auf seinem Gesicht zeichnete sich Kummer und Schuld ab, eine Liebe für etwas, was ebenso schön wie schrecklich war und was er zu verlieren fürchtete. Vielleicht fürchtete er auch, es für sich selbst zu verlieren.

Zuerst fuhren sie mit der Eisenbahn von Richmond durch Weldon und Goldboro zum Küstenhafen in Wilmington in Nord-Carolina. Von dort ging es wieder landeinwärts nach Florence und dann schließlich nach Charleston in Süd-Carolina, wo vor über drei Monaten der erste Schuss des Krieges abgefeuert worden war, mit dem der Angriff auf Fort Sumter begonnen hatte.

Monk und Hester blieben bei Merrit und Breeland, während sich Trace um die Arrangements der Schiffspassagen nach England kümmerte. Die Reise in den Süden war zermürbend und anstrengend gewesen. Breeland hatte weder einen Fluchtversuch unternommen, noch hatte Merrit versucht, ihm zu helfen, aber Hester und Monk waren sich beide bewusst, dass nur äußerste Wachsamkeit sicherstellen konnte, dass dies nicht doch noch geschah. Es war notwendig, dass sie sich mit dem Schlafen abwechselten und stets eine geladene Pistole griffbereit hatten.

Einmal warf Breeland Hester einen verächtlichen Blick zu, bis er ihr Gesicht eingehender betrachtete, dann wurde die Geringschätzung von dem Wissen verdrängt, dass sie dem Tod schon öfter begegnet war als er selbst. Er war sich nicht mehr sicher, dass sie nicht schießen würde … vielleicht nicht, um zu töten, aber sicher, um ihn kampfunfähig zu machen. Danach machte er keinen Versuch, sich ihrer Wachsamkeit zu entziehen.

In Charleston wurde viel von Mr. Lincolns Blockade gesprochen, die er über die gesamte Küstenlinie im Süden, von Virginia bis hinüber nach Texas, verhängt hatte. Man spekulierte, ob er damit Erfolg haben würde, und es wurde darüber geredet, von den Bahamas oder anderen neutralen Inseln Waffen zu beziehen.

Doch bereits am zweiten Tag kehrte Trace mit der Nachricht zurück, Passagen bekommen zu haben und dass sie mit der Flut am folgenden Tag auslaufen würden.

Die Reise zurück über den Atlantik dauerte nur dreizehn Tage, und sie schienen fast die ganze Zeit einen günstigen Wind zu haben. Es war ein Vergnügen, unter dem blauem Himmel in der Sonne über das Deck zu schlendern und dabei das lebhafte blaue Meer zu betrachten, das bis zum Horizont durch nichts unterbrochen wurde. Merrit war kaum als das Mädchen wiederzuerkennen, das sie vor der Schlacht und deren vernichtendem Ausgang gewesen war. Die Entschlossenheit und die Leidenschaft war noch in ihr, aber ihre Fröhlichkeit war zerstört. Die Wirklichkeit hatte mit ihren Träumen nichts zu tun. Wenn sie in Breeland einen Makel entdeckt haben sollte, dann war sie zu loyal, dies auch nur durch einen kurzen Augenkontakt zu verraten.

Als Breeland sich von seiner körperlichen Erschöpfung erholt hatte und sich die Schmerzen in seiner Schulter beträchtlich gebessert hatten, verlangte er, mit Monk zu sprechen. Die Kabinen hatten sie so ausgewählt, dass Trace Breeland im Auge behalten konnte. Größere Wachsamkeit war nicht vonnöten, da eine Flucht ohnehin unmöglich war. Breeland weigerte sich, etwas zu sagen, bevor er nicht mit Monk unter vier Augen gesprochen hatte.

Monk hätte sein Ansinnen abgelehnt, wenn nicht seine Neugier geweckt geworden wäre und ihn, entgegen seinem Willen, Breelands Eindringlichkeit gerührt hätte, als ob das, was dieser ihm mitzuteilen wünschte, nicht nur die erwartete Rechtfertigung seiner Taten oder gar das Angebot irgendeines Handels im Austausch für seine Freiheit sein würde.

Sie standen auf dem Deck, ein wenig abseits von den anderen Passagieren, von denen es weit weniger gab als auf der Hinreise. Es gab keine heimkehrenden Emigranten, niemanden, der aus der Neuen Welt in die Alte zurückkehren wollte, in der Hoffnung auf bessere Chancen oder größere Freiheiten. Es schien, als ob niemand den Wunsch hegte, zurückzufahren oder auch niemand dem Krieg entfliehen konnte.

»Was wollten Sie mir sagen?«, fragte Monk ein wenig ungnädig und starrte Breeland an, der sich an die Reling gelehnt hatte und das blaue Wasser beobachtete, das am Heck emporschlug.

Breeland machte keine Bewegung und drehte sich auch nicht um, um Monk anzusehen. »Mrs. Monk berichtete Merrit, dass meine Uhr im Hof des Lagerhauses gefunden worden war, wo Daniel Alberton getötet wurde«, begann er.

»Das stimmt«, erwiderte Monk. »Ich habe sie selbst gefunden.«

»Ich habe sie Merrit als Erinnerung geschenkt.« Er starrte immer noch auf das Wasser.

»Wie galant von Ihnen«, sagte Monk sarkastisch.

»Nicht besonders.« Breeland klang abweisend. »Es war eine

gute Uhr, die mir mein Großvater zum Schulabschluss geschenkt hatte. Ich hatte die Absicht, Merrit zu heiraten … damals dachte ich noch, ich hätte die Freiheit, dies zu tun.«

»Ich meinte, wie galant von Ihnen, die Tatsache zu erwähnen, nun, da die Uhr am Tatort gefunden worden ist«, korrigierte Monk ihn.

Breeland wandte sich langsam um, sein Gesicht war hart, und in seinen grauen Augen stand Verachtung.

»Sie können doch unmöglich annehmen, dass sie ihren Vater umbrachte – ihn erschoss, wie es heißt. Das ist verabscheuungswürdig. Nicht einmal Philo Trace würde sich herablassen, etwas Derartiges anzudeuten.«

»Nein, das glaube ich auch nicht«, erwiderte Monk. »Ich glaube, Sie waren es und Merrit war dabei, entweder half sie Ihnen, oder sie war Ihre Geisel.« Er lächelte grimmig. »Obwohl ich auch die Möglichkeit in Betracht gezogen habe, dass Sie allein waren und die Uhr absichtlich fallen ließen, da Sie wussten, dass wir uns des Umstandes bewusst waren, dass Merrit im Besitz der Uhr war – das Ganze, um uns daran zu hindern, Ihnen zu folgen.«

Breeland war erschrocken. »Sie dachten, ich könnte so etwas tun? In Gottes Namen –« Abrupt brach er ab, seine Augen waren weit aufgerissen. »Sie haben wahrhaftig keine Ahnung, nicht wahr? Ihre Gesinnung, Ihre Ambitionen sind so … so niedrig, dass Ihnen nur Gemeinheit in den Sinn kommt. Sie haben keinen Begriff von der Größe des Kampfes um die Freiheit. Ich bedaure Sie.«

Monk war überrascht, nicht wütender zu sein, aber in Breelands Gesicht lag eine kalte Leidenschaft, die zu fremdartig war, um in ihm Wut zu erregen.

»Wir haben wohl verschiedene Auffassungen von Größe«, erwiderte er gelassen. »Ich sah nichts Bewunderungswürdiges an den drei toten Körpern im Hof des Lagerhauses, an Händen und Füßen gefesselt und mit einem Schuss in den Hinterkopf. Wessen Freiheiten hatten die Toten eingeschränkt, außer den Ihren, um die Waffen stehlen zu können, die sie Ihnen nicht verkauften?«

Breeland zog die Brauen hoch. »Ich habe Alberton nicht getötet. Ich sah ihn nicht wieder, nachdem ich an dem Abend, als auch Sie anwesend waren, das Haus verlassen hatte.« Er schien verwirrt zu sein. »In jener Nacht schickte er mir eine Nachricht, dass er seine Meinung geändert hatte und gewillt war, mir die Waffen doch zu verkaufen, zum vollen Preis. Er wollte seinen Mittelsmann, Shearer, damit beauftragen, mir die Waffen zum Bahnhof zu liefern. Ich sollte mit niemandem darüber sprechen, da er der Meinung war, Trace würde wütend und vielleicht sogar gewalttätig werden.« Seine Lippen verzogen sich zu einem höhnischen Lächeln. »Tragischerweise hatte er Recht damit. Nur konnte er natürlich nicht damit rechnen, dass Sie ein derartiger Narr sein würden, Trace zu glauben … abgesehen davon, dass Trace Mrs. Alberton übermäßig viel Aufmerksamkeit zukommen hatte lassen, die sich schnell geschmeichelt fühlte. Oder hatten Sie das etwa auch nicht bemerkt? Vielleicht haben Sie, wie viele Engländer, ein zu großes persönliches Interesse am Fortbestand der Sklaverei, um zu wünschen, die Rebellen mögen verlieren.« Das war als Beleidigung gedacht und als solche hervorgestoßen.

Monk wurde zornig. Breelands Worte enthielten eine Anspielung, dass Judith Alberton dem Mörder ihres Mannes gegenüber ein Auge zudrückte, was Monk mit nackter Wut erfüllte. Die Bemerkung über die Sklaverei war vielleicht zutreffend, tat aber rein gar nichts zur Sache. Er verachtete Sklaverei ebenso wie Breeland. Seine Muskeln spannten sich in dem Bedürfnis, Breeland so heftig zu schlagen, wie er nur konnte. Es bedurfte großer Mühe, lediglich Worte als Waffen zu gebrauchen.

»Ich habe keinerlei Interesse an der Sklaverei«, sagte er eisig. »Es mag Ihrer Aufmerksamkeit entgangen sein, aber in England haben wir sie bereits vor langer Zeit abgeschafft, Generationen vor der Zeit, als Sie sich plötzlich bemüßigt fühlten, sie zu Ihrem Anliegen zu machen. Gleichwohl kaufen wir von Sklaven gepflückte Baumwolle … von Ihnen, wohlgemerkt. Im Wert von Millionen von Dollar, ebenso Tabak. Vielleicht sollten wir das unterlassen?«

»Das ist nicht –«, begann Breeland, dessen Gesicht eine stumpfe rote Farbe angenommen hatte.

»Der Punkt?«, unterbrach Monk ihn mit hochgezogenen Augenbrauen. »Das stimmt. Der Punkt ist, dass Alberton sich weigerte, Ihnen die Waffen zu verkaufen, die Sie wollten. Deshalb ermordeten Sie ihn und stahlen die Gewehre. Wozu, oder wie erhaben Ihre Motive auch gewesen sein mögen, das ist irrelevant.« Er konnte nicht umhin, höhnisch zu grinsen. »Wie ausnehmend tapfer!«

Wilder Zorn und Erniedrigung glühten in Breelands Gesicht. »Ich habe Alberton nicht getötet!« Er presste die Worte zwischen zusammengebissenen Zähnen heraus. Er hatte sich mittlerweile vor Monk hingestellt und starrte ihn an. »Es bestand gar keine Notwendigkeit dazu, selbst wenn ich dazu fähig gewesen wäre. Er verkaufte mir die Waffen. Fragen Sie doch Shearer. Warum fragen Sie ihn nicht?«

War das möglich? Zum ersten Mal zog Monk nun tatsächlich die Möglichkeit in Betracht, dass Breeland nicht schuldig sein könnte.

Breeland sah den Zweifel in seinen Augen.

»Kein großer Polizist, was?«, schnaubte er verächtlich.

Monk ärgerte sich. Er wusste, dass er es zugelassen hatte, durchschaut zu werden.

»Also gab Merrit Trace die Uhr, der zufällig – Minuten nachdem jemand die Waffen aus dem Lagerhaus geholt hatte – vorbeikam und Alberton ermordete? Und Trace soll die Uhr dort fallen gelassen haben?«, sagte er mit vorgetäuschter Verwunderung. »Und unglücklicherweise brachte dieser Shearer, ohne Wissen von Alberton oder Casbolt, Ihnen die Waffen, kassierte das Geld und verschwand?« Er zuckte die Achseln. »Oder, eine andere Möglichkeit, vielleicht gab Merrit die Uhr Shearer? Woraufhin der seinen Arbeitgeber umbrachte und Ihnen die Waffen überbrachte? Sein Motiv liegt klar auf der Hand, Geld natürlich. Aber warum hat Merrit das getan? Sie hat es doch getan, oder etwa nicht? Sie haben keine Ahnung, wo sie sich befand, als Sie dieses betrügerische Geschäft mit dem verschwundenen Mr. Shearer abschlossen.«

Breeland sog scharf den Atem ein, doch er hatte keine Antworten parat, und die Verwirrung auf seinem Gesicht verriet ihn. Wieder sah er hinaus auf das blaue Wasser. »Nein, sie war zu der Zeit bei mir. Aber sie wird schwören, dass ich die Waffen rechtmäßig von Mr. Shearer erwarb und ich mich niemals auch nur in die Nähe der Tooley Street begeben habe. Fragen Sie sie doch!«

Natürlich fragte Monk das Mädchen, obwohl er fast sicher war, was sie antworten würde. Nichts, was in Washington oder auf dem Schlachtfeld oder auf der Reise durch den Süden zum Schiff geschehen war, hatte ihre innige Zuneigung zu Breeland ändern können. Dasselbe galt für das glühende Mitleid, das sie ihm wegen der Niederlage seiner Truppe entgegenbrachte. Sie beobachtete ihn, sah seine Verbitterung und hatte das dringende Bedürfnis, ihm zu helfen. Er hätte niemals an ihr zweifeln können.

Was Breeland für sie empfand, war weit schwieriger zu erkennen. Er begegnete ihr mit Sanftmut, aber die Wunde, die seinem Stolz geschlagen worden war, schmerzte noch zu sehr, um von irgendjemand berührt zu werden, am allerwenigsten von der Frau, die er liebte und zu der er so leidenschaftlich von der Größe der Sache und dem Sieg, den sie erringen würden, gesprochen hatte. Er würde weder der erste noch der letzte Mann sein, der sich zu sehr seines Mutes oder seiner Ehre gebrüstet hatte, aber ihm schien es schwer zu fallen, mit einer Enttäuschung fertig zu werden. Er verfügte über keinerlei Flexibilität, keine Fähigkeit, sich lustig zu machen, oder, wenigstens für einen Moment, seine verzehrende Leidenschaft zu vergessen.

Monk war nicht sicher, ob er Breeland bewunderte oder nicht. Vielleicht waren es nur solche Männer, die in Regierungen und Nationen wichtige Veränderungen herbeiführen konnten. Möglicherweise war das der Preis für großartige Verdienste.

Hester dagegen hegte keinerlei Zweifel. Sie hielt ihn von Natur aus für selbstsüchtig, und das sagte sie auch.

»Vielleicht versteht Merrit ihn?«, schlug Monk vor, als sie gemeinsam an Deck spazieren gingen, während sich die untergehende Sonne über das gekräuselte Wasser ergoss und feurige Farben über das Blau schüttete. »Worte oder Gesten sind nicht immer vonnöten.«

»Unsinn!« Dieses Argument ließ sie nicht gelten. Sie blinzelte, um sich vor dem gleißenden Licht zu schützen, und schaute auf das Meer hinaus. »Natürlich sind sie das nicht. Aber ein Blick ... eine Berührung, irgendetwas ist doch nötig! Im Moment teilt Merrit seinen Schmerz und liebt ihn verzweifelt. Aber was ist mit ihren Schmerzen? Es ist ihr Vater, der tot ist, nicht seiner! Sie ist kein Soldat, William, genauso wenig wie du einer bist.« Ihr Blick war zärtlich, ihre Augen suchten in den seinen nach einer Wunde, die sie heilen konnte. »Vielleicht hat er keine Albträume wegen der Schlacht, Sudley Church und den Männern, denen wir nicht mehr helfen konnten ... aber sie hat welche!« Ihre Lippen waren weich. »Ebenso wie ich. Vielleicht muss das auch so sein. Aber wir brauchen jemanden, an dem wir uns festhalten können.«

»Ist es nicht möglich, dass er ihr bereits alles gesagt hat, dessen er fähig ist?«, sagte er, trat einen Schritt näher und legte den Arm um sie.

In dem wundervollen Licht überzog sich ihr Gesicht ganz plötzlich mit Zorn und ihre Augen wurden groß. »Sie wird vor Einsamkeit sterben ... wenn sie erst einmal realisiert, dass er ihr nichts von sich geben wird. Er wird immer an erster Stelle die Union lieben, weil das einfacher ist. Diese Liebe fordert nichts.«

»O doch, sie fordert alles!«, protestierte er. »Seine Zeit, seine Karriere, ja sogar sein Leben!«

Sie sah ihn ruhig an. »Aber nicht sein Lachen oder seine Geduld, seine Großherzigkeit, sich selbst für eine Weile zu vergessen«, erklärte sie. »Oder an etwas zu denken, was ihn vielleicht nicht sonderlich interessieren mag. Die Union wird ihn niemals bitten, zuzuhören, anstatt zu sprechen, seine Meinung zu ändern, obwohl er dazu noch nicht bereit ist, etwas langsamer zu gehen oder einige seiner Urteile zu überdenken, jemandem anderen zuzugestehen, der Held zu sein, ohne daraus gleich eine große Sache zu machen.«

Er wusste, was sie meinte.

»Er wird immer nach seinen eigenen Maßstäben handeln«, schloss sie. Es klang wie ein Fluch.

»Bist du sicher, dass er Alberton ermordete?«, fragte Monk sie.
Sie nahm sich mehrere Minuten Zeit, bevor sie antwortete. Der Himmel wurde dunkler, und die Farben auf dem Wasser hatten nicht mehr dieselbe Glut. Die Tiefe des Himmels war nun wie ein indigofarbener Schatten, endlos und so wunderschön, dass seine Kurzlebigkeit sie traurig machte. Es tat nichts zur Sache, dass es auch morgen Abend wieder eine Dämmerung geben würde, übermorgen und jeden weiteren Abend. Und bald würde Hester sie nicht mehr über dem Meer erleben, sondern über den Dächern der Stadt.

»Ich weiß es nicht«, sagte sie schließlich. »Keine andere Antwort ergibt einen Sinn … aber ich bin mir nicht sicher.«

Das Schiff legte in Bristol an. Monk ging als Erster von Bord und überließ die anderen Trace' Obhut. Er ging geradewegs zur nächsten Polizeistation und sagte, wer er war und in welcher Beziehung er bezüglich der Morde in der Tooley Street zu Lanyon stand, einem Verbrechen, über das in den Zeitungen ausführlich berichtet worden war. Er erklärte ihnen, Breeland zurückgebracht zu haben, ebenso Merrit Alberton, und er schlug vor, sie per Eisenbahn nach London bringen zu lassen.

Die Polizei war beeindruckt, und man bot an, ihm einen Constable zur Unterstützung mitzugeben, um sicherzustellen, dass die Gefangenen während der Reise nicht fliehen würden. Monk bemerkte den Gebrauch des Plurals mit einem Anflug von Kummer, aber er war nicht überrascht.

»Ich danke Ihnen«, sagte er und nickte. Er ließ es nicht gerne zu, dass eine weitere Person hinzugezogen wurde – es beraubte ihn seiner Eigenständigkeit –, doch er musste offizielle Hilfe in Anspruch nehmen, denn es wäre idiotisch gewesen, zu riskieren, all das aufs Spiel zu setzen, was sie erreicht hatten, nur wegen seines Stolzes, selbst Entscheidungen zu treffen, die vermutlich nicht den kleinsten Unterschied ausmachen würden.

Wie es sich herausstellte, verlief die Reise ereignislos. Die Polizei in Bristol hatte nach London telegrafiert, sodass Lanyon sie am Bahnhof erwartete. Als Monk die Menschenmengen sah, war er erleichtert. Es hätte sich als äußerst schwierig erweisen können, Breeland ohne Hilfe an einer Flucht zu hindern. Hätten er oder Trace eine Pistole gezückt, hätte sie leicht jemand aus der Menge überwältigen können, der tapfer genug war, und auch naiv genug, um Breeland für das Opfer einer Entführung zu halten. Ob die Tatsache, dass sich Merrit immer noch bei ihnen befand, ihn an der Flucht hinderte, war etwas, worauf Monk sich ungern verlassen würde. Breeland könnte sich vor sich selbst damit rechtfertigen, dass die Sache der Union von größerer Wichtigkeit war als das Leben einer Frau, wer immer diese auch sein mochte. Er wäre vermutlich sogar überzeugt, dass sie aufzugeben ein persönliches Opfer war. Oder er könnte annehmen, dass sie nicht eines Vergehens angeklagt und schon gar nicht für schuldig befunden werden würde.

Könnte es etwa sein, dass sie tatsächlich unschuldig war?

Aber das alles tat nichts zur Sache, denn Lanyon war mit zwei Constables hier, und Breeland wurde verhaftet und in Handschellen abgeführt.

»Und Sie, Miss Alberton?«, sagte Lanyon, wobei sich auf seinem langem Gesicht ein Ausdruck der Verlegenheit und des Bedauerns breit machte.

Das Licht in Merrits Augen erstarb, und ihre Schultern sackten herunter. Monk bemerkte, dass sie sich auf Breeland konzentriert und sich gestattet hatte, ihre eigenen Probleme zu vergessen.

Breeland bewegte seine Schultern, als ob er, wäre er frei gewesen, sie berühren und auf irgendeine Weise trösten wollte. Doch er trug bereits Handschellen.

Es war Hester, die den Arm um das Mädchen legte. »Wir werden alles tun, um dir die beste Hilfe zukommen zu lassen«, sagte sie laut und deutlich. »Zunächst werden wir zu deiner Mutter gehen und ihr berichten, dass du am Leben bist und dass es dir relativ gut geht. Im Moment lebt sie ja in völliger Ungewissheit über dein Schicksal.«

Merrit schloss die Augen, und Tränen quollen unter ihren Lidern hervor. So nahe an ihrem Zuhause war es schwieriger, mutig zu sein, und der Schmerz wurde schärfer. Bisher hatten all ihre Gedanken Breeland gegolten. Vielleicht hatte sie nicht einmal über ihre Mutter nachgedacht. Doch jetzt, mit den vertrauten englischen Stimmen um sich herum, den altbekannten Gerüchen der Heimat, war das Abenteuer vorüber, und die lange Abrechnung hatte begonnen.

Sie versuchte zu sprechen, um Hester zu danken, doch sie vermochte es nicht, ohne die Kontrolle über sich zu verlieren. Also schwieg sie.

Über Lanyons Schulter hinweg sah Monk, dass sich eine Gruppe Menschen bildete, die alle voller Neugier zu ihnen herüberstarrten. Lanyon bemerkte Monks Blick und sah ihn entschuldigend an.

»Wir machen uns wohl besser auf den Weg«, sagte er hastig. »Bevor sie erraten, wer Sie sind. Es gibt hier eine ganze Menge böses Blut.«

»Böses Blut?«, fragte Hester, die nicht sofort begriff, wovor er sie warnte.

Lanyon senkte die Stimme und zog die Augenbauen zusammen. »In den Tageszeitungen, Ma'am. Es wurde eine Menge über Mr. Albertons Tod geschrieben und über Ausländer, die hierher kommen und junge Mädchen zum Mord anstiften und so weiter. Ich denke, wir sollten sie so schnell wie möglich wegbringen.« Er achtete darauf, sich nicht umzusehen, während er sprach, doch Monk hatte bereits bemerkt, dass die Menschenmenge dichter wurde und die Gesichter sich verfinsterten. Einer oder zwei Männer starrten sie bereits unverblümt an. Sie schienen näher zu kommen.

»Das ist abstoßend!« Hester war wütend, und ihre Wangen überzogen sich mit Zornesröte. »Bis jetzt ist noch nicht einmal jemand angeklagt, geschweige denn verurteilt worden!«

»Wir können es hier nicht auf einen Kampf ankommen lassen«, erwiderte Monk scharf. Er hörte selbst, wie sich seine Stimme hob, und er dachte daran, wie schnell die Situation zur gewaltsamen Auseinandersetzung eskalieren konnte. Er hatte Angst um Hester. Ihre Entrüstung könnte sie vergessen lassen, auf ihre eigene Sicherheit zu achten, und der Mob würde wenig Unterschied machen zwischen einem Täter und jemandem, der sich dazu hergab, diesen zu beschützen.

Lanyon sagte genau dasselbe. »Kommen Sie jetzt, schnell«, befahl er und sah Breeland an. »Kommen Sie nur nicht auf komische Ideen – hier einen kleinen Aufstand zu inszenieren, zum Beispiel, in der Hoffnung, Sie könnten untertauchen. Das wird Ihnen nicht gelingen! Sie handeln sich höchstens Prügel ein, und Miss Alberton womöglich auch.«

Breeland zögerte einen Augenblick, als ob er im Geiste tatsächlich einen derartigen Plan in Erwägung zöge, dann blickte er in Merrits bleiches Gesicht und ihre gramerfüllten Augen und gab den Gedanken auf. Er senkte den Kopf ein wenig, als würde er sich ergeben, und ging gehorsam zwischen Lanyon und dem Constable.

Merrit folgte mit dem zweiten Constable ein paar Schritte dahinter, woraufhin Monk, Hester und Philo Trace allein auf dem Bahnsteig zurückblieben.

»Wir müssen zu Mrs. Alberton fahren«, sagte Trace nervös. »Sie wird vor Sorge außer sich sein. Ich wünschte bei Gott, es gäbe etwas, was wir tun könnten, um Merrit von diesem Verdacht zu befreien. Wir können sie doch bestimmt vor der Anklage bewahren?« Seine Worte waren positiv, aber seine Stimme schalt sie Lügen. Er sah Monk an, als ob er auf Hilfe hoffte, die jenseits seiner Vorstellungskraft lag. »Sicher denkt doch niemand ...« Er brach ab. Er wandte sich an Hester, als wolle er weitersprechen, doch dann sah er ihr Gesicht.

Sie wussten alle, dass Merrit in Breeland verliebt war und sich loyal verhalten würde. Das allein hätte ihr verboten, ihn im Stich zu lassen, wie die Wahrheit über den Mord auch immer aussehen mochte. Die eigene Haut zu retten wäre ihr als Betrug erschienen, was für sie eine größere Sünde war als das eigentliche Verbrechen. Vielleicht würde sie es irgendwann einmal bedauern, aber in absehbarer Zukunft würde sie sich nicht von Breeland trennen oder ihr Schicksal von seinem lösen.

»Wir fahren umgehend zu ihr«, stimmte Monk zu.

Nach der langen Zugfahrt in der drückend heißen Hitze des frühen Augusts waren sie alle müde. Hester war sich nur zu bewusst, dass sie vom Rauch der Lokomotive verschmiert war und dass der untere Teil ihres Reisekleides vor Staub starrte, von den Knitterfalten gar nicht zu reden, aber sie machte keine Einwände. Zudem war es fast sieben Uhr abends und kaum die Stunde, zu der man unangekündigte Besuche machte. Aber auch das war im Moment nebensächlich. Ohne weitere Diskussionen stapelten sie ihr Gepäck auf den Wagen des Kofferträgers und strebten dem Ausgang und der nächsten verfügbaren Droschke entgegen, die sie zum Tavistock Square bringen würde.

Judith Alberton empfing sie, ohne Formalitäten vorzuschieben. Unbewusst blickte sie als Ersten Philo Trace an.

»Wir haben Merrit«, sagte er sogleich, und sein Blick wurde weich, als er in ihre Augen sah. »Sie ist sehr müde und leidet sehr unter all dem, was geschehen ist, doch sie ist unverletzt und bei guter Gesundheit.«

In ihrem Gesicht zeichnete sich Erleichterung ab, doch sie zögerte.

Als ob er ihre Gedanken gelesen hätte, fuhr er fort. »Sie ist nicht mit Breeland verheiratet, und sie wusste nichts vom Tod ihres Vaters ... aber das hatten Sie sicherlich auch nicht angenommen.«

»Nein, nein, natürlich nicht.« Sie sah ihm in die Augen, als wolle sie dadurch ihren Worten Nachdruck verleihen. Sie wartete auf weitere Informationen, auf Dinge, die bis jetzt nicht ausgesprochen worden waren. Sie sammelte sich und erinnerte sich daran, dass Monk und Hester immer noch auf ihre Anerkennung und ihren Dank warteten. Sie errötete leicht, als sie sich ihnen zuwandte. »Ich kann gar nicht ausdrücken, wie dankbar ich Ihnen für Ihren Mut und Ihr Geschick bin, das es möglich machte, meine Tochter nach Hause zu bringen. Ich gestehe, ich dachte, ich hätte Unmögliches erbeten. Ich ... ich hoffe, Sie haben keine Verwundungen erlitten? Ich kann nicht glauben, dass Sie keiner Mühsal ausgesetzt waren, und wünschte, es gäbe eine Möglichkeit, mit der ich Sie mehr als mit Worten oder Geld belohnen könnte, denn was Sie getan haben, ist großartiger, als dass man es mit dem einen oder anderen vergüten könnte.«

»Bis jetzt hatten wir Erfolg«, erwiderte Monk schlicht. »Das allein ist eine beträchtliche Belohnung. Ich möchte nicht undankbar erscheinen, Mrs. Alberton, aber würden Sie akzeptieren, dass wir das alles taten, weil wir es selbst für wichtig hielten? Belasten Sie sich bitte nicht mit der zusätzlichen Bürde der Dankbarkeit.«

Hester merkte, dass sie vor Stolz lächelte. Es waren generöse Worte gewesen, und sie wusste, dass er sie spontan geäußert hatte. Sie streckte ihre Hand aus und legte sie ganz sanft auf seinen Arm, wobei sie seinen Blick mied, sich aber einen Schritt näherte. Sie wusste, dass er sich ihrer Gegenwart bewusst war, da sich seine Wangen mit zarter Röte überzogen.

Auch Judith Alberton lächelte, doch die Furcht stand immer noch in ihren Augen. Sie wusste weit besser als ihre drei Besucher, was die Zeitungen geschrieben hatten.

»Ich danke Ihnen. Bitte kommen Sie und nehmen Sie Platz. Sind Sie hungrig? Hatten Sie seit Ihrer Ankunft Gelegenheit, sich etwas auszuruhen?«

Sie nahmen dankbar an, berichteten ihr aber nicht, wie mühsam die Reise tatsächlich gewesen war. Sie waren mitten in einem exzellenten Dinner, als Robert Casbolt eintraf und geradewegs in den Speisesaal marschierte, ohne darauf zu warten, von einem Lakaien angemeldet zu werden. Er warf einen Blick über die versammelte Gesellschaft, doch seine Augen blieben an Judith haften.

Ohne überrascht zu sein, sah sie zu ihm auf, als ob er häufiger auf diese Weise erscheinen würde.

Hester bemerkte den Anflug von Ärger in Philo Trace' Gesicht, den er im nächsten Augenblick jedoch bereits wieder unterdrückt hatte, aber sie konnte ihn verstehen.

Wenn Casbolt den Ausdruck bemerkt hatte, so gab er dies wenigstens nicht zu verstehen.

»Sie ist in Sicherheit und wohlauf«, sagte Judith als Antwort auf seine unausgesprochene Frage.

Seine Augen verdüsterten sich, und er konnte die Vorahnung darin nicht verbergen. »Wo ist sie?«

Judiths Mund wurde schmal. »Die Polizei verhaftete sie. Breeland natürlich ebenfalls.«

»Sie haben Breeland!« Er stutzte. Zum ersten Mal sah er nun Monk ins Gesicht, Philo Trace ignorierte er immer noch. »Sie brachten ihn tatsächlich zurück? Mein Kompliment! Wie haben Sie ihn dazu gebracht?«

»Mit vorgehaltener Pistole«, erwiderte Monk trocken.

Casbolt unternahm keinen Versuch, seine Bewunderung zu verbergen. »Das ist wahrhaftig bemerkenswert! Ich gestehe, Sie unterschätzt zu haben. Ich gebe zu, wenig Hoffnung gehabt zu haben, Sie könnten Erfolg haben.« Er wirkte überwältigt. Er zog sich einen freien Stuhl heran und nahm Platz. Lächelnd winkte er das Angebot des Lakaien ab, ihm Speisen und Wein zu bringen. Er wendete den Blick nicht von Monk ab. »Bitte erzählen Sie, was geschehen ist. Ich bin höchst begierig darauf, alles zu erfahren.«

Er bat nicht um Judiths Erlaubnis, aber vermutlich wusste er, dass sie noch erpichter darauf war als er selbst.

Monk begann den Bericht über ihre Abenteuer, straffte die Geschichte, soweit es möglich war, aber häufig unterbrachen ihn Judith oder Casbolt und baten um mehr Details, sprachen ihm ihr Lob aus oder brachten ihre Erschütterung über die Gefahren zum Ausdruck, denen sie ausgesetzt gewesen waren. Judith war insbesondere von der schwierigen Lage des amerikanischen Volkes bekümmert, das sich in diesem schrecklichen Kriegszustand befand. Sie schien bereits lebhafte, aber nur unvollständige Berichte über die Schlacht am Bull Run in den Zeitungen gelesen zu haben, die bestätigten, dass es ein schreckliches Gemetzel gewesen war.

Monk erzählte so wenig wie möglich davon, ohne jedoch den Inhalt seines Berichtes zu verstümmeln. Judith wurde mit jedem Augenblick gespannter. Einmal wurde ihr Gesicht weich, als Monk kurz von Merrits Hilfe bei der Vorbereitung der Ambulanzen für die Verwundeten sprach.

»Es muss schrecklich gewesen sein … nicht auszudenken!«, sagte sie mit belegter Stimme.

»Ja …« Er bot nicht an, ihr mehr darüber zu erzählen, aber als Hester sein Gesicht beobachtete, den Glanz seiner glatten, sonnenverbrannten Haut über den Wangen, wusste sie, dass es mehr sein eigener Schmerz war, den er nicht erneut durchleben wollte, und es ihm weniger darum ging, Judith den Schmerz zu ersparen.

Hester hatte gesehen, wie ihn das Grauen überwältigt hatte, wie ihm die eigene Hilflosigkeit den Glauben an sich selbst geraubt hatte. Dasselbe hatte sie verspürt, als sie zum ersten Mal eine Schlacht gesehen hatte, doch für sie war dieses Gefühl nicht so schlimm gewesen, da sie wenigstens über medizinisches Wissen verfügte und eine Funktion auszufüllen hatte. Sie konnte sich auf den Menschen konzentrieren, dem sie helfen, wenngleich vielleicht nicht retten konnte. Es war nicht immer der Erfolg, der es ihr erträglicher gemacht hatte, es war vielmehr die Fähigkeit, wenigstens den Versuch unternehmen zu können.

»Nahm Breeland denn an der Schlacht nicht teil?«, fragte Casbolt mit ungläubigem Blick.

»Doch. Genau dort fanden wir ihn.«

»Und er kam dennoch mit Ihnen?« Casbolt zog voller Unverständnis die Stirn in Falten. »Aber warum? Das hätte er doch bestimmt verhindern können! Ich kann einfach nicht glauben, dass ihn sein eigenes Volk dem englischen Recht überantwortete.«

»Die Union verlor die Schlacht«, erwiderte Monk, ohne eine weitere Erklärung anzubieten. Er sagte nichts von dem Blutbad und der Panik, als ob die Männer, deren Schande er damit verteidigte, Menschen waren, die ihm bekannt gewesen wären. Er sah weder Hester noch Trace an, auch gab er ihnen keine Chance, ihn zu unterbrechen. »Wir reisten durch die Linien der Konföderierten nach Richmond und anschließend nach Charleston. Niemand versuchte, uns daran zu hindern.«

Judiths Augen waren groß vor Bewunderung. Selbst unter diesen Umständen konnte Hester nicht umhin, festzustellen, welch schöne Frau sie war. Es überraschte sie keineswegs, dass Philo

Trace sich zu ihr hingezogen fühlte. Sie hätte es unverständlich gefunden, wenn es sich anders verhalten hätte.

»Aber die Polizei verhaftete Merrit«, sagte Judith zu Casbolt. »Sie fanden Breelands Uhr im Hof des Lagerhauses.«

»Ich weiß«, beeilte er sich zu sagen. »Ich war dabei, als Monk sie aufhob.« Er wirkte konsterniert.

Judith senkte die Stimme. »Breeland schenkte sie Merrit als Andenken an ihn. Ich wusste das, aber ich hatte gehofft, die Polizei wüsste es nicht. Wie dem auch sei, jedenfalls erzählte Dorothea Parfitt es ihnen … in aller Unschuld, wie ich vermute. Aber nun kann es natürlich nicht mehr rückgängig gemacht werden. Merrit zeigte ihr die Uhr, sie prahlte ein bisschen, wie Mädchen es eben so tun.«

Casbolt legte den Arm um ihre Schultern und zog sie näher zu sich. Sein Gesicht war schmerzverzerrt, und die Intensität seiner Gefühle war einen Moment lang vollkommen offen in sein Gesicht geschrieben.

»Breeland ist verabscheuungswürdig«, sagte er leise. »Er muss sie ihr wieder abgenommen haben und sie dort fallen gelassen haben, unabsichtlich oder mit der Absicht, uns damit an seiner Verfolgung zu hindern, welche ihr Schaden hätte zufügen können. Wie es auch sei, Judith, ich schwöre, wir werden ihn in die Knie zwingen. Wir werden die besten Anwälte engagieren, die es gibt, und einen Kronanwalt als Verteidiger für Merrit, wenn wir es nicht verhindern können, dass es tatsächlich zur Anklage kommt.« Er wandte sich an Monk. »Halten Sie es denn für denkbar, dass Breeland sie entlasten wird? Empfindet er ihr gegenüber überhaupt einen Funken von Liebe, hat er ihr gegenüber ein Ehrgefühl? Schließlich ist er ein erwachsener Mann und sie ist kaum mehr als ein Kind. Außerdem hätte sie nie im Leben daran gedacht, aus eigenem Antrieb Waffen zu stehlen.«

Noch bevor er antwortete, wusste Hester, was Monk sagen würde. Sie warf sogar Trace einen kurzen Seitenblick zu und sah auch in seinem Gesicht den Schatten der Ahnung.

»Nein«, antwortete Monk unwirsch. »Er leugnet, Mr. Alberton ermordet oder jemals Waffen gestohlen zu haben.« Er ignorierte ihre ungläubigen Mienen und fuhr fort. »Er behauptet, Mr. Alberton habe seine Meinung hinsichtlich des Waffenverkaufs geändert und ihm eine entsprechende Nachricht zukommen lassen. Er sagt, er habe die Gewehre legal erworben und einem Mann namens Shearer das Geld dafür übergeben.«

»Was?« Casbolt riss den Kopf hoch.

Judith starrte Monk ungläubig an.

»Weiter behauptet er, er habe keine Ahnung, wer die Männer im Hof des Lagerhauses ermordet haben könnte.« Monk fuhr fort: »Doch er deutete die Möglichkeit an, es sei Trace gewesen, aus Rache, dass es ihm nicht gelungen war, die Waffen in seinen Besitz zu bekommen.«

»Das ist doch lächerlich!« Casbolt konnte nicht länger an sich halten. »Das ist völlig absurd. Niemand würde das glauben.« Er wandte sich an Judith. »Hast du eine entsprechende Zahlung bekommen?«

»Nein«, gab sie entschieden zurück.

»Wer ist überhaupt dieser Shearer? Und wo ist er?«, fragte Monk sie.

»Ich weiß nicht, wo er ist«, gestand sie. »Für die Waffen wurde kein Geld bezahlt außer der Summe, die Mr. Trace anfangs hinterlegte, denke ich.«

Casbolt fuhr zu Philo Trace herum. »Sie hinterlegten doch die erste Hälfte für die gesamte Lieferung, nicht wahr?«

»Sie wissen, dass ich das tat, Sir.«

»Bekamen Sie jemals etwas zurückerstattet, weil Sie den Kauf nicht tätigen konnten?«

»Nein, keinen Cent.« Trace' Stimme war leise, und sie klang angespannt, als ob es ihm Judiths wegen peinlich wäre, obwohl es doch nicht ihre Schuld war.

Casbolt sah Monk an. »Das sollte Ihre Fragen hinreichend beantworten, falls Sie noch welche gehabt haben sollten. Ich weiß nicht, was er mit Merrit getan hat, um sie von seiner Unschuld zu überzeugen, oder wie er sie gar dazu brachte, eine Lüge zu beschwören, um ihn zu schützen, aber sie ist erst sechzehn, noch ein Kind! Gewiss ist sie viel zu jung, um ihr Wort ernst zu nehmen, das sie für einen Mann gegeben hat, von dem sie ganz offensichtlich regelrecht besessen ist.« Er biss sich auf die Lippe, und sein Gesichtsausdruck wurde wieder weicher. »Glauben Sie, er könnte sie bedroht haben?«

Wieder gab Monk eine aufrichtige Antwort. »Nein. Meiner Meinung nach glaubt sie wirklich an seine Unschuld. Ich weiß nicht, warum. Das mag keinen anderen Grund haben, als dass sie es nicht ertragen kann, ihn für schuldig zu halten. Es gibt wenige Dinge, die bitterer sind als die Zerstörung einer Illusion, und wir Menschen neigen dazu, uns selbst glauben zu machen, was wir unbedingt glauben möchten, wie absurd es auch immer sein mag. Wir nennen es Loyalität oder Glaube oder welche Tugend uns selbst am höchsten erscheint und dem Bedürfnis angemessen ist.«

Casbolt sah Judith an, dann richtete er den Blick auf die polierte Oberfläche des Tisches mit all seinem Silber- und Blumenschmuck. »Es scheint keinen Weg zu geben, sie vor Schaden bewahren zu können. Das Beste, was wir tun können, wird sein, sie davor zu bewahren, vor dem Gesetz in Breelands Schuld mit einbezogen zu werden. Die Geschichte über unseren Unterhändler Shearer ist absurd. Ganz offensichtlich organisierte Breeland den Diebstahl der Waffen, ob er nun persönlich daran beteiligt war oder nicht.« Er sah Judith an, und wieder wurde sein Gesicht weicher, seine Stimme sanfter. »Möchtest du Pillbeam damit beauftragen, die Sache für dich in die Hand zu nehmen? Wenn es dir lieber ist, kann ich mich darum kümmern und dafür Sorge tragen, dass Merrit von dem bestmöglichen Barrister vertreten wird. Es besteht keine Notwendigkeit, dich damit zu belasten.«

In ihre Augen trat ein sanfter Schimmer. »Ich danke dir, Robert«, sagte sie schnell und griff nach seiner Hand. »Ich weiß nicht, wie ich diese schrecklichen letzten Wochen ohne deine Freundschaft durchgestanden hätte. Du hast dich nicht im Mindesten geschont, und ich weiß, dass dein Kummer meinem fast nicht nachsteht. Daniel war ja länger dein Freund, als er mein Ehemann war. Er würde dir fast ebenso dankbar sein wie ich für deine unermüdliche Sorge.«

Casbolt errötete auf sonderbar verlegene Weise und zeigte damit eine Verwundbarkeit, die Monk irritierte.

»Ich glaube nicht, dass Merrit zustimmen wird, getrennt von Breeland von einem Anwalt vertreten zu werden«, bemerkte Hester eindringlich. »Und ganz gewiss wird sie ihm nicht erlauben, sich auf irgendeine Art für sie zu opfern. Sie wird es als Maß ihrer Liebe betrachten, mit ihm zu leiden, egal, wie unschuldig sie tatsächlich sein mag.«

»Aber das ist doch …«, begann Casbolt, doch als er ihr Gesicht sah, brach er ab. Vielleicht kannte er Merrit gut genug, um die Wahrheit ihrer Worte zu erkennen. Er drehte sich zu Monk um.

Doch wieder war es Hester, die das Wort ergriff. »Wir kennen Sir Oliver Rathbone sehr gut. Er ist der beste Barrister Londons. Wenn jemand sie verteidigen kann, dann er.«

Judith wandte sich schnell zu ihr um, in ihren Augen lag Hoffnung. »Würde er das denn tun? Vielleicht ist Merrit ja gar nicht gewillt, Hilfe anzunehmen. Wird er dann nicht ablehnen … unter diesen Umständen?« Sie biss sich auf die Lippe. »Ich werde ihm jeden Preis bezahlen, wenn es daran liegen sollte. Bitte, Mrs. Monk, wenn es irgendetwas gibt, was Sie tun können, um ihn dazu zu bewegen …! Ich werde das Haus verkaufen, die Juwelen, die ich besitze, alles, nur um meine Tochter zu retten.«

»Das wird nicht nötig sein«, erwiderte Hester. »Es wird nicht Geld sein, das ihn interessiert, obwohl ich ihm selbstverständlich mitteilen werde, wie sehr Sie sich sorgen und zu welchen Opfern Sie bereit wären. Alles hängt von der Frage ab, ob wir eine Möglichkeit finden, Merrit von Breelands Vergehen zu trennen.«

»Sie müssen getrennt vor Gericht gestellt werden!« Casbolt konnte nicht umhin, Hester zu unterbrechen. Sein Körper war angespannt, und seine Augen wirkten müde. »Es ist doch ganz offensichtlich ungerecht, die beiden so zu behandeln, als handelten sie im selben Geist und trügen dieselbe Verantwortung. Sicherlich könnte ein guter Anwalt eine Jury davon überzeugen!« Seine Stimme klang verzweifelt, ein schriller Unterton wurde laut, der seine aufsteigende Panik verriet.

»Natürlich«, sagte Monk schnell, bevor Casbolt weitersprechen konnte und Judith seine Angst bemerken würde. »Wir werden ihm die Umstände erläutern, und wenn er einwilligt, den Fall zu übernehmen, kann er zu Ihnen kommen, um die nötigen Arrangements zu treffen.«

»Ich bin Ihnen ja so dankbar!« Judiths Gesicht leuchtete vor Erleichterung, dann legte sich plötzlich ein Schatten der Scham darüber. »Sie haben bereits so viel für mich getan! Sie müssen erschöpft sein, und ich sitze einen halben Abend lang hier und belästige Sie mit weiteren Problemen und hoffe auf Ihre Hilfe, wo Sie doch nur noch ein Schatten Ihrer selbst sind und sich nichts auf Erden so sehr wünschen, als endlich nach Hause und in Ihr Bett zu kommen. Es tut mir Leid!«

»Dazu besteht keinerlei Veranlassung.« Hester streckte eilig den Arm über den Tisch und berührte Judiths Hand. »Wir haben Merrit ins Herz geschlossen und sind fast so empört wie Sie über das Unrecht, das geschehen könnte, müsste Breeland den Preis für sein Verbrechen nicht bezahlen. Hätten Sie uns nicht ohnehin gebeten, es hätte uns widerstrebt, unsere Aufgabe halb erfüllt aufzugeben.«

Judith erwiderte nichts. Sie war so von ihren Gefühlen gefangen genommen, dass sie sich kaum mehr unter Kontrolle hatte.

»Ich danke Ihnen«, sagte Casbolt an ihrer Stelle. »Es war ein glücklicher Tag für uns, als Sie unsere Wege kreuzten. Ohne Sie wäre dies alles zu einer vollkommenen Tragödie geworden.« Er wandte sich an Trace. »Ich habe es bis jetzt versäumt, auch Ihnen für Ihre Mitarbeit zu danken, Sir. Ihr Wissen und Ihr Wille, Ihre Zeit zu opfern und das Risiko auf sich zu nehmen, Ihre Sicherheit für die Gerechtigkeit und für Merrit aufs Spiel zu setzen, das ist eine beachtliche Barmherzigkeit, die Sie als wahren Gentleman auszeichnet. Wir stehen hoch in Ihrer Schuld, Sir.«

»Zwischen Freunden gibt es keine Schuld«, erwiderte Trace. Er sprach mit Casbolt, aber Monk war sich ziemlich sicher, dass seine Worte für Judith bestimmt waren.

Es war nicht eine Aufgabe, auf die Monk sich gefreut hätte. Er hatte gehofft, Judith Alberton würde über einen Anwalt verfügen, dem ihr uneingeschränktes Vertrauen galt, sodass sie sich nicht weiter hätte umsehen müssen, aber er hatte dennoch immer mit der Möglichkeit gerechnet, sich am Ende an Rathbone wenden zu müssen. Dies war ein ausweisloser Fall.

Trotzdem spürte er, während er und Hester auf dem Heimweg waren, wie sich bei der Aussicht, am folgenden Tag zur Vere Street fahren und mit Oliver Rathbone sprechen zu müssen, schlimmer noch, ihn um einen Gefallen bitten zu müssen, eine tiefe Depression über ihn legte.

Ihre Beziehung zueinander hatte eine lange, von Spannungen geprägte Geschichte. Rathbone war von Geburt an alles, was Monk nicht war. Er war privilegiert, lebte in finanziell gesicherten Verhältnissen, er hatte eine exzellente Erziehung genossen, war Mitglied der gehobenen Gesellschaft und bewegte sich völlig mühelos als Gentleman. Monk hingegen war der Sohn eines Fischers aus Northumberland, ein Selfmademan, der seine Bildung bezog, woher er nur konnte, und der seine Lage ständig durch Einfallsreichtum und harte Arbeit zu verbessern suchte. Vor unkritischen Augen konnte er als Gentleman bestehen. Er besaß keinen Deut weniger Eleganz als Rathbone, aber sie kostete ihn Mühe. Er hatte gelernt, wie er sich zu benehmen hatte, imitierte Herren, die er bewunderte, und doch machte er manches Mal Fehler und erinnerte sich ihrer hinterher mit brennender Verlegenheit.

Rathbone hatte sich niemals anmerken lassen, dass er Monk überlegen war; das zu tun, wäre auch völlig überflüssig gewesen. Monk begriff das erst jetzt, in seinen Vierzigern.

Eigentlich war alles nur ein natürlicher Verschleiß zwischen zwei Männern, die über dieselbe Intelligenz und denselben Ehrgeiz verfügten, über eine rasche Auffassungs- und Formulierungsgabe und die dieselbe Leidenschaft für Gerechtigkeit hegten. Was aber wirklich wichtig war und was bei jedem von ihnen stets im Vordergrund stand, war, dass sie beide dieselbe Frau liebten. Und diese Frau hatte Monk gewählt.

Nun musste Monk zu ihm gehen und ihn um Hilfe bitten, ihm einen Fall anbieten, der sich gewiss als kompliziert und höchst gefühlsbetont herausstellen konnte und der aller Wahrscheinlichkeit nach nicht zu einer befriedigenden Lösung führen würde. Doch es war eine Art Kompliment, dass er Rathbone für den einzigen Mann hielt, der solch eine Aufgabe übernehmen wollte und konnte.

Hester bestand darauf, Monk zu begleiten.

Sie kamen unangemeldet, woraufhin ihnen ein Diener entschuldigend mitteilte, Sir Oliver befände sich im Gericht. Wenn die Angelegenheit jedoch so wichtig sei, wie sie andeuteten, und in Anbetracht ihrer langjährigen Verbindung, könnte man eine Nachricht zum Old Bailey schicken, wo Sir Oliver sie eventuell während der Mittagspause empfangen könnte.

So geschah es dann auch. Die drei setzen sich in einem überfüllten Gasthaus zusammen, beugten sich über einen kleinen Tisch und unterhielten sich so leise wie möglich, jedoch laut genug, um sich über das Gewirr von Stimmen hinweg, die allesamt dasselbe versuchten, verständlich zu machen.

Rathbone begrüßte Hester, dann lauschte er aufmerksam Monk, der ihm die ganze Geschichte darlegte und sich darauf konzentrierte, den Fall möglichst logisch zu schildern. Monk war selbst überrascht, wie unwohl er sich fühlte.

»Ich nehme an, Sie haben von den Morden im Hof des Lagerhauses in der Tooley Street gelesen?«, fragte er.

»Ja«, antwortete Rathbone zurückhaltend. »Ganz England las darüber. Äußerst scheußliche Sache. In einer der heutigen Morgenzeitungen stand zu lesen, Lyman Breeland sei nach London zurückgebracht worden, um vor Gericht gestellt zu werden, ebenso wie Albertons Tochter. Aber das ist vermutlich blanker Unsinn.«

Er schob das Gemüse langsam auf seinem Teller herum. »Sicher wurde jemand gesehen, der den beiden ähnelt. Warum, um Gottes willen, sollte er sein Anliegen und sein Land im Stich lassen, wenn er gerade jetzt dort gebraucht wird, und weshalb sollte er hierher zurückkommen, wo er doch mit großer Wahrscheinlichkeit am Galgen endet? Ich halte es für vorstellbar, dass Präsident Lincoln auf diplomatischer Ebene eine Einigung mit England anstreben würde, wegen Breelands Bedeutung für die Sache der Union, aber ich kann mir keine Möglichkeit vorstellen, wie sich das mit der öffentlichen Meinung hier in unserem Land vereinbaren ließe, vom Gesetz gar nicht zu reden.« Er zog die Stirn in Falten. »Warum fragen Sie? Ich nehme an, Sie haben irgendein Interesse an dem Fall, andernfalls hätten Sie das Thema nicht aufgebracht.«

»Wir waren es, die ihn zurückbrachten«, erwiderte Monk, während er Rathbones langes Patriziergesicht mit den hohen Wangenknochen und dem sensiblen Mund betrachtete. Er sah, wie sich plötzliche Überraschung darauf abzeichnete. »Mit vorgehaltener Waffe allerdings«, fügte er hinzu. »Aber er war nicht so unwillig, wie man annehmen hätte sollen.«

»Tatsächlich?« Rathbones Augenbrauen hoben sich. »Er behauptet, unschuldig zu sein und von Albertons Tod nichts gewusst zu haben.« Monk schenkte Rathbones Gesichtsausdruck keine weitere Beachtung. »Ich glaube es zwar nicht, aber es ist nicht vollkommen ausgeschlossen. Er sagt, Alberton habe seine Meinung geändert und ihm die Waffen verkaufen wollen, und dass er ihm eine entsprechende Nachricht habe zukommen lassen. Der Nachtportier in Breelands Unterkunft brachte ihm in jener Nacht tatsächlich eine Depesche, nach deren Empfang Breeland seine Habseligkeiten packte und kurz darauf mit Merrit Alberton das Haus verließ.«

»Die Depesche hätte alles Mögliche beinhalten können«, räsonierte Rathbone. »Aber fahren Sie fort.«

»Er sagte, ein Mann namens Shearer, ein Unterhändler Albertons, hätte die gesamte Ladung, Waffen und Munition –«

»Wie viele?«, unterbrach Rathbone.

»Sechstausend Gewehre und eine halbe Million Munitionskugeln«, erwiderte Monk.

Rathbones Augen wurden groß.

»Ganz schönes Gewicht. Nichts, was man mit einem Schubkarren abtransportieren könnte. Wissen Sie, wie viel das ungefähr ausmacht? Eine Wagenladung, zwei oder gar drei?«

»Mindestens drei große Wagen«, antwortete Monk. »Er sagt,

Shearer hätte sie ihm an den Bahnhof geliefert, wo er ihm den gesamten Betrag in bar ausbezahlt hätte, woraufhin Shearer seiner Wege gegangen sei. Breeland behauptet, Alberton überhaupt nicht gesehen zu haben und ihm ganz gewiss nichts angetan zu haben.«

»Und was sagt Merrit Alberton dazu?«, fragte Rathbone mit einem Blick auf Hester.

»Dasselbe«, antwortete sie. »Sie sagt, sie seien mit dem Zug nach Liverpool gefahren, von dort aus mit dem Schiff, das noch in Queensland in Irland anlegte. Nach der Ankunft in New York seien sie per Eisenbahn nach Washington gereist. Wir legten den gleichen Weg zurück. Sie beschrieb ihn ziemlich genau.«

Rathbone dankte ihr. Es war unmöglich, zu sagen, ob er in ihrem Gesicht ihre Gefühle gelesen hatte.

»Ich hatte gedacht, die Polizei hätte die Waffenladung bis zu einem Prahm, der flussabwärts fuhr, verfolgt«, sagte er nachdenklich. »Habe ich da irgendetwas falsch verstanden?«

»Nein. Das ist tatsächlich so«, bestätigte Monk. »Wir konnten den Weg des Prahms bis Greenwich verfolgen, und wir nehmen an, dass dort ein seegängiges Schiff wartete, auf das die Gewehre verladen wurden.«

»Dann lügen sie also beide?«

»Muss wohl so sein. Außer, es gibt noch eine andere Erklärung, auf die wir bis jetzt nicht gestoßen sind.«

»Und was erwarten Sie nun von mir?« Obwohl bereits ein trauriger Schatten um seine Augen spielte, lag ein Lächeln auf seinen Lippen, vielleicht in Erinnerung an andere Schlachten, die sie miteinander ausgefochten hatten und in denen sie sowohl Niederlagen als auch Siege aneinander geschweißt hatten.

Hester sog pfeifend den Atem ein, überließ die Antwort jedoch Monk. »Wir möchten, dass Sie Merrit Alberton verteidigen«, antwortete er. »Sie schwört, ihren Vater nicht ermordet zu haben, und ich glaube ihr.«

Hester beugte sich mit eindringlicher Miene nach vorn. »Aber sei es, wie es sei, sie ist erst sechzehn Jahre alt und steht vollkommen unter Breelands Einfluss. Sie glaubt leidenschaftlich an die

Sache der Union und hält ihn für einen Helden. Sie hat sämtliche Ideale von Tapferkeit und Edelmut, die ein junges Mädchen nur haben kann.«

Rathbones dunkle Augen wurden groß. »Die Union der Vereinigten Staaten? Warum, um Himmel willen? Welche Bedeutung soll das für ein junges englisches Mädchen haben?«

»Nein, es ist nicht die Union, ihr geht es mehr um die Sklaverei!«

Ihr eigenes glühendes Bestreben, ihr tiefgründiger Hass auf alle Übel der Herrschaft, auf Grausamkeit und Verweigerung der Menschenrechte, brannten in ihrem Gesicht. Wenn Merrit Alberton nur einen Teil von dem empfand, was sie in sich spürte, dann wäre es schmerzlich einfach, zu glauben, dass sie einem Mann, dessen Kreuzzug der Freiheit gewidmet war, bis ans Ende der Welt gefolgt wäre und dabei wenig an den Preis gedacht hätte, den sie dafür zu bezahlen haben würde.

Rathbone seufzte. In einem Augenblick tiefsten Verständnisses wusste Monk genau, was er dachte, und als Rathbone sprach, wurde er darin bestätigt.

»Das mag ihr bei einer britischen Jury sehr wohl Sympathien einbringen, die der Sklaverei ebenso wenig Liebe entgegenbringt wie ein Unionist, aber vor den Augen des Gesetzes wird es nichts entschuldigen. Ist sie mit diesem Breeland verheiratet?«

»Nein.«

Er seufzte leicht. »Na, ich nehme an, das ist wenigstens etwas. Und sie ist sechzehn Jahre alt?«

»Ja. Aber sie wird nicht gegen ihn aussagen.«

»Das habe ich angenommen. Auch wenn sie es täte, würde es uns nicht besonders helfen. Treue ist eine sehr attraktive Qualität. Treulosigkeit ist es nicht, selbst wenn es gute Gründe dafür gibt. Ich schwöre Ihnen, Monk, bisweilen denke ich, Sie verbringen Ihre Zeit damit, immer kompliziertere Fälle für mich aufzutreiben, bis Sie wieder einen haben, der mich in völlige Konfusion stürzt. Dieses Mal haben Sie sich wahrlich selbst übertroffen. Ich weiß kaum, wo ich beginnen soll.« Aber der Ausdruck auf seinem Gesicht zeigte, dass seine Gedanken bereits rasten.

Monk spürte nun zum ersten Mal seit langer Zeit, dass sich seine Stimmung etwas hob. Wenn Rathbone den Fall als persönliche Herausforderung ansah, würde er ihn sicherlich übernehmen. Nichts würde es ihm je gestatten, vor den Augen Hesters einen Rückzieher zu machen. In seinen Augen blitzten Humor, Selbstironie und Selbsterkenntnis, als ob er Monks Gedanken so gut wie seine eignen kannte und sie akzeptierte. Wenn es einen Augenblick gab, in dem Schmerz und neuerlich empfundene Einsamkeit Rathbone belasteten, dann gelang es ihm, ihn schnell zu überwinden.

Er begann die beiden über jedes Detail auszufragen, das ihm in den Sinn kam. Er stellte Fragen über Casbolt, Judith Alberton, Philo Trace und über die gesamte Reise nach Amerika und was sie dort getan hatten. Insbesondere interessierte er sich für Monks Fahrt die Themse hinunter, die er in Begleitung Lanyons unternommen hatte.

Er wirkte betrübt, und einen Augenblick verlor er regelrecht die Fassung, als Monk vom Auffinden der Leiche Albertons erzählte und davon, dass er beinahe auf die Uhr getreten wäre.

Von der Schlacht am Bull Run erzählte Monk wenig. Dieses Grauen war etwas, wofür er keine Worte fand. Die wenigen Worte, die ihm einfielen, klangen gestelzt, und seine Gefühle waren zu aufgewühlt, um sie hier in diesem lärmerfüllten, freundlichen und friedlichen Gasthaus mit jemandem zu teilen. Außerdem war er selbst nicht bereit, daran zu denken. Es war zu eng mit seiner Liebe zu Hester und mit einem sonderbar stechenden Gefühl der eigenen Unzulänglichkeit verbunden, sich je der Schönheit würdig zu erweisen, die er in ihr gesehen hatte. Außerdem war dies das Letzte, was er Rathbone hätte anvertrauen wollen. Gerade diesem Mann gegenüber wäre das äußerst grausam gewesen.

Hastig fuhr er fort zu berichten, wie sie Breeland gefunden hatten und wie er und Philo Trace ihn auf dem Weg nach Richmond, Charleston und bis nach Hause abwechselnd bewacht hatten.

»Verstehe«, murmelte Rathbone, als Monk seinen Bericht beendet hatte, wobei Hester nur gelegentlich einige Worte hinzugefügt hatte. »Dann dürfen Sie Mrs. Alberton mitteilen, dass ich sie aufsuchen werde und sie mich an ihren Solicitor verweisen kann, um mir von ihm Instruktionen erteilen zu lassen. Ich habe offenbar wieder einmal eine große Schlacht vor mir.«

Monk überlegte, ob er ihm danken sollte, zögerte, und er unterließ es dann. Rathbone hatte den Fall nicht wegen ihm persönlich übernommen ... für Hester vielleicht ... möglicherweise wegen der Herausforderung, wegen der Gerechtigkeit, aber niemals wegen Monk, höchstens um unter Beweis zu stellen, dass er sich der Aufgabe gewachsen fühlte.

»Gut!«, sagte Monk. »Sehr gut.«

7

In ziemlicher Eile kehrte Rathbone in den Gerichtssaal zurück. Sein Mitarbeiter war bestens befähigt, um mit der gegenwärtigen Sache allein zurechtzukommen. Es war ein Routinefall, es galt lediglich, Beweise aufzuführen, von denen die meisten unanfechtbar waren. Dies kam ihm sehr gelegen, da sich seine Gedanken während des Nachmittags weniger mit der Sache *Regina versus Wollcraft* beschäftigten als vielmehr mit der Sache *Regina versus Breeland und Alberton*, die er so überstürzt akzeptiert hatte.

Er fühlte sich nicht nur mit dem Fall an sich nicht wohl, sondern auch mit den Gründen, die ihn veranlasst hatten, ihn zu übernehmen. Er hatte in den Zeitungen darüber gelesen, obwohl es ihn nicht sonderlich interessiert hatte, weil ihm die Sache klar auf der Hand zu liegen schien. Aber wie den meisten Zeitungsredakteuren, tat auch ihm Judith Alberton zutiefst Leid. Mitgefühl war eine edle Emotion, aber es war keine gute Basis, um vor Gericht zu ziehen. Geschworene mochten sich von Gefühlsregungen beherrschen lassen, Richter durften das nicht. Und die öffentliche Meinung war sehr unbarmherzig gegen Merrit Alberton. Es sah so aus, als hätte sie sich mit einem Ausländer verschworen, um ihren eigenen Vater zu ermorden. Dies war ein Affront gegen jegliche Formen des Anstandes, gegen Familienloyalität, Gehorsam, Familientradition und Patriotismus. Würde sich jede Tochter die Freiheit nehmen, sich ihrem Vater auf derartig gewalttätige und abstoßende Art zu widersetzen, dann wäre die Gesellschaft an sich bedroht.

Rathbone entdeckte, dass ihn diese Überlegungen irritierten und dass sein Respekt vor der bürgerlichen Gesellschaft, der tief in den Wurzeln seines Lebens verankert war – wenigstens oberflächlich –, ein wenig brüchig wurde. Er verachtete Voreingenommenheit, die nichts weiter war als eine Tradition, die sich in starren Köpfen festgesetzt hatte und zur Gewohnheit geworden war. Er hatte den Fall zum Teil auch deswegen übernommen, weil er die Herausforderung liebte. Es war sowohl aufregend als auch gefährlich, gefordert zu werden. Was, wenn er der Sache nicht gewachsen wäre? Was, wenn es ihm nicht gelänge, Gerechtigkeit zu gewährleisten und ein unschuldiger Mann oder eine unschuldige Frau gehängt wurde, weil er nicht klug genug, tapfer genug, einfallsreich, wortgewandt oder überzeugend gewesen war?

Oder wenn ein Schuldiger auf freien Fuß gesetzt wurde? Um vielleicht erneut zu töten oder um von seinem Verbrechen zu profitieren, was anderen beweisen würde, dass das Gesetz nicht fähig war, die Opfer zu schützen?

Aber auch ohne all diese Gründe wusste er, dass er den Fall übernommen hätte, weil Hester ein Interesse daran hatte. Sie hatte es zwar nicht gesagt, aber er hatte es in ihrem Gesicht gelesen, dass sie sich um Merrit sorgte, dass sie sich vielleicht selbst in dem Mädchen wiedersah, wie sie mit sechzehn gewesen war: eigensinnig, idealistisch und zu verliebt, um schlecht von dem Mann zu denken, in den sie so großes Vertrauen investiert hatte, der ihren Träumen so nah war.

War sie tatsächlich so gewesen? Er wünschte, er hätte sie damals gekannt. Lächerlich, wie stechend der Schmerz immer noch war, selbst ein halbes Jahr, nachdem sie Monk geheiratet hatte. Tatsächlich war der Schmerz jetzt größer, als er es gewesen war, als sie noch unverheiratet war und Rathbone die Chance gehabt hatte, sie um ihre Hand zu bitten. Wenn er damals nur erkannt hätte, wie sehr er es sich gewünscht hatte.

Als die Verhandlung zum Abschluss kam, zufrieden stellend und eine gute Stunde früher, als er erwartet hatte, nahm er den Dank seines Klienten entgegen und trat in den heißen lärmenden Augustnachmittag hinaus. Er winkte den ersten freien Hansom heran, den er entdecken konnte, und gab dem Fahrer die Adresse seines Vaters am Primrose Hill. Er lehnte sich gemütlich zurück und ließ seinen Gedanken freien Lauf. Er wollte nicht an Monk oder den neuen Fall denken. Und vor allem wollte er nicht an Hester denken.

Nach einem wohltuenden Abendessen, bestehend aus frischem Brot, Brüsseler Pastete, einem angenehmen Wein und hinterher einem heißen Pflaumenkuchen aus Blätterteig mit frischer Sahne, lehnte er sich in seinem Armsessel zurück und sah durch die geöffneten Terrassentüren hinaus auf den Rasen und die Geißblatthecke, hinter der sich der Obstgarten anschloss. Außer dem Gezwitscher der Vögel und dem scharrenden Geräusch, das Henry Rathbone verursachte, indem er mit einem kleinen Messer in seinem Pfeifenkopf herumschabte, ohne tatsächlich etwas damit zu bewirken, war nichts zu hören. Er tat es aus purer Gewohnheit, seine Gedanken waren nicht bei der Sache, und tatsächlich rauchte er seine Pfeife eher selten. Er füllte sie, drückte den Tabak zusammen, zündete sie an und ließ sie regelmäßig wieder ausgehen.

»Na, und?«, sagte er schließlich.

Oliver sah auf. »Wie bitte?«

»Hast du die Absicht, es mir zu erzählen, oder soll ich raten?«

Es war sowohl angenehm als auch beunruhigend, derartig durchschaut zu werden. Hier war kein Platz für Ausflüchte, keine Fluchtmöglichkeit, und Oliver konnte auch gar nicht in Versuchung geraten, etwas Derartiges in Erwägung zu ziehen.

»Hast du über die Morde an dem Lagerhaus in der Tooley Street gelesen?«, fragte Oliver.

Henry klopfte seine Pfeife an der Kaminumrandung aus. »Ja?«, sagte er und sah Oliver besorgt an. »Ich dachte, es wäre ein amerikanischer Waffenkäufer gewesen. Ist dem etwa nicht so?«

»Doch, mit ziemlicher Sicherheit«, erwiderte Oliver trübselig. »Monk brachte ihn eben erst von Amerika zurück, damit er vor Gericht gestellt werden kann.«

»Und was will er von dir? Er will doch etwas, nicht wahr?«

»Natürlich.« Gelegentlich versuchte Oliver, seinem Vater auszuweichen. Aber er hatte niemals Erfolg damit, denn selbst wenn es ihm gelang, ihn auf die falsche Fährte zu locken, fühlte er sich so schuldig, dass er sofort die Wahrheit gestand und sich hinterher lächerlich vorkam. Henry Rathbone war ein offener und aufrichtiger Mensch. Manchmal war dies ein Nachteil – tatsächlich sogar recht häufig, wenn Verhandlungsgeschick und taktisches Manipulieren gefragt waren. Er hätte es niemals auch nur zu einem leidlich guten Anwalt gebracht, denn er hatte nicht das geringste Talent, eine Rolle zu spielen oder für eine Sache zu plädieren, an die er nicht glaubte.

Aber er verfügte über eine brillante Auffassungsgabe, was Fakten betraf, und einen schonungslos logischen Verstand, der bemerkenswerter Gedankensprünge fähig war.

Jetzt wartete er auf Olivers Erklärung. Draußen zogen die Stare über den Himmel, zeichneten sich schwarz vor den Goldtönen der abendlichen Sonne ab. Irgendwo in der Nähe war der Rasen gemäht worden, und der Geruch des gemähten Grases hing in der Luft.

»Er brachte auch die Tochter zurück«, begann Oliver. »Sonderbar, aber sie und Breeland behaupten beide, keiner von ihnen sei am Tod Albertons oder dem Diebstahl der Waffen schuldig.« Er sah den ungläubigen Ausdruck im Gesicht seines Vaters. »Nein, ich glaube es auch nicht«, beeilte er sich zu sagen. »Aber seine Geschichte ist besser als ein einfaches Dementi. Er behauptet, Alberton habe seine Meinung geändert, musste dies aber wegen Philo Trace, dem Waffenkäufer aus den Südstaaten, von dem er im Voraus die Hälfte der Summe angenommen hatte, geheim halten.«

Henrys Mundwinkel zogen sich vor Abscheu nach unten. »War Alberton die Art von Mann, der so etwas tun würde?«

»Nicht nach all dem, was ich gehört habe, aber ich kann es natürlich nicht persönlich beurteilen«, erwiderte Oliver. »Abgesehen davon, dass eine solche Handlungsweise unredlich gewesen wäre, so hätte sie zudem seinen Ruf für alle Zukunft ruiniert. Aber, was noch wichtiger ist, laut Monk bekam Trace sein Geld nicht zurück.« Er zögerte. »Wenigstens behauptet Trace das. Und in Albertons Büchern findet sich kein Nachweis, dass er von Breeland Geld bekommen hatte.«

Henry steckte sich die Pfeife in den Mund und zündete ein Streichholz an, dessen durchdringender Geruch augenblicklich die Luft erfüllte. Er hielt es an den Tabak und sog an der Pfeife. Der Tabak entzündete sich, qualmte einen Augenblick und erlosch wieder. Henry schmauchte dennoch weiter.

»Die einleuchtendste Erklärung scheint mir zu sein, dass Breeland lügt«, fuhr Oliver fort. »Vielleicht muss ich Albertons geschäftliche Angelegenheiten untersuchen und so viel wie möglich über Philo Trace in Erfahrung bringen, um mich vor unliebsamen Überraschungen zu schützen.«

In schweigender Zustimmung nickte Henry bedächtig. Oliver saß immer noch vorgebeugt da, die Ellbogen auf den Knien aufgestützt. Sie betrachteten sich gegenseitig über den freien Platz vor dem Kamin hinweg. Sie saßen so, als ob das Feuer brennen würde, obwohl es an diesem Sommerabend noch so warm war, dass die Terrassentüren weit offen standen. Es war lediglich eine lieb gewordene Gewohnheit, die sich während der Jahre entwickelt hatte. Zum ersten Mal hatte ein solches Gespräch stattgefunden, als Oliver elf Jahre alt gewesen war. Damals hatten sie sich mit unregelmäßigen lateinischen Verben beschäftigt und versucht, eine Logik zu entdecken. Sie waren zu keinem Ergebnis gekommen, aber das Gefühl der Kameradschaft und die Empfindung, einen gewissen Grad an Erwachsensein erreicht zu haben, waren eine unermessliche Befriedigung gewesen.

»Die Polizei konnte den Transport der Waffen bis zum Fluss nachvollziehen, dann wurden sie auf einen Kahn verladen, den sie bis zu Bugsby's Marshes verfolgen konnten«, fuhr er fort. »Breeland hingegen behauptet, die Lieferung am Bahnhof entgegengenommen zu haben, woraufhin er mit der Eisenbahn nach Liverpool gefahren sei. Merrit Alberton beschwört diesen Umstand.«

»Das ergibt keinen Sinn«, meinte Henry nachdenklich. »Wie kompetent ist die Polizei? Das frage ich mich.«

»Monk sagt, der mit dem Fall betraute Mann sei hervorragend. Aber ungeachtet dessen begleitete Monk ihn persönlich und sagt dasselbe. Die Waffen gingen vom Lagerhaus an den Fluss, dann flussabwärts bis Bugsby's Marshes. Von dort wäre es eine Leichtigkeit gewesen, sie auf ein ozeantaugliches Schiff zu verladen und damit über den Atlantik zu fahren. Nicht einmal Breeland leugnet, sie genommen und sicher nach Amerika gebracht zu haben. Vermutlich wurden sie in der Schlacht bei Manassas eingesetzt.«

Henry erwiderte nichts, er hing seinen Gedanken nach.

»Hester hält das Mädchen für unschuldig«, fügte Oliver hinzu und wünschte augenblicklich, es nicht gesagt zu haben. Er hatte zu viel von sich preisgegeben. Nicht, dass Henry seine Gefühle nicht gekannt hätte. Hester hatte ihn oft genug besucht. Sie war in diesem Zimmer gesessen, hatte das verblassende Licht am Himmel beobachtet und die letzte Abendsonne, die die Spitzen der Pappeln vergoldet hatte, während die abendliche Brise durch die Blätter fächelte. Sie hatte Henry gern gehabt, sich hier zu Hause gefühlt und einen inneren Frieden und Trost gefunden in der Schönheit des Ortes, des Geißblattes und der Apfelbäume.

»Nicht, dass das ein Grund wäre, natürlich!«, fügte er hinzu und spürte, wie er errötete, als Henrys Augen sich weit öffneten. Natürlich war genau das ein Grund. Indem er es leugnete, hatte er nur noch mehr Aufmerksamkeit auf diesen Umstand gelenkt.

»Es scheint eine Menge Dinge zu geben, die du noch nicht weißt«, bemerkte Henry, der die Pfeife hoch hielt und sie trübselig betrachtete. »Vielleicht wurde das Mädchen missbraucht und ist sich dessen nicht bewusst.«

»Das ist möglich«, nickte Oliver. »Ich muss noch eine Fülle von Fragen beantworten können, wenn ich kompetent vor Gericht auftreten will, von einer Chance auf Erfolg gar nicht zu sprechen.«

Henry betrachtete Oliver angelegentlich. »Du hast den Fall übernommen, nehme ich an.«

»Nun ... ja.«

Henry stöhnte. »Ein wenig überstürzt vielleicht. Aber du bist ja weit impulsiver, als du es gerne glauben möchtest.« Er lächelte und raubte damit seinen Worten die Schärfe. Er hegte eine tiefe Zuneigung zu seinem Sohn, und Oliver hatte diese nie in Zweifel gezogen.

»Ich werde Mrs. Alberton aufsuchen müssen«, erklärte er. »Vielleicht möchte sie mich gar nicht mit dem Fall betrauen.«

Henry machte sich nicht die Mühe, etwas zu entgegnen. Er hatte ebenso viel Achtung vor den beruflichen Qualitäten seines Sohnes wie jeder andere.

»Was meint Monk?«, fragte er stattdessen.

»Ich habe ihn nicht gefragt«, gab Oliver ein wenig patzig zurück.

»Interessant, dass er es dir nicht sagte«, sagte Henry und studierte dabei seine Pfeife. »Für gewöhnlich geht er mit seinen Ansichten wenig diskret um. Entweder ist er unaufrichtig, oder er weiß es nicht.«

»Ich werde mehr wissen, sobald ich Merrit Alberton gesprochen habe und höre, was sie zu sagen hat«, fuhr Oliver fort, vielleicht mehr zu sich selbst sprechend als zu seinem Vater. »Dann werde ich wenigstens ihren Charakter einschätzen können. Und selbstverständlich werde ich, ob ich ihn nun vertrete oder nicht, mit Breeland sprechen müssen.«

»Beabsichtigst du, auch ihn zu vertreten?«

»Ich würde es lieber vermeiden, aber wenn er auch nur einen Funken von Verstand hat, wird er alles in seiner Macht Stehende tun, damit sie beide gemeinsam unter Anklage gestellt und verteidigt werden.«

»Was ist, wenn er darauf vorbereitet ist, sie zu verteidigen, indem er die ganze Verantwortung auf sich nimmt?«, fragte Henry ruhig. »Wenn er sie liebt, ist das wahrscheinlich. Wirst du ihm das erlauben?«

Oliver dachte einige Augenblicke lang nach. Was würde er tun, wenn Breeland gewillt wäre, die Verantwortung auf sich zu nehmen, um Merrit zu entlasten, und er selbst Merrit aber für schuldig hielt?

»Du denkst wohl besser noch einmal darüber nach«, warnte Henry. »Wenn sie sich wirklich lieben, kann es sehr gut sein, dass beide versuchen werden, die Schuld für den anderen auf sich zu nehmen und dir damit die Aufgabe noch schwieriger machen, egal, wen du vertrittst. Daran hast du wohl noch nicht gedacht?«, fragte er überrascht.

»Nein«, gab Oliver zu. »Es war nichts, was Monk gesagt hatte, sondern eher etwas, was er zu erwähnen vergaß, aber ich gewann den Eindruck, Breeland würde sich für niemanden opfern. Doch ich muss erst noch einiges in Erfahrung bringen, ansonsten riskiere ich, mich in diesem Fall zu verheddern.«

»Stimmt«, nickte Henry. »Einerseits könnte Breelands Geschichte stimmen, auch wenn sie unwahrscheinlich klingt?«

»Du meinst, die Geschichte mit dem Unterhändler Shearer? Ich weiß es nicht. Ich kenne aber keinen Grund, die sie völlig unwahrscheinlich macht – ich werde Monk bitten, herauszufinden, ob es diesen Shearer wirklich gibt, und wenn ja, was er für ein Mensch ist. Könnte er Alberton selbst ermordet und das Geld für sich behalten haben?« Er fuhr fort, laut zu denken. »Das wäre die natürlichste Verteidigungsstrategie und ist vermutlich auch das, was Breeland behaupten wird. Wenn ich die aber benutze, muss ich sichergehen, dass sie nicht widerlegt werden kann.«

Schweigend betrachtete Henry ihn. Oliver erkannte, dass er eng mit Monk zusammenarbeiten müsste, ein Gedanke, den er bis jetzt beiseite geschoben hatte. Er wollte den Fall übernehmen, aber er wäre lieber unabhängig gewesen und hätte Hester und Monk die fertige Verteidigung präsentiert, anstatt die beiden um ihre Unterstützung bitten zu müssen.

»Hältst du es für möglich, dass Breeland schuldig ist und die Tochter sich dessen nicht bewusst ist?«, fragte Henry. »Wenn sie davon wusste und nicht gewaltsam nach Amerika entführt wurde, dann ist sie eine Komplizin und dem Gesetz nach eine Mittäterin.«

Schnell fügte Oliver hinzu: »Ich weiß es nicht zweifelsfrei, aber nach dem, was Monk mir sagte, kann es nicht sein, dass sie sich der Wahrheit nicht bewusst ist. Sie und Breeland waren die Nacht zusammen, in der Alberton ermordet wurde, und sie war ganz gewiss nicht gezwungenermaßen in Amerika.« Er zögerte. »Außerdem wurde im Hof des Lagerhauses eine Uhr gefunden, die Breeland ihr als Andenken geschenkt hatte.«

Henry erwiderte nichts, aber sein Gesichtsausdruck sprach Bände.

Draußen wurden die Schatten auf dem Rasen länger, und die

Luft war merklich kühler geworden. Ein Dreiviertel-Mond leuchtete am dunkel werdenden Himmel. Die Sonne hatte nun auch die Pappeln verlassen.

»Ich bin verpflichtet, auch Breeland zu verteidigen.« Oliver brachte das Unvermeidliche zum Ausdruck. »Außer er besteht auf einem eigenen Anwalt, und dann könnte ich mir vorstellen, dass Merrit Alberton sich für dieselbe Person entscheidet, ungeachtet der Wünsche ihrer Familie.«

»Wirst du ihn denn als Klient akzeptieren, wenn du ihn für schuldig hältst?«, fragte Henry. »Wenn du weißt, dass seine Verurteilung auch die des Mädchens zur Folge hat?«

Dies war ein moralisches Dilemma, das Oliver zutiefst verabscheute. Mordfälle stießen ihn meistens ab, weil sie von Brutalität zeugten und, soweit er es beurteilen konnte, auch unnötig waren. Breeland, oder ein anderer, hätte die Waffen auch stehlen können, ohne Alberton und die Nachtwächter zu töten. Sie hätten bewusstlos und gefesselt zurückgelassen werden können und damit keine Chance gehabt, den Diebstahl zu verhindern. Zu dem Zeitpunkt, als man sie fand, wäre Breeland längst in Sicherheit gewesen. Die Morde waren völlig überflüssig und zeugten von einer gänzlich sinnlosen Grausamkeit. Viel lieber hätte er ausschließlich für Merrit die Verteidigung übernommen, auch wenn ihm im Moment noch nichts Besseres eingefallen war, als auf ihre Jugend und ein gewisses Maß von Nötigung und Einschüchterung zu plädieren und dass sie die Gewaltanwendung nicht vorhersehen konnte. Keines dieser Argumente war jedoch auf Breeland anzuwenden.

»Ich weiß es nicht«, gestand er. »Ich muss noch viel mehr verstehen, bevor ich überhaupt formulieren kann, wie ich meine Verteidigung aufbauen werde.«

Eine Weile wurde das Schweigen nicht unterbrochen. Henry stand auf, schloss die Terrassentüren und kehrte auf seinen Platz zurück.

»Außerdem gibt es da noch diese Sache mit der Erpressung«, begann Oliver schließlich erneut, und zu Henrys Überraschung erzählte er ihm, dass Monk kurz erwähnt hatte, Alberton hätte ihn bezüglich dieser dringlichen Angelegenheit konsultiert. »Ich nehme an, das könnte etwas mit der Sache zu tun haben«, sagte er unsicher.

»Nun, natürlich musst du herausfinden, wer dafür verantwortlich war«, stimmte Henry zu. »Vielleicht nahm jemand Rache dafür, die Waffen nicht erwerben zu können.«

»Aber Breeland log wegen der Gewehre!«, sagte Oliver und kehrte damit zu dem einen Punkt zurück, der unausweichlich schien. »Monk verfolgte sie doch bis hinunter zu Bugsby's Marshes, nicht aber zum Bahnhof und nach Liverpool.« Er starrte in den leeren Kamin.

»Aber warum Mord?«, fragte Henry. »Nach dem, was du gesagt hast, musste Breeland Alberton nicht ermorden, um an die Waffen zu kommen. Nimm dieses Mädchen sehr sorgfältig unter die Lupe, Oliver, und ebenso die Witwe.«

Oliver erschrak. »Du meinst, ein häuslich motiviertes Verbrechen?«

»Oder ein finanzielles«, fügte Henry hinzu. »Was immer es auch ist, du musst dir sicher sein, bevor du vor Gericht trittst. Ich fürchte, du hast keine andere Wahl, als Monk damit zu beauftragen, so viel wie möglich herauszufinden, bevor du dich zu irgendetwas verpflichtest. Ich denke, du wärest gut beraten, die Verhandlung so lange wie möglich hinauszuzögern und viel mehr über Albertons Familie herauszufinden, bevor du dich für sie einsetzt, andernfalls würdest du deinem Klienten einen schlechten Dienst erweisen.«

Oliver sank tiefer in seinen Sessel, zufrieden, in diesem ruhigen Raum seinen Gedanken nachhängen zu können, ohne die Notwendigkeit, sich erheben zu müssen, um das Gas anzuzünden.

Henry nuckelte gedankenverloren an seiner Pfeife, aber er wusste, er konnte den Fall Alberton zumindest für diesen Abend *ad acta* legen.

Rathbone war verblüfft, als er Judith Alberton sah. Er hatte erwartet, das prächtige Haus würde in Schwarz drapiert sein, die

Vorhänge geschlossen, ein Kranz an der Tür, und die Straße vor dem Haus würde mit Stroh bedeckt sein, um das Klappern der Pferdehufe zu dämpfen, die Spiegel würden verhangen oder gar zur Wand gedreht sein. Manche Leute hielten sogar die Uhren an. Alle Witwen trugen Trauerkleidung, gestatteten sich höchstens eine schwarze Bernsteinbrosche oder ein Medaillon, das mit Haaren des Verstorbenen dekoriert war, eine Sitte, die Rathbone abstoßend fand.

Aber Judith Albertons Gesicht war in seiner Schönheit bemerkenswert, und der außergewöhnlich starke Gefühlsausdruck darin machte es vollkommen nebensächlich, was sie trug.

»Ich danke Ihnen für Ihr Kommen, Sir Oliver«, begrüßte sie ihn, als er den dämmrigen Salon betrat. »Ich fürchte, unsere missliche Lage ist äußerst ernst. Ich nehme an, Mr. Monk hat Sie informiert. Wir benötigen dringendst die beste Hilfe, die wir finden können. Hat er Ihnen die Situation bereits geschildert?«

»Umrißhaft, Mrs. Alberton«, erwiderte er und nahm auf dem Stuhl Platz, den sie ihm anbot. »Aber ich muss noch sehr viel mehr verstehen, wenn ich das Beste für Sie erreichen soll.« Er vermied das Wort *Erfolg*. Er war sich nicht sicher, ob er überhaupt eine Chance hatte. Wie sähe ein Erfolg aus? Merrit freigesprochen und ein anderer verurteilt? Aber wer? Nicht Breeland, denn damals waren sie ineinander verliebt gewesen. Sie würden entweder überleben oder gemeinsam zu Grunde gehen. Das musste er ihr zu Bewusstsein bringen.

»Natürlich«, stimmte sie zu. Wenigstens nach außen hin war sie völlig gefasst. »Ich werde Ihnen alles sagen, was ich weiß. Ich bin nur nicht sicher, was Ihnen helfen könnte.« Die Verwirrung stand nur zu offensichtlich in ihren Augen. Ihre Hände lagen bewegungslos in ihrem Schoß, aber sie waren verkrampft, und die Knöchel traten weiß hervor.

Es war überraschend schwierig, einen Anfang zu machen. Es war stets unangenehm, in die Trauer eines Menschen einzudringen, in Dingen herumzustochern, die eine Seite des Toten ans Licht brachten, die andere nicht gekannt hatten, und die weniger schmerzvoll gewesen wären, hätte man sie geheim halten können. Aber drohende Gefahr erlaubte solchen Luxus nicht. Die Würde, mit der sie ihren Kummer zu verbergen suchte, berührte ihn tiefer, als dies Tränen vermocht hätten.

»Mrs. Alberton, aus dem, was ich bis jetzt gehört habe, schließe ich, dass es keine Möglichkeit zu geben scheint, Ihre Tochter getrennt von Lyman Breeland zu verteidigen.« Er sah, wie sich ihre Lippen aufeinander pressten, doch er konnte es sich nicht leisten, ihr, außer der Wahrheit, Dinge zu sagen, die sie gerne gehört hätte. »Sie gaben beide an, in jener Nacht ständig beisammen gewesen zu sein«, fuhr er fort. »Ob sie sich über seine Absichten bewusst oder gar eine willige Komplizin war, darüber lässt sich streiten, obwohl wir natürlich bessere Beweise brauchen, als wir sie im Moment in der Hand haben, um die Geschworenen zu überzeugen. Unsere einzige Hoffnung ist, in Erfahrung zu bringen, was genau passiert ist, und dann unser Bestes zu tun, um alles darzulegen, was den Vorwurf entkräften könnte. Außer, es gelingt uns, zu beweisen, dass eine gewisse Möglichkeit besteht, dass eine andere Person der Schuldige ist.« Er hatte wenig Hoffnung bei seinen Worten.

»Ich kenne die Wahrheit nicht«, gestand sie unverblümt. »Ich kann nur einfach nicht glauben, dass Merrit zu etwas Derartigem fähig sein könnte … jedenfalls nicht freiwillig. Mr. Breeland kümmert mich nicht, Sir Oliver. Das hat er nie getan, aber mein Gatte hatte keine solchen Bedenken. Er verkaufte ihm die Waffen einfach deshalb nicht, weil er sich bereits dazu entschlossen hatte, sie Mr. Trace zu überlassen, und schon die Hälfte des Kaufpreises erhalten hatte.«

»Sind Sie sicher, dass Mr. Trace das Geld bezahlte?«

»Oh, ja.«

»Was ist mit dem Geld von Breeland?«

Sie riss die Augen auf. »Von Breeland? Es kam kein Geld von Breeland! Er stahl die Gewehre. Das war sicherlich der Grund, warum er – warum er meinen Mann und die Wächter ermordete, diese armen Männer. Ich tat für ihre Familien, was ich konnte, aber für den Verlust eines geliebten Menschen gibt es keine Entschädigung.«

»Man möchte annehmen, dass der Diebstahl der Grund war«, stimmte Oliver zu. »Und doch hätte er die Waffen stehlen können, ohne jemanden zu töten, nicht wahr? Ein Schlag auf den Kopf hätte sie überwältigt und sie ruhig gestellt, er hätte sie entsprechend fesseln und sie damit an Flucht oder Verfolgung hindern können.«

Er sah die Schatten in ihren Augen, den plötzlich aufflackernden Schmerz, als sie verstand, dass der Tod ihres Mannes für den Diebstahl gar nicht notwendig gewesen wäre, dass er aus Hass oder purer Grausamkeit ermordet worden war und nicht, weil er eine Rolle im amerikanischen Krieg gespielt hatte.

»Ich hatte darüber nachgedacht«, sagte sie leise und mit gesenkten Augenlidern, als ob sie sich vor seinem Verständnis schützen wollte.

Er war sich dieser Tatsache schmerzlich bewusst. Er wäre nicht in sie gedrungen, hätte er eine Alternative gewusst, doch Zeitdruck und die zwingenden Erfordernisse der Gesetze erlaubten keine Rücksichtnahme.

»Mrs. Alberton, wenn ich Ihre Tochter verteidigen soll, bin ich gezwungen, auch Mr. Breeland zu verteidigen, außer ich finde einen Weg, die beiden vor den Augen der Öffentlichkeit und damit vor den Augen der Geschworenen voneinander zu trennen. Ich muss die Wahrheit wissen, wie sie auch aussehen mag. Glauben Sie mir, ich kann es mir nicht erlauben, im Gerichtssaal mit Überraschungen konfrontiert zu werden oder einem Prozessgegner gegenüberzutreten, der die Fakten besser kennt als ich.« Er rutschte leicht auf seinem Stuhl hin und her. »Wissen ist meine einzige Waffe, und das Können der ganzen Welt kann einem Mann nichts anhaben, dessen Rüstzeug meinem weit überlegen ist. Die Geschichte von David und Goliath ist wunderbar und kann auf bestimmte Umstände übertragen werden. Was aber sehr oft übersehen oder gar vergessen wird, ist, dass David nicht allein dastand. Ich verfüge leider nicht über sein Vertrauen, dass Gott auf meiner Seite steht.« Er lächelte bei seinen Worten, machte sich damit über sich selbst lustig.

Ihr Kinn fuhr hoch, und sie suchte seinen Blick. »Ich habe absolutes Zutrauen, dass Merrit am Mord ihres Vaters nicht bereitwillig Hilfe leistete«, sagte sie, ohne zu zögern und mit starker Stimme. »Ich glaube jedoch nicht, dass Gott bei jedem Fehler der Justiz eingreift. Tatsache ist doch, dass wir alle nur zu gut wissen, dass er das nicht tut. Sagen Sie mir, was Sie von mir benötigen, Sir Oliver. Ich werde alles geben, was ich besitze, um meine Tochter zu retten.«

Er zweifelte nicht daran, dass sie das auch so meinte. Selbst wenn er sich noch keine Meinung über sie gebildet hätte, wäre ihre Not, ihr Mut und ihre Angst offen in ihrem Gesicht zu lesen gewesen.

»Ich benötige sämtliche Fakten, die sich nur finden lassen«, erwiderte er. »Und ich benötige Ihre Zustimmung, sollte es sich als notwendig herausstellen, was sein kann, dass ich auch Breeland verteidige, welche Konsequenzen sich daraus auch ergeben mögen.« Er beobachtete sie genau, während er sprach, sah am Flackern ihrer Augen, mit welchem Widerstreben sie sich mit einem Mann liieren würde, den sie für den Mörder ihres Gatten hielt.

»Bitte denken Sie genau darüber nach, Mrs. Alberton, bevor Sie antworten«, warnte er. »Ich weiß nicht, worauf ich noch stoßen werde, wenn ich mich erst einmal näher und eindringlicher mit der Sache befasse. Ich kann Ihnen nicht versprechen, dass es etwas sein wird, was Sie zu erfahren wünschen. Alles, was ich Ihnen sagen kann, ist, dass ich alles tun werde, um Ihren Interessen zu dienen, wenn Sie mich mit dem Fall beauftragen. Ich kann und werde mich Ihres Vertrauens als würdig erweisen. Aber ich werde Sie weder anlügen, noch werde ich Sie vor der Wahrheit schützen können.«

»Ich verstehe.« Sie war jetzt sehr blass, und ihr ganzer Körper schien sich verkrampft zu haben, als ob sie völlig zusammenbrechen würde, würde sie ihre eiserne Kontrolle verlieren. »Ich werde es ertragen, was immer Sie auch herausfinden mögen. Ich glaube, am Ende wird sich herausstellen, dass sich meine Tochter keiner Missetat, höchstens der Torheit schuldig gemacht hat. Tun Sie, was immer Sie für nötig erachten, Sir Oliver.«

»Das wird beinhalten, Monk noch einmal einzuschalten, damit er in dem Fall weitergehende Ermittlungen anstellt, als es bis dato geschehen ist.«

»Alles, was Sie für angemessen halten«, nickte sie. »Wenn Sie ihm vertrauen, tue ich das auch. Er erwies sich ohnehin bereits mehr als befähigt, indem er Merrit nach Hause zurückbrachte. Wie er es zustande brachte, Breeland davon zu überzeugen, ebenfalls zu kommen, das kann ich mir gar nicht vorstellen.«

»Mit vorgehaltener Waffe, soweit ich es verstanden habe«, entgegnete Oliver trocken. »Aber es scheint, diese Maßnahme war eher deshalb nötig, weil Breeland bei seinem Regiment bleiben wollte, nicht so sehr, weil er sich vor dem Prozess fürchtete. Er behauptet, sich weder des Mordes noch des Raubes schuldig gemacht zu haben.«

Sie erwiderte nichts. Verschiedene Emotionen huschten über ihr Gesicht: Angst, Schmerz, Verwirrung, Zweifel.

Er erhob sich. »Zuerst werde ich mich auf den Weg machen, um mich mit Miss Alberton zu unterhalten. Ich kann wenig unternehmen, bevor ich nicht gehört habe, was sie zu sagen hat.«

»Werden Sie zurückkommen und mir erzählen, was sie sagte?« Hastig erhob sie sich. Sie bewegte sich mit bemerkenswerter Grazie, was ihm erneut zu Bewusstsein brachte, welch schöne Frau sie war.

»Ich werde Sie auf dem Laufenden halten«, versprach er. Es war nicht ganz die Antwort, die sie erbeten hatte, aber es war alles, was er versprechen konnte. Als der Diener ihn an die Tür brachte, fragte er sich, wie sehr er dieses Versprechen wohl bereuen mochte. Er konnte sich keinen Ausgang dieses Falles vorstellen, der nicht tiefes und schreckliches Leid verursachen würde, und es schien keine Antworten zu geben, die Judith Albertons schmerzlichen Verlust nicht noch gesteigert hätten.

Oliver Rathbone hatte keine Schwierigkeiten, die Erlaubnis zu einem Gespräch mit Merrit zu erhalten. Er stand in dem kleinen kargen Raum im Gefängnis, in dem sie vor der Verhandlung festgehalten wurde. Die steinernen Wände waren gekalkt, der

Fußboden bestand aus Steinquadern. Die Scharniere der Eisentür waren tief in den Türrahmen eingebettet, auf der anderen Seite biss das Schloss tief hinein, als ob sich ein verzweifelter Mensch in dem blinden Versuch zu fliehen, dagegenwerfen könnte.

Es gab einen Tisch, an dem er sitzen und vielleicht schreiben konnte, doch es gab kein Tintenfass. Ein Bleistift würde genügen müssen. Ein zweiter Stuhl war für den Angeklagten gedacht.

Als sie eintrat, war er erneut überrascht. Er hatte eine mädchenhafte, wütende, verängstigte Person erwartet, die höchstwahrscheinlich wenig geneigt war, mit ihm zusammenzuarbeiten. Stattdessen erblickte er eine junge Frau, die niemals mit der Schönheit ihrer Mutter würde konkurrieren können, die aber dennoch über Spuren von Liebreiz und Würde verfügte, obwohl sie ganz offensichtlich erschöpft war und sich das Haar, das am Hinterkopf zusammengefasst und mit Nadeln befestigt war, anscheinend ohne Zuhilfenahme eines Spiegels frisiert hatte. Da sie noch keines Verbrechens überführt war, trug sie noch ihre eigenen Kleider. Es war ein blaues Musselinkleid mit weißem Kragen, der die Blässe ihrer Haut betonte. Es war sauber und frisch. Ihre Mutter musste es ihr geschickt haben.

»Die Aufseherin sagte, Sie wären Sir Oliver Rathbone und Sie würden mich verteidigen«, sagte sie sehr leise. »Ich nehme an, meine Mutter hat Sie beauftragt.« Es klang nicht nach einer Frage. Sie wussten beide, dass es keine andere Erklärung gab.

Er setzte zu einer Erwiderung an, aber sie unterbrach ihn. »Ich hatte keinen Anteil am Mord meines Vaters, Sir Oliver.« Ihre Stimme zitterte kaum merklich. »Aber ich werde Ihnen nicht erlauben, mich zu benutzen, um die Schuld auf Mr. Breeland abzuwälzen.« Als sie seinen Namen aussprach, hob sie leicht das Kinn, und ihre Mundwinkel wurden weich.

»Vielleicht erzählen Sie mir, was Sie wissen, Miss Alberton«, erwiderte er, wobei er auf den Stuhl ihm gegenüber deutete, damit sie Platz nahm.

»Nur unter der Voraussetzung, dass ich nicht manipuliert werde«, antwortete sie. Sie stand sehr gefasst vor ihm und wartete auf seine Antwort, bevor sie sich auch nur bereit erklärte, ihm zuzuhören.

Plötzlich wurde ihm bewusst, wie jung sie noch war. Ihre Loyalität war blind, vollkommen und vielleicht das Wertvollste, was ihr eigen war. Er konnte sich vorstellen, dass sie sich über diese Eigenschaft definierte, über die Fähigkeit, jemanden absolut zu lieben. Er konnte sich selbst kaum an solch tief empfundene Leidenschaft erinnern. Doch er hoffte, einst selbst so glühend, so achtlos sich selbst gegenüber gewesen zu sein und die Liebe über alles gesetzt zu haben.

Doch Zeit und Erfahrung hatten das geändert … zu sehr. Hätte er vielleicht nicht solch große Angst gehabt, so heftig zu lieben, hätte er möglicherweise Hester nicht verloren. Aber dies waren sinnlose Gedanken, die zu schmerzlich waren, um sich ihnen, wenn auch nur flüchtig, hinzugeben.

»Ich habe keinerlei Absicht, Sie zu manipulieren«, entgegnete er mit einer Leidenschaft, die ihn selbst überraschte. »Ich möchte die Wahrheit erfahren, oder wenigstens so viel davon, wie Sie mir darüber berichten können. Beginnen Sie bitte mit den einfachen Tatsachen. Später können wir uns dann mit Schlussfolgerungen und Meinungen beschäftigen. Vielleicht möchten Sie mit dem Todestag Ihres Vaters beginnen, außer Sie haben das Gefühl, dass frühere Ereignisse relevant sein könnten.«

Sie setzte sich folgsam und sammelte sich, wobei sie die Hände faltete.

»Mr. Breeland und Mr. Trace wollten beide die Waffen erwerben, die mein Vater zu verkaufen hatte. Jeder natürlich für seine Seite in Amerikas Bürgerkrieg. Mr. Trace repräsentierte die Konföderierten, die Sklavenstaaten. Mr. Breeland ist Angehöriger der Union und tritt gegen die Sklaverei ein, überall.« Der stolze und wütende Unterton in ihrer Stimme war nicht zu überhören. Bis hierhin konnte Rathbone nicht umhin, sich mit ihrer Meinung zu identifizieren. Er unterbrach sie nicht.

»Mein Vater sagte, er hätte bereits versprochen, die gesamte Waffenlieferung, über sechstausend Gewehre, an Mr. Trace zu verkaufen«, fuhr sie fort. »Und er wollte seinen Entschluss auch nicht ändern, egal, was Mr. Breeland oder auch ich dazu zu sagen hatten. Wir brachten jedes Argument gegen die Sklavenhaltung an, beschrieben das Grauen und die Ungerechtigkeit, jede Monstrosität menschlicher Grausamkeit, aber er wollte sich nicht umstimmen lassen.« In ihren Augen standen Tränen, aber voller Zorn blinzelte sie und ärgerte sich, derlei Gefühle gezeigt zu haben. »Ich stritt mit ihm.« Sie zog die Nase hoch, dann schüttelte sie den Kopf, als sie bedachte, wie unelegant das wirken musste.

Rathbone bot ihr sein Taschentuch an.

Sie zögerte, dann nahm sie es, schnäuzte sich und fuhr dann fort.

»Ich danke Ihnen. Ich war wirklich sehr aufgebracht. Ich denke umso mehr, da ich immer nur das Beste von ihm gedacht hatte. Ich hatte an ihm nie die Seite gesehen, die …« Sie senkte die Augen und wich seinem Blick aus. »Die nicht zugeben konnte, dass er einen Fehler begangen hatte, und die nicht willens war, einer besseren Sache zuliebe nachzugeben. Ich sagte einige Dinge zu ihm, die ich jetzt nur zu gerne zurücknehmen würde. Nicht, dass sie nicht wahr gewesen wären, aber ich konnte doch nicht wissen, dass es die letzten Worte sein würden, die er je von mir hören würde.«

Rathbone wollte ihr keine Zeit lassen, bei dem Gedanken zu verweilen.

»Sie verließen also den Raum. Wohin gingen Sie?«

»Was? Oh! Ich ging nach oben, packte eine Reisetasche mit dem Nötigsten – Wäsche, ein paar frische Blusen, Toilettenartikel –, das war alles.«

»Wo war Mr. Breeland während des Streites?«

»Ich weiß es nicht. In seiner Wohnung, nehme ich an.«

»Er war nicht mehr im Haus Ihrer Eltern?«

»Nein. Er war nicht Zeuge des Streits, wenn es das ist, was Sie denken.«

»Es kam mir nur so in den Sinn. Wohin gingen Sie dann?«

»Ich verließ das Haus.« Ihre Wangen überzogen sich mit zarter Röte. Er glaubte ihr, dass sie sich der Tragweite des Schrittes bewusst war, den sie unternommen hatte, und dass sie das Risiko, das dieser für ihren Ruf darstellte, mit ebenso viel Vernunft abzuschätzen wusste wie ihre Mutter. Sie atmete tief durch. »Ich ging durch den Dienstbotenausgang an der Seite des Hauses, ging die Straße bis zur Hauptstraße entlang, bis sich ein Hansom fand. Ich hielt ihn an und nannte dem Fahrer die Adresse von Mr. Breelands Wohnung.«

Er musste nicht nach der Adresse fragen, Monk hatte sie ihm bereits genannt.

»War Mr. Breeland zu Hause?«

»Ja. Er hieß mich willkommen, vor allem, nachdem ich ihm von dem Streit erzählte, den ich mit meinem Vater hatte.« Sie beugte sich über den Tisch. »Aber Sie müssen wissen, dass er mich in keinster Weise dazu ermutigte, mich meinen Eltern zu widersetzen oder mich auch nur im Mindesten ungeziemend zu verhalten. Ich verlange, dass Sie das ganz und gar glauben!«

Rathbone war nicht sicher, was er glauben sollte, aber es wäre eine Torheit gewesen, ihr dies zu sagen. Es tat auch nichts zur Sache. Er konnte es sich nicht leisten, sich diesbezüglich mit Breelands Moral zu befassen.

»Ich stelle das nicht in Frage, Miss Alberton. Ich muss wissen, wie Sie den Rest der Nacht verbrachten, bis Sie London hinter sich ließen. Sehr präzise, wenn ich bitten darf. Lassen Sie nichts aus.«

»Sie denken, Lyman hätte meinen Vater ermordet.« Ihre Augen richteten sich direkt auf ihn, und ihre Stimme war fest. »Er tat es nicht. Was er Mr. Monk sagte, ist die volle Wahrheit. Ich weiß es, weil ich bei ihm war. Wir verbrachten den Abend, indem wir uns miteinander unterhielten und planten, was wir tun sollten.« Ein erstes Lächeln huschte um ihre Lippen, sie schien sich über sich selbst und eine unschuldigere Vergangenheit lustig zu machen. »Er versuchte mich dazu zu überreden, mit meinen Eltern Frieden zu schließen. Er warnte mich vor dem Krieg in seinem Land und erklärte mir, dass die Ehre von ihm fordert, sich seinem Regiment anzuschließen und zu kämpfen. Selbstverständlich wusste ich das bereits. Ich wünschte mir einfach nur, seine Frau zu werden und auf ihn zu warten, ihn zu unterstützen und alles zu tun, um im Kampf gegen die Sklaverei behilflich zu sein. Ich stellte mir keinen Augenblick lang vor, einfach nur in ein friedvolles neues Leben an einem anderen Ort der Welt zu segeln.«

Rathbone glaubte ihr. Ihr Ernst war offenkundig, und er meinte, den Anflug von Enttäuschung in ihrer Stimme zu vernehmen, über den sie wohl selbst überrascht war. Irgendetwas belastete sie, aber bis jetzt hatte er keine Ahnung, was es war.

»Bitte fahren Sie fort«, sagte er. »Erzählen Sie mir genau, was passierte. Ließ Breeland Sie an jenem Abend je allein?«

»Nicht länger als ein paar Augenblicke«, erwiderte sie. »Er verließ seine Wohnung nicht. Es war fast Mitternacht, und wir sprachen immer noch davon, was wir unternehmen sollten.« Der Ausdruck von Stolz und Zärtlichkeit trat einen Moment lang in ihre Augen. »Er war um meinen Ruf besorgt, mehr als ich selbst es war. Wenn ich die Nacht in seinem Wohnzimmer geschlafen hätte, hätte niemand in Amerika es erfahren, und allein das war mir wichtig. Dennoch sorgte er sich um mich, und das belastete ihn.«

Rathbone wusste besser als sie, wie schnell sich Gerüchte verbreiteten, und der Gedanke ging ihm durch den Kopf, inwieweit Breelands Sorge um ihren Ruf darin begründet war, weil er ihn als ihren künftigen Ehemann betreffen könnte. Doch dies war eine unbarmherzige Regung, und er sprach sie nicht laut aus.

Sie schluckte. Trotz ihres Versuches, Ruhe zu bewahren, und ihres unzweifelhaften Mutes, war der Preis hoch, den sie zahlte.

»Kurz vor Mitternacht kam ein Junge mit einer Depesche für Lyman. Es war eine Nachricht. Er riss sie auf und las sie. Sie besagte, dass mein Vater seinen Entschluss bezüglich des Verkaufs der Waffen geändert habe, dies aber aus offenkundigen Gründen vor Mr. Trace nicht habe äußern können. Er würde Trace das Geld später zurückbezahlen, und er erklärte, Lymans Argumente über die Sklavenhaltung hätten ihn schließlich überzeugt, sodass er den Konföderierten die Waffen nicht mehr guten Gewissens verkaufen konnte. Lyman sollte zum Bahnhof am Euston Square kommen, wo ihm die Gewehre übergeben werden sollten. Liverpool wäre der beste Hafen, um sie auf ein Schiff nach

Amerika zu verladen.« Sie beobachtete ihn eindringlich, schien ihn förmlich zwingen zu wollen, ihr Glauben zu schenken.

Er erkannte, dass sie mit größter Wahrscheinlichkeit Breelands Worte für die Erklärung benutzt hatte, aber er unterbrach sie nicht.

»Und das tat er auch«, fuhr sie fort. »Wir begannen sofort zu packen, nahmen jedoch nur mit, was für ihn von größter Wichtigkeit war. Selbst dafür blieb kaum Zeit. Aber die Waffen waren das Allerwichtigste. Sie waren schließlich Teil des Kampfes für die Freiheit und für eine Sache, die stets Priorität haben sollte über materielle Besitztümer.«

»Sie halfen ihm beim Packen?«

»Natürlich. Ich hatte selbst nur wenig bei mir.« Wieder huschte ein kleines Lächeln über ihr Gesicht. Sie musste wohl an ihren eigenen hastigen Aufbruch im Namen der Liebe und des Prinzips denken, der ihr lediglich erlaubt hatte, nur das mitzunehmen, was sie in eine kleine Tasche stopfen und in der Hand tragen konnte. Oliver versuchte sich vorzustellen, welche lieb gewordenen Wertgegenstände sie in ihrem kurzen Leben gesammelt haben mochte, die sie hatte zurücklassen müssen. Offensichtlich hatte sie dies ohne größeres Bedauern getan. Er dachte, wie tief, wie selbstlos sie Breeland lieben musste. Es schmerzte ihn überraschend heftig, zu denken, dass dieser sich ihrer Liebe vielleicht vollkommen unwürdig erweisen mochte. Als er das Wort ergriff, klang seine Stimme ärgerlicher, als er es beabsichtigt hatte.

»Und von wem stammte die Nachricht? Ich nehme an, sie trug eine Unterschrift.«

»Ja, natürlich«, erwiderte sie entrüstet. »Er hätte wohl kaum gehandelt und alles zurückgelassen, hätte er nicht gewusst, wer sie geschickt hatte.«

»Und wer war das?«

Die Farbe ihrer Wangen wurde kräftiger, und einen Moment lang war sie verwirrt, als sie erkannte, wie viel von der Wahrheit ihrer Antwort abhing und sie diese vielleicht gar nicht völlig kannte.

»Sie war von Mr. Shearer unterzeichnet«, sagte sie kämpferisch. »Natürlich … jetzt, im Licht der Morde …« Sie schluckte. Scheinbar konnte sie in diesem Zusammenhang den Namen ihres Vater nicht erwähnen. Ihr Kinn fuhr hoch. »Aber als wir an den Euston Square kamen, waren die Waffen tatsächlich da und bereits in einen Waggon verladen. Lyman ließ mich nie für länger als ein paar Augenblicke allein, und das erst, als die Waffen übergeben wurden und er Mr. Shearer bezahlte. Er hatte eine schriftliche Bestätigung, dass er autorisiert war, das Geld an meines Vaters Stelle in Empfang zu nehmen, und so hatte alles seine Ordnung. Ich … ich war so glücklich, dass mein Vater letztendlich die Gerechtigkeit der Sache eingesehen hatte, für die Lyman kämpfte, und seine Meinung geändert hatte.«

»Aber Sie haben nicht daran gedacht, nach Hause zurückzukehren und ihm das zu sagen?«

Ihre Augen bekamen einen kummervollen Ausdruck. »Nein«, beeilte sie sich zu sagen. »Ich liebte Lyman und wollte mit ihm nach Amerika reisen. Ich … ich war immer noch ärgerlich auf meinen Vater, weil er so lange gebraucht hatte, einzusehen, was mir von Anfang an klar war. Sklaverei ist ein schreckliches Übel. Ein menschliches Wesen wie einen Besitz zu behandeln kann niemals richtig sein.«

Oliver wusste nicht, was er denken sollte. Die Geschichte ergab keinen Sinn, und gleichwohl hatte er nicht den Eindruck, dass sie log. Sie glaubte, was sie sagte. Hatte Breeland sie irgendwie betrogen? Wenn er Alberton nicht ermordet hatte, hatte er jemanden dazu angestiftet? Diesen Shearer etwa? »Erzählen Sie mir von der Fahrt nach Liverpool und was sich dort zutrug«, forderte er sie auf.

»Warum sollte das wichtig sein?« Sie war verwundert.

»Bitte erzählen Sie«, insistierte er.

»Gut. Lyman begleitete mich zu einem Abteil, in dem ich einigermaßen behaglich sitzen konnte, und sagte, ich solle dort auf ihn warten, bis er mit dem Schaffner gesprochen hatte. Nach etwa zehn Minuten kam er zurück, und kurz danach fuhr der Zug los.«

»Wer war außer Ihnen noch in dem Waggon?«, unterbrach er sie.

»Was tut das zur Sache? Niemand, den ich kannte. Ich habe mit niemandem gesprochen. Ein alter Mann mit einem mächtigen Backenbart. Eine Frau mit einem scheußlichen Hut, bestimmt der hässlichste, den ich je gesehen habe, braun und rot! Warum kombiniert jemand nur Braun und Rot? Ansonsten kann ich mich an niemanden erinnern. Es ist alles unwichtig.«

»Wo hielt der Zug an?«, drängte er.

Gehorsam beschrieb sie die Reise in all ihren eintönigen Details.

Er notierte sich ihre Antworten in hastigen, kaum leserlichen Schriftzügen.

»Und in Liverpool?«

Sie berichtete ihm von Breelands Schwierigkeiten, die Waffen vorübergehend irgendwo zu lagern und Passagen auf einem Schiff zu buchen, das über Queenstown in Irland nach New York fuhr. Mit jedem Detail wurden die Bilder realer, und er war immer mehr davon überzeugt, dass sie ihre Geschichte aus eigener Erfahrung schilderte, nicht aus purer Vorstellungsgabe.

»Ich danke Ihnen«, sagte er schließlich. »Sie waren sehr geduldig, Miss Alberton, und Sie haben mir sehr geholfen, eine Verteidigung für Sie aufzubauen.«

»Ich erlaube Ihnen nicht, mich auf Lymans Kosten zu verteidigen!«, rief sie schnell und beugte sich mit gerötetem Gesicht über den Tisch. »Bitte verstehen Sie das! Ich werde Sie ablehnen, oder was immer auch nötig sein wird, wenn …«

»Das habe ich bereits verstanden, als Sie es mir zum ersten Mal mitteilten, Miss Alberton«, erwiderte er gleichmütig. »Ich werde dies nicht tun. Sie haben mein Wort darauf. Ich kann Ihnen jedoch nicht versprechen, was das Gericht tun wird, und ich konnte noch niemals jemandem versprechen, was die Geschworenen tun werden. Aber für mich selbst kann ich sagen, dass ich zu meinem Versprechen stehe.«

Sie lehnte sich zurück. »Ich danke Ihnen, Sir Oliver. Ich bin sehr dankbar, dass Sie sich für mich und … einsetzen und tun, was Sie können.«

Er erhob sich und empfand plötzlich heftiges Mitleid mit ihr.

Sie war so jung, fast noch ein Kind, und sie versuchte, sich wie eine erwachsene Frau zu benehmen und ihre Würde zu bewahren. Er wünschte sich sehnlichst, sie trösten zu können oder dass entweder ihre Mutter oder ihr Vater, oder sogar Breeland, dieser verdammte Kerl, zu ihr kommen könnten. Doch alles, was er tun konnte, um ihr zu helfen, war, die Förmlichkeit zu wahren und die entschlossene Selbstkontrolle zu unterstützen, auf die sie sich so sehr verließ.

»Ich werde wiederkommen und Ihnen mitteilen, wie ich vorankomme«, sagte er vorsichtig. »Sollten Sie mich einige Tage lang nicht zu sehen bekommen, dann deshalb, weil ich meine Bemühung in Ihrer Sache voranzutreiben versuche. Guten Tag, Miss Alberton.« Ein wenig hastig wandte er sich um und vermied es, in ihre Augen zu blicken, aus denen nun die Tränen quollen.

Sowohl aus Neugier als auch aus Pflichtgefühl drängte es Rathbone, Lyman Breeland aufzusuchen. Dies war jedoch keine Aufgabe, von der er erwartete, sie würde einfach oder gar angenehm sein.

Er wurde in einen Raum geführt, der dem in der Frauenabteilung des Gefängnisses glich und die gleichen gekalkten Wände, den gleichen einfachen Tisch und zwei hölzerne Stühle aufwies.

In mancherlei Hinsicht war Breeland genau so, wie Rathbone es erwartet hatte. Er war groß und hager und hatte einen athletischen, an körperliche Ertüchtigung gewöhnten Körper. Man hätte ihn als einen Mann der Tat eingeschätzt. »Militär« war das Erste, was einem wegen seiner strammen Haltung und eines gewissen Stolzes, den er sogar unter diesen niederschmetternden Umständen nicht abgelegt hatte, in den Sinn kam. Er war mit einem einfachen Hemd und einer Hose bekleidet, die ihm einen oder zwei Fingerbreit zu kurz war. Vermutlich war sie geliehen. Er hatte das Schlachtfeld bei Manassas sicherlich mit schmutziger und blutbefleckter Uniform verlassen.

Aber Breelands Gesicht überraschte Rathbone. Ohne sich dies bewusst gemacht zu haben, hatte er sich eine Meinung gebildet und einen Mann zu sehen erwartet, in dessen Gesicht sich Leidenschaften ablesen lassen würden, Eifer und Loyalität sowie ein Wille, der sich über sämtliche Hindernisse, über Schmerz und schroffe Abweisung hinwegsetzen würde. Vielleicht hatte er sich unbewusst jemanden wie Monk vorgestellt.

Stattdessen sah er sich einem gut aussehenden Mann gegenüber, der auf andere Weise unzugänglich wirkte. Sein Gesicht war glatt, seine Züge vollkommen ebenmäßig, aber etwas darin schien völlig unnahbar zu sein. Vielleicht hatte es noch zu wenig Falten, als ob seine Emotionen zwar alle vorhanden, aber noch unter der glatten Oberfläche begraben wären.

»Guten Tag, Mr. Breeland«, begann er. »Mein Name ist Oliver Rathbone. Mrs. Alberton engagierte mich, um ihre Tochter zu verteidigen, und ich wage zu behaupten, Sie werden es begrüßen, dass es nötig sein wird, Merrit Albertons und Ihre Verteidigung entweder in die Hand eines Mannes oder in die Hände zweier Männer zu legen, die als eine Person fungieren.«

»Selbstverständlich«, stimmte Breeland zu. »Keiner von uns beiden ist schuldig. Außerdem waren wir die ganze Zeit über in gegenseitiger Gesellschaft, als das Verbrechen begangen wurde. Sicherlich wurden Sie darüber bereits informiert.«

»Ich sprach mit Miss Alberton. Dennoch möchte ich hören, was Sie in eigener Sache darüber zu sagen haben, wenn Sie wünschen, dass ich mich auch für Sie verwende, oder was Sie zugunsten von Miss Alberton vorbringen können, sollten Sie es vorziehen, sich von jemand anderem vertreten zu lassen.«

Kein Lächeln flog über Breelands Gesicht. »Ich hörte, Sie seien der Beste, und es scheint mir vernünftig zu sein, uns von einer Person verteidigen zu lassen. Da Sie offenbar bereit dazu sind, nehme ich das Angebot an. Ich verfüge über genügend Mittel, wie hoch Ihre Forderungen auch sein mögen.«

Er drückte sich sonderbar distanziert aus, als ob Rathbone sich aufdringlich um ein Geschäft beworben hätte. Er war unter Androhung von Gewalt in ein fremdes Land zurückgebracht worden, um für ein Verbrechen vor Gericht gestellt zu werden, für das er gehängt werden würde, wenn er schuldig gesprochen wurde. Er würde von einem Fremden verteidigt werden, dem er vertrauen musste, ohne die Möglichkeit zu haben, ihn einer Prüfung zu unterziehen. Jeder Mann, der kein Narr war, würde sich zunächst abwartend verhalten und verärgert oder ängstlich reagieren.

Rathbone beschloss, keinen Versuch zu machen, eine persönliche Beziehung herzustellen. Zunächst wollte er ganz formell die Fakten feststellen.

»Gut«, sagte er gnädig. »Wenn Sie vielleicht Platz nehmen wollen, dann könnten wir damit beginnen, die Details unserer Strategie zu besprechen.«

Breeland setzte sich gehorsam. Er bewegte sich geschmeidig, ja sogar mit Grazie, lediglich eine Schulter schien etwas ungelenk zu sein.

Rathbone setzte sich ihm gegenüber. »Würden Sie damit beginnen, wie Sie Daniel Alberton kennen gelernt haben.«

»Ich hörte seinen Namen im Metier der Waffenhändler«, antwortete Breeland. »Er ist bekannt, er genießt Vertrauen, und er konnte qualitativ hochwertige Waffen liefern, und das auch noch schnell. Ich nahm Kontakt mit ihm auf und versuchte, erstklassige Musketen mit Munition für die Union zu erwerben. Ich berichtete ihm über das Anliegen, für das wir uns einsetzen. Ich erwartete nicht von ihm, zu verstehen, dass die Union für uns von größter Wichtigkeit ist. Von einem Engländer kann man nicht erwarten, den Schaden zu begreifen, den eine Sezession verursachen würde, aber ich dachte, jede zivilisierte Nation würde der Versklavung einer Rasse durch eine andere ein Ende bereiten wollen.« Die Verachtung in seiner Stimme war schneidend. Sie hatten sich erst wenige Minuten miteinander unterhalten, und sicherlich war sich Breeland der Gefahr bewusst, in der sein Leben schwebte, und doch hatte er die erste Gelegenheit ergriffen, um seiner Leidenschaft für die Sache der Union Ausdruck zu verleihen.

Rathbone fand dies eigenartig beunruhigend, obwohl er nicht sicher war, warum.

Breeland fuhr fort, seine Versuche, mit Alberton ins Geschäft zu kommen, und sein Scheitern zu beschreiben. Alberton hatte Philo Trace sein Wort gegeben und dessen Geld angenommen und fühlte sich somit gebunden. Widerwillig zollte Breeland einer derartigen Haltung Respekt, trotzdem war er der Meinung, die Gerechtigkeit der Sache der Union hätte das Gefühl der Verpflichtung jedes Mannes aufheben müssen.

Rathbones Antwort war spontan und wenig überlegt. »Kann irgendeine Gruppe kollektive Ehre für sich in Anspruch nehmen, ohne die Ehre der Individuen zu betrachten, aus denen sie sich zusammensetzt?«

»Natürlich«, erwiderte Breeland mit einem direktem, Konfrontation suchenden Blick. »Die Gruppe ist immer wichtiger als der Einzelne. Das ist es doch, was Gesellschaft ausmacht, das ist Zivilisation. Es überrascht mich, dass Sie fragen mussten. Oder wollen Sie mich auf die Probe stellen?«

Rathbone wollte bereits leugnen, doch dann erkannte er, dass er ihn auf gewisse Weise tatsächlich auf die Probe stellte, wenngleich nicht so, wie Breeland dies annahm.

»Was ist der Unterschied zwischen dem und der Behauptung, der Zweck heilige die Mittel?«, fragte der Anwalt.

Breeland sah ihn an, seine klaren, grauen Augen drückten keinerlei Unschlüssigkeit aus. »Unsere Sache ist gerecht«, erwiderte er mit einem scharfen Unterton. »Kein vernünftig denkender Mensch könnte das in Zweifel ziehen, aber ich tötete weder Daniel Alberton oder sonst irgendjemanden, außer natürlich auf dem Schlachtfeld, von Angesicht zu Angesicht, wie es ein Soldat tut.«

Rathbone gab keine Antwort. »Erzählen Sie mir, was in jener Nacht passierte, als Sie sich mit Alberton stritten und Miss Alberton später das Haus verließ, um zu Ihnen zu kommen.«

»Sie sprachen doch mit ihr. Hat sie es Ihnen nicht erzählt?«

»Ich will Ihre Version der Ereignisse hören, Mr. Breeland. Bitte berichten Sie.« Rathbone war zornig, ohne zu wissen, weshalb.

»Wenn Sie wünschen. Sie wird alles bestätigen, was ich sage, weil es der Wahrheit entspricht.« Breeland fuhr fort, den Abend zu beschreiben, und im Grunde sagte er dasselbe wie Merrit Alberton. Rathbone drängte ihn, Details der Zugfahrt nach Liverpool zu erzählen, den Waggon zu beschreiben, in dem sie saßen, und sich einiger Bagatellen bezüglich der Mitreisenden und ihrer Kleidung zu erinnern.

»Ich sehe den Sinn nicht«, protestierte Breeland, und ein Anflug von Wut verdüsterte sein Gesicht. »Warum soll das auch nur die geringste Bedeutung für Daniel Albertons Tod haben, welchen Hut irgendeine Frau Stunden später in einem Eisenbahnwaggon trug?«

»Ich sage Ihnen nicht, wie Sie Ihren Waffenhandel zu betreiben haben, Mr. Breeland«, gab Rathbone patzig zurück. »Sagen Sie mir bitte nicht, wie ich eine Verteidigung vorbereite oder welche Informationen ich dazu benötige.«

»Wenn Sie das Gefühl haben, eine Beschreibung des Hutes der Frau zu benötigen, Mr. Rathbone, dann werde ich sie Ihnen geben«, antwortete Breeland kühl. »Aber Miss Alberton wäre sicherlich weit besser in der Lage, Ihnen derlei Dinge zu beschreiben. Mir erscheint das sowohl trivial als auch absurd.«

»Sir Oliver«, korrigierte Rathbone ihn mit eisigem Lächeln.

»Was?«

»Mein Name ist ›Sir Oliver‹, nicht ›Mr. Rathbone‹. Und der Hut ist wichtig. Bitte beschreiben Sie ihn.«

»Er war groß und ausnehmend scheußlich. Soweit ich mich erinnern kann, war er hauptsächlich rot, kombiniert mit einem anderen, dumpferen Ton, braun oder etwas Derartiges – Sir Oliver.«

»Ich danke Ihnen. Ich glaube Ihrem Bericht über die Reise, obwohl er den Fakten zu widersprechen scheint, über die die Polizei verfügt.« Er erhob sich.

»Es ist die Wahrheit«, erwiderte Breeland und stand ebenfalls auf. »Ist das alles?«

»Für den Augenblick, ja. Gibt es etwas, was ich für Sie tun könnte? Möchten Sie Ihrer Familie oder sonst irgendjemandem eine Nachricht zukommen lassen? Haben Sie alles, was Sie an Kleidung oder Toilettenartikeln brauchen?«

»Ausreichend«, sagte Breeland mit einer leichten Grimasse.

»Ein Soldat sollte sich aus persönlichen Entbehrungen nichts machen. Außerdem wurde es mir erlaubt, die Briefe zu schreiben, die mir wichtig waren, sodass meine Familie vielleicht bereits weiß, dass ich bei guter Gesundheit bin. Ich ziehe es vor, sie nicht von dieser absurden Beschuldigung in Kenntnis zu setzen, bis sie sich als falsch erwiesen haben wird.«

»Dann werde ich fortfahren, jeden nur möglichen Weg zu verfolgen, um Beweise zu finden, dass jemand anderer für den Tod von Daniel Alberton und den beiden Wächtern im Lagerhaus verantwortlich ist«, sagte Rathbone, neigte den Kopf kaum merklich und verließ den Raum.

Er war bereits draußen in der Sonne und inmitten des Straßenlärms und der hektischen Betriebsamkeit, als er erkannte, warum er so zornig war. Breelands Bericht hatte sich so genau mit dem Merrits gedeckt, selbst bezüglich solcher Nebensächlichkeiten wie dem Hut der Frau, dass er nicht daran zweifelte, die Wahrheit gehört zu haben. Eine erfundene Geschichte hätte sich nicht auf solche Bagatellen ausgedehnt. Er war ziemlich sicher, dass beide, Merrit und Breeland, diese Reise von London nach Liverpool unternommen hatten, und es schien keine andere Gelegenheit gegeben zu haben, zu der sie gereist sein könnten. Nichtsdestoweniger würde er Monk dies überprüfen und eventuell sogar Zeugen auftreiben lassen.

Weshalb er jedoch die Fäuste ballte, während er mit verkrampften Schultern den Bürgersteig entlangmarschierte, war der Umstand, dass Breeland nicht einmal gefragt hatte, wie es Merrit ging, ob sie verängstigt war, ob sie litt, krank war oder vielleicht etwas brauchte, oder was man möglicherweise für sie tun konnte. Sie war fast noch ein Kind und befand sich an einem Ort, der schrecklicher war als alles, worauf ihr Leben sie hätte vorbereiten können, zudem musste sie der Möglichkeit ins Auge sehen, für ein Verbrechen gehängt zu werden, das gänzlich mit Breelands Passion für seine politischen Überzeugungen zusammenhing, wie gerechtfertigt diese auch immer sein mochten. Trotz allem war es ihm nicht in den Sinn gekommen, nach ihr zu fragen, obwohl er wusste, dass Rathbone sie gerade erst verlassen hatte.

Zu gegebener Zeit hätte Rathbone Breelands Hingabe vielleicht bewundert, aber er konnte sich nicht vorstellen, jemals einen Mann zu mögen, der sich einer Sache verschrieb, die die Menschheit im Allgemeinen betraf, und sich nicht um Individuen sorgen konnte, die ihm am nächsten standen, einen Mann, der ihrem Leiden gegenüber blind war, wo doch ein Wort von ihm schon Hilfe gebracht hätte. Die Frage schoss ihm durch den Kopf, ob Breeland die Menschen überhaupt mochte oder ob er einfach nur einen großen Kreuzzug brauchte, der ihn völlig in Anspruch nahm und in dem er mit Leib und Seele aufgehen konnte, um ihn als Entschuldigung anzuführen, warum er persönlichen Beziehungen aus dem Weg ging, die Opfer bezüglich seiner Eitelkeit, Kompromisse, Geduld und Generosität des Geistes verlangt hätten. Verschrieb man sich einer wichtigen Sache, konnte man sich als Held fühlen. Die eigenen Schwächen zeigten sich nicht, und man wurde nicht durch intime Beziehungen auf die Probe gestellt.

Diese Gedanken gaben ihm ein Gefühl der Vertrautheit und des Bedauerns. Der beständige stille Schmerz in seinem Inneren, wenn er an Hester dachte, entsprang der Selbsterkenntnis, die ihm umso schärfer zu Bewusstsein kam, da er Breeland von Angesicht zu Angesicht gegenübergestanden hatte.

Es war bereits später Nachmittag, als Rathbone sich auf den Weg zu Monk machte. Es war nicht eine Unterredung, der er mit Freude entgegengesehen hätte, aber sie war unvermeidlich. Breelands Geschichte musste durch Fakten und Zeugenaussagen untermauert werden. Monk war der Mensch, der diese, wenn sie denn existierten, aufstöbern konnte, und Rathbone war geneigt, zu glauben, dass dies der Fall war.

Kurz nach sechs Uhr kam er in der Fitzroy Street an und fand Monk zu Hause vor. Er war froh, denn er wäre ungern mit Hester allein gewesen. Er war überrascht, wie wenig Zutrauen er zu seinen eigenen Gefühlen hatte.

Monk schien ihn fast erwartet zu haben, und in seinem hageren Gesicht breitete sich der Ausdruck der Befriedigung aus, als Rathbone eintrat.

Monk bedeutete Rathbone, Platz zu nehmen. Hester befand sich nicht im Zimmer. Vielleicht kümmerte sie sich gerade um häusliche Pflichten. Er fragte nicht.

»Ich habe ihre Geschichte gehört.« Rathbone legte elegant ein Bein über das andere und lehnte sich zurück, als ob er vollkommen entspannt wäre. Er war ein brillanter Barrister, was bedeutete, dass er sich klar auszudrücken verstand und schnell und logisch denken konnte. Außerdem war er ein guter Schauspieler. Er hätte sich auch selbst mit diesen Attributen, insbesondere mit letzterem, beschrieben. »Auch die von Breeland«, fügte er hinzu. »Ich halte es für wahrscheinlicher, dass die Geschichten wahr sind, als das Gegenteil, aber natürlich brauchen wir Beweise.«

»Sie glauben es also«, sagte Monk nachdenklich. Es war unmöglich, seinem Gesichtsausdruck zu entnehmen, was er dachte. Rathbone hätte es gerne gewusst, aber er wollte nicht fragen, noch nicht.

»Merrit beschrieb mir die Zugfahrt nach Liverpool sehr detailliert«, erklärte Rathbone und erwähnte die Frau mit dem Hut. »Breeland gab mir mehr oder weniger dieselbe Beschreibung. Das ist kein Beweis, aber es deutet doch darauf hin, dass es die Wahrheit ist. Vielleicht können Sie sogar jemanden finden, der mit demselben Zug reiste und die beiden gesehen hat. Das wäre ein Beweis.«

Monk nagte an seiner Unterlippe. »Ja, das wäre es«, gab er zu. »Aber wer brachte dann Alberton um? Was aber noch sonderbarer ist: Wie kamen die Waffen vom Fluss bei Bugsby's Marshes zum Bahnhof am Euston Square?«

Rathbone lächelte leicht. »Um das herauszufinden, beschäftige ich Sie. Es scheint da noch einige grundlegende Fakten zu geben, die uns noch unbekannt sind. Vielleicht hat das auch mit diesem Unterhändler Shearer zu tun. Und da wäre noch die höchst unangenehme Möglichkeit, dass Alberton selbst einer Art von Täuschungsmanöver unterlag und Shearer doppeltes Spiel trieb, oder gar Breeland.«

Ein Funke von Amüsement leuchtete in Monks Augen auf. »Ich nehme an, Sie haben Breeland nicht sonderlich ins Herz geschlossen.« Er sagte es mehr im Ton einer Beobachtung als einer Frage.

Rathbone hob die Augenbrauen. »Überrascht Sie das?«

»Nicht im Mindesten. Es gibt vieles, was ich an ihm bewundere, aber ich kann mich nicht dazu überwinden, ihn zu mögen«, erwiderte Monk.

»Wissen Sie, er fragte nicht einmal, wie es Merrit ginge.« Rathbone vernahm den Zorn und die Bestürzung in seiner eigenen Stimme. »Außer seinen verdammten Überzeugungen scheint ihm nichts wichtig zu sein!«

»Sklaverei ist ja auch reichlich abstoßend.«

»Das sind viele Dinge, und viele davon entspringen Besessenheit.« Rathbones Stimme zitterte plötzlich vor Wut. »Und einer Unfähigkeit, nichts außer dem eigenen Standpunkt zu sehen oder mit dem Schmerz einer anderen Person mitzufühlen, wenn er sich auf irgendeine Weise von dem eigenen unterscheidet.«

Monks Augen wurden groß. »Sie haben absolut Recht«, sagte er mit tief empfundener Ernsthaftigkeit. »Ja … Lyman Breeland ist ein sehr gefährlicher Mann. Ich wünschte, verdammt noch mal, wir müssten ihn nicht verteidigen, um Merrit verteidigen zu können.«

»Ich sehe keine Alternative, andernfalls, glauben Sie mir, hätte ich sie gewählt«, versicherte Rathbone. »Ermitteln Sie gründlich. Ich glaube nicht, dass Merrit sich einer Sache schuldig machte, außer, sich in einen kaltherzigen und fanatischen Mann zu verlieben. Sehen Sie sich Philo Trace sehr genau an und diesen Unterhändler Shearer, und untersuchen Sie alles, was Sie für zweckdienlich halten.«

»Wie immer eilt es Ihnen natürlich damit.«

»Exakt.« Rathbone sprang auf die Beine. »Tun Sie Ihr Möglichstes, Monk. Für Merrit Alberton und ihre Mutter.«

»Aber nicht für Breeland …«

»Breeland kümmert mich einen feuchten Kehricht. Finden Sie die Wahrheit.«

Monk begleitete Rathbone zur Tür; sein Gesicht war bereits von Gedanken zerfurcht. »In der Sache liegt eine nette Ironie, finden Sie nicht?«, bemerkte er. »Ich hoffe inständigst, dass es nicht Philo Trace war, denn ich mag ihn ganz gern.«

Rathbone antwortete nicht. Sie waren sich beide nur zu bewusst, dass es in der Vergangenheit Männer gegeben hatte, die sie gemocht hatten, und Fälle, in denen Liebe und Hass vollkommen unangebracht erschienen waren. Manche Tragödien verstand man nur allzu leicht, obwohl die damit verbundenen Gefühle und das Verständnis dafür bei weitem nicht einfach waren.

8

Monk hätte sich ebenfalls gewünscht, Merrit verteidigen zu können, ohne gleichzeitig dasselbe für Breeland tun zu müssen, aber er war zu sehr Realist, um sich einzubilden, dass das möglich sein könnte. Er hatte die beiden auf der langen Reise über den Atlantik beobachtet. Er wusste, Merrit würde das nie zulassen. Was immer sie über Breeland denken mochte oder wie groß ihr Grauen vor der Realität des Krieges auch sein mochte, ihr Charakter basierte auf Treue. Sich selbst auf seine Kosten zu retten, hätte bedeutet, alles zu leugnen, was sie schätzte. Es wäre einer Art Selbstmord gleichgekommen.

Es überraschte ihn auch nicht, dass Breeland sich immer noch mehr um die Wiederherstellung seines Namens und damit der Ehrenhaftigkeit der Sache, der er sich verschrieben hatte, sorgte, als um die Art, wie Merrit die Gefangenschaft und die Furcht und das Leiden ertrug. Bei dem Gedanken an Rathbones Abneigung lächelte er und stellte sich vor, welche Wertschätzung er für Merrit hegen musste, für ihre Jugend, ihren Enthusiasmus und ihre Verwundbarkeit. Während er über die Tottenham Court Road ging und nach einem Hansom Ausschau hielt, fragte er sich, welche Empfindungen Rathbone wohl Judith Alberton gegenüber gehabt haben mochte und ob ihm ihre bemerkenswerte Schönheit aufgefallen war.

Die Augustsonne war heiß, sie flimmerte über dem Straßenpflaster und blitzte in harten, glitzernden Lichtfunken auf Pferdegeschirren, polierten Kutschentüren und sogar in den Fenstern der Geschäfte.

Ein kleiner Schuhputzer nahm von einem Kunden mit Zylinderhut einen Penny in Empfang. Dann winkte er einem Mädchen, das Muffins verkaufte.

Monk winkte eine Kutsche heran und nannte dem Fahrer die Adresse der Polizeistation, wo er hoffte, Lanyon so früh am Morgen anzutreffen. Es war ganz natürlich, hier zu beginnen, auch wenn er jetzt das Gegenteil von dem zu beweisen versuchte, was am Anfang wie die Wahrheit ausgesehen hatte.

Er hatte Glück. Er traf Lanyon, als dieser gerade die Treppe herunterkam. Er war überrascht, Monk zu sehen, und blieb stehen, wobei sich in seinem Gesicht Neugier abzeichnete.

»Suchen Sie nach mir?«, fragte er fast hoffnungsvoll.

Belustigt über sich selbst, grinste Monk. »Ich stehe jetzt im Dienst der Verteidigung«, sagte er unverblümt. Er schuldete Lanyon die Wahrheit und war nicht gewillt, ihn anzulügen oder Ausflüchte zu erfinden.

Lanyon ächzte, aber seine Augen drückten keine Kritik aus. »Tun Sie es wegen des Geldes oder aus Überzeugung?«, fragte er.

»Wegen des Geldes«, erwiderte Monk.

Lanyon grinste. »Ich glaube Ihnen nicht.«

»Aber Sie haben dennoch gefragt!«

Lanyon setzte sich mit langen federnden Schritten in Bewegung, und Monk passte sich seinem Tempo an. »Tut mir Leid wegen des Mädchens«, fuhr Lanyon fort. »Ich wünschte, ich könnte glauben, dass sie unschuldig ist, aber sie war dort auf dem Hof.« Er warf Monk einen kurzen Seitenblick zu. Auf seinem Gesicht lag der Schatten des Bedauerns, und er versuchte Monks Reaktion zu lesen.

Monk bemühte sich um ein ausdrucksloses Gesicht, was ihn Mühe kostete.

»Woher wissen Sie das?«

»Die Uhr, die Sie fanden … es war Breelands, natürlich, aber er hatte sie ihr als Andenken geschenkt.«

»Behauptet er das?«

Lanyon zog die Mundwinkel nach unten. »Glauben Sie etwa, ich würde sein Wort ernst nehmen? Nein, er erwähnte diesen Umstand nicht einmal, und ich machte mir auch nicht die Mühe, ihn danach zu befragen. Es tut eigentlich nichts zur Sache, was er sagt. Miss Dorothea Parfitt erzählte es uns. Sie ist eine Freundin von Miss Alberton, und offensichtlich zeigte Miss Alberton ihr die Uhr; sicher wollte sie auch etwas prahlen.« Er sah trübselig vor sich hin und überließ es Monk, sich die Szene selbst auszumalen und seine eigenen Schlüsse zu ziehen.

Sie gingen an dem Karren eines Erdbeerverkäufers vorbei.

Monk erwiderte nichts. Seine Gedanken rasten. Er versuchte mehrere Vorstellungen von Merrit zu einem kongruenten Ganzen zusammenzufügen: Wie sie mit der Uhr prahlte, die Breeland ihr als Zeichen seiner Liebe geschenkt hatte; wie sie im Hof des Lagerhauses stand und Breeland beobachtete, der ihren Vater und die beiden Wächter in jene verkrampfte und erniedrigende Position zwang und sie anschließend kaltblütig erschoss; und wie er sie in Washington und auf dem Schiff erlebt hatte, jung und treu, verwirrt von Breelands Kälte, die er ihr gegenüber an den Tag legte, ein Mädchen, das im Geiste immer wieder Entschuldigungen für ihn ersann und sich selbst überredete, das Beste von ihm zu denken. Und dass dieses Mädchen nun im Gefängnis saß, allein und verängstigt, ihr eine Gerichtsverhandlung und vielleicht der Tod bevorstand und sie dennoch entschlossen war, diesen Mann nicht im Stich zu lassen, selbst wenn sie sich dadurch hätte retten können.

Vielleicht war sie eine der großen Liebenden dieser Welt, aber Breeland war sicherlich keiner. Er mochte einer der größten Idealisten dieser Welt sein oder einer ihrer Besessenen, weniger ein Mann, der eine Sache unterstützte, als ein Mann, der eine Sache brauchte, die ihn unterstützte, um seinem Charakter Substanz zu verleihen.

Lanyon wartete auf eine Antwort.

»Eine hässliche Tatsache«, gestand Monk. »Ich bin noch nicht bereit, ihr Bedeutung beizumessen.«

Lanyon zuckte die Achseln.

»Was ist eigentlich mit Shearer?«, fragte Monk, um das Thema zu wechseln. »Was sagt er zu dem Ganzen? Haben Sie den Jungen ausfindig gemacht, der Breeland die Nachricht in seine Wohnung brachte? Wer schickte sie?«

»Wissen wir noch nicht«, antwortete Lanyon. »Haben den

Jungen noch nicht gefunden. Könnte einer von Tausenden sein, aber er hat sich nicht gemeldet. Überrascht mich auch nicht. Will nicht mit einem Mann in Verbindung gebracht werden, der einen dreifachen Mord beging, auch wenn er annimmt, dass wir ihn suchen. Höchstwahrscheinlich kann er nicht lesen. Auch wenn es ihm jemand sagt, wird er den Kopf einziehen.«

»Merrit sagte, Shearer hätte die Depesche geschickt.«

»Seit dem Tag vor Albertons Ermordung hat ihn niemand mehr zu Gesicht bekommen«, erwiderte Lanyon und beobachtete Monks Reaktion.

Sie überquerten die Straße direkt hinter einem offenen Landauer, in dem lachende Damen saßen, deren weiße und blaue Musselinkleider in der leichten Brise flatterten.

An der Ecke stand ein Limonadenverkäufer, der ab und an lauthals seine Ware feilbot. Lanyon blieb stehen und kaufte einen Becher, wobei er Monk fragend ansah, der es ihm gleichtat. Sie tranken den Saft, ohne ihre Unterhaltung zu unterbrechen.

»Haben Sie nach ihm gesucht?«, fragte Monk im Weitergehen. Die Luft wurde bereits heiß, aber dies war nichts im Vergleich zu der drückenden Schwüle Washingtons, und London war, trotz seiner zigtausend Einwohner, seiner Armut und dem ganzen Schmutz, seiner Pracht, seiner Opulenz und seiner Heuchelei, im Zustand des Friedens.

»Natürlich haben wir das«, erwiderte Lanyon. »Kein Anzeichen von ihm.«

»Meinen Sie nicht, dass das einer Erklärung bedarf?«

Lanyon grinste. »Nun, die erste, die mir in den Kopf schießt, ist, dass er ein Verbündeter von Breeland ist, aber den richtigen Instinkt besaß, vollkommen von der Bildfläche zu verschwinden, anstatt sich frei zu bewegen. Aber er musste auch nicht sechstausend Gewehre transportieren.«

»Vermutlich hatte er nur das Geld zu befördern«, sagte Monk trocken.

Während der nächsten Minuten schwieg Lanyon.

»Haben Sie sich um den Verbleib des Geldes gekümmert?«, fragte Monk.

»Natürlich«, antwortete Lanyon und trat auf die Querstraße hinaus, Monk neben sich. »In Casbolts und Albertons Büchern steht es klar und deutlich zu lesen. Er hatte die Anzahlung, die Trace ihnen bezahlte, verbucht. Von Breeland erhielten sie nie auch nur einen Penny.«

»Breeland behauptete, er hätte Shearer den vollen Betrag bezahlt, als ihm die Waffen am Bahnhof am Euston Square übergeben wurden.«

»Natürlich behauptet er das!« Lanyon ging um zwei ältere Gentlemen in dunklen Gehröcken und gestreiften Hosen herum, die in ein ernsthaftes Gespräch vertieft waren. »Und wenn er die Waffen tatsächlich rechtzeitig erhalten hatte, um sie auf den Nachtzug nach Liverpool zu verladen, was war es dann, das wir bis zu Bugsby's Marshes den Fluss hinunter verfolgten?«

Monk dachte mehrere Minuten lang nach, während sie weitergingen.

»Vielleicht war Merrit seine Zeugin«, gab er schließlich zu bedenken, wobei sich die Idee noch in seinem Kopf zu formen begann, als er bereits sprach. »Vielleicht wurden die Waffen wirklich über Bugsby's Marshes transportiert, und er erklärte Merrit einfach, sie würden über Liverpool transportiert werden, auf demselben Weg, den auch er nahm, damit Merrit diesen Umstand eventuell beeiden würde?«

»In der Annahme, dass Sie nach Amerika fahren würden, um ihn zu finden und zurückzubringen, um ihn hier vor Gericht zu stellen ...«, beendete Lanyon Monks Satz. »Sie arbeiten hart für Ihr Geld, Monk, das muss ich schon sagen! Ich würde Sie jedenfalls sofort engagieren, wenn ich in Schwierigkeiten steckte.«

»Aber doch nicht in der Annahme, dass ich ihn zurückbringen wollte!«, schnappte Monk und spürte, wie sich sein Gesicht rötete. »Um Merrit zu täuschen, weil er nicht wollte, dass sie die Wahrheit erfuhr, denn das konnte er sich doch gar nicht leisten! Er mag sehr wohl glauben, dass alles, was er tut, dreifacher Mord eingeschlossen, durch seine Sache gerechtfertigt ist, aber er weiß verdammt gut, dass Merrit diese Auffassung nicht teilt. Noch dazu, wo eines der Opfer ihr eigener Vater ist.«

Lanyons Augen wurden groß. »Ich halte das für nicht ausgeschlossen. Sie meinen, Shearer und Breeland waren Komplizen, Breeland bekam die Waffen und Shearer das Geld? Der arme Alberton wurde umgebracht. Aber welchen Weg nahmen die Waffen?«

»Flussabwärts bis Bugsby's Marshes und von dort aus über den Atlantik«, antwortete Monk, während sie eine geschäftige Straße überquerten. »Breeland reiste nach Liverpool und schiffte sich dort, separat von den Waffen, ein. Merrit nahm er mit sich. Vielleicht war das nicht seine ursprüngliche Absicht, und er musste seinen Plan wegen Merrits Besessenheit ändern. Aber wie es auch gewesen sein mag, am Tod ihres Vaters trägt sie keine Schuld.«

»Dann tötete also Shearer Alberton, um die Waffen zu stehlen und an Breeland zu verkaufen?«

»Warum nicht?« Monks Stimmung hellte sich auf. »Passt das nicht zu all dem, was wir bereits wissen?«

»Abgesehen von Breelands Uhr auf dem Hof des Lagerhauses, ja.« Lanyon sah Monk von der Seite her an und trat auf einen Bordstein hinauf. »Wie erklären Sie sich das?«

»Das weiß ich nicht ... noch nicht. Vielleicht verlor Merrit sie bereits bei einem früheren Besuch?«

»Weshalb?«, fragte Lanyon ungläubig. »Was hätte Merrit Alberton bei dem Lagerhaus in der Tooley Street zu schaffen gehabt? Scheint mir kaum ein Ort zu sein, an dem sich eine junge Dame während des normalen Verlaufs der sommerlichen Saison für gewöhnlich aufhalten würde.«

Noch während er widersprach, erkannte Monk, wie verzweifelt er nach einer Ausflucht für Merrit suchte. »Vielleicht fuhren sie und Breeland am früheren Abend dorthin, um mit Shearer irgendwelche Abmachungen zu treffen?«

»Aber warum ausgerechnet dort?«

»Um die Ware zu begutachten. Breeland hätte doch nicht für Gewehre bezahlt, ohne zu wissen, welche Qualität er zu erwarten hatte.«

Lanyon blinzelte ihn an. »Sie meinen, er hatte also nicht das

Vertrauen, dass Shearer ihm die richtigen Waffen verkaufen würde, obwohl dieser Albertons Unterhändler war, vertraute ihm aber andererseits genügend, um ihm die komplette Summe des Geldes auszuhändigen und sich nach Amerika einzuschiffen, in dem festen Glauben, die Gewehre würden ihm geliefert werden und nicht einbehalten oder gar jemand anderem verkauft werden?« Er schürzte die Lippen. »Was hielt Shearer davon ab, das Geld einzustecken und die Waffen noch einmal zu veräußern, oder sie einfach dort liegen zu lassen, wo sie waren? Von New York aus hätte Breeland wenig dagegen tun können!«

Eine andere Idee schoss Monk durch den Kopf. »Vielleicht ist das der Grund, warum er Merrit mit sich nahm! Als eine Art Versicherung, nicht betrogen zu werden.«

»Das hätte für Alberton gelten können, aber warum sollte Shearer sich darum kümmern, was mit Merrit passierte? Er tötete Alberton trotzdem.«

Monk erinnerte sich an Breelands Gesicht, als er ihm von den Morden erzählte. »Ich glaube nicht, dass Breeland davon wusste. Er glaubte, Shearer handle aus Prinzip und würde so leidenschaftlich wie er selbst an den Kampf gegen die Sklaverei glauben.« Monk nahm Lanyons Ausdruck der Ungläubigkeit wahr. »Sprechen Sie mit Breeland«, fügte er hastig hinzu. »Er ist ein Fanatiker. Seiner Meinung nach denken alle rechtschaffenen Menschen wie er.«

Lanyon verstand, was Monk andeuten wollte. »Ich nehme an, Sie könnten Recht haben«, sagte er vorsichtig. »Also ist Shearer der Schurke, Breeland der Fanatiker, der sich zwar schuldig machte, indem er gestohlene Gewehre kaufte und Merrits Liebe für sich ausnützte, der aber nicht die Morde auf dem Gewissen hat. Und Merrit wäre nur insoweit schuldig, als sie sich von ihrem Herzen hat leiten lassen und ihren Verstand ignorierte? Ich nehme an, im Alter von sechzehn Jahren ist das fast zu erwarten.« Er zuckte die Achseln. »Und außerdem, würde eine Frau nicht alles tun, um ihrem Geliebten zur Seite zu stehen, wären wir nur allzu schnell bereit, an ihr Kritik zu üben.«

»Vermutlich«, stimmte Monk zu, obwohl er sich insgeheim

fragte, wie viel blinde Bewunderung er vertragen könnte. Hätte er die Bewunderung mit derselben Missachtung ausgenützt wie Breeland? Vielleicht wurde etwas, was so freizügig gegeben wurde, häufig gering geschätzt. Aber die Tatsache, dass er selbst möglicherweise nicht besser gewesen wäre, milderte seine Abneigung gegen Breeland keineswegs; wenn überhaupt, steigerte sie sie nur noch.

»Werden Sie dem nachgehen?«, erkundigte sich Lanyon neugierig.

»Ich werde allem nachgehen«, erwiderte Monk. »Außer natürlich, ich stoße auf etwas derartig Überzeugendes, dass es überflüssig wird.« Er grinste Lanyon breit an, aber es war selbstironisch gemeint, und sie wussten es beide. Lanyon zuckte die Achseln. »Na dann, viel Glück.« Es klang, als ob er es ehrlich meinte.

Monk begann dort, wo alles seinen Anfang genommen hatte – im Lagerhaus, dann verfolgte er die Spur der Wagen. Lebhaft erinnerte er sich daran, wie er an jenem fahlen Sommermorgen in den umzäunten Hof getreten war und die toten Körper in ihren grotesken Stellungen gesehen hatte. Er erinnerte sich an Casbolts Gesicht im Morgenlicht, an den Geruch von Blut und die Spuren der Wagenräder auf dem Steinpflaster.

Auch Manassas und die grausame Realität des Krieges tauchten aus der Erinnerung auf. Es war der Geruch des Blutes, der sich in seinen Kopf eingebrannt hatte. Was waren drei Morde verglichen mit so vielen Toten? Sah Breeland die Morde etwa in diesem Licht? Sah er sie nicht als Morde, sondern als Teil des Krieges? Betrachtete er ein paar Tote als geringen Preis, um das Ende der Versklavung einer gesamten Rasse zu sichern?

Das könnte als Argument geltend gemacht werden, und Monk konnte es sogar verstehen.

Gewiss, Lyman Breeland ignorierte den Einzelnen und sah lediglich die vielen Tausende, die Zehntausende. Und irgendetwas an Breeland stieß Monk ab. Machte Breeland das zu einem schlechteren Menschen oder nur moralisch tapferer, machte ihn das zu einem größeren Visionär und gleichzeitig zu einem weniger gewöhnlichen, weniger beschränkten Menschen?

Monk stand in der Sonne in der Tooley Street und wog die Möglichkeiten gegeneinander ab. Die Wagen waren durch die Tore hinausgefahren und mussten entweder nach rechts oder nach links gefahren sein. Die Waffen waren zu schwer, um mit etwas anderem als mit von Pferden gezogenen Gefährten und mit Kähnen über den Fluss transportiert worden zu sein. Der Fluss war jedenfalls der nächstliegende Transportweg. Auf diesem Weg hatte Alberton normalerweise sämtliche schweren Güter transportiert, ebenso wie alle anderen Händler.

Aber Breeland war Amerikaner. Vielleicht wusste er das nicht? Könnte er die Straße zum Bahnhof am Euston Square gewählt haben? Seither war mehr als ein Monat vergangen. Es würde schwer sein, Zeugen zu finden, die sich an etwas erinnerten, geschweige denn gewillt waren, als Zeuge vor Gericht aufzutreten.

Könnte Breelands Geschichte wahr sein? Hier würde er beginnen müssen. Wagen, die mit sechstausend Gewehren beladen waren, mussten riesig sein, und sie mussten jemandem aufgefallen sein, als sie mitten in der Nacht über die Straßen rumpelten.

Aber die Sache mit der zeitlichen Abfolge war eine ganz andere Frage. Breeland hatte gesagt, die Depesche sei um Mitternacht überbracht worden. Zu dem Zeitpunkt war Alberton noch am Leben gewesen. Dem medizinischen Gutachten und der vernünftigen Schlussfolgerung zufolge, die sich aus dem Zeitraum ergab, den das Verladen der Waffen in Anspruch genommen haben musste, war er gegen drei Uhr morgens getötet worden. Die Wagen mussten unmittelbar danach abgefahren sein. Wie lange würden sie gebraucht haben, so schwer beladen, über die verkehrsarmen Straßen der Nacht?

Er begann eilig zu marschieren, hielt dann eine Droschke an und dirigierte sie auf dem kürzesten Weg über die Brücke zum Euston Square, wobei seine Gedanken rasten. Selbst im Trab, den die schwer ziehenden Pferde nicht hätten durchhalten können, hätte er es nicht in weniger als einer halben oder einer Dreiviertelstunde schaffen können.

Er bezahlte den Kutscher und betrat den Bahnhof. Er bat, den Bahnhofsmeister sprechen zu dürfen, und berief sich auf Lanyon, als ob er ein Recht darauf hätte.

»Es geht um illegalen Waffentransport«, begann er grimmig. »Und um dreifachen Mord. Meine Informationen müssen exakt sein. Menschenleben hängen davon ab und vielleicht sogar der ehrenhafte Ruf Englands.«

Der Angestellte reagierte bereitwillig. Die Entscheidung, wie mit dieser Angelegenheit zu verfahren sei, überließ er gerne einem anderen. »Ich hole Mr. Pickering, Sir!«

Der Bahnhofsmeister ließ ihn nur fünfzehn Minuten warten. Er war ein angenehmer Mann mit einem dichten grauen Schnurrbart und schmucken Koteletten. Er führte Monk in sein Büro.

»Wie kann ich Ihnen zu Diensten sein, Sir?«, fragte er sanft, wobei er Monk allerdings von Kopf bis Fuß musterte und seine Wichtigkeit einschätzte, um sich ein Urteil vorzubehalten. Er hatte bereits die wildesten Behauptungen zu hören bekommen und ließ sich nicht mehr so leicht beeindrucken.

Monk seinerseits war nicht bereit, klein beizugeben, doch er entschloss sich, seine Fragen vorsichtig zu formulieren.

»Ich danke Ihnen für Ihre Hilfsbereitschaft, Mr. Pickering. Wie Ihnen zweifellos bekannt ist, wurde am achtundzwanzigsten Juni in der Tooley Street ein dreifacher Mord begangen, und es wurde eine große Lieferung britischer Waffen gestohlen und anschließend nach Amerika transportiert.«

»Ganz London ist das bekannt«, erwiderte Pickering. »Ein äußerst geschäftstüchtiger Ermittler spürte den Mörder auf und brachte ihn nach England zurück, damit er vor Gericht gebracht werden kann.«

Monk spürte einen scharfen Stich der Befriedigung – Stolz wollte er es nicht nennen.

»In der Tat. William Monk«, stellte er sich nun vor und erlaubte sich ein schwaches Lächeln. »Nun muss ich sicherstellen, dass der Mann bei der Verhandlung der Gerechtigkeit nicht entwischt. Er behauptet, die Waffen ganz legal erworben und den vollen Preis dafür bezahlt zu haben, sie sodann über diesen

Bahnhof nach Liverpool geschafft zu haben, und zwar noch in derselben Nacht, in der die Morde verübt worden waren. Fuhr in jener Nacht überhaupt ein Zug nach Liverpool?«

»Vor sechs Uhr morgens fährt überhaupt kein Zug, Sir.« Pickering schüttelte den Kopf. »Auf dieser Strecke lassen wir keine Nachtzüge fahren.«

Monk war sprachlos. Plötzlich war ihm auch noch die einzige Sache, deren er sich sicher gewesen war, durch die Finger geschlüpft.

»Überhaupt keiner?«, hakte er nach.

»Nun, gelegentlich gibt es einen Sonderzug.« Pickering schluckte schwer, aber sein Blick blieb auf Monk gerichtet. »Privatnutzung. So etwas lässt man sich selten entgehen.«

»Gab es in jener Nacht einen Sonderzug? Es war Freitag, der achtundzwanzigste Juni. Eigentlich müssten es die frühen Stunden des Samstagmorgen gewesen sein.«

»Ich kann ja mal nachsehen«, bot Pickering an und drehte sich zu einem Bündel von Papieren um, das auf einem Regal hinter seinem Schreibtisch lag.

Monk wartete ungeduldig. Die Sekunden wurden zu einer Minute, dann zu zwei.

»Hier ist es«, sagte Pickering schließlich. »Ja, Donnerwetter, da war tatsächlich ein Sonderzug in jener Nacht, er fuhr auch bis Liverpool. Es war ein Güterzug mit einem Passagierwaggon, in dem allerdings nur wenige Reisende saßen. Hier, sehen Sie selbst.« Er hielt Monk das Bündel Papier unter die Augen.

Monk riss es ihm aus der Hand. Der Zug war um fünf Minuten vor zwei Uhr nachts abgefahren.

»Sind Sie sicher, dass er pünktlich abfuhr?«, fragte er und hörte die Schärfe in seiner Stimme.

»Ja, Sir«, versicherte Pickering. »Dieses Blatt wird erst nach der Abfahrt ausgefüllt. Eigentlich hätte er bereits fünf Minuten früher abfahren sollen. Aber auf dem Blatt steht der Zeitpunkt der tatsächlichen Abfahrt.«

»Verstehe. Vielen Dank.«

»Hilft Ihnen das etwas?«

»Oh, ja. Die Morde konnten nicht vor ungefähr drei Uhr verübt worden sein.«

Pickering wirkte erleichtert und verwirrt zugleich. »Verstehe«, sagte er, obgleich er dies ganz offensichtlich nicht tat.

»Wissen Sie, ob der Zug mit Waffenkisten beladen war?«, fragte Monk, obwohl er keine Antwort erwartete, die von irgendeinem Wert sein würde.

»Waffen? Nein Sir, nur Maschinen, Bauholz und ich glaube eine Lieferung von Sanitäreinrichtungen.«

»Warum wird für derlei Güter ein Sonderzug eingerichtet?«

»Sanitärgegenstände sind zerbrechlich, Sir, nehme ich an.«

»Wer mietete den Zug?«

»Das steht am unteren Rand des Blattes, Sir.« Pickering deutete auf das Papier in Monks Händen. »Messrs. Butterby and Scott, of Camberwell.« Neugierig beobachtete er Monk. »Dachten Sie, der Amerikaner hätte die Waffen mit unserem Zug nach Liverpool transportiert? In den Zeitungen stand, er wäre den Fluss hinunter bis zu Bugsby's Marshes gefahren und von dort aus über den Atlantik. Scheint mir auch das Vernünftigste zu sein. Wenn ich eben erst drei Männer ermordet und Tausende von Gewehren gestohlen hätte, würde ich so schnell wie möglich aus dem Land fliehen, um der Polizei zu entkommen. Ich würde mich nicht einmal länger als unbedingt nötig auf dem Fluss aufhalten. Ich würde ihn hinabfahren, so schnell die Flut mich trägt, und zwar während es noch so dunkel ist, wie es um diese Jahreszeit nur werden kann.«

»Das würde ich auch«, stimmte Monk zu. »Ich würde hoffen, den Anker gelichtet zu haben und mich auf hoher See zu befinden, bevor sie herausgefunden haben, welchen Weg ich genommen habe.«

Pickering schien vor einem Rätsel zu stehen.

»Aber wenn ich die Waffen nicht gestohlen hätte«, erklärte Monk, »wenn ich sie legal erworben und nichts von den Morden gewusst hätte, würde ich über Liverpool fahren. Es wäre eine beträchtliche Zeitersparnis, einige Tage, wenn man nicht erst um die ganze Südküste Englands herumfahren müsste, bevor man den Atlantik erreicht.«

Pickerings stoppelige Augenbrauen schossen in die Höhe. »Glauben Sie etwa, er war es gar nicht? Wer war es dann?«

»Ich weiß nicht, was ich glauben soll«, gestand Monk. »Außer dass derjenige, der die Männer in der Tooley Street ums Leben brachte, nicht mit einem Ihrer Züge in Richtung Norden gefahren sein kann.«

»Das kann ich beschwören«, versicherte ihm Pickering. »Und das werde ich auch, wenn ich als Zeuge geladen werde. Fassen Sie diesen Teufel, Mr. Monk. So kann man doch nicht mit Menschen umgehen! Wofür auch immer man kämpft!«

Monk stimmte ihm zu, dankte ihm und verabschiedete sich. Den Rest des Tages sowie den ganzen nächsten Tag verbrachte er damit, seine Schritte von der Tooley Street den Fluss hinunter bis zu Bugsby's Marshes zurückzuverfolgen. Wieder sprach er mit jedem, der den Lastkahn gesehen hatte, den er und Lanyon schon vor ein paar Wochen ausfindig gemacht hatten, und zudem fragte er noch viele weitere Leute, die etwas bemerkt haben könnten. Wieder bekam er genau dasselbe zu hören: Es war ein schwer im Wasser liegender Prahm gewesen, der hoch mit Kisten beladen war, deren Größe gepasst hätte, um Musketen zu enthalten. Der Prahm hatte sich schwerfällig in Bewegung gesetzt, bis er in der Mitte der Strömung mehr Geschwindigkeit aufnahm. Zwei Männer, einer davon groß und hager mit einem weichen, ausländischen Akzent – sie vermuteten, er sei amerikanisch gewesen. Mit dem betont gesprochenen R und den verschluckten Konsonanten sei es sicherlich keine europäische Sprache gewesen. Er schien das Kommando geführt zu haben und erteilte die Befehle.

Alles war sehr diskret abgelaufen, fast verstohlen, niemand sonst war angeheuert worden, und man hatte die gewohnte Kameradschaft, die unter den Flussschiffern herrschte, ignoriert.

Wieder verlor Monk die Spur bei Bugsby's Marshes. Mehrere Male versuchte er, jemanden zu finden, der den Prahm hinter Greenwich noch zu Gesicht bekommen hatte oder der ein seegängiges Schiff in den Hafen ein- oder auslaufen oder irgendwo vertäut gesehen hatte, aber er hatte kein Glück.

Ein Fährmann zuckte die Achseln, stützte sich auf seine Ruder und kniff die Augen gegen die grelle Sonne zusammen.

»Gar nicht so eigenartig«, sagte er und nagte auf seiner Lippe. »Hinter der Kurve bei Bugsby's Marshes versteckt, wer würde dort nachsehen? Kann die ganze Nacht dort liegen und würde wahrscheinlich nicht entdeckt werden, wenn er nur nahe genug am Ufer liegt. Das wär's, was ich täte, wenn ich ein Geschäft zu erledigen hätte, das unter der Hand ablaufen soll. Mit der ersten Flut wäre ich fort. Wäre noch vor dem Frühstück draußen auf dem Meer.«

Monk dankte ihm und war bereits im Begriff, umzudrehen und zur *Artichoke Tavern* zurückzukehren, als der Mann ihm nachrief.

»He! Wollen Sie wissen, was mit dem Kahn passiert ist?«

Monk fuhr herum. »Wissen Sie es etwa?«

»Natürlich nicht, sonst hätt ich's Ihnen ja gesagt. Aber Sie haben gesagt, Sie hätten ihn bis hierher verfolgt, und sogar ein Blinder kann sehen, dass Sie denken, er hätte was Wertvolles geladen gehabt, was Gestohlenes.«

Monk wurde ungeduldig.

»Haben Sie sich nicht erkundigt, was aus dem Prahm geworden ist?«, fragte der Fährmann kopfschüttelnd.

»Erkundigt …« Dann traf es Monk fast wie ein körperlicher Schlag. Er hatte die Spur des Kahns bis zu Bugsby's Marshes verfolgt, aber er hatte sich auf Breeland und die Waffen konzentriert. Er hatte nicht daran gedacht, dass der Prahm den Fluss wieder hinaufgefahren sein könnte, bis zu einer bestimmten Stelle, wo immer die auch sein mochte!

Das könnte ihm den Beweis für Shearers Komplizenschaft liefern, und wenn es ihm auch nicht gelingen würde, dadurch den momentanen Aufenthaltsort von Shearer festzustellen, so doch, wohin er nach den Morden gegangen war. Monk hätte sich selbst ohrfeigen können, dass er nicht sofort daran gedacht hatte. Auch Lanyon schien nicht auf diese Idee gekommen zu sein. Sie waren beide so überzeugt davon gewesen, dass das Wichtigste sei, Breeland zu fassen, dass ihnen das Boot unwichtig gewesen war.

Aber nun war es wichtig geworden.

»Ja«, sagte er zerknirscht. Es ärgerte ihn, sich das Naheliegende von einem Fährmann sagen lassen zu müssen, dessen Aufgabe es war, Kähne zu rudern und etwas von den Gezeiten zu verstehen. »Ja, ich werde den Weg des Prahms flussaufwärts verfolgen. Vielen Dank.«

Der Fährmann grinste, schob sich die Kappe auf den Hinterkopf, griff wieder nach den Rudern und entfernte sich.

Doch obwohl Monk den restlichen Abend bis zur Dämmerung und den ganzen folgenden Tag damit verbrachte, die Spur des Kahns flussaufwärts zu verfolgen, fand er ihn nicht. Auch die Flusspolizei wusste nichts von einem fehlenden oder gestohlenen Prahm.

»So was passiert schon mal«, erklärte ihm ein zahnlückiger Sergeant, der auf einem Pier in der Sonne stand, an dessen Pfählen die Flut leckte. »Vielleicht ist er jemandem gestohlen worden, der ihn selbst geklaut hat. Vielleicht ist er ja auch zurückgebracht worden, bevor jemand gemerkt hat, dass er abhanden gekommen war?«

»Vielleicht gehörte er ja auch dem, der ihn benutzte«, fügte Monk hinzu. »Die Leute wurden möglicherweise für ihr Schweigen gut bezahlt.«

»Könnte sein«, stimmte der Sergeant missmutig zu. »Ich glaube, das werden Sie nie herausfinden. Tut mir Leid, dass ich Ihnen nicht helfen kann. Ich kann Ihnen nicht einmal sagen, wo Sie anfangen sollen. Es gibt Hunderte von Lagerhäusern und Docks den Fluss entlang, und Massen von Männern würden jedem einen Gefallen tun und den Mund halten, wenn Sie sie nur gut bezahlten.«

Monk ließ den Blick über das geschäftige Treiben auf dem Fluss schweifen. Die Schleppkähne waren mit Gütern aus aller Welt beladen, trugen alles von Holz, Kohle und Maschinen bis zu Seidenstoffen, Gewürzen und exotischen Pelzen mit sich, vielleicht auch Baumwolle der konföderierten Staaten, mit der man die Mühlen in Manchester und im Norden füttern würde, und Tabak für die Zigarren der Gentlemen in Mayfair und Whitehall.

Ein Vergnügungsboot fuhr vorbei, an Deck standen dicht gedrängt Menschen, die zum Schutz gegen die Sonne Strohhüte trugen und mit bunten Schals und Taschentüchern winkten. Von irgendwoher ertönten die Klänge einer Drehleier. Die Luft roch nach Salz und Fisch und einem Hauch von Teer.

»Kennen Sie einen Unterhändler namens Shearer?«, fragte Monk.

Der Sergeant dachte einige Augenblicke lang nach. »Großer Kerl, dürr, lange Nase und eine Menge Zähne?«, fragte er. »Der vornübergebeugt geht?«

»Ich weiß eigentlich nicht, wie er aussieht. Ich kenne ihn nicht.« Er hatte Judith Alberton nicht um eine Beschreibung des Mannes gebeten. »Er arbeitete in der Tooley Street für Daniel Alberton.«

»Das muss er sein. Gerissener Bursche. Der ist schnell dabei, wenn er sich einen Vorteil verspricht.«

»Kennen Sie ihn von Berufs wegen?«

»Sie meinen, ob er kriminell ist? Nein. Dazu ist der zu gewieft, außerdem hat der's nicht nötig, soweit ich das beurteilen kann. Hab den Fluss auf und ab nur immer mal wieder von ihm gehört.«

»Wissen Sie sonst noch etwas über ihn?«, drang Monk in ihn. »Wissen Sie vielleicht, woher er stammt? Und ob er irgendwelche politischen Ziele verfolgt?«

»Politische Ziele?« Der Sergeant wirkte erschrocken. »Welche, zum Beispiel? Anarchistische oder so was? Hab nie gehört, dass er gefährlich ist, außer wenn man ihn geldmäßig über's Ohr zu hauen versucht. Dann wird er wohl ziemlich lästig, aber das werden schließlich viele Leute.«

»Ich dachte eher, ob er Sympathien für eine der Seiten im amerikanischen Bürgerkrieg hegt.« Monk wusste, noch während er sprach, dass er lächerlich wirkte, wie er hier Seite an Seite mit dem Flusssergeant stand, den hin und her fahrenden Welthandelsverkehr und die Schleppkähne beobachtete, die sich gegenseitig zu den Docks trieben. Hier ging es nur um Handel, Fracht und Profit. Es ging um Gezeiten, das Wetter, Ladekapazitäten, wer kaufte und wer zu welchem Preis verkaufte. Washington und der Bull Run gehörten zu einem anderen Leben.

»Kann ich mir nicht vorstellen.« Der Sergeant zuckte die Achseln. »Kann mir nicht denken, dass er überhaupt wusste, dass dort ein Krieg herrscht, außer sie kauften etwas für jemanden und wollten es transportieren lassen. Nehme an, es geht um die Waffen, was? Könnte mir vorstellen, dass ein Mann wie Shearer sich nicht darum schert, wohin sie geliefert wurden, solange jemand dafür bezahlt hat.«

Das passte genau zu Monks Theorie, dass Breeland Shearer den Preis für die Waffen ausbezahlte und Shearer derjenige gewesen sein könnte, der Alberton tötete und dann die Gewehre den Fluss hinunterbeförderte, während Breeland mit Merrit mit dem Zug nach Liverpool reiste. Die einzige Frage, die sich dann noch stellte, wäre, warum Breeland zu Shearer so rasch Vertrauen fasste? Und offensichtlich tat er gut daran, denn die Flinten waren in Washington angekommen.

Doch Monk konnte es noch nicht glauben, nicht, bevor er irgendeinen überzeugenden Grund gefunden haben würde, warum Breeland Shearer vertraut hatte. Er vermutete, dass ein derartiger Grund vorhanden sein musste.

Oder war noch eine weitere Person involviert? Unwahrscheinlich, außer es wäre Alberton selbst gewesen, der irgendeine Rolle dabei gespielt hatte und dann von Shearer betrogen worden war. Breeland hatte behauptet, die Depesche, die ihm geschickt worden war, wäre von Shearer gekommen, aber das konnte er nicht genau wissen. Schließlich konnte jeder x-Beliebige mit Shearers Namen unterzeichnen.

Eine Sache war jedoch absolut gewiss: Monk war immer noch weit von der Wahrheit entfernt.

Er machte sich auf den Weg zurück zur Tooley Street und dem Lagerhaus. Dort ging es jetzt geschäftig zu. Lagerung und Anlieferung, Kauf und Verkauf gingen trotz Albertons Tod weiter. Vielleicht florierten die Geschäfte nicht so, wie sie es vorher getan hatten, aber Albertons Ruf war exzellent gewesen, und Casbolt war schließlich noch am Leben, obwohl sein Anteil am Geschäft offenbar mehr mit dem Einkauf zu tun gehabt hatte.

Monk trat durch die offenen Tore ein. Im Zentrum des Hofes stand ein vierrädriger Lastwagen, Pferde scharrten ruhelos auf den Pflastersteinen, Fliegen surrten umher, und in der Luft lag der schwere Geruch von Pferdemist, Holzspänen, Öl, Schweiß und Teer. Zwei Männer waren gemeinsam damit beschäftigt, von der Winsch eine hölzerne Kiste auf die Ladefläche des Wagens herabzulassen. Als er sich ihnen näherte, waren sie fertig. Einer von ihnen befestigte die Kiste mit Seilen, damit sie nicht verrutschen konnte, der andere ging, um die Hoftore zu schließen.

»Na, was wollen Sie denn?«, sagte der Mann am Wagen hinlänglich höflich zu Monk. Er war ein stämmiger breitschultriger Mann mit sanftmütigem und aufrichtigem Gesicht.

»Kann ich Ihnen helfen, Sir?«

»Das hoffe ich. Ich suche Mr. Shearer. Ich denke, er arbeitete für gewöhnlich mit Mr. Alberton zusammen«, erwiderte Monk.

»Ja, das war so«, antwortete der Mann und fuhr sich mit der Hand durch sein Haar. »Der arme Mr. Alberton ist tot, ermordet. Nehme an, Sie wissen das. Ganz London weiß das. Aber Shearer hab ich schon wochenlang nicht mehr gesehen. Tatsächlich, seit der arme Mr. Alberton umgelegt wurde, das ist wahr.« Er wandte sich an den Mann, der vom Schließen der Tore zurückgeschlendert kam. »He, Sandy, der Mann hier sucht nach Shearer. Hast du ihn kürzlich gesehen? Ich nämlich nicht.«

Sandy schüttelte den Kopf. »Hab ihn nicht mehr gesehen seit ... hm, weiß nicht. Muss Wochen her sein. Vielleicht seit dem Tag, bevor der arme Mr. Alberton um die Ecke gebracht worden ist.« In seinem Gesicht spiegelte sich Traurigkeit und unverhohlener Zorn. Monk war überrascht, wie sehr ihn das freute. Er hatte Alberton gemocht. Er hatte sich in der letzten Zeit nicht erlaubt, daran zu denken, hatte den Gedanken unterdrückt, um sich konzentriert der Frage zu widmen, wer für Albertons Tod verantwortlich war, und exakt zu beweisen, wie sich die Tragödie abgespielt hatte.

»Was war er für ein Mann?«, fragte er. Dann schoss ihm durch den Kopf, dass er sich nicht vorgestellt hatte. »Mein Name ist Monk. Mrs. Alberton hat mich engagiert, um in Bezug auf Mr. Albertons Tod zu ermitteln. Sie ist der Meinung, dass es darüber noch vieles mehr in Erfahrung zu bringen gibt als das, was wir bereits wissen. Es mag auch sein, dass noch andere Leute dabei eine Rolle spielten.« Im buchstäblichen Sinne traf dies zu, nicht jedoch, was die Implikationen betraf. Er wollte ihnen nicht mitteilen, dass es darum ging, Merrit von der Anklage des Mordes zu befreien. Es war gut möglich, dass diese Männer sie für schuldig hielten. Wenn das, was in den Zeitungen zu lesen war, zutraf, was höchst strittig war, dann hegte die allgemeine Öffentlichkeit wenig Zweifel an ihrer Schuld.

»Hey! Bert! Komm mal her!« Sandy rief einen dritten Mann herbei, der an der Tür zum Lagerhaus erschienen war. »Komm her und hilf diesem Herrn da! Er arbeitet für Mrs. Alberton.«

Das genügte, um Bert dazu zu bringen, zu ihnen herüberzukommen. Ob sie Judith nun persönlich kannten oder nicht, die Erwähnung ihres Namens garantierte vollkommene Kooperationsbereitschaft.

»Was hältst'n du von Shearer?«, rief Sandy ihm zu. »Kannst du den für jemanden beschreiben, der ihn nie zuvor gesehen hat und nichts über den Kerl weiß?«

Bert überlegte gewissenhaft, bevor er antwortete. »Gerissen«, sagte er schließlich. »Gerissen wie 'ne Ratte.«

»Immer 'n Auge auf seine größte Chance«, fügte der erste Mann hinzu und nickte verstehend.

»Ehrgeizig?«, fragte Monk.

Alle drei nickten.

»Geldgierig?«, wagte Monk sich noch einen Schritt weiter vor.

»Sieht jedenfalls zu, dass er zu seinem Anteil kommt«, stimmte Bert zu. »Kann aber nicht sagen, dass ich je mitgekriegt habe, dass er betrogen hat, das muss ich fairerweise sagen.«

»Der hätte nicht betrogen, wenn er womöglich dabei ertappt worden wäre«, fügte Sandy hinzu. »Bei derlei Machenschaften bist du schneller im Knast, als du denkst. Noch schneller aber schwimmst du mit dem Gesicht nach unten im Fluss. Aber ich hab auch nie mitgekriegt, dass er irgendwelche Betrügereien begangen hätte. Hab in der Richtung auch nie was gehört.«

»Also war er ehrgeizig und geldgierig, aber Ihres Wissens nach nicht unehrlich«, fasste Monk zusammen.

»Genau, Mister. Wir hatten weitere fünfhundert Flinten gelagert, die sind auch weg. Wir denken, wer die anderen geklaut hat, hat auch noch die fünfhundert eingesteckt. Glauben Sie, Shearer hat was mit dem Abmurksen von unserem Chef zu tun?«, fragte der erste Mann und sah Monk aus zusammengekniffenen Augen an. »Die Zeitungen behaupten ja, es wäre der Yankee gewesen.«

»Ich bin nicht sicher«, erwiderte Monk aufrichtig. »Breeland bekam die Waffen, darüber besteht kein Zweifel, aber ich bin nicht sicher, ob er tatsächlich Mr. Alberton ermordete.«

»Und wie hätte er sie sich dann beschafft?«, argumentierte Sandy. »Und wenn es nicht wegen der Waffen gewesen wäre, warum hätte ihm dann jemand das angetan? Das kann man ja wohl nicht mal als anständige Art und Weise betrachten, jemanden umzubringen. Das ist …« Vergeblich suchte er nach dem entsprechenden Wort.

»Barbarisch«, assistierte Monk.

»Genau … das ist es.«

Bert nickte heftig.

»Glauben Sie also, dass Shearer was damit zu tun hat?«, insistierte Sandy. »Und dann ist er verduftet, was? Weil ihn nämlich seither niemand mehr in der Gegend gesehen hat.«

»Würde das zu dem passen, was Sie von ihm wissen?«, fragte Monk.

Sie sahen sich gegenseitig an, dann blickten sie wieder auf Monk. »Tja, ziemlich«, nickte Sandy. »Was meint ihr?«

»Klar. Wenn die Kasse stimmt«, fügte Bert hinzu. »Die muss schon stimmen, für umsonst hätt er's nicht getan. Hat den Chef ganz gern gemocht, auf seine Art. Muss wohl 'ne Menge Kohle gewesen sein.« Er biss sich auf die Lippe. »Trotzdem, wenn man sich ansieht, wie er um die Ecke gebracht wurde. Kann mir eigentlich nicht vorstellen, dass Shearer so was getan hätte. Muss wohl doch der Yankee gewesen sein.«

»Aber was ist mit dem Geld für sechstausend erstklassige Musketen mit gezogenem Lauf?«, beharrte Monk.

»Tja – weiß nicht. Das ist wohl in jedermanns Augen eine Menge Geld«, gab Sandy zu.

»Könnte er mit dem Anliegen der Union sympathisiert haben?«, versuchte Monk es noch mit einer letzten Frage zu dem Thema.

Alle drei sahen ihn verwirrt an.

»Den Anhängern der Union geht es um die Abschaffung der Sklaverei«, erläuterte Monk, »und sie kämpfen darum, alle Staaten Amerikas zu einem Land zu vereinen.«

»In England gibt es keine Sklaven«, erklärte Sandy. »Wenigstens keine Schwarzen«, fügte er verschmitzt hinzu. »Manche meinen zwar, es ginge ihnen schlecht, aber was sollen wir uns um die Staaten in Amerika scheren? Ich sage, die sollen doch tun, was sie wollen.«

Bert schüttelte den Kopf. »Ich bin gegen Sklaverei. Die ist nicht richtig.«

»Ich auch«, nickte der erste Mann. »Ich weiß zwar nicht, ob Shearer sich darum kümmerte, aber sicher nicht so sehr, dass er dafür jemanden umgebracht hätte.«

»Wissen Sie, wo Shearer wohnt?«, fragte Monk die Männer.

»In der New Church Street, gleich an der Bermondsey Low Road«, erwiderte Bert. »Die Nummer weiß ich zwar nicht, aber sie endet mit einer Drei, wenn ich mich recht erinnere. Ungefähr auf halber Höhe.«

»War er verheiratet?«

»Shearer? Glaub ich nicht.«

Monk dankte den Männern und verließ den Hof, um sein Glück in der New Church Street zu versuchen.

Er brauchte fast eine halbe Stunde, um herauszufinden, wo Shearer gewohnt hatte. Dort fand er eine erzürnte Vermieterin, die drei Wochen auf die Miete gewartet hatte.

»Hat fast neun Jahre hier gewohnt, der Kerl«, rief sie kämpferisch. »Dann macht er sich weiß Gott wohin aus dem Staub, und das alles, ohne ein Sterbenswörtchen verlauten zu lassen oder sich zu verabschieden. Sagt nichts, zu niemandem und lässt seinen ganzen Kram hier, damit ich ihn forträumen kann! Hab schon drei Wochen Miete verloren, ja, das hab ich!« Sie starrte Monk an. »Sind Sie denn ein Freund von ihm?«

»Nein.« Hastig griff Monk nach einer Lüge. »Er schuldet auch mir Geld.«

Sie lachte schrill. »Na, hier haben Sie jedenfalls keine Chance, weil ich nichts habe, und das bisschen, das ich bekomme, wenn ich seine Kleider an den Lumpensammler verkaufe, teile ich mit niemandem, das sage ich Ihnen gleich.«

»Glauben Sie denn, dass ihm etwas zugestoßen ist?«

Ihre dünnen Augenbrauen schossen in die Höhe.

»Dem? Unwahrscheinlich! Den legt keiner so schnell aufs Kreuz! Hat was Besseres gefunden, denk ich. Oder die Bullen sind hinter ihm her.« Sie betrachtete Monk von oben bis unten. »Sind sie etwa einer, ein Bulle, meine ich?«

»Ich sagte Ihnen doch, er schuldet mir Geld.«

»Tatsächlich? Na, ich hab noch nie einen Bullen erlebt, der sich an die Wahrheit gehalten hat. Aber wenn er Ihnen Geld schuldet, schätze ich, kriegt er Schwierigkeiten, wenn Sie ihn finden. Den Eindruck machen Sie mir jedenfalls.«

Monk erinnerte sich plötzlich, dass irgendjemand ihm gegenüber schon einmal diese Worte gebraucht hatte. Solche Erinnerungsblitze an die Zeit vor seinem Unfall wurden immer seltener, und er versuchte auch nicht mehr, sie aktiv heraufzubeschwören oder sie festzuhalten. Was die Frau gesagt hatte, entsprach vielleicht der Wahrheit. Er selbst konnte schlecht verzeihen, und wenn ihn jemand betrogen hätte, hätte er den Missetäter bis ans Ende der Welt verfolgt und Rache genommen. Aber das war vor langer Zeit. Dann war seine Kutsche umgestürzt und hatte ihn seiner gesamten Vergangenheit beraubt. Das war im Sommer 1856 gewesen. In den fünf Jahren, die seither vergangen waren, hatte er sich ein neues Leben aufgebaut und sich eine neue Garnitur von Erinnerungen und Charaktereigenschaften zugelegt.

Er dankte der Frau und verabschiedete sich. Hier konnte er nichts mehr in Erfahrung bringen. Shearer war verschwunden. Wichtig war jetzt, herauszufinden, wohin er gegangen war und warum. Morgen würde er mit Dockarbeitern und Kahnführern sprechen, die ihn möglicherweise gekannt hatten. Vielleicht würde er ja sogar den Kahn ausfindig machen, der die Musketen flussabwärts gebracht hatte. Dann würde er zu den Reedereien gehen, mit denen Shearer eventuell verhandelt hatte, um Albertons Waffen zu exportieren, oder womit er sonst noch gehandelt hatte. An dem Abend erzählte er Hester einen Teil dessen, was er erfahren hatte.

»Denkst du, es war Shearer, der Mr. Alberton ermordete?«, fragte sie mit einem Hoffnungsschimmer in der Stimme.

Sie saßen am Tisch und verzehrten ein Mahl, bestehend aus kalter Hühnerpastete und frischem Gemüse. Er bemerkte, dass sie ein wenig müde wirkte.

»Wo warst du den ganzen Tag?«, fragte er.

»Denkst du das?«, insistierte sie.

»Was?«

»Denkst du, Shearer brachte Daniel Alberton um?«

»Möglich. Wo warst du?«

»Im Small Pox Hospital in Highgate. Wir versuchen immer noch, die Arbeitsqualität der Mitarbeiter zu steigern, die sich dort um die Patienten kümmern, aber es ist schwierig. Die meiste Zeit habe ich damit verbracht, Briefe zu schreiben.«

Es lag ihm auf der Zunge, einige Bemerkungen über Florence Nightingale fallen zu lassen, die in ihren Bemühungen, eine Reform der Krankenhäuser herbeizuführen, unermüdlich Briefe geschrieben hatte, aber er verkniff es sich. Dies erklärte Hesters Müdigkeit. Schon vor Monaten hatte er versprochen, jemanden für die Hausarbeit einzustellen, aber er hatte es vergessen.

»Das würde bedeuten, dass Merrit nicht schuldig ist«, sagte sie und beobachtete ihn scharf. »Und es würde erklären, dass Breeland alles ohne ihr Wissen tat.«

»Das würde dir gefallen, stimmt's?« Es war eine Feststellung.

Sie zögerte nur einen Augenblick. »Ja«, gab sie zu. »Ich kann mir einfach nicht vorstellen, dass er unschuldig ist, aber ich möchte wirklich glauben, dass Merrit es ist.«

Er entspannte sich ein wenig. »Du solltest anfangen, dich nach jemandem umzusehen, der täglich ins Haus kommt, wenn auch nur für ein paar Stunden.«

Sie dachte einige Minuten über den Vorschlag nach, beobachtete dabei sein Gesicht und versuchte zu beurteilen, ob er allzu großzügig war.

Er konnte ihre Gedanken lesen, als ob sie auf ihre Stirn geschrieben wären.

»Sieh dich nach jemandem um«, wiederholte er. »Vielleicht für drei Tage in der Woche, zum Putzen und um einen Teil des Kochens zu übernehmen.«

»Ja«, nickte sie. »Ja, das werde ich tun.« Sie sah ihn an, und in ihren Augen begann sich ein Lächeln auszubreiten.

Er war außerordentlich erfreut, als ob er ihr das schönste Geschenk überhaupt gemacht hätte, und vielleicht war es das auch, denn sein Geschenk bestand in der Zeit, die sie dann den Aufgaben widmen konnte, denen ihre ganze Leidenschaft galt, Zeit, um jene Fertigkeiten auszuüben, die sie im Überfluss besaß. Er lächelte zurück, breit und bereitwillig.

Auch sie las seine Gedanken. Sie knabberte an ihrer Lippe. »Ich kann doch kochen!«, sagte sie hastig. »Einigermaßen wenigstens.«

Er widersprach nicht, grinste nur.

Am nächsten Morgen ging er zum Fluss und befragte Hafenarbeiter und Kahnführer, dieses Mal jedoch nicht bezüglich des Wegs, den die Waffen genommen haben könnten, sondern über Shearer.

Er brauchte bis zum frühen Nachmittag, um jemanden ausfindig zu machen, der Shearer gekannt hatte, aber alles, was er ihm sagen konnte, war lediglich eine Bestätigung dessen, was Monk bereits von den Männern im Lagerhaus erfahren hatte. Shearer war hart, ehrgeizig und kompetent, aber nach allem, was Monk so hörte, verhielt er sich Alberton gegenüber loyal. Niemand sprach mit Zuneigung von ihm, aber die Gesichter der Männer und die Untertöne in ihren Stimmen drückten stets einen gewissen Respekt aus.

Monk stand immer noch vor einem Rätsel. Das Bild, das sich von Shearer ergab, passte nicht besonders gut zu den Fakten. Während er die Straße entlanglief, war er sich kaum des vorüberströmenden Verkehrs bewusst, der schwer beladenen Wagen, der Männer, die sich etwas zuriefen, der Kräne, die Waren emporhievten oder sie herabließen, des Waldes aus Masten von den Booten, die in der Flut schaukelten, und der gelegentlichen Möwen, die hoch über ihm ihre Kreise zogen.

Shearer war verschwunden, das schien unbestreitbar. Die Waffen waren nach Amerika verschifft worden, Breeland und Merrit waren auch dorthin gefahren. Alberton und die beiden Nachtwächter waren tot, ermordet.

Der Prahm mit den Musketen war flussabwärts bis Bugsby's Marshes gefahren, und danach blieb er unauffindbar. Breeland und Merrit schienen mit dem Zug nach Liverpool gefahren zu sein, aber der einzige Zug, mit dem sie fahren konnten, war vor den Morden abgefahren und auch, bevor die Waffen das Lagerhaus verlassen hatten.

Es hatte den Anschein, Shearers Verwicklung in das Geschehen sei der einzige Umstand, der alle drei Dinge miteinander in Verbindung bringen konnte, um überhaupt einen Sinn zu ergeben.

Irgendjemand musste mehr über Shearer wissen, könnte vielleicht sogar etwas über das Schiff wissen, das die Themse bis zu Bugsby's Marshes hinaufgefahren war, die Waffen an Bord geladen, anschließend den Anker gelichtet hatte und wieder hinaus aufs Meer gefahren war. War es ein britisches Schiff oder ein amerikanisches?

Vielleicht genügte das, was er bis jetzt in Erfahrung gebracht hatte ja, um Zweifel an Merrits Schuld zu wecken. Aber es würde sicher noch nicht genügen, um ihren Namen reinzuwaschen. Es würde immer Menschen geben, die sie für schuldig hielten, einfach weil ihre Unschuld nicht bewiesen werden konnte. Es würde heißen, sie sei noch einmal davongekommen. Das war nur wenig besser, als am Galgen zu enden, ein Leben in der Vorhölle. Würde sie jedoch mit Breeland nach Amerika zurückkehren, würde die Meinung Englands vielleicht nicht so viel Gewicht haben. Aber würde es auch genügen, Breeland vor dem Galgen zu retten, bei all dem Hass, der ihm entgegenschlug, und der Überzeugung der Öffentlichkeit, dass er schuldig war? Und würde er das Mädchen nicht zwangsläufig mit sich ins Verderben reißen?

Nicht dass diese Überlegungen irgendetwas an dem geändert hätten, was Monks Pflichten waren. Wahrscheinlichkeitsberechnungen anzustellen, ob ein Urteil so oder so ausfallen würde, waren Rathbones Aufgabe, obwohl er sich sicher war, dass Rathbone die Wahrheit ebenso interessierte wie ihn. Irgendjemand hatte drei Männer gefesselt und sie in den Kopf geschossen. Er musste wissen, wer dieser Jemand war, musste es zweifelsfrei feststellen, ob dies einen Sinn ergab oder nicht.

Monk betrat das nächste Schiffsmaklerbüro und bat, mit den Angestellten sprechen zu dürfen.

»Shearer?«, rief ein junger Mann in einem eng sitzenden Frack. »Ja, ein sehr anständiger Mann. War Mr. Albertons Unterhändler.« Er atmete geräuschvoll ein. »Schreckliche Sache das. Grauenhaft. Gott sei's gedankt, dass sie den Kerl haben, der das verbrochen hat. Kidnappte auch noch die Tochter, also, alles was Recht ist!«

Er machte ein klackendes Geräusch mit der Zunge.

»Wann haben Sie Shearer zum letzten Mal gesehen?«, fragte Monk.

Der Angestellte dachte einige Minuten lang nach. »Mit uns macht er eigentlich wenig Geschäfte«, erwiderte er. »Aber ich habe ihn sicher schon einige Monate oder gar länger nicht mehr gesehen. Ich vermute, er ist sehr beschäftigt, jetzt, da der arme Mr. Alberton tot ist. Ich kann mir nicht vorstellen, was aus dem Geschäft werden soll. Es hat einen guten Ruf, aber ohne Mr. Alberton persönlich wird es nicht mehr dasselbe sein. Er war sehr verlässlich, ja, das war er. Verstand eine Menge von Verschiffung und auch vom Handel. Er wusste, wer was zu verkaufen hatte, und bezahlte immer faire Preise, ließ sich aber von niemandem zum Narren halten. Das kann man nicht ersetzen, auch wenn Mr. Casbolt ein brillanter Einkäufer ist, wie ich höre. Das ist eine Schande!«

»Ich kann niemanden finden, der Mr. Shearer nach Mr. Albertons Tod gesehen hätte«, sagte Monk.

Der Mann war überrascht. »Nun, ich auch nicht. Ich weiß nur, dass er große Stücke auf Mr. Alberton hielt, und ich kann mir nicht vorstellen, dass er einfach so verschwindet. Ich hätte angenommen, er würde sich weiterhin um das Geschäft kümmern, so gut er es kann, schon um der Witwe willen, der armen Frau. Das beweist wieder mal, dass man nie sicher sein kann, stimmt's?«

»Nein. Mit wem machte Shearer am häufigsten Geschäfte, wissen Sie das?«

»Mit Pocock und Aldridge, oben an der West India Dock Road. Großer Laden. Wird Ihnen jeder bestätigen.«

Monk dankte ihm und ging. Es war eine beträchtliche Strecke bis zum West India Dock, also nahm er den ersten Hansom, den er sah, und kam fünfundzwanzig Minuten später an. Als er ausstieg und den Fahrer bezahlt hatte, drehte er sich zu dem Gebäude um und wusste plötzlich genau, wie es innen aussehen würde, als ob er es schon häufig aufgesucht hätte und dies nur ein weiterer Routinebesuch wäre.

Dies war nervtötend. Er hatte keine Ahnung, weshalb oder wann er hierher gekommen war, aber es konnte nicht während der Zeit nach seinem Unfall gewesen sein. Er schritt über das Pflaster, wäre um ein Haar mit einem mageren Mann in grauem Anzug zusammengestoßen, ging die wenigen Treppen hinauf und öffnete die Tür.

Das Innere des Gebäudes war vollkommen anders, als er es in Erinnerung hatte. Die Räumlichkeiten waren mehr oder weniger die gleichen, aber hier stand ein Schreibtisch, an den er sich nicht erinnern konnte, die Wände hatten eine andere Farbe, und der Fußboden, der höchst eigenwillig mit grauem und weißem Marmor gefliest gewesen war, bestand aus Holz.

Verwirrt blieb er stehen.

»Guten Morgen, Sir. Kann ich Ihnen helfen?«, fragte der junge Mann hinter dem Schreibtisch.

Monk konnte sich nur mit Mühe konzentrieren und rang nach Worten.

»Ja ... ich muss mit Mr. –« Der Name Taunton schoss ihm durch den Kopf, er hatte keine Ahnung, weshalb.

»Ja, Sir? Mit wem wollten Sie sprechen?«, fragte der Mann hilfsbereit.

»Arbeitet hier ein Mr. Taunton?«

»Ja, Sir. Meinen Sie den älteren oder den jüngeren Mr. Taunton?«

Monk hatte keine Ahnung, aber er musste antworten. Er ließ sich eher vom Instinkt als von Überlegungen leiten.

»Den älteren.«

»Gewiss, Sir. Wen darf ich melden?«

»Monk. William Monk.«

»Gerne, Sir. Wenn Sie bitte hier warten wollen, ich werde es ihm sagen.«

Binnen Minuten wurde ihm mitgeteilt, dass er empfangen werden würde, woraufhin Monk zu einer anmutig geschwungenen Treppe gewiesen wurde, die zu einem Treppenabsatz führte. Er konnte sich nicht daran erinnern, was der Mann in der Halle gesagt hatte, aber er zögerte nicht, nach links zu gehen, bis zum Ende des Korridors. Alles kam ihm vertraut vor, ein wenig kleiner vielleicht, als er es in Erinnerung hatte, aber er wusste, wie sich der Türgriff anfühlen würde, bevor er ihn berührte, und erinnerte sich an das leichte Stocken, bevor die Tür endgültig aufschwang.

Der Mann in dem behaglich eingerichteten Raum erwartete ihn stehend. Sein Gesicht drückte Überraschung aus, und seine Körperhaltung signalisierte Unbehagen. Er war ein wenig älter als Monk, fünfzig Jahre vielleicht. Sein kastanienfarbenes Haar wich bereits aus der Stirn, seine Wangen waren gerötet. Monk wusste, dass der jüngere Mr. Taunton sein Halbbruder war, nicht sein Sohn, und ein größerer und dunkelhaariger Typ mit fahler Gesichtshaut.

»Sieh mal einer an!«, sagte Taunton nervös. »Nach all den Jahren! Was bringt Sie hierher, Monk? Dachte schon, Sie würde ich nicht mehr zu Gesicht bekommen.« Er wirkte verblüfft, als ob Monks Auftauchen ihn verwirrte. Er konnte nicht umhin, Monk anzustarren, erst sein Gesicht, dann seine Kleidung, und selbst seine Stiefel ließ er nicht unbeachtet.

Monk erkannte, dass Taunton älter war, als er erwartet hatte. Er konnte sich ihn nicht mehr mit vollem Haupthaar vorstellen, aber das Grau darin war neu, ebenso die Furchen in seinem Gesicht und eine gewisse Derbheit der Züge. Er hatte keinen Begriff davon, wie lange es her sein mochte, dass sie sich zum letzten Mal getroffen hatten, und unter welchen Umständen dies geschehen war. Hatte es mit seiner Arbeit als Polizist zu tun gehabt, oder war es gar noch früher gewesen? Dann müssten es zwanzig Jahre oder mehr sein und weit zurück in einer Vergangenheit liegen, die Monk vollkommen verloren hatte und die sich nicht einmal durch die Bruchstücke wieder zusammensetzen ließ, die er hier und da von Menschen aufgeschnappt hatte, mit denen er anlässlich seiner Ermittlungen zu tun gehabt hatte.

Er konnte es sich nicht leisten, darauf zu setzen, dass Taunton ein Freund war; dies konnte er von niemandem erwarten. Das Wenige, was er über sein Leben wusste, zeigte, dass er mehr gefürchtet als geliebt worden war. Es mochte alle möglichen Arten von unbezahlten Schulden geben, von ihm ebenso wie von anderen. Dies war wieder einmal eine Gelegenheit, bei der er sich innigst wünschte, sich selbst besser zu kennen, zu wissen, wer seine Feinde waren und weshalb, und ihre Schwächen zu kennen.

Er forschte in Tauntons Gesicht und konnte keine Freude entdecken. Sein Gesicht drückte Wachsamkeit und Vorsicht aus, ebenso allerdings erwachende Schadenfreude, als ob er Monks Unsicherheit gesehen hätte und sich darüber freuen würde.

»Das Haus hat sich verändert.« Er spielte auf Zeit, in der Hoffnung, Taunton würden einige Informationen entschlüpfen, damit er wenigstens wüsste, wie lange es her war, seit sie sich zuletzt getroffen hatten, und sogar, in welcher Stimmung dieses Treffen stattgefunden hatte und ob ihre Feindseligkeit offen oder indirekt gewesen war. Denn mit jeder weiteren Sekunde war er sich mehr und mehr sicher, dass zwischen ihnen Feindseligkeit herrschte.

»Einundzwanzig Jahre, wenn ich mich nicht irre«, sagte Taunton mit einem leichten Schürzen der Lippen. »Uns geht es gut. Dachten Sie, wir könnten uns die nötigen Renovierungen nicht leisten?«

Monk sah sich in dem Büro um. Es war gut ausgestattet, aber nicht luxuriös. Er gestattete sich, dass sich seine Beobachtungen in seinem Gesichtsausdruck widerspiegelten – er war nicht beeindruckt.

Tauntons Wangen wurden röter.

»Sie haben sich ebenfalls geändert«, sagte er mit leichtem Lächeln. »Keine eleganten Hemden und Stiefel mehr. Dachte, Sie würden sich mittlerweile alles speziell anfertigen lassen. Harte Zeiten hinter sich, was?« In seiner Stimme war die Schadenfreude zu hören. »Dundas riss Sie wohl mit ins Verderben, was?«

Dundas. Mit blendender Klarheit sah Monk das sanftmütige Gesicht, die intelligenten, klaren blauen Augen, die von tiefen Lachfalten umgeben waren. Dann überzog sich das Gesicht plötzlich mit Kummer und wütender Hilflosigkeit. Er wusste, dass Dundas tot war. Er war fünfzig Jahre alt gewesen, vielleicht fünfundfünfzig. Monk selbst war damals in den Zwanzigern gewesen und hatte gehofft, Handelsbankkaufmann zu werden. Arrol Dundas war sein Mentor gewesen, der durch einen finanziellen Zusammenbruch, für den man ihm fälschlicherweise die Schuld zugeschoben hatte, in den Ruin getrieben worden war. Er war im Gefängnis gestorben.

Am liebsten hätte Monk in das höhnisch grinsende Gesicht vor sich geschlagen. Er spürte, wie heißer Zorn in ihm aufstieg, wie sich sein Körper verkrampfte und sich seine Kehle dermaßen zuschnürte, dass es schwierig wurde, zu schlucken. Er musste sich zusammennehmen und seine Gefühle vor Taunton verbergen. Er musste alles verbergen, bis er genügend in Erfahrung gebracht hatte, um handeln zu können.

Wie viel wusste Taunton von Monk? Wusste er, dass er Polizist geworden war? Monk konnte nicht sicher sein. Sein Ruf war zwar weit verbreitet, denn er war einer der besten und skrupellosesten Ermittler gewesen, die die Polizei je gehabt hatte, aber es konnte sein, dass er nie Gelegenheit gehabt hatte, hierher zu den West India Docks zu kommen.

»Ein kleiner Richtungswechsel«, antwortete er hinterhältig. »Ich hatte noch verschiedene Schulden einzutreiben.« Er gestattete sich ein Lächeln, ein listiges Lächeln, wie er es beabsichtigt hatte.

Taunton schluckte. Seine Augen wanderten unruhig über Monks gewöhnliche Kleidung, die dieser absichtlich gewählt hatte, um am Fluss und auf den Docks unauffällig zu wirken.

»Sieht nicht so aus, als wären es große Schulden gewesen«, bemerkte er.

»Ich habe sie noch nicht alle eingetrieben«, antwortete Monk, dem die Worte entschlüpft waren, bevor er darüber nachgedacht hatte.

Taunton erstarrte, aber seine Hände bewegten sich nervös und seine Blicke ließen Monks Gesicht nicht los.

»Ich schulde Ihnen nichts, Monk! Und nach einundzwanzig Jahren weiß ich nicht, wer das noch tun könnte.« Er schnaubte leicht. »Wir haben stets gut mit Ihnen zusammengearbeitet. Jeder heimste seinen Profit ein. Und niemand wurde je dabei ertappt, soweit ich weiß.«

Ertappt. Das Wort traf Monk wie ein körperlicher Schlag. Ertappt von wem? Er wagte nicht zu fragen. Wessen klagte man Dundas an, was war es gewesen, was ihn in den Ruin getrieben hatte? Monk konnte sich nur an die Wut erinnern, die er verspürt hatte, und an die absolute Überzeugung, dass Dundas unschuldig war, zu Unrecht beschuldigt wurde und er, Monk, einen Weg hätte finden müssen, dies zu beweisen.

Aber hatte das etwas mit Taunton zu tun gehabt? Oder wusste Taunton nur davon, weil es alle wussten?

Monk gierte nach der Wahrheit, der ganzen Wahrheit, mehr als nach allem anderen, was ihm in den Sinn kam. Immer schon hatte ihn diese Gier verfolgt, seit er die ersten Erinnerungsblitze gehabt hatte, Fragmente nur, Gefühle, kurze Augenblicke der Erinnerung, die schon wieder Vergangenheit waren, ehe er mehr als einen Eindruck oder ein Gefühl bekam, einen Blick auf das Gesicht eines Menschen erhaschen konnte oder die Modulation einer Stimme ahnte. Und stets war das alles von einem Gefühl des Verlustes begleitet, einem Schuldgefühl, dass er diesen Verlust hätte verhindern sollen.

»Besorgt?«, fragte er und starrte Taunton an.

»Nicht im Mindesten«, erwiderte dieser, und sie wussten beide, dass es eine Lüge war. Sie hing zwischen ihnen in der Luft.

Zum ersten Mal freute Monk sich darüber, Furcht einflößend zu sein. Zu oft hatte ihn seine Fähigkeit zur Einschüchterung gestört, und er hatte sich schuldig gefühlt für den Teil seines Ichs, der dies in der Vergangenheit genossen haben musste.

»Kennen Sie einen Mann namens Shearer?« Abrupt wechselte er das Thema, nicht um Taunton in Bedrängnis zu bringen, sondern weil er nicht mehr wusste, was er über die Vergangenheit sagen sollte. Überdies musste Taunton nicht wissen, dass Monk diese gar nicht kannte.

»Shearer?« Taunton war erschrocken. »Walter Shearer?«

»Genau der. Sie kennen ihn.« Letzteres war eine Feststellung.

»Natürlich kenne ich ihn. Aber Sie wären nicht hierher gekommen, wenn Sie das nicht bereits gewusst hätten«, gab Taunton zurück. Er runzelte die Stirn. »Er ist Händler für Maschinen zum Be- und Entladen von Schiffen, von schweren Waren, Marmor, Holz und meistens Waffen – für Daniel Alberton – oder besser gesagt, das war er, bis Alberton ermordet wurde.« Er wartete kurz. »Was hat das mit Ihnen zu tun? Sind Sie jetzt auch im Waffenhandel?« Er verlagerte das Gewicht von einem Bein auf das andere.

Monk konnte seine Angst riechen, die jetzt ätzend und körperlich spürbar war, anders als die langsam aufkommende Ängstlichkeit, die er vorher bemerkt hatte. Tauntons Vorstellungskraft hatte sich sprunghaft gesteigert. Als er wieder sprach, war seine Stimme höher, als ob sich seine Kehle zusammengeschnürt hätte, bis er kaum mehr Luft bekam.

»Hat es etwas mit Ihnen zu tun, Monk? Denn wenn ja, dann möchte ich nichts damit zu tun haben!« Er schüttelte den Kopf und trat einen Schritt zurück. »Für Leute zu arbeiten, die ihr Geld mit Sklavenhandel verdienen, ist eine Sache, aber Mord ist etwas ganz anderes. Das können Sie mir glauben! Alberton war ein gern gesehener Mann. Jeder wird die Hand gegen Sie erheben. Ich weiß nicht, wo Shearer ist, und ich will es auch nicht wissen.

Er ist ein unbarmherziger Mann, verschenkt keinen Penny und bittet um keinen, aber er ist kein Mörder!«

Monk hatte das Gefühl, so fest geschlagen worden zu sein, dass seine Lungen gelähmt waren und er an Luftmangel erstickte.

Tauntons Stimme wurde noch höher. »Sehen Sie, Monk, was Dundas passierte, hat nichts mit mir zu tun. Wir machten unser Geschäft, und wir hielten uns beide an unsere Abmachungen. Ich schulde Ihnen nichts und Sie mir auch nicht. Wenn Sie Dundas hintergingen, dann ist das eine Sache zwischen Ihnen und … und dem Grab, mittlerweile. Aber stellen Sie jetzt nicht mir nach!« Er streckte die Hände vor sich aus, als wolle er einen Schlag abwehren. »Und ich will nichts mit diesen Waffen zu tun haben! Die führen nur an den Galgen. Ich werde sie nicht für Sie transportieren, das schwöre ich bei meinem Leben!«

Schließlich fand Monk seine Stimme wieder.

»Ich habe die Waffen nicht, Sie Narr! Ich suche nach dem Mann, der Alberton auf dem Gewissen hat. Wo die Waffen sind, das weiß ich. Sie sind in Amerika. Ich bin ihnen dorthin gefolgt.«

Taunton war verblüfft, absolut perplex.

»Was wollen Sie dann? Weshalb sind Sie hier?«

»Ich will wissen, wer Alberton ermordete.«

Taunton schüttelte den Kopf. »Warum?«

Einen Moment lang konnte Monk nicht antworten. War er wahrhaftig so gewesen, ein Mann, den es nicht kümmerte, dass drei Männer umgebracht worden waren und wer dies getan hatte? Verlangte sein Bedürfnis, das zu erfahren, etwa eine Erklärung?

Taunton starrte ihn immer noch an und wartete auf eine Antwort.

»Das ist für Sie nicht von Bedeutung.« Monk riss sich aus seinen Gedanken. »Wo ist Shearer?«

»Ich weiß es nicht! Ich habe ihn beinahe zwei Monate nicht mehr gesehen. Ich würde es Ihnen sagen, wenn ich es wüsste, schon um Sie loszuwerden. Glauben Sie mir!«

Monk glaubte ihm tatsächlich. Die Angst in seinen Augen war

echt, ihr Geruch erfüllte den Raum. Taunton hätte jeden verraten, Freund oder Feind, um sich selbst zu retten.

Wie konnte Monk nur mit einem solchen Mann Geschäfte gemacht haben? Aber schlimmer als das war, Gewinn durch den Handel mit einem Mann zu erzielen, dessen Geld aus dem Sklavenhandel stammte! Hatte Dundas das gewusst? Oder hatte Monk ihn hinters Licht geführt, wie Taunton angedeutet hatte?

Jeder dieser Gedanken bereitete ihm Übelkeit.

Er musste die Wahrheit erfahren, und doch fürchtete er sich vor ihr. Es hatte keinen Sinn, von Taunton eine Antwort zu erwarten; er wusste sie nicht. Was er von Monk dachte, war Anklage genug.

Monk zuckte die Achseln, drehte sich auf dem Absatz um und verließ ohne ein weiteres Wort den Raum. Doch als er in der Empfangshalle an dem Mann hinter dem Schreibtisch vorbeiging, weilten seine Gedanken nicht bei Taunton oder Shearer, sondern bei Hester und ihrem Gesicht, das sie gemacht hatte, als sie von Sklaverei gesprochen hatte. Für sie war Sklavenhaltung etwas Unverzeihliches. Was würde sie empfinden, wenn sie erführe, was er von sich selbst wusste?

Schon jetzt bedrückte ihn der Gedanke, zerfraß ihn innerlich.

Er trat hinaus in die Sonne, aber er fröstelte.

9

Zum ersten Mal seit seiner Heirat widerstrebte es Monk, nach Hause zu gehen, und obwohl er es fürchtete, ging er umgehend dorthin. Er wollte keine Zeit zum Nachdenken haben. Es gab keine Möglichkeit, zu vermeiden, Hester zu sehen, ihrem Blick zu begegnen und die erste Lüge zwischen ihnen aufzubauen. In der ersten Zeit ihrer Bekanntschaft hatten sie heftig miteinander gestritten. Er hatte sie für voreingenommen, spitzzüngig und kaltherzig gehalten, eine Frau, deren ganze Leidenschaft der Verbesserung anderer galt, ob sie dies nun wollten oder nicht.

Und sie hatte ihn für selbstsüchtig, arrogant und in hohem Maße grausam gehalten. Heute Morgen noch hätte er darüber gelächelt, wie glücklich sie gemeinsam waren. Und nun quälte ihn ein Schmerz wie ein gerissener Muskel, eine Pein, die alles umfasste und alle Freuden verblassen ließ.

Er schloss die Tür auf und drückte sie hinter sich wieder ins Schloss.

Sie war da, sofort, ließ ihm keine Zeit, seine Gedanken zu ordnen. All die vorher zurechtgelegten Worte verflogen.

Sie missverstand ihn, dachte, es hätte etwas mit seinen Ermittlungen am Fluss zu tun.

»Du hast etwas Hässliches entdeckt«, sagte sie schnell. »Was ist es? Hat es mit Breeland zu tun? Aber auch wenn er schuldig ist, bedeutete es doch noch nicht, dass Merrit das auch ist.«

In ihrer Stimme lag so viel Überzeugung, dass er wusste, sie fürchtete, sich irgendwie geirrt zu haben und Merrit hätte doch einen Anteil an dem grausamen Geschehen gehabt.

Es war die perfekte Chance, ihr zu erzählen, was er tatsächlich entdeckt hatte, schrecklicher, als sie es sich je hätte vorstellen können, aber über sich und nicht über Breeland. Er konnte es nicht. Aus ihr strahlte eine innere Schönheit, die zu verlieren er nicht riskieren konnte. Er erinnerte sich ihrer in Manassas, als sie sich über den schwer blutenden Soldaten beugte und sich seiner Wunden annahm, ihm den Lebenswillen zurückgab und seine Schmerzen teilte.

Was würde sie von einem Mann halten, der Geld verdient hatte, indem er sich an den Profiten aus dem Sklavenhandel bereichert hatte? Nie im Leben hatte er sich einer Sache mehr geschämt, wenigstens nicht, soweit er sich erinnern konnte. Noch hatte er je mehr Angst davor gehabt, was ihn sein Verhalten kosten könnte. Er erkannte, dass sie das Wertvollste war, was er je gehabt hatte.

»William! Was ist mit dir?« In ihrer Stimme und in ihren Augen lag Furcht. »Was hast du herausgefunden?«

Sie machte sich um Merrit und vielleicht auch um Judith Alberton Sorgen. Sie konnte ja nicht erraten, dass ihr eigenes Leben und Glück bedroht war, und nicht das der Albertons.

Die Wahrheit steckte wie ein Kloß in seinem Hals.

»Nichts Endgültiges.« Er schluckte. »Ich konnte nichts finden, was bezeugen würde, dass der Lastkahn die Themse wieder hinaufgefahren wäre. Ich habe auch keine Ahnung, wem er gehörte. Vielleicht gehörte er jemandem, der ihn verliehen hatte, vielleicht wurde er aber auch jemandem gestohlen, der es nicht wagt, den Diebstahl anzuzeigen, denn möglicherweise stahl er ihn ja selbst.« Er wünschte sich, sie berühren zu können, die Wärme ihres Körpers, ihre ungeduldige Reaktion auf seine Berührung zu spüren, doch der Abscheu vor sich selbst hielt ihn zurück und umzingelte ihn wie ein übles Laster.

Sie zog sich zurück, in ihrem Gesicht zeigte sich ein Anflug von Verletztheit.

Dies war der erste Vorgeschmack der überwältigenden Einsamkeit, die ihm bevorstand; es war wie das Verblassen der Sonne in der Abenddämmerung.

»Hester!«

Sie sah auf.

Er hatte keine Ahnung, was er sagen sollte. Er konnte der

Wahrheit nicht ins Auge sehen. Er hatte keine Zeit gehabt, sich die passenden Worte zurechtzulegen.

»Ich denke, Shearer könnte derjenige gewesen sein, der Daniel Alberton ermordete.« Es war eine lahme Bemerkung, die das ersetzte, was ihm durch den Kopf ging. Und es war wohl kaum als große Offenbarung zu bezeichnen.

Sie wirkte ein wenig verwirrt. »Nun, das würde die sonderbare Zeit der Zugfahrt erklären, nehme ich an«, sagte sie. »Eine Verschwörung zwischen Breeland und Shearer also, von der Merrit nichts ahnte? Vielleicht waren sie und Breeland schon früher am Abend auf dem Hof des Lagerhauses, und sie hatte bereits die Uhr dort verloren?« Dann überzog sich ihr Gesicht mit einem sorgenvollen Ausdruck. »Aber warum hätten sie dorthin gehen sollen? Das ergibt doch keinen Sinn. Und warum war Daniel Alberton zu jener nächtlichen Stunde überhaupt dort?« Sie runzelte die Stirn. »Hatte es etwas mit Merrits Flucht von Zuhause zu tun, was meinst du? Dann war er vielleicht immer noch dort, als Shearer kam, um die Waffen zu stehlen?« Sie schüttelte den Kopf. »Hört sich nicht sehr wahrscheinlich an, nicht wahr?«

Nein, das tat es tatsächlich nicht. Irgendein wichtiger Fakt fehlte noch. Er musste sich konzentrieren, um die Fragen ernst zu nehmen.

»Bist du hungrig?«, fragte sie, und ihre Augen leuchteten auf.

»Ja«, log er, in der Vermutung, dass sie sich mit der Zubereitung des Abendessens Mühe gegeben hatte. Jetzt, da er darüber nachdachte, kam ihm der warme würzige Duft zu Bewusstsein, der aus der Küche drang.

Sie lächelte. »Frische Wildpastete und Gemüse.« Sie sah aus, als wäre sie mit sich selbst sehr zufrieden. »Ich fand heute eine Haushaltshilfe. Sie ist Schottin. Ihr Name ist Mrs. Patrick. Sie ist ein wenig hitzig, aber sie ist eine hervorragende Köchin und bereit, wochentags immer nachmittags für drei Stunden zu kommen, was sehr gut ist, denn die meisten Dienstboten möchten entweder eine Ganztagsstelle oder gar nichts. Manche möchten sogar im Haus wohnen.« Sie betrachtete sein Gesicht. »Sie nimmt eine halbe Krone pro Woche. Denkst du, das können wir uns leisten?«

Er dachte nicht einmal daran, auszurechnen, was sie das im Monat kosten würde. »Wunderbar! Ja. Wenn du sie magst, dann mache die Sache fest.«

»Danke!« Ihre Stimme hob sich. »Ich bin dir sehr dankbar dafür.« Sie berührte ihn nur flüchtig, aber darin lag eine Intimität, eine Vertrautheit, die seinen Puls zum Rasen brachte und die ihm wegen seiner Täuschung Schmerz bereitete. Er wusste nicht, wie er damit leben sollte. Eine Stunde, einen Tag – vielleicht würde er lernen, es für eine gewisse Zeit zu vergessen. Vielleicht würde er nie erfahren, welche Geschäfte er mit Taunton gemacht hatte, ob er Arrol Dundas betrogen hatte oder nicht oder was ihn dazu getrieben hatte. Vielleicht war es einfach nur Gier gewesen, die Sehnsucht nach der Allmacht des Erfolges. Möglicherweise gab es ja auch einen mildernden Umstand – wenn er es doch nur wüsste!

Er folgte ihr in die Küche, in der es angenehm kühl war, da die hinteren Fenster offen standen, dennoch duftete es nach den köstlichen Aromen gekonnt gewürzter Speisen. Unter anderen Umständen wäre es eine perfekte Mahlzeit gewesen, und es kostete ihn seine ganzen Verstellungskünste, seine ganze Selbstbeherrschung, so zu tun, als würde er sie genießen.

Hester war sich der innerlichen Qualen ihres Mannes nicht bewusst. Sie hielt sein Verhalten für nichts weiter als die Frustration über einen Fall, den er nicht verstand und der ihn dazu brachte, sich vor ihr zurückzuziehen, weswegen sie beschloss, sobald wie möglich ihre eigenen Ermittlungen anzustellen.

Als er am nächsten Morgen das Haus verließ, um sich auf die Suche nach weiteren Informationen über Shearer zu machen, hatte sie sich entschieden, was sie tun wollte. In ihrem besten Kleid aus blassem blaugrauem Musselin machte sie sich auf den Weg, um Robert Casbolt zu besuchen. Sie zweifelte nicht daran, von ihm empfangen zu werden, da er für Judith Alberton und Merrit die tiefste Achtung hegte. Er würde sicher wissen, wie verzweifelt die Situation war, und sich, ungeachtet seiner Verpflichtungen, Zeit nehmen, um zu helfen.

Sie wusste, wo er wohnte, da er es an jenem ersten Abend beim Dinner erwähnt hatte. Kurz nach neun Uhr morgens kam sie an und reichte dem Butler ihre Karte, auf deren Rückseite sie in respektvollen Formulierungen geschrieben hatte, dass sie es als äußerst wichtig erachtete, in Merrit Albertons Interesse so zeitig wie möglich mit ihm zu sprechen.

Sie musste nur fünfzehn Minuten warten, dann wurde sie in einen herrlichen Salon geführt, der durch seine warmen Farben auffiel. Die Wände waren mit Eichenholz vertäfelt, und vor dem großen steinernen Kamin, der zu dieser Jahreszeit halb hinter einem Tapisserieschirm verborgen war, lag ein roter Perserteppich. Das Sofa und die Stühle waren Einzelstücke, einige davon mit Samt, andere mit Brokat und einer davon mit honigfarbenem Leder bezogen, aber insgesamt vermittelte der Raum den Eindruck größter Behaglichkeit. Es gab zwei hohe Stehlampen unterschiedlicher Größe, aber beide hatten Messingfüße und weite achteckige Schirme mit goldenen Fransen.

Casbolt war lässig, aber ganz offensichtlich mit Umsicht gekleidet. Sein Leinenhemd war makellos, und seine weichen Hausstiefel waren poliert und glänzten.

»Wie schön, dass Sie kommen, Mrs. Monk«, sagte er ernst. »Nachdem Sie bereits so viel für uns getan haben! Judith erzählte mir, Ihr Mann würde immer noch fast Tag und Nacht arbeiten, um Merrits Unschuld zu beweisen. Was kann ich tun, um Ihnen zu helfen? Wenn ich irgendetwas wüsste, glauben Sie mir, dann hätte ich es gesagt.«

Sie hatte sich bereits genauestens zurechtgelegt, was sie sagen wollte.

»Ich habe mir sehr viel Gedanken gemacht über die Angelegenheit, wegen der Mrs. Alberton ursprünglich die Dienste meines Mannes in Anspruch genommen hatte«, sagte sie, nachdem sie den angebotenen Platz eingenommen, aber jegliche Erfrischung abgelehnt hatte, die er ihr anbot.

Er schien erschrocken, als wäre er sich der Bedeutung ihrer

Worte nicht sicher. Er setzte sich ihr gegenüber auf die Kante eines Stuhls, lehnte sich aber nicht zurück. Er wirkte alles andere als entspannt.

»Wer immer den Versuch unternahm, sich die Waffen durch Erpressung zu beschaffen, mag auch noch einen Schritt weiter gegangen sein, meinen Sie nicht?«, begann sie.

Sein Gesicht erhellte sich, dann runzelte er erneut die Stirn. »Fand Mr. Monk denn einen Hinweis darauf, dass Breeland doch unschuldig ist? Der Umstand, dass er die Waffen in seinem Besitz hatte, schließt doch diese Möglichkeit sicherlich aus?«

»Natürlich ist er in die Sache verwickelt«, stimmte sie zu. »Und vielleicht sehen wir alle mehr, als wirklich da ist, weil wir uns so sehnlichst wünschen, Merrit möge unschuldig sein. Wir versuchen, uns eine Lösung vorzustellen, die sie aus dem Geschehen ausschließt …«

»Natürlich!«, nickte er. Sein Gesicht hatte einen verzweifelten Ausdruck, als ob der Optimismus seiner Stimme sich nicht mit seiner Überzeugung deckte. Hester fragte sich, ob er eine Seite Merrits kannte, die ihnen verborgen geblieben war, und er aus diesem Grund zögerte. Dann lächelte er. »Ich bin der Meinung, dass Merrit vermutlich von Breeland benutzt wurde. Sie ist jung und verliebt. In einer solchen Situation sieht man nicht immer klar. Und all ihre Erfahrungen, die sie bisher gemacht hat, machte sie mit ehrwürdigen Menschen.« Er sah auf den üppigen Teppich auf dem Fußboden hinunter, dann hob er schnell den Blick. »Ich weiß, sie stritt sich heftig mit ihrem Vater, aber glauben Sie mir, Mrs. Monk, Daniel Alberton war ein vollkommen ehrenhafter Mann, dessen Wort jeder völlig vertrauen konnte und der sich niemals zu einer Grausamkeit oder einer von Gier getriebenen Handlung hätte hinreißen lassen. Sie war wütend auf ihn, aber ihre Worte waren übereilt und voller hitziger Gefühle. In ihrem Herzen weiß sie, ebenso wie ich, dass er ein so guter Mann war, wie es ihn auf Erden nur geben kann.«

Sie sah ihn unverblümt an. »Was wollen Sie mir damit sagen, Mr. Casbolt? Dass sie sich Falschheit nicht vorstellen konnte und Breeland sie daher mit Leichtigkeit verführen konnte? Oder dass sie ihren Vater zu sehr liebte, um an seinem Tod mitschuldig zu sein, ungeachtet der Wut, die sie an jenem Abend auf ihn gehabt hatte?«

»Ich nehme an, ich versuche, beides zu sagen, Mrs. Monk.« Ein trauriger, selbstironischer Ausdruck trat in sein Gesicht. »Vielleicht auch, dass ich mir große Sorgen über den Ausgang dieser Tragödie mache und alles tun würde, um der Familie weiteren Schmerz zu ersparen.«

Sie konnte nicht umhin, sich der Intensität seiner Gefühle bewusst zu werden. Der Raum war erfüllt von dem Wissen um Furcht, Grauen und der Pein der Einsamkeit. In dem Moment erhaschte Hester einen flüchtigen Blick auf Casbolts Beziehung zu den Albertons und seine lebenslange Liebe und Hingabe, die er für seine Cousine hegte. Sie war jedoch nicht hier, um Mitgefühl oder Ermutigung anzubieten.

»Könnte Breeland an dem Erpressungsversuch beteiligt gewesen sein?«, fragte sie. »Er war ja bereit, alles zu tun, um an die Waffen zu kommen, und er ist ein Mann, dessen Glaube an die Sache alles zu rechtfertigen scheint. Er würde es als Beitrag zum Erhalt der Union und zur Sklavenbefreiung interpretieren.«

Casbolts Augen wurden fast unmerklich größer. »Daran hatte ich noch nicht gedacht, aber das ist möglich. Nur, woher hätte er von Gilmer und Daniel Albertons Freundlichkeit ihm gegenüber erfahren sollen?«

»Auf unterschiedlichste Arten«, erwiderte sie. »Irgendjemand wusste ja ganz offensichtlich davon.«

»Aber zu dem Zeitpunkt war er doch erst seit wenigen Wochen in England.«

»Woher wissen Sie das?«

Langsam atmete er ein. »Tatsächlich weiß ich es nicht mit Bestimmtheit!«

»Und er könnte Verbündete gehabt haben. Was immer die Wahrheit sein könnte«, erklärte sie, »es sieht so aus, als sei Breeland mit einem Sonderzug nach Liverpool gefahren und konnte daher Alberton gar nicht getötet haben. Und Merrit war bei ihm, was sie ebenfalls ausschließt, dem Himmel sei Dank.«

Er beugte sich nach vorn. »Sind Sie sicher? Mrs. Monk, bitte, bitte wecken Sie bei Judith nur dann Hoffnungen, wenn es absolut keinen Zweifel gibt ... Sie verstehen, alles andere wäre eine unerträgliche Grausamkeit.«

»Natürlich. Ich verstehe. Aus eben diesem Grund kam ich zu Ihnen und nicht zu ihr«, fügte sie hastig hinzu. »Und weil ich mit Ihnen offen über Mrs. Alberton sprechen kann. Aber glauben Sie denn, dass der ganze Erpressungsversuch mit dem Diebstahl der Waffen in Verbindung steht – ob es nun ein erfolgloser Versuch von Breeland oder gar von Mr. Trace gewesen sein mochte?«

Seine Augen wurden groß.

»Trace? Ja ... könnte sein. Er ist ... verschlagen genug ... für so etwas.« Er runzelte die Stirn. »Aber auch wenn es so wäre, wie würde das Merrit helfen? Und um aufrichtig zu sein, Mrs. Monk, das ist alles, was mir Sorgen bereitet. Mir geht es nicht um Gerechtigkeit. Ich hoffe, meine Worte schockieren Sie nicht. Daniel war mein Freund, und ich will, dass seine Mörder dafür bestraft werden, aber nicht auf Kosten weiteren Kummers für seine Witwe und Tochter. Er war seit meiner Jugend mein bester Freund, und ich kannte ihn sehr gut. Ich glaube, dass das Wohlergehen seiner Familie ihm weit mehr am Herzen gelegen hätte als die Rache für seinen Tod. Und so würde es auch jetzt noch sein.« Er sah sie ernst an und suchte in ihren Augen nach Verständnis.

Sie versuchte sich vorzustellen, was sie an Judiths Stelle empfinden würde. Würde sie sich vorrangig um Monks Rache sorgen, oder würden die Sicherheit und das Glück ihres Kindes an erster Stelle stehen? Würde sie selbst ermordet werden, würde sie wollen, dass Monk Vergeltung übte?

Die Antwort auf ihre Frage kam umgehend. Nein, sie würde Schutz für die Lebenden wollen. Die Zeit würde für die Gerechtigkeit Sorge tragen.

»Ich sehe, dass Sie mich verstehen«, sagte er leise. »Das habe ich erwartet.« Seine Stimme klang weich und erleichtert. Er konnte seine Gefühle nicht verbergen, und vielleicht wollte er es auch gar nicht.

Aber sie konnte nicht davon ablassen, die Wahrheit erfahren zu wollen und das Problem zu überdenken, bis sie es gelöst haben würde. Danach würde sie dann entscheiden, wem sie es offenbaren wollte und welche Entscheidungen zu treffen sein würden.

»Ich frage mich, warum die Erpresser die Waffen zu Baskin and Company liefern lassen wollten anstatt direkt zu sich selbst? Sind Sie der Meinung, Mr. Alberton hatte irgendeinen Grund, warum er sie weder der einen noch der anderen Seite der amerikanischen Kriegsgegner verkaufen wollte?«

Er verstand genau, was sie meinte. »Ich kenne keinen. Aber das würde auf jemanden hindeuten, der mit seiner Familiengeschichte nicht vertraut war. Jemand, der ihn kannte, würde niemals auf den Gedanken kommen, dass er Geschäfte gemacht hätte, aus denen, wie indirekt auch immer, Piraten Profit erzielt hätten. Deshalb haben Sie sicher Recht damit, dass es vermutlich eher ein Amerikaner war als ein Engländer.« Er schüttelte bedächtig den Kopf. »Dennoch sehe ich nicht, inwiefern dies Merrit helfen könnte. Tatsächlich verstehe ich auch nicht, wie uns das der Wahrheit näher bringen sollte. Was wir brauchen, ist etwas, das beweist, dass Merrit keinerlei Kenntnis hatte von Breelands Absichten, Daniel Schaden zuzufügen. Entweder das oder, dass sie es zwar wusste, aber unfähig war, etwas dagegen zu tun, dass sie selbst bedroht wurde oder auf irgendeine Art handlungsunfähig war.«

»Das könnte sie nicht beweisen, da es ganz offensichtlich nicht der Wahrheit entspricht«, erklärte sie. »Sie ist freiwillig mit ihm gegangen und ist immer noch bereit, ihn zu verteidigen. Sie glaubt an seine Unschuld.«

»Sie glaubt es, weil sie muss.« Er schüttelte den Kopf und lächelte schwach. »Ich kenne Merrit seit ihrer Geburt. Sie ist fast wie ein eigenes Kind für mich. Ich weiß, dass sie leidenschaftlich und willensstark ist, und wenn sie sich einer Sache oder einer Person verschreibt, dann tut sie das mit ganzem Herzen, aber nicht immer lässt sie sich dabei von Weisheit lenken. Ich habe sie erlebt, als sie ihre Liebe für Pferde entdeckte, als sie entschlossen war, Nonne und später Missionarin in Afrika zu werden, und als sie für den Hausarzt der Familie schwärmte, einen sehr netten jungen Mann, der sich ihrer Zuneigung keineswegs bewusst war.« Belustigung und Zärtlichkeit erhellten seine Züge. »Gnädigerweise verging Letzteres ohne Folgen und Peinlichkeiten.« Er zuckte die Achseln. »Ich bin der Meinung, das ist alles Teil des Erwachsenwerdens. Ich erinnere mich an einige turbulente Gefühle meinerseits, bei denen ich erröte, wenn ich heute daran denke, und von denen ich sicherlich niemandem erzählen werde.«

Hester hätte dasselbe tun können, den Vikar eingeschlossen, von dem sie Monk erzählt hatte. Sie hatte ebenfalls Zeiten durchgemacht, in denen sie überzeugt gewesen war, niemand würde sie lieben oder ihre Gefühle verstehen, am allerwenigsten ihre Eltern.

»Trotzdem«, beharrte sie, »der Erpressungsversuch ist ja nun nicht zu leugnen. Wenn es weder Breeland noch Trace war, dann muss es jemand anderes gewesen sein. Könnte es Mr. Shearer, der Unterhändler, gewesen sein?«

Casbolt erschrak. »Shearer? Warum …?« Er starrte sie eindringlich an. »Ja, könnte sein, Mrs. Monk. Das ist ein sehr unangenehmer Gedanke, aber er ist keineswegs abwegig. Shearer, der als Zwischenhändler für Piraten agierte, und als das nicht funktionierte, schlug er sich auf Breelands Seite!« Seine Stimme wurde lauter. »Und wenn Breeland selbst den armen Daniel nicht töten konnte, vielleicht war es dann Shearer? Es scheint sicher zu sein, dass Shearer London nach Daniels Tod verlassen hat. Ich habe ihn seit den letzten Tagen vor der Mordnacht nicht mehr zu sehen bekommen. Das würde eine Menge erklären … und das Beste wäre, es würde Merrits Glauben an Breelands Unschuld erklären.«

Das Zimmer um sie herum schien zu glühen. Eine Vase mit goldenen sommerlichen Rosen glänzte bernstein- und apricotfarben und spiegelte sich auf der polierten Tischplatte, auf der sie stand. Eine grazile Pferdestatue schmückte einen Alkoven.

»Armer Daniel«, sagte er leise. »Er vertraute Shearer. Er war ehrgeizig, achtete ständig auf seinen Vorteil, und von allen Männern am Fluss war er derjenige, der am härtesten verhandelte, wenn es um die Transportkosten ging, und das, glauben Sie mir, besagt eine ganze Menge. Aber Daniel hielt ihn für loyal, und ich muss gestehen, dasselbe gilt für mich.« Seine Lippen verzerrten sich zu einer bitteren Grimasse. »Aber ich nehme an, man wird am schlimmsten von jenen betrogen, von denen man es am wenigsten erwartet.«

Eine andere Idee kreuzte Hesters Gedanken, eine, der sie am liebsten nicht nachgegangen wäre, aber sie ließ sich jetzt nicht mehr beiseite schieben.

»Haben Sie Kontrolle darüber, wer die Waffen kauft, Mr. Casbolt?«

»Rechtlich gesehen nicht, aber ich nehme an, effektiv habe ich das. Hätte Daniel etwas getan, was ich inakzeptabel gefunden hätte, hätte ich es verhindern können. Warum fragen Sie? Er tat niemals etwas dergleichen, nicht einmal etwas, was nur im Entferntesten fragwürdig gewesen wäre.«

»Hätten Sie die Waffen an Piraten verkauft?«

»Nein.« Wieder begegnete er ihrem Blick mit Offenheit und Eindringlichkeit. »Und wenn Sie glauben, Daniel hätte das getan, dann irren Sie sich. Judith hätte das niemals ertragen nach dem, was ihrem Bruder zugestoßen ist. Noch hätte ich das unterstützt. Auch Daniel hätte das niemals getan, auch wenn sie es nie erfahren hätte. Glauben Sie mir, er hasste Piraten genauso wie wir.« Einen Moment lang senkte er die Lider. »Es tut mir Leid, wenn ich brüsk klinge, Mrs. Monk, aber Sie kannten Daniel nicht, andernfalls hätten Sie nicht gefragt. Was sie Judiths Bruder antaten, war grauenhaft. Daniel hätte ihnen nicht die Luft zum Atmen gewährt, geschweige denn ihnen Musketen verkauft, damit sie ihre Verbrechen fortsetzen könnten. Ich hätte das auch nicht zugelassen, wie sehr sie mir auch gedroht oder welchen Preis sie mir auch angeboten hätten.«

Hester glaubte ihm, aber sie konnte nicht umhin, sich die Frage zu stellen, ob Daniel Alberton den Verkauf vielleicht so dringend nötig gehabt hatte, um den Verkauf insgeheim zu tätigen, in der Hoffnung, Judith würde niemals davon erfahren.

Durch den Krieg in Amerika schienen Waffen Mangelware geworden zu sein, und es wurden Höchstpreise dafür verlangt. Hester wusste, dass Menschen angesichts ihres bevorstehenden Ruins zu Verzweiflungstaten fähig waren, nicht so sehr wegen des Verlustes materieller Güter, sondern wegen der Scham über den geschäftlichen Misserfolg.

»Ich danke Ihnen, Mr. Casbolt. Sie waren sehr freundlich, mir so viel von Ihrer Zeit zu gewähren.«

»Mrs. Monk, bitte verfolgen Sie diesen Gedanken nicht weiter. Ich kannte Daniel Alberton besser als irgendein anderer Mensch, in mancherlei Beziehung vielleicht sogar besser, als es seine Frau tat. Nichts in der Welt hätte ihn dazu bringen können, Waffen an Piraten zu verkaufen, am wenigsten an die im Mittelmeer. Sie kennen Judith. Sie müssen einen Eindruck bekommen haben, welch bemerkenswerte Frau sie ist, wie ... wie ...« Sein Gesicht offenbarte, dass er keine Worte fand, die die Qualitäten beschreiben könnten, die er in ihr sah. »Daniel betete sie an!«, sagte er, wobei seine Stimme bebte. »Lieber hätte er sein Leben im Schuldenkerker ausgehaucht, als ihr Vertrauen durch einen derartigen Handel zu enttäuschen. Er war ein höchst ehrenhafter Mann ... und sie liebte ihn dafür. Er ... es fällt mir sehr schwer, das zu sagen, Mrs. Monk.« Er schüttelte den Kopf bei seinen Worten. »Er war keiner großen Leidenschaft fähig, besaß vielleicht auch nicht die größte Intelligenz oder immense Vorstellungsgaben ... aber er war ein Mann, dem man alles und jedes, was man besaß, anvertrauen konnte. Spürten Sie das nicht selbst, sogar in der kurzen Zeit, als Sie ihn erlebten?« Sein Lächeln war schmerzverzerrt, und seine Qualen schienen den Raum zu erfüllen. »Oder meine ich nur, Sie hätten in wenigen Stunden das erkennen müssen, was ich in einem halben Leben erkannt habe?«

Sie schämte sich für ihre Gedanken, so wie sie sich auch dafür schämte, sich erlaubt zu haben, sie so freimütig geäußert zu haben.

»Ich denke, es wird sich als so absurd herausstellen, wie Sie es sagen.« Nicht die Worte an sich, aber ihr Tonfall ließ es wie eine halbe Entschuldigung klingen.»Vielleicht würden wir zu einer Lösung kommen, wenn wir Mr. Shearer fänden.«

Für einen Augenblick zeichnete sich eine sonderbare Bitterkeit auf seinem Gesicht ab, dann war sie wieder verschwunden. »Ich zweifle nicht daran, dass das wahr ist. Wer weiß schon, welche Begierden einen Mann dazu treiben, jene zu betrügen, die ihm Vertrauen schenken? Bitte, tun Sie einfach etwas, um Merrit zu retten, Mrs. Monk, um Judiths willen. Das ist etwas, was ich nicht kann.« Er schluckte.»Ich verfüge nicht über das Geschick. Ich kann mich auf vielerlei Arten um sie kümmern und um die geschäftlichen Angelegenheiten, ich kann dafür sorgen, dass sie versorgt ist und stets den Respekt der Gesellschaft genießen wird. Aber …«

»Selbstverständlich«, versprach Hester hastig und erhob sich. »Ich werde es auch um Merrits willen tun. Während wir auf dem Schlachtfeld waren, arbeiteten wir eine Zeit lang Seite an Seite. Ich habe ihre Tapferkeit kennen gelernt. Und ich habe sie ins Herz geschlossen.«

Er entspannte sich ein wenig. »Ich danke Ihnen«, sagte er leise und erhob sich nun ebenfalls. »Ich bete zu Gott, Monk möge Shearer finden oder wenigstens einen Beweis für seine Rolle in dem Verbrechen.«

Als sie mit Monk über ihre Überlegungen sprach, fand er die Idee abstoßend, Alberton könnte insgeheim Waffen an Piraten verkauft haben, dennoch war er verpflichtet, die Möglichkeit in Erwägung zu ziehen. Sie bemerkte das schmerzerfüllte Zucken in seinem Gesicht, als sie bei Mrs. Patricks exzellent gekochtem Abendessen saßen, welches ein Rhabarberkuchen krönte, dessen Teig auf der Zunge zerschmolz.

Sie sah die Düsternis in seinen Zügen, die sie auch am vorangegangenen Abend bemerkt hatte, und sie fragte sich, ob ihn eben diese Angst bereits geplagt hatte und er es nur nicht hatte aussprechen wollen. Er hatte Alberton instinktiv gemocht, mehr als die meisten anderen Klienten, und sein Tod hatte ein Gefühl des Verlustes und der Wut hinterlassen. Aber es gab keinen Weg, den Gedanken beiseite zu schieben. Nur die Wahrheit konnte ihn bannen … vielleicht.

»Was sagte Casbolt?«, fragte er.

»Er leugnete die Möglichkeit und behauptete, Alberton hätte Judith angebetet und wäre lieber in den Schuldenkerker gegangen, als mit Piraten Geschäfte zu machen.« Zögernd hielt sie inne.

»Aber …«, hakte er nach.

»Aber er war Albertons engster Freund und könnte es nicht ertragen, zu glauben, Alberton hätte Judith auf diese Weise hintergangen oder dass Alberton weniger ehrenhaft gewesen sein könnte, als er annahm. Er ist sehr loyal. Und …« Die Erinnerung an Casbolts Gesicht in dem wunderschönen sonnendurchfluteten Raum und an die Intensität der Gefühle, die seinen Körper erbeben ließ, als er auf der Kante seines Stuhles saß, entlockte ihr ein schwaches Lächeln. »Außerdem ist er selbst Judith ziemlich ergeben. Er würde alles tun, um sie vor weiterem Kummer zu schützen.«

»Eine Lüge eingeschlossen, um Albertons Schuld zu verbergen?«, drang er in sie.

»Das denke ich wohl«, gestand sie freimütig, nachdem sie ihre Worte abgewogen und als der Wahrheit entsprechend eingestuft hatte. »Er würde dies sicherlich auch tun, um den Ruf des toten Freundes zu schützen, auch um Judiths willen. Ich kann das verstehen, wenngleich ich nicht weiß, ob ich selbst es tun würde oder nicht.«

Monk riss die Augen auf. »Auf Kosten der Wahrheit? Du?!«

Sie sah ihn an, versuchte, in seinen Gesichtszügen zu lesen, jedoch nicht in der Absicht, ihre Antwort zu ändern.

»Ich weiß es nicht. Nicht alle Antworten müssen ausgesprochen werden. Manche sollten verschwiegen werden. Nur weiß ich nicht, welche.«

»Oh, doch, das tust du wohl.« Über sein Gesicht legte sich ein dunkler Schatten. »Das sind jene, die den Unschuldigen zum Leiden verurteilen und die zwischen den Menschen Mauern der Lügen errichten, auch wenn es Lügen des Schweigens sind.«

Sie verstand die Tiefe der Gefühle nicht, die in seinen Worten zum Ausdruck kam. Es war, als wäre er wütend auf sie, wie er es in der ersten Zeit ihrer Bekanntschaft gewesen war, als er sie für heuchlerisch, ja sogar für kaltherzig gehalten hatte. Vielleicht hatte sie sich damals tatsächlich noch vor vielem verschlossen und hatte vorschnell verurteilt, was sie nicht verstand und wovor sie Angst hatte. Aber doch jetzt nicht mehr!

Sie wusste nicht, wie sie die Barriere durchbrechen sollte. Sie konnte sie nicht greifen, nicht erfassen, aber sie wusste, dass sie existierte. Mit welchen Worten hatte sie diese Barriere nur geschaffen? Warum kannte er sie nicht besser, um sie so missverstehen zu können? Oder warum liebte er sie nicht genügend, um die Barriere selbst zum Einsturz zu bringen?

»Ich kenne die Wahrheit nicht«, sagte sie leise und starrte auf den Tisch. »Ich halte es für wahrscheinlicher, dass es mit Shearer zu tun hatte, ob er die Gewehre nun den Piraten, Trace, Breeland oder gar jemand anderem verkaufte, der sie erwerben wollte.«

»Ich kann Shearer nicht ausfindig machen«, sagte Monk mit ausdrucksloser Stimme. »Niemand hat ihn seit den Tagen vor den Morden gesehen.«

»Sagt das nicht schon eine Menge aus?«, fragte sie. »Wäre er nicht auf irgendeine Art in die Sache verwickelt, wäre er dann nicht immer noch hier? Würde er dann nicht alles tun, um zu helfen und vielleicht seine eigene Position in dem Geschäft zu stärken? Er könnte ja hoffen, eine Art Geschäftsführer zu werden.«

Er stieß seinen Stuhl zurück, stand auf und begann ruhelos im Zimmer hin und her zu marschieren.

»Das ist nicht genug«, sagte er grimmig. »Du siehst es, und ich sehe es auch, aber wir können uns nicht auf die Geschworenen verlassen. Breeland hatte die Waffen. Er hatte die Finger im Spiel. Es mag wohl sein, dass er Shearer dazu überredete, die Morde zu begehen, vielleicht für den Preis der Gewehre, was ausreichend wäre, um eine Menge Männer zu bestechen. Ich gestehe, es ist mir einerlei, ob Breeland dafür am Galgen endet. Einen anderen Mann zu bestechen, ihn zu Betrug und Mord zu verleiten, ist eine noch größere Sünde, als das alles selbst zu tun. Aber das würde

Merrit nichts nützen, weil es nicht beweist, dass sie nichts über seine Machenschaften wusste.«

»Aber ...« Schon wollte sie ihm widersprechen, doch dann erkannte sie mit niederschmetternder Klarheit, dass er Recht hatte. Nicht nur wäre es wenig wahrscheinlich, dass die Geschworenen ihr glauben würden, da sie Breeland so nahe stand, freiwillig mit ihm gekommen war und zudem ihre Uhr im Hof des Lagerhauses verloren hatte, sondern sie würde es zudem in ihrer irregeführten Loyalität zu ihm auch noch leugnen.

»Jedermann hat seine dunklen Flecken«, sagte er in die Stille hinein. »Menschen, die du zu kennen glaubst, sind zu Gewalt und Gemeinheit fähig, was schwer zu akzeptieren und unmöglich zu verstehen ist.« In seiner Stimme schwang Zorn mit und ein Schmerz, den sie nur zu deutlich vernahm. Sie wünschte, ihn fragen zu können, worauf er gestoßen war und ihr nicht mitteilen konnte, aber der Haltung seines Körpers und seinem Gesichtsausdruck entnahm sie, dass er es ihr nicht sagen würde.

Sie stand auf, um den Tisch abzuräumen und das Geschirr in die Küche zu tragen. Sie würde nicht noch einmal auf das Thema zu sprechen kommen, wenigstens nicht heute Abend.

Monk ging früh zu Bett. Er war müde, aber weit mehr als das wollte er vermeiden, mit Hester zu sprechen. Er hatte sich selbst ausgeschlossen, und nun wusste er nicht, wie er damit umgehen sollte.

Am Morgen erwachte er früh und ließ Hester schlafend zurück. Wenigstens dachte er, dass sie noch schliefe. Aber er war nicht sicher. Er schrieb eine hastige Notiz, in der er ihr mitteilte, er würde noch einmal an den Fluss gehen, um die Sache mit den Waffen und dem Geld zu überprüfen sowie alles in Erfahrung zu bringen, was er über die Firma herausfinden konnte, die mit den Piraten in Verhandlung gestanden hatte. Dann verließ er das Haus. Er würde irgendwo etwas essen, wenn ihm danach wäre, irgendwo an der Straße. Es gab genügend Bettler, die Sandwiches und Pasteten verkauften. Die große Masse der arbeitenden Bevölkerung hatte keine Möglichkeit, zu Hause zu kochen, und aß ständig auf der Straße. Er wollte es nicht riskieren, Hester aufzuwecken. Sie hätte ihn in der Küche vorgefunden, dann wäre er zu Erklärungen gezwungen gewesen oder hätte diese ganz offensichtlich vermeiden müssen, und er war nicht bereit, so großen Schmerz zu ertragen.

Von dem Moment an, als er im Hospital aufgewacht war, war seine Vergangenheit ein unbekanntes Terrain gewesen, das zu viele dunkle Flecken und zu viele hässliche Überraschungen bereithielt. Er hätte die Klugheit und die Selbstbeherrschung haben sollen, um seine Gefühle besser im Griff zu haben. Damals hatte er gewusst, dass die Ehe nichts für ihn war. Liebe und all ihre Verwundbarkeiten waren für jene bestimmt, die ein komplikationsloses Leben führten, die sich selbst kannten und deren dunkelste Winkel der Seele lediglich die gewöhnlichen Neidgefühle waren, die unbedeutenden Akte des Distanzierens, die jedermann kannte. Er war nicht auf jemanden wie Hester vorbereitet gewesen, die von ihm Gefühle forderte, die er weder bezwingen noch kontrollieren und letztendlich nicht einmal leugnen konnte.

Er verließ das Haus, schloss leise die Haustür und eilte die Fitzroy Street entlang und bog in die Tottenham Court Road ein. Es blieb ihm keine andere Wahl, als diese Erpressung näher zu untersuchen. Seine Abneigung dagegen war keine Entschuldigung, tatsächlich nötigte sie ihn sogar, alles zu tun, was in seiner Macht stand, um sie auf Fakten hin zu überprüfen, und, wenn möglich, sie sogar zu widerlegen.

Es war zu früh, die Erlaubnis einzuholen, Albertons Finanzen einsehen zu dürfen. Rathbone würde sich zu dieser Stunde noch nicht in seinem Büro in der Vere Street befinden. Aber wie dem auch sei, Monk konnte wenigstens eine Mitteilung hinterlassen, in der er um die notwendige Ermächtigung ansuchte.

Anschließend wollte er sich um Baskin and Company kümmern, die als Zwischenhändler für die Waffen der Piraten genannt worden waren.

Zu dieser frühen Stunde herrschte bereits reger Verkehr auf dem Fluss. Die Gezeiten richteten sich nicht nach der Bequemlichkeit der Menschen, und so waren Dockarbeiter, Kahnführer und Schiffsmakler längst bei der Arbeit. Er sah Kohlenträger, die unter der Last ihrer schweren Säcke tief gebeugt gingen und nur mit großer Mühe das Gleichgewicht hielten, wenn sie aus den tiefen Laderäumen kletterten. Männer schrien sich gegenseitig etwas zu, und das Kreischen der Möwen, die in der Hoffnung, einen Fisch zu ergattern, niedrig kreisten, erfüllte die Luft. Das Klirren der Ketten und das helle Scharren von Metall auf Metall übertönte das allgegenwärtige Rauschen und Klatschen des Wassers.

»Nie davon gehört«, antwortete der erste Mann fröhlich, als Monk ihn nach der Firma fragte. »Hier in der Nähe ist sie jedenfalls nicht. Hey! Jim! Je was von Baskin and Company gehört?«

»Nicht hier in der Gegend!«, erwiderte Jim. »Tut mir Leid, Kumpel!«

Und so ging es weiter bis hinunter nach Limehouse und um die Flussbiegung bei der Isle of Dogs und auch auf der anderen Flussseite in Rotherhithe. Er war überzeugt gewesen, dass ihm, wenn überhaupt, die Fährmänner Auskunft geben würden, aber die drei, die er fragte, hatten den Namen nie gehört.

Um die Mitte des Nachmittags gab er auf und kehrte zur Vere Street zurück, um zu sehen, ob Rathbone die notwendige Erlaubnis erhalten hatte, Albertons Konten einzusehen.

»Es gab keine Schwierigkeiten«, sagte Rathbone stirnrunzelnd. Er empfing Monk in seinem Büro und sah so frisch und makellos aus wie immer. Monk, der den ganzen Tag die Docks auf und ab gelaufen war, war sich des Unterschieds zwischen ihnen wohl bewusst. Rathbone hatte keine Schatten in seiner Vergangenheit, die von Wichtigkeit gewesen wären. Sein gelassenes, fast arrogantes Benehmen war auf die Tatsache zurückzuführen, dass er sich selbst kannte, besser als die meisten Menschen. Er verfügte über ein derart unerschütterliches Selbstvertrauen, dass er kein Bedürfnis verspürte, andere zu beeindrucken. Dies war ein Charakterzug, den Monk bewunderte und um den er den anderen beneidete.

Monk konzentrierte sich auf die Gegenwart. »Sehr gut!«

»Was erwarten Sie zu entdecken?« Rathbone wirkte neugierig und vielleicht eine Spur besorgt.

»Nichts«, erwiderte Monk. »Aber ich muss sichergehen.«

Rathbone lehnte sich in seinem Sessel zurück. »Warum haben Sie mich nicht gebeten, die Konten einzusehen?«

Monk lächelte dünn. »Weil Sie vielleicht die Antwort nicht wissen wollen.«

Einen Moment lang blitzte Belustigung in Rathbones Augen auf. »Oh! Dann gehen Sie wohl besser allein. Aber lassen Sie mich vor Gericht bloß nicht in einen Hinterhalt laufen.«

»Das werde ich nicht«, versprach Monk. »Ich glaube immer noch, dass Shearer es war, der die Morde beging.«

Rathbone zog die Brauen hoch. »Allein?«

»Nein. Ich glaube, dazu bedurfte es mehr als einen Mann. Die Opfer wurden gefesselt, bevor sie erschossen wurden. Aber er könnte sich irgendwie Hilfe verschafft haben. Jedenfalls lebte und arbeitete er in einer Umgebung, in der er genügend Männer finden konnte, die für einen angemessenen Lohn bereit sind, einen Mord zu begehen. Der Preis für die Waffen würde genügen, um neun angemessen große Häuser zu erwerben. Ein kleiner Prozentsatz des Profits hätte ausgereicht, um alle möglichen Arten von Hilfe zu erhalten.«

Rathbones aristokratische Miene drückte seine ganze Verachtung aus.

»Ich nehme an, wir haben keinen Hinweis darauf, wo Shearer sich momentan aufhält?«

»Keinen. Er könnte überall sein, hier oder auf dem europäischen Festland. Er könnte sich auch in Amerika aufhalten, was zwar im Moment nicht der beste Aufenthaltsort ist, außer er plant, im Waffenhandel noch mehr Geld zu machen.« Er überlegte, ob er die Erpressungsgeschichte und sein Scheitern, Baskin and Company ausfindig zu machen, erwähnen sollte, und entschloss sich dagegen. Vielleicht machte es Rathbone die Sache leichter, wenn er nichts davon wusste.

»Das mag wohl sein«, sagte Rathbone nachdenklich, während er sich zurücklehnte, die Fingerspitzen gegeneinander legte und die Ellenbogen auf die Armlehnen stützte. »Er könnte mit Breelands Geld irgendwo weitere Waffen gekauft haben, wenn es zutrifft, was Breeland sagte. Im Waffenhandel gibt es äußerst düstere Gefilde, und er ist ein Mann, der mehr darüber weiß als die meisten anderen.«

Dies war ein Gedanke, der Monk noch nicht in den Sinn gekommen war, weshalb er sich über sich selbst ärgerte. Seine Konzentration auf die Vergangenheit und ihre zerstörerischen Auswirkungen auf die Gegenwart kosteten ihn die Schärfe seiner logischen Denkfähigkeit. Aber es war seine zweite Natur, dies vor Rathbone zu verbergen.

»Das ist ein weiterer Grund, warum ich Albertons Bücher einsehen möchte«, sagte er.

Rathbone runzelte die Stirn. »Das gefällt mir nicht, Monk. Ich halte es für besser, wenn Sie mir mitteilen, was Sie entdecken. Ich kann es mir nicht leisten, überrascht zu werden, wie sehr ich das, was die Bücher offenbaren, auch verabscheuen mag. Bis jetzt hat noch niemand Alberton in irgendeiner Art und Weise beschuldigt, aber ich weiß, dass die Anklage durch Horatio Deverill vertreten wird. Er ist ein ehrgeiziger Schurke, der nicht umsonst den Spitznamen ›Teufel‹ trägt. Er ist unberechenbar, kennt keine Loyalitäten und wenig Vorurteile.«

»Kurbelt sein Ehrgeiz nicht auch seine Indiskretion an?«, fragte Monk skeptisch.

Rathbone zog die Mundwinkel nach unten. »Nein. Er hat keine Chance auf einen Sitz im Oberhaus, und das weiß er. Er lechzt nach Ruhm, danach, zu schockieren und beachtet zu werden. Er sieht gut aus, und Frauen halten ihn für attraktiv.« Der Anflug von Belustigung spielte um seine Lippen. »Die Art von Frauen, deren Leben sorgenfrei ist und die es als eine Spur zu langweilig empfinden. Und die der Meinung sind, Gefahr würde ihnen die Aufregung vermitteln, vor der sie ihr Rang und ihr Geld beschützen sollten. Ich nehme an, der Typ ist Ihnen bekannt?«

»Ihnen etwa?« Wie eine innerliche Hitzewelle übermannte Monk die Erkenntnis, warum Rathbone gelächelt hatte. Monk selbst trug diese Gefahr in sich, und er wusste es und hatte es oft genug ausgenutzt. Es war eine Spur von Leichtsinn, von Ungewissheit, der Anflug von Leid, der Wunsch, eine andere Wirklichkeit kennen zu lernen, in der man aber nicht gefangen sein wollte. Langeweile barg in sich eine andere Form der Zerstörung.

Er erhob sich. »Dann bringen wir besser alles in Erfahrung, was möglich ist, ob gut oder schlecht«, sagte er knapp. »Wenn ich etwas entdecke, das ich nicht verstehe, schicke ich Ihnen eine Nachricht, und Sie können mir einen Buchhalter schicken.«

»Monk ...«

»Nur, wenn ich einen brauche«, sagte Monk von der Tür her. Er hatte nicht die Absicht, Rathbone von seinen Tagen als Handelsbankkaufmann zu erzählen, und er wusste sehr wohl, wie eine Bilanz zu lesen war und wonach man zu suchen hatte, wenn man Unterschlagung oder eine andere Art von Unaufrichtigkeit vermutete. Er wollte seine ganze Vergangenheit aus seinen Gedanken ausblenden, vor allem aber alles, was mit Arrol Dundas zu tun hatte.

Bis weit in die Nacht hinein überprüfte Monk Albertons Geschäftsbücher. Alberton und Casbolt hatten mit einer Vielzahl von Gütern gehandelt, meist mit beträchtlichem Gewinn. Casbolt verfügte offenbar über ein enormes Wissen, wo man Waren zum besten Preis erstehen konnte, und Alberton hatte gewusst, wo man diese mit hohem Gewinn veräußern konnte. Einen großen Teil des Transportproblems hatten sie Shearer überlassen und ihn gut dafür bezahlt. Besah man sich die Beziehung genauer, so zeigten die Kontobewegungen, dass das Vertrauen zwischen den drei Männern fast zwanzig Jahre zurückreichte. Sogar mit seinen Kenntnissen, die mit erschreckender Klarheit zurückkamen, während er las, subtrahierte und addierte, fand Monk nichts, was auch nur im Entferntesten auf Unehrlichkeiten hingedeutet hätte.

Doch als er um fünfundzwanzig Minuten vor ein Uhr nachts den letzten Ordner schloss, hatte er nicht den geringsten Zweifel, dass die Waffen, die sich die Unterhändler der Piraten durch Erpressung verschaffen wollten, grob überschlagen etwas über tausendachthundert englische Pfund wert waren. Für die Waffen aus dem Lagerhaus, für die sich nach Albertons Tod und dem Diebstahl keine Belege fanden, war keine Bezahlung eingegangen, die sich in den Büchern wiedergefunden hätte. Zum Zeitpunkt seines Todes hatte sich in Albertons Besitz kein Geld befunden und im Lagerhaus hatte man auch keines gefunden. Wenn überhaupt Geld den Besitzer gewechselt hatte, dann hatte es derjenige mitgenommen, der in jener Nacht die Tooley Street verlassen hatte, oder Breeland hatte es Shearer am Euston-Square-Bahnhof übergeben, wie er es behauptet hatte.

Morgen würde Monk noch einmal mit Breeland sprechen.

Als Hester aufwachte, fand sie Monks Nachricht. Danach empfand sie ein zunehmendes Gefühl des Verlustes. Fast war sie dankbar, dass Merrits und Breelands Prozess schon in nächster Zukunft drohte. Dadurch hatte sie weniger Zeit, sich mit Fragen und Ängsten zu quälen, was sich zwischen ihr und Monk geändert hatte.

Düstere Gedanken waren ihr durch den Kopf gegangen, ob er möglicherweise die eheliche Bindung bereute, ob er sich in einer Falle fühlte, gefangen von den Erwartungen, der ständigen Gesellschaft eines anderen Menschen und den Einschränkungen seiner persönlichen Freiheit.

Aber die Veränderung mit ihm war zu plötzlich eingetreten, um Sinn zu ergeben. Vorher hatte nichts darauf hingedeutet, tatsächlich war eigentlich das Gegenteil der Fall gewesen. Mrs. Patrick zu finden, war ein Glücksfall gewesen. Er verschaffte Hester die Freiheit, sich ihrem Anliegen – den medizinischen Reformen – zu widmen, ohne ihre häuslichen Pflichten zu vernachlässigen. Außerdem war Mrs. Patrick unbestreitbar die bessere Köchin.

Hester zwang sich, die Gedanken aus ihrem Kopf zu bannen, und kleidete sich in weiches Grau, eine ihrer Lieblingsfarben, dann machte sie sich auf den Weg, um Mrs. Alberton einen Besuch abzustatten. Sie war sich nicht ganz sicher, was sie sie fragen wollte oder zu erfahren hoffte, aber Judith war der einzige

Mensch, der genau wusste, was mit ihrem Bruder und dessen Familie geschehen war, und Hester hatte immer noch das Gefühl, dass der Erpressungsversuch im Zentrum des Verbrechens stand, ob es nun von Shearer, Breeland oder möglicherweise gar von Trace begangen worden war, Letzteres ein Gedanke, von dem Hester aus tiefstem Herzen wünschte, er möge nicht wahr sein. Sie hatte Trace ins Herz geschlossen. Der Umstand, dass er aus dem Süden stammte und seine Landsleute die Sklavenhaltung guthießen, war ein Zufall, den Geburt und Kultur mit sich brachten. Das hatte nichts mit dem Charme des Mannes und dem Vergnügen zu tun, das sie in seiner Gesellschaft empfand. Sie spürte, dass er bereits begann, den moralischen Konflikt zu begreifen. Vielleicht war dies aber etwas, was sie nur zu glauben wünschte, aber bis sie durch Beweise gezwungen sein würde, anders zu denken, wollte sie dies als gegeben ansehen.

Es mochte ein Zufall sein, dass die Morde und der Diebstahl so kurz nach der Erpressung erfolgt waren, bei der mit den Waffen das Schweigen erkauft werden sollte, aber das glaubte sie nicht. Es musste eine Verbindung geben. Wenn sie sie nur ausfindig machen könnte!

Judith schien erfreut, sie zu sehen. Selbstverständlich empfing sie keine gesellschaftlichen Besuche und trug angemessene Trauerkleidung, aber sie war vollkommen gefasst, und welchen Kummer sie auch verspüren mochte, sie verbarg ihn hinter einer Maske der Würde und Herzlichkeit, was Hesters Aufgabe schwieriger machte und sie noch aufdringlicher erscheinen ließ.

Trotzdem würde nur die Wahrheit von Nutzen sein, denn Merrits Situation war verzweifelt. Die Verhandlung war auf den Beginn der folgenden Woche festgesetzt.

»Wie nett von Ihnen, mich zu besuchen, Mrs. Monk«, hieß Judith sie willkommen. »Bitte erzählen Sie mir, was es Neues gibt …«

Hester hasste Lügen, aber in den vielen Jahren der Krankenpflege hatte sie gelernt, dass manches Mal, wenigstens für eine gewisse Zeit, Halbwahrheiten nötig waren. Manche Wahrheiten blieben sogar besser für immer unter Verschluss. Jetzt war die Fähigkeit wichtig, die Schlacht zu schlagen, ohne die Hoffnung ersterben zu lassen.

»Ich habe nie geglaubt, dass Merrit etwas damit zu tun hatte«, gab sie zurück und folgte Judith in einen kleinen Raum, der sich zum Garten hin öffnete und in Grün und Weiß gehalten und zu dieser Stunde des Tages von der Morgensonne durchflutet war. »Doch ich fürchte, es ist unvermeidlich, dass Mr. Breeland involviert war, wenngleich vielleicht nur indirekt.«

Judith starrte sie an, und in ihren Augen lag keine Furcht, nur Verwirrung.

»Wenn nicht Mr. Breeland, wer dann?«

»Es scheint sehr wahrscheinlich, dass es Mr. Shearer war. Es tut mir Leid.« Sie wusste nicht, warum sie sich entschuldigte, nur dass sie es bedauerte, Alberton könnte von einem Mann betrogen worden sein, dem er so lange und so tief vertraut hatte. Dieser Umstand würde den Schmerz noch vergrößern.

»Shearer?«, fragte Judith. »Sind Sie sicher? Er ist ein harter Mann. Aber Daniel sagte stets, er wäre vollkommen vertrauenswürdig.«

»Haben Sie ihn seit Mr. Albertons Tod gesehen?«

»Nein. Aber ich habe ihn ohnehin nur ein oder zwei Mal getroffen. Er kam kaum jemals in unser Haus.« Sie musste nicht hinzufügen, dass sie gesellschaftlich nicht auf einer Ebene standen und daher nicht miteinander verkehrten.

»Niemand hat ihn seither zu Gesicht bekommen«, fuhr Hester fort. »Wenn er unschuldig wäre, würde er doch sicher hier sein, um zu helfen, seine Arbeit im Geschäft fortzusetzen, und jegliche Unterstützung anbieten, deren er fähig wäre? Würde er nicht ebenso bedacht darauf sein wie wir, den Verantwortlichen zu stellen?«

»Bestimmt«, erwiderte Judith leise. »Ich nehme an, die Antwort auf unsere Fragen wird schrecklich sein, wie auch immer sie ausfallen mag. Es war töricht, zu glauben, sie würde … es würde etwas … Erträgliches sein … jemand, bei dem es einem leicht fällt, ihn zu hassen und ihn dann zu vergessen.«

Es gab nichts, was Hester hätte sagen können, um diese Worte abzumildern. Sie wandte sich der anderen Sache zu, die es zu erforschen gab. »Mrs. Alberton, Ihr Gatte und Mr. Casbolt erhielten einen sehr hässlichen Brief, der sie aufforderte, die Waffen einer Firma zu liefern, die bekanntermaßen als Zwischenhändler auftritt und sie an höchst unerwünschte Partner verkauft.«

Judiths Gesicht zeigte keinerlei Verständnis für den Grund von Hesters Frage.

»Sie lehnten ab, aber sie erbaten die Hilfe meines Mannes, um herauszufinden, wer diese Forderung gestellt hatte. Der Brief war anonym und beinhaltete Drohungen –«

»Drohungen?«, rief Judith hastig. »Haben Sie die Polizei informiert? Sicher sind sie es, die für alles verantwortlich sind …«

»Aber es ist Mr. Breeland, der die Waffen hat, die gestohlen wurden.«

»Oh, ja, natürlich. Es tut mit Leid. Aber warum fragen Sie dann nach diesen Leuten?«

Wieder begnügte Hester sich mit einer Halbwahrheit.

»Ich bin nicht ganz sicher. Ich habe nur das Gefühl, dass das zeitliche Zusammentreffen und der Umstand, dass es in beiden Fällen um Waffen ging, bedeuten könnte, dass hier ein Zusammenhang besteht. Wir müssen alles in Erfahrung bringen, was nur möglich ist.«

»Ja, ich verstehe. Wie kann ich Ihnen helfen?« Judith zeigte keinerlei Unentschlossenheit. Aufmerksam beugte sie sich über den Tisch.

Hester hasste es, das Thema anzuschneiden, aber hier ging es um einen lange zurückliegenden Verlust, den man ansprechen musste, um vielleicht einen neuen zu vermeiden.

»Ich glaube, Sie haben Ihren Bruder unter sehr schmerzlichen Umständen verloren …«

Sie sah, wie Judith zusammenzuckte und die Farbe aus ihren Wangen wich. Doch Hester machte keinen Rückzieher. »Bitte erzählen Sie mir wenigstens die wichtigsten Teile der Geschichte. Ich frage nicht leichtfertig.«

Judith senkte die Lider. »Ich bin Halbitalienerin. Ich denke,

Sie wussten, dass ich keine reine Engländerin bin. Mein Vater stammte aus dem Süden, aus der Gegend um Neapel. Ich hatte nur einen Bruder, Cesare. Er war verheiratet und hatte drei Kinder. Er und seine Frau, Maria war ihr Name, liebten das Segeln.«

Ihre Stimme klang gepresst, und sie sprach leise. »Vor sieben Jahren wurde ihr Schiff vor der Küste Siziliens von Piraten geentert. Seine ganze Familie wurde getötet.« Sie schluckte krampfhaft. »Ihre Leichen wurden gefunden … später. Ich …« Sie schüttelte den Kopf. »Daniel fuhr damals nach Italien. Ich nicht. Er wollte mir keine Details erzählen. Ich fragte … aber ich war froh, dass er ablehnte. Seinem Gesicht entnahm ich damals, dass es grauenhaft gewesen sein musste. Bisweilen träumte er … ich hörte ihn in der Nacht aufschreien, dann wachte er auf, und sein Körper war völlig verkrampft. Aber er weigerte sich stets, mir zu erzählen, was mit ihnen passiert war.«

Hester versuchte, sich die Last des Grauens vorzustellen, das Alberton begleitet hatte, und die Liebe, die er für seine Frau empfunden hatte und die ihn nach Sizilien geführt und dann all die Jahre hatte schweigen lassen. Und doch hatte er immer noch mit Waffen gehandelt! Hatte er es getan, weil er der Meinung war, dass sie auch für gute Zwecke eingesetzt wurden, um für gerechte Belange zu kämpfen, die Schwachen zu verteidigen oder ein Gleichgewicht zwischen Ländern herzustellen, die andernfalls zu dominierend geworden wären?

Oder war es schlichtweg das einzige Geschäft, von dem er etwas verstand, oder das profitabelste? Vermutlich würden sie es niemals erfahren. Sie wünschte sich, glauben zu können, es sei einer der ersten Gründe gewesen.

»Wie lange war er fort gewesen?«, fragte sie.

»Ich weiß nicht. Fast drei Wochen«, antwortete Judith. »Damals kam es mir wie eine Ewigkeit vor. Ich vermisste ihn schrecklich, und natürlich hatte ich Angst um ihn. Aber er war entschlossen, alles zu tun, um die Piraten ausfindig zu machen und bestraft zu wissen. Er hörte von ihnen, aber sie entwischten ihm immer wieder. Und die Polizei hatte keinerlei Interesse daran, sie zu finden.« In ihre Augen trat der Ausdruck der Liebe und der flüchtige Schatten des Kummers. »Italien, das bedeutet Kultur, Sprache, große Kunst und eine bestimmte Lebensart, aber Italien ist keine Nation. Eines Tages mag es das werden, wenn Gott es so will, aber diese Zeit ist noch nicht angebrochen.«

»Ich verstehe.«

Judith lächelte. »Nein, das tun Sie nicht. Sie sind Engländerin, verzeihen Sie mir, aber Sie haben keinerlei Ahnung davon. Auch Daniel hatte die nicht. Er tat alles in seiner Macht Stehende, und als er erkannte, dass die Piraten einfach irgendwo in den Hunderten von Meilen, die die Küste lang ist, und zwischen Tausenden von Inseln zwischen Konstantinopel und Tanger verschwinden konnten, kehrte er nach Hause zurück, zornig, geschlagen, aber bereit, für mich und Merrit zu sorgen und es Gott zu überlassen, Gerechtigkeit walten zu lassen, in welcher Art auch immer.«

Hester konnte dem nichts hinzufügen. Natürlich war es denkbar, dass Alberton am Mittelmeer mit Waffenkäufern Kontakt aufgenommen hatte, mit Piraten oder wem auch immer, Kämpfern für oder gegen die Vereinigung Italiens. Aber sie hatte keine Möglichkeit, das herauszufinden. Vielleicht wusste es Judith auch nicht, aber vermutlich würde sie es auch nicht zugeben.

»Woher wussten Sie von der Erpressung?«, fragte Judith und unterbrach Hesters Gedanken.

»Mr. Casbolt erzählte es mir.« Hester merkte, dass dies einer weiteren Erklärung bedurfte. »Ich erbat seine Hilfe bezüglich seiner Kenntnisse über Mr. Breeland und das Waffengeschäft im Allgemeinen. Er berichtete mir von dem Druck, Waffen an die Piraten zu verkaufen, und warum Mr. Alberton dem niemals nachgegeben hätte, wie groß die Bedrohung und wie hoch der Preis auch gewesen sein mochten.«

Judiths Gesicht entspannte sich, sie lächelte. »Er hatte immer Verständnis. Er kannte Daniel bereits vor mir, wussten Sie das? Sie waren hier in England Schulfreunde gewesen, und eines Sommers brachte er Daniel mit nach Italien. Dort verliebten wir uns ineinander.« Einen Moment lang senkte sie die Lider. »Ohne Roberts Hilfe wüsste ich nicht, ob ich Mr. Rathbones Forderungen für Merrits Vertretung begleichen könnte, und das wäre mehr, als ich ertragen könnte.« Schnell hob sie den Kopf, ihre Augen waren groß und nackte Angst stand darin. »Mrs. Monk, glauben Sie, er wird sie retten können? Die Zeitungen sind so sicher, dass sie schuldig ist. Ich hatte keine Ahnung, wie verletzend das geschriebene Wort sein kann … dass sich Menschen, die einen gar nicht kennen, so leidenschaftlich sicher sein können, wie man ist und was man im Herzen verspürt. Ich gehe nicht aus dem Haus, im Moment jedenfalls nicht, aber ich weiß nicht, wie ich dazu fähig sein soll, wenn die Zeit gekommen ist. Wie soll ich Menschen gegenübertreten, wenn jeder, dem ich auf der Straße begegne, glauben mag, meine Tochter sei des Mordes schuldig?«

»Ignorieren Sie sie«, empfahl Hester. »Denken Sie ausschließlich an Merrit. Jene, die noch einen Funken von Anstand im Leib haben, werden sich schämen, wenn sie ihren Irrtum entdecken. Die anderen sind es nicht wert, mit ihnen zu diskutieren, und außerdem können Sie gegen sie ohnehin nichts ausrichten.«

Judith saß bewegungslos auf dem Stuhl. »Werden Sie da sein?«

»Ja.« Die Entscheidung musste nicht erst getroffen werden.

»Ich danke Ihnen.«

Hester blieb noch eine halbe Stunde aus reiner Freundschaft zu Judith. Sie sprachen von nichts Wichtigem und vermieden es, über den Fall, über Liebe oder Verlust zu sprechen. Judith führte sie durch den Garten, der voller lebhafter Farben war, jetzt, da die Rosen zu ihrer zweiten Blüte ansetzten. Sogar im Schatten war es warm, und der schwere Duft der Blüten war wie ein Traum, der in hartem Kontrast zu dem Verhandlungsbeginn am Montag stand. Für lange Zeit wechselten sie kein Wort. Plattitüden wären eine Beleidigung gewesen.

Am Samstag machte Monk sich auf den Weg, Breeland zu besuchen. Er hatte nicht genügend herausgefunden, um Rathbone Hoffnung zu machen, die über alle Zweifel erhaben war, oder um neue Fragen aufzuwerfen. Er würde während der Verhandlung weitersuchen, aber er begann zu fürchten, dass es keinen Beweis für Merrits Unschuld gab. Es könnte damit enden, dass alles auf die Frage hinauslaufen würde, welches Urteil die Geschworenen über Merrit fällen würden.

Es gab eine ganz bestimmte Frage, die er Breeland stellen wollte. Die Antwort darauf würde ihm keinen Schaden zufügen, also zögerte Monk auch nicht, sie zu stellen.

Breeland wurde in einen kleinen quadratischen Raum geführt. Er wirkte blasser und magerer als das letzte Mal, als Monk ihn gesehen hatte. Um die Augen herum war sein Gesicht eingefallen, und die Wangen wirkten hohl, sodass die angespannten Muskeln hervortraten. Er blieb steif stehen und sah Monk unwillig an.

»Ich habe bereits alles gesagt, was ich zu sagen habe«, begann er, bevor Monk etwas gesagt hatte. »Sie brachten mich zurück, um mich vor Gericht zu stellen und meine Unschuld zu beweisen. Ich nehme an, Ihr Freund Rathbone wird seine Pflicht tun, obwohl ich wenig Vertrauen in seinen Glauben an meine Unschuld habe. Ich vertraute Ihnen, Monk, aber nun befürchte ich, dass mein Vertrauen fehl am Platz war. Ich denke, Sie wären erfreut, mich hängen zu sehen, solange nur Miss Alberton freigesprochen wird und Sie Ihr Honorar für ihre Rettung erhalten. Sollte ich Ihnen Unrecht tun, entschuldige ich mich. Ich hoffe, es ist so.«

Monk betrachtete das glatte, fein gemeißelte Gesicht, in dem er kein Gefühl, keine Furcht, keine Schwäche, keinerlei Zweifel an dem eigenen Mut erkannte, das Martyrium zu ertragen, das nur noch zwei Tage entfernt war. Er hätte ihn bewundern sollen, stattdessen erfüllte ihn Breelands Haltung mit Angst. Er war nicht sicher, ob Breelands Verhalten übermenschlich oder unmenschlich war.

»Ich nehme Ihre Entschuldigung an«, erwiderte er mit unterkühlter Stimme. »Natürlich wünsche ich mir den Freispruch für Miss Alberton, und ich gebe zu, dass es mich einen feuchten Kehricht schert, ob Sie hängen oder nicht ... vorausgesetzt, Sie sind schuldig ... ob Sie die Schüsse nun selbst abgaben, tut nichts zur Sache. Wenn Sie Shearer oder jemand anderen bestachen, um die Morde für Sie auszuführen, dann ist das für mich dasselbe.

Wenn Sie das nicht taten und Sie mit alldem nichts zu tun hatten, dann werde ich mich für Sie ebenso einsetzen, wie ich es für jeden anderen tun würde.«

In Breelands Gesicht zuckte Belustigung auf, ein Anflug von Ironie. Plötzlich schoss Monk der Gedanke durch den Kopf, dass Breeland sich selbst als Held oder Märtyrer verstand. Menschliche Schwächen und Albernheiten lagen jenseits seines Begriffsvermögens. Vor Monks geistigem Auge entstand das Bild einer endlosen Wüste des Lebens ohne Lachen und all den Nebensächlichkeiten, die dem Leben den richtigen Rhythmus geben und als Maß für die geistige Gesundheit dienen.

Arme Merrit.

Er schob die Hände in die Taschen. »Wie viele Waffen kauften Sie?«, fragte er beiläufig. »Die genaue Anzahl bitte.«

»Genau?«, wiederholte Breeland und hob die Brauen. »Auf das Gewehr genau? Ich habe sie nicht gezählt. Dazu war keine Zeit. Ich nahm an, jede Kiste wäre voll. Alberton war ein sturer Mensch mit bürgerlichen Ansichten und keinerlei moralischem oder politischem Verständnis, aber seine finanzielle Integrität zog ich nie in Zweifel.«

»Für wie viele Waffen haben Sie bezahlt?«

»Für sechstausend Stück. Und ich bezahlte ihm den abgesprochenen Preis pro Gewehr.«

»Das Geld übergaben Sie Shearer?«

»Das sagte ich bereits.« Breeland runzelte die Stirn. »Für den Betrag könnte man an jeder beliebigen Ecke Londons mehrere Straßenzüge mit Häusern mit vier Schlafzimmern bauen. Mir scheint es ganz offensichtlich zu sein, dass Shearer Alberton hinterging, ihn und die Nachtwächter erschoss und es so aussehen ließ, als wäre es ein Soldat der Union gewesen, woraufhin er mir die Waffen verkaufte und mit dem Geld verschwand. Ich bin unschuldig, und Rathbone wird fähig sein, das zu beweisen.«

Monk erwiderte nichts. Breeland hatte vollkommen Recht. Monk kümmerte es nicht, ob er am Galgen enden würde oder nicht … wenigstens nicht im Augenblick.

10

Am folgenden Montag begann der Prozess gegen Lyman Breeland und Merrit Alberton, die des gemeinsamen Mordes in der Tooley Street angeklagt waren.

Oliver Rathbone war so gut vorbereitet, wie es ihm die Informationen, über die er verfügte, erlaubten. Aus dem, was er von Monk wusste, schloss er, dass Breeland die Morde nicht selbst begangen hatte. Aber die Geschworenen davon zu überzeugen, dass Breeland die Mörder nicht angestiftet und nicht davon profitiert hatte, das zu beweisen stand auf einem ganz anderen Blatt. Auch war Rathbone sich der Tatsache bewusst, dass sein Klient nicht über einen Charakter verfügte, der ihm die Sympathie der Jury gesichert hätte.

Noch am Freitag hatte er sowohl mit Merrit als auch mit Breeland gesprochen. Er hatte erwogen, Breeland nahe zu legen, ein versöhnlicheres Betragen, größere Bescheidenheit, ja sogar Bedauern für die Tragödie von Albertons Tod zu zeigen, doch er war zu der Auffassung gekommen, dass es ein vergeblicher Versuch sein würde und womöglich gar ein Verhaltensmuster zur Folge haben würde, das ganz offensichtlich von Falschheit geprägt war.

Als nun im Gerichtssaal zur Ordnung gerufen wurde und die Verhandlung begann, sah Rathbone Breeland, der auf der Anklagebank saß, ins Gesicht. Es wirkte ausdruckslos, und Breeland starrte geradeaus, als ob er keinerlei Interesse an den Menschen hätte, die hier versammelt waren, und ihnen keinerlei Respekt entgegenbrächte, sodass Rathbone wünschte, er hätte ihn gewarnt, wie teuer ihn dieses Verhalten zu stehen kommen könnte.

Merrit dagegen sah jung und verängstigt aus, und sehr verletzlich. Ihre Haut war blass, ihre Augen blau umschattet, und ihre Hände klammerten sich so heftig um die Brüstung, dass man leicht glauben könnte, sie hielte sich fest, um sich davor zu bewahren, von der Bank zu fallen. Während Rathbone sie beobachtete, straffte sie die Schultern, hob das Kinn leicht an und sah zu Breeland auf. Zögerlich streckte sie die Hand aus und berührte seinen Arm.

Der Anflug eines Lächelns bewegte seine Lippen, aber er sagte kein Wort zu ihr. Vielleicht wollte er nicht, dass das Gericht etwaige Gefühle in ihm wahrnahm. Vielleicht war er auch der Auffassung, Liebe sei eine private Angelegenheit, die er nicht mit jenen teilen wollte, die gekommen waren, ihn anzustarren und zu verurteilen.

Rathbone war sich Judith Albertons Anwesenheit bewusst, wie auch die meisten der anderen Menschen im Gerichtssaal. In ihrer Haltung und dem, was von ihrem Gesicht zu sehen war, lag eine bemerkenswerte Schönheit. Er sah, wie sich die Menschen gegenseitig anstießen, als sie eintrat, und mehrere Männer waren unfähig, ihre Bewunderung für die Frau und das Interesse an ihr aus ihren Gesichtszügen zu bannen.

Rathbone fragte sich, ob sie es gewöhnt war, angestarrt zu werden, oder ob es ihr Unbehagen bereitete. Sie sah Merrit an, die immer noch zu Breeland gebeugt war, dann suchte sie Rathbones Blick. Es war nur ein flüchtiger Blick, dann setzte sie sich, und er konnte ihre Augen durch den Schleier nicht erkennen. Er stellte sich die Verzweiflung vor, die sie empfinden musste. All die Hilfe, die andere Menschen ihr gaben, konnte die Einsamkeit und die Angst vor diesen Tagen nicht lindern.

Hester war bei ihr. Sie war in dunkle, sanfte Grautöne gekleidet, und das Licht spielte auf ihrer hellen Haut und einem kleinen weißen Spitzenkragen. Den Schwung ihres Halses und die ihr eigene Kopfhaltung hätte er überall erkannt. Die größte Schönheit der Welt hätte seinen Atem nicht mit einem solchen Schmerz von Vertrautheit zum Stocken bringen können.

Rathbone sah, wie Breeland sich plötzlich versteifte und der Ausdruck äußerster Missachtung sein Gesicht überzog. Rathbone folgte seinem Blick. Ein schlanker, dunkelhaariger Mann hatte den Saal betreten und bahnte sich seinen Weg zu einem freien Platz am Rand der Sitzreihen. Er bewegte sich mit ungewöhnlicher Grazie und verursachte keinerlei Geräusch und setzte sich auf einen Platz, der es nicht nötig machte, sich bei jemandem zu entschuldigen. Seine auffallenden Augen studierten Judith Alberton, obwohl ihm die Sonne geradewegs in die Augen schien und er ihr Gesicht nicht sehen konnte.

Rathbone fragte sich, ob das Philo Trace war. Dass es nicht Casbolt war, wusste er, da er ihn bereits kennen gelernt hatte.

Ihm gegenüber auf der anderen Seite des Gangs erhob sich Horatio Deverill, um die Verhandlung zu eröffnen. Er war ein großer Mann, in seiner Jugend war er schlank gewesen, jetzt aber rundete er sich um die Leibesmitte. Seine einst schönen Gesichtszüge waren gewöhnlicher geworden, drückten aber immer noch Kraft und Charakterstärke aus. Aber es war seine Stimme, die Aufmerksamkeit gebot und einen förmlich zwang, ihm zuzuhören. Sie war kräftig, galt als sein Markenzeichen, und er hatte eine perfekte Aussprache. Schon unzählige Geschworene waren von ihr wie hypnotisiert gewesen. Niemand ließ seine Gedanken wandern, wenn er das Wort ergriff.

»Gentlemen«, begann er und lächelte den Geschworenen zu, die aufrecht und verlegen auf ihren hohen, geschnitzten Stühlen saßen. »Ich werde Ihnen nun von einem abscheulichen und schrecklichen Verbrechen berichten. Ich werde Ihnen vor Augen führen, wie ein ehrenwerter Herr, einer wie Sie und ich, einer Verschwörung zum Opfer fiel, um erst beraubt und dann ermordet zu werden, wegen der Beschaffung von Waffen für einen tragischen Konflikt, der im Moment in Amerika ausgetragen wird, Bruder gegen Bruder.«

Im Saal erhob sich ein Raunen des Schreckens und der Anteilnahme.

Rathbone war nicht überrascht. Er hatte damit gerechnet, dass Deverill auf jede gefühlsmäßige Reaktion setzen würde, die er nur erzielen konnte. Er war ebenfalls dazu in der Lage, würde er annehmen, damit einen Fall gewinnen zu können. Kleine Etappensiege waren ihm gleichgültig, ihn interessierte lediglich der Urteilsspruch.

»Und ich werde Ihnen zeigen«, fuhr Deverill fort, »dass dieses Verbrechen nicht nur eine Beleidigung der Gesetze unseres Landes und der Gottes darstellt, sondern der Naturgesetze selbst, die von jeder Rasse und Nation der gesamten Menschheit anerkannt werden. Es wurde auf Geheiß und zum Vorteil des Angeklagten, Lyman Breeland, ausgeführt. Aber, meine Herren, dieses Verbrechen wurde unterstützt und gutgeheißen von der eigenen Tochter des Opfers, Merrit Alberton.«

Er erzielte den gewünschten Laut des Erschreckens, der sich durch den ganzen Raum zog.

»Breeland hatte ihr den Kopf verdreht«, fuhr er fort. »Was er tat, um ihre Besessenheit herbeizuführen, das kann ich nicht beweisen, daher werde ich auch gar nicht versuchen, es Ihnen zu erzählen, aber es möge genügen, zu sagen, dass sie nach der schrecklichen Tat noch in derselben Nacht mit ihm nach Amerika floh.« Er schüttelte den Kopf. »Und es ist nur den hervorragenden Diensten eines privaten Ermittlers zu verdanken, den ihre Mutter engagierte, die Witwe des ermordeten Mannes, dass sie und Breeland, unter Waffengewalt, in dieses Land zurückgebracht werden konnten, um sich Ihnen und Ihrer Entscheidung, auf welche Art der Gerechtigkeit Genüge getan werden soll, zu stellen. Zu diesem Zweck, hohes Gericht …« Mit diesen Worten wandte er sich nun endlich an den Richter, einen hageren Mann mit markanten Gesichtszügen und silbergrauen Augen. »Zu diesem Zweck rufe ich meinen ersten Zeugen auf, Robert Casbolt.«

Lebhaftes Interesse erwachte, als Casbolt den Saal betrat und den freien Platz vor der Richterbank und den Geschworenen überquerte, um die kurze Wendeltreppe zum Zeugenstand hinaufzusteigen. Er war tadellos in dunkles Grau gekleidet, und er sah blass, aber gefasst aus. Nicht einmal der Schatten des Lächelns, das er so gerne zeigte und das sich in seine Mundwinkel eingegraben hatte, umspielte seine Lippen.

Er leistete den Eid bezüglich seines Namens und seines Wohnsitzes und wartete gelassen auf Deverills erste Frage. Einmal warf er einen kurzen Blick auf Judith, wobei seine Züge weicher wurden, aber es dauerte nur einen Augenblick. Er sah aus wie ein Mann bei einer Beerdigung. Er schaute nicht ein Mal zur Anklagebank.

»Mr. Casbolt ...«, begann Deverill und lächelte entschuldigend, wobei er wie ein Schauspieler über die freie Fläche stolzierte. Obwohl er diese Vorstellung ausschließlich für die Geschworenen gab, sah er nicht ein einziges Mal in ihre Richtung. »Ich weiß sehr wohl, dass dies für Sie sehr schmerzhaft sein muss, Sir. Trotzdem ist es nötig, und ich hoffe, Sie haben Nachsicht mit mir, während ich das Gericht durch die Ereignisse geleite, die zu der Tragödie führten. Sie waren sich fast all dieser Vorkommnisse bewusst, obwohl Sie keine Ahnung haben konnten, zu welch schrecklichem Ende sie führen würden.«

Rathbone betrachtete die Jury. Die Männer waren im Alter zwischen vierzig und sechzig Jahren und wirkten ehrbar und wohlwollend wie fast alle Juroren. Bei ihrer Auswahl wurden gewisse Anforderungen an Eigentumsverhältnisse gestellt, die viele jüngere Männer oder Angehörige niedriger gesellschaftlicher Schichten ausschloss. Sie lauschten mit ernsten, niedergeschlagenen Mienen und konzentrierten sich auf jedes Wort, das gesprochen wurde.

»Mr. Casbolt, würden Sie dem Gericht mitteilen, wann und unter welchen Umständen Sie Lyman Breeland das erste Mal trafen?«

»Natürlich«, erwiderte Casbolt leise, doch seine Stimme durchdrang mit vollkommener Klarheit das schwache Rascheln im Saal. »Ich kann mich nicht an das genaue Datum erinnern, aber es war Anfang Mai dieses Jahres. Er machte seine Aufwartung in Daniel Albertons und meinen Geschäftsräumen.« Er zuckte leicht mit einer Schulter. »Er war an dem Bereich unseres Geschäftes interessiert, der sich mit dem Handel von Waffen beschäftigte.«

»Und was sagte Mr. Breeland zu Ihnen?«, fragte Deverill unschuldig.

»Dass er ermächtigt worden sei, für die Union Waffen zu erwerben, die diese für den Fall des kriegerischen Konfliktes in Amerika brauchen würde«, antwortete Casbolt. »Er sagte, sein Vorgesetzter hätte ihm eine große Geldsumme anvertraut, annähernd dreiundzwanzigtausend Pfund, die bei der Bank von England hinterlegt worden seien.«

Ein Laut des Erstaunens ging durch den Saal. Der Betrag war ein Vermögen, das jenseits des Vorstellungsvermögens der meisten Menschen lag. Mehrere Menschen sahen zu Breeland auf der Anklagebank hoch, doch der ignorierte sie geflissentlich und richtete den Blick auf Deverill.

»Haben Sie das Geld gesehen?«, fragte Deverill, wobei seine Stimme vor Ehrfurcht leiser klang.

»Nein, Sir. Niemand hätte von ihm erwartet, das Geld bei sich zu haben«, antwortete Casbolt. »Es ist ... ein Vermögen!«

»Das ist es in der Tat. Aber er sagte Ihnen und Mr. Alberton, dass die Regierung der Nordstaaten von Amerika ihn mit dem Geld geschickt hatte, um dafür Waffen zu erwerben, ist das richtig?«

»Waffen und Munition, ja, Sir.«

»Und Sie glaubten ihm?«

»Wir hatten keinen Grund, an seinen Worten zu zweifeln, und einen solchen Grund habe ich immer noch nicht«, erwiderte Casbolt. »Er legte uns Beglaubigungsschreiben vor, unter denen sich sogar eines von Abraham Lincoln mit dem Siegel des Präsidenten der Vereinigten Staaten befand. Sowohl Daniel Alberton als auch ich waren bestens über die eskalierenden Feindseligkeiten jenseits des Atlantiks informiert, und natürlich waren wir uns auch der Tatsache bewusst, dass Repräsentanten der Union als auch der Konföderierten derzeit Waffen erwarben, wo immer solche irgendwo in Europa zum Verkauf angeboten wurden.«

»So ist es«, stimmte Deverill zu. Er schob seine Daumen in die Armausschnitte seiner Weste, starrte auf die polierten Spitzen seiner Stiefel und sah dann zu Casbolt hoch. »Hatten Sie oder Mr. Alberton vorher schon einmal Waffen an eine der beiden Parteien dieses Krieges verkauft?«

»Nein, das hatten wir nicht.«

»Und Sie sind sicher, dass Daniel Alberton keine, nennen wir es einmal ›private Abmachung‹ mit Lyman Breeland getroffen hatte, von der Sie oder Mr. Trace nichts wussten?«, fuhr Deverill umgehend fort.

Casbolts Gesicht überzog sich mit einer sonderbaren Mischung von Gefühlen, die jedoch nur zu offensichtlich allesamt schmerzlich waren. Seine Augen flogen zu Judith, die in der ersten Reihe der Besucherbänke saß.

Jedermann im Raum musste die Spannung und den persönlichen Kummer spüren.

Rathbone sah zu Breeland hoch. Dieser beobachtete das Geschehen aufmerksam, aber wenn er Zorn oder Angst verspürte, dann hatte er sich gut unter Kontrolle. Doch sein Stolz würde ihm keinen guten Dienst erweisen. Er wirkte zu gleichgültig. Bei nächster Gelegenheit würde Rathbone ihn darauf aufmerksam machen, ob es nun etwas nützte oder nicht.

»Sind Sie sicher?«, hakte Deverill nach.

Casbolt richtete seine Aufmerksamkeit wieder auf Deverill.

»Der andere Grund war, dass Daniel Alberton mein Freund und einer der ehrenwertesten Menschen war, die ich je gekannt habe. In fünfundzwanzig Jahren habe ich niemals erlebt, dass er auch nur ein Mal sein Wort gebrochen hätte.« Seine Stimme brach. »Von einem Geschäftspartner kann man nicht mehr verlangen, zumal seine Aufrichtigkeit mit Können und Wissen gekoppelt war.«

»In der Tat, das könnte man nicht«, stimmte Deverill mit sanfter Stimme zu und warf einen kurzen Blick auf die Geschworenen.

Rathbone fluchte verhalten. Er hatte es sich niemals leicht vorgestellt, Deverill zu schlagen, aber die Aufgabe wurde von Minute zu Minute schwieriger. So brillant und skrupellos Rathbone auch sein mochte, die Wahrheit konnte er nicht verändern, und das würde er auch nicht versuchen.

»Wie genau sah die Vereinbarung aus, die Sie mit Mr. Trace getroffen hatten?«, fragte Deverill unbefangen.

»Daniel hatte ihm sein Wort gegeben, ihm sechstausend Musketen mit gezogenem Lauf der Marke P1853 Enfield zu verkaufen«, erwiderte Casbolt.

Deverill war höchst zufrieden. Sein Gesicht glühte regelrecht. Rathbone wusste, dass die Geschworenen das zur Kenntnis nahmen und die Wichtigkeit dieser Information entsprechend beurteilen würden. Sie glaubten, er hätte einen wesentlichen Punkt erzielt, wenngleich sie nicht verstanden, worin dieser bestand. Einer von ihnen, ein Mann mit breitem Backenbart, warf Breeland einen feindseligen Blick zu.

Merrit sah aus, als ob sie geschlagen worden wäre. Sie rutschte ein wenig näher an Breeland heran. Die Bewegung entging den Geschworenen nicht.

Auch Rathbone wusste, wie man Emotionen manipulieren konnte, obwohl er es zuweilen als abstoßend empfand. Er hätte sich die Sklavenfrage zunutze gemacht, eine Sache, die viele Engländer missbilligten, obwohl es auch eine große Anzahl unter ihnen gab, die den Süden favorisierten. Aber er vergaß keinen Augenblick, dass Hester neben Judith Alberton saß, und er wusste, wie sehr sie ihn für moralisch unredliches Verhalten verachtet hätte. Er war wütend auf sich selbst, dass er es zuließ, sich darüber zu ärgern.

»Warum war er bereit, an Mr. Trace Waffen zu verkaufen, Sir?«, fragte Deverill mit Unschuldsmiene. »Sympathisierte er mit der Sache der Konföderierten?«

»Nein«, antwortete Casbolt. »Ich wüsste nicht, dass er einer der beiden Seiten den Vorzug gegeben hätte. Das Einzige, was ich von ihm in dieser Hinsicht hörte, war, dass er Traurigkeit empfand, dass es wegen dieser Differenzen zum Krieg kommen musste. In den vorangegangenen Monaten hatte er gehofft, der Konflikt könnte durch Verhandlungen zu lösen sein. Er stimmte dem Verkauf zu, weil Mr. Trace vorstellig wurde und erpicht auf die Waffen war. Trace verteidigte seine Überzeugungen nicht. Er sagte lediglich, der Süden wolle sich die Freiheit erhalten, über sein eigenes Schicksal und seine Regierungsform selbst zu bestimmen, aber wenig mehr als das. Es war Mr. Breeland, der versuchte, ihn davon zu überzeugen, dass seine Sache den Verkauf der Waffen an die Union weit mehr rechtfertigte als irgendetwas anderes.«

»Also erhielt Mr. Trace den Zuschlag nur, weil er der Erste war?«, folgerte Deverill.

»Ja. Als Beweis seines Vertrauens hinterlegte er die Hälfte des Kaufpreises. Die zweite Hälfte der Bezahlung sollte bei Lieferung der Waffen und der Munition geleistet werden.«

»Breeland aber versuchte, Mr. Alberton dazu zu überreden, sein Versprechen zu brechen und ihm die Gewehre zu verkaufen?«

»Ja. Er war äußerst hartnäckig ... es grenzte bereits an Unerfreulichkeit.«

Casbolts Gesicht drückte Bedauern aus, fast schon einen Selbsttadel, als ob er die Tragödie hätte vorhersehen müssen.

Schnell griff Deverill seine Worte auf. »Welcher Art von Unerfreulichkeit? Bedrohte er jemanden?«

»Nein ... nicht, soweit ich weiß.« Casbolts Stimme war leise, seine Gedanken konzentrierten sich auf die tragische Vergangenheit. »Er beschuldigte Daniel, die Sklavenhaltung zu favorisieren, was dieser natürlich nicht tat. Breeland vertrat sein Anliegen leidenschaftlich, sowohl die Abschaffung der Sklaverei als auch den Erhalt der Union sämtlicher Staaten Amerikas, ungeachtet deren eigener Wünsche. Häufig kam er auf seine Überzeugung – seine Obsession – zu sprechen, dass dem Süden die Unabhängigkeit, er nannte es die ›Sezession‹, nicht gestattet werden dürfte. Ich gestehe, ich kenne den Unterschied nicht.« Nun huschte ein schwaches Lächeln über sein Gesicht.

Deverill riss die Augen weit auf. »Ich auch nicht, um aufrichtig zu sein.« Andeutungsweise zeigte er auf die Anklagebank, aber er sah nicht hinauf. »Aber zum Glück ist das auch nicht unsere Sorge.« Damit vergaß er das Thema. »Bei seinen Versuchen, Mr. Albertons Entscheidung bezüglich der Waffen rückgängig zu machen – suchte er ihn in seinen Geschäftsräumen auf oder zu Hause, wissen Sie das?«

»Beides, wie er mir erzählte, aber ich selbst weiß, dass er öfter in Albertons Haus vorstellig wurde, denn bei einem halben Dutzend von Gelegenheiten war auch ich anwesend. Er wurde stets freundschaftlich empfangen, und er akzeptierte dies.«

Wieder warfen einige der Geschworenen Breeland hasserfüllte Blicke zu.

»Es hat etwas ganz besonders Verabscheuungswürdiges an sich, am Tisch eines Mannes zu speisen, aufzustehen und ihn anschließend zu ermorden. Jede Gesellschaft verabscheut solches Verhalten«, sagte Deverill versonnen und mit leiser Stimme, dennoch darauf bedacht, bis in die letzte Ecke des Saales gehört zu werden.

Der Richter warf Rathbone einen kurzen fragenden Blick zu. Er hätte Widerspruch gegen den irrelevanten Kommentar einlegen können, doch er war lediglich in juristischer Hinsicht irrelevant, und das wussten jeder Mann und jede Frau im Gerichtssaal. Er hätte dadurch nur seine eigene Verzweiflung verraten, also schüttelte er leicht den Kopf.

Casbolt seufzte und schauderte ein wenig. »Nicht so sehr, wie ich es verabscheuen müsste.« Seine Stimme klang gepresst. Obwohl er mehrere Meter von ihm entfernt saß, war Rathbone, der zu dem Mann im Zeugenstand emporsah, von dessen Gefühlen bewegt. Sie waren zu aufrichtig, als dass jemand daran hätte zweifeln können oder nicht von ihnen berührt gewesen wäre.

Im Saal wurden Äußerungen des Mitgefühls laut. Eine Frau zog die Nase hoch. Einer der Juroren schüttelte bedächtig den Kopf und sah zu Merrit auf der Anklagebank hoch.

Rathbone wandte den Kopf, um Judith anzusehen, aber ihr Gesicht wurde von ihrem Schleier verdeckt. Er bemerkte, dass auch Philo Trace sie beobachtete, und auch ihm standen die Gefühle offen ins Gesicht geschrieben. In dem Augenblick erkannte Rathbone, dass Trace Judith liebte, still und ohne eine Erwiderung seiner Gefühle zu erwarten. Er wusste es mit tiefstem Verständnis, denn er liebte Hester auf die gleiche Weise. Die Zeit, als sie seine Gefühle erwidert hatte, war vorüber. Vielleicht war es auch nur eine Illusion, dass dies je der Fall gewesen war.

Deverill hatte aus dem Schweigen gesogen, was er nur konnte. Er nahm seine Befragung wieder auf.

»Haben Sie bemerkt, dass Miss Alberton seine Aufmerksamkeiten erwiderte?«, fragte er.

»Sicherlich.« Casbolt räusperte sich. »Sie ist erst sechzehn Jahre alt. Ich glaubte, ihr Verliebtsein würde sich von selbst legen, sobald Breeland die Rückreise nach Amerika angetreten hatte.«

Instinktiv sah Rathbone zu Merrit hoch und bemerkte die Pein und den Trotz in ihrem Gesicht. Sie beugte sich nach vorn, als ob sie ihnen die Wahrheit mitteilen wollte, wie sehr sie Breeland tatsächlich liebte, aber sie durfte nicht sprechen.

Casbolt fuhr fort. »Er war Offizier der Armee.« Plötzlich bahnte sich die Wut ihren Weg, rau und hart klang sie aus seiner Stimme. »Er war kurz davor, sich fünftausend Meilen von England entfernt in einen Bürgerkrieg zu stürzen. Er befand sich keineswegs in einer Position, die es ihm erlaubt hätte, sich einer Frau zu erklären, geschweige denn einem Kind in Merrits Alter! Es wäre mir nie in den Sinn gekommen, dass er das tun würde! Ich glaube auch nicht, dass ihrem Vater der Gedanke gekommen war. Und wenn Breeland diesen abwegigen Entschluss gefasst hatte, diese Unverschämtheit besessen haben sollte, das zu tun, hätte Daniel ihn selbstverständlich abgewiesen.«

Breeland rutschte unruhig auf der Anklagebank umher, aber auch er konnte sich noch nicht verteidigen.

»Wenn Breeland sie liebte«, fuhr Casbolt fort, »und ein ehrenwerter Mann gewesen wäre, hätte er gewartet, bis der Krieg vorüber wäre, und hätte dann angemessen um ihre Hand angehalten, wenn er sie unterhalten und für sie sorgen könnte, wie ein Mann das tun sollte. Wenn er ihr ein Heim hätte bieten können ... und sie nicht inmitten von Fremden in einer belagerten Stadt hätte zurücklassen müssen, während er in eine Schlacht zog, aus der er vielleicht niemals oder verkrüppelt zurückkehren würde und nicht in der Lage wäre, für ihren Unterhalt Sorge zu tragen.« Er zitterte, während er sprach, hatte die Hände um die Brüstung geklammert, und sein Gesicht war weiß.

Er hatte nicht einen einzigen Umstand genannt, der Breeland mit dem Mord an Daniel Alberton in Verbindung gebracht hatte, aber er hatte ihn in den Augen jedes Anwesenden verdammt, und

Deverill wusste das. Das zeigte sich auch in der selbstbewussten Haltung des Anklägers und in der samtigen Glätte seiner Stimme.

»Das ist richtig, Mr. Casbolt. Ich bin sicher, wir alle empfinden wie Sie und hätten wahrscheinlich keinen größeren Weitblick gehabt und die Tragödie ebenso wenig vorhergesehen. Niemand tadelt Sie, und außerdem ist man im Nachhinein stets klüger. Könnten Sie uns nun berichten, was Sie in der Nacht von Daniel Albertons Tod beobachteten …?«

Casbolt schloss die Augen, seine Hände umklammerten immer noch die Brüstung.

»Geht es Ihnen gut, Mr. Casbolt?«, fragte Deverill besorgt. Er trat auf ihn zu, als befürchtete er tatsächlich, Casbolt könnte zusammenbrechen.

»Ja«, presste Casbolt hervor. Er atmete tief durch und hob den Kopf, dann fixierte er mit starren Augen die holzvertäfelte Wand über den Besucherreihen. »Vom früheren Abend weiß ich nur das, was ich gehört habe. Ich nehme an, sie werden auch Mr. Monk in den Zeugenstand rufen, der damals anwesend war. Er kann Ihnen erzählen, was er sah und hörte. Ein Dinner mit Freunden hatte sich sehr lange hingezogen, und ich war noch nicht zu Bett gegangen. Es war ungefähr halb vier Uhr morgens, als mir ein Bote eine Nachricht von Mrs. Alberton brachte.«

»Beweisstück Nummer eins, Euer Ehren«, sagte Deverill zum Richter.

Der Richter nickte, woraufhin ein Gerichtsdiener Casbolt ein Blatt Papier reichte.

»Ist das die Nachricht, die Sie erhielten?«, fragte Deverill.

Casbolts Hand zitterte, als er sie nahm. Nur mit Schwierigkeiten gelang es ihm, zu sprechen. »Ja, das ist sie.«

»Würden Sie sie bitte vorlesen?«, bat Deverill.

Casbolt räusperte sich.

»»Mein lieber Robert: Verzeihe mir, dass ich dich zu dieser Stunde störe, aber ich bin in größter Angst, dass etwas Ernsthaftes geschehen sein könnte. Daniel und Merrit hatten heute Abend einen schrecklichen Streit. Mr. Breeland und Mr. Monk waren hier. Mr. Breeland schwor, dass er sich in dieser Angelegenheit nicht geschlagen geben würde, ungeachtet dessen, was es ihn kosten möge. Merrit verließ das Haus. Vor einer Stunde entdeckte ich, dass sie eine Reisetasche gepackt hatte und verschwunden war, ich fürchte, sie ging zu Breeland. Daniel verließ das Haus kurz nach dem Streit. Er muss sich auf die Suche nach ihr begeben haben, doch er kam nicht zurück. Bitte finde ihn und hilf uns. Er ist sicher völlig aufgelöst.‹«

Er sah hoch, seine Stimme klang erstickt, als ob er gegen die Tränen ankämpfte. »Der Brief ist mit ›Judith‹ unterzeichnet. Natürlich zögerte ich nicht länger als einen Moment, um zu überlegen, wie ich vorgehen sollte. Ich kam zu dem Schluss, am besten würde es sein, Mr. Monk hinzuzuziehen, für den Fall, dass es Unannehmlichkeiten geben würde. Ich hatte vor, mich gemeinsam mit Mr. Monk umgehend zu Breelands Wohnung zu begeben, um, wenn nötig, Merrit mit Gewalt zurück nach Hause zu bringen … bevor ihr Ruf ruiniert wäre.« Ein Anflug von Galgenhumor huschte über sein Gesicht, verschwand und wurde vom Ausdruck tiefer Trauer abgelöst.

Bedächtig nickte Deverill mit dem Kopf.

Die Geschworenen sahen angemessen betroffen vor sich hin.

Der Richter warf Rathbone einen kurzen Seitenblick zu, um zu sehen, ob er eine Frage hätte, aber es gab nichts, was er zu fragen gehabt hätte.

»Bitte fahren Sie fort«, bat Deverill. »Ich nehme an, Sie machten sich auf den Weg zu Mr. Monk?«

»Ja«, stimmte Casbolt zu. »Ich weckte ihn und berichtete ihm kurz, was sich zugetragen hatte. Er begleitete mich zunächst zu Breelands Wohnung, die bereits verlassen war. Wir wurden vom Nachtportier eingelassen, der uns mitteilte, Breeland sei mit einer jungen Dame fortgefahren …«

Wieder sah der Richter Rathbone an.

»Kein Einspruch, Euer Ehren«, sagte Rathbone laut und vernehmlich. »Ich habe die Absicht, den Nachtportier selbst in den Zeugenstand zu rufen. Er verfügt über Informationen, die Mr. Breelands Version der Ereignisse unterstützt.«

Der Richter nickte und wandte sich wieder Casbolt zu. »Bitte beschränken Sie sich auf das, was Sie wissen, ohne zu berichten, was andere Ihnen erzählt haben.«

Casbolt nickte zum Zeichen, dass er sich daran halten wollte, und fuhr mit seinem Bericht fort. »Nach dem, was uns der Nachtportier gesagt hatte, eilten wir zurück zu meiner Kutsche, die vor dem Haus wartete, und fuhren zum Lagerhaus in der Tooley Street.« Einen Moment lang hielt er inne, um sich zu fassen. Es war ganz offensichtlich ein innerlicher Kampf. Jeder im Raum konnte erkennen, dass die Ereignisse jener Nacht so überwältigend gewesen waren, dass er sich auf den Hof und zu all dem Grauen, das er dort erblickt hatte, zurückversetzt fühlte. Er sprach mit harter, fast tonloser Stimme, als ob er es nicht ertragen könnte, sich an diese Situation zu erinnern.

Rathbone hörte aufmerksam zu und fand den Bericht erschreckender als den, den er von Monk über jene Nacht erhalten hatte. Casbolt schien die Ereignisse noch einmal zu erleben, und das verlieh seinen Worten eine noch größere Eindruckskraft. Wenn er jetzt die Juroren um ein Urteil gebeten hätte, sie hätten Breeland und Merrit noch heute aufgehängt und selbst den Hebel für die Falltür betätigt.

Casbolt hatte das Auffinden der Leichen in ihren grotesken Stellungen lediglich mit kurzen Worten umrissen, die Beschreibung war fast zu karg, um ein Bild erstehen zu lassen. Sein Grauen füllte den ganzen Saal. Kein Mensch hätte solche Gefühle, die sich ins Gedächtnis eingebrannt hatten, spielen können.

Er erwähnte nichts von der Uhr, die sie gefunden hatten, und Deverill musste ihn daran erinnern.

Casbolt erschrak. »Oh. Ja. Mr. Monk fand sie. Er hob sie auf. Breelands Name war eingraviert, und ein Datum. Aber an das erinnere ich mich nicht.«

»Aber Lyman Breelands Name stand darauf, dessen sind Sie sich sicher?«

»Natürlich.«

»Ich danke Ihnen. Nur eine Frage noch, Mr. Casbolt.«

»Ja?« Er sah verwirrt aus.

»Verzeihen Sie mir eine solche Frage, Sir«, entschuldigte sich

Deverill. »Nur für den Fall, dass sich jemand fragen oder mein geschätzter Kollege diese Frage aufwerfen würde, erlauben Sie mir, ihm die Mühe zu ersparen. Wo genau hielten Sie sich an jenem Abend auf, bevor Sie die Nachricht von Mrs. Alberton erhielten? Sie sagten, Sie hätten mit Freunden zu Abend diniert?«

»Ja, in Lord Harlands Haus am Eaton Square. Ich fürchte, die Gesellschaft zog sich weit länger hin als erwartet. Ich kam erst kurz nach drei Uhr morgens nach Hause. Daher war ich auch noch wach, als der Bote kam.«

»Verstehe. Vielen Dank.« Mit einer schwungvollen Geste wandte Deverill sich an Rathbone und lud ihn mit einem Wink ein, die Befragung fortzusetzen.

Casbolt hatte nichts vorgebracht, was Rathbone in Frage stellen wollte, nichts, was er noch klarzustellen wünschte. Rathbone hätte das Verfahren gerne in die Länge gezogen, in der Hoffnung, Monk würde noch auf Informationen stoßen. Doch Deverill würde es auf jeden Fall bemerken, vielleicht sogar auch die Geschworenen.

Er erhob sich halb von seinem Platz. »Ich habe keine Fragen an den Zeugen, Euer Ehren.«

»Gut. Dann ziehen wir uns zur Mittagspause zurück«, sagte der Richter düster.

Rathbone hatte den Gerichtssaal kaum verlassen, als er Judith Alberton und Hester auf sich zukommen sah.

Philo Trace war nur wenige Schritte von ihnen entfernt, aber er näherte sich ihnen nicht. Rathbone schoss die Frage durch den Kopf, welchen Part genau Philo Trace in dem Waffenhandel gespielt hatte. Könnte er derjenige gewesen sein, der versucht hatte, Alberton zu erpressen, sodass dieser sich geweigert hatte, mit Breeland Verhandlungen zu führen … weil er es nicht gewagt hatte? War Monk der Katalysator gewesen, der Alberton dazu gebracht hatte, seine Meinung zu ändern? Es war nur der Anflug einer Idee, aber er wollte sie nicht aus den Augen verlieren.

»Sir Oliver?« Judith stand vor ihm. Er hörte die Angst in ihrer Stimme.

»Bitte, machen Sie sich keine Sorgen, Mrs. Alberton«, sagte er mit größerem Vertrauen, als er es tatsächlich verspürte. Dies war Teil seines Berufes, und er war schon so oft gezwungen gewesen, es einzusetzen: Menschen in verzweifelten Situationen Trost zuzusprechen, ihnen Mut und Hoffnung zu geben, obwohl er nicht wusste, ob es gerechtfertigt war. »Wir werden unsere Chance bekommen, wenn Mr. Deverill alles in seiner Macht Stehende getan hat. Ich bin nicht sicher, ob ich Mr. Breelands Unschuld beweisen kann, aber bei Merrit ist es viel einfacher. Verlieren Sie den Mut nicht.«

»Die Uhr«, sagte sie schlicht. »Wenn Merrit nicht dort war, wie kam sie dann auf den Hof des Lagerhauses? Sie war doch so stolz darauf, und ich kann mir nicht vorstellen, dass sie sie freiwillig aus der Hand gegeben hätte.«

»Können Sie sich vorstellen, dass sie lügt, um Breeland zu schützen?«, fragte er behutsam. Er konnte nicht umhin, Hester einen Moment lang anzusehen. In ihren Augen entdeckte er das ungestüme Bedürfnis zu helfen und die Bestürzung, weil sie nicht wusste, wie.

»Ja«, entgegnete Judith. »Sir Oliver ... ich befürchte, ich hätte Mr. Monk nicht losschicken sollen, um sie zurückzubringen. Habe ich sie jetzt womöglich zum Tode verurteilt –« Ihre Stimme brach.

Hester verstärkte ihren Griff um Judiths Arm, wollte ihr damit Kraft geben. Aber sie konnte ihr nicht widersprechen und keine Worte des Trostes finden.

»Nein«, log Rathbone. Er hörte die Überzeugung in seiner Stimme und empfand die Angst, das Gegenteil bewiesen zu bekommen, wie einen Stich ins Herz. Doch er war an das Risiko gewöhnt, an Regelverstöße und daran, Vertrauen in das Schicksal zu haben, weil es alles war, was er im Moment hatte. »Nein, Mrs. Alberton. Ich glaube nicht, dass Merrit sich mehr als jugendlicher Torheit schuldig machte. Es tut mir sehr Leid, dass ich vielleicht gezwungen sein werde, zu demonstrieren, dass der Mann, den sie liebt, ihrer in keinster Weise würdig ist. Sie wird dies als sehr hart empfinden. Wenig im Leben ist bitterer als das Zerplatzen der Illusionen. Sollte es so weit kommen, bedarf sie Ihres Trostes. Dann müssen Sie stark sein. Es wird nicht mehr lange dauern bis zu dem Zeitpunkt.«

Judiths Gesichtsausdruck konnte er nicht sehen, aber ihre Gefühle, ihr Versuch, sich zu beherrschen, und ihre Angst klangen aus ihrer Stimme.

»Natürlich. Ich danke Ihnen, Sir Oliver.« Es war ihm schmerzlich bewusst, dass sie eigentlich noch etwas sagen und ihn um etwas bitten wollte, was er ihr nicht zu geben vermochte. Sie zögerte noch einen Moment, dann wandte sie sich langsam ab. Nachdem sie einen oder zwei Schritte gemacht hatte, stand sie Philo Trace gegenüber. Sie musste seinen Gesichtsausdruck gesehen haben, seine bemerkenswerten Augen. Vielleicht war sie in dieser Situation die Glücklichere, da sie sich hinter ihrem Schleier verbergen konnte und niemand wissen lassen musste, dass sie seine Gefühle erkannt hatte.

Der Augenblick war verstrichen, und mit Hester an ihrer Seite ging sie weiter. Rathbone machte sich auf den Weg, um irgendwo ein Mittagessen einzunehmen, obwohl er eigentlich wenig Appetit hatte.

Am späteren Nachmittag wurde die Verhandlung mit Lanyons Aussage fortgesetzt, der für die Polizei aussagte. In der umständlichen Ausdrucksweise der Beamten bestätigte er alles, was Casbolt gesagt hatte, und nachdem Deverill darauf bestand, bestätigte er zudem, dass Casbolt tatsächlich mit Freunden diniert und sich in ihrer Gesellschaft befunden hatte, bis zu einem späteren Zeitpunkt als dem, den man als Todeszeitpunkt von Alberton und den Wachen annahm.

Das war eigentlich überflüssig, Rathbone hatte Casbolt nie als möglichen Verdächtigen in Erwägung gezogen und glaubte auch nicht, dass dies jemand anderes getan hatte.

Deverill dankte Lanyon überschwänglich, als ob er eine wichtige Aussage gemacht hätte.

Rathbone freute sich, als er sah, dass mehrere Geschworene ratlos wirkten.

»Fanden Sie am Tatort irgendetwas Bemerkenswertes, das auf die Identität einer der anwesenden Personen gedeutet hätte, außer der der Opfer natürlich?«, fragte Deverill.

»Ja«, erwiderte Lanyon unglücklich. »Eine goldene Herrenuhr.«

»Wo fanden Sie diese?«

Die Geschworenen zeigten wenig Interesse. Diesen Umstand kannten sie bereits, und ihr Abscheu war offensichtlich. Einige von ihnen sahen zu Breeland hoch. Der ignorierte sie, als ob er sich ihrer Gegenwart nicht bewusst wäre. Rathbone hatte schon unschuldige Menschen mit derselben krassen Gleichgültigkeit erlebt, die sie in der Sicherheit gezeigt hatten, das Verbrechen, von dem gesprochen wurde, habe nichts mit ihnen zu tun. Aber er hatte auch schon Schuldige erlebt, die keinerlei Einsicht gezeigt hatten, dass das, was sie getan hatten, abstoßend war. Sie spürten keinen Schmerz außer ihrem eigenen.

Merrit reagierte vollkommen anders. Sie war blass, zitterte, und es kostete sie ganz offensichtlich Mühe, wenigstens den Anschein von Haltung zu bewahren. Casbolts Bericht vom Auffinden der Leichen hatte sie fast gelähmt. Lanyons weniger emotionaler Bericht von den im Wesentlichen gleichen Fakten war noch schlimmer für sie gewesen. Seine kontrollierte Stimme machte die Beschreibung nur noch realer. Doch auf seine Art war auch er schockiert. Es zeigte sich an der Schärfe seiner Worte, an der Art, wie er seine Augen niederschlug und weder zu Judith blickte, die wieder in der ersten Reihe saß, noch zu Merrit.

Deverill befragte Lanyon genauestens nach den Umständen des Auffindens der Uhr und wollte auch von ihm hören, welcher Name auf der Rückseite eingraviert war. Sodann fuhr er fort, Lanyon berichten zu lassen, dass er den Weg der Lastkarren vom Lagerhaushof zum Hayes Dock verfolgt hatte und von dort mit einem Prahm flussabwärts.

Um vier Uhr vertagte der Richter die Verhandlung auf den nächsten Tag.

Am folgenden Morgen begann Deverill genau dort, wo er die Befragung tags zuvor abgebrochen hatte. Er brauchte den ganzen Vormittag, um Lanyon Detail für Detail zu befragen, bis dieser zugeben musste, die Spur bei Bugsby's Marshes verloren zu haben. Äußerst großzügig bot Deverill an, jeden Kahnführer, Hafenarbeiter und Fährmann in den Zeugenstand zu rufen, der Lanyon die entsprechenden Beweise geliefert hatte.

Missmutig fragte der Richter Rathbone, ob er darauf bestehen würde, woraufhin dieser zur großen Erleichterung des Gerichtes verkündete, dass er verzichte. Er begnügte sich damit, zuzugestehen, dass alles, was Lanyon gesagt hatte, der Wahrheit entspräche.

Deverill wirkte gleichermaßen irritiert und erfreut, als ob sein Gegner unerwartet aufgegeben hätte.

»Sind Sie bei guter Gesundheit, Sir Oliver?«, fragte er mit übertriebener Besorgnis.

Auf den Besucherbänken wurde schwaches Gemurmel laut, das jedoch augenblicklich durch einen strafenden Blick des Richters zum Verstummen gebracht wurde.

»Ich bin bei bester Gesundheit, danke«, erwiderte Rathbone. »Ich fühle mich wohl genug, um eine Flussfahrt bis zu Bugsby's Marshes zu machen, wenn ich Lust dazu verspürte. Doch das ist nicht der Fall. Aber bitte, lassen Sie sich nicht aufhalten, wenn Sie das Gefühl haben, es würde Ihrer Sache dienlich sein.«

»Gewiss wird es der Ihren nicht dienen, Sir«, gab Deverill zurück.

»Ihr aber auch keinen Schaden einbringen.« Rathbone lächelte. »Es ist irrelevant, ein Zeitvertreib. Bitte fahren Sie fort ...«

Der Richter lächelte trocken und bat sie, fortzufahren.

»Ihr Zeuge«, lud Deverill den Gegner ein.

Rathbone erhob sich und ging ein paar Schritte vor, um sich in die Mitte der freien Fläche zu stellen. Nun schauten alle Anwesenden auf ihn. Man erwartete von ihm die Eröffnung des Kampfes. Bis jetzt hatte er nicht einen einzigen Schlag pariert und schon gar keinen selbst ausgeführt. Er wusste, dass er sofort ein Zeichen setzen musste, andernfalls würde er die Aufmerksamkeit der Juroren verlieren.

»Sergeant Lanyon, Sie haben die Spur dieser Waffen äußerst gewissenhaft verfolgt, angefangen in der Tooley Street bis in die Nähe der Hayes Docks, dann die Themse hinunter bis zu Bugsby's Marshes. Der Prahm führte eine schwere Ladung mit sich, und wir nahmen an, dass es sich um die Waffen aus Mr. Albertons Warenlager handelte. Ist Ihnen etwas über die Identität der Männer bekannt, die von den verschiedenen Zeugen gesehen worden waren, mit denen Sie gesprochen hatten? Ich meine, ob Sie die Identität wirklich feststellen konnten, nicht, ob Sie diese von einer gefundenen Uhr ableiten oder dem Bestreben, Waffen für eine bestimmte Sache zu erwerben.«

»Nein, Sir. Ich weiß lediglich, dass sie wussten, wo die Waffen gelagert waren, und diese mit einer Dringlichkeit in ihren Besitz bringen wollten, um dafür drei Morde zu begehen«, antwortete Lanyon, wobei in seinem sanftmütigen schmalen Gesicht kaum eine Gefühlsregung aufflackerte.

»Aha«, nickte Rathbone. »Aber wer waren die Männer?«

Lanyons Kiefermuskeln verspannten sich. »Ich weiß es nicht. Aber irgendwer hatte diese Uhr erst kürzlich fallen lassen. Golduhren liegen für gewöhnlich nicht lange in Lagerhaushöfen herum, bevor jemand sie entdeckt.«

»Nicht bei Tageslicht, jedenfalls.« Rathbone lächelte leicht. »Ich danke Ihnen, Sergeant Lanyon. Sie scheinen Ihre Pflicht vorbildlichst erfüllt zu haben. Ich habe keine weiteren Fragen an Sie ... außer vielleicht ... Fanden Sie denn heraus, was hinter Bugsby's Marshes mit den Waffen geschah? Oder was danach mit dem Lastkahn geschah?«

»Nein, Sir.«

»Verstehe. Finden Sie das nicht sonderbar?«

Deverill sprang auf.

Rathbone hielt die Hand hoch. »Ich formuliere meine Frage anders, Sergeant Lanyon. Wenn Sie auf Ihre Erfahrung als Polizeibeamter zurückblicken, halten Sie das für ein normales Vorkommnis?«

»Nein, Sir. Ich habe mich sehr bemüht, aber ich kann weder eine weitere Spur der Waffen noch des Kahns finden.«

»Ich werde Sie aufklären«, versprach Rathbone. »Wenigstens über den Verbleib der Waffen. Der Verbleib des Kahns ist mir ebenso ein Rätsel wie Ihnen. Ich danke Ihnen. Ich habe keine weiteren Fragen.«

Nach der Verhandlungspause rief Deverill am Nachmittag den ärztlichen Leichenbeschauer in den Zeugenstand, der eine genaue Beschreibung der Art und Weise gab, wie die Morde ausgeführt worden waren. Es war ein schauerlicher und bedrückender Bericht, und das Gericht lauschte ihm in fast völligem Schweigen. Anfänglich schien Deverill die Absicht zu haben, ihm jedes quälende Detail zu entlocken, dann erkannte er jedoch gerade noch rechtzeitig, dass die Geschworenen sich des Schmerzes bewusst waren, den dies der Witwe verursachen musste, was in ihnen nicht nur einen ganz natürlichen Zorn auf die Mörder, sondern auch auf ihn selbst erzeugte, weil er Judith Alberton dazu zwang, die klinisch exakte Beschreibung eines Grauens zu hören, vor dem man sie bis dato verschont hatte.

Rathbone sah zu Merrit hoch. Er bemerkte die Qual in ihren Augen, ihre aschfahle Haut war so bleich, dass sie fast grünlich wirkte, und ihre Arme und ihr Körper waren schmerzhaft verspannt, während sie von lautlosem Schluchzen geschüttelt wurde. Es müsste ein wahrhaft unbarmherziger Mensch sein, der sie jetzt ansehen und nicht glauben konnte, dass sie, hätte sie all das bereits gewusst oder gar als Komplizin daran Teil gehabt, keine Reue empfand.

Er fragte sich auch, was sie wohl bezüglich Breeland denken mochte, der kerzengerade wie bei einer militärischen Übung und mit fast ausdruckslosem Gesicht neben ihr saß.

Was in Rathbones Gedanken aufflammte war die Tatsache, dass Breeland nicht einmal die Hand nach Merrit ausstreckte oder ihr ein Zeichen des Mitleids entgegenbrachte. Wenn er innerlich beunruhigt war, dann hatte er sich in einen Kokon der Einsamkeit eingesponnen, den nichts durchbrechen konnte. Was immer er für das Mädchen empfand, dem Anliegen der Union, seiner Würde und der stoischen Unschuld, die er der Welt präsentierte, widmete er jedenfalls mehr Gedanken. Wenn er überhaupt eine menschliche Schwäche hatte, dann sollte niemand sie zu sehen bekommen.

Ein Militärexperte wurde aufgerufen, der aussagte, dass diese spezielle Methode, Arme und Beine über einen Pfosten zu binden, als Maßnahme bekannt war, die von der Armee der Union praktiziert wurde und zur Züchtigung ihrer Mitglieder eingesetzt wurde, die sich irgendwelcher Straftaten schuldig gemacht hatten. Das »V« stünde entsprechend für »Verbrecher«. Die Maßnahme gipfelte nicht in der Exekution, sondern dauerte für gewöhnlich zwischen sechs bis zwölf Stunden, wonach der Betroffene kaum mehr fähig war, sich auf den Beinen zu halten. Zu den Schüssen konnte er keine Aussage machen, doch sein Zorn, dass eine akzeptierte Form der Disziplinierung derartig missbraucht wurde, war unübersehbar. Dies hielt er für eine Beleidigung des Mannes, der sie ersonnen hatte.

Ob das Gericht mit ihm einer Meinung war, war unmöglich zu beurteilen, es war jedenfalls von der Grausamkeit der Strafe überwältigt, und in England befand man sich schließlich nicht im Kriegszustand. Die Bedürfnisse der Armee der Union, überhaupt jeder Armee, waren hier unbekannt. Doch die Tatsache, dass diese Strafmaßnahme spezifisch für die Armee war, in der Breeland kämpfte, war ein zusätzlicher Anklagepunkt. Der Hass auf ihn füllte die Luft wie ein heißer beißender Geruch.

Rathbones Gedanken rasten, wie er diesen emotionsgeladenen Bericht entkräften konnte. Bloße Fakten würden in den Gefühlswallungen ertrinken.

Die letzte Zeugin des Tages war Dorothea Parfitt, die siebzehnjährige Freundin, der Merrit die Uhr gezeigt hatte und vor der sie mit ihrer Liebesgeschichte ein wenig geprahlt hatte. Dorothea ging über die freie Fläche und stolperte leicht, als sie die Stufen zum Zeugenstand emporstieg. Sie hatte sich bereits an der Brüstung festgehalten, sodass es kaum auffiel, aber sie stieß ein leichtes Keuchen aus und richtete sich dann errötend wieder auf.

Deverill ging außerordentlich sacht mit ihr um und tat alles, um ihr das Wissen zu erleichtern, dass sie mit ihren Worten ihre Freundin verurteilen, ja vielleicht sogar an den Galgen bringen konnte. Welche Motive sie gehabt hatte, dies der Polizei überhaupt mitzuteilen, konnte niemand ahnen. Vielleicht war es Neid gewesen, dass Merrit die Liebe eines höchst romantischen Mannes gewonnen hatte, der älter, tapferer, geheimnisvoller und weit aufregender war als die jungen Männer, die sie selbst kannte. Die schrecklichen Konsequenzen ihrer Aussage bei der Polizei hatte sie nicht vorhersehen können. Sicher hatte sie sich auch nicht vorgestellt, nun hier stehen und ihre Worte wiederholen zu müssen, denn jetzt konnte sie diese nicht mehr zurücknehmen. Stattdessen gab sie Deverill die Macht in die Hand, den Strick um Merrits Nacken zu legen.

Sie sah Deverill an wie ein Kaninchen die Schlange. Nicht ein Mal ließ sie ihre Blicke zu Merrit auf der Anklagebank hinüberschweifen.

Die Uhr wurde ihr hinaufgereicht, aber sie weigerte sich, sie zu berühren.

»Haben Sie diese Uhr schon einmal gesehen, Miss Parfitt?«, fragte Deverill sanft.

Zunächst war ihre Kehle wie zugeschnürt und ihre Lippen waren so trocken, dass sie keinen Ton hervorbrachte.

Deverill wartete.

»Ja«, hauchte sie schließlich.

»Können Sie uns erzählen, wo und unter welchen Umständen das war?«

Sie schluckte krampfhaft.

»Wir wissen alle, dass Sie sich sehnlichst wünschen, nicht aussagen zu müssen«, sagte Deverill mit einem charmanten Lächeln. »Aber die Wahrheit muss uns mehr wert sein als das Bestreben, einer Freundin Schwierigkeiten zu ersparen. Erzählen Sie mir einfach, was geschah, was Sie sahen und hörten. Sie sind nicht für die Handlungen anderer verantwortlich, nur ein ungerechter, schuldiger Mensch würde dies behaupten. Wo sahen Sie diese Uhr, Miss Parfitt, und in wessen Besitz befand sie sich?«

»In Merrits«, antwortete sie mit einer Stimme, die kaum lauter war als ein Flüstern.

»Hat sie Ihnen die Uhr gezeigt?«

»Ja.«

»Weshalb? Sagte sie das?«

Dorothea nickte. Deverills Augen ließen sie nicht einen Moment los, so als würde er sie hypnotisieren.

»Lyman Breeland hatte sie ihr als Zeichen seiner Liebe geschenkt.« In ihren Augen glitzerten Tränen. »Sie dachte wirklich, er würde sie lieben. Sie hatte keine Ahnung, dass er ein grausamer Mensch ist ... ehrlich! Sie muss es herausgefunden haben und ihm die Uhr zurückgegeben haben, weil sie niemals gewollt hätte, dass ihr Vater ermordet werden würde ... niemals! Ich weiß, dass sie mit ihm stritt, weil sie der Meinung war, er täte fürchterliches Unrecht, indem er die Gewehre an den Mann aus dem Süden verkaufte, weil im Süden Sklaven gehalten werden. Aber man bringt doch wegen solcher Meinungsverschiedenheiten keinen Menschen um!«

»Ich fürchte, in Amerika doch, Miss Parfitt«, sagte Deverill mit vorgetäuschtem Bedauern. »Das ist ein Thema, wegen dem sich einige Leute dermaßen echauffieren können, dass ihr Verhalten die Grenzen der allgemein gültigen Gesetze und der gesellschaftlichen Konventionen überschreitet. Gerade jetzt, da wir hier in diesem friedlichen Gerichtssaal stehen und über die Sachlage diskutieren, beginnt einer der tragischsten Kriege überhaupt. Keiner von uns weiß, wie er enden wird. Wir wollen Gott bitten, dass wir ihn mit all unseren Vorurteilen und Begierden nicht noch schlimmer machen.«

Dies war eine Erklärung, der Rathbone zustimmte, und doch empfand er den Umstand, sie von Deverill in Worte gefasst zu hören, als sehr irritierend. Dorothea hatte keine Ahnung, was er mit der Erklärung bezwecken wollte. Mit blankem Unverständnis in den Augen starrte sie ihn an.

»Mr. Deverill«, mahnte der Richter und beugte sich über seinen Tisch. »Wollen Sie die Zeugin etwa dafür tadeln, bezüglich des Ausgangs der gegenwärtigen Tragödie über dem Atlantik über keinerlei Wissen zu verfügen?«

»Nein, Euer Ehren, gewiss nicht. Ich versuche lediglich, zu erklären, dass es Menschen gibt, die der Frage der Sklaverei mit einer derartigen Leidenschaft begegnen, dass sie Menschen töten, die nicht ihrer Meinung sind.«

»Das ist unnötig, Mr. Deverill. Dieser Tatsache sind wir uns durchaus bewusst«, erwiderte der Richter trocken. »Haben Sie noch weitere Fragen an Miss Parfitt?«

»Nein, Euer Ehren, ich danke.« Deverill wandte sich zu Rathbone um. Der Vorgeschmack des Sieges stand ihm ins Gesicht geschrieben, drückte sich in seiner Körperhaltung, den gestrafften Schultern und dem durchgedrückten Rücken aus. »Sir Oliver?«

Rathbone erhob sich. Die Uhr war das stärkste Beweisstück gegen Merrit, die einzige Sache, die er nicht entkräften konnte. Dies wusste auch Deverill. Wichtiger war jedoch, was die Geschworenen sahen.

»Miss Parfitt«, sagte er und begegnete ihr mit ebenso viel Freundlichkeit und Behutsamkeit wie Deverill. »Selbstverständlich haben Sie keine andere Wahl, als uns mitzuteilen, dass Merrit Alberton Ihnen die Uhr zeigte, die Breeland ihr geschenkt hatte, als Zeichen der Gefühle, die er ihr entgegenbrachte. Zunächst sagten Sie es, ohne zu ahnen, welche Folgen dies haben würde, und nun können Sie es nicht mehr zurücknehmen. Wir alle verstehen das. Aber Mr. Deverill vergaß, Sie zu fragen, wann Merrit Ihnen die Uhr zeigte. War es am Tag von Mr. Albertons Tod?«

Plötzlich wirkte sie erleichtert, als ob sie eine Fluchtmöglichkeit entdeckt hätte. »Nein! Nein, das war einige Tage vorher. Mindestens zwei, vielleicht sogar drei Tage. Ich erinnere mich nicht genau. Könnte ich mein Tagebuch holen?«

»Ich glaube nicht, dass das nötig sein wird«, winkte er ab. »Nicht meinetwegen. Könnte sie ihm die Uhr aus irgendeinem Grund zurückgegeben haben? Ein Streit, vielleicht? Oder um den Verschluss ändern zu lassen, eine Kette anbringen oder um etwas Zusätzliches eingravieren zu lassen?«

»Ja!«, rief sie eifrig und riss die Augen auf. Dann schien sie einen Moment lang zu zögern.

»Ich danke Ihnen«, sagte er eilig, in der Befürchtung, sie würde seinen Vorschlag ausschmücken und sich in Mutmaßungen ergehen. »Das ist alles, was wir wissen müssen, Miss Parfitt. Bitte streben Sie nicht danach, zu helfen. Nur was Sie wirklich wissen, ist ein Beweis, nicht was Sie wünschen oder glauben mögen.«

»Ja …«, sagte sie verlegen. »Ich … ich verstehe.«

Der Richter sah Deverill an.

Mit leichtem Lächeln schüttelte Deverill den Kopf. Er wusste, er musste nichts mehr aus der Aussage herausholen.

Das Gericht vertagte sich bis zum nächsten Tag, und Rathbone machte sich umgehend auf den Weg zu Merrit. Er fand sie allein in der Zelle, die für derlei Treffen genutzt wurde. Die Aufseherin wurde vor der Tür postiert. Sie war eine schwere Frau mit streng zurückgekämmtem Haar und rosarotem Gesicht. Sie schüttelte den Kopf, als Rathbone an ihr vorüberging und der Schlüssel im Schloss rasselte.

»Es läuft nicht so gut, nicht wahr?«, sagte Merrit, sobald sie allein waren. »Die Geschworenen glauben, Lyman hätte es getan. Ich kann es in ihren Gesichtern lesen.«

Dachte sie instinktiv zuerst an Breeland, oder hatte sie noch nicht verstanden, dass sie desselben Vergehens angeklagt war wie er? Niemand glaubte, sie hätte die Schüsse abgefeuert, aber bei solch einem Verbrechen würde ein Komplize ebenso zur Verantwortung gezogen und mit derselben Strafe bestraft werden. Rathbone konnte es sich nicht leisten, sachte mit ihr umzugehen. Sie musste der Realität ins Auge sehen, bevor es selbst für einen Versuch, sie zu retten, zu spät sein würde.

»Ja, das glauben sie«, stimmte er ohne Umschweife zu. Er bemerkte die Qual in ihren Augen und sah den Anflug der Hoffnung ersterben, dass sie Unrecht gehabt haben könnte. »Es tut mir Leid, aber es ist nicht zu leugnen, und ich würde Ihrer Sache nicht dienen, wenn ich das Gegenteil behauptete.«

Sie biss sich auf die Unterlippe. »Ich weiß.« Ihre Stimme klang rau. »Sie täuschen sich so sehr in ihm. Niemals würde er etwas so Bösartiges tun … aber selbst wenn sie das nicht verstehen können, dann kann man ihnen doch sicher klarmachen, dass er keinen Grund für den Mord gehabt hatte? Er erhielt eine Nachricht, dass mein Vater seine Meinung geändert hatte und ihm die Gewehre doch verkaufen wollte. Er hatte offenbar eine Möglichkeit gefunden, das Versprechen, das er Mr. Trace gegeben hatte, zu lösen, so dass er nun frei war, die Waffen demjenigen anzubieten, der einer ehrbareren Sache dient. Sie waren doch am Bahnhof Euston Square. Es wurde sogar ein Sonderzug für ihren Transport eingesetzt.«

»Ich denke, ich kann beweisen, dass er die Schüsse nicht persönlich abgefeuert haben konnte«, nickte Rathbone und erlaubte sich, seiner Stimme eine Spur von Hoffnung zu verleihen. Doch er durfte sie nicht irreführen, nicht einmal durch eine stillschweigende Folgerung. »Was ich nicht beweisen kann, ist, dass derjenige, der es tat, nicht von Mr. Breeland bezahlt wurde. Und das wäre ein ebenso schlimmes Verbrechen. Da Sie mit ihm und den Waffen England verließen, sind Sie die Komplizin in einem Mordfall und einem Raub. …« Er hielt die Hand hoch, als sie protestieren wollte. »Ich kann allerdings als gutes Argument anführen, dass Sie sich der Geschehnisse nicht bewusst gewesen waren und daher unschuldig sind –«

»Aber Lyman ist auch unschuldig!«, fiel sie ein und beugte sich aufgeregt vor. »Er hatte doch keine Ahnung, dass jemand getötet hatte, um an die Gewehre zu kommen!«

»Woher wissen Sie das?«, fragte Rathbone sanft. Er wollte nicht herausfordernd klingen, sie fochten keinen Streit aus.

»Ich …«, begann sie zu antworten. Dann zwinkerte sie, und ihr Gesicht verzerrte sich vor Entsetzen. »Sie meinen, wie ich Ihnen das beweisen kann? Sicherlich …« Wieder hielt sie inne.

»Ja, das müssen Sie«, beantwortete er ihre unausgesprochene Frage. »Laut Gesetz ist man unschuldig, außer man wird, über jeden vernünftigen Zweifel erhaben, einer Schuld überführt. Bedenken Sie das Wort *vernünftig*. Glauben Sie denn, nachdem Sie der Beweisführung bis jetzt zugehört haben, dass der Mann in der Geschworenenbank dieselbe Auffassung von der Wahrheit hat wie Sie? Mit unseren Emotionen verlieren wir leider auch unsere Vernunft. Denken Sie an Kriege, Ungerechtigkeit, Sklaverei, die Liebe zu Ihrer Familie, Ihrem Land oder Ihrer Art zu leben. Glauben Sie denn, irgendjemand von uns lässt sich dabei lediglich von der Vernunft leiten?«

Kaum merklich schüttelte sie den Kopf. »Nein«, flüsterte sie. »Ich denke nicht.« Sie atmete tief ein. »Aber ich kenne Lyman! Er würde sich zu keiner Unehrenhaftigkeit herablassen. Ehre und aufrichtiges Handeln ist ihm wichtiger als alles andere. Das ist zum Teil der Grund, warum ich ihn so sehr liebe. Können Sie nichts unternehmen, damit die Geschworenen das begreifen?«

»Und Sie sind absolut sicher, dass aufrichtiges Handeln in seinen Augen nicht einschließt, drei Männer zu opfern, um für die Union Waffen zu beschaffen?«, fragte er.

Sie war jetzt sehr blass. »Aber doch nicht durch Mord!« Ihre Stimme bebte, und ihre Augen füllten sich mit Tränen. »Ich weiß, dass er in jener Nacht nicht auf dem Hof des Lagerhauses war, Sir Oliver, weil ich während der ganzen Zeit bei ihm war und ebenso wenig dort war. Das schwöre ich!«

Er glaubte ihr. »Aber wie kam die Uhr dorthin? Wie erkläre ich das der Jury?«

Angst kroch in ihr hoch. Er täuschte sich nicht.

»Ich weiß es nicht! Ich verstehe es doch auch nicht. Ich kann es nicht erklären.«

»Wann sahen Sie die Uhr zum letzten Mal?«

»Ich habe versucht, darüber nachzudenken, aber in meinen Gedanken herrscht ein solches Durcheinander. Je mehr ich es versuche, desto weniger klar sehe ich. Ich erinnere mich, sie Mrs. Monk gezeigt zu haben, und ich hatte sie auch am Tag danach noch, das war, als Dorothea sie bewunderte und ich ihr davon erzählte.« Sie errötete leicht, es war kaum mehr als der Anflug von Farbe in ihrem blassen Gesicht. »Danach … ich bin mir nicht sicher. Die Tage verwischen sich in meiner Erinnerung. Es ist so viel passiert, und ich war so wütend auf meinen Vater …« Die Tränen quollen aus ihren Augen, und sie kämpfte um ihre Selbstbeherrschung.

Rathbone unterbrach sie nicht und versuchte auch nicht, ihr Worte anzubieten, von denen sie beide wussten, dass er sie nicht ehrlich meinen konnte.

»Könnten Sie sie verloren haben oder in einem Kleidungsstück vergessen haben, das Sie gerade nicht trugen?«, fragte er schließlich.

»Ich vermute, so muss es gewesen sein.« Hastig griff sie nach dieser Erklärung. »Lyman hätte sie niemals in den Hof geworfen. Und wer sonst könnte es gewesen sein?«

»Ich weiß es nicht«, gab er zu. »Aber ich werde Monk auf diese Frage ansetzen. Wäre es nicht möglich, dass Ihr Vater die Uhr mit sich nahm?«

»O ja! Das könnte sein, nicht wahr?« Endlich hörte sich ihre Stimme etwas hoffnungsvoller an. »Sir Oliver, wer hat ihn umgebracht? War es Mr. Shearer? Das wäre sehr betrüblich. Ich weiß, mein Vater vertraute ihm. Sie hatten jahrelang zusammengearbeitet. Ich traf ihn allerdings nur ein Mal. Er wirkte ziemlich grimmig … ich weiß nicht recht … irgendwie aufgebracht. Zumindest kam er mir so vor.« Sie forschte in seinem Gesicht, um zu sehen, ob er verstand, was sie so schwer in Worte fassen konnte. »Ging es um Geld?«

»Es sieht so aus.«

»Wie hatte sich mein Vater nur so in ihm täuschen können?«

»Ich weiß es nicht. Vielleicht, weil wir dazu neigen, andere nach unseren eigenen Maßstäben zu beurteilen.«

Sie gab keine Antwort. Nach wenigen Minuten verabschiedete er sich mit dem Versuch, sie zu ermutigen.

Er war nicht sonderlich erpicht darauf, Breeland zu sehen, aber es war eine Pflicht, der er sich nicht entziehen konnte. Er fand ihn in dem ihm zugewiesenen Raum, neben einem Stuhl und einem kleinen Tisch stehend. Sein Gesicht war bewegungslos und seine Schultern so straff, dass sie den Stoff seines Fracks spannten. Er sah Rathbone anklagend an, und Rathbone konnte es ihm nicht verdenken. Er mochte den Mann nicht, und das wusste Breeland, ebenso wie die Tatsache, dass Rathbones größte Sorge Merrit Alberton galt. Schließlich war es Judith, die ihn bezahlte. Unvermittelt verspürte er ein heftiges Mitleid mit Breeland, der sich Tausende von Meilen von seiner Heimat entfernt inmitten von Fremden befand, die ihn wegen einer Vorstellung hassten, die sie sich von ihm gemacht hatten. Hätte Rathbone sich in einer vergleichbaren Situation befunden, vielleicht hätte er mit derselben eisigen Würde reagiert. Es war der letzte Schutzschild, der

Breeland geblieben war, so zu tun, als wäre ihm alles gleichgültig, denn warum sollte er seine Verletzlichkeit zur Schau stellen.

Könnte Shearer Alberton ohne Breelands Wissen und Mittäterschaft umgebracht haben? Oder sollte Breeland, dessen ganze Ergebenheit seinem Volk galt, die Waffen angenommen haben, die ihm zufällig angeboten worden waren – weil er vermutete, sie wären durch Betrug in die Hände Shearers geraten, der sie ihm angeboten hatte? Für Breeland herrschte Krieg, und er hätte es nicht als Handel betrachtet. Für ihn bedeuteten sie nicht Profit, sondern das Überleben seiner Ideale.

Breeland starrte ihn an. »Ich nehme an, zu einem gewissen Zeitpunkt in dieser Farce werden Sie versuchen, wenigstens Miss Alberton zu verteidigen, wenn schon nicht mich«, sagte er kühl. »Obwohl ich sie daran erinnern möchte, dass sie aus freien Stücken mit mir nach Amerika kam, was Monk bezeugen wird.«

»Ich mache mir mehr Gedanken darüber, was er mir über die genauen Zeitpunkte der Ereignisse in der Mordnacht und über Ihren Zug nach Liverpool berichten wird«, gab Rathbone mit gleichmütiger Stimme zurück. »Ich halte es für weit einfacher, die Geschworenen davon zu überzeugen, dass Shearer die Morde und den Raub der Waffen plante und ausführte, in der Absicht, diese an Sie zu verkaufen.«

»Was hätte das für einen Sinn?«, fragte Breeland verbittert. »Ich bin Ausländer. Sie verstehen mein Anliegen nicht und haben auch keinerlei Sympathie dafür. Sie wissen nicht, wofür Amerika steht. Sie haben unseren Traum nicht begriffen. Dagegen kann ich nichts tun. Aber sicherlich verstehen Sie doch wenigstens, was Gerechtigkeit bedeutet?« Er klang herausfordernd, aber keineswegs beleidigend.

Rathbone erinnerte sich der Isolation des Mannes und wie viel er bereits für ein Anliegen geopfert hatte, das sowohl edelmütig als auch selbstlos war. Hätte er selbst sich besser oder klüger verhalten? Hätte eine solche Bedrohung, solcher Mangel an Verständnis und Respekt um ihn herum ihn nicht auch dazu gebracht, wild um sich zu schlagen?

»Geschworene sind Menschen, Mr. Breeland, und wie wir alle

unterliegen sie emotionalen Regungen«, sagte er so freundlich er konnte und verbot sich jegliche Schärfe. »Sie werden sich nicht an alles erinnern, was ihnen gesagt wird. Tatsächlich werden sie nicht einmal alles hören oder es so auffassen, wie wir das gerne hätten. Menschen hören oft nur das, was sie hören wollen. Bemühen Sie sich doch, dass Sie Respekt für sie empfinden, Ihnen ein wenig Zuneigung entgegenbringen, dann werden sie auch Ihre besten Seiten sehen und sich daran erinnern, wenn es zur Urteilsfindung kommt. Dies ist keine Eigenart englischer Geschworener, es ist Teil der Natur aller Menschen, und wir haben uns für ein Geschworenengericht entschieden, weil es aus ganz normalen Menschen besteht. Sie urteilen mit dem Instinkt und dem gesunden Menschenverstand und aufgrund von Beweisen, die wir ihnen liefern. Auch Ihr Rechtssystem basiert auf diesen Prinzipien.«

»Ja, ich weiß.« Breeland hatte die Lippen zusammengepresst. Rathbone spürte, dass sich sowohl Angst als auch Zorn und Idealismus hinter der Maske seines Gesichtes verbargen. »Ich kann Menschen nicht dazu bringen, mich zu mögen. Und ich werde nicht zu Kreuze kriechen. Mein Anliegen spricht deutlich genug für mich. Ich würde die Sklavenhaltung auf der ganzen Welt abschaffen.« Jetzt klang Leidenschaft aus seiner Stimme, und seine Augen strahlten. »Ich würde jedem Menschen die Chance geben, sein eigener Herr zu sein und ohne Angst entscheiden zu können, was er sagt und denkt.«

»Hört sich wunderbar an«, erwiderte Rathbone trübselig, aber vollkommen aufrichtig. »Ich bin nicht sicher, ob das möglich ist. Freiheit bedeutet auch immer, eine Sache gegen eine andere abzuwägen, Gewinn gegen Verlust. Aber das ist hier nicht die Frage. Sie können kämpfen, wofür Sie wollen, wenn Sie erst einmal die Freiheit haben, die Anklagebank zu verlassen. Das wollen wir erreichen, und dafür werden Sie ein bisschen mehr Menschlichkeit zeigen müssen. Glauben Sie mir, Mr. Breeland, ich bin sehr gut in meinem Beruf ... mindestens so gut wie Sie in Ihrem. Nehmen Sie meinen Ratschlag an.«

Breeland sah ihn an, seine Augen waren gleichmütig und starr, aber tief in ihnen brannte hell und heiß die Furcht.

»Glauben Sie … glauben Sie, Sie können meine Unschuld beweisen?«, fragte er leise.

»Ich glaube, ja. Und Sie bemühen sich jetzt, die Geschworenen so weit zu bringen, dass sie sich darüber freuen, wenn ich es tue!«

Breeland erwiderte nichts, aber ein Teil des Eises schmolz dahin.

Am Morgen wurde Monk in den Zeugenstand gerufen, um Casbolts Aussage über ihren Besuch in Breelands Wohnung und ihre schreckliche Entdeckung auf dem Hof des Lagerhauses in der Tooley Street zu bestätigen.

Deverill behandelte ihn höflich, konnte ihn aber kaum dazu bewegen, mehr als »Ja« oder »Nein« zu sagen. Er war sich bewusst, und das gehörte schließlich zu seinen beruflichen Fertigkeiten, dass Monk für Rathbone arbeitete und sein Interesse der Verteidigung galt. Deverill hatte nicht die Absicht, Monk zu gestatten, den Fall unklarer zu machen oder neue Fragen aufzuwerfen.

Monk wünschte, es gäbe Fragen, die er aufwerfen könnte. Bis jetzt konnte er sich nichts vorstellen, was er hätte hinzufügen können, selbst wenn Deverill es ihm gestattet hätte.

Er bestätigte alles, was Lanyon ihnen bereits über die Verfolgung des Lastkahns bis Greenwich und darüber hinaus bis Bugsby's Marshes berichtet hatte.

»Dann erzählen Sie mir doch jetzt, Mr. Monk, als Sie Mrs. Alberton Ihre Entdeckungen mitteilten, bat sie Sie denn, weitere Ermittlungen für sie anzustellen?« Deverill stellte die Frage mit hochgezogenen Augenbrauen, und aus jeder Faser seines Körpers sprach brennendes Interesse.

Es ärgerte Monk, Deverills Scharade mitspielen zu müssen, aber er hatte keine Wahl. Deverill formulierte seine Fragen viel zu klug, um ihm Spielraum zu lassen, etwas zu sagen, ohne zu lügen und dann ertappt zu werden.

»Sie bat mich, nach Amerika zu reisen und ihre Tochter zurückzubringen«, erwiderte er.

»Sie allein?« Deverill klang ungläubig. »Eine übermenschliche

Aufgabe, und noch dazu eine, die nicht dazu angetan war, Miss Albertons Ruf oder Ehre zu verbessern.«

»Nicht allein«, sagte Monk patzig. »Sie schlug vor, ich sollte meine Gattin mitnehmen. Und überdies verlieh auch Mr. Trace seinem Wunsch Ausdruck, uns begleiten zu wollen, was ich gerne akzeptierte, da er das Land kennt und ich nicht.«

»Höchst praktisch, wenigstens soweit wir es bis jetzt beurteilen können«, verwarf Deverill die Aussage mit schwachem Lob. »Mrs. Alberton konnte die jetzige Situation wohl kaum vorhergesehen haben.«

Er drehte sich auf dem Absatz um, sodass sein Gehrock flog. »Vielleicht tat sie es aber doch. Vielleicht liebte sie ihren Mann und suchte Vergeltung für seinen Mörder. Selbst zu diesem hohen Preis!«

Rathbone erhob sich.

»Nicht sehr logisch«, kritisierte Monk ihn mit unterkühltem Lächeln. »Wenn ihr einziger Wunsch Gerechtigkeit gewesen wäre, hätte sie jemanden nach Amerika geschickt, der Breeland tötet – und auch Miss Alberton, gesetzt den Fall, sie hielte sie für schuldig.« Er ignorierte die Laute des Erschreckens im Saal. »Das wäre viel einfacher und zudem billiger gewesen. Dazu wäre nur ein Mann nötig gewesen, und sie hätte die Ausgaben für Breelands und Miss Albertons Schiffspassage zurück nach England gespart und ihnen keinerlei Chance für eine Flucht gelassen.«

»Das ist eine widerwärtige Unterstellung, Sir!«, sagte Deverill mit gut gemimtem Entsetzen. »Geradezu barbarisch!«

»Nicht widerwärtiger als die Ihre«, gab Monk ungerührt zurück. »Und nicht weniger töricht.«

Auf den Besucherbänken wurde schwaches Gelächter laut, es war eher Ausdruck der nachlassenden Spannung als der Belustigung.

Der Richter versuchte, sein Lächeln zu verbergen.

Deverill ärgerte sich, aber als er seine nächste Frage formulierte, wählte er seine Worte mit weit größerer Bedachtsamkeit.

»Kam Breeland aus freien Stücken mit Ihnen zurück?«

»Ich ließ ihm keine Wahl«, erwiderte Monk leicht überrascht.

»Aber es war tatsächlich so, dass er seinem Willen Ausdruck verlieh, sich der Anklage zu stellen. Er sagte, er –«

»Ich danke Ihnen!« Deverill schnitt ihm das Wort ab und hielt die geöffneten Handflächen nach oben, um Schweigen zu gebieten. »Das genügt. Was immer Breeland zu sagen wünscht, er wird zu gegebener Zeit zweifellos Gelegenheit erhalten, dies zu tun. Jetzt –«

»Und Sie werden ihm natürlich glauben«, unterbrach ihn Monk sarkastisch.

Rathbone lächelte.

»Was ich glaube, ist hier nicht relevant«, schnappte Deverill. »Wichtig ist, was die Geschworenen glauben, Mr. Monk. Aber da wir gerade darüber sprechen, was wir glauben – glaubten Sie denn Breeland, als er seinen Willen zum Ausdruck brachte, seine Unschuld beweisen zu wollen, oder hielten Sie es für angeraten, ihn unter gewissen Zwängen zurückzubringen?«

»Ich habe gelernt, dass das, was ich glaube, missverstanden werden könnte«, antwortete Monk. »Ich habe ihn unter Aufsicht gestellt. Doch für Miss Alberton hielt ich diese Maßnahme nicht für notwendig. Ihr gegenüber griff ich zu keinerlei Vorsichtsmaßnahmen.«

Deverills Gesicht erstarrte vor Verblüffung. Er hätte vorhersehen müssen, wie Monk seine Antwort formulieren würde.

»Ich danke Ihnen. Ich kann mir nichts weiter vorstellen, was Sie zu unseren Überlegungen noch beitragen könnten. Wenn mein geschätzter Freund Ihnen keine Fragen mehr stellen möchte, können Sie gehen.«

Rathbone erhob sich langsam, war sich bis zur letzten Minute nicht sicher, was er sagen würde. War es klug, in dieser Richtung weiterzufragen? Inwieweit konnte er vorhersehen, was Monk sagen würde? Sollte er Deverill die Möglichkeit geben, ihn noch einmal zu befragen? Alles, was Monk an Breelands Geschichte bestätigen konnte, könnte von Breeland selbst weit besser berichtet werden.

»Ich danke Ihnen«, sagte er und neigte leicht den Kopf. »Ich stimme mit Mr. Deverills Ansicht überein.«

Der Richter wirkte leicht überrascht, aber man erlaubte Monk, sich auf die Besucherbänke zurückzuziehen, wo er sich neben Hester und Judith Alberton setzte und nur einmal einen kurzen Seitenblick auf den vor sich hin brütenden Philo Trace warf.

Deverills letzter Zeuge war ein Bankangestellter, der bezeugte, dass auf Daniel Albertons Konto kein Geld mehr eingegangen war, seit Philo Trace in gutem Glauben, den Kauf tätigen zu können, die vereinbarte Summe hinterlegt hatte.

Deverill bot an, dies von Casbolt und Trace bezeugen zu lassen, aber das Gericht war bereit, dem Wort des Bankers und den Unterlagen Glauben zu schenken.

»Die Anklage stellt fest«, sagte Deverill und lächelte den Geschworenen zu, »die Waffen wurden gestohlen. Mr. Casbolt und Mr. Alberton erhielten dafür keinerlei Zahlung. Mr. Alberton wurde im Hof des Lagerhauses an der Tooley Street ermordet, die Waffen wurden gestohlen und nach Amerika transportiert, ganz offensichtlich von Lyman Breeland unter der bereitwilligen Mithilfe von Miss Merrit Alberton, deren Uhr am Schauplatz der Morde gefunden wurde. Die Verteidigung versuchte nicht einmal, einen dieser Umstände zu leugnen. Weil sie es nicht kann! Meine Herren, Mr. Breeland ist offensichtlich schuldig. Und Miss Alberton verlor durch ihre verzehrende Leidenschaft für ihn regelrecht den Boden unter den Füßen und ist nicht einmal jetzt bereit, sich davon zu distanzieren. Aber Mord ist eine Tat, der Mr. Breeland sich nicht straflos entziehen kann. Das werden wir ihm beweisen!« Mit diesen Worten wandte er sich mit einer einladenden Handbewegung an Rathbone. »Aber bitte, führen Sie uns Ihre Bemühungen vor Augen, um uns vom Gegenteil zu überzeugen, wenn das Gericht morgen wieder zusammentritt.«

11

Im Zeugenstand war Monk wütend gewesen, aber als sich das Gericht auf den folgenden Tag vertagt hatte und die Hitze des Wortwechsels verflogen war, änderten sich seine Gefühle. Hester hatte Judith Alberton begleitet. Casbolt hatte sich ihnen zunächst angeschlossen, aber vielleicht hatte ihn ein Gefühl der Schicklichkeit davon abgehalten, sie zum Hause der Albertons zu begleiten.

Ein anderer, weit hässlicherer Gedanke drängte sich Monk ungebeten auf – dass er nämlich vermutete, Alberton selbst könnte in den Verkauf der zusätzlichen fünfhundert Gewehre an die Piraten verwickelt gewesen und von ihnen betrogen worden sein. Monk hätte es nicht ertragen, Judith dies zu sagen. Er wollte nicht gezwungen sein, zu lügen, auch wusste er nicht genügend, um ihr zweifelsfrei etwas mitteilen zu können. Vielleicht hatte Alberton ja die Absicht gehabt, es ihr für immer zu verheimlichen.

Wie weit versucht man Menschen zu beschützen, die man liebt? Was ist Schutz, was ist Unterdrückung und was die Verweigerung des Rechtes, eine eigene Entscheidung zu treffen? Solchen Schutz hätte er selbst zutiefst verabscheut. Er hätte es als Erniedrigung angesehen, die ihn zu weniger als einem Gleichgestellten gemacht hätte.

Die Sonne über der Stadt wurde bereits schwächer, aber die Luft war immer noch heiß. Das schräg fallende Licht war dunstig, und der Staub wirbelte in Wolken von den Pflastersteinen hoch.

Monk hatte vom Zeugenstand aus Breeland beobachtet und sich gefragt, welche Emotionen sich unter der kalten Oberfläche verbergen mochten. Er war nie fähig gewesen, in seinem Gesicht zu lesen, außer vielleicht auf dem Schlachtfeld bei Manassas. Dort waren ihm seine Leidenschaft, seine Hingabe und seine Desillusionierung offen ins Gesicht geschrieben gewesen. Aber Breeland war ein Man, der sich total in sich selbst zurückzog. Er schien sich ständig getrieben zu fühlen, von seinem Ideal zu sprechen, Amerika von der Sklaverei zu befreien, aber welche persönlichen und menschlichen Gefühle er auch immer verspüren mochte, er war nicht fähig, diese zu zeigen. Es war fast so, als ob das ganze Feuer seiner Leidenschaften in seinem Kopf brennen würde, nicht jedoch in seinem Herzen.

War dies eine Flucht vor wirklichen Gefühlen, eine Art Gewähr, dass das Objekt seiner Liebe niemals etwas von ihm erbeten würde, das er nicht beherrschen oder lenken und vor dem er sich nicht schützen konnte?

Aber Liebe war anders. Sie erlaubte keine Wahl zwischen Geben und Nehmen. Und genau das bemerkte Monk in den Augen von Philo Trace, wenn dieser Judith Alberton ansah. Trace hegte keine Hoffnung, von ihr mehr als Freundschaft erwarten zu können, und vielleicht hätte er ihr auch dann nicht seine Hilfe entzogen, wenn sie ihm die Freundschaft verweigert hätte. Doch das war irrelevant. Ihm war keine Niederträchtigkeit im Denken, kein Eigennutz, wenigstens nicht, soweit Judith betroffen war, nachzuweisen.

Monk überquerte die Straße und setzte seinen Weg fort, passierte eine Muffinverkäuferin, die er kaum wahrnahm.

Er hatte niemals die Absicht gehabt, sich in Hester zu verlieben. Sehr früh in ihrer Bekanntschaft hatte er erkannt, dass sie die Macht hatte, ihn zu verletzen und von ihm eine Tiefe der Bindung zu verlangen, die er nicht zu geben bereit war. Während seines ganzen Lebens, wenigstens der Zeit, an die er sich erinnern konnte, hatte er einen solchen Verlust an Freiheit zu vermeiden gesucht.

Und doch hatte er sie verloren. Hester hatte es geschafft, ihm die Freiheit zu nehmen, ob er es nun wollte oder nicht.

Doch das war nicht wahr. Er hatte sich aus freien Stücken dazu entschlossen, die Fülle des Lebens zu umarmen, anstatt nur eine

Nebenrolle zu spielen und sich selbst vorzumachen, die Kontrolle zu bewahren, obwohl alles, was er tat, nur dazu diente, sich weiteren Erfahrungen zu verschließen und vor sich selbst davonzulaufen.

Er winkte den nächsten Hansom heran und nannte dem Kutscher seine Adresse in der Fitzroy Street. Er konnte seine Entscheidung nicht rückgängig machen, was immer sie auch kosten möge.

Er war bereits fast eine Stunde zu Hause, als Hester heimkehrte.

Sie sah müde und verängstigt aus. Sie zögerte, bevor sie ihre Jacke ablegte, die aus Leinen war und von dem staubigen Graublau, das sie so gern hatte. Ihre Augen forschten besorgt in den seinen.

Er wusste, was sie so sehr belastete, mehr als ihre Angst um Judith oder Merrit Alberton. Es war sein ausweichendes Verhalten während der letzten paar Tage, die Distanz, die er zwischen ihnen geschaffen hatte. Nun musste er eine Brücke bauen, mit welchem Ergebnis auch immer.

»Wie geht es ihr?« Seine Worte klangen belanglos. Genausogut hätte er irgendetwas anderes sagen können. Ausschlaggebend war jedoch, dass er ihr dabei in die Augen sah. Sie bemerkte den Unterschied. Es war fast, als hätte er sie mit der gewohnten Vertrautheit berührt.

»Sie hat Angst um Merrit«, antwortete sie. »Ich hoffe, Oliver kann eine ebenso schlagkräftige Beweisführung vorbringen wie Deverill. Und ich wünschte, Breeland würde Merrit einmal berühren. Sie sieht so verloren aus dort oben.« Wieder waren es nicht die Worte, die wichtig waren. Es war die Weichheit ihres Mundes, die Tatsache, dass sie nicht ein Mal blinzelte, als sie ihn ansah.

»Er glaubt an seine Sache«, sagte er. »Er sieht zwar das Leid einer Million Sklaven und das moralische Unrecht ihres Daseins, die Ungerechtigkeiten und Grausamkeiten – aber er wagt es nicht, einen Blick auf die Einsamkeit und die Bedürfnisse eines einzigen menschlichen Wesens zu werfen, das ihn braucht. Das ist zu … persönlich, zu intim und geht ihm zu sehr unter die Haut.«

Sie löste die Nadel, die ihren Hut befestigte, und nahm ihn ab, aber sie ließ Monk nicht aus den Augen. Sie wusste, er war noch nicht bei dem Punkt angelangt, den er eigentlich ansprechen wollte.

»Liebt er Merrit?«, fragte sie.

»Ist das von Belang?«

Sie stand bewegungslos vor ihm. Sie wusste nicht, warum, in ihren Augen lag Verblüffung, aber sie spürte, dass er aus anderen Gründen fragte, als seine bloßen Worte vermuten ließen, und dass dies eine persönliche Frage war.

»Zumindest zum Teil«, sagte sie vorsichtig. »Die Anliegen, für die er kämpft, sind auch von Belang.«

»Und Philo Trace?«, fuhr Monk fort. »Er liebt Judith. Ich nehme an, du hast das bemerkt?«

Ein Lächeln spielte um ihren Mund und erlosch wieder. »Natürlich habe ich es gesehen. Es ist so offensichtlich, dass sogar sie selbst es bemerkte. Warum?«

»Und macht es ihr etwas aus, dass er ein Südstaatler ist und für die Sklavenstaaten kämpft?«

Ihre Augen wurden groß. »Ich habe keine Ahnung. Warum fragst du? Magst du ihn? Ich jedenfalls mag ihn.«

»Aber du verabscheust doch die Sklavenhaltung …«

Tief in ihren Augen zog ein Schatten auf. Sie wusste, er hatte immer noch nicht das ausgesprochen, was ihm auf der Seele brannte, doch sie konnte sich nicht vorstellen, was es war. Würde ihre Leidenschaft erlöschen? Würden dies die letzten Sekunden sein, die sein Blick auf ihr ruhen und die unverhohlene Zärtlichkeit in ihrem Gesicht und die Aufrichtigkeit wahrnehmen würde? Würde er die Minuten ausdehnen, sie hinauszögern, damit er sie nie vergäß?

»Ja«, stimmte sie zu.

»Ich erfuhr etwas über mich selbst, als ich zum Fluss ging, um nach Shearer zu suchen.« Jetzt gab es kein Zurück mehr.

Sie verstand. Sie sah seine Furcht. Sie kannte die Finsternis bereits. Niemals hätte sie diese schreckliche, alles überflutende Furcht am Mecklenburg Square vergessen können, die ihn fast vernichtet hatte. Es war ihr Mut gewesen, der ihn zum Kampf bewogen hatte.

Nun trat sie auf ihn zu, blieb direkt vor ihm stehen, so nahe, dass er den Duft ihres Haares und ihrer Haut wahrnehmen konnte.

»Was hast du herausgefunden?«, fragte sie mit kaum wahrnehmbarem Beben der Stimme.

»In einer der Transportfirmen war ich kein Unbekannter. Der Mann erwartete, ich sei reich …« Dies zu sagen war genauso schwierig, wie er es sich vorgestellt hatte. Ihre Augen ließen keine Ausflüchte oder Beschönigungen zu. Wenn er jetzt log, würde er niemals wieder das zurückbekommen, was er verloren hatte.

»Als Polizist?« Ihr Gesicht war weiß, ihre Stimme klang gepresst. Er wusste, sie dachte an Bestechlichkeit. Sie schüttelte leicht den Kopf, als wollte sie diese Möglichkeit ausschließen.

»Nein!«, rief er hastig. »Davor noch. Als ich als Bankkaufmann arbeitete.«

Sie verstand nicht. Es war Zeit, unmissverständliche Worte zu finden, Worte, die nicht falsch aufgefasst werden konnten und vor denen man nicht fliehen konnte.

»Es sieht so aus, als habe ich mit Männern Geschäfte betrieben, die ihr Geld durch Sklavenhandel gemacht hatten … und es scheint, als hätte ich davon gewusst.« Er musste alles sagen. Jetzt würde es leichter fallen, als später noch einmal auf das Thema zurückzukommen. »Ich verhandelte im Auftrag von Arrol Dundas, meinem Mentor. Ich weiß nicht, ob ich ihm sagte, woher das Geld kam … oder nicht. Vielleicht täuschte ich ihn auch.«

Einen Moment lang schwieg sie. Die Zeit blähte sich zur Ewigkeit auf.

»Verstehe«, sagte sie schließlich. »Warst du deswegen … während der letzten paar Tage … so weit fort?«

»Ja …« Er wollte sie wissen lassen, wie sehr er sich schämte, er musste es sie wissen lassen, aber Worte waren zu banal. Keines hatte genügend Gewicht für das Ausmaß seiner Reue, nun, da er es zugelassen hatte, seine Ehre zu verlieren. Er hatte seinen eigenen Wert gemindert.

Sie lächelte, aber ihre Augen waren voller Traurigkeit. Sie streckte ihre Hand aus und berührte seine Wange. Es war eine zärtliche Geste. Sie machte nicht vergessen, was er getan hatte, aber sie ordnete es der Vergangenheit zu.

»Du hast oft genug zurückgeschaut«, sagte sie ruhig. »Wenn du daraus Gewinn gezogen hast, ist das nun vorüber.«

Er hätte sie gerne geküsst, wäre ihr gerne so nahe gewesen, wie Menschen dies nur sein können, hätte sie gerne an sich gedrückt und ihre Stärke gespürt, aber er hatte die Kluft zwischen ihnen geschaffen, und nun war sie es, die sie überbrücken musste, andernfalls würde er niemals sicher sein, ob sie dies wünschte oder er es ihr aufgedrängt hatte.

Sie sah ihn noch einen Augenblick lang an, schätzte seine Gedanken ab, dann war sie zufrieden. Sie lächelte, legte die Arme um ihn und küsste seine Lippen.

Erleichterung überflutete ihn, nie zuvor war er für etwas dankbarer gewesen. Aus ganzem Herzen erwiderte er ihre Zuneigung.

Als am Morgen die Verhandlung fortgesetzt wurde, begann Rathbone mit seiner Verteidigung. Er stellte ein Selbstvertrauen zur Schau, das seinen wirklichen Gefühlen nicht im Entferntesten entsprach. Immer noch gab es keine Spur von Shearer und kein Anzeichen dafür, wohin er gegangen war. Natürlich, mit seinen Verbindungen zum Transportwesen konnte er überall in Europa, ja, in der ganzen Welt untergetaucht sein.

Aber Geschworene zogen eine Person vor, die sie sehen konnten und deren Schuld ihnen vor Augen geführt worden war, nicht eine vernünftige Alternative, die nichts weiter als ein Name war.

Rathbone musste den Schaden, den Deverill angerichtet hatte, reparieren, vor allem den emotionalen Eindruck, den dieser in den Köpfen der Juroren erzeugt hatte. Er begann, indem er Merrit in den Zeugenstand rief. Er beobachtete sie, während sie durch den Gerichtssaal schritt. Jeder im Saal war sich ihrer Nervosität bewusst, die sich in der Blässe ihres Gesichts, in dem kleinen Stolpern, als sie den Zeugenstand erklomm, und in dem Beben ihrer Stimme, als sie den Eid leistete, zeigte.

Wieder hatte Hester neben Judith Platz genommen. Monk hatte seine Aussage gemacht und nun die Möglichkeit, sich wieder der Suche nach Informationen über Shearer zu widmen und nach allem, was beweisen würde, dass er es allein gewesen war, der den Raub und die Morde geplant hatte, um die Waffen an Breeland verkaufen zu können, ohne dass dieser von den Umständen erfahren würde.

Rathbone begann, Merrit durch ihre Geschichte zu führen, wobei er mit den Ereignissen des Tages begann, an dem die Morde verübt worden waren. Er wollte das Thema ihrer früheren Bekanntschaft mit Breeland nicht anschneiden, für den Fall, Deverill wollte versuchen, daraus den Anschein zu konstruieren, Breeland hätte ihr nicht wegen ihrer selbst den Hof gemacht, sondern nur, um sie dazu zu verführen, ihm bei dem Kauf der Waffen zu helfen.

An Hesters Seite sitzend, hatte Judith sich nach vorn gebeugt. Ihre Hände, die in schwarzen Spitzenhandschuhen steckten, waren in ihrem Schoß ineinander geschlungen. Sie lauschte jedem Wort, beobachtete Gestik und Mimik ihrer Tochter. Hester wusste, sie suchte nach einem Sinn, nach Hoffnung, und kämpfte gleichzeitig gegen ihre Angst an.

Auf der anderen Seite neben Judith bot Casbolt, der seine Aussage ebenfalls schon gemacht hatte, stillschweigende Unterstützung an.

Er war zu klug, um tröstende Worte auszusprechen, die ohne jegliche Bedeutung gewesen wären. Alles hing nun von Rathbone und Merrit ab.

»An jenem Abend hatten Sie mit Ihrem Vater einen Streit«, sagte Rathbone und sah zu Merrit im Zeugenstand hinauf. »Worum ging es ... genau?«

Sie räusperte sich. »Es ging darum, dass er die Waffen an die Konföderierten verkaufen wollte anstatt an die Union«, antwortete sie. »Ich dachte, er hätte einen Weg finden müssen, die Verpflichtung zu lösen, an Mr. Trace zu verkaufen, obwohl er dies versprochen hatte. Er hätte Mr. Trace das Geld zurückbezahlen müssen, das dieser als Anzahlung hinterlegt hatte.«

»Hatte Ihr Vater denn das Geld noch?«, fragte Rathbone neugierig.

»Ich …« Es war offensichtlich, dass sie darüber nie nachgedacht hatte. »Ich … ich weiß es nicht. Ich vermutete …«

»Dass er mit diesem Geld die Waffen nicht bezahlt hatte?«, fragte er. »Aber er stellte die Gewehre doch nicht selbst her?«

»Nein …«

»Dann könnte es doch sein, dass er das Geld nicht mehr hatte.«

»Nun … ich nahm an, ich dachte, er hätte sie bereits bezahlt.« Unabsichtlich warf sie einen Blick auf Casbolt, während sie sprach, dann wandte sie sich wieder Rathbone zu. »Aber wenn er noch Schulden gehabt hätte –, dann bin ich sicher, er hätte einen Weg gefunden, wenn Lyman … wenn Mr. Breeland ihm die volle Summe bezahlt hätte – wozu er in der Lage gewesen war –, dann wäre doch alles, was mein Vater noch schuldig gewesen wäre, bezahlt gewesen, nicht wahr?« Sie sprach voller Vertrauen, sicher, die Lösung gefunden zu haben.

»Falls Breeland das Geld gehabt hatte«, stimmte Rathbone zu.

Hester wusste, was Rathbone tat – er demonstrierte den Geschworenen Merrits Vertrauen, ihre Naivität und ihren offenkundigen Glauben, dass das Geschäftsgebaren ihres Vaters legal gewesen war. Noch wusste sie nicht, wie er Breeland vom Vorwurf der Betrügerei befreien würde.

»Aber Mr. Breeland verfügte über das Geld!«, rief Merrit eindringlich. »Er übergab es doch am Bahnhof Mr. Shearer, als er den Empfang der Waffen quittierte.«

»Haben Sie das gesehen?«, fragte Rathbone.

»Nun … nein. Ich saß bereits im Waggon. Aber Mr. Shearer hätte die Waffen doch nicht aus der Hand gegeben, ohne das Geld zu erhalten, nicht wahr?« Letzteres war als Herausforderung, nicht als Frage gemeint.

»Das halte ich für äußerst unwahrscheinlich«, nickte Rathbone lächelnd. »Aber wenden wir uns wieder der Auseinandersetzung mit Ihrem Vater zu. Sie beschuldigten ihn, die Sklaverei zu favorisieren, ist das richtig?«

Sie sah beschämt aus. »Ja. Ich wünschte, ich hätte diese Dinge nicht gesagt, aber damals glaubte ich daran. Ich war schrecklich wütend.«

»Und Sie waren der Meinung, Lyman Breeland wollte die Waffen einer höchst ehrenhaften Sache wegen kaufen, weit ehrenhafter als das Anliegen von Mr. Trace?«

Ihr Kopf fuhr in die Höhe. »Ich wusste es. Ich war in Amerika. Ich habe diese schreckliche Schlacht mit eigenen Augen gesehen. Ich sah ...« Sie schluckte. »Ich sah, wie viele Männer getötet wurden. Ich hatte nie gedacht, dass es so schrecklich sein würde. Bis man eine Schlacht gesehen, gehört und gerochen hat ... kann man sich keine Vorstellung davon machen, was das wirklich bedeutet. Bis dahin wissen wir nicht, was unsere Soldaten für uns erleiden.«

Im Saal erhob sich bewunderndes, fast ehrfürchtiges Gemurmel.

Rathbone erlaubte den Geschworenen gerade lang genug, Merrits Zerknirschung wahrzunehmen, um nicht den Anschein zu erwecken, als würde er dies absichtlich inszenieren, dann fuhr er fort.

»Nach dem Streit, wo gingen Sie da hin, Miss Alberton?«

»Ich ging hinauf in mein Schlafzimmer und packte einige persönliche Dinge – Toilettenartikel, ein Kleid zum Wechseln –, dann verließ ich das Haus«, erwiderte sie.

»Ein Kleid zum Wechseln?« Er lächelte. »Trugen Sie nicht ein Abendkleid?«

»Ein Dinnerkleid«, korrigierte sie ihn. »Aber natürlich keines, das für eine Reise tauglich gewesen wäre.«

Deverill sah übertrieben gelangweilt aus. »Euer Ehren ...«

»O doch. Dies ist von Wichtigkeit«, sagte Rathbone lächelnd. Er wandte sich wieder an Merrit. »Und dann machten Sie sich auf den Weg zu Breelands Wohnung?«

Sie errötete leicht. »Ja.«

»Das muss ein äußerst gefühlsbetonter Moment für Sie gewesen sein, der Mut und Entschlossenheit erforderte.«

»Euer Ehren!«, protestierte Deverill erneut. »Wir bezweifeln die außergewöhnliche Tapferkeit Miss Albertons keineswegs. Ein Versuch, unsere Sympathie zu wecken –«

»Dies hat nichts, aber auch gar nichts mit Sympathie oder Tapferkeit zu tun, Euer Ehren«, unterbrach Rathbone ihn. »Es sind rein praktische Gründe.«

»Ich bin froh, das zu hören«, erwiderte der Richter trocken. »Fahren Sie fort.«

»Ich danke Ihnen. Miss Alberton, was taten Sie, als sie in Mr. Breelands Wohnung ankamen?«

Sie wirkte verwirrt.

»Unterhielten Sie sich? Aßen Sie etwas? Oder vertauschten Sie ihr Kleid mit dem, das Sie mitgebracht hatten?«

»Oh … natürlich unterhielten wir uns eine Weile, dann trat er eine Weile vor die Tür, damit ich mich umziehen konnte.«

Deverill murmelte verhalten vor sich hin.

»Und die Uhr?«, fragte Rathbone.

Plötzlich herrschte absolute Stille im Saal.

»Ich …« Ihr Gesicht war weiß.

Deverill war kurz davor, erneut zu unterbrechen.

Rathbone überlegte, ob er Merrit daran erinnern sollte, dass sie geschworen hatte, die Wahrheit zu sagen, aber er fürchtete, sie würde die Wahrheit als niedrigen Preis dafür ansehen, Breeland nicht die Treue zu brechen.

»Miss Alberton?«, hakte der Richter nach.

»Ich erinnere mich nicht«, sagte sie und sah Rathbone an.

Er wusste, dass sie log. In jenem Moment hatte sie sich mit aller Deutlichkeit erinnert, aber sie wollte es nicht zugeben. Hastig wechselte er das Thema.

»Hatte Mr. Breeland Sie erwartet, Miss Alberton?«

»Nein. Nein, er war sehr überrascht, mich zu sehen.« Röte überzog ihr Gesicht. Sie war sich der Tatsache voll bewusst, dass sie uneingeladen gekommen war. Als Hester ihr Unbehagen bemerkte, schien es ihr, als hätte Breeland sie nicht auf eine Weise empfangen, wie das ein Liebhaber getan hätte, sondern eher wie ein junger Mann, der höchst überrascht gewesen war und sich nun der Verpflichtung gegenübersah, seine Pläne zu ändern. Sie hoffte, dieser Eindruck ginge nicht unbemerkt an den Geschworenen vorüber.

Rathbone stand elegant auf der freien Fläche vor der Richterbank, er hatte den Kopf leicht gebeugt, und das Licht glänzte auf seinem blonden Haar.

Hester sah Breeland an. Auch er schien verlegen zu sein, obwohl es nicht leicht war, seine Gründe zu erraten.

»Ich verstehe. Und nachdem Sie sich begrüßt hatten, Sie ihm Ihr Kommen erklärt hatten und er Ihnen erlaubt hatte, Ihre Kleider zu wechseln, was taten Sie dann?«, fragte Rathbone.

»Wir beratschlagten darüber, was wir tun sollten«, erwiderte sie. »Muss ich Ihnen genau berichten, was wir sprachen? Ich bin nicht sicher, ob ich mich an alle Einzelheiten erinnere.«

»Das ist nicht nötig. Waren Sie während der ganzen Zeit über zusammen?«

»Ja. Es war gar nicht so lange. Kurz vor Mitternacht kam ein Bote mit einer Depesche, die besagte, dass mein Vater seine Meinung geändert hatte und Lyman die Waffen nun doch verkaufen wollte. Wir sollten umgehend mit dem Geld zum Bahnhof am Euston Square kommen.«

»Wer schrieb die Depesche?«

»Shearer, der Unterhändler meines Vaters.«

»Gewiss überraschte Sie das! Schließlich war Ihr Vater noch wenige Stunden zuvor unerbittlich gewesen und hatte es als unmöglich bezeichnet, seine Meinung zu ändern. Schließlich war es eine Ehrensache«, sagte Rathbone.

»Ja, natürlich war ich überrascht«, stimmte sie zu. »Aber ich war zu glücklich, um es in Frage zu stellen. Für mich bedeutete es, dass er die Ideale der Union doch noch anerkannt hatte und sich auf die richtige Seite schlug. Ich dachte, vielleicht … vielleicht hätten ihm meine Argumente doch etwas bedeutet …«

Rathbone lächelte wehmütig. »Also fuhren Sie mit Mr. Breeland zum Bahnhof?«

»Ja.«

»Würden Sie die Reise bitte für uns beschreiben, Miss Alberton?«

Schritt für Schritt und in ermüdenden Details tat sie dies. Das Gericht vertagte sich bis nach der Mittagspause und nahm dann die Verhandlung wieder auf. Um die Mitte des Nachmittags, als sie ihren Bericht beendete, musste jeder, der ihren Ausführungen immer noch aufmerksam folgte, das Gefühl haben, die Zugreise nach Liverpool selbst unternommen zu haben, selbst in einer Pension übernachtet und sich dann auf einem Dampfer eingeschifft zu haben, um den Atlantik zu überqueren.

»Ich danke Ihnen, Miss Alberton. Nur um sicherzugehen, dass wir Sie nicht missverstanden haben: Befand Mr. Breeland sich während der Todesnacht Ihres Vaters zu irgendeinem Zeitpunkt einmal nicht in Ihrer Gesellschaft?«

»Nein, nie.«

»Sahen Sie denn Ihren Vater noch einmal, nachdem Sie Ihr Zuhause verlassen hatten, oder begaben Sie sich irgendwie in die Nähe des Lagerhauses an der Tooley Street?«

»Nein!«

»Oh ... eine Sache noch, Miss Alberton ...«

»Ja, bitte?«

»Sahen Sie Shearer am Bahnhof Euston Square mit eigenen Augen? Ich nehme an, Sie kennen ihn zumindest vom Sehen?«

»Ja. Ich sah ihn ganz kurz, als er mit einem der Schaffner sprach.«

»Verstehe. Ich danke Ihnen.« Damit wandte er sich zu Deverill um und lud ihn ein, fortzufahren.

Deverill dachte eingehend nach, vielleicht eher, um Rathbone auf die Folter zu spannen, als um eine tatsächliche Entscheidung zu treffen. Merrit hatte bereits klar gemacht, dass sie Breeland bis zum Letzten verteidigen würde, und je mehr sie dies tat, desto mehr gewann sie die Achtung der Geschworenen, ob sie ihr nun glaubten oder nicht. Sie glaubten nicht, dass sie log, höchstens vielleicht bezüglich der Uhr in Breelands Wohnung, aber es konnte gut sein, dass die Geschworenen Merrit für ein getäuschtes und von einem Mann ausgenutztes, junges Mädchen hielten, der ihrer nicht würdig war. Deverill würde die Geschworenen nur verlieren, wenn er diesen Umstand vor der Öffentlichkeit noch mehr betonte.

Es war eine harte Nacht. Die Anspannung machte es schwierig, zu schlafen, trotz der Erschöpfung. Monk war den ganzen Tag flussauf- und flussabwärts gelaufen und hatte die Absicht, das auch am folgenden Tag zu tun, entschlossen, irgendetwas zu finden. Hester fragte ihn nicht nach eventuellen Fortschritten, denn sie musste sich um Judiths willen die Hoffnung erhalten.

Am Freitag rief Rathbone Lyman Breeland in den Zeugenstand. Dies war der gefährlichste Zug der ganzen Verteidigungsstrategie, aber ihm blieb keine Wahl. Breeland nicht aussagen zu lassen, hätte seine Befürchtungen nicht nur Deverill demonstriert, sondern, was viel wichtiger war, auch den Geschworenen. Deverill hätte gewusst, sich diese Unterlassung in seinem Schlussplädoyer zu Nutze zu machen.

Am meisten wünschte Rathbone sich, Merrit in den Köpfen der Juroren von Breeland separieren und für sie eine getrennte Verhandlung erreichen zu können, doch das war unmöglich. Er hatte bereits zu oft auf die Uhr Bezug genommen. Er hatte es akzeptiert, Breeland zu verteidigen, also musste er nun seinen Fähigkeiten entsprechend das Beste tun.

Mit gestrafften Schultern und erhobenem Kopf stand Breeland im Zeugenstand und schwor, die Wahrheit zu sagen. Sodann nannte er seinen Namen und Rang in der Armee der Union.

Rathbone fragte ihn nach den Tatsachen seiner Reise nach England und den Gründen dafür. Er fragte nicht, warum er bereit war, für sein Anliegen eine derartig lange Reise auf sich zu nehmen, denn er wusste, Breeland würde es ihnen ohnehin spontan und mit einer Leidenschaft berichten, die niemandem entgehen würde, ob er ihm nun glaubte oder nicht.

»Sie wurden also bei Daniel Alberton in der Hoffnung vorstellig, die Waffen, die Sie brauchten, erwerben zu können?«, fragte Rathbone, wobei er Breeland in die Augen sah und ihn dazu bewegen wollte, seine Antworten knapp zu halten. Dass sie zudem respektvoll klingen würden, lag jenseits seiner Hoffnungen, trotz seiner Bemühungen, Breeland davon zu überzeugen, dass es ihn das Leben kosten konnte, wenn er alle gegen sich aufbrachte. Mangelnder Respekt konnte das Zünglein an der Waage bedeuten. Breeland hatte schlicht erwidert, er sei unschuldig, und das sollte genügen.

Rathbone hatte schon früher mit Märtyrern zu tun gehabt. Sie waren anstrengend und hatten selten Verständnis für Vernunftgründe. Sie betrachteten die Welt nur aus einem einzigen Blickwinkel und hörten nicht auf Argumente, die sie nicht zu hören wünschten. In mancherlei Hinsicht war ihre Hingabe bewunderungswürdig. Vielleicht war es auch der einzige Weg, gewisse Ziele zu erreichen, aber solche Leute zogen stets eine Spur der Verwüstung hinter sich her. Rathbone hatte keineswegs die Absicht, Merrit Alberton von Breeland zerstören zu lassen.

Breeland stimmte mit unerwarteter Knappheit zu, dass er Alberton tatsächlich in der Hoffnung aufgesucht hatte, die Waffen erwerben zu können. Als er auf Widerstand gestoßen war und erfahren hatte, dass der Grund dafür eine Verpflichtung Philo Trace gegenüber war, hatte er alles in seiner Macht Stehende getan, um Alberton von der moralischen Überlegenheit der Sache der Union zu überzeugen.

»Und während dieser Zeit lernten Sie Miss Alberton kennen?«

»Ja«, stimmte Breeland zu, wobei endlich der Anflug von Warmherzigkeit über sein Gesicht huschte. »Sie ist ein Mensch von höchster Ehrenhaftigkeit, und sie ist des größten Mitgefühls fähig. Sie verstand das Anliegen der Union und verschrieb sich ihm augenblicklich.«

Rathbone hätte sich gewünscht, er hätte eine romantischere Ausdrucksweise benutzt, dennoch lief es besser, als er erwartet hatte. Er musste umsichtig vorgehen, um nicht den Eindruck zu erwecken, dass Breelands Emotionen einstudiert wären.

»Sie entdeckten also, dass Sie die wichtigsten Wertmaßstäbe und Überzeugungen miteinander teilten?«

»Ja. Meine Bewunderung für sie war größer, als ich erwartet hatte, sie für eine so junge Frau verspüren zu können, die mit der Wirklichkeit der Sklavenhaltung und all ihrer Übel nicht vertraut war. Sie verfügt über eine außergewöhnliche Gabe, Mitgefühl zu empfinden.« Bei diesen Worten wurde sein Gesicht weich, und zum ersten Mal spielte so etwas wie ein Lächeln um seine Lippen.

Rathbone stieß einen Seufzer der Erleichterung aus. Die Mienen der Geschworenen entspannten sich. Endlich sahen sie den Menschen in dem Mann, einen verliebten Mann, mit dem sie sich identifizieren konnten, nicht nur den Fanatiker.

Er sah nicht zu Merrit hinüber, aber er konnte sich ihre Augen und ihr Gesicht vorstellen.

»Aber trotz allem konnten weder Sie noch Miss Alberton etwas tun, um Mr. Albertons Meinung zu ändern«, fuhr Rathbone fort. »Mr. Alberton ließ sich nicht dazu bewegen, sein Wort Mr. Trace gegenüber zu brechen und stattdessen Ihnen die Gewehre zu verkaufen. Warum wandten Sie sich nicht einfach an einen anderen Lieferanten?«

»Weil er die besten und modernsten Flinten hatte, die augenblicklich verfügbar sind, und noch dazu in großer Anzahl. Ich konnte es mir nicht leisten, länger zu warten.«

»Ich verstehe. Welche Konsequenzen resultierten daraus, Mr. Breeland?«

Breeland klang leicht überrascht.

»Keine. Ich gestehe, ich war sehr wütend wegen seiner Blindheit. Er schien unfähig, einsehen zu können, dass weit wichtigere Dinge auf dem Spiel standen als der geschäftliche Ruf eines einzigen Mannes.« Der schroffe Unterton hatte sich wieder in seine Stimme geschlichen, und er richtete seine Aufmerksamkeit ausschließlich auf Rathbone. Merrit schien aus seinen Gedanken verschwunden zu sein. Er lehnte sich über die Brüstung des Zeugenstandes. »Er war ein Mann ohne Visionen, was ich ihm auch von den Übeln der Sklaverei erzählte.« Er machte eine abwertende Handbewegung. »Und all die ehrenwerten Herren haben keine Ahnung, wie sehr es an der menschlichen Seele nagt, wenn man einmal gesehen hat, wie menschliche Wesen mit weniger Würde behandelt werden, als sie ein anständiger Mann seinen Rindern zugesteht.« Seine Stimme bebte vor aufflammendem Zorn, und sein Gesicht glühte. Rathbone verstand sehr wohl, warum Merrit sich in ihn verliebt hatte. Was er weniger verstehen konnte, war, welche Art von Zärtlichkeit oder Geduld Breeland ihr entgegenbringen würde, ob er ihr Lachen, Toleranz oder Freude im Alltag schenken würde, welche Dankbarkeit für Kleinigkeiten, und vor allem, ob er bereit sein würde, Schwächen zu verzeihen und Verständnis für die Bedürfnisse des Alltagslebens zu haben.

Aber Rathbone war Mitte vierzig und Merrit war sechzehn Jahre alt. Vielleicht dauerte es noch Jahre, bevor sie den Wert solcher Dinge erkennen würde. Im Moment war Breeland ein Held, und einen solchen wünschte sie sich. Sie kannte seine Schwächen und liebte ihn dafür umso mehr. Seine Grenzen sah sie nicht.

»Wir haben vernommen, dass Sie in der Todesnacht von Mr. Alberton einen Streit mit ihm hatten und ihm beim Abschied sagten, Sie würden Ihr Ziel am Ende doch erreichen, ungeachtet dessen, was er tun würde. Was meinten Sie damit, Mr. Breeland?«

»Nun, dass das Anliegen der Union gerecht sei und am Ende über Ignoranz und Eigeninteresse triumphieren würde«, erwiderte Breeland so kurz und bündig, als ob die Antwort ohnehin für jedermann offensichtlich hätte sein müssen. »Es war keine Drohung, sondern einfach die Darstellung der Wahrheit. Ich habe Mr. Alberton kein Leid zugefügt, Gott ist mein Zeuge.«

Rathbone ließ seine Stimme gleichmütig, fast sachlich klingen, als ob er Breelands Zurückweisung einer Schuld und die Leidenschaft, mit der er dies vorgebracht hatte, nicht gehört hätte.

»Wohin gingen Sie, als Sie Mr. Albertons Haus verließen?«

»Zurück zu meiner Wohnung.«

»Allein?«

»Natürlich.«

»Trafen Sie mit Miss Alberton irgendwelche Verabredungen, dass sie Ihnen folgen sollte?«

Breeland öffnete den Mund, um instinktiv zu antworten, dann änderte er seinen Entschluss. Vielleicht erinnerte er sich an Rathbones Warnung bezüglich der Sympathie der Geschworenen.

»Nein«, sagte er feierlich. »Ich hatte nicht den Wunsch, mich zwischen Miss Alberton und ihre Familie zu stellen. Meine Absichten ihr gegenüber waren stets ehrenhaft.«

Rathbone wusste, dass er sich auf gefährlichem Boden bewegte, der voller Fallgruben war. Er wünschte, er könnte die Frage vermeiden, aber sie nicht zu stellen, wäre so auffallend gewesen, dass er damit eher Schaden angerichtet hätte.

»Sie begaben sich also in Ihre Wohnung, Mr. Breeland. Hatten Sie, aus irgendwelchen Gründen, die Uhr von Miss Alberton zurückgenommen, die Sie ihr als Andenken geschenkt hatten?«

Breeland antwortete, ohne zu zögern. »Nein.« Sein Blick war unerschrocken.

Rathbone hatte nicht die Absicht gehabt, die Geschworenen anzusehen, aber wider Willen warf er doch einen Blick auf sie. Er sah die Kälte auf ihren Gesichtern. Sie glaubten Breeland, dennoch mochten sie ihn nicht. Auf irgendeine subtile Art hatte er zwischen sich und Merrit eine Kluft geschaffen. Merrits Loyalität galt ihm, Breelands Loyalität galt seinen Überzeugungen. Nicht das, was er gesagt hatte, hatte die Misstöne erzeugt, sondern auf welche Weise er es gesagt hatte, und vielleicht auch das, was er nicht gesagt hatte.

»Haben Sie irgendeine Ahnung, wie die Uhr in die Tooley Street gekommen sein könnte?«, fragte Rathbone.

»Überhaupt keine«, erwiderte Breeland. »Außer, dass sie weder von Miss Alberton noch von mir selbst dort fallen gelassen werden konnte. Sie kam gegen halb neun in meiner Wohnung an und blieb mit mir dort, bis wir sie gemeinsam kurz vor Mitternacht verließen, als Mr. Shearer die Nachricht schickte, Mr. Alberton hätte seine Meinung geändert und wäre nun einverstanden, die Waffen doch an die Union zu verkaufen. Wir fuhren gemeinsam zum Bahnhof am Euston Square und von dort nach Liverpool.« In wenigen Sätzen fasste er die ganze Geschichte zusammen und überließ dadurch Rathbone weniger Fragen, als dieser eigentlich hatte stellen wollen. Da aber sein Bericht spontan und sicher vorgebracht wurde, war es vielleicht besser, als wenn Rathbone ihn von Antwort zu Antwort geführt hätte.

»Waren Sie von der Nachricht Mr. Shearers überrascht?«, begann Rathbone und war sich augenblicklich bewusst, dass Deverill auf die Füße sprang. »Ich entschuldige mich, Euer Ehren«, fügte er schnell hinzu. »Von der Nachricht, die angeblich von Mr. Shearer kam?«

»Ich war erstaunt«, gab Breeland zu.

»Aber Sie zogen sie nicht in Zweifel?«

»Nein. Ich kannte die Gerechtigkeit meines Anliegens. Ich glaubte, Alberton hätte sie letztendlich auch erkannt und dass die Befreiung der Sklaven weit wichtiger war als das Geschäftsgebaren und der ehrenhafte Ruf eines einzigen Mannes. Ich bewunderte ihn dafür.«

Im Saal herrschte vollkommenes Schweigen. Rathbone hatte das Gefühl, als ob sich Dunkelheit über ihn senkte. Nur mit Mühe gelang es ihm, Atem zu holen. In wenigen Minuten hatte Breeland seine Philosophie dargelegt und ihnen eine Gleichgültigkeit dem Einzelnen gegenüber vor Augen geführt, die wie ein eiskalter Atemzug war, eine Straße, deren Ende man nicht ahnen konnte.

Rathbone sah die Geschworenen an und erkannte, dass sie die ganze Bedeutung von Breelands Worten noch nicht erfasst hatten, im Gegensatz zu Deverill. In seinen Augen glänzte der Sieg.

Rathbone hörte seine eigene Stimme in dem hohen Saal, als ob sie nicht zu ihm gehörte; sie hallte sonderbar von der Decke wider. Er musste fortfahren, musste bis zum letzten Wort weitermachen.

»Zeigten Sie die Nachricht Miss Alberton?«

»Nein. Dazu bestand keine Veranlassung. Es war wichtig, so schnell wie möglich meine wenigen Habseligkeiten zu packen und abzufahren. Er hatte uns sehr wenig Zeit gelassen, um zum Bahnhof zu kommen.« Breeland war sich der Veränderung keineswegs bewusst. An ihm hatte sich nichts verändert, weder die Haltung seiner Schultern noch sein Griff um die Brüstung oder das Selbstvertrauen, das in seiner Stimme lag. »Ich berichtete ihr, was darin stand, und sie war überglücklich … natürlich.«

»Ja … natürlich«, wiederholte Rathbone. Detail für Detail

führte er Breeland durch die Fahrt zum Bahnhof, ließ sich den Bahnhof und die Schaffner beschreiben, dann Shearer, den Zug und all die Passagiere in dem Waggon, in dem sie saßen. Seine Beschreibung deckte sich so haargenau mit der Merrits, dass er einen Moment lang wieder Hoffnung schöpfte. All die Ereignisse und Menschen waren als dieselben erkennbar, die auch sie erlebt und gesehen hatte, und doch war alles mit ausreichend unterschiedlicher Auffassungsgabe wiedergegeben und mit anderen Worten beschrieben worden, sodass es eindeutig war, dass er Merrit nicht nachgeahmt hatte oder sie ihre Beschreibung abgesprochen hatten.

Er bemerkte sogar, dass einige der Geschworenen nickten und sich in ihren Mienen Objektivität und Zustimmung abzeichnete. Vielleicht hatten auch sie einmal eine Zugreise von London nach Liverpool unternommen und erkannten den Wahrheitsgehalt von Breelands Worten.

Am Nachmittag führte Rathbone Breeland durch die Reise über den Atlantik und sprach über seinen kurzen Aufenthalt in Amerika.

Deverill unterbrach ihn mit der Frage, ob all dies denn relevant sei.

»Ich bezweifle nicht, Euer Ehren, dass Mr. Breeland die Waffen für die Armee der Union erwarb oder dass er unwiderruflich an seine Sache glaubt. Es ist nicht schwierig, zu verstehen, warum ein Mann in seinem oder einem anderen Land wünscht, die Sklaverei abschaffen zu können. Auch bezweifeln wir nicht, dass er in Manassas tapfer kämpfte, wie viele andere es auch taten.« Er senkte die Stimme. »Dass er bereit war, für den Sieg der Union jeden Preis zu bezahlen, ist uns auf tragische Weise klar, denn dass er Menschen dafür opferte, das ist der Kern unserer Anklage.«

»Es ist nicht mein Ziel, das zu beweisen«, argumentierte Rathbone wohl wissend, dass er nicht die ganze Wahrheit sagte und Deverill dies sehr genau wusste. »Ich will nur zeigen, dass er Miss Alberton stets ehrenhaft behandelte, und zwar in aller Offenheit, obwohl Mr. Monk und Mr. Trace in Washington waren. Er tat dies, weil er sich keines Verbrechens schuldig gemacht hatte und daher kein Grund zur Furcht bestand.«

Deverill lächelte. »Ich entschuldige mich. Sie waren so weit vom Thema abgekommen, dass ich Ihr Ziel nicht erkannte. Bitte fahren Sie fort.«

Rathbone war nahe daran zu scheitern, und sie wussten es beide. Aber er konnte jetzt nicht zurück. Er ließ Breeland über seine Konfrontation mit Monk und Trace auf dem Schlachtfeld berichten und über seine Zustimmung, mit ihnen nach England zurückzukehren.

»Sie leisteten also keinen Widerstand?«

»Nein. Die eigentliche Schlacht in Amerika können viele Männer schlagen. Aber nur ich kann hier für meine Tätigkeiten geradestehen und für die moralische Seite unseres Anliegens kämpfen, indem ich Sie hier in England von der Gerechtigkeit unserer Sache und der Ehrenhaftigkeit unseres Verhaltens überzeuge. Ich erwarb in aller Offenheit Waffen und bezahlte einen fairen Preis dafür. Der einzige Mensch, den ich täuschte, war Philo Trace, und das ist das Schicksal des Krieges. Er hatte von mir nichts anderes erwartet, ebenso wie ich von ihm. Wir sind Feinde, wenngleich wir uns höflich begegnen, wenn wir uns in London zufällig treffen. Schließlich sind wir keine Barbaren.«

Er räusperte sich. »Ich habe keine Angst, mich vor Gericht für meine Taten zu verantworten, und ich möchte, dass Sie mein Volk als das Volk von gerechten und tapferen Männern ansehen, das es ist.« Er hob sein Kinn leicht an und blickte vor sich hin. »Die Zeit wird kommen, dass Sie zwischen Union und Konföderation wählen müssen. Dieser Krieg wird nicht enden, bevor nicht die eine Seite die andere zerstört hat. Ich werde alles geben, was ich habe, mein Leben, meine Freiheit, wenn nötig, um sicherzustellen, dass es die Union sein wird, die den Sieg erringt.«

Rathbone sah zu Merrit hoch und bemerkte den Stolz in ihrem Gesicht, aber auch, dass es sie Mühe kostete. Er meinte auch, einen dunkler werdenden Schatten der Einsamkeit an ihr zu sehen.

Aus dem rückwärtigen Teil des Gerichtssaales ertönte leichtes Beifallsgemurmel, dem sofort Einhalt geboten wurde.

Deverills Lächeln wurde breiter, aber es lag eine gewisse Unsicherheit darin. Er wollte, dass die Geschworenen glaubten, er sei zuversichtlich und würde eventuell etwas bemerken, das sie nicht wahrgenommen hatten. Es war ein Spiel des gegenseitigen Bluffs.

Auch Rathbone beherrschte es, und im Moment war der Bluff alles, was ihm noch geblieben war.

»Ich kann mir nicht vorstellen, dass es einen Menschen gibt, der Ihre Gefühle nicht teilt«, sagte er betont deutlich. »Das entspricht nicht unserer Art, und wir alle trauern um Ihr Land und hoffen aus tiefster Seele, dass sich eine bessere Lösung findet als das Abschlachten ganzer Armeen und der Ruin eines Landes. Wir streben nicht danach, einem unschuldigen Mann die Freiheit zu nehmen, der seinem Volk in einem derartigen Zwist dient.« Er verbeugte sich leicht, als ob es der Kampf gegen die Sklaverei wäre, um den es hier ging.

Doch sein Erfolg war kurzlebig. Deverill erhob sich, um Breeland ins Kreuzverhör zu nehmen. Großspurig stolzierte in die Mitte des Saales und begann mit einer ausladenden dramatischen Geste.

»Mr. Breeland, Sie sprechen mit großer Leidenschaft über die Sache der Union. Niemand hier im Saal könnte Ihre Hingabe missverstehen. Entspräche es denn der Wahrheit, zu sagen, dass Ihnen dieses Anliegen wichtiger ist als alles andere?«

Breeland sah ihn geradewegs an und sagte stolz: »Ja, so ist es.«

Deverill dachte einen Augenblick lang nach. »Ich glaube Ihnen, Sir. Ich bin nicht sicher, ob ich mich so rückhaltlos einsetzen könnte …«

Rathbone wusste, was als Nächstes kommen würde. Er erwog, ihn zu unterbrechen, um die Geschworenen einige Momente lang abzulenken, indem er erklärte, dass das, was Deverill gesagt hatte, wohl kaum als Frage gelten konnte und daher auch für den Fall nicht relevant war. Aber das hätte nur bedeutet, das Unvermeidliche hinauszuschieben.

»Ich glaube …«, fuhr Deverill fort und drehte sich zur Seite, um Merrit anzusehen, »ich glaube, eher als die Gerechtigkeit meines Anliegens zu verteidigen und meine eigene Unschuld darzulegen, wäre ich versucht gewesen, meine Liebe für eine junge Frau zu beteuern, die alles aufgegeben hatte – Heim, Familie, Sicherheit, ja sogar ihr eigenes Land –, um mir in ein fremdes Land zu folgen, das gegen sich selbst Krieg führt. Und ich hätte meine Energie darauf verwendet, alles zu tun, um zu gewährleisten, dass sie nicht für meine Verbrechen am Galgen enden würde – im Alter von sechzehn Jahren … noch kaum zur Frau geworden, am Beginn ihres Lebens …«

Die Wirkung war vernichtend. Breeland wurde dunkelrot. Man konnte nur vermuten, welche Wut und Scham ihn verzehrten.

Merrit war weiß geworden. Vielleicht würde sie nie mehr in ihrem Leben mit solch schrecklichem Verständnis und gleichzeitig solch immenser Demütigung konfrontiert werden.

Judith neigte langsam den Kopf, als ob ein Gewicht zu schwer auf ihr lastete, um es noch länger ertragen zu können.

Philo Trace' Lippen waren von Mitleid verzerrt, dem er weder durch eine Berührung noch durch Worte Ausdruck verleihen konnte.

Auch Casbolts Augen ruhten auf Judith.

Die Geschworenen waren hin und her gerissen, ob sie Merrit ansehen sollten oder nicht. Einige wollten ihr Ungestörtheit gewähren, indem sie den Blick abwandten, als ob sie jemanden unabsichtlich bei einer intimen Handlung ertappt hätten. Andere starrten Breeland mit unverhohlener Verachtung an. Zwei von ihnen sahen Merrit mit tiefstem Mitgefühl an. Vielleicht hatten sie selbst Töchter in ihrem Alter. In ihren Gesichtern war keinerlei Missbilligung zu erkennen.

Rathbone zwang sich, daran zu denken, dass er sowohl mit der Verteidigung Merrits als auch mit der Breelands betraut war. Er durfte aus der Situation keinen Vorteil ziehen und Breeland an den Galgen bringen, um Merrits Freispruch zu erreichen, obwohl er sich im Moment genau das wünschte.

Deverill musste dem nichts mehr hinzufügen. Wie die Fakten auch immer sein mochten, auch die, an denen nicht zu rütteln war, er hatte jedes Gefühl der Barmherzigkeit im Keim erstickt.

Die Juroren würden Breeland verurteilen wollen, nicht wegen Mordes, aber wegen des Umstandes, dass er nicht lieben konnte.

Während Rathbone im Gerichtssaal kämpfte, versuchte Monk Shearers Aktionen in der Nacht von Albertons Tod und während der Tage vorher nachzuvollziehen. Die einzige Möglichkeit, für Breeland einen Freispruch zu erzielen, würde sein, einen Beweis zu finden, dass er nicht mit Shearer gemeinsame Sache gemacht hatte. Der Zeitpunkt des Streites in Albertons Haus, der Überbringung der Nachricht in Breelands Wohnung und der Ankunft am Bahnhof Euston Square machten seine Anwesenheit in der Tooley Street unmöglich, aber sie bewiesen nicht, dass er nicht entweder Shearer bestochen hatte, die Morde zu begehen, oder wenigstens mit ihm gemeinsame Sache gemacht und daraus einen Vorteil gezogen hatte.

Wieder begann er in der Tooley Street mit der Befragung der Lagerhausarbeiter. Es war ein warmer Tag, Windböen jagten kleine Staubwirbel über die Pflastersteine.

»Wann sahen Sie Shearer zum letzten Mal?«, fragte Monk den Mann mit dem sandfarbenen Haar, mit dem er schon einmal gesprochen hatte.

Konzentriert zog der Mann sein Gesicht in Falten. »Bin nicht ganz sicher. Zwei Tage vor der ganzen Tragödie war er mal hier. Versuche, mich zu erinnern, ob er auch an dem Tag hier war. Aber ich glaube nicht. Eigentlich bin ich ziemlich sicher, weil wir eine schöne Ladung Teakholz hier hatten, und das war nichts, wofür wir ihn gebraucht hätten. Weiß nicht, wo er war, aber vielleicht weiß Joe es. Ich frag ihn mal.« Damit ließ er Monk in der Sonne stehen und machte sich auf die Suche nach Joe.

»Er war in Seven Sisters«, sagte er, als er zurückkam. »Fuhr rauf, um einen Kerl wegen einer Ladung Eichenholz zu befragen. Verstehe nicht, was das mit Flinten zu tun haben soll.«

Auch Monk sah hier keinen Zusammenhang, doch er hatte die Absicht, jeden von Shearers Schritten zu verfolgen. »Kennen Sie den Namen der Firma in Seven Sisters?«

»Bratby und irgendwas, glaub ich«, erwiderte Bert. »Große Firma, hat er gesagt. Muss an der High Street oder zumindest direkt daneben sein. Was soll das mit dem Tod des armen Mr. Alberton zu tun haben? Bratby handelt mit Eiche und Marmor und so was, nicht mit Waffen.«

»Ich möchte nur wissen, was Shearer tat, nachdem er dort war«, erklärte Monk unverblümt. Es hatte keinen Sinn, Ausflüchte zu erfinden. »Er war um halb ein Uhr nachts am Euston Square, um Breeland die Waffen zu übergeben, und seither hat ihn niemand mehr gesehen, das ist sicher.«

»Wo ist er also?«

»Das wüsste ich zu gerne. Wie sieht er denn aus?«

»Shearer? Ziemlich gewöhnlicher Kerl, wirklich. Ungefähr Ihre Größe, ein bisschen kleiner vielleicht, glaub ich. Nicht mehr viele Haare, eher dunkel. Hat grüne Augen, das ist wirklich besonders an ihm, und einen Leberfleck auf der Wange, ungefähr hier.« Er demonstrierte es, indem er mit seinem Finger auf seinen Wangenknochen tupfte. »Und er hat 'ne Menge Zähne.«

Monk dankte ihm und verabschiedete sich nach einigen weiteren Fragen, die nichts Wichtiges ergaben. Die nächsten eineinhalb Stunden verbrachte er in einem Hansom, der ihn nach Seven Sisters brachte. Er fand die Firma Bratby & Allan direkt neben der Hauptstraße.

»Mr. Shearer?«, fragte der Angestellte und fuhr sich mit der Hand durchs Haar. »Ja, den kennen wir, ziemlich gut sogar. Um was handelt es sich denn, wenn ich fragen darf?«

Monk hatte sich die Antwort schon bereitgelegt. »Ich fürchte, er ist seit mehreren Wochen nicht mehr gesehen worden, und wir machen uns Sorgen, dass ihm etwas zugestoßen ist«, sagte er ernst.

Der Angestellte wirkte nicht sehr betroffen. »Schade um ihn«, sagte er lakonisch. »Nehme an, dass Leute, die am Fluss arbeiten, öfter mal in einen Unfall geraten. Bin nicht sicher, wann er das letzte Mal hier war, aber ich kann in den Büchern nachsehen, wenn Sie möchten.«

»Ja, bitte.«

Der Mann steckte sich den Bleistift hinters Ohr und ging, um nachzusehen. Kurz darauf kehrte mit einem Aktenordner zurück. »Hier«, sagte er und legte ihn auf den Tisch. Mit einem verschmierten Finger deutete er auf ein Blatt, und Monk las. Nun war es ziemlich klar, dass Shearer am Tag vor Albertons Tod bis zum späten Nachmittag bei Bratby & Allan gewesen war, um die Verkaufsbedingungen von Bauholz und die Möglichkeiten, es nach Süden in die Stadt Bath zu transportieren, zu verhandeln.

»Um welche Zeit ging er hier fort?«, fragte Monk.

Der Angestellte dachte einen Moment lang nach. »Es war halb sechs Uhr, wenn ich mich recht erinnere. Ich vermute, Sie möchten jetzt wissen, wohin er anschließend gegangen ist?«

»Wenn Sie es mir sagen können?«

»Das kann ich nicht, aber ich könnte Ihnen einen Tipp geben.«

»Dafür wäre ich dankbar.«

»Nun, er ist sicher zu einem Fuhrunternehmen gegangen, das hier in der Nähe ist. Klingt doch vernünftig, oder nicht?« Der Mann freute sich über seine Kombinationsfähigkeit.

Monk bleckte seine Zähne. »In der Tat.«

»Und da gibt es nicht viele, die bis Bath fahren«, fuhr der Mann fort. »Ich würde Cummins and Brothers versuchen, die sind nur ein Stück weiter die Straße hinunter.« Er deutete nach links. »Dann gibt es in der anderen Richtung noch B. and J. Horner's. Das größte ist natürlich Patterson, das heißt aber nicht, dass sie die Besten sind und Shearer sie am liebsten mag. Er duldet keine Mätzchen, nein, der nicht. Ist ein harter Mann, aber fair … mehr oder weniger.«

»Was ist also das beste Unternehmen?«, fragte Monk geduldig.

»Cummins and Brothers«, erwiderte der Mann, ohne zu zögern. »Teuer, aber verlässlich. Sie sollten nach Mr. George fragen, er ist der Boss, und Mr. Shearer spricht immer nur mit dem Chef. Wie gesagt, harter Knabe, aber cleverer Geschäftsmann.«

Monk dankte ihm und ließ sich den Weg zu den Geschäftsräumen von Cummins Brothers genau beschreiben. Dort angekommen fragte er nach George Cummins und musste eine halbe Stunde warten, bis er in ein kleines, äußerst komfortables Büro gebeten wurde. George Cummins saß hinter seinem Schreibtisch, das Licht schien durch sein dünnes weißes Haar, und sein Gesicht war von freundlichen Runzeln durchzogen.

Monk stellte sich ohne Umschweife vor und erklärte ihm aufrichtig, weshalb er ihn aufsuchte.

»Shearer?«, sagte Cummins überrascht. »Verschwunden, sagten Sie? Kann nicht behaupten, dass ich das erwartet hätte. Er schien in bester Stimmung zu sein, als er das letzte Mal hier war. Erwartete sich einen schönen Profit von einer tollen Sache. Hatte irgendetwas mit Amerika zu tun, glaube ich.«

Monk spürte, wie sein Interesse aufflackerte. Er versuchte, sich zu beherrschen, um sich vor allzu großen Hoffnungen zu schützen und sich davor zu bewahren, die Umstände in eine Richtung zu drängen, die ihm gelegen gekommen wäre.

»Hat er sich näher dazu geäußert?«

Cummins Augen wurden schmaler. »Warum? Welchen Geschäften gehen Sie eigentlich nach, Mr. Monk? Und warum wollen Sie wissen, wo Shearer ist? Ich betrachte ihn als Freund, schon seit Jahren. Ich spreche nicht mit irgendjemand über ihn, bis ich weiß, warum.«

Monk konnte ihm die Wahrheit nicht sagen, das hätte womöglich Beweise, die Cummins liefern konnte, zerstört. Er musste dennoch aufrichtig sein, gleichzeitig aber ausweichend antworten, etwas, das er bestens gelernt hatte.

»Das Geschäft mit dem Amerikaner ist schlecht gelaufen, wie Sie vielleicht wissen«, erwiderte er ernsthaft. »Seither scheint niemand mehr Shearer gesehen zu haben. Ich bin ein privater Ermittler und stehe in Mrs. Albertons Diensten, die sich Sorgen macht, dass auch Mr. Shearer etwas zugestoßen sein könnte. Er war viele Jahre lang ein treuer Mitarbeiter ihres verstorbenen Gatten. Sie fühlt sich verantwortlich, sicherzustellen, ob er am Leben und bei guter Gesundheit ist und keiner Hilfe bedarf. Und natürlich wird er auch sehr vermisst, gerade jetzt.«

»Verstehe«, nickte Cummins. »Ja, natürlich.« Er runzelte die Stirn. »Offen gesagt verstehe ich es selbst nicht, dass er sich nicht blicken lässt. Ich gestehe, Mr. Monk, dass ich mir jetzt auch Sorgen mache. Als ich ihn weder sah noch von ihm hörte, nahm ich an, er sei in irgendeiner Handelsangelegenheit auf Reisen. Gelegentlich reist er auf den Kontinent.«

»Wann sahen Sie ihn zum letzten Mal?«, drängte Monk. »Genau.«

Cummins dachte einen Augenblick lang nach. »Es war am Abend, bevor Mr. Alberton ermordet wurde. Aber ich nehme an, das wissen Sie bereits und sind deshalb hier. Wir sprachen über den Transport von Nutzholz nach Bath. Wie ich schon sagte, war er in bester Stimmung. Wir nahmen das Dinner gemeinsam ein, im *Hanley Arms*, neben der Omnibusstation an der Hornsey Road.«

»Um welche Zeit brachen Sie auf?«

Cummins wirkte besorgt. »Was, um Himmels willen, denken Sie bloß, Mr. Monk?«

»Ich weiß es nicht. Also, um welche Zeit?«

»Es war spät. Ungefähr elf Uhr. Wir … wir speisten ziemlich ausgiebig. Er sagte, er würde in die Stadt zurückfahren.«

»Wie? Mit einer Droschke?«

»Mit dem Zug vom Bahnhof in Seven Sisters aus. Er liegt am unteren Ende der Straße, in der sich das *Hanley Arms* befindet, noch ein kleines Stück weiter.«

»Wie lange dauert die Fahrt?«

»Um diese Nachtstunde? Es sind nicht viele Haltestellen: Holloway Station, durch den Copenhagen-Tunnel dann zu King's Cross. Knapp eine Stunde. Warum? Ich wollte, Sie würden mir sagen, was Sie denken!«

»Hat Sie jemand zusammen gesehen, der bezeugen könnte, wann Sie gegangen sind?«

»Wenn Sie wollen, fragen Sie doch den Wirt des *Hanley Arms*. Warum?« Cummins Stimme klang jetzt schrill vor Sorge.

»Weil ich glaube, dass er um halb ein Uhr nachts auf dem Bahnhof Euston Square war«, antwortete Monk und erhob sich.

»Was bedeutet das?«, fragte Cummins und stand ebenfalls auf.

»Das bedeutet, dass er nicht in der Tooley Street gewesen sein kann«, erwiderte Monk.

Cummins erschrak. »Dachten Sie etwa, er wäre dort gewesen?

Gütiger Gott! Sie ... Sie dachten doch wohl nicht, er wäre das gewesen? Nicht Walter Shearer! Er war ein hartgesottener Mann, wollte immer den besten Preis erzielen, aber er war ein sehr loyaler Angestellter. Oh, nein ...« Er hielt inne. Er sah in Monks Gesicht, dass es nicht notwendig war, mehr zu sagen.

»Es war der Amerikaner!«, schlussfolgerte er.

»Nein, der war es nicht«, entgegnete Monk. »Ich weiß nicht, wer, zum Teufel, es getan hat! Könnten Sie Ihre Aussage beschwören?«

»Natürlich! Das werde ich! Es ist die reine Wahrheit!«

Monk überprüfte die Aussage bei dem Wirt des *Hanley Arms*, bekam die Antwort, die er erwartet hatte, und außerdem die Bestätigung der Wirtin. Dann verfolgte er Shearers Spuren zum Euston Square, woraufhin ihm noch zweiunddreißig Minuten blieben, für die er keinen Zeugen hatte. Aber niemand hätte in dieser Zeit nach Süden in die Tooley Street fahren, drei Männer ermorden und sechstausend Gewehre verladen können. Er könnte allerdings am King's Cross ausgestiegen und von dort zum Euston Square gegangen sein und eine Wagenladung voller Waffen in Empfang genommen haben, die dort für ihn abgestellt worden war und bereits auf ihn wartete.

Noch am selben Abend berichtete er all das Rathbone.

Am Morgen bat Rathbone das Gericht, sich für eine ausreichend lange Zeit zu vertagen, bis der Wirt des *Hanley Arms* herbeigerufen werden konnte. Dies wurde ihm zugestanden.

Bis zum frühen Nachmittag waren alle Zeugenaussagen gemacht, und sowohl Deverill als auch Rathbone hatten ihre Schlussplädoyers gehalten. Niemand wusste, wer Alberton und die zwei Wächter in der Tooley Street ermordet hatte, aber es war ziemlich klar, dass es weder Breeland noch Shearer in Breelands Auftrag oder mit dessen Wissen gewesen sein konnte. Rathbone vermochte nicht zu sagen, wie Breelands Uhr auf den Hof gekommen war, und er konnte nicht erklären, wie die Waffen aus der Tooley Street zum Bahnhof Euston Square gekommen waren, dennoch kehrten die verwirrten und unzufriedenen Geschworenen aus der Beratung zurück und verkündeten das Urteil: Nicht schuldig.

Judith erlitt vor Erleichterung einen Schwächeanfall. Ihr genügte die pure Tatsache, dass Merrit von der drohenden Todesstrafe befreit war.

Hester stand in dem überfüllten Korridor vor dem Gerichtssaal und beobachtete Merrit, die zunächst zögerlich auf ihre Mutter zuging.

Philo Trace stand etwa zwölf Schritte von ihnen entfernt zur Linken. Er wollte sich dem Kreis nicht anschließen, aber es war ihm anzusehen, wie wichtig es ihm war, dass Judith glücklich werden würde.

Robert Casbolt stand näher bei ihr, er hatte ein blasses Gesicht und war von dem emotionalen Aufruhr der Verhandlung völlig erschöpft, doch nun war er, wenngleich nicht entspannt, so doch nicht mehr dazu gezwungen, für Merrits Rettung zu kämpfen.

Lyman Breeland stand abseits. Es war unmöglich, aus der Blässe seines Gesichts zu schließen, was er dachte. Er war frei, aber weder sein Charakter noch seine Passion waren auf Verständnis gestoßen, so wie er es sich gewünscht hatte. Wenigstens war er sensibel genug, die Qual zu spüren, von der sie nun alle befreit waren. An dieser Wiedervereinigung der Familie hatte er keinen Anteil. Ihnen blieb die Trauer, der Zorn, all das, was unausgesprochen bleiben musste und nicht einmal gedacht werden durfte.

Merrits Augen füllten sich mit Tränen. Vielleicht war es der Anblick ihrer Mutter in der schwarzen Trauerkleidung, der jegliche Farbe und Vitalität abhanden gekommen war, aufgesogen zunächst von dem schrecklichen Tod ihres Gatten und dann von der Angst um ihre Tochter.

Judith breitete ihre Arme weit aus.

Still trat Merrit vor, und sie fielen sich in die Arme. Merrit begann zu schluchzen, ließ all dem Schrecken und Schmerz freien Lauf, den sie während des letzten Monats, seit Hester ihr vom Tod ihres Vater berichtet hatte, so verzweifelt unter Kontrolle gehalten hatte.

Philo Trace kniff einige Male krampfhaft die Augen zusammen, dann drehte er sich um und ging.

Robert Casbolt blieb.

Rathbone trat aus der Tür des Gerichtssaals und lächelte. Horatio Deverill war ein paar Schritte hinter ihm, er wirkte immer noch überrascht, schien dem Kollegen aber nichts nachzutragen. Beide gingen an Breeland vorüber, scheinbar ohne ihn zur Kenntnis zu nehmen.

»Haben Sie das absichtlich getan?«, fragte Deverill und schüttelte Rathbone die Hand. »Ich dachte wirklich, ich hätte Sie, wenn schon nicht auf Grund der Fakten, so doch, weil ich es mir vorgenommen hatte. Ich bin immer noch nicht sicher, ob ich nicht irgendwie durch einen Taschenspielertrick zu Fall gebracht wurde.«

Rathbone lächelte nur.

Merrit und Judith lösten sich aus der Umarmung, und Judith dankte Rathbone mit vollendeter Höflichkeit, woraufhin sie sich ein paar Schritte entfernten. Merrit wandte sich zu Hester um.

»Ich danke Ihnen«, sagte sie leise. »Sie und Mr. Monk haben viel mehr für mich getan, als ich es jemals in Worte fassen könnte.« Immer noch zeichneten sich auf ihrem Gesicht Verwirrung und Niedergeschlagenheit ab.

Hester wusste, warum. Der Sieg des Freispruchs war schwer überschattet von dem desillusionierenden Erlebnis, dass Breeland sich von ihr zurückgezogen hatte. Nun, da die unmittelbare Gefahr gebannt war, musste sie zu einer Entscheidung kommen. Sie waren nicht länger durch äußere Umstände aneinander gekettet. Plötzlich war es eine Frage der freien Entscheidung. Dass sie überhaupt eine Entscheidung treffen musste, war schmerzlich genug, und ihr Elend war offensichtlich.

»Es war ein sehr zweifelhaftes Vergnügen, nicht wahr?«, erwiderte Hester ebenso leise. Sie wollte nicht, dass jemand ihre Unterhaltung mithörte, und da um sie herum viele Unterhaltungen geführt wurden, war es nicht schwierig, sich in das Meer der Stimmen zu mischen.

Merrit antwortete nicht. Sie konnte sich immer noch nicht

dazu überwinden, zu sagen, dass ihre Sicherheit zerronnen war. Der Feldzug war ruhmreich gewesen, aber es war nicht wirklich Liebe, reichte nicht für eine Ehe aus.

»Es tut mir Leid«, sagte Hester aus tiefster Seele. Auch sie hatte Träume betrauert und kannte den Schmerz.

Merrit senkte die Lider. »Ich verstehe ihn nicht«, hauchte sie. »Er hat mich nie geliebt, nicht wahr? Nicht so, wie ich ihn liebte.«

»Er liebt dich vermutlich so innig, wie er es vermag.« Hester zerbrach sich den Kopf, um die Wahrheit zu begreifen.

Merrit sah auf. »Was soll ich tun? Er ist ein ehrenwerter Mann. Ich wusste immer, dass er nicht schuldig war! Nicht nur, dass er nicht selbst dort gewesen war, sondern auch, dass er Shearer nicht dazu überredet hatte, es zu tun.«

»Bist du sicher, dass er die Gewehre nicht genommen hätte, wenn er gewusst hätte, dass sie mit Blut befleckt waren?«, fragte Hester.

Merrit schluckte. »Nein ...«, flüsterte sie. »Er hält die Sache für wichtig genug, um alle Mittel zu rechtfertigen, die ihr dienen könnten. Ich ... Ich glaube nicht, dass ich seine Auffassung teilen kann. Ich kann sie nicht nachempfinden. Vielleicht ist mein Idealismus nicht stark genug. Ich habe nicht diese großartige Vision. Vielleicht bin ich auch nicht so gut wie er ...« Letzteres war fast eine Frage. Das Flehen um eine Antwort lag in ihren Augen. Sogar jetzt war sie noch überzeugt, der Fehler läge bei ihr, dass sie es sei, der ein gewisser Edelmut fehlte, der sie befähigen würde, die Dinge so zu sehen wie er.

»Nein«, sagte Hester entschieden. »Nur die Masse zu sehen und das Individuum zu vernachlässigen, das ist kein Edelmut. Du verwechselst emotionale Feigheit mit Ehre.« Während sie sprach, wurde sie sich ihrer Sache immer sicherer. »Zu tun, was du für richtig hältst, ist gut, selbst wenn es schmerzt, deiner Pflicht nachzugehen, selbst wenn es auf Kosten einer Freundschaft oder gar einer Liebe geht. Es ist edelmütig und eine große Vision, natürlich. Aber sich der persönlichen Beziehung zu entziehen, der Güte und der Liebe, um sich stattdessen dem Heldentum einer allgemeinen Sache zu widmen, wie wichtig sie auch sein mag, das ist eine Art von Feigheit.«

Merrit schien immer noch zu zweifeln. Zum Teil verstand sie, aber sie hatte nicht die Worte gefunden, um es sich selbst klarzumachen. Sie runzelte die Stirn und kämpfte darum, die Erkenntnis endgültig zu akzeptieren, vor der sie seit Tagen versucht hatte, die Augen zu verschließen.

»Ich könnte niemanden lieben, der mich über seine Überzeugungen stellen würde. Ich meine … ich könnte ihn lieben, aber nicht mit ganzem Herzen, nicht wie ich es mir wünschen würde.«

»Das könnte ich auch nicht«, stimmte Hester zu und sah die momentane Erleichterung in Merrits Augen, bevor die Verwirrung zurückkehrte. »Ich möchte, dass er tut, was er für richtig hält, egal, wie weh es tut. Das ist der Unterschied.«

Merrit bebte und war kurz davor, in Tränen auszubrechen. »Ich … ich dachte wirklich … aber man kann nicht so leicht loslassen, nicht wahr?«

»Nein.« Hester berührte zärtlich ihren Arm. »Natürlich nicht. Aber mit ihm zu gehen, die ganze Zeit etwas vorzutäuschen und zuzusehen, wie die Wirklichkeit immer unerträglicher wird, ich glaube, das wäre noch schwieriger.«

Breeland kam auf sie zu. Er sah ein wenig verlegen aus, unsicher, was er nun sagen sollte, da die Anspannung gewichen war. Er hatte die Waffen, seine Unschuld hatte sich erwiesen und er war freigesprochen. Vielleicht bemerkte er die Distanz um ihn herum nicht einmal.

Judith drehte sich um, um sie zu beobachten, aber sie blieb, wo sie war.

»Ich danke Ihnen für Ihre Bemühungen, die Sie unseretwegen auf sich genommen haben, Mrs. Monk«, sagte Breeland steif. »Ich bin sicher, Sie taten es, weil Sie es für richtig hielten, trotzdem sind wir dankbar.«

»Sie irren sich«, sagte Hester und erwiderte seinen Blick. »Ich hatte keine Ahnung, ob es richtig oder falsch war. Ich tat es, weil ich um Merrit besorgt war. Ich hoffte, sie würde unschuldig sein, und daran glaubte ich, solange ich konnte, weil ich es wollte.

Glücklicherweise kann ich jetzt immer noch an ihre Unschuld glauben.«

»Das ist die Art von Begründung, die einer Frau freisteht, nehme ich an«, sagte er mit leichter Missbilligung. »Aber sie ist zu gefühlsbetont.« Ein schwaches Lächeln kräuselte seine Lippen. »Ich will nicht unfreundlich sein.«

Er wandte sich an Merrit. »Vielleicht möchtest du noch eine Weile bei deiner Mutter bleiben, bevor wir nach Washington zurückkehren. Ich könnte noch mindestens eine Woche bleiben, aber dann sollte ich mich wieder meinem Regiment anschließen. Ich habe sehr wenig verlässliche Nachrichten, was zu Hause geschieht. Wenigstens ist nun meine Ehre wiederhergestellt, und England wird wissen, dass die Offiziere der Union rechtschaffen handeln. Es kann gut sein, dass man mich noch einmal hierher schickt, um weitere Waffen zu kaufen.«

Es folgte ein Moment des Schweigens, bevor Merrit mit ruhiger Stimme zu ihrer Antwort ansetzte, aber es war offensichtlich, dass es ihre ganze Willenskraft kostete.

»Ich bin sicher, deine Ehre ist wiederhergestellt, Lyman, und dass das für dich das Wichtigste ist, was passieren konnte. Ich bin ebenso sicher, dass du es verdienst. Dennoch möchte ich nicht mit dir nach Washington zurückkehren. Ich danke dir für das Angebot. Ich bin sicher, dass du mir damit eine große Ehre erweist, aber ich bin nicht der Meinung, dass wir einander glücklich machen würden, daher kann ich nicht annehmen.«

Er begriff nicht, was sie gesagt hatte. Es war ihm unverständlich, dass sie sich von dem jungen Mädchen, das ihn so ergeben angebetet hatte, zu der jungen Frau entwickelt hatte, die nun eine überlegte Entscheidung fällte, die seine Zurückweisung bedeutete.

»Du würdest mich sehr glücklich machen«, sagte er stirnrunzelnd. »Du verfügst über alle Qualitäten, die sich ein Mann nur wünschen kann, und überdies hast du dich in Situationen größter Bedrängnis bewährt. Ich kann mir nicht vorstellen, eine Frau zu finden, die ich mehr anbete als dich.«

Merrit atmete tief durch. An ihrem Gesicht erkannte Hester, dass sie zu einem endgültigen Entschluss gekommen war.

»Liebe ist mehr als Bewunderung, Lyman«, sagte Merrit und schnappte nach Luft. »Liebe bedeutet, sich um jemanden zu kümmern, ob er auf dem Irrweg oder auch auf dem richtigen Weg ist. Liebe bedeutet, die Schwächen des anderen zu schützen, ihn zu behüten, bis er die Stärke wiedererlangt hat. Liebe bedeutet, die kleinen und die großen Dinge miteinander zu teilen.«

Er sah wie betäubt aus, als hätte sie ihn geschlagen und er hätte keine Ahnung, weshalb.

Dann verbeugte er sich ganz langsam, drehte sich um und stolzierte davon.

Sie schien zu würgen, holte Luft, als wollte sie ihn zurückrufen und schwieg dann doch.

Judith kam auf sie zu, legte die Arme um sie und ließ sie weinen. Es war ein inniges heftiges Schluchzen, das das Ende eines Traumes bedeutete und doch bereits die Spur von Erleichterung in sich barg.

12

Monk und Hester gingen zum Dinner aus und genossen exzellenten pochierten Fisch mit frischem Gemüse und Pflaumenkuchen mit Schlagsahne. Arm in Arm spazierten sie nach dem Essen durch die ruhigen, von Laternen erleuchteten Straßen nach Hause. Zwischen den Dachfirsten und den wenigen noch erhellten Fenstern wölbte sich ein Regenbogen über den Himmel.

»Wir wissen immer noch nicht, wer Daniel Alberton ermordete«, sagte Hester schließlich. Sie hatten den ganzen Abend lang beide davon Abstand genommen, das Thema anzusprechen, aber nun war es nicht länger zu vermeiden.

»Nein«, erwiderte er düster und drückte sie fester an sich. »Wir wissen nur, dass es Breeland nicht war, nicht einmal indirekt. Und Shearer konnte es auch nicht gewesen sein. Wer bleibt uns dann?«

»Ich weiß es nicht«, gab sie zu. »Was geschah mit den anderen fünfhundert Flinten?«

Mehrere Minuten lang schwieg Monk und spazierte mit gesenktem Kopf dahin.

»Glaubst du, Breeland nahm auch die und log uns an?«, fragte sie.

»Warum sollte er?«

»Das Geld? Vielleicht war es nicht genug, was er bezahlte?«

»Da es von dem Geld ohnehin keine Spur gibt, scheint es für Diebstahl keinen Grund zu geben«, erklärte er.

Darauf gab es keine Antwort. Wieder gingen sie eine Weile dahin, ohne zu sprechen. Sie trafen ein anderes Paar und nickten höflich. Die Frau war jung und hübsch, und der Mann bewunderte sie ganz offensichtlich. Hester fühlte sich wohl und beschützt, nicht vor Schmerz oder Verlust, aber vor der Qual zerbrechender Illusionen. Sie drückte Monks Arm ein wenig fester.

»Was hast du?«, fragte er.

»Nichts«, erwiderte sie lächelnd. »Hat nichts mit Daniel Alberton zu tun, dem armen Mann. Ich möchte wirklich wissen, was geschah … und ich möchte es beweisen können.«

Er lachte kurz auf und drückte sie fest.

»Ich kann diese Erpressungsgeschichte nicht vergessen«, fuhr sie fort. »Ich glaube nicht, dass das zeitliche Zusammentreffen purer Zufall war. Aus dem Grunde hatte er dich ja zu sich gebeten. Und der Erpresser trat nie mehr wieder auf! Piraten geben doch nicht auf, oder?«

»Aber Alberton ist tot!«

»Das weiß ich! Aber Casbolt ist am Leben! Warum wandten sie sich nicht an ihn? Auch er unterstützte Gilmer mit Geld.«

Sie überquerten die Straße und traten auf der gegenüberliegenden Straßenseite auf den Bürgersteig, immer noch eine halbe Meile von Zuhause entfernt.

»Die hässlichste Antwort darauf ist, dass sie gar nicht aufgaben«, entgegnete er. »Wir wissen immer noch nicht, was mit dem Prahm geschah, der flussabwärts fuhr, wer ihn steuerte und was er geladen hatte. Gewiss wurde irgendetwas aus den Lagerhallen der Tooley Street herausbefördert. Da sind fünfhundert Flinten, über deren Verbleib wir nichts wissen … das ist genau die Anzahl, die die Piraten gefordert hatten.«

»Denkst du etwa, Alberton hätte sie ihnen doch verkauft?«, fragte sie leise. Dies war ein Gedanke, den sie seit Tagen zu verdrängen versucht hatte. Die Anspannung während der Gerichtsverhandlung hatte ihr dabei geholfen, aber nun konnte sie ihn nicht länger vermeiden. »Warum hätte er das tun sollen? Judith hätte es verabscheut.«

»Vermutlich hatte er die Absicht, es ihr oder auch Casbolt niemals zu erzählen.«

»Aber warum?«, insistierte sie. »Fünfhundert Gewehre … was wären sie etwa wert gewesen?«

»Ungefähr eintausendachthundertfünfundsiebzig Pfund«, antwortete er. Er musste nicht hinzufügen, dass das ein kleines Vermögen bedeutete.

»Du hast doch seine Geschäftsbücher eingesehen«, erinnerte sie ihn. »Könnte es sein, dass er so viel Geld brauchte?«

»Nein. Es ging ihm gut. Natürlich gab es Höhen und Tiefen, aber insgesamt war sein Geschäft sehr profitabel.«

»Tiefen? Willst du damit sagen, dass es Zeiten gab, als niemand Waffen kaufen wollte?«, fragte sie skeptisch.

»Sie handelten ja auch mit anderen Dingen, mit Nutzholz und vor allem mit Maschinen. Aber daran dachte ich nicht. Waffen brachten den größten Gewinn, waren aber auch das Einzige, das ihm schwere Verluste einbrachte.« Sie erreichten den Randstein. Monk zögerte, schaute die Straße entlang und überquerte sie. Sie waren jetzt kurz vor der Fitzroy Street.

»Erinnerst du dich an den dritten chinesischen Krieg, von dem du sagtest, Judith Alberton hätte dir damals an dem ersten Abend in ihrem Haus davon erzählt?«

»Über das Schiff und den französischen Missionar?«

»Nein, nicht den, den danach … der erst letztes Jahr stattfand.«

»Was ist damit?«, fragte sie.

»Es sieht so aus, als hätten sie kurz vorher den Chinesen Waffen verkauft, seien aber wegen des Ausbruchs der Feindseligkeiten nie dafür bezahlt worden. Es war auch keine allzu große Summe, und sie konnten sie binnen weniger Monate wettmachen. Aber das war das einzige schlechte Geschäft. Er hatte es gar nicht nötig, an Piraten zu verkaufen. Trace hatte ihm für die Gewehre, die dann Breeland bekam, dreizehntausend Pfund im Voraus bezahlt, die selbstverständlich zurückbezahlt werden müssen. Breeland behauptet, den gesamten Preis bezahlt zu haben, etwa zweiundzwanzigtausendfünfhundert Pfund. Außerdem war da noch die Munition, die etwa eintausendvierhundert Pfund wert war. Der gesamte Profit wäre ein Vermögen.« Er schüttelte leicht den Kopf. »Ich verstehe nicht, warum er Waffen im Wert von weiteren eintausendachthundertfünfundsiebzig Pfund an Piraten verkaufen sollte.«

»Ich auch nicht« nickte sie zustimmend. »Aber wo sind sie dann? Und wer tötete Alberton und wer fuhr den Fluss hinunter? Und wo steckt Walter Shearer?«

»Ich weiß es nicht«, gab Monk zurück. »Aber ich habe die Absicht, es herauszufinden.«

»Gut«, sagte sie sanft, während sie um die Ecke gingen und in die Fitzroy Street einbogen.

»Wir müssen es wissen.«

Am nächsten Morgen erwachte Monk sehr früh und verließ das Haus, ohne Hester aufzuwecken. Je eher er begann, desto eher könnte er eine Spur finden, die ihn der Wahrheit näher brachte. Während er die Tottenham Court Road entlangging, vorüber an Obst- und Gemüsekarren, die auf dem Weg zum Markt waren, fragte er sich, ob er die Spur vielleicht schon hatte, sie aber nur nicht als solche erkannte. Als er mit einem Hansom über die Brücke fuhr, ging er im Geist noch einmal alles durch, Detail für Detail, und stellte sich darauf ein, seine Ermittlungen ein weiteres Mal bis Bugsby's Marshes hinunter auszudehnen.

Dieses Mal brachte er die Fahrt eiligst hinter sich und konzentrierte sich mehr auf die Beschreibung des Lastkahns, auf irgendwelche besonderen Merkmale und Eigenschaften, die er vielleicht gehabt hatte. Wenn er auch nur einen Teil des Weges zurückgefahren war, dann musste ihn doch irgendjemand gesehen haben?

Monk brauchte den ganzen Vormittag, um bis Greenwich zu kommen, und erfuhr tatsächlich ein paar Kleinigkeiten über das Schiff. Es war groß gewesen und so schwer beladen, dass es gefährlich tief im Wasser lag. Aus genau diesem Grund war es einem oder zwei Männern aufgefallen, die am Fluss arbeiteten. Sie beschrieben grob seine Ausmaße, aber hätte es besondere Merkmale gehabt, wären sie im Dunkeln nicht erkennbar gewesen.

Von der Morden Wharf aus, gleich hinter Greenwich, fuhr er mit einem Boot über den Fluss zurück, dann ein wenig flussaufwärts zum Cubitt Tower Pier. Sodann fuhr er auf der Straße weiter, vorbei am Blackwall Entrance zum West India Dock. Überall stellte er Fragen bezüglich des Lastkahns. In der *Artichoke Tavern* kehrte er auf einen Humpen Most ein, aber niemand konnte sich mehr an die Nacht der Morde in der Tooley Street erinnern. Es war schon zu lange her.

Er ging zu den Blackwall Stairs, wo er mit einem Fährmann eine lange Unterhaltung führte, der sich damit beschäftigte, ein Seil zusammenzuspleißen. Seine rauen Finger arbeiteten flink, gekonnt flocht und zog er mit dem eisernen Haken, was auf eine Art ebenso wunderschön anzusehen war wie bei einer Frau, die Spitze klöppelte. Monk hatte seine Freude daran, zuzusehen. Es weckte schwache Erinnerungen an eine ferne Vergangenheit, an eine Kindheit an nördlichen Stränden, den Geruch von Salz und die Melodie der Stimmen in Northumbria, an eine Zeit, aus der ihm kaum Erinnerungen geblieben waren, außer den hellen Flecken, die das Sonnenlicht auf eine düstere Landschaft warf.

»Ein großer Schleppkahn«, sagte der Fährmann nachdenklich.

»Ja, ich erinnere mich an die Morde in der Tooley Street. Schlimme Sache, das. Schade, dass sie den nicht erwischt haben, der das getan hat. Aber Gewehre mag ich auch nicht. Die sind für Soldaten und Armeen und so was. Anderswo bringen sie nur Schwierigkeiten.«

»Diejenigen, die für die Armee der Union bestimmt waren, scheinen mit dem Zug nach Liverpool transportiert worden zu sein«, erwiderte Monk, obwohl das jetzt nicht mehr von Belang war, schon gar nicht für den Fährmann.

»Hm.« Der Mann flocht das aufgezwirbelte Ende des Seils in das andere Ende, dann nahm er ein Messer und schnitt die letzten Fasern ab. »Vielleicht.«

»Nein, ganz bestimmt«, versicherte Monk ihm.

»Haben Sie's gesehen?« Der Fährmann zog die Brauen hoch.

»Nein … aber sie sind angekommen … in Washington, meine ich.«

Der Fährmann gab keinen Kommentar ab.

»Aber es gab noch andere Waffen«, fuhr Monk fort und kniff die Augen zusammen, um sich vor dem Sonnenlicht, das der Fluss reflektierte, zu schützen. Sie befanden sich direkt gegenüber des graubraunen Streifens von Bugsby's Marshes und der Flussbiegung von Blackwall Point, hinter die man nicht sehen konnte. »Irgendetwas muss mit dem Kahn den Fluss hinuntertransportiert worden sein. Was ich nicht weiß, ist, wohin diese

Kisten verschwanden und wohin dieser Kahn fuhr, nachdem er entladen worden war.«

»Hier wird eine Menge illegales Zeug hin und her geschippert«, meinte der Mann. »Meistens kleines Zeug und weiter unten bei Estuary, vor allem hinter Woolwich Arsenal und den Docks auf dieser Flussseite. Unten bei Gallion's Reach oder Barking Way und weiter.«

»In dieser Zeit hätte der Kahn nicht so weit fahren können«, erwiderte Monk.

»Vielleicht hat er ja irgendwo gewartet?« Der Fährmann beendete seine Arbeit und prüfte sie eingehend. Offenbar war er zufrieden, denn er legte das Seil beiseite und steckte Messer und Haken ein. »Bei Margaret Ness oder Cross Ness vielleicht?«

»Gibt es eine Möglichkeit, das herauszufinden?«

»Nicht, dass ich wüsste. Sie könnten es ja versuchen und fragen, wenn Sie dort jemanden finden. Wollen Sie hinfahren?«

Monk blieb nichts anderes übrig, als es zu versuchen. Er nahm das Angebot an, kletterte in das Boot und ließ sich im Heck nieder.

Draußen auf dem Wasser war die Luft kühler, und die schwache Brise über der hereinbrechenden Flut trug den Geruch von Salz, Fisch und lehmigen Ufern mit sich.

»Fahren Sie in Richtung Blackwall Point hinunter«, sagte Monk. »Glauben Sie, dort gibt es genügend Deckung für ein seegängiges Schiff, eines, das groß genug ist, um über den Atlantik zu segeln?«

»Hm, das ist eine gute Frage«, meinte der Fährmann nachdenklich. »Hängt davon ab, wo.«

»Warum? Welchen Unterschied macht das?«, fragte Monk.

»Na, an manchen Stellen würde ein Schiff herausragen wie ein wunder Daumen. Sogar aus einer Meile Entfernung würden die Masten klar zu sehen sein. Aber an anderen Stellen, dort zum Beispiel, wo das alte Wrack liegt, wer würde da schon einen oder zwei weitere Masten bemerken? Wenigstens nicht für eine Weile.«

Monk beugte sich begierig nach vorn. »Dann fahren Sie doch

an all diesen Stellen vorbei. Dann sehen wir, wie die Strömung verläuft und wo ein Schiff liegen könnte«, drängte er.

Der Fährmann gehorchte, legte sich mit seinem ganzen Gewicht in die Ruder und tauchte sie tief ins Wasser. »Nicht, dass das was beweisen würde«, warnte er. »Außer natürlich, Sie finden jemanden, der was gesehen hat. Ist schon 'ne Weile her. Müssen schon zwei Monate oder noch mehr sein.«

»Ich werde es versuchen«, beharrte Monk.

»Na gut.« Der Fährmann legte sich mit aller Kraft in die Ruder, und allmählich wurden sie schneller, obwohl sie sich gegen die Strömung bewegten. Sie fuhren um die weite Biegung am Blackwall Reach bis zur Landspitze. Monk betrachtete das schlammige Ufer mit dem niedrigen Schilf, ab und zu schwamm Treibholz vorüber, und alte Vertäuungspfosten ragten wie verfaulte Zähne aus den Wellen heraus. Schlamm glänzte in der Sonne, wechselte sich mit grünen Flecken von Unkraut ab, und hier und da entdeckte er ein Wrack, das tief im Schlamm steckte.

Hinter Blackwall Point lagen die Überreste von alten Frachtkähnen. Es war schwierig, zu sagen, was genau sie ursprünglich einmal gewesen waren, zu wenig war von ihnen übrig geblieben. Es könnte ein Prahm gewesen sein, der durch Fluten und Strömungen zertrümmert worden war, es könnten aber auch zwei gewesen sein. Andere alte Planken und Bretter hatten sich darin verfangen und ragten in bizarren Formationen aus dem Schlamm. Es war ein trostloser Anblick von Verfall und Niedergang.

Der Fährmann ruhte sich, über seine Ruder gebeugt, aus, sein Gesicht war von finsteren Falten durchzogen.

»Was haben Sie?«, fragte Monk. »Ist diese Wasserstraße nicht zu seicht für ein Schiff, das für eine Atlantiküberquerung tauglich ist? Es müsste doch sehr flach im Wasser liegen, andernfalls würde es auf Grund laufen. Hier kann es nicht gewesen sein. Wie sieht es weiter unten aus?«

Der Mann antwortete nicht, er schien in die Betrachtung des Ufers vertieft zu sein.

Monk wurde ungeduldig. »Was ist mit weiter unten?«, wiederholte er. »Hier ist es zu seicht.«

»Ja, ja«, brummte der Fährmann. »Versuche gerade, mich an was zu erinnern. Irgendwas hab ich hier gesehen, genau um die Zeit, um die es geht. Kann mich nur nicht daran erinnern.«

»Ein Schiff?«, fragte Monk zweifelnd. Es hörte sich eher verzweifelt als hoffnungsvoll an.

Ein ein Meter langes Brett trieb an ihnen vorüber auf das Ufer zu; es lag zwei oder drei Fingerbreit unter Wasser, und das eine Ende war zackig abgesplittert.

»Was haben Sie gesehen?«, bohrte Monk ungeduldig nach.

Ein weiteres Stück Wrack stieß gegen das Boot.

»Es waren mehr Wracks als die dort«, antwortete der Fährmann und deutete auf das Ufer. »Sieht jetzt ganz anders aus. Aber warum sollte jemand ein Wrack von hier fortschleppen? Ist doch nichts mehr wert in dem Zustand; das Holz ist verfault, das kann man nicht einmal mehr verheizen. Ist zu nichts mehr gut, außer hier im Weg herumzuliegen.«

»Noch ein ...«, begann Monk, aber als sein Auge auf einem weiteren Stück Treibgut hängen blieb, das vorüberschwamm, kam ihm ein höchst kühner Gedanke – verwegen, ungeheuerlich, und er würde wohl kaum zu beweisen sein, doch er würde alles erklären.

»Gibt es hier in der Gegend jemanden, den Sie kennen?« Seine Stimme klang überraschend heiser, der neu erwachte Eifer verlieh ihr einen rauen Unterton.

Erstaunt sah ihn der Fährmann an, er hatte den Unterton vernommen, ohne zu wissen, worauf er zurückzuführen war.

»Ich könnte mich umhören. Der alte Jeremiah Spatts könnte was gesehen haben. Er wohnt drüben auf der anderen Seite, aber er ist ständig unterwegs. Aber bei dem müssen Sie vorsichtig sein, was Sie fragen. Der will mit der Justiz nichts zu schaffen haben.«

»Dann fragen Sie ihn doch«, sagte Monk, griff in seine Tasche und fischte zwei halbe Kronen heraus, die er dem Fährmann auf der flachen Hand entgegenhielt. »Bringen Sie mir eine ausführliche und aufrichtige Antwort.«

»Das mache ich«, nickte der Mann. »Ihr Geld brauche ich

nicht, aber ich will wissen, welche Idee Ihnen eben gekommen ist. Erzählen Sie mir die Geschichte.«

Monk tat es und steckte ihm die zwei halben Kronen trotzdem zu.

Noch am selben Abend suchte Monk Philo Trace auf, der sich glücklicherweise in seiner Unterkunft befand. Er fragte ihn nicht, weshalb er sich noch in London aufhielt, ob er immer noch hoffte, für die Konföderation Waffen kaufen zu können, oder ob er seine Abreise wegen der Gefühle, die er für Judith Alberton hegte, hinauszögerte. Die Verhandlung war vorüber, er hatte weder eine rechtliche noch eine moralische Verpflichtung, hier zu bleiben.

Monk hatte sich daran erinnert, dass Trace erzählt hatte, er wäre für die Marine der Konföderierten getaucht, und darüber wollte er nun dringend mit ihm sprechen.

»Tauchen!«, rief Trace ungläubig. »Wo? Wonach?«

Monk erklärte ihm seine Beweggründe und erzählte, was er gesehen hatte.

»Das können Sie nicht allein tun«, sagte Trace, als Monk geendet hatte. »Es ist gefährlich. Ich begleite Sie. Wir müssen uns Anzüge beschaffen. Sind Sie schon einmal getaucht?«

»Nein, aber ich werde es lernen müssen, indem ich es einfach versuche«, erwiderte Monk und bemerkte, wie unwirsch er klang. Er hatte keine Alternative. Einen anderen konnte er nicht schicken, und der Ausdruck in Trace' Augen verriet, dass er das wusste. Er widersprach nicht.

»Dann erkläre ich Ihnen wohl besser einige der Gefahren und Gefühle, die Sie dabei erleben werden – zu Ihrer eigenen Sicherheit«, warnte er. »Am Fluss entlang muss es auch irgendwo Taucher geben, zur Bergung und um Kais und so weiter zu reparieren.«

»Die gibt es auch«, nickte Monk. »Der Fährmann erzählte es mir. Ich habe bereits Erkundigungen eingezogen. Von Messrs. Heinke können wir uns sowohl Ausrüstung als auch ein paar Männer zur Unterstützung leihen. Sie sind Unterwasseringenieure, ihre Geschäftsräume liegen an der Great Portland Street.«

»Sehr gut.« Trace nickte. »Dann halte ich mich bereit, wann Sie wollen.«
»Morgen?«
»Gewiss.«

Monk hatte Hester von der Idee erzählt, die er auf dem Fluss gehabt hatte, und ihr den Plan erläutert, mit Philo Trace bei Blackwall Point in die Themse hinabzutauchen. Natürlich hatte sie ihn nach allen noch so winzigen Details gefragt, und er hatte ihr beteuert, dass seine Sicherheit gewährleistet sei, und ihr erläutert, was er zu finden hoffte.

Am nächsten Nachmittag verließ er um zwei Uhr das Haus und sagte, er würde Philo Trace und die Männer von Messrs. Heinke am Fluss treffen. Er würde entweder zurückkehren, wenn er etwas entdeckt hatte, oder wenn die steigende Flut weitere Arbeit unmöglich machte. Damit musste sie zufrieden sein. Es schien keine Möglichkeit zu geben, dass sie ihn begleitete. Aus seinem Gesichtsausdruck schloss sie, dass sie nichts gewinnen würde, wenn sie ihn deswegen weiter bedrängt hätte.

Monk fand das bevorstehende Abenteuer des Tauchens außergewöhnlich, aber auch erschreckend. Er traf Trace am Kai, wo sie mit allem ausgestattet werden sollten, was sie für das Wagnis brauchen würden. Bis zu diesem Moment hatte Monk sich darauf konzentriert, was er auf dem Grund des Flusses zu finden erwartete und welche Schlüsse er daraus ziehen würde, wenn sie Erfolg hatten. Doch nun übermannte ihn die Wirklichkeit dessen, was er im Begriff war, zu tun.

»Geht es Ihnen gut?«, fragte Trace mit besorgtem Gesicht. Sie standen Seite an Seite auf den breiten Holzbohlen des Piers, sechs Meter unter ihnen war das graubraune undurchsichtige Wasser, glucksend und sanft wogend, es roch nach Salz, Schlamm und dem eigenartig säuerlichen Odeur der zurückweichenden Flut, die einen Bodensatz wimmelnden Lebens zurückließ. Das Wasser war so voller Schlamm, es hätte sowohl knietief als auch eine Meile tief sein können. Alles, was mehr als einen Fuß unter Wasser lag, war nicht mehr zu erkennen. Es war die Zeit, bevor die

Ebbe ihren Tiefstand erreichte und die Flut zurückkehrte, also die beste Zeit zum Tauchen, wenn die Strömung am wenigsten Kraft hatte und das hereindrängende Salzwasser wenigstens eine Sichtweite von einem Fuß gewährleistete.

Monk bemerkte, dass er zitterte.

»Also, mein Herr!«, rief ein Mann mit grau meliertem Haar fröhlich. »Dann wollen wir mal mit Ihnen anfangen!« Er betrachtete Monk mit mäßiger Begeisterung von oben bis unten. »Wenigstens nicht zu fett. Mir sind sie zwar mager lieber, aber es wird schon gehen mit Ihnen.«

Monk starrte ihn verständnislos an.

»Fette Taucher sind nicht gut«, sagte der Mann und pfiff durch die Zähne. »Die halten in der Tiefe den Druck nicht aus. Ihre Gesundheit macht das nicht mit, die sind fertig. Also, runter mit den Kleidern. Wir haben keine Zeit, hier lange herumzustehen.«

»Was?«

»Runter mit den Kleidern«, wiederholte der Mann geduldig. »Sie haben doch wohl nicht gedacht, Sie würden voll bekleidet da runtertauchen, was? Wen hoffen Sie denn, da unten zu treffen? Eine Meerjungfrau?«

Ein weiterer Mann war zur Unterstützung gekommen, und Monk sah zu Trace hinüber, der auch von einem gut gelaunten Mann entkleidet und wieder bekleidet wurde, der trotz des warmen Augusttages einen dicken Pullover trug.

Gehorsam schlüpfte Monk aus seinen Kleidungsstücken und behielt nur die Unterwäsche an. Man reichte ihm zwei Paar lange wollene Strümpfe und ein dickes Hemd aus demselben Material, dann eine Kniebundhose aus Flanell, die dazu diente, die anderen Kleidungsstücke zusammenzuhalten. Monk wurde es heiß und er bekam kaum noch Luft. Ihm blieb keine Zeit, um sich die lächerliche Figur vorzustellen, die er abgeben musste, aber mit einem Blick auf Trace stellte er fest, dass er damit nicht allein war.

Der Mann, der ihm beim Ankleiden behilflich war, brachte eine rote Wollmütze zum Vorschein, die er ihm mit so viel Umsicht auf den Kopf setzte, als ob es sich um einen höchst kapriziösen Modellhut handelte.

Eine Schlange von Schleppkähnen fuhr an ihnen vorüber, ihre Besatzungen schauten interessiert herüber und fragten sich, was da vor sich gehen mochte.

»Passen Sie auf!«, sagte Monks Helfer. »Lassen Sie die Mütze gerade, so wie ich sie Ihnen aufgesetzt habe, denn wenn Ihr Luftschlauch blockiert wird, ziehen wir Sie tot wieder hoch. Und jetzt gehen Sie besser die Treppen da runter und steigen auf den Kahn. Den Rest des Anzugs brauchen Sie noch nicht anzuziehen. Er ist grässlich schwer, vor allem, wenn man nicht daran gewöhnt ist. Passen Sie auf!« Letzteres war eine Warnung für Monk, der einen Schritt tat und dabei mit einem Fuß, der ja nur in Strümpfen steckte, beinahe auf einen Nagel getreten wäre.

Trace folgte ihm die lange Leiter hinunter auf das niedere Boot, das sanft gegen den Pier stieß. Darauf befand sich bereits eine wundersame Ansammlung von Pumpen, Rädern, Taurollen und Schlangen von Gummischläuchen.

Normalerweise hätte Monk in dem schwach schaukelnden Boot leicht die Balance gehalten, aber er war zu verspannt und bewegte sich unnatürlich linkisch. Kurz schoss ihm der Gedanke durch den Kopf, was sie wohl von ihm denken würden, wenn sie nichts fänden. Und wer würde diese Expedition bezahlen?

Trace hatte einen grimmigen Gesichtsausdruck, aber er wirkte gefasst. Wenigstens ließ er keine Befürchtungen erkennen. Hatte er Monks außergewöhnliche Geschichte geglaubt?

Die drei Männer, die ihnen beim Ankleiden geholfen hatten, setzten sich rückwärts an die Ruder und stießen sich vom Kai ab. Dann holten sie zu weiten Ruderschlägen aus und fuhren mit der weichenden Flut flussabwärts bis hinter Bugsby's Marshes. Niemand sprach. Man hörte keinen Laut außer dem Knarzen der Ruder in den Ruderdollen, dem Plätschern und Glucksen des Wassers.

Der Himmel war halb vom Rauch Tausender von Kaminen bedeckt, die sich rund um die Hafenbecken des nördlichen Flussbereiches befanden. Masten und Kräne zeichneten sich schwarz vor dem Dunst ab. Vor ihnen lagen die hässlichen Untiefen der Sumpfgebiete. Monk hatte den Männern bereits so gut er konnte erklärt, wo er mit der Suche beginnen wollte. Er konnte nur ungenaue Angaben machen und ihm wurde zunehmend klarer, wie groß das Gebiet war, als sie sich dem Blackwall Point und dem Wrack, das er bei seiner früheren Fahrt entdeckt hatte, näherten. Die Männer ruhten sich über ihre Ruder gebeugt aus. Es war fast Stillwasser.

»Also, meine Herren«, sagte einer der Männer. »Wo wollen Sie beginnen?«

Nun war es Zeit, den Rat der Experten einzuholen.

»Wenn jemand einen Lastkahn versenken wollte, sodass kaum eine Chance besteht, dass er entdeckt werden würde, wo würde er das wohl tun?«, fragte Monk. Seine Frage hörte sich lächerlich an.

Über ihnen zogen kreischende Möwen ihre Kreise. Der Wind nahm zu, und das Wasser plätscherte gegen die Seiten des Bootes.

Der Mann, der Monk beim Ankleiden geholfen hatte, beantwortete seine Frage.

»Im Lee einer der Sandbänke«, sagte er, ohne zu zögern. »Dort ist das Wasser tief genug, um einen Schleppkahn sogar während dem niedrigsten Stand der Ebbe zu verbergen.«

»Was würde einen Prahm zum Sinken bringen?«, fragte Monk ihn.

Der Mann runzelte die Stirn. »Nicht viel, eigentlich. Höchstens Altersschwäche oder zu schwere Ladung.«

»Aber wenn man absichtlich einen versenken möchte?«, hakte Monk nach.

Die Augen des Mannes wurden groß. »Dann schlägt man am besten ein Loch hinein, denke ich. Natürlich unter der Wasserlinie. Nicht in den Boden, der ist aus Ulmenholz gemacht, das ist zu hart. Die Seiten bestehen aus Eichenplanken.«

»Verstehe. Vielen Dank.« Nun wusste er alles, was er brauchte. Jetzt war es nicht mehr länger hinauszuzögern. Er musste in den Anzug schlüpfen und über die Reling in das trübe Wasser springen.

Noch ein paar Ruderschläge, vielleicht noch weitere fünf Minuten, dann kletterte er mit Hilfe von zwei Männern in den Taucheranzug. Er glich einem sackartigen Kleidungsstück, bei dem Jacke und Hose zusammengenäht waren, und bestand aus zwei Schichten wasserdichten Stoffs, zwischen denen eine Gummischicht eingearbeitet war. Es fühlte sich an, als würde er in einen schweren Sack mit Ärmeln und Hosenbeinen schlüpfen.

Er hatte keine Ahnung gehabt, wie schwierig es war, seine Hände durch die engen Gummimanschetten zu zwängen. Er musste sich die Hände mit einer glitschigen Seife einreiben, dann seine Hände so schmal wie möglich machen, und während einer der Männer die Manschette für ihn dehnte, stieß er die Hand mit solcher Gewalt hindurch, dass er fürchtete, er könnte sich das Fleisch aufreißen. Anerkennend nickte sein Helfer. Falls er den kalten Schweiß auf Monks Gesicht wahrnahm, dann enthielt er sich jedenfalls eines Kommentars.

»Setzen Sie sich!«, ordnete er an und deutete auf die Ruderbank hinter Monk. »Sie müssen die Stiefel anziehen und den Helm aufsetzen. Müssen zusehen, dass alles stimmt.« Er bückte sich und begann mit der Prozedur, ihm die Stiefel mit den enormen Gewichten anzuziehen. »Wenn die nicht richtig sitzen, verlieren Sie sie da unten in dem Schlamm. Der saugt ganz schön. Wenn Sie die verlieren, sind Sie ein toter Mann.«

Monk spürte, wie sein Magen revoltierte, als er sich die Dunkelheit und den gierigen Schlamm vorstellte. Es kostete ihn seine gesamte Disziplin, gehorsam und bewegungslos sitzen zu bleiben, während ihm der Helm über den Kopf gestülpt und festgeschraubt wurde. Metall wetzte über Metall, bis er dicht war. Das vordere Glas war noch nicht eingesetzt. Monk war von dem enormen Gewicht des Helms überrascht. Der Luftschlauch wurde unter seinem rechten Arm hindurchgeführt und das Ende am Einlassventil festgeschraubt, dann wurde die Brustleitung unter seinem linken Arm hindurchgezogen und gesichert. Zum Schluss kamen der Gürtel und das schwere rasierklingenscharfe Messer, das in die Lederscheide gesteckt wurde. Anschließend band der Mann ein Seil um Monks Taille.

»Hier, halten Sie das fest, und wenn Sie in Schwierigkeiten geraten, ziehen Sie sechs oder sieben Mal daran, dann ziehen wir Sie hoch. Deswegen nennen wir das Ding auch die Lebensleine.« Er grinste. »Das andere Seil, das wir hier an Ihnen befestigt haben, knüpfen wir mit dem anderen Ende an die Leiter – wir wollen Sie ja nicht verlieren – wenigstens nicht, bevor Sie uns bezahlt haben!« Er lachte herzlich und machte sich an die letzten Handgriffe an Monks Helm. »Alles klar, Mann?«, fragte er. Monk nickte, sein Mund war völlig ausgetrocknet.

Er sah auf das braune Wasser um ihr Boot, das sich immer noch träge kräuselte, und hatte das Gefühl, gleich bei lebendigem Leibe begraben zu werden.

Die drei Männer gingen eifrig ihren Aufgaben nach, umsichtig und professionell.

Trace saß in demselben Aufzug auf der anderen Ruderbank. Er lächelte, und Monk lächelte zurück. Er wünschte sich, tatsächlich so viel Zuversicht zu verspüren, wie seine Mimik vorzugeben versuchte.

Einer der Männer stand auf. »Also gut, Leute, lasst uns die Pumpe in Gang setzen.« Plötzlich ertönte ein lautes Geräusch, und einen Augenblick später spürte Monk, wie die Luft in seinen Helm strömte. Der Mann lächelte. »Hey, funktioniert doch alles bestens! Jetzt machen Sie sich mal keine Sorgen, Mann. Denken Sie nur daran, nahe beieinander zu bleiben, und vergessen Sie nicht, wie Sie mit diesem Ventil Ihren Anzug aufblasen, dann geht alles gut.« Er klang nicht mehr ganz so zuversichtlich, als ob er sich im letzten Moment bewusst geworden wäre, welch blutiger Amateur Monk war und welches Risiko er auf sich nahm.

Das Glas wurde in Monks Helm geschraubt, woraufhin er kurz in Panik geriet. Er schnappte nach Luft und sog sie in seine Lungen. Langsam beruhigte sich sein wilder Herzschlag.

»Gut«, sagte der Mann mit gezwungenem Lächeln. »Jetzt wird es Zeit!«

Monk schleppte sich auf die Leiter zu und dachte bei jedem Schritt, das Gewicht des Helmes würde ihn in die Knie zwingen. Mit ungelenken Bewegungen kletterte er hinunter, und als er bis zur Hüfte im Wasser stand, wurden zwei fünfzig Pfund schwere Bleigewichte an seiner Brust und seinem Rücken befestigt. Er keuchte, als er plötzlich das zusätzliche Gewicht verspürte.

Man reichte ihm eine wasserdichte Laterne mit einer brennenden Kerze darin.

Sein Anzug begann sich leicht aufzublasen, als sich die Luft darin ausdehnte. Jetzt wusste Monk es zu schätzen, dass er ihm viel zu groß zu sein schien.

Trace war vor ihm und fast ganz unter Wasser.

Der Fluss schlug über seinem Kopf zusammen, und binnen weniger Augenblicke war er von Düsternis umgeben. Der einzige Kontakt zu Trace und der Wasseroberfläche bestand in dem Seil, und er versuchte, im Geist die Worte des Mannes zu entwirren: Ruhig bleiben! Nicht in Panik geraten! Daran denken, Sie sind nicht allein. Ziehen Sie am Seil, wenn Sie in Schwierigkeiten geraten. Wir holen Sie hoch!

Der Druck auf seine Ohren wurde größer. Er schluckte, um ihn auszugleichen. Während sich seine Augen an die Düsternis gewöhnten, verbesserte sich allmählich seine Sicht ein wenig. Er konnte Trace' Umriss ausmachen, der nun auf ihn zukam und ihn an der Hand nahm. Mit bleiernen Füßen, die den schlammigen Grund gerade eben berührten, folgte Monk ihm.

Er verlor jegliches Zeitgefühl. Es erstaunte ihn, wie schwierig es war, das Gleichgewicht zu halten. Hier unten war die Strömung weit kräftiger, als er es sich vorgestellt hatte, sie riss ihn hierhin und dorthin, sie wirbelte und bildete Strudel, manchmal zerrte sie ihn auf Brusthöhe in diese Richtung und auf Höhe der Oberschenkel und Knie in die entgegengesetzte. Mehr als einmal fiel er und kam nur unter Schwierigkeiten wieder auf die Beine. Und während der ganzen Zeit war er sich bewusst, dass nur ein dünner Schlauch, durch den Luft gepumpt wurde, sein Leben erhielt und ein paar dünne Seile ihn an die Oberfläche ziehen könnten.

Der Grund unter seinen riesigen Stiefeln war leicht ansteigend. Sie waren an der Sandbank. Es war Schwerarbeit, daran hochzuklettern. Monk geriet ins Schwitzen, und doch waren seine Hände und Füße eiskalt. Das trübe Wasser wirbelte um seinen Kopf, es war eine braune Masse, die einem jegliche Sicht raubte.

Die dunkle Gestalt von Trace war immer noch direkt vor ihm, nahe genug, um ihn an der Hand zu fassen, und sie verstärkte den Eindruck der Düsternis nur noch.

Die Zeit kam ihm wie eine Ewigkeit vor. Er sehnte sich nach Licht. Dies war wahrhaftig eine idiotische Idee! Was hatte ihn nur dazu gebracht, zu denken, der Prahm wäre versenkt worden, nur weil er keinen Beweis dafür gefunden hatte, dass er wieder flussaufwärts gefahren war? Und wenn er ihn hier unten finden würde, was wäre dann bewiesen? Lediglich, dass von Anfang an betrügerische Absichten dahintergesteckt hatten. Würde es auch beweisen, wer diese gehabt hatte? Oder wer Alberton ermordet hatte?

Vor ihm lag undurchdringliche Dunkelheit. Wie lange waren sie nun schon hier unten?

Trace führte ihn immer noch, langsam drehte er sich um und winkte mit dem anderen Arm.

Wieder verlor Monk das Gleichgewicht. Er hätte das alles hier Experten überlassen sollen. Doch das konnte er nicht. Er musste es selbst finden, die Wahrheit mit den eigenen Händen berühren, alles mit eigenen Augen sehen, er durfte nichts übersehen und keinen Beweis vernichten.

Trace hielt immer noch Monks Hand, als er mit dem anderen Arm plötzlich auf etwas deutete. Vor ihnen lag tiefere Dunkelheit, dunkler noch als das wirbelnde braune Wasser.

Trace setzte sich wieder in Bewegung, und Monk folgte ihm mit quälender Langsamkeit.

Plötzlich wurden ihm die Füße weggerissen, und er spürte einen harten Ruck an den Seilen. Ungelenk versuchte er, nach unten zu blicken, um zu sehen, woran er hängen geblieben war. Es waren die Planken eines gesunkenen Wracks.

Trace kletterte an einer Seite des Schiffes hoch.

Monk folgte ihm. Die anstrengenden Bewegungen verursachten ihm heftige Muskelschmerzen. Plötzlich schienen die beiden Männer an Deck zu sein, wobei sie leicht rutschten, da der Bug tief im Schlamm steckte. Hand in Hand suchten sie nach der Kabine.

Es war eine langwierige und langsame Untersuchung, aber Schritt für Schritt und Hand in Hand erforschten sie, was sich darin befand.

Es war Trace, der die Kisten entdeckte. Es war unmöglich, festzustellen, wie viele davon an Bord waren, aber während sie sich unendlich langsam bewegten, zählten sie mindestens fünfzig Stück davon. Weit mehr, als Monk erwartet hatte. Mehr als die Lieferung an Breeland.

Aber warum waren sie hier auf dem Grund des Flusses und nicht auf dem Weg hinüber nach Amerika oder in den Mittelmeerraum?

Monk spürte Trace' Hand auf seiner Schulter. Er konnte kaum etwas sehen. Es gab nicht genügend Licht, um sagen zu können, in welcher Richtung sich die Wasseroberfläche befand.

Er griff nach Trace, zog aber seine Hand wieder zurück, die mittlerweile taub vor Kälte war. Dies war keine Zeit, um leichtsinnig zu werden!

Eine Hand streckte sich ihm entgegen. Dann spürte er den restlichen Körper, eine Schulter oder vielleicht einen Kopf. Er stieß gegen seinen Helm und legte sich über das Glas vor seinen Augen.

Menschliches Haar im Wasser! Trace ertrank!

Monk streckte die Hand aus und griff nach dem Arm, gleichzeitig versuchte er verzweifelt, an dem Seil zu ziehen. Er musste Hilfe holen! Was war nur geschehen?

Der Arm bot keinen Widerstand, und er hatte praktisch kein Gewicht. Allmächtiger Gott! Es war ein einzelner Arm … ein abgerissener Arm, aufgedunsen und fast nackt! Vage konnte er sehen, wo sich seine Finger in das Fleisch gekrallt hatten, als hätte er in weiches Fett gegriffen.

Er spürte, dass ihn ein Brechreiz überkam, beherrschte sich mühsam, um sich nicht übergeben zu müssen. Der restliche Körper lag vor ihm, fast komplett, riesenhaft. Berührte man ihn, zerfiel er.

Durch die Finsternis sah er Trace' schwankende Laterne. Ein anderer Körper trieb an ihm vorbei und verschwand.

Das ergab keinen Sinn. Wer waren diese Leichen? Monk zwang sich, seinen Ekel zu überwinden und langsam einer der Leichen zu folgen. Absichtlich tastete er umher, bis er den Kopf gefunden hatte. Er leuchtete mit der Laterne darauf, ging noch näher heran und versuchte, nicht auf die unkenntlichen Gesichtszüge zu sehen. Das Einschussloch war noch zu erkennen, in dem weißlichen, halb zersetzten Fleisch auf der Stirn war es kaum mehr zu sehen, aber dafür umso deutlicher auf dem zersplitterten Schädelknochen.

Es schien eine endlose Zeit zu dauern, bis sie, in der engen Kabine umhertapsend, sich gegenseitig immer wieder anrempelnd und an die grässlichen eingeschlossenen Leichen stoßend, zweifelsfrei festgestellt hatten, dass es drei Männer waren, die durch Schüsse getötet worden waren.

Trace kam auf Monk zu, hielt ihn am Arm fest und brachte seinen Helm ganz nahe zu dem Monks. Als er sprach, konnte Monk seine Worte tatsächlich fast normal verstehen.

»Shearer!«, sagte Trace deutlich und schwenkte den anderen Arm mit der Laterne in Richtung einer der Leichen.

Shearer! Natürlich! Wegen dieser abscheulichen Tat hatte niemand Walter Shearer mehr gesehen, seit der Nacht von Albertons Tod. Also war er Alberton doch treu ergeben gewesen. Er war mit dem Prahm hier heruntergefahren und wurde mit den anderen beiden erschossen. Waren sie es gewesen, die die Morde begangen hatten? Warum? Und auf wessen Befehl?

Er machte ein Zeichen, um anzudeuten, dass er verstanden hatte, dann drehte er sich um und tapste aus der schrecklichen Kabine hinaus. Plötzlich blieb er abrupt stehen, da sein Luftschlauch sich auf einmal spannte und fast zu reißen drohte. Namenlose Panik raubte ihm den Atem. Kalter Schweiß brach aus allen Poren. Trace! Aber natürlich! Jetzt würde er hier unten in diesem schmutzigen Wasser sterben, allein mit seinem Mörder! Nie mehr wieder würde er Licht erblicken, frische Luft einatmen und Hester in seinen Armen halten und ihr in die Augen sehen.

Als Monk an jenem Nachmittag das Haus verlassen hatte, versuchte Hester zunächst, sich mit häuslichen Pflichten abzulenken. Mrs. Patrick kam genau zur vereinbarten Zeit um zwei Uhr. Sie war eine kleine zarte Frau mit weißem Haar voller Naturlocken, und sie hatte auffallend blaue Augen. Hester schätzte sie auf etwa fünfzig Jahre. Sie hatte ein markantes Gesicht, wenn auch ein wenig ausgemergelt, und eine muntere Art. Sie sprach mit leicht schottischem Akzent. Hester konnte ihre Aussprache nicht ganz genau zuordnen, aber sie wusste, dass sie nicht von Edinburgh sein konnte. Sie kannte diese Stadt zu gut, um den dortigen Tonfall mit einem anderen zu verwechseln.

Mrs. Patrick, adrett in Weiß gekleidet und eine gestärkte Schürze umgebunden, begann die Küche aufzuräumen und überlegte dann, welche anderen Aufgaben erledigt werden mussten: Der kleine Ofen musste gesäubert und geschwärzt werden, die Wäsche musste gemacht und der Fußboden in der Küche geschrubbt werden, die Speisekammer musste geputzt werden, und sie musste eine Liste erstellen, welche Vorräte zu ergänzen waren. Dann wollte sie die Teppiche hinausschaffen, die Böden wischen, die Teppiche klopfen und wieder auflegen, die Wäsche aufhängen und die trockene Wäsche vom Vortag bügeln. Und natürlich musste sie das Abendessen vorbereiten.

»Um welche Zeit wird Mr. Monk heimkehren?«, fragte sie, während Hester sich ins Büro zurückgezogen hatte, um nicht im Weg zu stehen.

»Ich weiß es nicht«, erwiderte sie aufrichtig. »Er ist zum Tauchen gegangen.«

Mrs. Patricks Augenbrauen schossen in die Höhe. »Wie bitte?«

»Er ist zum Tauchen«, erklärte Hester. »Im Fluss. Ich bin nicht sicher, was er dort zu finden hofft.«

»Wasser und Schlamm«, erwiderte Mrs. Patrick säuerlich. »Um Himmels willen, warum tut er denn so etwas?« Sie sah Hester aus zusammengekniffenen Augen an, als ob sie den Verdacht hegte, man hätte sie bezüglich Mr. Monks Beruf angelogen.

Hester war darauf bedacht, sich Mrs. Patricks Dienste zu erhalten. Seit sie regelmäßig ins Haus kam, war das Leben insgesamt viel angenehmer geworden. »Er versucht immer noch herauszufinden, wer Mr. Alberton in der Mordsache Tooley Street umbrachte«, erklärte sie zögernd.

Mrs. Patricks Augenbrauen waren immer noch hochgezogen und ein wenig schief, und ihr Mund wirkte äußerst skeptisch.

»Es gab noch andere Gewehre«, fuhr Hester fort, nicht sicher, ob sie die Sache verschlimmerte oder zum Positiven wendete. »Irgendetwas wurde am Hayes Dock auf einem Prahm den Fluss hinunterbefördert. Vielleicht wurden mit der Fracht die Erpresser bezahlt.«

Mrs. Patrick hatte nicht die Absicht gehabt, zuzugeben, dass sie den Fall verfolgt hatte. Sie missbilligte es, über derlei Dinge zu lesen, aber die Worte entschlüpften ihr, bevor sie ihre ganze Bedeutung realisierte. »Deshalb hatten sie ja eigentlich Mr. Monks Dienste in Anspruch genommen, nicht wahr?«

»Ja, das stimmt«, nickte Hester.

»Wenn Sie mich fragen, diese Erpresser existieren gar nicht.« Mrs. Patrick strich die Schürze über ihren schmalen Hüften glatt. »Ich glaube, Mr. Alberton war es selbst, und vermutlich verkaufte er die Flinten an die Piraten!«

»Das würde keinen Sinn ergeben«, erwiderte Hester. »Wenn es keinen Erpresser gab, hätte er die Gewehre ja verkaufen können, an wen er wollte.«

»An den Höchstbietenden«, sagte Mrs. Patrick düster. »Geld, merken Sie sich meine Worte, das wird der Grund für alles sein ... die Geldgier, sie ist die Wurzel allen Übels.« Mit diesen Worten drehte sie sich um, ging in die Küche und widmete sich erneut ihren Pflichten.

Hester blieb noch eine Viertelstunde sitzen und ließ sich die Sache durch den Kopf gehen, dann begab sie sich in die Küche und erklärte Mrs. Patrick, dass sie ausgehen würde und nicht sagen konnte, wann sie zurückkehren würde.

»Sie werden doch wohl nicht den Fluss entlanglaufen?«, fragte Mrs. Patrick ein wenig aufgeregt.

»Nein, das mache ich nicht«, versicherte Hester. »Ich werde mir die Sache mit der Erpressung noch einmal überlegen, etwas genauer vielleicht.«

Mrs. Patrick seufzte, dann wandte sie ihre Aufmerksamkeit wieder der Spüle zu, aber ihre steifen Schultern gaben beredte Auskunft über ihr mangelndes Verständnis und ihre Missbilligung. Sie war sich offensichtlich keineswegs sicher, ob es weise gewesen war, diese Stellung anzunehmen. Zweifellos war sie jedoch höchst interessant, und sie würde sie im Moment auf keinen Fall aufgeben, es sei denn, ihre eigene Sicherheit oder ihre Reputation würden bedroht werden.

Hester machte sich noch einmal auf den Weg zu Robert Casbolt. Sie hoffte, ihn zu Hause anzutreffen. Wenn nicht, würde sie sich einen Termin in seinen Geschäftsräumen geben lassen müssen oder eventuell dort warten, bis er von seinen Geschäften zurückkehrte, die ihn aus dem Haus geführt hatten.

Glücklicherweise war er zu Hause und las. Ein alter Diener teilte ihr mit, Mr. Casbolt freue sich, sie zu sehen, woraufhin er sie nicht in das goldene Zimmer führte, in dem sie schon einmal mit ihm gesprochen hatte, sondern in einen Raum im oberen Stockwerk, der, wenn das überhaupt möglich war, sogar noch hübscher war. Große Flügeltüren öffneten sich auf einen Balkon hinaus, von dem aus man einen wunderschönen Blick auf den Garten hatte, der im Moment voller Blumen war und still in der Sonne lag. Der Raum war gänzlich in weichen Erd- und Cremetönen gehalten, außerordentlich beruhigend, und Hester fühlte sich augenblicklich wohl.

Casbolt hieß sie willkommen, lud sie ein, sich in einen der Sessel zu setzen, von dem aus sie über den Garten blicken konnte und neben dem ein herrlicher italienischer Bronzelöwe thronte.

»Das ist ein wundervoller Raum!«, rief sie bewundernd. Der Raum strahlte eine Atmosphäre aus, als wäre er ein Ort weit abseits des gewöhnlichen Lebens.

Er freute sich. »Gefällt er Ihnen?«

»Mehr als das«, sagte sie aufrichtig. »Er ist ... einzigartig!«

»Ja, das ist er«, stimmte er schlicht zu. »Ich verbringe hier meine Zeit, wenn ich allein bin. Wenn ich ausgehe, wird er versperrt. Ich freue mich, dass Sie seine Qualitäten erkennen.«

Nun hoffte Hester fast noch mehr, dass es nicht so war, wie Mrs. Patrick angedeutet hatte, aber sie musste der Wahrheit ins Auge sehen. Wenn Mr. Alberton die Absicht gehabt hatte, auf irgendeine Weise mit den Piraten Geschäfte zu machen, oder ihnen Grund gegeben hatte, darauf zu hoffen, dann hatte sein Tod vielleicht nichts mit dem amerikanischen Bürgerkrieg zu tun, sondern war eine Sache des Geldes oder die Rache für den Tod von Judiths Bruder. Da Casbolt ihr Cousin war und sich offenbar sehr um sie sorgte, wusste er es vielleicht oder hatte es zumindest vermutet. Rache wäre verständlich. Unter den gegebenen Umständen hätte möglicherweise jeder Mann danach gedürstet, Gerechtigkeit zu üben, und wäre damit in Bereiche vorgestoßen, die die Polizei nicht erreichen konnte.

»Was kann ich für Sie tun, Mrs. Monk?«, fragte Casbolt freundlich. »Ich habe das Gefühl, wir verdanken Ihnen so viel, glauben Sie mir. Sie müssten mir nur einen Gefallen nennen, ich würde ihn Ihnen gerne erweisen.«

»Wir wissen immer noch nicht, wer für die Verbrechen verantwortlich war.« Sie wählte ausweichende Worte und sprach leise. Irgendwie schien es ihr ungehobelt zu sein, in diesem zauberhaften Raum Worte wie Mord zu benutzen, wenn auch Euphemismen verstanden werden würden.

Einen Augenblick lang sah er auf seine Hände hinab. Er hatte schöne Hände, stark und glatt. Dann hob er den Blick.

»Nein, ich fürchte, das werden wir nie erfahren«, antwortete er. »Ich hatte geglaubt, es wäre Breeland selbst gewesen, oder Shearer, durch Breeland angestiftet. Ich bin entzückt, dass Rathbone beweisen konnte, dass Merrit nichts damit zu tun hatte.«

Hester argumentierte: »Merrit ist jetzt in absoluter Sicherheit. Ich habe die Sache sehr eingehend betrachtet und mich gefragt, ob nicht alles auf diesen Erpresserbrief zurückgeht, wegen dem Sie meinen Mann ursprünglich engagiert hatten. Schließlich forderten die Erpresser Waffen als Bezahlung für ihr Schweigen. Und sie haben geschwiegen.«

Er runzelte die Stirn, Unsicherheit zeichnete sich auf seinem Gesicht ab. Er zögerte einige Augenblicke, bevor er antwortete.

»Ich bin mir nicht ganz sicher, was Sie glauben, Mrs. Monk. Glauben Sie, sie töteten Daniel und stahlen die Gewehre, weil er ihren Forderungen nicht nachgeben wollte? Wurde Breeland lediglich wegen eines unglückseligen zeitlichen Zufalls in die Sache verwickelt? Ist es das, was Sie andeuten wollen?«

Ganz so einfach war es nicht, aber es widerstrebte ihr, ihm zu sagen, was sie befürchtete. Daniel Alberton war sein engster Freund gewesen, und jede Verunglimpfung seiner Person würde auf Judith und auf Merrit abfärben. War die Wahrheit noch wichtig, die detaillierte Wahrheit über die Gründe, wenn sie wussten, wer es getan hatte?

»Wäre das denn möglich?«, fragte Hester ausweichend.

Wieder schwieg Casbolt eine Weile, seine Brauen waren nachdenklich zusammengezogen.

Während sie wartete, erkannte sie, wie unwahrscheinlich das alles war. Wenn Waffen so leicht gestohlen werden konnten, warum hätten sie sich dann mit der anspruchsvollen Erpressung aufhalten sollen?

Er beobachtete sie.

»Sie glauben das nicht, nicht wahr?«, sagte er leise. »Sie fürchten, Daniel hätte den Piraten nachgegeben, stimmt das? Sie wissen, dass er in jener Nacht auf dem Hof war … der Grund dafür war vermutlich, dass er sich mit jemandem treffen wollte.«

»Ja«, sagte sie unglücklich. Sie hasste es, das tun zu müssen, aber die Wahrheit stand zwischen ihnen. Jetzt gab es keine Möglichkeit mehr, sie zu umgehen.

»Daniel hätte den Piraten niemals Waffen verkauft«, sagte Casbolt kopfschüttelnd, als wollte er die Aussage vor sich selbst bestätigen.

»Aber die Gewehre, die bei Breelands Lieferung fehlten, entsprachen genau der Anzahl, die in dem Erpressungsschreiben gefordert wurden«, erklärte sie.

»Gleichwohl, das hätte er nie übers Herz gebracht – nicht an Piraten!« Seine Stimme verlor allmählich an Überzeugung. Er sprach, um sich selbst zu überzeugen, und das Elend in seinen Augen verriet sein Wissen, dass Hester dies erkannte.

»Vielleicht hatte er keine andere Wahl?«, fragte sie.

»Wegen der Erpressung? Das hätten wir ausgefochten! Ich denke, Ihr Mann hätte bald herausgefunden, wer dahinter steckte. Es musste jemand aus London sein. Woher hätte denn ein Pirat aus dem Mittelmeer von Gilmer gewusst?«

»Wie hätte es jemand anderer wissen können?«, fragte sie so leise, dass er sich nach vorn beugen musste, um sie zu verstehen. Sie spürte die Glut in ihrem Gesicht, und doch waren ihre Hände kalt.

Er starrte sie an. »Wollen Sie damit etwa sagen … wollen Sie damit sagen, was ich denke …«

Er stolperte über seine Worte. »Nein! Das hätte er niemals getan!«

Genauso wenig wie Breeland wegen der zeitlichen Abläufe schuldig sein konnte, so galt das auch für Casbolt. Sie verabscheute es, ihm wehzutun, aber er war die Person, der sie vertrauen konnte und die sich in einer Lage befand, die Wahrheit herausfinden zu können und darüber vielleicht Stillschweigen zu bewahren.

»Vielleicht brauchte er das Geld?«

Seine Augen weiteten sich. »Das Geld? Ich verstehe nicht. Ich bin mit den Geschäftsbüchern bestens vertraut, Mrs. Monk. Die Finanzen sind mehr als geordnet.«

Schließlich sprach Hester den hässlichen Gedanken laut aus, den sie den ganzen Tag über zu verdrängen und vor sich selbst zu leugnen versucht hatte. »Was, wenn er privat investiert und dabei Geld verloren hätte?«

Casbolt wirkte erschrocken, als ob der Gedanke ihn aufgerüttelt hätte. Er brauchte einen Augenblick, um seine Fassung wiederzugewinnen.

»In Aktien, meinen Sie?«, fragte er. »Oder etwas Dergleichen? Das halte ich für unwahrscheinlich. Er war nicht im Entferntesten eine Spielernatur. Und glauben Sie mir, ich kannte ihn lange genug, um mir diesbezüglich sicher zu sein.« Er sprach sehr ernsthaft, war immer noch vornübergebeugt. Er hatte die Hände ineinander verschränkt, und seine Knöchel waren weiß.

Hester musste fortfahren, sie musste ihm erklären, was sie meinte. »Nicht Aktien oder Anteile, und ich hatte niemals an Glücksspiel gedacht, Mr. Casbolt. Ich dachte an etwas, was zunächst als sicherer geschäftlicher Handel ohne jegliches Risiko aussah.«

Er sah sie an, seine Augen waren überschattet, und er wartete darauf, dass sie fortfahren würde.

»Wie, zum Beispiel, Waffen an die Chinesen zu verkaufen«, antwortete sie.

Sein Gesichtsausdruck war nicht zu deuten, und seine Gefühle waren zu tiefgründig, um sie abschätzen zu können. Genau in dem Moment meinte sie, dass er wusste, worauf sie hinauswollte. Er hatte es verborgen, um Alberton zu schützen, möglicherweise noch mehr, um Judith zu schützen. Schlagartig wurde ihr bewusst, wie sehr aus allem seine Liebe zu ihr sprach und warum er so außergewöhnlich war. Vielleicht würde gar keine Notwendigkeit dazu bestehen, es irgendjemandem zu sagen. Sie mussten auch gar nicht mehr wissen. Rätselhaftigkeit und unbeantwortete Fragen würden besser sein als die Wahrheit.

»Der dritte chinesische Krieg«, führte sie den Gedanken zu Ende. »Wenn er in Waffen investierte, um sie an die Chinesen zu verkaufen, sie auslieferte und die Chinesen sich dann weigerten, zu bezahlen, weil mittlerweile zwischen ihnen und England ein Krieg ausgebrochen war, dann hatte das niemand vorhersehen können. Aber dadurch hätte er doch einen schweren Verlust erlitten ... nicht wahr?«

Casbolts Lippen pressten sich aufeinander, aber sein Blick wich dem ihren nicht aus.

»Ja ...«

»Wäre das nicht denkbar?«

»Natürlich wäre das denkbar. Aber was ist dann Ihrer Meinung nach in der Nacht geschehen, in der er getötet wurde? Ich verstehe immer noch nicht, wie ein Verlustgeschäft mit den Chinesen damit in Zusammenhang stehen könnte.«

»Doch, das tun Sie«, sagte sie leise. »Was wäre, wenn Breeland nicht nur sagte, was er für die Wahrheit hielt, sondern wenn es wirklich der Wahrheit entspräche? Alberton hätte Philo Trace' Geld annehmen können, das ihm dieser in gutem Glauben gegeben hatte, dann aber die Waffen an Breeland verkaufen können, die er von Shearer an den Bahnhof liefern ließ. Er hätte dann über zwei Geldbeträge verfügt, die einen beträchtlichen Gewinn bedeutet hätten ... mehr als ausreichend, um damit den Verlust mit den Chinesen wettzumachen.«

Casbolt erhob keine Einwände. Sein Gesicht wirkte verletzt, fast als wäre er geschlagen worden.

»Aber wer tötete ihn? Und weshalb?«

»Wer immer die Piraten repräsentierte«, antwortete sie.

»Ja, wahrscheinlich.«

»Oder es kam zu einer Konfrontation«, fügte sie hinzu, und ihre Stimme drückte Hoffnung aus. »Vielleicht wusste er, wer sie waren, und hatte zugesagt, mit ihnen ins Geschäft zu kommen, weil er plante, irgendeine Form von Gerechtigkeit für Judiths Familie auszuüben.« Bewusst wählte sie das Wort *Gerechtigkeit*, und nicht *Rache*.

Er dachte darüber nach. In seinem Gesicht wurde deutlich, dass er all diese Möglichkeiten gegeneinander abwog. Schließlich schien er zu einer Entscheidung zu kommen.

»Wenn Ihre Vermutung richtig ist und Daniel durch den chinesischen Krieg privates Geld verlor, wenn er, wie Breeland behauptet, tatsächlich Waffen an ihn verkaufte und Philo Trace' Geld behielt, würde dann nicht, wenn Trace dies entdeckt hatte, er derjenige sein, der auf Rache sann – oder aus seiner Sicht Gerechtigkeit? Die Methode der Morde ... war eine spezifisch amerikanische, vergessen Sie das nicht. Halten Sie es nicht für wahrscheinlicher, dass Trace in die Tooley Street fuhr, um Daniel deswegen zur Rede zu stellen. Es könnte zu einem fürchterlichen Streit gekommen sein, und Trace könnte die drei Männer umgebracht haben? Ob er allein dort war oder nicht, das werden wir vielleicht nie erfahren. Möglicherweise hatte er Helfer. Er hatte doch sicher Verbündete hier, die ihm geholfen hätten, wenn er die Waffen transportieren hätte müssen, nachdem er sie gekauft hatte. Breeland hatte doch auch Verbündete hier. Vielleicht hatte einer davon die Nachtwächter mit vorgehaltener Waffe gezwungen, sich gegenseitig zu fesseln, den letzten hätte er selbst fesseln können ... so in etwa kann ich mir das vorstellen.«

Er sah blass aus und wirkte sehr angespannt. »Trace scheint ein sanftmütiger Mensch zu sein, voller Charme, aber er ist Waffenkäufer für die Armee der Konföderation und kämpft dafür, den Lebensstil des Südens und das Recht auf Sklavenhaltung zu erhalten. Unter seiner unbeschwerten Art verbirgt sich ein zu allem entschlossener Mann, dessen Volk um des eigenen Überlebens willen einen Krieg führt.«

Er zögerte und biss sich kurz auf die Lippe. »Aber da ist noch etwas, Mrs. Monk ... die Uhr. Merrit sagte im Gerichtssaal, dass sie nicht wüsste, wo sie sie liegen gelassen hatte, aber sie log. Das wissen wir alle. Sie nahm sie in Breelands Wohnung ab, als sie sich umzog, und sie vergaß sie dort. Irgendjemand war ja in der Wohnung gewesen, bevor Ihr Mann und ich dort eintrafen. Das behauptete jedenfalls der Nachtportier.«

Am ganzen Körper bebend, sah er sie an. »Wenn Trace derjenige war, dann könnte er die Uhr genommen und sie im Hof fallen gelassen haben, um Breeland anzuschwärzen. Was wäre natürlicher?«

Hester spürte, wie ihr Herz einen Sprung machte und sich ein heißer Schweiß des Grauens über ihre Haut ausbreitete. Monk befand sich allein mit Trace auf dem Grund der Themse, vertraute ihm, und sein Leben hing von Trace' Erfahrung und Ehre ab.

Sie sprang auf die Füße, ihr Atem ging stoßweise. »William taucht.«

Fast wäre sie an den Worten erstickt. »Er hat nur Trace bei sich! Sie suchen nach dem Lastkahn, der die Waffen die Themse hinunterbeförderte.« Sie fuhr herum und taumelte auf die Tür zu. »Ich muss zu ihm! Ich muss ihn warnen ... ich muss ... ihm helfen!«

Casbolt war augenblicklich bei ihr. »Ich werde gehen«, sagte er. »Ich werde so schnell wie möglich zu ihnen fahren. Sie bleiben hier in Sicherheit. Sie können nichts tun, selbst wenn Sie dort wären. Ich werde die Flusspolizei alarmieren.«

Schon war er an ihr vorbei, berührte leicht ihren Arm, als ob er sie hier festhalten wollte.

»Bleiben Sie hier«, wiederholte er. »Hier sind Sie sicher! Ich hole die Polizei und werde Trace stellen. Monk wird nichts passieren.« Und bevor sie noch etwas einwenden konnte, war er zur Tür hinaus, schloss sie hinter sich, und Hester hörte nur noch seine verhallenden Schritte.

Sie ging in die Mitte des Raumes zurück. Er war wirklich zauberhaft! Am Ende des blassen Kaminsimses aus Marmor hing ein Miniaturportrait. Zunächst hatte sie nicht erkannt, wen es darstellte. Doch nun sah sie, dass es Judith als junge Frau zeigte, als sie etwa zwanzig Jahre alt gewesen sein mochte. In dem Alter musste sie Daniel Alberton zum ersten Mal begegnet sein. Sie entdeckte ein weiteres Bild, eher eine Skizze, das drei junge Menschen darstellte, die über Felsen kletterten. Judith war dicht neben Casbolt abgebildet, lachend, und Alberton, der ein Stück von ihnen entfernt stand, sah zu ihnen hinüber. Es war offensichtlich, dass Judith und Casbolt das Paar waren und Alberton der Eindringling war.

Auch Trace, der sich so sehr in Judith verliebt hatte, war ein Eindringling. Hatte etwa seine Liebe zu Judith etwas damit zu tun, warum er Alberton ermordet hatte, anstatt ihn nur bewusstlos zu schlagen? Waren sowohl Judith als auch die Waffen das Motiv für den Mord?

Monk war allein mit Trace, möglicherweise war er gerade jetzt mit ihm unter Wasser, und sein Leben hing von der Erfahrung eines Mörders ab.

Aber Casbolt war unterwegs, um Lanyon zu holen und Monk zu retten. Er könnte schon dort eintreffen, bevor … Dort! Ja, wo denn?

Plötzlich erstarrte sie, ihre Gliedmaßen zitterten. Casbolt hatte sie nicht gefragt, wo Monk nach dem Schiff tauchte! Er wusste es!

Alles, was für Albertons private Investitionen im chinesischen Krieg zutraf, traf ebenso auf Casbolt zu. Er könnte ebenso Geld verloren haben und damit all den Luxus, den Geld ermöglichte! Dieses wunderbare Haus und alles, was darin war, die Bewunderung und den Respekt, der Erfolg stets begleitete. Und Casbolt war an Erfolg gewöhnt. Alles, womit er sich umgab, zeigte, dass er sein ganzes Leben lang an Erfolg gewöhnt gewesen war ... nur bei Judith war er ihm verwehrt gewesen. Sie hatte ihm nicht mehr gegeben als die Liebe einer Cousine und einer Freundin, aber niemals Leidenschaft. Dazu standen sie sich zu nahe.

Hester lief zur Tür und drehte den Knauf. Aber sie war verschlossen. Verdammt! Dieser alte Diener musste gesehen haben, wie Casbolt das Haus verließ, und hatte die Tür verschlossen. Sie rüttelte an dem Knauf und rief.

Stille. Sie begann, laut um Hilfe zu schreien.

Entweder war er taub, oder er scherte sich nicht um die Hilferufe. Vielleicht hatte Casbolt ihm aber sogar aufgetragen, sie nicht zu befreien.

Die Uhr! Casbolt hatte sie sicher gesehen, als er mit Monk in Breelands Wohnung ging, um Merrit zu suchen. Er konnte sie leicht eingesteckt haben, ohne dass Monk dies bemerkt hatte. Dann ließ er sie, als sie in der Tooley Street waren, fallen. Kein Wunder, dass er so erschrocken war, als er erfuhr, dass Breeland sie Merrit geschenkt hatte.

So heftig sie konnte, rüttelte sie an der Tür und schrie um Hilfe. Aber ohne Erfolg.

Sie fuhr herum, lief zu den Balkontüren und riss sie auf. Eine Glyzinie rankte sich zum Balkon empor. Würde sie als Halt für ihre Füße ausreichen? Monks Leben hing davon ab! Flink kletterte sie über die Brüstung, ohne darauf Rücksicht zu nehmen, dass sie sich die Röcke ruinierte. Sie weigerte sich, einen Blick nach unten zu werfen, und begann, sich abwärts gleiten zu lassen, wobei sie sich festklammerte und immer ein Stück hinabkletterte, bis sie den letzten Meter auf den Rasen springen konnte und in einem Grashaufen landete.

Sie stand auf, klopfte sich ab und eilte zur Straße.

Es war alles nur um Geld und um Judith gegangen, nicht um Waffen. Der amerikanische Bürgerkrieg hatte nichts mit alldem zu tun. Die Waffen waren zweimal verkauft worden, und Casbolt hatte sich wenigstens einenhalb Mal dafür bezahlen lassen. Er hatte Shearer und vielleicht noch einen weiteren Mann angestellt, um die Morde zu begehen, während er sich um ein Alibi für jene Nacht bemüht hatte. Dann hatte man sich, wie Monk vermutet hatte, in der darauf folgenden Nacht unten am Fluss bei Bugsby's Marshes getroffen, um zu zahlen und bezahlt zu werden.

Sie rannte hinaus, stellte sich mitten in den Verkehr und winkte mit den Armen, wobei sie laut schrie. Ihre Stimme klang hoch und schrill.

Eine Kutsche drosselte das Tempo, um sie nicht zu überfahren. Ein Hansom kam quietschend neben ihr zum Stehen, und der Kutscher fluchte.

Sie rief zu ihm hinauf: »Ich muss zur Polizeiwache an der Bermondsey Street. Das Leben meines Gatten hängt davon ab … bitte!«

Ein älterer Herr saß in dem Hansom. Zuerst war er erschrocken, doch dann sah er die Angst in ihrem Gesicht, nahm ihre zerrissene Kleidung wahr und willigte mit außergewöhnlicher Großzügigkeit ein, ihr die Kutsche zu überlassen. Gleichzeitig streckte er ihr die Hand entgegen, um ihr beim Einsteigen behilflich zu sein.

»Steigen Sie ein, meine Liebe. Kutscher, tun Sie, was die Dame wünscht, und zwar mit der größtmöglichen Eile!«

Der Kutscher zögerte nur so lange, bis er sicher war, dass Hester im Wagen saß, dann hob er die Peitsche hoch in die Luft und spornte die Pferde an.

Monk keuchte, dann lockerte sich der Luftschlauch plötzlich, und die Luft strömte wieder um sein Gesicht. Er spürte eine Berührung an der Schulter und versuchte, herumzuwirbeln, aber er war zu langsam, zu ungelenk.

Trace tauchte neben ihm auf, er schüttelte den Kopf und hielt lächelnd den Schlauch in der Hand.

Monk schämte sich für seine Gedanken und seine Panik, vor allem aber war er ganz schwach vor Erleichterung. Er grinste Trace durch das schmutzige Wasser und das dicke Glas hindurch an.

Dann hob er zum Dank die Hand.

Trace winkte zurück und schüttelte immer noch den Kopf, dann deutete er auf die nächstgelegene Kiste.

Monk nahm sein Messer heraus, und gemeinsam stemmten sie den Deckel auf. Es befanden sich Gewehre darin. Er spürte ihre Umrisse.

Trace nahm seine Laterne und hielt sie nur wenige Zentimeter über die Waffen. Jetzt war es möglich, zu erkennen, dass es alte Modelle waren, hauptsächlich Steinschlossgewehre, viele davon völlig nutzlos, himmelweit entfernt von den modernen Enfields, die Breeland gekauft hatte. Sie waren der reinste Schwindel. Eifrig packten sie die obere Schicht aus, darunter befanden sich lediglich Ziegelsteine und Ballastmaterial.

Sie versuchten es noch bei einer zweiten und dritten Kiste. Es war überall dasselbe. Oben lagen einige Gewehre, darunter nur Gewichte.

Schließlich war Monk fast alles klar. Die echten Gewehre waren niemals in der Tooley Street gewesen. Sie waren anderswo gelagert gewesen und von dort zum Bahnhof Euston Square gebracht und in die Güterwaggons des Zuges verladen worden, bevor Shearer in der Mordnacht überhaupt dort auftauchte. Er hatte lediglich Breelands Geld in Empfang genommen. Wo er den Rest der Nacht verbracht hatte, würden sie vielleicht niemals erfahren.

Diese ausrangierten Waffen, die über Ziegel und Ballast geschichtet waren, waren von den Männern gestohlen worden, deren Leichen in der Kajüte am Grund der Themse umhertrieben. Sie hatten den Prahm bis zur folgenden Nacht versteckt, getarnt von den Wracks vor dem Ufer von Bugsby's Marshes, hatten dann wieder Segel gesetzt, um ein Rendezvous einzuhalten, bei dem sie ihre Waffen übergeben und ihre Bezahlung für die Morde entgegennehmen wollten. Stattdessen hatten sie gemeinsam mit Shearer ein Rendezvous mit ihrem eigenen Tod. Wenn er sich noch einmal eingehend mit der Sache beschäftigte, würde er sicher eine Bestätigung für die genaue zeitliche Abfolge bekommen.

Er legte Trace die Hand auf den Arm, um ihm anzudeuten, dass es Zeit zum Auftauchen war. Sie hatten alles gesehen, was es zu sehen gab. Langsam setzten sie sich in Bewegung. War es also nur Gier gewesen, war es nur darum gegangen, die Waffen zweimal zu verkaufen und dadurch zu mehr Geld zu kommen? Zugegeben, eine Menge mehr Geld.

Er torkelte durch die Finsternis, ertastete sich inmitten von Schlammwolken seinen Weg und wurde von der Strömung hin und her gezerrt, während die Flut zunahm und sie versuchten, sich ihr entgegenzustemmen.

Es schien ein endloser Weg zu sein. Seine Füße schmerzten wegen des Gewichtes seiner Stiefel. Er war hinter einer gläsernen Scheibe gefangen und atmete Luft aus einer Pumpe. Er bemühte sich, sich in Erinnerung zu rufen, was sie ihm gesagt hatten. Benutzen Sie das Auslassventil. Verschaffen Sie sich mehr Auftrieb. Das war schon besser. Leben und Sonnenlicht waren nur noch wenige Faden entfernt, und doch kam es ihm wie eine andere Welt vor. Trace war neben ihm, er bewegte sich flinker, sein Schritt war sicherer. Er schwenkte seine Laterne, führte Monk und drängte ihn voran. Dann ließ er plötzlich die Laterne fallen. Monk sah, wie seine Hände sich um die Stelle krampften, an der sich unter dem Helm sein Hals befinden musste. Sein Gesicht schien sich hinter dem Glas zu verzerren, als ob er keuchte und nach Luft rang.

Dann strafften sich seine Seile, er wurde rückwärts nach oben gezerrt und verschwand in der Düsternis. Monk war plötzlich ganz allein auf sich gestellt.

Wo war das Boot? Er blinzelte nach oben, suchte durch die Sandwolken hindurch, die um ihn herumwirbelten, nach Trace' Schatten, konnte ihn aber nicht entdecken.

Dann hatte er plötzlich die Sprossen der Leiter gefunden. Er griff danach, zog sich daran hoch, begierig, so schnell wie möglich nach oben ans Licht zu kommen und um aus dem kalten und beengenden Anzug zu steigen. Es schien ewig zu dauern. Er trug noch die Bleigewichte. Über die Seile wurde ihm keinerlei Hilfe angeboten. Sie zogen ihn nicht mehr. Er musste allein hochklettern. Die Anstrengung war grenzenlos.

Endlich durchbrach sein Kopf die Wasseroberfläche, und instinktiv schnappte er nach Luft, bekam aber immer noch lediglich Luft aus der Pumpe. Hände streckten sich ihm entgegen, und als das Wasser abgetropft war und der Helfer die Glasscheibe vor seinen Augen entfernt hatte, erkannte er Robert Casbolt. Ein Schuss ertönte, dann noch einer und ein weiterer. Der Mann, der ihm mit dem Anzug geholfen hatte, krümmte sich, seine Brust war scharlachrot, dann stürzte er ins Wasser.

Die beiden anderen Männer lagen neben der Pumpe und den Ausrüstungsgegenständen, ein anderer lag neben Trace halb auf dem Rücken. Blicklos starrte er nach oben, in seinem Kopf befand sich ein dunkles Loch. Der dritte hing über der rückwärtigen Ruderbank, Blut sickerte durch sein Haar. Philo Trace lag zusammengekrümmt auf dem Boden des Bootes, er war kaum bei Bewusstsein, und sein Helm lag neben ihm.

Casbolt hatte einen Revolver in der Hand, seine Mündung zeigte auf Monk.

»Sie haben da unten etwas gefunden, das Ihnen bewies, dass es Trace war«, sagte er mit einem traurigen Kopfschütteln. »Aber Sie waren nicht schnell genug. Er erschoss sie. Fast wäre er damit auch davongekommen. Wenn Ihre Frau nicht mit der Wahrheit zu mir gekommen wäre und ich hierher geeilt wäre, um zu versuchen, Sie zu retten, dann hätte er auch damit Erfolg gehabt. Tragischerweise bin ich knapp zu spät gekommen …« Er schluckte schwer. »Es tut mir aufrichtig Leid. Alles, was ich wollte, war, Judith zurückzubekommen, so wie es früher war, und genügend Geld, um für sie sorgen zu können. Das war alles, was ich immer wollte.« Er hob den Revolver ein kleines Stück.

Ein Schuss ertönte, dann noch einer. Casbolt taumelte einen Augenblick, dann verlor er das Gleichgewicht und stürzte in die braune anschwellende Flut.

Ein anderes Boot kam auf sie zu, Lanyon stand am Bug, er

hielt eine Pistole in den Händen. Neben ihm stand Hester, aschfahl im Gesicht, der Wind peitschte ihr Haar durch die Luft und blähte ihre zerrissenen und durchnässten Röcke.

Das Boot erreichte die Schaluppe, und Lanyon sprang herüber. Der Ausdruck des Grauens trat in seine Augen, als er die Leichen sah. Es dauerte nur einen Augenblick, dann fasste er sich und trat zu Monk.

Trace hustete und richtete sich ein wenig auf, wobei ihm ein Mitglied der Besatzung des anderen Bootes half.

Hester kletterte von einem Boot in das andere, stolperte auf Monk zu und fiel neben ihm auf die Knie. Wieder und wieder rief sie seinen Namen, forschte in seinem Gesicht, um zu erfahren, ob er in Ordnung war. Ihre Stimme krächzte und sie atmete heftig und stoßweise.

Er grinste sie an und sah, wie ihr die Tränen der Erleichterung über die Wangen liefen. Er konnte nur zu gut verstehen, dass man eine Frau so liebte, dass kein anderer Mensch je in seinen Gedanken und seinem Herzen Platz fand. Einen Augenblick lang hätte er fast Mitleid mit Casbolt empfunden. Er hatte Judith sein ganzes Leben lang geliebt. Liebe konnte schmerzhaft sein. Sie verlangte Opfer, die weit größer waren, als man vorhersehen konnte, und sie wurde nicht immer erwidert, geschweige denn verstanden. Aber das entschuldigte Casbolts Taten nicht.

Lanyon nahm Monk den Helm ab.

Hester schlang die Arme um ihn und vergrub ihr Gesicht an seiner Schulter. Mit all der Kraft, deren sie fähig war, klammerte sie sich an ihn, bis es ihnen beiden Schmerzen verursachte, aber sie konnte nicht von ihm lassen.